Cartas de Jane Austen

Cartas de Jane Austen

TRADUÇÃO E NOTAS:
RENATA CRISTINA COLASANTE

MARTIN CLARET

Sumário

Apresentação — 23

Prefácio da tradutora — 35

Padrões adotados para a tradução — 65

Os Austen — 68

1. Para Cassandra Austen
   Sábado, 09 — Domingo, 10 de janeiro de 1796
   De Steventon a Kintbury — 77

2. Para Cassandra Austen
   Quinta-feira, 14 — sexta-feira, 15 de janeiro de 1796
   Steventon a Kintbury — 81

3. Para Cassandra Austen
   Terça-feira, 23 de agosto de 1796
   De Londres a Steventon — 85

4. Para Cassandra Austen
   Quinta-feira, 1º de setembro de 1796
   De Rowling a Steventon — 87

5. Para Cassandra Austen
   Segunda-feira, 5 de setembro de 1796
   De Rowling a Steventon — 91

6. Para Cassandra Austen
   Quinta-feira, 15 — sexta-feira, 16 de setembro de 1796
   De Rowling para Steventon — 94

7. Para Cassandra Austen
   Domingo, 18 de setembro de 1796   98
   De Rowling para Steventon

8. Para Philadelphia Walter
   Domingo, 8 de abril de 1798   101
   De Steventon a Seal

9. Para Cassandra Austen
   Quarta-feira, 24 de outubro de 1798   102
   De Dartford a Godmersham

10. Para Cassandra Austen
    Sábado, 27 — Domingo, 28 de outubro de 1798   105
    De Steventon a Godmersham

11. Para Cassandra Austen
    Sábado, 17 — Domingo, 18 de novembro de 1798   111
    De Steventon a Godmersham

12. Para Cassandra Austen
    Domingo, 25 de novembro de 1798   115
    De Steventon a Godmersham

13. Para Cassandra Austen
    Sábado, 1º — domingo, 2 de novembro de 1798   119
    De Steventon a Godmersham

14. Para Cassandra Austen
    Terça-feira, 18 — quarta-feira, 19 de dezembro de 1798   124
    De Steventon a Godmersham

15. Para Cassandra Austen
    Segunda-feira, 24 — quarta-feira, 26 de dezembro de 1798   129
    De Steventon a Godmersham

16. Para Cassandra Austen
    Segunda-feira, 28 de dezembro de 1798
    De Steventon a Godmersham 135

17. Para Cassandra Austen
    Terça-feira, 8 — quarta-feira, 9 de janeiro de 1799
    De Steventon a Godmersham 138

18. Para Cassandra Austen
    Segunda-feira, 21 — quarta-feira, 23 de janeiro de 1799
    De Steventon a Godmersham 144

19. Para Cassandra Austen
    Sexta-feira, 17 de maio de 1799
    De Bath a Steventon 150

20. Para Cassandra Austen
    Domingo, 2 de junho de 1799
    De Bath a Steventon 154

21. Para Cassandra Austen
    Terça-feira, 11 de junho de 1799
    De Bath a Steventon 158

22. Para Cassandra Austen
    Quarta-feira, 19 de junho de 1799
    De Bath a Steventon 163

23. Para Cassandra Austen
    Sábado, 25 — segunda-feira, 27 de outubro de 1800
    De Steventon a Godmersham 168

24. Para Cassandra Austen
    Sábado, 1º de novembro de 1800
    De Steventon a Godmersham 173

25. Para Cassandra Austen
Sábado, 8 — Domingo, 9 de novembro de 1800   178
De Steventon a Godmersham

26. Para Martha Lloyd
Quarta-feira, 12 — quinta-feira, 13 de novembro de 1800   184
De Steventon a Ibthorpe

27. Para Cassandra Austen
Quinta-feira, 20 — Sexta-feira, 21 de novembro de 1800   188
De Steventon a Godmersham

28. Para Cassandra Austen
Domingo, 30 de novembro — segunda-feira, 1º de dezembro de 1800 194
De Ibthorpe a Godmersham

29. Para Cassandra Austen
Sábado, 3 — segunda-feira, 5 de janeiro de 1801   199
De Steventon a Godmersham

30. Para Cassandra Austen
Quinta-feira, 8 — sexta-feira, 9 de janeiro de 1801   205
De Steventon a Godmersham

31. Para Cassandra Austen
Quarta-feira, 14 — Sexta-feira, 16 de janeiro de 1801   210
De Steventon a Godmersham

32. Para Cassandra Austen
Quarta-feira, 21 — quinta-feira, 22 de janeiro de 1801   215
De Steventon a Godmersham

33. Para Cassandra Austen
Domingo, 25 de janeiro de 1801   220
De Steventon a Godmersham

34. Para Cassandra Austen
Quarta-feira, 11 de fevereiro de 1801
De Manydown a Londres 224

35. Para Cassandra Austen
Terça-feira, 5 — quarta-feira, 6 de maio de 1801
De Bath a Ibthorpe 228

36. Para Cassandra Austen
Terça-feira, 12 — quarta-feira, 13 de maio de 1801
De Bath a Ibthorpe 233

37. Para Cassandra Austen
Quinta-feira, 21 — sexta-feira, 22 de maio de 1801
De Bath a Kintbury 238

38. Para Cassandra Austen
Terça-feira, 26 — quarta-feira, 27 de maio de 1801
De Bath a Kintbury 243

39. Para Cassandra Austen
Quarta-feira, 14 de setembro de 1804
De Lyme Regis a Ibthorpe 248

40. Para Francis Austen
Segunda-feira, 21 de janeiro de 1805
De Bath a Portsmouth 254

41. Para Francis Austen
Terça-feira, 22 de janeiro de 1805
De Bath a Portsmouth 257

42. Para Francis Austen
Terça-feira, 29 de janeiro de 1805
De Bath a Portsmouth 259

43. Para Cassandra Austen
Segunda-feira, 8 — quinta-feira, 11 de abril de 1805 260
De Bath a Ibthorpe

44. Para Cassandra Austen
Domingo, 21 — terça-feira, 23 de abril de 1805 267
De Bath a Ibthorpe

45. Para Cassandra Austen
Sábado, 24 de agosto de 1805 273
De Godmersham a Goodnestone

46. Para Cassandra Austen
Terça-feira, 27 de agosto de 1805 278
De Goodnestone a Godmersham

47. Para Cassandra Austen
Sexta-feira, 30 de agosto de 1805 282
De Goodnestone a Godmersham

48. Para Fanny Austen (Knight)
? Quinta-feira, 24 de julho de 1806 286
De Clifton a Godmersham

49. Para Cassandra Austen
Quarta-feira 7 — quinta-feira, 8 de janeiro de 1807 288
De Southampton a Godmersham

50. Para Cassandra Austen
Domingo, 8 — segunda-feira, 9 de fevereiro de 1807 294
De Southampton a Godmersham

51. Para Cassandra Austen
Sexta-feira, 20 — domingo, 22 de fevereiro de 1807 301
De Southampton a Godmersham

52. Para Cassandra Austen
   Quarta-feira, 15 — sexta-feira, 17 de junho de 1808   306
   De Godmersham a Southampton

53. Para Cassandra Austen
   Segunda-feira, 20 — quarta-feira, 22 de junho de 1808   314
   De Godmersham a Southampton

54. Para Cassandra Austen
   Domingo, 26 de junho de 1808   321
   De Godmersham a Southampton

55. Para Cassandra Austen
   Quinta-feira, 30 de junho — sexta-feira, 1º de julho de 1808 327
   De Godmersham a Southampton

56. Para Cassandra Austen
   Sábado, 1º — domingo, 2 de outubro de 1808   333
   De Godmersham a Southampton

57. Para Cassandra Austen
   Sexta-feira, 7 — domingo, 9 de outubro de 1808   339
   De Southampton a Godmersham

58. Para Cassandra Austen
   Quinta-feira, 13 de outubro de 1808   345
   De Southampton a Godmersham

59. Para Cassandra Austen
   Sábado, 15 — domingo, 16 de outubro de 1808   348
   De Southampton a Godmersham

60. Para Cassandra Austen
   Segunda-feira, 24 — terça-feira, 25 de outubro de 1808 353
   De Southampton a Godmersham

61. Para Cassandra Austen
    Domingo, 20 de novembro de 1808
    De Southampton a Godmersham 359

62. Para Cassandra Austen
    Sexta-feira, 9 de dezembro de 1808
    De Southampton a Godmersham 364

63. Para Cassandra Austen
    Terça-feira, 27 — quarta-feira, 28 de dezembro de 1808
    De Southampton a Godmersham 370

64. Para Cassandra Austen
    Terça-feira, 10 — quarta-feira, 11 de janeiro de 1809
    De Southampton a Godmersham 376

65. Para Cassandra Austen
    Terça-feira, 17 — quarta-feira, 18 de janeiro de 1809
    De Southampton a Godmersham 381

66. Para Cassandra Austen
    Terça-feira, 24 de janeiro de 1809
    De Southampton a Godmersham 387

67. Para Cassandra Austen
    Segunda-feira, 30 de janeiro de 1809
    De Southampton a Godmersham 392

68. (a) Para B. Crosby & Co.
    Quarta-feira, 5 de abril de 1809
    De Southampton a Londres 397

68. (b) De Richard Crosby
    Sábado, 8 de abril de 1809
    De Londres a Southampton 399

69. De Francis Austen
Quarta-feira, 26 de julho de 1809
De Chawton para a China 400

70. Para Cassandra Austen
Quinta-feira, 18 — sábado, 20 de abril de 1811
De Londres a Godmersham 402

71. Para Cassandra Austen
Quinta-feira, 25 de abril de 1811
De Londres a Godmersham 408

72. Para Cassandra Austen
Terça-feira, 30 de abril de 1811
De Londres a Godmersham 414

73. Para Cassandra Austen
Quarta-feira, 29 de maio de 1811
De Chawton a Godmersham 418

74. Para Cassandra Austen
Sexta-feira, 31 de maio de 1811
De Chawton a Godmersham 423

75. Para Cassandra Austen
Quinta-feira, 6 de junho de 1811
De Chawton a Godmersham 428

76. Para Anna Austen
Entre quinta-feira, 29, e sábado, 31 de outubro de 1812
De Chawton a Steventon 433

77. Para Martha Lloyd
Domingo, 29 — segunda-feira, 30 de novembro de 1812
De Chawton a Kintbury 435

78. Para Cassandra Austen
    Domingo, 24 de janeiro de 1813 439
    De Chawton a Steventon

79. Para Cassandra Austen
    Sexta-feira, 29 de janeiro de 1813 446
    De Chawton a Steventon

80. Para Cassandra Austen
    Quinta-feira, 4 de fevereiro de 1813 450
    De Chawton a Steventon

81. Para Cassandra Austen
    Terça-feira, 9 de fevereiro de 1813 454
    De Chawton a Manydown

82. Para Martha Lloyd
    Terça-feira, 16 de fevereiro de 1813 459
    De Chawton a Kintbury

83. Para Francis Austen
    Quarta-feira, 17 de fevereiro de 1813 463
    De Chawton a Deal (?)

84. Para Cassandra Austen
    Quinta-feira, 20 de maio de 1813 464
    De Londres a Chawton

85. Para Cassandra Austen
    Segunda-feira, 24 de maio de 1813 469
    De Londres a Chawton

86. Para Francis Austen
    Sábado, 3 — terça-feira, 6 de julho de 1813 474
    De Chawton para o Báltico

87. Para Cassandra Austen
Quarta-feira, 15 — quinta-feira, 16 de setembro de 1813   480
De Londres a Chawton

88. Para Cassandra Austen
Quinta-feira, 16 de setembro de 1813   489
De Londres a Chawton

89. Para Cassandra Austen
Quinta-feira, 23 — sexta-feira, 24 de setembro de 1813   494
De Godmersham a Chawton

90. Para Francis Austen
Sábado, 25 de setembro de 1813   503
De Godmersham para o Báltico

91. Para Cassandra Austen
Segunda-feira, 11 — terça-feira, 12 de setembro de 1813   509
De Godmersham a Chawton

92. Para Cassandra Austen
Quinta-feira, 14 — sexta-feira, 15 de outubro de 1813   516
De Godmersham a Chawton

93. Para Cassandra Austen
Segunda-feira, 18 — quinta-feira, 21 de outubro de 1813   525
De Godmersham a Londres

94. Para Cassandra Austen
Terça-feira, 26 de outubro de 1813   529
De Godmersham a Londres

95. Para Cassandra Austen
Quarta-feira, 3 de novembro de 1813   535
De Godmersham a Londres

96. Para Cassandra Austen
Sábado, 6 — domingo, 7 de novembro de 1813   541
De Godmersham a Londres

97. Para Cassandra Austen
Quarta-feira, 2 — quinta-feira, 3 de março de 1814   548
De Londres a Chawton

98. Para Cassandra Austen
Sábado, 5 — terça-feira, 8 de março de 1814   553
De Londres a Chawton

99. Para Cassandra Austen
Quarta-feira, 9 de março de 1814   560
De Londres a Chawton

100. Para Francis Austen
Segunda-feira, 21 de março de 1814   564
De Londres a Spithead

101. Para Cassandra Austen
Terça-feira, 14 de junho de 1814   565
De Chawton a Londres

102. Para Cassandra Austen
Quinta-feira, 23 de junho de 1814   568
De Chawton a Londres

103. Para Anna Austen
Meados de julho de 1814   572
De Chawton a Steventon

104. Para Anna Austen
Quarta-feira, 10 — quinta-feira, 18 de agosto de 1814   575
De Chawton a Steventon

105. Para Cassandra Austen
Terça-feira, 23 — quarta-feira, 24 de agosto de 1814   580
De Londres a Chawton

106. Para Martha Lloyd
Sexta-feira, 2 de setembro de 1814   585
De Londres a Bath

107. Para Anna Austen
Sexta-feira, 9 — domingo, 18 de setembro de 1814   589
De Chawton a Steventon

108. Para Anna Austen
Quarta-feira, 28 de setembro de 1814   593
De Chawton a Steventon

109. Para Fanny Knight
Sexta-feira, 18 — domingo, 20 de novembro de 1814   597
De Chawton a Goodnestone

110. Para Anna Lefroy
Terça-feira, 22 de novembro de 1814   603
De Chawton a Hendon

111. Para Anna Lefroy
Quinta-feira, 24 de novembro de 1814   605
De Chawton a Hendon

112. Para Anna Lefroy
Terça-feira, 29 de novembro de 1814   607
De Londres a Hendon

113. Para Anna Lefroy
Quarta-feira, 30 de novembro de 1814   610
De Londres a Hendon

114. Para Fanny Knight
Quarta-feira, 30 de novembro de 1814
De Londres a Godmersham — 611

115. Para Caroline Austen
? Terça-feira, 6 de dezembro de 1814
De Chawton a Steventon — 616

116. Para ?Anna Lefroy
? fim de dezembro de 1814
De Chawton a Hendon — 618

117. Para Anna Lefroy
? entre começo de fevereiro e julho de 1815
De Chawton a Hendon — 620

118. Para Anna Lefroy
? fim de fevereiro — início de março de 1815
De Chawton a Hendon — 621

119. Para Caroline Austen
? Quinta-feira, 2 de março de 1815
De Chawton a Steventon — 623

120. Para Anna Lefroy
Sexta-feira, 29 de setembro de 1815
De Chawton a Wyards — 624

121. Para Cassandra Austen
Terça-feira, 17 — quarta-feira, 18 de outubro de 1815
De Londres a Chawton — 625

122. Para Henry Austen
? Sexta-feira, 20 — Sábado, 21 de outubro de 1815
De Londres para Londres — 629

123. Para Caroline Austen
Segunda-feira, 30 de outubro de 1815　　　　　　631
De Londres a Chawton

124. Para John Murray
Sexta-feira, 3 de novembro de 1815　　　　　　633
De Londres para Londres

125. (a) Para James Stanier Clarke
Quarta-feira, 15 de novembro de 1815　　　　　635
De Londres para Londres

125. (b) Para James Stanier Clarke
Quinta-feira, 16 de novembro de 1815　　　　　636
De Londres para Londres

126. Para John Murray
Quinta-feira, 23 de novembro de 1815　　　　　639
De Londres para Londres

127. Para Cassandra Austen
Sexta-feira, 24 de novembro de 1815　　　　　　641
De Londres a Chawton

128. Para Cassandra Austen
Domingo, 26 de novembro de 1815　　　　　　　645
De Londres a Chawton

129. Para Cassandra Austen
Sábado, 2 de dezembro de 1815　　　　　　　　650
De Londres a Chawton

130. Para John Murray
Segunda-feira, 11 de dezembro de 1815　　　　　654
De Londres a Londres

131. Para John Murray
Segunda-feira, 11 de dezembro de 1815   **656**
De Londres a Londres

132. (a) Para James Stanier Clarke
Segunda-feira, 11 de dezembro de 1815   **657**
De Londres a Londres

132. (b) Para James Stanier Clarke
Quinta-feira, ?21 de dezembro de 1815   **659**
De Londres para Londres

133. Para Charles Thomas Haden
Quinta-feira, 14 de dezembro de 1815   **662**
De Londres a Londres

134. (a) Da Condessa de Morley
Quarta-feira, 27 de dezembro de 1815   **663**
De Saltram a Chawton

134. (b) Para a Condessa de Morley
Domingo, 31 de dezembro de 1815   **664**
De Chawton a Saltram

135. Para Anna Lefroy   **665**
? Dezembro de 1815 — janeiro de 1816

136. Para Catherine Ann Prowting   **667**
? início de 1816

137. Para Caroline
Quarta-feira, 13 de março de 1816   **669**
De Chawton a Steventon

138. (a) Para James Stanier Clarke
Quarta-feira, 27 de março de 1816   **672**
De Brighton Pavilion a Londres

138. (b) Para James Stanier Clarke
Segunda-feira, 1º de abril de 1816   **674**
De Chawton a Brighton Pavilion

139. Para John Murray
Segunda-feira, 1º de abril de 1816   **676**
De Chawton a Londres

140. Para Caroline Austen
Domingo, 21 de abril de 1816   **678**
De Chawton a Steventon

141. Para Anna Lefroy
Domingo, 23 de junho de 1816   **681**
De Chawton a Wyards

142. Para James-Edward Austen
Terça-feira, 9 de julho de 1816   **683**
De Chawton a Steventon

143. Para Caroline Austen
Sexta-feira, 15 de julho de 1816   **687**
De Chawton a Steventon

144. Para Cassandra Austen
Quarta-feira, 4 de setembro de 1816   **690**
De Chawton a Cheltenham

145. Para Cassandra Austen
Domingo, 18 — segunda-feira, 9 de setembro de 1816   **693**
De Chawton a Cheltenham

146. Para James Edward Austen
Segunda-feira, 16 — terça-feira, 17 de dezembro de 1816   **698**
De Chawton a Steventon

147. Para Anna Lefroy
Quinta-feira, (?) dezembro de 1816
De Chawton a Wyards
702

148. Para Cassandra-Esten Austen
Quarta-feira, 8 de janeiro de 1817
De Chawton a Londres, Keppel Street
703

149. Para Caroline Austen
Quinta-feira, 23 de janeiro de 1817
De Chawton a Steventon
705

150. Para Alethea Bigg
Sexta-feira, 24 de janeiro de 1817
De Chawton a Streatham
709

151. Para Fanny Knight
Quinta-feira, 20 — sexta-feira, 21 de fevereiro de 1817
De Chawton a Godmersham
713

152. Para Caroline Austen
Quarta-feira, 26 de fevereiro de 1817
De Chawton a Steventon
718

153. Para Fanny Knight
Quinta-feira, 13 de março de 1817
De Chawton a Godmersham
720

154. Para Caroline Austen
Sexta-feira, 14 de março de 1817
De Chawton a Steventon
725

155. Para Fanny Knight
Segunda-feira, 23 — terça-feira, 25 de março de 1817
De Chawton a Godmersham
728

156. Para Caroline Austen
Quarta-feira, 26 de março de 1817 **733**
De Chawton a Steventon

157. Para Charles Austen
Domingo, 6 de abril de 1817 **735**
De Chawton a Londres

158. Testamento
Domingo, 27 de abril de 1817 **738**
De Chawton a Chawton

159. Para Anne Sharp
Quinta-feira, 22 de maio de 1817 **739**
De Chawton a Doncaster

160. Para James Edward Austen
Terça-feira, 27 de maio de 1817 **743**
De Winchester a Oxford

161. Para ? Frances Tilson **746**
? Quarta-feira, 28 — quinta-feira, 29 de maio de 1817

162. De Cassandra Austen para Fanny Knight
Domingo, 20 de julho de 1817 **748**
De Winchester a Godmersham

163. De Cassandra Austen para Anne Sharp
Segunda-feira, 28 de julho de 1817 **753**
De Chawton a Doncaster

164. De Cassandra Austen para Fanny Knight
Terça-feira, 29 de julho de 1817 **754**
De Chawton a Godmersham

Referência e abreviações **757**

Apresentação

Jane Austen em relevo

Sandra Guardini Vasconcelos[1]

E se se abrisse uma pequena fresta e o leitor pudesse espiar os "retratos da vida doméstica" agora não mais das personagens que fizeram a fama de sua criadora, mas daquela que se tornou ela mesma uma personagem? É bem isso que nos possibilita este pequeno conjunto de cerca de 160 cartas, publicado pela primeira vez em português. A abertura é estreita; porém, ela descortina um mundo, feito de viagens, deslocamentos, visitas, bailes, reuniões, mortes, nascimentos, oferecendo um precioso instantâneo do cotidiano de uma romancista ela mesma muito atenta aos movimentos de suas criaturas.

Do pequeno vilarejo de Chawton, onde passou seus últimos anos, até conquistar o mundo e se tornar unanimidade da crítica e ícone da indústria cultural, Jane Austen (1775-1817) percorreu um longo caminho. Uma existência modesta e recolhida à esfera doméstica, horizontes estreitos, personalidade discreta — nada poderia sugerir que seus romances viriam a ocupar um lugar de destaque no cânone literário e ganhariam o status de legítimos clássicos. Todavia, o conjunto de sua obra édita, mais recentemente acrescida de sua juvenília e de seus inacabados, rendeu-lhe um renome de que ela jamais chegou a desfrutar em vida.

Como às mulheres de seu tempo, a Austen não foi possível transgredir os limites de uma ordem social que lhes negava direito

---

[1] Professora Titular Sênior de Literatura Inglesa e Literatura Comparada na Universidade de São Paulo.

à educação e ao pleno desenvolvimento profissional e intelectual. Consciente das dificuldades que as mulheres — entre elas as escritoras — tinham de superar, Virginia Woolf saiu-se com uma tirada um tanto inusitada para explicar o feito de Austen: "uma dessas fadas que se empoleiram nos berços provavelmente a levou num voo pelo mundo tão logo ela nasceu[2]." Se não podemos crer na intervenção de uma fada-madrinha, que teria tocado a menina com sua varinha de condão, é necessário levantar outras hipóteses para compreender o fenômeno Austen. Sem temperamento ou espaço para rebeldia, Austen, na verdade, tirou proveito de suas próprias circunstâncias. Em vez de se insurgir contra sua condição, amoldou-se a ela e fez dela matéria para sua literatura, graças ao poder de reflexão e de crítica, que potencializou com o gosto pela leitura e o exercício cotidiano da escrita. Embora pertencesse a seu mundo e participasse dele, não abriu mão da prerrogativa de apontar-lhe as imperfeições. Em ensaio de 1940, D.W. Harding se contrapôs à visão, à época prevalente, da arte de Austen como sendo inofensiva e inconsciente. Para ele, sob a polidez e o comedimento característicos da autora, apreende-se o que ele denominou "ódio controlado",[3] isto é, um olhar distanciado e ferino que não hesitou em mostrar o que se escondia por detrás de uma ordem social que se pretendia cortês e civilizada. Contra os preconceitos, arrogância, servilismo e interesses de classe, Austen voltou suas armas com o recurso à ironia, à caricatura e à sátira a fim de fazer uma crítica mordaz aos mecanismos que moviam a vida em sociedade.

Foi dos círculos em que se movimentou e da sua experiência pessoal que Austen extraiu o material que plasmou literariamente. Sobre ela, sabemos que viveu em um pequeno universo

---

[2] WOOLF, Virginia. Jane Austen. *In*: *O valor do riso e outros ensaios*. Tradução e organização de Leonardo Fróes. São Paulo: Cosac Naify, 2014, p. 139.

[3] HARDING, D.W. Regulated Hatred: An Aspect of the Work of Jane Austen. *In*: WATT, Ian (ed.). *Jane Austen. A Collection of Critical Essays*. Englewood Cliffs, N.J.: Prentice Hall, 1963, p. 166-179.

constituído por pouco mais que as "três ou quatro famílias em um vilarejo no campo" (carta a Anna Austen, agosto de 1814), como aquelas que povoam seus romances. Seus deslocamentos se circunscreviam às viagens para ver familiares e sua vida social se organizava em torno de bailes, visitas e pequenos passeios. Não fossem sua agudeza, seu senso de observação, o olhar irônico e atento às falhas humanas, a consciência das restrições impostas pelos preceitos morais e convenções sociais, o controle absoluto da composição, é provável que suas narrativas de amor e casamento tivessem sido relegadas ao esquecimento, como foi o caso de grande parte da produção feminina ao longo da história do romance. A galeria de personagens femininas em seus romances dá a ver os condicionantes e impedimentos que foram também aqueles que, até certo ponto, determinaram o destino de sua criadora: um lugar subalterno na família, a dependência da autoridade masculina, a mobilidade relativa, a falta de perspectivas para além do casamento.

O mundo ficcional que ideou gira em torno da condição feminina, seus problemas e impasses. Porém, o seu não é um ponto de vista condescendente. Ao contrário, Austen se notabilizou pela perspectiva irônica de que dotou seus narradores, que não se furtam a expor os erros e equívocos de suas criaturas e o ridículo de certos comportamentos e convenções, ao mesmo tempo que acompanham o processo de aprendizagem das protagonistas, as quais vivem a experiência de amadurecimento e transformação. Nesse giro, Austen capta ainda o trançado das redes de sociabilidade, os meandros dos jogos e das hierarquias sociais, o funcionamento das engrenagens sociais, e esculpe toda uma experiência histórica no "pedacinho (de duas polegadas de largura) de marfim em que trabalho com um pincel tão fino que produz pouco efeito depois de tanta labuta" (carta ao sobrinho James-Edward, 16-17 de dezembro de 1816).

Não fosse o esmerado trabalho de composição de sua ficção, que evidencia um requintado manejo de técnicas e estruturas narrativas, quase se poderia dizer que não há solução de continuidade propriamente entre a Austen romancista e a autora das 161 cartas que constituem seu outro legado. Ainda que lacunar, sua correspondência nos proporciona a oportunidade de espreitar a figura histórica por entre os registros da rotina, as notícias dos parentes e as trocas com a irmã Cassandra, enquanto nos oferece uma visada dos modos de vida no período regencial, filtrados pelo olhar percuciente da missivista. Se as cartas revelam pouco a respeito das posições de Austen sobre a arte da ficção, tema que a ocupa pouco nesse conjunto e enseja apenas alguns comentários sobre questões de composição, sendo um pouco mais generosas nas referências a suas leituras, elas, por outro lado, constituem um manancial para os interessados na história do cotidiano, suas práticas, costumes e estratégias.

    Autora de seis romances que puseram em evidência a trajetória de jovens às voltas com as limitações impostas às mulheres e com as mudanças em curso na sociedade de sua época, Jane Austen assume, em sua correspondência, sua própria voz e surge diante de nós de corpo inteiro, com sua franqueza, tagarelice, fina capacidade de análise e enorme frescor. Duas irmãs separadas pela distância eventual, mas ligadas pela camaradagem e por um afeto profundo, tecem os fios desta rede epistolar, que inclui ainda alguns sobrinhos, irmãos e amigos. Conforme afirma Philippe Lejeune, "a carta, por definição, é uma partilha";[4] porém, não só entre os correspondentes, poderíamos completar. Como se estivéssemos bisbilhotando uma conversa íntima entre Jane e Cassandra Austen, também nós leitores ganhamos acesso à vida privada tanto delas quanto do restante da família e de conhecidos.

    É ampla e complexa a malha de relações, seja de amizade, seja de parentesco, que proporcionou à jovem Jane uma gama

---

[4] *Apud* MORAES, Marcos Antonio de. Sobrescrito. *In*: *Teresa* revista de literatura brasileira, n. 8-9. São Paulo: Editora 34, 2008, p. 8.

de experiências e um campo de observação de hábitos e comportamentos que, sem dúvida, acabaram por ser filtrados em sua ficção. Do mesmo modo, reconhecemos na missivista o tom galhofeiro, direto e, por vezes, até mesmo ácido que nos acostumamos a ler nos romances. Escritas sem o propósito de se tornar públicas, as cartas revelam um grau de sinceridade e irreverência, uma agudeza, que em nada se diferencia daquela do narrador austeniano. Assim como a voz narrativa em seus romances, Jane Austen não hesitava em usar a ironia como instrumento de crítica social, em lançar mão da caricatura, se necessário, para expor as falhas humanas que testemunhava por detrás do verniz das boas maneiras, da urbanidade e dos comportamentos prescritos na vida em sociedade.

Espirituosa quando adequado, séria e solidária quando a situação requeria, Jane Austen se revela nas suas mais variadas facetas e diferentes papéis: ora é a filha, preocupada com as enfermidades da mãe; ora a tia ou irmã, orgulhosa dos feitos dos sobrinhos e irmãos; ora são os assuntos domésticos e o dinheiro que a ocupam; ora ela é a jovem às voltas com tecidos, peças de vestuário, luvas, sapatos e meias. A família e a administração da casa — e temas correlatos — são tópicos absolutamente recorrentes e ensejam pedidos de notícias, trocas de informações, especulações, que enchem as folhas com a letra miúda da escritora. São assuntos triviais e corriqueiros — colheitas, animais, aniversários, refeições, estado das estradas, estações do ano, condições do tempo, lojas, excursões, jardinagem — misturados a outros, de maior ou menor gravidade — dívidas, contas, namoros, casamentos, gravidezes e partos, falecimentos. Sua rotina é feita de acontecimentos comuns, em nada diversa daquela das mulheres de seu tempo e de seu estrato social.

É extensa e cheia de fios a trança que enlaça as vidas dos Austen e dos amigos e conhecidos, cujos nomes proliferam nas cartas e deixam o leitor aturdido, sem conseguir juntar os pontos de uma complexa malha de relações próximas ou distantes, pessoas que frequentaram os bailes, os chás, os jantares e fizeram parte da rede de sociabilidade de Jane Austen. A impressão de um "horizonte social acanhado", tal como o descreveu o escritor norte-americano Henry James,[5] certamente advém do fato de que, tanto nas cartas como nos romances, o mundo de Austen se limitava ao que, na estrutura social inglesa, se chamava de *gentry* — isto é, o estrato dos proprietários de terras, gente bem-nascida e educada, com dinheiro e tempo livre. Tratava-se, sem dúvida, de uma comunidade, com uma linguagem comum e um senso de pertencimento a um universo de valores compartilhados.

Por outro lado, os constantes deslocamentos entre as diferentes propriedades, os inúmeros compromissos sociais, a capacidade aguda de observação proporcionaram a Austen o alargamento de seus horizontes, o que a levou para muito mais longe do que o mesmo Henry James caracterizou como "fidalguia modesta e existência de sala de estar" [*small gentility and front parlour existence*].[6] Raymond Williams argumenta que, embora Austen não tenha se ocupado dos grandes eventos que mudaram o curso da história europeia — nenhuma alusão à Revolução Francesa, às guerras napoleônicas ou à Revolução Industrial —, são os processos reais da história social das famílias proprietárias de terras que estruturam seus romances.[7] De fato, os "túnicas vermelhas" figuram em *Orgulho e preconceito* (1813) apenas como objeto de interesse das irmãs mais novas de Elizabeth Bennet. Também na correspondência, Austen é extremamente discreta nas menções a questões políticas ou históricas; apenas de modo eventual e muito indireto alude à campanha napoleônica[8] nas cartas escritas durante o período entre 1803-1815 e seu foco de interesse são sempre as

---

[5] Carta de Henry James a George Pellew, datada de 23 de junho de 1883. *In*: Southam, B.C. (ed.). *Jane Austen: The Critical Heritage*. Volume 2, 1870-1940. Abingdon, Oxon.; New York, 2009, p. 180.

[6] *Idem, ibidem*.

[7] Williams, Raymond. *The English Novel from Dickens to Lawrence*. London: The Hogarth Press, 1987, p. 18.

[8] Carta 38, datada de 26-27 de maio de 1801: "O 'Endymion' já recebeu ordens para levar as tropas para o Egito."

missões de seus irmãos Frank e Charles na Marinha inglesa, o que deixa para a imaginação do leitor supor a participação deles na guerra.

A discrição de Jane Austen a respeito dos grandes problemas de seu tempo vale também para a escravidão e o tráfico negreiro, os quais receberam menções, mais ou menos diretas, em *Mansfield Park* (1814), *Emma* (1816) e *Persuasion* (1818). O movimento abolicionista havia ganhado terreno desde finais do século XVIII na Inglaterra, antes da aprovação, em março de 1807, do Abolition of the Slave Trade Act [Lei da Abolição do Tráfico Negreiro], que não extinguiu a prática da escravidão, mas pôs fim ao comércio de escravizados nas colônias britânicas. Esses não eram assuntos distantes ou indiferentes para Jane. Sabe-se que toda a família Austen compartilhava o repúdio dos abolicionistas ao tráfico e à escravidão e o debate acalorado em torno dessas questões certamente não passou despercebido a Jane Austen, que também tinha conhecimento da realidade social e econômica nas ilhas caribenhas por meio de seu irmão Frank, o qual, como comandante, tinha como uma de suas responsabilidades fiscalizar e fazer cumprir a lei de 1807. Além disso, a admiração de Jane por William Cowper, o poeta abolicionista, e por Thomas Clarkson, autor de *History of the Abolition of the African Slave Trade* (1808), que se revela na correspondência, é mais um indicador das inclinações da romancista.

A reticência de Jane Austen em relação a esses temas de grande visibilidade e importância histórica dá razão ao comentário de Raymond Williams; ela certamente preferiu voltar-se para o mundo que a cercava, para sua realidade próxima. Essa escolha lhe valeu a caracterização de "historiadora da sociedade", dada por Richard Simpson, em artigo publicado anonimamente na *North British Review* em 1870,[9] depois de um exame detido de

---

[9] Simpson, Richard. Unsigned review of the Memoir, *North British Review* (April 1870), lii, 129-52. In: Southam, B.C. (ed.). *Jane Austen: The Critical Heritage*. Volume I 1881-1870. Abingdon, Oxon.; New York, 2009, p. 241-265.

cada um dos romances — ponto de vista que a apreciação de Raymond Williams corrobora. A correspondência é, igualmente, uma fonte valiosa de informações sobre como se organizavam a vida social e o cotidiano daqueles estratos da população inglesa no período entre janeiro de 1796 e maio de 1817 (datas respectivamente da primeira e da última carta da coletânea, quase às vésperas da morte de Jane, no mês de julho). Ao cobrir vários aspectos da rotina dos membros da família e dos amigos, as cartas de Austen dão um testemunho de como eles viviam, do que se ocupavam, como se divertiam, o que vestiam e comiam, com uma riqueza de detalhes que nos permite reconstituir toda uma época. Nesse sentido, são documentos de valor histórico, constituem fontes, bem dentro do espírito da história do cotidiano, gênero historiográfico que se dedica ao estudo da esfera privada, com suas práticas culturais, usos e costumes. Eles incluem uma gama ampla de campos, entre os quais agricultura, medicina, arquitetura e habitação, meios de transporte, moda, educação, economia doméstica, entretenimento, jogos e passatempos, alimentação, esportes e atividades ao ar livre, etiqueta social, trabalhos manuais. Se dizem respeito à experiência pessoal de Jane Austen e ao seu ângulo de visão, eles igualmente diziam respeito às pessoas de seus círculos, o que confere às cartas a propriedade de lançar uma luz sobre os modos de vida no interior da Inglaterra nas primeiras décadas do século XIX.

Os registros também expõem de maneira muito clara as distinções de gênero, cabendo aos homens ocupar o espaço público, em suas atividades profissionais, seja no comércio, nas finanças, na administração das propriedades, nas profissões liberais, no Exército ou na Marinha. O mundo para além do espaço doméstico, onde as mulheres estavam confinadas a maior parte do tempo, era decididamente masculino. A presença de mulheres no palco, por exemplo como atrizes, ou na literatura, como escritoras, era rara exceção. As restrições impostas a elas incluíam a educação formal, o exercício profissional, a liberdade de ir e vir desacompanhadas. Sempre sob escrutínio, eram submetidas a um rígido código de conduta, de vestuário, de boas maneiras. Graças às observações de Jane, aqui e ali, sobre os vários casais de suas relações, a correspondência fornece ainda pistas a respeito do mercado de casamentos e das estruturas legais, econômicas e sociais que funcionavam como armadilhas para as mulheres de seu estrato social. A preocupação de Jane Austen com as roupas — assunto frequente nas cartas — poderia soar como mera frivolidade, interesse tipicamente feminino; porém, apreende-se ali, apesar dos recursos financeiros limitados, certo cuidado com a adequação e os ritos condizentes com o apresentar-se em sociedade de acordo com as expectativas e as normas do grupo social. Assim, tecidos, joias, penteados, calçados, chapéus, meias, luvas, xales, leques, entram para o rol dos tópicos que Jane discute com a irmã.

As cartas de Austen funcionam como um claro contraponto à imagem que seu sobrinho James Edward Austen-Leigh pretendeu criar dela em *A Memoir of Jane Austen*.[10] Tributo à tia, com sua combinação de dados biográficos e lembranças de parentes que com ela conviveram, as memórias de Austen-Leigh pintam um retrato da "querida tia Jane" [*dear Aunt Jane*] como uma figura doméstica, sem qualquer ambição de fama e dedicada à escrita somente quando suas obrigações familiares lhe permitiam. Trata-se de uma versão adocicada e domesticada de Austen, que contrasta vivamente com o espírito irônico que apreendemos em seus romances e correspondência. Sobre as cartas, Austen-Leigh observa que "não há muito o que esperar [...], pois elas têm por objeto apenas detalhes da vida doméstica. Não há nelas menção à política ou eventos públicos; raramente quaisquer discussões sobre literatura, ou outros assuntos de interesse geral".[11]

---

[10] Austen-Leigh, James Edward. *A Memoir of Jane Austen*. London: Bentley, 1870; *A Memoir of Jane Austen and Other Family Recollections*. Oxford: Oxford University Press, 2008.
[11] *Idem, ibidem*, p. 51.

A voz que nos fala na ficção e a voz que nos fala nas cartas desmentem essa tentativa de apagar o brilho e a inteligência dessa mulher, como se ela não tivesse nada de interesse a nos dizer e a compartilhar conosco. Ao contrário, ela nos oferece tanto um vislumbre da sua intimidade e franqueza, da relação amorosa com Cassandra, quanto de seu discernimento e argúcia. Para a claustrofobia da vida cotidiana, dos compromissos sociais banais, das visitas por obrigação, sua rota de fuga foi a escrita — a correspondência principalmente com a irmã e os romances. Se a frequência ao teatro e o gosto pela música representaram oportunidades de vivência cultural, a leitura desponta como uma atividade importante e assídua, a que Jane Austen dedicou tempo e atenção. Filha de um pároco, Austen teve acesso à educação (tanto informal quanto formal) por um período muito curto, mas cresceu em um ambiente familiar no qual a leitura era hábito cotidiano. Sob a orientação do pai[12] e dos irmãos, a leitura nos serões domésticos abrangia ensaios, poesia, peças teatrais, romances e sermões.[13] Na carta de 18-19 de dezembro de 1798, Austen relata a Cassandra que certa Mrs. Martin está inaugurando uma biblioteca circulante e sugere que elas se tornem assinantes, com a justificativa de que o acervo não se constituiria apenas de romances. O comentário que se segue não podia ser mais revelador: "Ela poderia ter poupado essa declaração para nossa família, que é grande leitora de romances & não tem vergonha

---

[12] Na carta para Cassandra, datada de 16 de janeiro de 1801, Jane Austen menciona que a biblioteca do pai continha "mais de 500 volumes". Sobre as leituras e alusões de Austen nos romances e na correspondência, ver Grundy, Isobel. "Jane Austen and Literary Traditions". *In*: Copeland, Edward & McMaster, Juliet (ed.). *The Cambridge Companion to Jane Austen*. Cambridge: Cambridge University Press, p. 189-210; Stabler, Jane. "Literary Influences". *In*: Todd, Janet (ed.). *Jane Austen in Context*. Cambridge: Cambridge University Press, 2005, p. 41-50.

[13] Ver carta a Cassandra Austen, datada de Steventon, 18 de dezembro de 1798. Austen, Jane. *Jane Austen's Letters*. Edited by Deirdre Le Faye. Oxford: Oxford University Press, 1997, p. 26.

de sê-lo". Sua formação como leitora se revela não apenas nos próprios romances. Como ressalta Isobel Grundy,

> Suas cartas fervilham com todo tipo de referência possível a livros: simples relatos do que ela ou a família está lendo; opiniões; citações aplicadas às vezes de modo direto, mas mais frequentemente com camadas múltiplas de ironia; menções amorosas e brincalhonas de detalhes de romances nas quais ela os trata como se fossem a vida real.[14]

Por isso, não podemos nos fiar no retrato que pinta de si mesma, colorido com uma de suas tiradas zombeteiras, quando assim se descreve para o bibliotecário do Príncipe Regente: "E creio que posso gabar-me de ser, com toda a vaidade possível, a moça mais inculta & desinformada que já ousou tornar-se uma autora" (carta a James Stanier Clarke, 11 de dezembro de 1815). Nem inculta, nem desinformada, Austen foi uma leitora de espírito aberto, embora seja econômica no registro das suas impressões de leitura. As menções, breves e pontuais, a diversos romancistas não chegam a revelar seus critérios e juízos de valor sobre o gênero ao qual se dedicou durante toda a vida.[15] Que os romances eram parte do cotidiano da família também fica patente nas alusões de Austen a personagens com as quais compara pessoas de seu círculo, e a situações que aproxima das vividas por elas. As cartas nos fornecem pistas sobre alguns dos autores (tanto predecessores quanto contemporâneos) ou obras que leu, mas não se detêm no que ela pensava deles. Poucas vezes topamos com um comentário como este, sobre Walter Scott, expresso no seu habitual tom de galhofa:

---

[14] Grundy, Isobel, "Jane Austen and Literary Tradition", p. 189.
[15] Há ainda menções a poetas, livros de viagens e de História, ensaios, diários, biografias e correspondência.

— Walter Scott não deveria se atrever a escrever romances, especialmente romances bons. — Não é justo. — Ele já tem fama e lucro suficientes como poeta, e não deveria tirar o pão da boca das outras pessoas. — Não gosto dele, & não pretendo gostar de Waverley se puder evitar — mas receio que gostarei. — Estou muito determinada, contudo, a não ficar satisfeita com Alicia de Lacy de Mrs. West, caso venha a encontrá-lo, o que espero que não aconteça. — Penso que posso manter-me resoluta contra tudo que Mrs. West escrever. — Na verdade, decidi não gostar de romance algum, exceto os de Miss Edgeworth, os teus & os meus próprios. — (carta a Anna Austen, 28 de setembro de 1814)

Quanto às suas observações sobre escrita, é preciso garimpá-las. Embora envolvam quase sempre opiniões sobre o desempenho de terceiros, elas indiretamente iluminam caminhos que a própria Austen procurou trilhar em sua obra literária: clareza e correção; remate final e verdade (carta a Cassandra em 1808); a crítica ao excesso de leveza e falta de nuance no seu próprio *Orgulho e preconceito* (carta de fevereiro de 1813); os conselhos à sobrinha Anna, que fazia suas primeiras incursões no terreno da ficção (carta de setembro de 1814), sobre caracterização, estilo e a importância das relações entre as personagens situadas em cenários bem concebidos. Espaço literário franqueado a ela (e às mulheres), os romances é que revelam o que Austen soube realizar com maestria. Na correspondência, meio que encurtou distâncias, alimentou relações sociais, construiu, consolidou e renovou contatos, é a intimidade da escritora que nos é dado compartilhar pela pequena fresta que esta publicação oferece a partir de agora ao leitor brasileiro.

Profa. Dra. Sandra Guardini Vasconcelos
Universidade de São Paulo
São Paulo, 28 de novembro de 2022.

Prefácio da tradutora

Renata Cristina Colasante*

1. Uma voz para Jane Austen

A palavra, insubmissa, nasce, cresce, transforma-se e, por vezes, morre dentro da língua e da cultura, talvez a única moldura possível para sua existência, seu significado e suas acepções. As palavras não se rendem aos laços com os quais o tradutor ocasionalmente tenta, por ofício, amarrá-las. Portanto, encontrar respaldo para transportar seu significado para outra cultura, igualmente particular, complexa e mutante e igualmente condicionada e condicionante de costumes, hábitos, pensamentos, crenças e modos foi uma tarefa mais árdua que podíamos antever.

Como trazer essas cartas escritas na Inglaterra, entre os anos de 1796 e 1817, para o leitor do século XXI sem deixar que sua essência se perdesse ao longo da trajetória? Era preciso fazê-las viajar íntegras no tempo para o Brasil contemporâneo para que, ao mesmo tempo, permitissem que seus leitores fizessem o caminho contrário e pudessem se transportar para as terras inglesas dos séculos XVIII e XIX durante sua leitura. O único transporte disponível para tal viagem: a língua. Achar um lugar comum entre as línguas inglesa e portuguesa diante de tamanha diferença cultural e temporal foi um dos dilemas iniciais de nosso trabalho.

Quisera fosse apenas uma decisão sobre tornar atual ou não a linguagem das cartas para o leitor contemporâneo! Contudo,

---

* Tradutora e pesquisadora da obra de Jane Austen há mais de 17 anos. É Mestre e Doutora em Estudos Linguísticos e Literários em Inglês pela Universidade de São Paulo e suas produções acadêmicas foram resultado de extensas pesquisas sobre os romances e cartas da autora.

a resposta ao referido dilema suscita outras tantas perguntas e decisões acerca do ato tradutório, uma vez que produzirá efeitos na leitura e recepção da correspondência.

Por um lado, se modernizamos a linguagem, o que fazer com os termos cujas acepções se modificaram ou com aqueles que não sobreviveram ao longo do tempo? Em suas cartas, Jane Austen tratou de assuntos constantemente presentes na correspondência que trocava com sua irmã e outros familiares e amigos. Aparentemente triviais, muitos trechos trazem informações importantes acerca de eventos sociais, como o baile, e dos hábitos e costumes femininos da época, tais como peças de vestuário, tecidos e compras.

Se analisarmos o texto das cartas, contudo, encontraremos, entre outros elementos importantes, diversas marcas de polidez e refinamento que extrapolam aquilo que se poderia chamar simplesmente de "inglês do século XVIII" e que, sendo simplesmente isso, poderia ser modernizado sem maiores perdas. São utilizadas formas de expressão em uma língua inglesa que refletiu, transmitiu e ajudou a construir e perpetuar o rígido código moral e de conduta imposto à sociedade inglesa dos séculos XVIII e XIX, especialmente, aos seus setores médios. O modo de tratar as coisas corriqueiras, portanto, reflete não apenas os assuntos sobre os quais se escreve, mas compreendem muito mais do que apenas o uso de palavras ou termos da época.

As cartas espelham em suas várias nuances a organização social na Inglaterra da Era Georgiana e do período da Regência. Os valores, princípios, modos e costumes dos membros da singular camada social à qual a própria autora pertencia — os proprietários rurais ingleses, ou *landed gentry*, que faziam parte da complexa estrutura de classes inglesa do período citado — emergem por meio de um modo de se expressar que os distingue das classes inferiores. A correspondência de Jane Austen contém temas, tais como a importância dada a um jantar com o Príncipe, distinguindo-os da nobreza, a importância do espaço público para a construção das relações sociais, a importância da moda no período, que, assim como a uso da língua, fazem parte do rígido código de conduta já mencionado. Tudo era essencial para que se fosse reconhecido por essa camada social como um igual.

Dizer que relatos sobre os assuntos citados acima são abundantes no texto das epístolas de Austen seria insuficiente para explicar sua relevância. O que ocorre é que esses elementos são a própria argamassa com que se constrói toda a coletânea de cartas, tanto em seu aspecto material quanto no textual, conforme explicaremos mais à frente.

Diante disso, como retratar em uma linguagem contemporânea costumes, hábitos, tradições, pensamentos de uma classe social e de uma época que foi tão marcada pelo refinamento e pela polidez no uso da língua, tanto a oral quanto a escrita? Ademais, se observamos essas cartas como um gênero literário dos mais importantes da Inglaterra no período ao qual pertencem, como traduzir o conteúdo e fazer perder a forma?

Os desafios linguísticos da tarefa abarcavam outra questão importante: a identidade de quem as escreveu. Ainda que as cartas a serem traduzidas pertencessem a sua correspondência privada, em sua maior parte destinada a familiares, sobretudo à irmã, Cassandra, a missivista está longe de ser desconhecida do grande público. Objeto de uma vasta fortuna crítica, Jane Austen é também venerada por uma legião de fãs espalhados por todo o mundo, inclusive pelo Brasil, com todos os seus romances já traduzidos para a língua portuguesa, além de inúmeros *blogs*, perfis de redes sociais, *websites* etc. criados em sua homenagem. Estávamos a princípio diante de uma persona, antes que de uma pessoa, cuja história de vida já fora amplamente idealizada, fantasiada e plasmada na cultura popular contemporânea pela mistura de sua biografia com o universo de suas personagens. Seus romances são romantizados pela indústria do cinema, que, em meio a adaptações cinematográficas da ficção produzida pela autora, lança também adaptações ficcionalizadas de sua própria biografia, que acentuam ainda mais a distância entre sua vida real e o imaginário popular. Não deixa de ser irônico que logo Jane Austen, uma autora que reiteradas vezes ressaltou a importância que atribuía ao uso do realismo na ficção, tenha hoje sua história pessoal tão permeada pela fantasia e pelo mito, glamourizando uma vida que pretensamente associa-se com o universo de sua própria criação. Ironia essa que, tivesse a autora sobrevivido a sua fama, certamente não lhe escaparia ao olhar.

Assim, tendo em vista tamanho sucesso adquirido pela missivista ao longo dos anos, como dar voz a Jane Austen, escritora conhecida por todos, cuja imagem se associa a laboriosas construções mentais já infundidas no imaginário de seus leitores, inclusive o nosso? E qual Jane Austen estaríamos representando? Como separar o ser humano do mito sem interferir no conteúdo de suas cartas? E que voz teria Jane Austen na língua portuguesa — pergunta crucial que nos perseguiu durante todo o trabalho de tradução? Tanto mais fácil seria traduzir o mito, ainda que sua grandeza se avulte por sobre o tradutor no desejo de buscá-lo em meio a palavras. O mito, personagem, é criação da mente e, como tal, por ela controlada. Seria como traduzir um romance epistolar, cujo narrador é o autor de uma carta e todos os demais elementos são igualmente ficcionais — o espaço, o tempo, os acontecimentos, a vida, e, por mais que se afirme, como Samuel Richardson o fez em algumas de suas obras, que o material ali contido é verdadeiro, não o é, por mais realismo que enseje.

A primeira carta da coletânea é datada de 21 de janeiro de 1796, quando a autora tinha 20 anos, e a última, de 28 e 29 de maio de 1817, pouco menos de dois meses antes de sua morte, aos 41 anos. O período de 21 anos compreendido entre a primeira e a última carta abrange uma vida cujos acontecimentos são reais e aos quais o indivíduo não permanece indiferente, trazendo-lhes experiências, marcas e amadurecimento que o transformam. A morte de um pai querido, a doença de um familiar próximo, nascimentos na família, problemas financeiros, viagens, saudades dos entes ausentes, afetos e desafetos, ilusões e desilusões, anseios, expectativas, frustrações e a própria doença da autora são temas que, entre bailes, comidas, roupas e costumes da família, estão ali, presentes, reais, fugindo ao controle racional da criação autoral. E, por consequência, trazem consigo uma notável diferença na composição epistolar no decurso do tempo. O tom empregado nas cartas iniciais é notavelmente diferente daquele das últimas. Essa diferença estende-se para os temas das missivas e, se perceptíveis na leitura de seu original, seria possível transportá-lo para a tradução, que tem como material uma produção textual acabada, compilada e organizada?

Complica ainda mais as escolhas tradutórias o fato de que a ironia, um dos traços mais marcantes da ficção austeniana, não está apenas absolutamente presente, mas também, protegida pela privacidade das cartas, acentua-se, chegando por vezes ao sarcasmo. Como fazer notar ao leitor desavisado que não deve tomar como verdade certas narrativas ou comentários, sem com isso escancarar a ironia tão cuidadosamente elaborada para a diversão de um destinatário para quem a mensagem era clara? Assim como em seus romances, é preciso confiar que o leitor consiga perceber essa importante marca da escrita de Austen. Explicá-la é perdê-la.

A imaginação popular e a mídia, por exemplo, têm grande dificuldade em admitir que Jane Austen, uma escritora que deu a tantas personagens finais felizes por meio do casamento, não tivesse ela mesma um interesse amoroso e houvesse, em vez disso, optado por uma vida dedicada à família e à literatura, ou que simplesmente tivesse rejeitado um papel imposto pela sociedade de seu tempo. Para além de especulações ou suposições, esse é um assunto sobre o qual não sabemos e não saberemos, já que não há registros históricos confiáveis que o evidenciem. Ingenuamente, poderíamos pensar que a empolgação de Austen por Tom Lefroy, seu mais conhecido pretendente, retratada logo nas primeiras cartas desta coletânea, eram expressão real dos sentimentos e desejos da autora. Porém, os trechos que relatam a suposta paixão são absolutamente impregnados da característica ironia da autora, que brinca com os encontros em meio a assuntos como meias de seda, visitas recebidas, notícias do baile, que atribuem uma certa trivialidade ao flerte. Olhados em conjunto, os trechos das cartas em que Austen se refere a Tom Lefroy provocam suspeitas de que tudo possa ser mais uma divertida galhofa da jovem de 21 anos do que um interesse amoroso real. Não se trata de afirmar que falta verdade nas cartas de Austen, mas sim que nem sempre elas residem na superfície textual. Por outro lado, a ironia também pode ser vista como um mecanismo de defesa e preservação dos sentimentos. Estaria ela, então, sendo empregada pela missivista para se proteger contra possíveis frustrações? É preciso percebê-las, interpretá-las e buscar os significados ocultados pelo humor. E no caso do gênero epistolar, essa pode ser uma tarefa um tanto difícil. A carta, assim como o romance ou outros gêneros textuais e literários, é fruto de um trabalho intelectual e, assim sendo, está sujeita a projeções do eu, bem como a existência de conteúdos por vezes ficcionais. Correspondências estão imersas em, e repletas de, convenções sociais e nem mesmo as cartas familiares, privadas por excelência, estão livres de suas garras.

Ao realizar a leitura das cartas, não nos parece razoável, sob a ótica dos estudos literários, que sua composição seja destacada da produção ficcional de Jane Austen e relegada a um lugar obscuro dentro de sua obra, especialmente se consideradas a relevância, a intensidade e a frequência de comentários metatextuais que nelas encontramos. A preocupação que Austen demonstra sobre vários aspectos de sua redação, adequação, qualidade etc. não pode ser incidental e de modo algum nos parece condizente com a pouca importância que foi atribuída à produção epistolar da autora pelo público e pela crítica ao longo dos anos, como discutiremos mais adiante.

As diferentes formas de olhar as epístolas adotadas por críticos e biógrafos, que ora borram as fronteiras entre a realidade e a ficção, ora as observam como um espelho da realidade, não são estranhas ao gênero epistolar e exemplificam a complexidade das discussões que o envolvem. Se considerarmos as constantes referências a sua recepção e crítica, fica ainda mais evidente as dificuldades compreendidas nessa forma de escrita.

Para darmos relevo à importância que as cartas de Jane Austen têm em sua obra, é preciso compreender que a troca de correspondências foi um fenômeno cultural da mais alta relevância na cultura inglesa entre os séculos XVIII e XIX. As práticas epistolares, ou seja, o ato de escrever e trocar cartas, desempenharam um papel fundamental na Inglaterra no período, refletindo a importância da comunicação escrita como meio de expressão, conexão social e troca de ideias. Escrever era imprescindível, pois as cartas eram o principal meio de comunicação entre aqueles que estavam distantes geograficamente. Elas eram o gênero indispensável para diminuir a saudade, dizer que se ama e que se está bem. Eram igualmente importantes para as mais diversas necessidades geradas pela intensificação dos negócios e do comércio nas colônias britânicas, por um efervescente cenário político e por grandes acontecimentos históricos, tais como as Revoluções Francesa e Americana e, mais tarde, as Guerras Napoleônicas, entre outros. As missivas foram um elo vital entre familiares e amigos no fim do século XVIII, atingindo sua maior popularidade no século XIX, quando o Império Britânico circundava o globo terrestre, com um público leitor que ansiava por cartas de viagem com relatos detalhados publicadas nos jornais, revistas e livros. Essas correspondências iam desde as pessoais, dirigidas a um ou poucos destinatários, até aquelas escritas para serem publicadas, destinadas ao grande público. O público leitor adorava a intimidade e imediatez conferida pelo gênero e muitas dessas cartas eram redigidas aos moldes dos romances epistolares, ainda que o público leitor fosse constituído de apenas uma pessoa: o destinatário. Embora não seja possível aqui discorrer amplamente sobre as práticas epistolares na Inglaterra no período em que

Jane Austen viveu, dada a complexidade e extensão desse tema, ele deságua em um aspecto cultural que remete diretamente a uma das maiores discussões sobre as cartas deixadas pela autora: a destruição parcial ou integral de algumas delas.

2. O "roubo" de Cassandra

É uma verdade universalmente reconhecida que Cassandra Austen, em posse das cartas de sua irmã, Jane, destruiu parte do epistolário.

A informação de que Cassandra subtraiu das cartas alguns trechos que ela não queria que viessem a público foi divulgada pela primeira vez na coletânea da correspondência da autora organizada por Robert W. Chapman, intitulada *Jane Austen's Letters*. Em sua Introdução, Chapman cita o seguinte trecho de um texto escrito por Caroline Austen, sobrinha da autora, em 1867:

> Suas cartas para tia Cassandra (pois por vezes estavam separadas) eram, ouso dizer, francas e confidenciais — Minha tia as examinou e queimou a maior parte (conforme ela me contou), dois ou três anos antes de sua própria morte — Ela deixou ou deu algumas como herança para suas sobrinhas — mas, entre as que eu já vi, várias tinham partes cortadas.[1]

Segundo Chapman, muitos opinaram que a referida mutilação ao epistolário teria "roubado" parte de seu interesse. Ele, entretanto, relativiza a importância da ação destrutiva de Cassandra, acrescentando que "sem dúvida, essa supressão custou-nos muito do que apreciaríamos. Mas podemos suspeitar que não afetou materialmente a impressão que teríamos tido sobre um material sobrevivente mais rico".[2] Mais adiante, quantificando melhor a

---

[1] AUSTEN, Jane; CHAPMAN, R. W. (ed.). *Jane Austen: Letters* 1796-1817. 1ª ed. London, New York e Toronto: Oxford University Press, 1932. p. XXXIX
[2] *Idem.*

proporção da "censura" operada por Cassandra, Chapman nos conta que:

> A eliminação e a censura das cartas de sua irmã por Cassandra Austen, como mencionadas pela sobrinha Caroline Austen, mostram-se mais na destruição completa das cartas do que na excisão de frases isoladas; as "partes cortadas" geralmente representam apenas poucas palavras e, a partir do contexto, parece que o assunto em pauta era uma enfermidade física. Essa destruição de cartas geralmente pode ser notada quando as datas das cartas sobreviventes são comparadas.[3]

Ainda que não tenha sido Chapman quem formulou a hipótese já citada sobre as lacunas existentes na correspondência de Austen, considerando que a publicação organizada por ele tornou-se uma obra de referência, e seu autor, uma autoridade nos assuntos relacionados à escrita epistolar de Austen, a apresentação incontestada da memória familiar recebeu a chancela de verdade e oficializou o fato, que passou a ser aceito e replicado pela crítica e por leitores a partir de sua difusão, tornando Cassandra uma espécie de "vilã" da correspondência austeniana até os dias de hoje. Evidência disso é que a organizadora da terceira edição de *Jane Austen's Letters*, Deirdre Le Faye, retoma a questão num discurso que reitera as afirmações de Caroline como sendo a única e verdadeira história por trás do epistolário faltante. Em meio a relevantes esclarecimentos sobre a organização das cartas, Le Faye acrescenta:

> Quando uma série de cartas não contém esse padrão e frequência de troca de correspondências, isso significa que Cassandra destruiu parte do conjunto anos mais tarde, quando planejava deixar algumas delas para suas sobrinhas como

---

[3] *Ibid*, p. XL.

lembranças de sua tia Jane. Uma análise cuidadosa mostra que a destruição foi provavelmente ou porque Jane havia descrito os sintomas físicos muito completamente (por exemplo, durante o outono de 1798, quando Cassandra estava em Godmersham e Mrs. Austen estava doente em casa, em Steventon, sendo cuidada por Jane), ou porque ela fizera algum comentário sobre outros membros da família que Cassandra não desejava que a posteridade lesse.[4]

Contudo, costumes da época, bem como interesses familiares ulteriores aos de Cassandra, tornam necessária uma revisão da culpa que lhe foi atribuída, tanto de modo a fazer alguma reparação diante do pesado fardo que foi imposto a seu nome, como de modo a compreendermos mais profundamente o próprio material que temos em mãos e sua respectiva história.

Conforme afirma o especialista em epistolografia Jose Luis Diaz, em seu artigo "Qual genética para as correspondências?", o desaparecimento de trechos ou cartas inteiras de um epistolário não é excepcional para os editores de correspondência, constituindo o que chamam de "fantasmas". Diaz explica que os fantasmas são "as cartas hoje perdidas, que não possuem senão uma existência hipotética, mas cuja presença virtual se deduz, certamente, através de outras cartas que fundamentam sua existência — seja pela alusão, seja às vezes por citações".

A problemática do trabalho com edições impressas também é discutida na obra *Eighteenth-Century Letters and British Culture*, de Claire Brant, especialista em práticas culturais do século XVIII, que afirma que cartas impressas sempre fazem surgir uma antítese entre o que é público e o que é privado, antítese essa que leva a outra, entre o manuscrito e o texto impresso. Em outras palavras, Brant argumenta que nem tudo que é impresso é público, nem

---

[4] AUSTEN, Jane; LE FAYE, Deirdre (ed.). *Jane Austen's Letters*. 3ª ed. Oxford e New York: Oxford University Press, 1995.

tudo que não foi publicado é privado. Os manuscritos derivam de arquivos, que partem da noção de um lugar onde são mantidos documentos públicos, para abrigar também documentos que não fazem parte do domínio público. Citando a discussão de Derrida sobre os arquivos, Brant ressalta que há sempre um limite instável entre o público e o privado, entre a família, a sociedade e o Estado, e entre o indivíduo e o eu. O ponto aqui a se considerar é que arquivos são feitos de escolhas, sejam elas conscientes, sejam inconscientes. Ainda que sejam fontes fidedignas, não há como garantir sua completude, nem tampouco recuperar as razões para que contenham certos documentos em detrimento de outros, sobretudo em casos em que fontes confiáveis já não mais existem ou jamais existiram. Complicam ainda mais a questão os arquivos familiares, permeados por sentimentos e paixões de foro íntimo — amor, ternura, ódio, orgulho, vaidade — mas também por fortes relações sociais.

Diante disso, parece-nos frágil o argumento de que Cassandra teria destruído cartas ou trechos delas apenas porque continham detalhamento de sintomas físicos, ou que não quisesse que pessoas tivessem acesso a comentários sobre membros da família. Os descendentes de membros das camadas médias da sociedade tinham a tendência de supervalorizar as correspondências entre iguais, desprezando outras. Da mesma forma, podemos conjecturar que, se o referido desprezo estiver relacionado a uma forma de projetar uma autoimagem familiar que se quer evidenciar ou tornar pública, a destruição de algumas cartas e a preservação de outras parecem plausíveis no caso de Austen. O argumento se sustenta ainda mais se considerarmos publicações familiares, como a notória biografia escrita por James Edward Austen Leigh, intitulada *A Memoir of Jane Austen*, que, assim como outras obras de membros da família Austen, visava construir uma imagem imaculada de Austen como uma virtuosa mulher vitoriana, discreta, bondosa, dedicada à família.

Além disso, ainda é preciso levar em conta que o que ocorreu com a correspondência de Jane Austen não deve ser descontextualizado e tratado como um ato isolado. Claire Brant aponta que os historiadores do século XVIII tinham consciência da incompletude dos arquivos e lamentavam que os artefatos em papel estivessem desaparecendo em sua própria época, graças à destruição intencional, negligência, aos acidentes climáticos e à ação dos ratos. Muito embora a discussão de Brant esteja mais centrada em arquivos públicos, acreditamos que mesmo em relação a arquivos familiares não se pode desconsiderar a possibilidade de manuscritos de Jane Austen terem simplesmente deixado de existir pelas próprias condições de armazenamento ou costumes da época.

Por costumes referimo-nos ao hábito que as famílias tinham de dar como lembrança a conhecidos trechos de manuscritos dos entes já falecidos. No caso de alguém famoso, como Austen, esses documentos autografados ou escritos de próprio punho chegavam a entrar como parte de negociações, ser vendidos ou até mesmo presenteados a contatos de negócios importantes. Há indícios de que isso tenha ocorrido com a correspondência de Austen, como discutiremos mais detalhadamente abaixo.

Nossas suspeitas acerca da fragilidade das razões que sustentam a tese de destruição operada por Cassandra, conforme já mencionamos, parecem fundamentadas, se considerarmos um trecho de uma correspondência de Jane para Cassandra encontrado recentemente. Enquanto pesquisadores continuam buscando trechos que revelem os supostos detalhes picantes que a posteridade não deveria ler, a edição de 17 de fevereiro de 2019 do jornal britânico *The Telegraph* anunciou a descoberta de um trecho faltante de uma carta escrita em 15-16 de setembro de 1813. O documento foi encontrado em um livro de autógrafos contendo mais de 200 anotações e assinaturas, incluindo as de George Washington e da Rainha Vitória, segundo a publicação. Confirmando o que mencionamos acima, Kathryn Sutherland, especialista na obra de Austen, diz à reportagem que Lorde Brabourne, herdeiro de grande parte das cartas sobreviventes e responsável pela primeira publicação desse material, vendeu muitos manuscritos de Austen à medida que a fama dela aumentava, e o trecho encontrado poderia ser um deles. No trecho, em vez de fofocas, uma lista de roupas.[5] Sobre a relevância da descoberta, Sutherland ressalta que, a despeito da inexistência de material de leitura proibida no trecho, o grande charme de Austen era a domesticidade, com base na qual ela fazia sua arte. Nesse sentido, a lista de roupas é muito mais perfeita do que revelações íntimas.

Tendo em vista o caso citado, se o objeto encontrado foi fruto dos recortes de Cassandra ao epistolário, então cai por terra a suposição de que ela o tivesse feito por pudores sobre os conteúdos extraídos das cartas. Se foi assim, então por que Cassandra o faria? Não é condizente com a história de vida das duas irmãs que Cassandra tivesse interesses pecuniários sobre o material deixado por Jane. É opinião dos pesquisadores consultados na reportagem que o objeto tenha sido fruto da ação de outro familiar, possivelmente Brabourne, o que desarma o argumento da responsabilidade exclusiva de Cassandra pela destruição do epistolário e evidencia que as missivas tiveram outro algoz, ou possivelmente mais de um, e que a destruição de cartas ou de trechos delas tenha sido fruto de um trabalho familiar coletivo.

Ao estudar o fac-símile das cartas da autora, a pesquisadora Jo Modert destaca aspectos essenciais que fomentam as discussões acerca da mutilação das correspondências:

> Outro aspecto fascinante dos fac-símiles são as mutilações que são claramente evidentes. Embora os biógrafos e críticos tenham dado muita atenção às afirmações de Caroline Austen [...] de que Cassandra cortou partes das cartas antes de morrer, os fac-símiles demonstram que as incisões nas cartas a Cassandra são poucas e

---

[5] Acrescentamos a tradução do novo trecho encontrado ao final da Carta 87 em nossa edição.

não tinham nada a ver com as expressões emocionais ou segredos de Jane Austen. A maioria das mutilações está localizada nas cartas guardadas por outros familiares, especialmente os Austen-Leigh e os Lefroy, e foram feitas para satisfazer os colecionadores de autógrafos.[6]

Tentando buscar respostas ao que de fato teria ocorrido ao epistolário, Modert argumenta que muitas devem ter sido destruídas em vida e outras possivelmente foram vítimas do descuido da criadagem no período subsequente ao falecimento da autora, principalmente durante mudanças de residência, processo em que comumente objetos se perdem. As ponderações de Modert corroboram os estudos de Brant, conforme já apontamos acima.

Outro argumento levantado por Modert é que entre as milhares de cartas que se estima que Austen tenha escrito em sua vida, há a confirmação de pouco mais de 15 destinatários conhecidos, entre familiares e amigos. Sabe-se que, do epistolário conhecido (161 cartas até a data atual), 94 foram remetidas a Cassandra, entre as quais 77 ainda sobrevivem. Portanto, conforme ressalta a pesquisadora, a grande quantidade de cartas à irmã não significa que Jane escrevia só para Cassandra, mas sim que Cassandra foi quem melhor conservou as cartas em seu poder.

Citando uma carta de Cassandra para Charles Austen, redigida em 1843, Modert chama atenção para seu conteúdo, do qual destacamos:

> Como estou com tempo livre, estou examinando e destruindo alguns de meus papéis — outros eu anotei 'para ser queimados',

---

[6] AUSTEN, Jane; MODERT, Jo (ed.). *Jane Austen's Manuscript Letters in Facsimile*: Reproductions of Every Known Extant Letter, Fragment, and Autograph Copy, with an Annotated List of All Known Letters. Carbondale e Edwardsville: Southern Illinois University Press, 1989.

enquanto alguns permanecerão. Esses são principalmente algumas cartas & alguns manuscritos de nossa querida Jane, os quais separei para aqueles a quem acredito que serão mais valiosos..."[7]

Nessa carta, Cassandra escreve ao irmão com o objetivo de dar-lhe instruções acerca de seu testamento. Por meio dela, informa-o de que a beneficiária de seu testamento anterior era Martha Lloyd, cujo falecimento a teria forçado a rever suas intenções. A herança de Cassandra, assim como a da irmã, não constituía um patrimônio amplo, mas incluía roupas, algumas joias e documentos. Entretanto, a revisão de seu arquivo pessoal evidencia que ela separava cartas da irmã para doar a pessoas próximas, sobretudo familiares. Já discutimos que a doação de Cassandra foi composta de 94 cartas, das quais se conservam hoje apenas 77. Lorde Brabourne teve acesso a pelo menos duas a mais para sua edição, pois teve em mãos 79 manuscritos originais. A maior parte das cartas foi deixada para sua mãe, Fanny Austen Knight (Knatchbull), que pode ter doado algumas cartas e, segundo Modert, pelo menos 11 cartas ficaram sob os cuidados do irmão Charles, e quatro sob os de Caroline Austen. Esses, entretanto, são os números conhecidos, e o conteúdo dessas doações pode ter sido maior.

Ao compararmos a carta acima ao relato de Caroline, que mencionamos anteriormente, parece haver uma discrepância entre o que Cassandra diz ao irmão e o que Caroline compreende ou se lembra. Enquanto Cassandra afirma estar queimando alguns documentos e separando as cartas de Austen para deixar de herança às sobrinhas, Caroline conta que eram as próprias cartas que Cassandra destruía. Vinte e dois anos se passaram entre

---

[7] *Ibid*, p. xxi

a morte de Cassandra e a redação das memórias de Caroline. Modert levanta duas hipóteses: o decurso do tempo pode ter feito com que seu relato fosse inexato, ou, então, sua imaginação era tão inventiva que sua história traz informações inconsistentes com os dados históricos. Às considerações de Modert, gostaríamos de acrescentar ainda que Caroline tinha, ela mesma, restrições quanto a conteúdos das cartas que ela considerava não serem publicáveis, tais como os últimos versos que Austen escreveu pouco antes de falecer.

Modert recorda ainda que partes das memórias de Caroline foram publicadas com o já citado *A Memoir of Jane Austen*. Porém, precisamente essa menção à destruição das cartas não é replicada por James-Edward e a pesquisadora afirma que ele não o fez porque teria sabido por intermédio de Anna Austen, outra sobrinha de Jane, que a única familiar que de fato não teria participado da destruição ao epistolário foi exatamente Cassandra. No posfácio de *A Memoir*, James-Edward reclama da escassez de materiais para compor a biografia da tia, dizendo:

> Há 52 anos, a sepultura fechou-se sobre minha tia; e, durante esse longo período, nenhuma ideia de escrever sua vida foi cultivada por qualquer pessoa da família. Seus parentes mais próximos, longe de tomar providências para tal feito, destruíram muitas das cartas e documentos por meio dos quais a tarefa poderia ter sido mais fácil. Eles foram influenciados, acredito, em parte por uma aversão extrema à publicação de detalhes privados, e, em parte, por nunca terem imaginado que o mundo ficaria tão fortemente interessado em suas obras a ponto de reivindicar seu nome como propriedade pública.[8]

---

[8] AUSTEN-LEIGH, James Edward. *A Memoir of Jane Austen and Lady Susan*. 2ª ed. London: Richard Bentley And Son, 1882. p. 195.

As afirmações de James-Edward, portanto, sugerem um ato coletivo de destruição das missivas, além de demonstrar uma certa desconfiança quanto ao potencial artístico da escritora, especialmente numa época que precedeu sua fama e que pode ter sido motivo para que a venda de partes das cartas, sobretudo as que continham a assinatura de Austen, tenham sido vistas como oportunidades de conseguir algum lucro. Modert relata que colecionar autógrafos foi um aspecto tão importante para a cultura do século XIX quanto as cartas o foram para a cultura do XVIII, e a própria Caroline teria fornecido trechos de cartas para colecionadores. É importante salientar que se aplicam também para os colecionadores muitas situações aqui já discutidas — falta de zelo no armazenamento, perdas, destruições pelo tempo, pelo fogo etc. — e muito do que desapareceu pode ter sido destruído até mesmo depois de ter saído do domínio dos familiares da autora.

Os pontos discutidos acima não pretendem exaurir as hipóteses sobre o que de fato aconteceu com as missivas de Jane Austen durante sua vida ou após sua morte, mesmo porque essa tarefa não é possível diante da inexistência de provas materiais ou documentos que consolidem a história dessas cartas. Também não quisemos sugerir que Cassandra não tenha destruído ou perdido cartas que estavam sob seus cuidados. Isso não apenas pode como deve ter acontecido. Porém, Cassandra parece ter sido vítima de acusação sem provas por parte de Caroline, a quem se deu muita credibilidade, sem que se questionasse o dado baseado na memória, e que pode, ela mesma, ter mutilado algumas correspondências. As memórias e os relatos biográficos guardam semelhança com importantes características da carta e estão impregnados de projeções, fantasias, interesses e sentimentos sobre os quais pouco ou nada sabemos, além daquilo que nos foi fornecido pela escrita. As motivações podem ser muitas e trazem consigo numerosos questionamentos — será que Caroline realmente acreditava ter sido Cassandra quem destruiu as cartas ou a tia já falecida não poderia oferecer contra-argumentos? Que interesses familiares foram mobilizados com a fama de Jane Austen? Por que a crítica aceitou tão prontamente a explicação?

O fato é que os discursos familiares envolvendo o epistolário se contradizem, além de que os estudos históricos sobre correspondências inglesas parecem trazer à luz outras hipóteses, e tudo parece apontar para uma história bem mais complexa do que a que vem sendo oficializada. As evidências apontam mais para uma dilapidação familiar com interesses vários, especialmente financeiros. Brabourne, conforme já comentamos, não parece ter aprovado a cessão feita por sua irmã para a publicação de *Lady Susan* por James-Edward em seu *A Memoir of Jane Austen*, e sua indignação nos faz crer que deve ter sido porque descobriu tardiamente que o material perdido era um tesouro literário. Porém, se James-Edward não o tivesse publicado, será que Brabourne teria dado alguma atenção aos manuscritos ignorados havia tantos anos e que só chegaram a suas mãos por acaso, em meio a documentos entregues a ele como parte do espólio da mãe? Seja como for, os interesses, ainda que econômicos, nos beneficiaram, pois de outro modo dificilmente teríamos tido acesso ao epistolário.

3. Jane Austen e a arte da escrita epistolar

Em 2 de março de 1814, tendo partido de Chawton e recém chegado a Londres para uma visita a Henry, Austen escreve para a irmã Cassandra, descrevendo o cenário em que escrevia. Após uma viagem exaustiva, porém muito boa, que envolveu uma troca de carruagens e uma ótima refeição no caminho, Jane acomoda-se em seu aposento, desfaz sua bagagem e, em seguida, escreve duas cartas. Pouco depois, recebe uma visita, que não se demora. Lá fora neva. A nevasca do dia anterior já havia tornado a viagem difícil devido à lama do caminho. Agora, na solidão da sala, Jane inicia uma carta. A destinatária era Cassandra. Sentada à mesa nova do irmão Henry,[9] após planejar mentalmente sua escrita, Jane arruma o papel, vergê ou cartáceo. De coloração bege, era fino (como um papel elegante devia ser) e resistente, fabricado com trapos de algodão e linho reciclados de alguma fábrica inglesa, como revelava sua marca d'água. Próprio para a escrita, estava pronto para receber a tinta. Jane, então, toma a pena de ganso, sem as plumas, pois essas poderiam atrapalhar sua escrita, e a leva até o tinteiro. A tinta era de tipo comum, a ferrogálica, composta de tanino (ácido gálico), sulfato de ferro, goma arábica e água. Era fácil de fabricar, barata e podia ser transportada na forma de pó e misturada sempre que necessário.

Após molhar sua pena na tinta, Jane a leva ao papel e escreve: "Minha querida Cassandra". No início, ao tocar no papel, as palavras parecem claras, uma espécie de cinza pálido, mas o contato com o ar fará com que Cassandra a leia num vivo tom azul-preto. Dali a alguns anos, entretanto, o sulfato de ferro dará à cor um tom amarronzado. O papel é caro, portanto, Jane fará o melhor uso possível dele e, se os assuntos forem mais extensos do que a folha, ela a virará e continuará a escrever em ângulo reto, cruzando o comprimento do papel.

Após terminar sua carta, Jane a dobra. Não há envelopes, e a ação requer uma técnica apropriada. Todos no período da Regência sabem disso. Ela vira o papel de lado e dobra o lado esquerdo até o meio da folha e depois repete o mesmo gesto com o direito, fazendo com que as duas extremidades da folha se encontrem ao meio. Depois novamente dobra uma das

---

[9] A cena imaginária que proporemos a seguir baseia-se nos textos das cartas e nos estudos feitos pelo Thaw Conservation Center da Morgan Library em Nova York, que possui a maior coleção de originais de Jane Austen no mundo atualmente, com 51 das cartas sobreviventes e diversos outros manuscritos, tais como *Lady Susan*, e realiza pesquisas sobre os aspectos materiais dos textos de seu acervo.

extremidades, só que agora a leva para além do meio do papel, pois, ao dobrar a outra extremidade da folha, poderá recolhê-la dentro da primeira, o que, como um envelope, fechará a carta. Finalmente, com um sinete e cera quente, Jane sela a carta, que está pronta para ser postada no *Royal Mail*.

A cena teria já acontecido e aconteceria ainda muitas outras vezes, com Austen ora sozinha, ora em companhia dos familiares, o que era comum. Às vezes escrevia enquanto o pai lia e a mãe bordava. E também quando a irmã e as cunhadas, todas juntas, decidiam engajar-se na mesma tarefa. E, assim, na individualidade da sua mente criativa, com seu papel e sua pena, todas escreviam juntas. Os atos e cenas de escrita de Austen são abundantes em seu epistolário e nos revelam o quanto escrever se fez plenamente presente no cotidiano da autora, para além da composição dos romances.

Em *My Aunt Jane Austen, a Memoir*, Caroline Austen relembra as visitas que fazia à casa da tia quando criança e relata que:

> Minha tia devia passar muito tempo escrevendo — sua escrivaninha estava sempre na sala de estar. Muitas vezes eu a via escrevendo cartas ali e acredito que ela escreveu grande parte de seus romances da mesma maneira — sentada com sua família, quando estavam sozinhos; mas nunca vi nenhum manuscrito desse tipo em andamento — Ela escrevia muito para seus irmãos quando estavam no mar, e se correspondia com muitos outros de sua família.[10]

Ainda que os relatos de Caroline possam ser imprecisos, como as memórias de infância geralmente são, eles registram percepções sobre uma intensa atividade de escrita, identificada como epistolar, uma vez que ela reconhece jamais ter visto o

---

[10] AUSTEN, Caroline. *My Aunt Jane Austen*: A Memoir, 2ª ed. Jane Austen Society, 1991.

manuscrito de um romance. Faz-se necessário, portanto, um exame mais aprofundado da escrita epistolar de Austen de modo a compreender que lugar essa intensa atividade de escrita ocupa em sua obra.

Na carta de 3-5 de janeiro de 1801, Jane diz a Cassandra: "[d]ominei agora a verdadeira arte da escrita epistolar, a qual nos é sempre dito, consiste em expressar no papel exatamente o que se quer dizer para aquela pessoa oralmente". O trecho contém revelações importantes sobre a escrita de cartas para Jane Austen e para a sociedade contemporânea a ela. Em primeiro lugar, a citação sugere que escrever cartas é uma arte. Em segundo, que é uma arte que serve a um propósito: a comunicação com alguém que está ausente. Terceiro, essa comunicação deve ser tão natural quanto seria uma conversa presencial. Quarto, essa arte pode ser aprendida. Finalmente, a exultação pelo domínio da arte de escrever cartas evidencia um anseio, uma busca pela perfeição da forma, da técnica, as tentativas e fracassos e por fim o êxito na escrita desse gênero textual. Essa é uma arte que só pode ser obtida por meio da prática tanto da escrita quanto da leitura das próprias cartas. E Jane Austen praticou muito. Hoje se estima que a autora tenha produzido cerca de 3.000 cartas durante o curso de sua breve vida. Jane faleceu com apenas 41 anos e em meio a tantas epístolas deixou ainda seis romances e vários outros escritos. Muito se disse sobre a romancista famosa e, comparativamente, muito pouco se discutiu sobre a missivista. Gostaríamos, portanto, agora, de direcionar nosso olhar para essa atividade intensa de escrita de correspondências de modo a propiciar uma melhor compreensão de sua relevância para o legado literário de Austen.

Jane Austen recebeu, assim como suas contemporâneas setecentistas, o tipo de educação que Catherine Macaulay chamou de ornamental. As cartas demonstram que sabia tocar, dançar, desenhar, bordar, o que fazia com certa frequência. Ela, contudo, não se limitou aos conhecimentos adquiridos na sua breve educação formal nem se conformou com o papel estritamente doméstico imposto a suas contemporâneas e, obviamente com o incentivo do pai, foi um dos casos não muito comuns para sua época de uma mulher que, tendo acesso à vasta biblioteca paterna, pôde dar continuidade a sua própria educação por meio do autodidatismo. O seu repertório de leitura é bastante vasto. Tanto suas cartas quanto seus romances o demonstram. Nas obras, referências diretas ou indiretas a Samuel Johnson, Ann Radcliffe, Walter Scott, Shakespeare, Alexander Pope, Byron, entre muitos outros escritores, revelam uma intensa atividade como leitora de todos os gêneros textuais a que pôde ter acesso, da poesia ao romance, passando por periódicos e jornais, tratados de História e tudo mais que uma biblioteca ou um gabinete de leitura pudesse colocar a seu dispor. Com tantos mestres, é bastante improvável que Jane Austen tenha feito uso de algum manual que a ensinasse a escrever cartas. Como muitos ingleses à época, além dos ensinamentos formais e domésticos, seu letramento epistolar deve ter sido influenciado pelas coletâneas de cartas publicadas de outros escritores que produziram romances epistolares. Em suas obras iniciais, Austen, inclusive, ensaia com esse gênero romanesco, nos dando prova da admiração que tinha por ele. Em sua juvenília, a evidência da influência de Samuel Richardson e Fanny Burney, dois grandes modelos para Austen, materializa-se nos romances epistolares escritos por ela, tais como *A Collection of Letters* [Uma coleção de cartas] (1790-1793), *Love and Friendship* [Amor e amizade] (1790-1793), *Leslie Castle* (1792) e *Lady Susan* (1792-1796). Em *A Collection of Letters*, por exemplo, Jane parodia a coletânea de cartas publicada por Richardson, intitulada *Familiar Letters* [Cartas familiares] (1741). Além das obras da juvenília, a forma epistolar também é presente em seus romances publicados já na fase madura. Nada menos que 40 cartas são escritas por personagens criadas pela autora no conjunto de suas seis obras maiores e centenas de outras são citadas. E, assim como seus romances, suas cartas evidenciam o amplo repertório acumulado tanto por meio da leitura individual e solitária como por meio da leitura em voz alta, hábito esse que os Austen adotavam regularmente como ocupação para suas horas de lazer em família ou entre amigos. Ler e escrever, atividades inseparáveis, são indubitavelmente aquelas que Austen mais valorizava.

A incessante rotina de escritora é demonstrada na carta de 30 de junho1º de julho de 1808, em que Austen se queixa do cansaço provocado pela escrita. Na missiva de 25 de novembro de 1798, Jane dá demonstrações de sua vigorosa e exaustiva produção epistolar, afirmando: "estou razoavelmente cansada de escrever cartas, e, a menos que tenha algo novo para te dizer sobre minha mãe ou Mary, não vou te escrever novamente por muitos dias". Austen não se prende, contudo, ao descanso autoimposto e, ao primeiro pretexto, rende-se à escrita poucos dias depois para dividir com Cassandra notícias familiares: "[s]ou muito bondosa em te escrever novamente com tamanha rapidez, para te contar que acabei de receber notícias de Frank".

Todavia, a exaustão da missivista não se deve apenas ao volume de cartas que Jane escrevia, mas também a dois aspectos que lhe eram caros, dos quais decorre uma acentuada atividade intelectual, e deveriam ser considerados em cada correspondência enviada: a extensão da carta e seu estilo. Conforme observaremos a seguir, essas duas coisas estão amalgamadas.

Em uma de suas visitas a Godmersham Park, a requintada propriedade do irmão Edward, Jane relata, numa carta a Cassandra, datada de 20-22 de junho de 1808, detalhes sobre o ambiente e as pessoas com quem convivia e, como fazia costumeiramente, ri de sua própria condição, o que, justamente devido ao riso, revela-a um tanto deslocada. O desconforto da posição provavelmente tinha relação com uma noção de não pertencimento, considerando as limitações financeiras em que viviam ela, a mãe e Cassandra. Seus biógrafos indicam, inclusive, que, quando em Godmersham, Jane preferia conversar com a criadagem em vez dos frequentadores da residência. Dizendo na carta ser uma mulher rica, ainda que apenas enquanto perdurasse a visita, Jane brinca com Cassandra: "[e]nviei por meio deles minha resposta a Mrs. Knight, meu duplo reconhecimento por seu bilhete & seu convite, a qual escrevi sem esforçar-me muito; pois estava rica — e os ricos são sempre respeitáveis, qualquer que seja seu estilo de escrita". A galhofa sobre a nota escrita sem muito esforço de elaboração no estilo — já que era sua condição de rica, e não sua escrita, que lhe conferiria respeitabilidade — traz consigo uma implicatura: em suas condições financeiras normais, escrever demandava empenho. Mesmo na composição não ficcional, Austen fazia ensaios e experimentos no estilo. "Basta de Mrs. Piozzi. — Eu tinha a intenção de escrever toda a minha carta em no estilo dela, mas acredito que não o farei", diz Austen, abandonando, pouco após o início da carta de 11 de junho 1799, sua imitação do estilo de Hester Lynch Piozzi, cujas cartas trocadas com Samuel Johnson foram publicadas em 1788, em uma obra intitulada *Letters to and from the late Samuel Johnson* [Cartas trocadas com o falecido Samuel Johnson].

A consciência sobre a propriedade do estilo e sua relação com a função social ficam salientadas na carta de 8-11 de abril de 1805, na qual Austen lamenta:

> Recebi tua carta ontem à noite & espero que possa ser seguida em breve por outra que diga que tudo terminou; mas não posso deixar de pensar que a natureza reagirá & produzirá uma recuperação [...]. As bobagens que escrevi nesta & em minha última carta parecem descabidas em momentos como esses; mas não me preocuparei, elas não te farão mal algum & ninguém mais será atacado por elas.

A correspondência acima foi escrita ao longo de três dias. Jane já havia iniciado sua composição, portanto, quando recebe a carta de Cassandra, que visitava Martha Lloyd em Ibthorpe, informando-a sobre a piora no estado de saúde de Mrs. Lloyd, mãe de Martha, que faleceu em 16 de abril de 1805. A carta é significativa, pois, por meio dela, podemos verificar como, na prática, o estilo da escrita de Austen altera-se bruscamente a partir dessa passagem, que marca o início do segundo dia de sua redação. O tom espirituoso, casual, à primeira vista irrefletido, mas, de certo, industriosamente projetado para fazer rir, empregado no início da carta, adquire uma sobriedade rara para os escritos de Austen. É curioso observar como, diante de um possível luto e do sofrimento, não há espaço para brincadeiras. Não cabe o riso. E, assim, Jane ajusta seu tom, mas os assuntos continuam a ser tratados como de costume: Austen pondera sobre os possíveis desdobramentos da morte de Mrs. Lloyd para as filhas, sobre a visita de Miss Irvine e Mr. Buller, sobre a caminhada feita com a mãe pelas ruas de Bath, entre outros assuntos, e, assim, prossegue a carta, em frases curtas e factuais, na mais absoluta normalidade, despida apenas daquilo que a própria Austen, em sua autocensura, chama no trecho de *"nonsense"* (bobagens), mas que nós, leitores (e certamente também Cassandra) reconhecemos como um dos traços mais marcantes de sua obra: a ironia. Ironia, porém, é um termo moderno, atribuído pela crítica literária. A própria autora o chamou por outro, que mais reflete a qualidade intelectual utilizada em sua elaboração e que Austen constantemente evocava como qualidade essencial para as missivas: *wit* ou *genious* (engenho).

Sobre a extensão da correspondência, entre as frequentes referências a cartas recebidas ou enviadas, raras são as epístolas em que não haja entre elas o agradecimento por uma longa carta ou a reclamação pela brevidade de alguma outra. E, por vezes, uma mesma carta trará os dois, como é o caso daquela de 9 de fevereiro de 1813, em cujo parágrafo de abertura a autora diz: "[e]sta será uma resposta rápida à tua, minha querida Cassandra; duvido que tenha muito mais que a recomende, mas nunca se sabe, pode acabar sendo uma carta bem longa e encantadora".

Na mesma carta, Jane reclama da concisão da carta da grande amiga Alethea Bigg, dizendo: "[n]ão sei o que Alethea entende por escrever uma carta & escrever um bilhete, mas eu ainda a considero em dívida comigo". Os trechos evidenciam que o deleite pela carta, no caso de falta de assunto, deverá ser despertado pelo prazer de sua leitura, aspecto que engloba noções de estilo, conforme já apontamos. Entretanto, a despeito de questões mais pragmáticas que envolveram a cultura epistolar, tais como custo do papel, da postagem, e a extensão da carta, o que se percebe pela frequente demanda por cartas — e "cartas longas e encantadoras" — é que a sua escrita e leitura mobiliza para as irmãs uma outra ordem de fatores — os sentimentais — que não está liberta, evidentemente, das molduras do gênero epistolar. Ler uma longa carta era como passar algum tempo na companhia do outro, trocando ideias, sentimentos e pensamentos. E quanto mais se pudesse demorar na leitura, por mais tempo poder-se-ia estar na convivência imaginária com aquele de quem se está apartado. E, ainda assim, se uma leitura fosse insuficiente para conter o desejo de estar junto do outro, as cartas permitiriam ainda a releitura. Jane se condena por uma desatenção ao conteúdo durante a releitura de uma das cartas de Cassandra: "[e]stou muito infeliz. — Ao reler tua carta vejo que poderia ter poupado as notícias sobre Charles. — Ter escrito apenas o que já sabias! — Deves imaginar o quanto sinto", escreveu Austen em 1º de novembro de 1800.

Apreendemos na composição das cartas a coexistência inequívoca entre a emoção, que desperta a necessidade da escrita, e a racionalidade característica de Austen, que se traduz em um planejamento cuidadoso e ponderado do texto em si, com base no qual são tomadas decisões quanto à forma e ao conteúdo. No trecho citado acima, Austen se envergonha de ter escrito notícias já repetidas. Em outro, de 1º-2 de outubro de 1808, Austen repreende a irmã por ter tirado dela o ineditismo de notícias enviadas a Martha, o que fez de sua carta uma perda de tempo tanto para ela quanto para a amiga, redundando no desperdício de uma composição textual, objeto caro à autora. Num tom de insatisfação, Jane escreve: "Tu agiste mal comigo, tens escrito para Martha sem me contar, & uma carta que enviei a ela na quarta-feira para dar notícias tuas deve ter sido inútil".

Em outra correspondência, datada de 25 de janeiro de 1801, manifestando ironicamente seu desagrado pela demora no retorno da irmã, Austen expressa claramente como o ato da escrita é refletido e ensaiado, separando claramente o sentir e o dizer: "[d]urante uma ausência de três meses posso ser uma parente muito amorosa e uma exímia correspondente, mas passado esse tempo descambo em negligência e indiferença". Se observado no conjunto da carta, o fragmento acima insere-se em meio a fofocas, notícias de bailes, indagações sobre o clima, musselinas e jogos de carta que indicariam qualquer coisa, exceto descaso. O texto citado acima é, desse modo, uma estratégia para acelerar o retorno da irmã, que, conhecendo intimamente sua interlocutora, reconheceu o gracejo e compreendeu o recado.

Que os irmãos tivessem consciência do exigente crivo pelo qual passariam suas correspondências, o próprio epistolário não deixa dúvidas. Austen relata em 21-22 de janeiro de 1801: "[t]ive notícias de Edward duas vezes sobre a ocasião, & suas duas cartas foram exatamente como deveriam ser — animadas & divertidas. — Ele não ousaria escrever de outra forma para mim". Na mesma carta, Austen anuncia à leitora o que deveria esperar da missiva, ressaltando mais uma vez a elaboração intelectual da escrita: "[e]spera uma carta muito agradável; por não estar sobrecarregada de assuntos — (não tendo nada a dizer) — não haverá impedimento para minha genialidade do início ao fim".

Um exemplo da engenhosidade e do domínio da escrita pode ser observado na carta que escreve para Cassandra em 9 de dezembro de 1808, a qual inicia saudando a irmã e Mr. Deedes, cunhado de Edward, pela composição conjunta de uma carta, na qual, em meio às costumeiras zombarias, faz uma avaliação e uma comparação da escrita dos dois:

> Muito obrigada, minha querida Cassandra, a ti & a Mr. Deedes, por vossa composição conjunta & agradável, que me pegou de surpresa esta manhã. Ele certamente possui grande mérito como escritor, faz bastante justiça a seu assunto, & sem ser difuso, é claro & correto; — & ainda que eu não pretenda comparar as faculdades epistolares dele com as tuas ou dedicar a ele a mesma parcela da minha gratidão, ele certamente tem uma maneira muito agradável de sintetizar um assunto, & transmitir verdade ao mundo.

Assumindo um papel crítico, Austen faz uma avaliação da carta que lê, revelando-nos aspectos que valorizou nela. A comparação com o estilo de escrita da irmã corrobora o que já demonstramos acima: Austen é uma leitora exigente e busca na correspondência muito mais do que as notícias das quais são portadoras.

O empenho exigido de seu interlocutor espelha aquele que impõe a si mesma. Na carta datada de 14-15 de janeiro de 1796, por exemplo, Austen faz diversos comentários metatextuais, tais como "[e]nviei-te uma carta ontem para Ibthorp, a qual suponho que não vás receber em Kintbury. Não era nem muito longa nem muito espirituosa, & portanto, se ela nunca chegar a ti, não será uma grande perda"; mais adiante, na mesma carta, ela diz: "Fico muito lisonjeada por teus elogios à minha última carta, já que escrevo apenas pela fama e sem qualquer pretensão de ganhos pecuniários". Podemos citar ainda o trecho da carta datada de 1º de setembro de 1796, onde se lê: "[a] carta que acabo de receber de ti nesse momento me divertiu além dos limites. Quase morri de rir com ela, como diziam na escola. Tu és de fato a melhor escritora cômica de nossa época".

Os trechos acima suscitam inúmeros questionamentos, pois parecem atenuar as fronteiras entre a escrita de ficção e não ficção, entre a vida real e a literatura, entre a escrita/leitura da carta e a escrita/leitura do romance. Essas categorias tão bem definidas pelos estudos críticos parecem mais borradas quando consideramos a obra de Austen como um todo. Esses trechos nos ajudam a perceber com maior nitidez o valor atribuído por Austen a aspectos estilísticos que ela valorizava na escrita epistolar. Se uma missiva curta e destituída de engenhosidade podia ser extraviada e isso não representaria grandes perdas para sua correspondente, conforme Austen diz em uma das passagens citadas acima, inferimos que a forma da carta — que ali diz respeito a sua extensão e estilo — é mais estimada que o teor daquilo que foi comunicado. O orgulho pelo elogio recebido e o gracejo com a busca pela fama evidenciam o sonho da escritora — e não de uma remetente de correspondência privada que faria uso da carta meramente como um meio de comunicação ou que teria apenas sua irmã como leitora, comprovando assim sua concepção da escrita como uma ocupação laboriosa. Esses últimos trechos citados são simbólicos do prazer e diversão extraídos da carta lida, relida e, posteriormente, comentada quanto a seus efeitos, sua forma e seu estilo. E como deveríamos chamar isso tudo, se não de literatura?

Padrões adotados para a tradução

De modo a possibilitar ao leitor que compreenda algumas das decisões tomadas ao vertermos o texto para o português brasileiro, oferecemos uma síntese dos padrões adotados ao longo da realização da tarefa.

Essas decisões foram norteadas pelo desejo de permitir que o leitor atual tenha acesso ao texto da correspondência de Jane Austen, mas que também consiga vislumbrar aspectos do original que constituem marcas culturais ou estilísticas da autora.

a. Nomes, pronomes pessoais e de tratamento

1. Para as 2as pessoas do singular e do plural serão adotados os pronomes "tu" e "vós", de forma a tornar clara a distinção das 3as pessoas. A forma plural será utilizada para o singular quando o grau de formalidade da carta assim exigir.

2. Considerando que os pronomes de tratamento possuem significativa relação com a hierarquia social na Inglaterra para o período, não serão traduzidos, exceto quando contiverem correspondentes em português. Por exemplo, *Lord* será traduzido para "Lorde", porém Mr. permanecerá como tal.

3. A grafia dos nomes de pessoas será mantida em inglês. De modo a reduzir a necessidade de que o leitor recorra às notas, quando o contexto não tornar claro de quem se trata, os nomes de pessoas que tenham sido abreviados pela autora serão escritos de forma completa e nossas inserções serão marcadas por colchetes (ex. Lady B. constará na tradução

como Lady B[riges]). Da mesma forma, considerando que há muitas pessoas com o mesmo prenome, acrescentaremos também os sobrenomes das pessoas mencionadas entre colchetes sempre que o contexto assim exigir e a certeza permitir.

4. Os nomes de lugar foram mantidos conforme a grafia de Austen e não foram traduzidos, mesmo quando houver um correspondente em português, exceto por grandes capitais como *London* e *Edinburgh*, que foram traduzidos para Londres e Edimburgo.

5. Nomes de navios foram colocados entre aspas.

6. Os títulos das publicações citadas pela autora foram mantidos no corpo das cartas em sua língua original, em itálico, e nas notas de rodapé incluímos a tradução de seus títulos entre colchetes, mesmo para as obras que não possuem tradução para a língua portuguesa, de modo a facilitar a compreensão para o leitor que não domina a língua inglesa. As citações traduzidas são de nossa autoria.

b. Estilo

1. Todos os sublinhados do texto são da autora e foram mantidos conforme indicação das cartas publicadas.

2. Foi mantido o símbolo & em lugar de "e", preservando o traço característico da escrita de Austen.

3. Estrangeirismos foram mantidos em sua língua original, porém foram italicizados. Quando grafados incorretamente pela missivista, serão seguidos de [sic].

4. Os sistemas de pesos e de medidas serão mantidos conforme as unidades inglesas citadas e seu correspondente em medidas e pesos adotados no Brasil serão inseridos nas notas.

c. Notas

1. Para facilitar a leitura das notas, optamos por mantê-las ao final de cada carta.

2. Quando elaboradas por terceiros, a nota conterá a respectiva referência. As referências mais frequentes serão indicadas por abreviação, constantes da lista de abreviações. A ausência de referência indicará que a nota é de nossa autoria.

3. Cartas incompletas serão indicadas em seus respectivos cabeçalhos e os locais onde o texto não sobreviveu será indicado por [...].

os Austen

GEORGE AUSTEN (1731-1805)
CASSANDRA LEIGH (1739-1827)

 George nasceu em Tonbridge, Kent, e vinha de uma família respeitável, porém sem posses. Após se formar em Oxford, ocupou vários cargos na Igreja Anglicana até que se tornou vigário e, mais tarde, reitor de Steventon, Hampshire.

 Cassandra nasceu em Harpsden, Oxfordshire, e pertencia a uma família próspera de proprietários rurais (*landed gentry*, em inglês). Seu pai foi um clérigo bem conceituado da Igreja Anglicana e o tio, dr. Theophilus Leigh, foi um professor proeminente da Universidade de Oxford. Cassandra tinha gosto pela escrita e era muito sagaz e espirituosa. George e Cassandra casaram-se em 1764 e tiveram 8 filhos.

JAMES (1765-1819)

James seguiu os passos do pai e tornou-se clérigo da Igreja Anglicana. Assumiu as paróquias de Steventon e Deane quando o pai decidiu se aposentar. Casou-se com Anne Mathew (1759-1795) em 1792, com quem teve uma filha Jane Anna Elizabeth (1793-1872), a quem a família chamava de Anna. Dois anos após a morte precoce da primeira esposa, casou-se com Mary Lloyd (1771-1843), com quem teve dois filhos: James Edward (1798-1874) e Caroline Mary Craven (1805-1880).

GEORGE (1766-1838)

George não fez parte do convívio familiar. Sofria de epilepsia e há suspeitas de que fosse surdo-mudo. Foi colocado aos cuidados da família Culham em Monk Sherborne, de onde era supervisionado pelos pais e, mais tarde, pelos irmãos.

EDWARD (1767-1852)

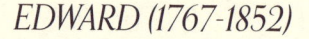

Edward foi adotado em 1783 por um primo distante do pai, Thomas Knight e sua esposa, Catherine (Knatchbull) Knight, nas cartas chamada de Mrs. Knight. O casal não tinha filhos e, assim, Edward tornou-se o único herdeiro de suas propriedades, incluindo Godmersham Park e a propriedade em Chawton que abrigava o chalé onde Jane Austen morou nos últimos anos de sua vida. Edward casou-se com Elizabeth Bridges (1773-1808) em 1791, com quem teve 10 filhos. Elizabeth faleceu logo após o nascimento de seu último filho em 1808.

Em 1812, Edward adotou oficialmente o sobrenome Knight para ele e seus filhos.

HENRY THOMAS (1771-1850)

Henry dedicou-se a diversas atividades profissionais ao longo de sua vida. Trabalhou para a milícia de Oxfordshire, para o exército e, entre 1801 e 1816, foi sócio de um banco. Após a falência do banco, ordenou-se pastor da Igreja Anglicana e assumiu o vicariato de Chawton em 1816, iniciando, assim, a carreira eclesiástica à qual se dedicou até o fim de sua vida. Em 1797, casou-se com Eliza (Hancock) de Feuillide, sua prima pelo lado paterno, que já possuía um filho do primeiro casamento, chamado Hastings. Eliza faleceu em 1813. Em 1820, Henry casou-se com Eleanor Jackson (?-1864). Henry não teve filhos.

CASSANDRA ELIZABETH (1773-1845)

Cassandra foi noiva do Reverendo Tom Fowle de Kintbury, que faleceu em 1797, durante uma viagem para as Índias Ocidentais.

Nunca se casou e morou com a irmã e a mãe durante toda a sua vida, tornando-se a irmã mais próxima e amiga mais íntima de Jane.

É para Cassandra que a maior parte das cartas do epistolário são endereçadas.

FRANCIS WILLIAM (1774-1865)

Frank, como era chamado pelos familiares, teve uma carreira muito bem sucedida como Oficial da Marinha Real Britânica, tendo chegado ao posto de Almirante. Frank casou-se com Mary Gibson (1784-1823) em 1806, com quem teve 11 filhos. Alguns anos após o falecimento de sua primeira esposa, em 1828, Frank casou-se com Martha Lloyd (1765-1843). Martha era irmã de Mary, segunda esposa de James Austen e amiga de Jane e Cassandra desde muito cedo. Depois que perdeu sua mãe em 1805, Martha veio morar com Jane, Cassandra e a mãe delas, passando a integrar o convívio familiar dos Austen bem antes do casamento com Frank.

JANE (1775-1817)

Sétima filha dos Austen, Jane nasceu em Steventon em 16 de dezembro de 1775. Foi em Steventon que Jane escreveu os textos hoje conhecidos como sua juvenília, tais como *Lady Susan* e diversos outros.

Estima-se que a mudança para Bath (1801) e para Southampton (1806) e diversas dificuldades enfrentadas pela autora, a irmã e a mãe no período, tais como o falecimento do pai, limitações financeiras e mudanças frequentes de moradia, protelaram o sonho de ser uma escritora conhecida.

Felizmente, a mudança para Chawton em 1809 propiciou a Jane maior estabilidade, reacendendo nela o desejo de ver suas obras publicadas. Foi em Chawton que Jane, com a ajuda do irmão Henry, conseguiu a publicação de *Razão e Sensibilidade* (1811), *Orgulho e Preconceito* (1813), *Mansfield Park* (1814) e *Emma* (1815). *Persuasão* e *A Abadia de Northanger* foram publicados postumamente em 1817, por intermédio de Henry. Foi também em Chawton que Jane iniciou a escrita de *Sanditon*, romance que deixou inacabado. Jane Austen faleceu em julho de 1817.

CHARLES JOHN (1779-1852)

Charles também seguiu carreira como Oficial da Marinha Real Britânica. Casou-se com Frances ("Fanny") Fitzwilliam Palmer (?-1814) em 1807, com quem teve quatro filhas. Fanny faleceu em 1814 e, em 1820, Charles casou-se com Harriet Ebel Palmer (?-1867), irmã mais velha da primeira esposa, com quem teve quatro filhos.

Cartas de Jane Austen

1. Para Cassandra Austen
Sábado, 9 — Domingo, 10 de janeiro de 1796
De Steventon a Kintbury

Steventon: Sábado, 9 de janeiro
Em primeiro lugar, espero que vivas mais 23 anos. O aniversário de Mr. Tom Lefroy foi ontem, então tua idade e a dele são bem próximas.[1] Após este preâmbulo necessário, devo te informar que o baile de ontem à noite foi excelente e fiquei muito desapontada por não ter visto Charles Fowle na festa, já que soube que ele havia sido convidado. Além de nosso grupo no baile dos Harwood, estavam os Grant, os St. John, Lady Rivers, suas três filhas e um filho, Mr. e Miss Heathcote, Mrs. Lefevre, dois Mr. Watkins, Mr. J[ohn] Portal, as Miss Deanes, duas Miss Ledger e um clérigo alto que as acompanhava, cujo nome Mary [Lloyd] jamais teria adivinhado. Fomos extremamente gentis em levar James em nossa carruagem, apesar de já estarmos em três; mas ele merece incentivo pelo grande avanço que houve em sua habilidade na dança. Miss Heathcote é bonita, mas não tão bela quanto eu esperava. Mr. H[eathcote] começou com Elizabeth [Bigg], e dançou com ela de novo em seguida; mas <u>eles</u> não sabem <u>flertar</u>.[2] Orgulho-me em dizer, contudo, que tirarão proveito das três lições seguidas que lhes dei. Tu me reprovas tanto na carta longa e atenciosa que acabo de receber de ti, que quase fico com receio de te contar como eu e meu amigo irlandês[3] nos comportamos. Imagina tu as coisas mais indecentes e chocantes no jeito de dançarmos e nos sentarmos juntos. <u>Posso</u> me expor, porém, apenas <u>mais uma vez</u>, pois ele deixará o país logo após a próxima sexta-feira, quando por fim <u>teremos</u> um baile em Ashe. Ele é um jovem muito cavalheiro, bonito e agradável, posso te assegurar. Mas, quanto a termos nos encontrado, com exceção dos três últimos bailes, não há muito a dizer; uma vez que riem tanto dele em Ashe por minha causa, que ele tem vergonha de vir a Steventon e fugiu quando fizemos uma visita

a Mrs. Lefroy há alguns dias. Deixamos Warren em Dean Gate, no retorno para casa ontem à noite, e ele está agora a caminho da cidade.[4] Ele te deixou seu afeto &c., e eu o darei quando nos encontrarmos. Henry irá a Harden hoje em busca de seu mestrado. Sentiremos muitíssimo a falta desses dois jovens adoráveis, e não teremos nada que nos console até a chegada dos Cooper na terça-feira. Como ficarão aqui até a próxima segunda-feira, talvez Caroline vá comigo ao baile de Ashe, embora ouse dizer que não irá. Dancei duas vezes com Warren ontem à noite, e uma vez com Mr. Charles Watkins, e, para minha mais inexprimível surpresa, escapei completamente de John Lyford. Contudo, tive que lutar muito para conseguir isso. Nosso jantar foi muito bom, e a estufa estava com uma iluminação muito elegante. Ontem pela manhã recebemos a visita de Mr. Benjamin Portal, cujos olhos estão tão belos como sempre. Todos estão extremamente ansiosos por tua volta, mas como não podes voltar para casa até o baile de Ashe, fico feliz que eu não os tenha alimentado com falsas esperanças. James dançou com Alethea [Biggs] e cortou o peru ontem à noite com grande perseverança. Tu nada disseste sobre as meias de seda; fico feliz, portanto, que Charles [Fowle] não tenha comprado nenhuma, uma vez que não disponho de muitos meios de pagar por elas; todo o meu dinheiro foi gasto na compra de luvas brancas e seda cor-de-rosa. Eu gostaria que Charles tivesse ido a Manydown, porque ele teria te dado alguma descrição de meu amigo, e acredito que devas estar impaciente por saber alguma coisa sobre ele. Henry ainda anseia por um posto em um regimento regular do exército e, uma vez que seu projeto de comprar o posto de adjunto em Oxfordshire acabou, ele tem em mente um plano de comprar o posto de tenente e de adjunto no 86º, um regimento novo que ele acha que será enviado para o Cabo da Boa Esperança.[5] Eu sinceramente espero que, como de costume, esse plano não resulte em nada. Fizemos uma limpeza geral e nos desfizemos de todos os chapéus velhos de papel fabricados por mamãe; espero que não lamentes a perda do teu. Após ter escrito o que vai acima, recebemos uma visita de Mr. Tom Lefroy e seu primo George. O último está muito bem-comportado agora; e, quanto ao primeiro, ele tem apenas <u>um</u> defeito, do qual, tenho fé, o tempo se encarregará — seu fraque é claro demais. Ele é um grande admirador de Tom Jones, e portanto usa a mesma cor de roupas, imagino, que <u>ele</u> usava quando foi ferido.[6] <u>Domingo</u>. — Ao não retornares até o dia 19, tu conseguirás precisamente deixar de ver os Cooper, o que suponho ser exatamente o teu desejo. Já faz algum tempo que não temos notícias de Charles.[7] É de se supor que a esta hora já devam ter zarpado, já que o vento está tão favorável. Que nome engraçado Tom [Fowle][8] deu para seu navio! Mas ele não tem gosto para nomes, como sabemos muito bem, e arrisco o palpite de que foi ele mesmo que o batizou. Sinto muito pela perda dos Beach com a morte de sua filhinha, especialmente por ser aquela tão parecida comigo. Presto minhas condolências a Miss [Jane] M[urden] por sua perda e a Eliza [Fowle] por seu ganho, e sou sempre tua,

J.A.

Para Miss Austen
Residência do Reverendo Mr. Fowle
Kintbury
Newbury

Notas

¹ *tua idade e a dele são bem próximas*. Cassandra nasceu em 9 de janeiro de 1773 e Tom Lefroy, em 8 de janeiro de 1776. Assim, o gracejo de Jane Austen se refere ao dia e mês em que nasceram Tom e sua irmã e não ao ano de nascimento (DLF).

² *flertar*. No original, *to be particular*. Segundo VJ, a expressão é definida pelo OED como "dar atenção especial ao outro, tratar com familiaridade". Porém, a ênfase dada por Austen à expressão sugere seu uso coloquial, que traz a acepção de flertar ou cortejar. Elizabeth Bigg e William Heathcote se casaram em 1799.

³ *meu amigo irlandês*. Tom Lefroy (DLF).

⁴ *cidade*. Sempre que Jane Austen utiliza o termo "cidade", em inglês *town*, ela refere-se a Londres.

⁵ *Henry ainda anseia [...] Cabo da Boa Esperança*. Henry, que já atuava como oficial na milícia de Oxfordshire, estava tentando agora um posto nos regimentos regulares das forças armadas inglesas (VJ). As milícias eram uma espécie de tropa reserva do exército britânico. Cada condado deveria cuidar para que sua milícia fosse formada com o objetivo principal de manter a paz na região, especialmente diante do medo da coroa britânica de uma insurgência que pudesse ser inspirada pela Revolução Francesa no final dos 1700s. O posto ocupado pelo indivíduo dependia de sua posição na hierarquia social e, enquanto as posições inferiores eram preenchidas por membros da classe trabalhadora, os postos mais altos foram ocupados por membros das camadas mais privilegiadas da sociedade. De acordo com Haythornthwaite (1987), uma das formas de evidenciar *status* social para essa ocupação era a compra desses postos pelo caríssimo valor de aproximadamente £450, o que os limitava a abastados membros da aristocracia ou a ricos proprietários de terra. A ocupação de um bom posto na hierarquia militar era uma prova de que o indivíduo que o ocupava era um nobre ou um *gentleman*.

⁶ *Ele é um grande admirador de Tom Jones [...] usava quando foi ferido*. Referência à personagem principal do romance *The History of Tom Jones, a Foundling* [*A História de Tom Jones, um enjeitado*], de Henry Fielding (1707-1754), publicado em 1749.

⁷ *Charles*. Charles Austen formou-se na Academia Naval de Portsmouth em 1794 e servia como aspirante no "Daedalus", navio da Marinha Real Britânica.

⁸ *Tom [Fowle]*. Noivo de Cassandra, que estava de partida para as Índias Ocidentais com Lorde Craven, seu primo distante. Faleceu em Santo Domingo antes do casamento. O nome do navio a que Jane Austen se refere é "Ponsborne" (DLF; VJ).

2. Para Cassandra Austen
Quinta-feira, 14 — sexta-feira, 15 de janeiro de 1796
Steventon a Kintbury

Steventon, quinta-feira

Acabo de receber tua carta & a de Mary & agradeço a ambas, não obstante seus conteúdos pudessem ter sido mais agradáveis. Não tenho qualquer esperança de te ver na terça-feira, já que as coisas correram de modo tão desagradável, & se não conseguires retornar antes desse dia, será difícil mandarmos te buscar antes do sábado; apesar de que de minha parte dou tão pouca importância ao baile que não seria sacrifício algum para mim deixar de comparecer para poder te ver dois dias antes. Sentimos muitíssimo pela doença da pobre Eliza — espero, contudo, que ela tenha continuado a se recuperar desde tua última carta, & que nenhum de vós tenhais piorado por ter cuidado dela. Que sujeito inútil é Charles por ter encomendado as meias — espero que ele ferva de calor para o resto de sua vida por isso! — Enviei-te uma carta ontem para Ibthorp,[1] a qual suponho que não vás receber em Kintbury. Não era nem muito longa nem muito espirituosa, & portanto, se ela nunca chegar a ti, não será uma grande perda. Escrevi principalmente para contar que os Cooper chegaram e estão bem — o menino é bem parecido com Dr. Cooper & a menina lembra muito Jane,[2] dizem eles. O nosso grupo para Ashe amanhã será formado por Edward Cooper, James (já que um baile não é nada sem a presença <u>dele</u>), Buller, que está hospedado conosco & eu — estou impacientemente ansiosa pelo baile, já que espero receber um pedido do meu amigo no decorrer da noite. Eu o rejeitarei, contudo, a menos que prometa se livrar de seu casaco branco.

Fico muito lisonjeada por teus elogios à minha última carta, já que escrevo apenas pela fama e sem qualquer pretensão de ganhos pecuniários — Edward [Cooper] saiu para passar o dia com seu amigo, John Lyford, & não retornará até amanhã.

Anna[3] está aqui agora; ela veio em sua pequena sege para passar o dia com os primos mais novos; mas não se afeiçoa muito a eles ou a qualquer coisa relacionada a eles, exceto pela roca de Caroline. Fico feliz por saber por intermédio de Mary que Mr. & Mrs. Fowle[4] estão contentes contigo. Espero que continues a ser motivo de satisfação.

Que impertinência a tua em me escrever sobre Tom [Fowle], como se eu não tivesse oportunidade de receber notícias diretamente dele. A <u>última</u> carta que recebi dele estava datada de sexta-feira, dia 8, e ele me disse que, se o vento estivesse favorável no domingo, o que de fato ocorreu, eles iriam partir do porto de Falmouth nesse dia. A esta hora portanto suponho que estejam em Barbados. Os Rivers ainda estão em Manydown e devem ir a Ashe amanhã. Eu pretendia visitar as Miss Bigg ontem, se o tempo estivesse razoável. Caroline, Anna & eu acabamos de devorar uma terrine de porco frio, & seria difícil dizer qual das três gostou mais. —

Diz a Mary que eu dou a ela Mr. Heartly & toda a sua propriedade para seu uso exclusivo e benefício futuro, & não somente ele, mas todos os meus outros admiradores estão incluídos na barganha onde quer que ela os encontre, junto com o beijo que C[harles] Powlett queria me dar, uma vez que desejo me guardar no futuro para Mr. Tom Lefroy, com quem não me importo nem um pouquinho sequer. Também assegura a ela que, como prova derradeira & indubitável da indiferença de Warren para comigo, ele até desenhou o retrato daquele cavalheiro para mim, & mo entregou sem um suspiro sequer.

<u>Sexta-feira</u>. — Finalmente chegou o dia em que flertarei pela última vez com Tom Lefroy, & quando receberes esta carta tudo estará terminado — — Lágrimas correm pela minha face enquanto escrevo só de pensar nessa ideia melancólica. Recebemos a visita de W[illia]m Chute ontem. Imagino o que ele quer com essa gentileza toda. Há um boato de que Tom [Chute] vai se casar com uma moça de Litchfield. John Lyford

& sua irmã trarão Edward para casa hoje, jantarão conosco & iremos todos juntos para Ashe. Entendo que teremos que tirar a sorte para os pares. — Ficarei muito impaciente até receber notícias tuas novamente, para que possa saber como está Eliza [Lloyd], & quando tu retornas. Com muito amor &c., sou afetuosamente tua,

J: Austen

Miss Austen
Residência do Reverendo Mr. Fowle
Kintbury
Newbury

Notas

[1] *Ibthrop*. A grafia correta do nome do vilarejo é Ibthorpe. Austen escreve "Ibthorpe", às vezes "Ibtborpe". Mantivemos a grafia em todas as cartas.

[2] *Os Cooper [...] Jane*. O Rev. Edward Cooper era casado com Jane Leigh, irmã de Cassandra Leigh Austen, mãe de Jane Austen. Portanto, os Cooper são parentes de Jane Austen pelo lado materno. Os primos da autora nascidos desse casamento eram Jane Cooper, que se casou com o Capitão Thomas William, e Edward Cooper Jr., que se casou com Caroline Isabella Powys. As crianças citadas nesse trecho da carta são Edward Phillip e Isabella Mary, filhos de Edward e Caroline e, portanto, primos em segundo grau de Jane Austen. O menino seria parecido com o avô, Dr. Cooper, e, a menina, com a tia Jane Cooper William.

[3] *Anna*. Anna Austen, filha mais velha de James Austen, que tinha quase três anos no momento em que a carta foi escrita. Edward Phillip tinha menos que dois anos e Isabella, um ano incompleto.

[4] *Mr. e Mrs. Fowle*. Rev. Thomas Fowle (o pai) e sua esposa Jane Fowle, pais do noivo de Cassandra.

3. Para Cassandra Austen
Terça-feira, 23 de agosto de 1796
De Londres a Steventon

Cork Street, terça-feira de manhã

Minha querida Cassandra,

Cá estou eu novamente neste cenário de perdição & vícios, e já começo a achar que minha moral foi corrompida. — Chegamos a Staines ontem não sei que horas, sem sofrer tanto com o calor quanto eu esperava. Partimos novamente hoje de manhã às sete horas & tivemos uma viagem muito agradável, uma vez que a manhã estava nublada & perfeitamente fresca — eu vim durante todo o percurso na sege alugada[1] desde a Ponte de Hertford. —

Edward & Frank partiram atrás de seus destinos; o segundo deve retornar logo & nos ajudar a ir atrás dos nossos. O primeiro não o veremos mais. Devemos ir ao Astley[2] hoje à noite, o que me deixa feliz. Edward recebeu notícias de Henry hoje pela manhã. Ele não foi à corrida,[3] em absoluto, a menos que ter conduzido Miss Pearson a Rowling um dia possa ser assim chamado. Nós devemos encontrá-lo lá na quinta-feira.

Espero que estejam todos bem após nossa triste partida ontem, e que tenhas continuado teu almejado passatempo com sucesso. —

Deus te abençoe — Devo parar, pois estamos de saída. Muito afetuosamente tua,

J: Austen

Saudações carinhosas de todos.

Notas

¹ *sege alugada*. O aluguel de carruagens era uma das formas de transporte na Inglaterra no período para aqueles que não possuíam carruagens particulares. As seges podiam ser alugadas de uma estação de muda para outra, ou por distâncias maiores, com troca de cavalos entre as estações. Muitas delas levavam também, além dos passageiros, correspondências e pequenos pacotes. O aluguel incluía os cavalos e o cocheiro. Era um serviço semelhante ao táxi dos dias de hoje. Para informações complementares, ver nota 6 da Carta 6 e nota 4 da Carta 34.

² *Astley*. Astley Amphitheater, uma casa de espetáculos inaugurada em 1773 na cidade de Londres por Philip Astley (DLF).

³ *corrida*. Jane Austen se refere às corridas de cavalos, um esporte muito popular na Inglaterra no século XVIII.

4. Para Cassandra Austen
Quinta-feira, 1º de setembro de 1796
De Rowling a Steventon

Rowling: quinta-feira, 1º de setembro.
Minha queridíssima Cassandra,
A carta que acabo de receber de ti neste momento me divertiu além dos limites. Quase morri de rir com ela, como diziam na escola. Tu és de fato a melhor escritora cômica de nossa época. Desde a última vez que te escrevi, nosso retorno a Steventon estava bem próximo já na semana seguinte. Esses foram, por um dia ou dois, os planos de nosso querido irmão Henry; mas no momento as coisas retrocederam, e não para o ponto onde estavam, pois parece possível que minha ausência seja estendida. Lamento por isso, mas o que posso fazer? Henry nos deixará amanhã e partirá para Yarmouth, pois deseja consultar seu médico, em quem deposita muita confiança. Ele está melhor do que estava quando chegou, apesar de não estar bem ainda. De acordo com seus planos atuais, ele não retornará para cá até por volta do dia 23, e trará consigo, se conseguir, uma licença de três semanas, já que ele quer muito ir caçar em Godmersham, para onde Edward e Elizabeth devem se mudar logo no início de outubro.[1] Se seu plano der certo, dificilmente eu estarei em Steventon antes de meados daquele mês; mas se não puderes ficar sem mim, eu poderia retornar, suponho, com Frank, se ele voltar. Ele está se divertindo muito aqui, pois acaba de aprender a tornear, e está tão encantado com a atividade, que passa o dia todo a desempenhá-la. Sinto muito que tenhas encontrado tamanha concisão no tom de minha primeira carta. Eu tentarei te compensar por isso, quando nos encontrarmos, com alguns detalhes elaborados, os quais brevemente começarei a compor. Eu mandei fazer meu vestido novo, e ele realmente serve como uma sobrepeliz soberba. Lamento dizer que meu vestido colorido novo está bastante desbotado, embora eu tenha encarregado a

todos de tomar muito cuidado com ele. Espero que o teu também esteja. Nossos homens enfrentaram um tempo ruim durante sua visita a Godmersham, pois choveu na maior parte do caminho até lá e durante toda a volta. Eles encontraram Mrs. Knight muito bem e de bom humor. Imagina-se que ela se casará novamente em breve. Peguei o pequeno George em meus braços uma vez desde que cheguei aqui, o que achei muito amável. Contei a Fanny[2] sobre a conta de seu colar e ela quer muito saber onde tu a achaste. Amanhã estarei exatamente como Camilla[3] na cabana de Mr. Dubster; pois meu Lionel terá tirado a escada pela qual entrei, ou pelo menos a que eu queria utilizar para escapar, e devo ficar aqui até que ele retorne. A minha situação, contudo, é bem melhor que a dela, pois estou feliz aqui, apesar de que ficaria contente em estar em casa até o fim do mês. Não sei dizer se Miss Pearson retornará comigo. Que bonito papel o do Charles em nos enganar para que escrevêssemos duas cartas para ele em Cork! Admiro extremamente sua agudeza, especialmente porque é quem mais lucra com ela. Mr. e Mrs. Cage e Mr. e Mrs. Bridges jantaram conosco ontem. Fanny [Cage] pareceu tão feliz em me ver quanto os demais, e perguntou muito de ti, que ela supõe já estar fazendo roupas para teu casamento. Ela está mais bonita do que nunca, e um tanto mais gorda. Tivemos um dia muito agradável e bebemos <u>licores</u> à noite. A aparência de Louisa [Bridges] melhorou muito; ela está novamente tão forte quanto antes. Seu rosto, pelo que pude ver em uma noite, não pareceu em nada alterado. Ela e os cavalheiros caminharam até aqui na segunda-feira à noite — ela veio de manhã com os Cage de Hythe. Lady Hales, com suas duas filhas mais novas, veio nos ver. Caroline não está nem um pouco mais grosseira do que já era, nem Harriet mais delicada. Fico contente em receber um relato tão bom sobre Mr. Charde, e apenas temo que minha longa ausência possa provocar sua recaída. Pratico todos os dias tanto quanto posso — queria que fosse mais pelo bem dele. Eu não soube nada de Mary Robinson desde que cheguei aqui.

Penso que serei muito repreendida por ousar duvidar, sempre que o assunto é mencionado. Frank fez um lindo batedorzinho de manteiga para Fanny. Não creio que qualquer um do grupo tenha atentado aos objetos que deixaram para trás; também não sei nada sobre as luvas de Anna. Na verdade, não perguntei por elas até o momento. Estamos todas muito ocupadas fazendo as camisas de Edward, e me orgulho em dizer que sou a trabalhadora mais habilidosa do grupo. Dizem que há um número bem grande de pássaros por aqui este ano, então talvez <u>eu</u> possa matar alguns. Fico contente em receber notícias tão boas sobre Mr. Limprey e J[ohn] Lovett. Não sei nada sobre o lenço de minha mãe, mas ouso dizer que o acharei em breve.

Sou muito afetuosamente tua,
Jane

Miss Austen,
Steventon,
Overton,
Hants.

Notas

[1] *Edward e Elizabeth [...] início de outubro*. Em 1783, Edward Austen foi adotado por um parente distante do pai, Thomas Knight II (1735-1794), e sua esposa, Catherine Knatchbull (1753-1812), tornando-se, assim, herdeiro de três propriedades: Steventon e Chawton, no condado de Hampshire, e Godmersham, no condado de Kent, já que o casal não teve filhos. Em 1791, Edward se casou com Elizabeth Bridges, de Goodnestone, e o casal morou em Rowling, no condado de Kent, até 1797, quando mudou-se para Godmersham. Portanto, em 1796, ano em que a carta foi escrita, Edward e Elizabeth iriam apenas fazer uma visita à mãe adotiva dele, Mrs. Knight. Foi apenas em 1812 que ele acrescentou oficialmente o sobrenome Knight a seu nome e o de seus filhos (DLF).

[2] *Fanny*. Sobrinha de Jane Austen, filha de Edward.

[3] *Camilla*. Jane Austen faz aqui uma referência à personagem principal do romance inglês *Camilla, or a Picture of Youth* [*Camilla, ou um retrato da juventude*], publicado em 1796, de autoria de Frances ["Fanny"] Burney (1752-1840). A menção relaciona-se com a cena em que uma das personagens, Eugenia (e não Camilla, como Jane Austen diz), fica presa na parte alta de uma cabana ainda em construção e não consegue descer, pois Lionel prega-lhe uma peça, retirando a escada e impedindo-a.

5. Para Cassandra Austen
Segunda-feira, 5 de setembro de 1796
De Rowling a Steventon
Carta incompleta

Rowling: quinta-feira, 5 de setembro

Minha querida Cassandra,

Ficarei muitíssimo ansiosa em saber sobre os acontecimentos de teu baile & espero receber um relato tão longo & minucioso de cada detalhe que ficarei cansada de tanto ler. Conta-me quantos além dos quatorze & de Mr. & Mrs. Wright, Michael conseguirá colocar em seu coche e quantos dos cavalheiros, músicos & garçons ele persuadiu a virem de casacos de caça. Espero que o acidente de John Lovett não impeça que ele vá ao baile, senão serás obrigada a dançar com Mr. Tincton a noite toda. Conta-me como J[ohn] Harwood se comporta sem as Miss Bigg;[1] — e qual das Marys[2] levou a melhor com meu irmão James. Nós fomos a um baile no sábado, te garanto. Jantamos em Goodnestone & à noite dançamos duas danças estilo *country* & as *boulangeries*.[3] — Eu abri o baile com Edw[ar]d Bridges; os outros casais foram Lewis Cage & Harriot [Bridges], Frank [Austen] e Louisa [Bridges], Fanny [Cage] & George [Bridges]. Eliz[abe]th tocou uma música estilo *country*, Lady Bridges[4] a outra, a qual ela fez com que Henry [Bridges] dançasse com ela; e Miss Finch tocou as *boulangeries* — Ao reler as últimas três ou quatro linhas, tenho consciência de que me expressei de modo tão confuso que, se não te disser o contrário, poderias imaginar que foi Lady Bridges que fez com que Henry dançasse com ela, ao mesmo tempo que tocava — o que te parecerá um acontecimento muito improvável, se não impossível. — Mas foi Eliz[abeth] quem dançou —.

Nós ceamos lá, & caminhamos para casa à noite sob a proteção de dois guarda-chuvas. — Hoje o grupo de Goodnestone começa a se dispersar & se espalhar para outras vizinhanças. Mr. & Mrs. Cage & George retornam a Hythe. Lady Waltham, Miss

[Marianne] Bridges & Miss Mary Finch a Dover, pela saúde das duas primeiras. — Eu nem cheguei a ver Marianne. —

Na quinta-feira Mr. & Mrs. Bridges retornam a Danbury; Miss Harriot Hales acompanha-os até Londres a caminho de Dorsetshire. O fazendeiro Clarinboule faleceu esta manhã, & imagino que Edward queira comprar uma parte de suas terras, se ele conseguir ludibriar Sir Brook o suficiente no acordo. — Acabamos de receber carne de veado de Godmersham, a qual os dois Mr. Harvey devem devorar amanhã; e na sexta ou no sábado, o grupo de Goodnestone deve acabar com as sobras. Henry partiu na sexta <u>sem falta</u>, conforme planejara —; logo terás notícias dele, imagino, uma vez que ele falou em escrever para Steventon em breve. Mr. Richard Harvey vai se casar; mas, como isso é um grande segredo, & só metade da vizinhança sabe, não deves comentar com ninguém. O nome da moça é Musgrove. — Estou profundamente triste. — Não consigo decidir se dou a Richis[5] meio guinéu ou apenas cinco xelins[6] quando eu partir. Aconselha-me, amável Miss Austen, e dize-me o que será melhor. — Levamos Frank ontem para uma caminhada até Crixhall Ruff,[7] e ele pareceu muito edificado. O pequeno Edward vestiu calças ontem pela primeira vez, e teve de apanhar para que a tarefa tivesse êxito. Peço-te que mandes lembranças minhas a todos que não perguntam de mim. E àqueles que perguntam, manda lembranças sem que te peça.

[...]

Manda lembranças para Mary Harrison, & dize-lhe que desejo que, sempre que ela estiver apaixonada por um jovem rapaz, que algum Dr. Marchmont <u>respeitável</u> possa mantê-los separados por cinco volumes.[8]

Notas

¹ *as Miss Bigg*. As irmãs Elizabeth, Catherine e Alethea Bigg eram amigas muito próximas de Jane e Cassandra Austen (DLF).

² *qual das Marys*. Mary Lloyd e Mary Harrison (DLF).

³ *Danças estilo country & as boulangeries*. Trata-se de dois estilos de dança de salão comuns na Inglaterra no início do século XIX. O estilo country (*country dance*) foi um dos mais populares do período e consistia na formação de filas longas de casais de dançarinos que avançavam e retrocediam em suas posições, sendo que os dançarinos dançavam com seu parceiro e os dois juntos dançavam ao mesmo tempo com outro par. Já a *boulangerie*, também conhecida como *the boulanger* ou *boulangere*, era uma dança reservada para o fim do baile, quando os pares já se encontravam exaustos. Nela, os pares se posicionavam em círculos e giravam em ciranda para um lado e depois para outro, até que a roda parasse e cada dançarino, um a um, girava individualmente de braços dados com um dançarino do sexo oposto, alternadamente com seu próprio par.

⁴ *Lady Bridges*. Fanny Bridges era esposa de Sir Brook Bridges, proprietário de Goodnestone Park e sogra de Edward Austen.

⁵ *Richis*. Empregada de Rowling, casa de campo da família Bridges e residência de Edward Austen e Elizabeth Bridges após seu casamento.

⁶ *Meio guinéu ou apenas cinco xelins*. Guinéu é uma moeda de ouro que circulou na Inglaterra de meados do século XVII até o início do século XIX. Valia originalmente uma libra esterlina ou 20 xelins, porém seu valor chegou a oscilar em função da variação do preço do ouro, até que teve seu valor fixado em 21 xelins entre 1717 e 1816.

⁷ *Crixhall Ruff*. Uma charneca cujo nome grafado corretamente seria Crixhall Rough (DLF).

⁸ *[al]gum Dr. Marchmont respeitável [...] por cinco volumes*. Dr. Marchmont é uma personagem do romance *Camilla*. Ver nota 3 da Carta 4.

6. Para Cassandra Austen
Quinta-feira, 15 — sexta-feira, 16 de setembro de 1796
De Rowling para Steventon

Rowling: quinta-feira, 15 de setembro
Minha querida Cassandra,

Estamos muito alegres desde a última vez que te escrevi; jantando em Nackinton, retornando sob a luz do luar, e tudo com muito estilo, sem falar no enterro de Mr. Claringbould que vimos passar no domingo. Creio que te falei numa carta anterior que Edward tencionava adotar o nome de Claringbould;[1] mas o projeto não teve êxito, embora o plano fosse deveras vantajoso e satisfatório, caso alguém lhe adiantasse dinheiro suficiente para começar. Tínhamos esperança que Mr. Milles o fizesse na terça-feira; mas, para nossa grande surpresa, não se falou nada sobre o assunto, e a menos que estejas em condições de ajudar teu irmão com quinhentas ou seiscentas libras, ele terá que abandonar totalmente essa ideia. Em Nackington encontramos o retrato de Lady Sondes sobre o aparador na sala de jantar, e os quadros de seus três filhos em uma antessala, ao lado de Mr. Scott, Miss Fletcher, Mr. Toke, Mr. J[ohn] Toke e o Arquidiácono Lynch. Miss Fletcher e eu estávamos muito gordas, mas eu sou a mais magra das duas — ela vestiu seu vestido de musselina roxa, que é bem bonito, apesar de não combinar com a pele dela. Há dois traços de sua personalidade que me agradam; a saber, ela admira *Camilla*,[2] & não põe creme no chá. Se te encontrares com Lucy [Lefroy], dize a ela que eu ralhei com Miss Fletcher por sua negligência em escrever, exatamente como ela pediu que eu fizesse, porém sem conseguir provocar nela o devido sentimento de vergonha — que Miss Fletcher diz em defesa própria que como todos aqueles que Lucy conheceu quando esteve em Canterbury, já partiram, ela não tem mais nada sobre o que escrever. Por <u>todos aqueles</u>, suponho que Miss Fletcher quer dizer que um novo grupo de oficiais chegou por lá —. Mas isso é observação minha. — Mrs. Milles, Mr. John Toke &, em suma, todos com alguma sensibilidade perguntaram carinhosamente por ti; e aproveitei a oportunidade para assegurar a Mr. J[ohn] T[oke] que nem ele nem seu pai precisam mais ficar solteiros por tua causa —. Fomos em nossas duas carruagens para Nackington; mas, como nos dividimos, deixarei que adivinhes, apenas fazendo a observação de que, como Eliz[abeth] e eu estávamos sem chapéu ou touca, não seria muito conveniente que fôssemos na charrete. — Passamos por Bifrons, & contemplei com um prazer melancólico a morada daquele a quem um dia amei tão apaixonadamente. — Jantaremos em Goodnestone hoje, para encontrar minha tia Fielding de Margate, e um certo Mr. Clayton, seu admirador declarado; pelo menos é o que imagino. Lady Bridges recebeu boas notícias de Marianne, que já está certamente melhor devido a seus banhos. — Então — sua alteza real Sir Thomas Williams zarpou já faz tempo —; os jornais dizem "em um cruzeiro". Mas espero que tenham ido a Cork, ou terei escrito em vão. Transmite meu afeto a Jane [Cooper Williams], que chegou a Steventon ontem, ouso dizer. Enviei uma mensagem de Edward para Mr. Digweed, numa carta para Mary Lloyd, a qual ela deve receber hoje; mas, como sei que os Harwood não são muito cuidadosos com relação a suas cartas, acho melhor repeti-la a ti —. Mr. Digweed deve ser informado, que uma doença impediu que Seward fosse ver os consertos que devem ser feitos na fazenda, mas que ele irá assim que puder. Mr. Digweed também pode ser informado se julgares adequado, que Mr. & Mrs. Milles jantarão aqui amanhã, e que Mrs. Joan Knatchbull será convidada a encontrá-los. — O casamento de Mr. Richard Harvey será adiado até que ele consiga um nome de batismo melhor, do que ele tem grandes esperanças. Os dois filhos de Mr. Children vão se casar, John & George —. Eles terão uma esposa em comum; uma tal Miss Holwell, que tem relações com o Buraco Negro de Calcutá.[3] —

Espero receber notícias de James em breve; ele me prometeu um relato do baile, e a esta hora deve ter juntado suas ideias o suficiente, após a fadiga das danças, para fazê-lo. Edward & Fly[4] saíram muito cedo ontem, vestidos com casacos de caça, e voltaram para casa parecendo um par de ruins de mira, pois não mataram absolutamente nada. Eles saíram hoje novamente, & ainda não retornaram. — Que esporte encantador! — Acabaram de chegar em casa; Edward com seus dois pares[5] e Frank com seus dois e meio. Que jovens amáveis!

Sexta-feira — Acaba de chegar uma carta tua & outra de Henry, e os conteúdos de ambas se encaixam em meus planos mais do que eu ousaria esperar. — Em um detalhe eu gostaria que diferente, pois Henry está de fato muito mal —. Não deves nos aguardar, contudo, antes da quarta-feira, dia 20 — sete dias a partir desta data, de acordo com nosso plano atual, estaremos contigo. Frank jamais pensou em partir antes da segunda-feira, dia 26. Escreverei para Miss Pearson imediatamente & implorarei para que retorne conosco, o que Henry acha bem provável, & particularmente preferível.

Até que saibamos se ela nos acompanhará ou não, não podemos dizer nada em resposta à gentil oferta de meu pai —. Quanto ao meio com que viajaremos para a cidade, eu quero ir na diligência,[6] mas Frank não quer deixar. Como é provável que tenhas os William & os Lloyd contigo na semana que vem, dificilmente terias espaço para nós — Se alguém quiser alguma coisa da cidade, deve mandar suas encomendas para Frank, uma vez que estarei meramente de passagem. — O fabricante de velas é Penlington, na esquina da Crown & Beehive Charles Street, Covent Garden. Compra o vestido de Mary Harrison sem dúvidas. Tu poderás ficar com o meu pelo mesmo valor, apesar de que, se eu estiver razoavelmente rica quando chegar em casa, eu mesma gostarei muito dele.

[J.A.]

Miss Austen
Steventon
Overton
Hants

Notas

¹ *Claringbould*. Na época, um nome poderia ser considerado uma *commodity*, assim como qualquer outra propriedade; logo, após a morte de seu usuário, poderia ser adotado por outra pessoa, mediante pagamento. Jane Austen brinca com a ambição de Edward de ganhar terras.

² *Camilla*. Personagem principal do romance *Camilla*. Ver nota 3 da Carta 4.

³ *Buraco Negro de Calcutá*. Em inglês, "*Black Hole of Calcutta*". Cubículo onde foram aprisionados 64 soldados e civis britânicos e anglo-indianos no Forte William, após um ataque a Calcutá em 1756. Depois de permanecerem confinados durante uma noite, em uma cela superlotada e sob o calor intenso do mês de junho, apenas 21 deles sobreviveram (OED). Miss Holwell era sobrinha de John Zephaniah Holwell, comandante da tropa britânica e um dos sobreviventes, autor de um relato sobre o evento histórico. De fato, Mr. Children tinha apenas um filho chamado John-George Children, com quem Miss Holwell se casou, em julho de 1798. O trecho é, na verdade, uma brincadeira que Jane Austen faz com o nome duplo (John-George) e o sobrenome do esposo de Holwell (Children), que em português significaria "filhos" no contexto.

⁴ *Fly*. Apelido de Frank W. Austen (DLF).

⁵ *Dois pares*. No original, o termo utilizado por Jane Austen é *brace*, o que na terminologia da caça significa um par ou um casal de aves. Possivelmente, as aves trazidas por Edward e Frank ao retornar da caçada eram faisões.

⁶ *diligência*. No fim do século XVIII, na Inglaterra e na maior parte dos países europeus, os correios a pé ou a cavalo já tinham sido substituídos pelo transporte em diligências (ou carruagens maiores) e abrangiam também o transporte de passageiros. Guardadas as devidas proporções, o serviço de diligências seria algo semelhante ao transporte de ônibus na sociedade atual. Em nossa tradução, adotaremos o termo "diligência" para nos referirmos a esse serviço de entrega de correspondência e transporte público, de modo a distingui-lo das carruagens particulares. Para informações complementares, ver nota 1 da Carta 3 e nota 4 da Carta 34.

7. Para Cassandra Austen
Domingo, 18 de setembro de 1796
De Rowling para Steventon

      Rowling: domingo, 18 de setembro —
Minha querida Cassandra,
 A manhã de hoje foi gasta em dúvidas & deliberações; em fazer planos, e remover dificuldades, pois ela trouxe consigo um evento que eu não planejava que acontecesse antes de uma semana. Frank recebeu sua convocação para embarcar no Capitão John Gore, comandado pelo "Triton",[1] e, portanto, será obrigado a estar na cidade na quarta-feira — & apesar de eu ter toda a disposição do mundo para acompanhá-lo nesse dia, não posso ir por causa da incerteza de os Pearson estarem em casa; já que não teria um lugar onde ir, caso eles não estejam. — Escrevi para Miss P[earson] — na sexta-feira, & esperava receber uma resposta dela esta manhã, o que teria tornado tudo tranquilo & fácil, e nos permitiria partir daqui amanhã, como Frank pretendia fazer ao receber sua convocação. Ele ficará até quarta-feira apenas para me ajudar. Escrevi novamente para ela hoje e pedi que respondesse imediatamente — Na terça-feira portanto saberei com certeza se eles poderão me receber na quarta —. Se não puderem, Edward foi gentil em prometer me levar para Greenwich na segunda-feira seguinte, que foi o dia previamente combinado, se ficar melhor para eles —. Se eu não obtiver nenhuma resposta na terça-feira, devo supor que Mary [Pearson] não está em casa, & devo esperar até que respondam; pois após tê-la convidado a ir comigo a Steventon, não será possível voltar para casa e não falar mais sobre isso. —
 Meu pai terá a bondade de vir buscar sua filha pródiga na cidade, espero, a menos que ele deseje que eu vague por hospitais, entre para a Temple,[2] ou monte guarda em Saint James. Frank dificilmente poderá me levar para casa; não, certamente não poderá. Escreverei novamente assim que chegar a Greenwich —.

Que tempo terrivelmente quente temos! — Isso deixa a pessoa num estado de deselegância contínua. — Se Miss Pearson retornar comigo, imploro que tenhas o cuidado de não esperar muita beleza. Não vou fingir e dizer que <u>à primeira vista</u> ela correspondeu à opinião que eu havia formado dela. — Minha mãe tenho certeza de que ficará desapontada, se ela não tomar muito cuidado. Do que me lembro do retrato dela, não há uma grande semelhança. Estou feliz que a ideia de retornar com Frank tenha me ocorrido, pois a data do retorno de Henry a Kent é tão incerta, que eu ficaria <u>a ver navios</u>.

Eu estava determinada a ir com Frank amanhã & arriscar &c; mas eles me dissuadiram dessa decisão tão impetuosa — o que ao refletir acho mesmo que teria sido; pois, se os Pearson não estivessem em casa, eu inevitavelmente cairia nas artimanhas de uma mulher gorda que me embebedaria com um pouco de cerveja[3] —

Mary deu à luz um menino; ambos passam bem. Deixarei que adivinhes a qual Mary me refiro. — *Adeiu* [sic], com meu profundo afeto a todos os teus agradáveis companheiros. Não deixes os Lloyd partirem de modo algum antes que eu retorne, a menos que Miss P[earson] faça parte do grupo.

Como escrevi mal. Começo a me odiar.

Sempre tua — J: Austen —

O "Triton" é uma nova fragata 32, que acaba de zarpar em Deptford. — Frank está muito feliz com a perspectiva de ter o Capitão Gore sob seu comando.[4]

Miss Austen,
Steventon,
Overton,
Hants.

Notas

¹ *Embarcar no Capitão John Gore, comandado pelo "Triton"*. Jane Austen brinca, invertendo o nome do navio — "Triton" — e de seu comandante — Capitão John Gore (DLF).

² *Temple*. Temple Church, uma igreja construída por cavaleiros templários no século XII. Passou a ser propriedade da coroa britânica no século XVI.

³ *eu inevitavelmente cairia [...] um pouco de cerveja*. Alusão à primeira de uma série de quadros de William Hogarth chamada "The Harlot's Progress" [O progresso da prostituta], a qual retrata uma senhora gorda aliciando uma menina ingênua que acaba de chegar à cidade (DLF).

⁴ *Frank está muito feliz [...] ter o Capitão Gore sob seu comando*. Jane Austen brinca novamente, invertendo a posição hierárquica de Frank no navio "Triton". Frank será comandado pelo Capitão Gore e não o contrário.

8. Para Philadelphia Walter
Domingo, 8 de abril de 1798
De Steventon a Seal

Steventon, domingo, 8 de abril

Minha querida prima,

Como Cassandra está longe de casa no momento, peço que aceites de minha pena as nossas sinceras condolências pelo triste acontecimento que a carta de Mrs. Humphries anunciou a meu pai na manhã de hoje. — A perda de um pai tão gentil & afetuoso deve ser uma grave aflição para todos os seus filhos, mais especialmente para ti, já que teu convívio constante com ele te deu um conhecimento muito mais constante & íntimo de suas virtudes. — Mas a própria circunstância que no presente acentua a tua perda, deverá gradualmente fazer com que a aceites melhor; — a bondade que o tornou valioso na terra, o tornará abençoado no céu. — Este pensamento deverá trazer conforto a ti, a minha tia, & a todos os seus familiares & amigos; & este conforto deverá aumentar com a consideração de quão pouco prazer ele vinha recebendo deste mundo nos últimos tempos, & com o menor sofrimento de suas últimas horas. — Não pedirei que escrevas antes de que tenhas vontade, porém quando puderes fazê-lo sem dor, espero que recebamos de ti tão boas notícias de minha tia & de ti mesma, quanto se pode esperar nestes primeiros dias de tristeza. —

Meu pai & minha mãe se unem a mim em cada um desses desejos, & sou minha querida prima,

Afetuosamente tua,
Jane Austen

[Miss Walter
Seal
Sevenoaks
Kent]

9. Para Cassandra Austen
Quarta-feira, 24 de outubro de 1798
De Dartford a Godmersham

"Bull and George", Dartford, quarta-feira, 24 de outubro
Minha querida Cassandra,
Terás já sabido por Daniel, concluo, que chegamos a Sittingbourne e partimos de lá em excelente tempo, e quão bem minha mãe suportou a viagem até lá. Posso agora te enviar uma continuação das mesmas boas notícias sobre ela. Na sua chegada aqui ficou muito pouco fatigada, recuperou-se com um reconfortante jantar e agora parece estar bem forte. Faltavam cinco minutos para as 12 quando partimos de Sittingbourne, de onde tivemos um ótimo par de cavalos, os quais nos levaram a Rochester em uma hora e 15 minutos; o postilhão parecia decidido a mostrar a minha mãe que os condutores de Kent não são sempre tão lentos, e realmente conduziram tão rápido quanto Cax. A etapa seguinte não foi assim tão veloz; a estrada estava ruim e nossos cavalos não muito bons. Contudo, estávamos tão adiantados, e minha mãe aguentou tão bem sua viagem, que a velocidade foi de pouca importância para nós; e como se deu, levamos pouco mais que duas horas e meia para chegar até aqui, e foi pouco depois das quatro que paramos na hospedaria. Minha mãe tomou alguns de seus digestivos em Ospringe, e mais alguns em Rochester, e comeu pão várias vezes. Deram-nos aposentos que alcançamos subindo dois pares de escadas, uma vez que de outro modo não teríamos uma sala de estar e quartos no mesmo andar, como desejávamos. Temos um quarto com cama de casal e um quarto com cama de solteiro; minha mãe e eu vamos dormir no primeiro. Deixarei que adivinhes quem ocupará o segundo. Sentamos para jantar pouco depois das cinco, e comemos filés e um guisado de galinha, sem molho de ostras. Eu deveria ter iniciado minha carta pouco depois de nossa chegada, mas uma pequena aventura me impediu. Após estarmos aqui há uns 15 minutos

descobriu-se que meus baús de escrita e vestimentas tinham sido acidentalmente colocados numa sege que estava sendo carregada quando chegamos e seguiram para Gravesend a caminho das Índias Ocidentais. Jamais qualquer de meus pertences foi antes tão valioso, uma vez que em meu baú de escrita estava toda a minha riqueza terrena, sete <u>libras</u>, e a permissão de caça do meu querido Harry [Digweed]. Mr. Nottley enviou imediatamente um cavaleiro atrás da sege, e em meia hora tive o prazer de ficar tão rica como antes; eles foram recuperados a duas ou três milhas[1] daqui. Minha viagem de hoje foi mais agradável do que eu esperava em todos os aspectos. Fiquei bem pouco amontoada e de modo algum infeliz. Teu zelo com relação ao tempo por nossa causa foi muito gentil e muito eficaz. Pegamos uma chuva forte ao sair de Sittingbourne, mas depois as nuvens se dissiparam e a tarde ficou clara como <u>cristal</u>. Meu pai está agora lendo *Midnight Bell*,[2] que ele emprestou da biblioteca, e minha mãe está sentada perto da lareira. Nossa rota de amanhã não foi decidida. Nenhum de nós está muito inclinado a ir a Londres e, se Mr. Nottley nos permitir, acho que iremos para Staines passando por Croydon e Kingston, o que será muito mais agradável que qualquer outro caminho; mas ele está decidido a ir por Clapham e Battersea. Deus abençoe a vós todos!

Afetuosamente tua,
J.A.

Gabo-me de que <u>Dordyzinho</u>[3] não me esquecerá ao menos por uma semana. Beija-o por mim.

Miss Austen,
Godmersham Park,
Faversham.

Notas

¹ *duas ou três milhas*. Aproximadamente 3 e 5 km, respectivamente.
² *Midnight Bell. The Midnight Bell* [*O sino da meia-noite*] é um romance gótico de autoria de Francis Lathom, publicado em 1798. É um dos romances góticos citados em *Northanger Abbey* [*A Abadia de Northanger*].
³ *Dordyzinho*. Em inglês "*itty Dordy*". Jane Austen mimetiza aqui a linguagem infantil para se referir a George Austen, segundo filho de seu irmão Edward.

10. Para Cassandra Austen
Sábado, 27 — domingo, 28 de outubro de 1798
De Steventon a Godmersham

Steventon, sábado, 27 de outubro

Minha querida Cassandra,

Tua carta foi uma surpresa muito agradável para mim hoje, & peguei uma folha de papel grande para mostrar minha gratidão. Chegamos aqui ontem entre as 4 & 5, mas não posso te enviar um relato tão triunfal do último dia da nossa viagem como do primeiro & do segundo. Assim que terminei minha carta de Staines, minha mãe começou a sofrer com o esforço & a fadiga de uma viagem tão distante, & ficou bem indisposta com aquele tipo especial de evacuação que geralmente precede suas enfermidades —. Ela não passou bem a noite em Staines, & sentiu um ardor na garganta durante a viagem ontem de manhã, que pareceu prenunciar mais bílis —. Contudo ela aguentou a viagem muito melhor do que eu esperava, & em Basingstoke, onde paramos por mais de meia hora, recebeu o conforto de um prato de sopa, & da visita de Mr. Lyford, o qual recomendou a ela que tomasse 12 gotas de láudano ao se recolher, como um sedativo, o que ela fez. — Não é de modo algum espantoso que a viagem tenha provocado algum tipo de mal-estar; — espero que em apenas alguns dias possa se recuperar plenamente. — James apareceu bem na hora em que íamos tomar chá, & minha mãe estava bem o suficiente para conversar com ele muito animadamente, antes de ir para a cama. — Lyford prometeu fazer uma visita, no decorrer dos próximos dias, & então eles decidirão sobre o chá de dente de leão; — cujas prescrições lhe foram mostradas em Basingstoke, & ele as aprovou enfaticamente; elas precisarão apenas de um pequeno ajuste para se adaptarem melhor à constituição de minha mãe. James parece ter retomado seu velho truque de vir para Steventon, apesar das represensões de Mary, pois esteve aqui antes do desjejum, & está agora nos fazendo uma segunda visita. — Mary está muito bem, segundo ele, & notavelmente grande;[1] — eles jantariam aqui hoje, mas o tempo está ruim demais. Tive o prazer de saber que Martha está com eles; — James foi buscá-la em Ibthrop na quinta-feira, & ela ficará com eles até sua partida para Kintbury. — Não tivemos nenhuma aventura em nossa viagem ontem, exceto por nosso baú ter quase caído, & termos que parar em Hartley para que as rodas fossem lubrificadas. — Enquanto minha mãe & Mr. Lyford estavam juntos, fui até Mrs. Ryders & comprei o que planejava comprar, mas não tudo o que queria. — Não havia suspensórios finos para crianças, & quase nenhum tule de seda; mas Miss Wood como de costume irá para a cidade muito em breve & renovará os estoques. — Paguei dois xelins e três *pence* a jarda por minha flanela, & acho que ela não é muito boa; mas é um artigo tão sem graça & desprezível por si só, que ser comparativamente bom ou ruim tem pouca importância. Eu comprei também um pouco de tinta japonesa, & na semana que vem começarei a trabalhar em meu chapéu, do qual, como sabes, dependem minhas principais esperanças de felicidade. — Sou de fato muito brilhante; — Tive a dignidade de derrubar o láudano de minha mãe ontem à noite, carrego comigo as chaves da adega; & duas vezes desde que comecei esta carta, tive que dar ordens na cozinha: nosso jantar foi muito bom ontem, & o frango foi cozido perfeitamente; portanto não terei de demitir Nanny[2] por causa disso. — Quase toda a bagagem já foi desfeita & guardada ontem à noite; — Nanny quis fazê-lo, & eu não fiquei triste em me manter ocupada. — Desempacotei as luvas & pus as tuas em tua gaveta. — A cor delas é clara & bonita, & acredito que sejam exatamente como combinamos. — Tua carta foi escoltada até aqui por uma carta de Mrs. Cooke, em que ela diz que *Battleridge*[3] não deve sair antes de janeiro; & ela está tão pouco satisfeita com a demora de Cawthorn que pretende nunca mais contratá-lo novamente. Mrs. Hall de Sherbourn deu à luz um natimorto ontem, algumas semanas antes do esperado, devido a um susto. — Suponho que tenha olhado sem querer para a cara de seu marido. — Choveu muito aqui nos últimos 15 dias, muito mais do que em Kent; & de fato encontramos estradas extremamente lamacentas o caminho todo desde Staines. — O caminho de Steventon está cheio de lama, & não sei quando conseguirei chegar a Deane. — Ouvi dizer que Martha [Lloyd] está com aparência & ânimo melhores do que tem desfrutado há muito tempo; & espero que agora possa zombar abertamente de Mr. W.[4] — Os óculos que Molly achou são de minha mãe, as tesouras, de meu pai. — Ficamos felizes em ouvir relato tão bom de teus pacientes,[5] pequenos & grandes. É um prazer que meu querido Dordyzinho tenha se lembrado de mim; mas é um prazer tolo, pois sei que acabará tão rápido. Minha afeição por ele será mais duradoura; pensarei com ternura & alegria em seu rosto lindo & sorridente & seus modos interessantes, até que alguns anos o transformem em um rapaz desobediente e sem graça. — Os livros de Winton já foram desembalados & guardados; — a encadernação os comprimiu muito convenientemente,[6] & há agora bastante espaço na estante para tudo que desejo ter ali. — Acredito que os criados ficaram muito felizes em nos ver, Nanny ficou, tenho certeza; ela confessou que estava muito enfadonho, & contudo sua filha esteve com ela até o último domingo. Entendo que sobraram algumas uvas, mas acredito que não muitas; — elas devem ser colhidas assim que possível, ou esta chuva as apodrecerá totalmente. Fico muito brava comigo mesma por não escrever mais juntinho;[7] por que minha letra é tão mais espalhada que a tua? A filha da sra. Tilbury[8] está para dar à luz. — Devo dar a ela alguma das tuas roupas de bebê? O homem da renda esteve aqui há apenas alguns dias; que infelicidade a nossa que ele veio tão cedo! — A sra. Bushell lava para nós por apenas mais uma semana, já que Sukey conseguiu uma colocação. — A esposa de John Steevens se encarregará de nossa purificação; não parece que qualquer coisa que ela venha a tocar ficaria muito limpa, mas quem sabe? — Não é muito provável que tenhamos qualquer outra criada no momento, mas a sra. Staples fará as vezes de uma. — Mary contratou uma jovem de Ashe, que nunca teve um emprego, para trabalhar com o esfregão, mas James teme que ela não seja forte o suficiente para a tarefa. Earle Harwood esteve em Deane recentemente, conforme Mary nos escreveu; & sua família então disse a ele que receberia sua esposa, caso ela continue a se comportar bem por mais um ano. — Ele ficou muito agradecido, como deveria; o comportamento deles no decorrer do caso todo foi particularmente bondoso. — Earle & sua esposa vivem do modo mais privado imaginável em Portsmouth, sem manter nenhum tipo de criadagem. — Que amor prodigioso e inato pela virtude ela deve ter, para casar em tais circunstâncias! —. Agora é noite de sábado, mas escrevi a maior parte desta carta de manhã. — Minha mãe não passou mal em nenhum momento hoje; o láudano a fez dormir muito, & no geral acho que está melhor. — Vou poder ter mais certeza sobre esse assunto amanhã. Meu pai & eu jantamos sozinhos — Que estranho! — Ele & John Bond estão agora muito felizes juntos, pois acabei de ouvir os passos pesados desse último no corredor. — James Digweed visitou-nos hoje, & dei a ele a permissão de caça de seu irmão. Charles Harwood também acabou de nos fazer uma visita, para ver como estamos, vindo de Dummer, para onde ele está levando Miss Garrett, a qual retornará à sua antiga residência em Kent. — <u>Vou</u> parar ou não terei espaço para adicionar uma palavra sequer amanhã. — Domingo. — Minha Mãe passou uma noite muito boa, & apesar de ela não ter se levantado para tomar o desjejum, sente-se muito melhor hoje. — Recebi a carta de minha tia, & agradeço-te por teu bilhete. — Escreverei para Charles em breve. — Peço que mandes a Fanny & a Edward um beijo por mim — & perguntes a George se ele tem uma música nova para mim. — É muito gentil da parte de minha tia nos

convidar para ir a Bath novamente; uma gentileza que merece uma retribuição melhor do que tirar proveito dela. ——
Sempre tua,
J.A.

Miss Austen
Godmersham Park
Faversham
Kent

Notas

¹ *notavelmente grande*. Mary estava no oitavo mês de gestação.
² *Nanny*. Trata-se provavelmente da criada Anne Knight Hilliard (DLF).
³ *Battleridge*. Battleridge, an historical tale founded on facts, By a Lady of Quality [*Battleridge, um conto histórico baseado em fatos, por uma senhora de qualidade*], romance de Cassandra Cooke, prima da mãe de Jane Austen, publicado em quatro volumes no ano de 1799, pela editora Cawthorn & Hutt (DLF).
⁴ *Mr. W.* Possivelmente um pretendente que Martha Lloyd teria tido (DLF).
⁵ *teus pacientes*. William, filho de Edward e Elizabeth Austen, havia nascido cerca de duas semanas antes.
⁶ *a encadernação os comprimiu muito convenientemente*. No tempo em que Jane Austen viveu, comercializavam-se os livros sem suas respectivas capas. Cabia ao comprador mandar fazer a encadernação.
⁷ *escrever mais juntinho*. Uma vez que a postagem da carta era cobrada de acordo com o número de folhas e era o destinatário quem pagava pelo envio, era desejável que se aproveitasse a folha tanto quanto possível. Daí a admiração de Jane Austen pela escrita mais agrupada da irmã.
⁸ *sra*. Em inglês, *Dame*. Jane Austen utiliza-se dessa forma de tratamento para se referir às mulheres do vilarejo pertencentes à classe trabalhadora.

11. Para Cassandra Austen
Sábado, 17 — domingo, 18 de novembro de 1798
De Steventon a Godmersham
Carta incompleta

Sábado, 17 de novembro

Minha querida Cassandra,

Se prestaste alguma atenção à conclusão de minha última carta, ficarás satisfeita, antes mesmo de receberes esta, em saber que minha mãe não teve nenhuma recaída e que Miss Debary virá.[1] A primeira continua a se recuperar e, apesar de ela não ganhar forças muito rapidamente, minhas esperanças são modestas o bastante para que não se adiantem à sua melhora. Ela conseguiu se sentar por quase oito horas ontem, e hoje espero que possamos fazer o mesmo. [...] Basta de falar sobre minha paciente — agora sobre mim mesma. Mrs. Lefroy veio na quarta-feira, e os Harwood também vieram, mas muito atenciosamente fizeram sua visita antes da chegada de Mrs. Lefroy, com quem, apesar das interrupções tanto de meu pai como de James, consegui ficar sozinha o suficiente para ouvir todos os assuntos de interesse, sendo que acreditarás facilmente quando te contar que ela não disse nada sobre seu sobrinho, e muito pouco sobre o amigo dela.[2] Ela nem sequer mencionou o nome do primeiro para <u>mim</u>, e fui orgulhosa demais para fazer qualquer pergunta; porém, após meu pai perguntar onde ele estava, descobri que ele havia voltado para Londres a caminho da Irlanda, onde ele deverá exercer a advocacia. Ela me mostrou uma carta que recebera de seu amigo havia algumas semanas (em resposta a uma que ela escrevera para recomendar um sobrinho de Mrs. Russell para a tutela dele em Cambridge), em que havia no final uma frase assim: "Sinto muito em saber sobre a doença de Mrs. Austen. Seria um prazer especial para mim ter a oportunidade de conhecer melhor essa família — com a esperança de estabelecer para mim uma relação mais próxima. Mas no presente não posso nutrir qualquer expectativa nesse sentido". Isso é bem racional; há menos amor e mais bom senso aí do que aparentou algumas vezes anteriormente, e estou bastante satisfeita. Tudo correrá a contento, e as coisas se dissiparão de modo razoável. Parece não haver possibilidade de que ele venha a Hampshire neste Natal, e é assim muito provável que nossa indiferença seja mútua em breve, a menos que sua estima, que pareceu surgir de não saber nada sobre mim inicialmente, seja mais bem reforçada por jamais me ver. Mrs. Lefroy não teceu comentários sobre a carta, nem falou nada sobre ele com relação a mim. Talvez ela pense que já disse muito. Ela encontrou-se bastante com os Mapleton durante sua estada em Bath. Christian ainda está muito mal de saúde, definhando, e com pouca chance de recuperação. Mrs. Portman não é muito admirada em Dorsetshire; o mundo de boa vontade, como sempre, exaltou tanto a sua beleza, que toda a vizinhança teve o prazer de se desapontar. Minha mãe quer que eu te diga que cuido muito bem da casa, o que eu não reluto em fazer, pois acho mesmo que sou excelente nisso, e por essa razão — sempre cuido para que não faltem as coisas que satisfazem meu próprio apetite, o que considero ser o principal mérito no serviço doméstico. Comi ragu de vitela, e planejo comer ensopado de carneiro amanhã. Devemos matar um porco em breve. Deve haver um baile em Basingstoke na quinta-feira que vem. As nossas reuniões gentilmente diminuíram desde que nos desfizemos da carruagem, de forma que o inconveniente e a falta de vontade de ir vieram de mãos dadas. A afeição de meu pai por Miss Cuthbert está mais viva do que nunca, e ele pede que não te esqueças de mandar notícias dela ou do irmão, sempre que souberes de alguma coisa. Tenho de te contar também que uma de suas ovelhas Leicestershire, vendida para o açougueiro na semana passada, pesou quase 27 libras e $1/4^3$ cada quarto. Fui a Deane com pelo pai há dois dias para ver Mary, que ainda está atormentada com reumatismo, do qual ela ficaria muito feliz em se ver livre, e mais feliz ainda ficaria em se ver livre da criança,[4] de quem já está profundamente cansada. Sua ama veio, e não tem nenhum charme em particular, seja pessoal, seja nos modos; mas como toda Hurstbourne disse que ela era a melhor ama que já existiu, Mary espera que sua afeição por ela aumente. Que tempo bom! Talvez não tão aprazível de manhãzinha, mas bastante agradável para sair ao meio-dia, e muito saudável — pelo menos todos acham que sim, e a imaginação é tudo. Para Edward, contudo, realmente penso que o tempo seco seja importante. Ainda não acendi as lareiras. Acredito que não te contei que Mrs. Coulthard e Anne, de Manydown, faleceram, e ambas durante o parto. Não demos a notícia a Mary. Harry St. John foi ordenado, assumiu seu ministério em Ashe, e vai muito bem. Gosto muito da administração doméstica experimental, assim como de bochechas de boi de vez em quando; devo comê-las na próxima semana, e mandarei colocar uns *dumplings*[5] nelas, para que me sinta como se estivesse em Godmersham. Espero que George tenha ficado feliz com meus desenhos. Talvez o tivessem agradado mais, se houvessem recebido um acabamento menos elaborado; mas um artista não pode fazer nada desmazeladamente. Suponho que o bebê esteja crescendo e progredindo. <u>Domingo</u>. — Acabo de receber um bilhete de James dizendo que Mary deu à luz ontem à noite, às onze horas, um belo menino, e que tudo corre muito bem. Minha mãe não quis saber nada sobre o assunto até que tudo tivesse acabado, e fomos astutos o suficiente para evitar que ela sequer suspeitasse do parto, apesar de terem mandado chamar Jenny, que havia sido deixada aqui por sua patroa [...]. Fui visitar Betty Londe ontem, a qual perguntou particularmente por ti e disse que sentia muito a tua falta, porque costumavas visitá-la com muita frequência. Foi uma reprimenda indireta para mim, que lamento ter merecido, e da qual farei bom uso. Mandarei a George outro desenho quando escrever novamente, o que deve ocorrer em breve por causa de Mary. Minha mãe continua bem.

Tua,
J.A.

Miss Austen
Godmersham

Notas

[1] *Miss Debary virá.* Para a casa paroquial de Deane, para ajudar Mary Lloyd, que estava para ter um bebê, com os afazeres domésticos (DLF).

[2] *seu sobrinho [...] o amigo dela.* O sobrinho e o amigo a quem Jane Austen se refere são Tom Lefroy e o Reverendo Samuel Blackall, respectivamente.

[3] *27 libras e ¼.* Aproximadamente 50 kg.

[4] *se ver livre da criança.* A criança é James Edward, filho de James Austen e Mary Lloyd, que viria anos mais tarde a ser o primeiro biógrafo de sua tia.

[5] *dumplings.* Bolinhos de massa que podem ser recheados. Populares no Reino Unido, os *dumplings* são usados para acompanhar carnes e fazer ensopados e sopas.

12. Para Cassandra Austen
Domingo, 25 de novembro de 1798
De Steventon a Godmersham

Steventon: domingo, 25 de novembro

Minha querida irmã,

Esperava notícias tuas hoje de manhã, mas não chegou nenhuma carta. Não vou me dar ao trabalho de te contar mais sobre as crianças de Mary, se, em vez de me agradecer pela informação, sempre te sentas e escreves para James. Estou certa de que ninguém deseja tanto receber tuas cartas quanto eu, e também penso que ninguém as merece tanto. Tendo assim aliviado meu coração de tanta malevolência, prosseguirei contando-te que Mary continua muito bem, e que minha mãe está razoavelmente bem também. Vi Mary na sexta-feira e, apesar de tê-la visto comparativamente animada na última terça-feira, fiquei muito surpresa em ver a melhora que três dias produziram nela. Ela parecia bem, seu ânimo estava certamente bom, e ela conversava com muito mais vigor do que Elizabeth quando partimos de Godmersham. Dei apenas uma olhadela na criança, que dormia; mas Miss Debary me contou que seus olhos são grandes, escuros, e belos. <u>Ela</u> está com a mesma aparência de sempre, está tricotando um vestido de lã para ela mesma, e veste o que Mrs. Birch chamaria de um <u>chapéu clochê</u>. Uma história breve e concisa de Miss Debary! Suponho que tenhas sabido pelo próprio Henry que seus problemas foram resolvidos a contento. Não sabemos quem forneceu a qualificação.[1] Mr. Mowell teria feito isso prontamente, caso sua propriedade de Oxfordshire não tivesse sido utilizada para o mesmo fim para o Coronel [Gore Langton]. Muito engraçado! Nossa vida familiar está um tanto confusa no presente, pois Nanny está de cama há três ou quatro dias, com uma dor no flanco e febre, e somos obrigados a manter duas criadas, o que não é muito confortável. Ela está bem melhor agora, mas ainda deverá levar um tempo, suponho, para que possa fazer qualquer coisa. Penso que acharei graça, tu e Edward quando souberdes que Nanny Littlewart é quem faz o meu cabelo. O baile na quinta-feira foi de fato bem pequeno, dificilmente maior que uma sumaca de Oxford.[2] Não havia mais do que sete casais, e apenas vinte e sete pessoas no salão. O mascate de Overton foi gentil o suficiente para fazer com que me livrasse de um pouco de meu dinheiro, em troca de seis combinações e quatro pares de meias. O linho irlandês não é tão bom como eu gostaria; mas paguei por ele o que eu desejava. Não tenho motivos para reclamar. Custou-me 3 xelins e 6 *pence* a jarda.[3] É muito melhor, contudo, que o último que compramos, e não tão áspero. Compramos o *Fitz-Albini*;[4] meu pai o comprou contra minha vontade, pois não me deixa muito satisfeita que compremos a única das obras de Egerton da qual sua família se envergonha. Que estes escrúpulos, contudo, não interferem em nada em minha leitura, vais facilmente acreditar. Nenhum de nós terminou o primeiro volume ainda. Meu pai está desapontado — <u>eu</u> não, pois não esperava nada melhor. Nenhum outro livro trouxe jamais tantas evidências internas de seu autor. Cada sentimento é completamente o de Egerton. Há pouco enredo, e o pouco que há é contado de um modo estranho, e desconexo. São apresentadas muitas personagens, aparentemente para serem apenas delineadas. Não conseguimos reconhecer nenhuma por enquanto, exceto o Dr. e Mrs. Hey e Mr. Oxenden, o qual não é tratado muito afavelmente. Conta a Edward que meu pai deu 25 xelins por cabeça a Seward por seu último lote de ovelhas e, em troca desta notícia, meu pai deseja receber alguma sobre os porcos de Edward. Compramos o *Tour to the Hebrides* de Boswell, e logo devemos receber o *Life of Johnson*[5] dele; e, já que restará algum dinheiro nas mãos de Burdon, ele deverá ser gasto na compra das obras de Cowper.[6] Isso agradaria Mr. Clarke, se ele soubesse. A propósito, escrevi para Mrs. Birch entre minhas outras escritas, e assim espero ter notícias de todos daquela parte do mundo em breve. Escrevi para Mrs. E[lizabeth] Leigh⁷ também, e Mrs. Heathcote foi deselegante o suficiente para me enviar uma carta com pedido de informações; assim, em geral, estou razoavelmente cansada de escrever cartas e, a menos que tenha algo novo para te dizer sobre minha mãe ou Mary, não vou te escrever novamente por muitos dias; talvez um pouco de repouso possa devolver minha estima por uma pena. Pergunta ao pequeno Edward se Bob Brown veste um capote neste inverno gelado.

[J.A.]

Miss Austen
Godmersham Park

Notas

¹ *qualificação*. Qualificação seria uma garantia em dinheiro exigida pela coroa britânica aos tesoureiros de suas tropas como forma de assegurar que o oficial não desfalcaria os fundos de seu regimento. Na época em que Jane Austen escreveu essa carta, Henry era capitão, tesoureiro e adjunto de sua companhia.

² *uma sumaca de Oxford*. Sumaca é um pequeno barco de dois mastros usado para pesca. DLF aponta que deve ter havido um erro na compilação da carta e que Austen deve ter escrito originalmente Orford, cidade localizada no litoral do condado de Suffolk.

³ *jarda*. Unidade de comprimento usada em países de língua inglesa, equivalente a 0,9144 metro.

⁴ o *Fitz-Albini. Arthur Fitz-Albini, a Novel* [*Arthur Fitz-Albini, um romance*], romance de Sir Samuel Egerton, publicado em 1798.

⁵ *Tour to the Hebrides de Boswell [...] Life of Johnson.* James Boswell (1740-1795) foi um advogado e biógrafo inglês, autor do relato de viagem *The Journal of a Tour to the Hebrides with Samuel Johnson* (1785) [*Diário de uma viagem às Hébridas com Samuel Johnson*] e da biografia *Life of Samuel Johnson* (1791) [*A Vida de Samuel Johnson*].

⁶ *Cowper*. William Cowper (1731-1800), poeta inglês.

⁷ *Mrs. E[lizabeth] Leigh*. Madrinha de Cassandra.

13. Para Cassandra Austen
Sábado, 1º — domingo, 2 de novembro de 1798
De Steventon a Godmersham

          Steventon: 1º de dezembro

Minha querida Cassandra,
 Sou muito bondosa em te escrever novamente com tamanha rapidez, para te contar que acabei de receber notícias de Frank. Ele estava em Cádis, vivo e bem, em 19 de outubro, e tinha acabado de receber uma carta tua, escrita há muito tempo, quando o "London" estava aportado em St. Helen. Mas as últimas notícias que ele teve de nós foram por meio de uma carta minha de 1º de setembro, a qual enviei assim que chegamos a Godmersham. Ele tinha escrito um pacote de cartas para seus amigos mais queridos na Inglaterra, no início de outubro, antes de embarcar no "Excellent"; mas o "Excellent" não havia partido, nem tinha probabilidade de partir, quando ele me enviou essa carta. Havia cartas para nós duas, para Lorde Spencer, Mr. Daysh e para os Diretores das Índias Orientais.[1] Lorde St. Vincent havia deixado a frota quando ele escreveu, e ido a Gibraltar, para assumir, segundo disseram, a superintendência de uma expedição privada dali até alguns dos portos dos inimigos; conjecturava-se que o destino era Minorca ou Malta. Frank escreveu com ânimo, mas diz que nossa correspondência não poderá ser mantida tão facilmente no futuro como tem sido, uma vez que a comunicação entre Cádis e Lisboa está menos frequente do que era antes. Tu e minha mãe,[2] portanto, não deveis alarmar-vos pelos longos intervalos que pode haver entre suas cartas. Dirijo esse conselho a vós por serdes as mais afetuosas da fasmília. Ontem à tarde minha mãe fez sua *entrée* na antecâmara em meio a uma multidão de espectadores admirados e tomamos chá juntas pela primeira vez nas últimas cinco semanas. Ela teve uma noite razoável, e se propõe a continuar com a mesma conduta brilhante hoje. [...] Mr.

Lyford esteve aqui ontem; chegou enquanto jantávamos, e compartilhou de nosso elegante entretenimento. Não tive vergonha de convidá-lo para sentar-se à mesa, pois tínhamos sopa de ervilhas, uma costela de porco e um pudim. Ele quer que minha mãe fique amarela e com exantema, mas ela não fará nenhuma das duas coisas. Estive em Deane ontem pela manhã. Mary estava muito bem, mas não está se fortalecendo com muita rapidez. Quando a vi tão forte nos terceiro e sexto dias, esperava vê-la melhor do que nunca ao fim de uma quinzena. James foi a Ibthorp ontem para ver sua sogra e filha.[3] Letty está com Mary no momento, extremamente feliz, é claro, e em êxtase com o bebê. Mary não administra as coisas de modo a fazer com que eu desejasse estar em seu lugar. Ela não cuida suficientemente de sua aparência; não tem um robe para vestir quando se senta; suas cortinas são todas muito finas, e as coisas ao seu redor não estão naquele nível de conforto e estilo que tornam uma situação invejável. Elizabeth ficava realmente bonita com sua touca branca impecável, vestida de modo tão asseado, e seu vestido tão uniformemente branco e arrumado. Vivemos totalmente na antecâmara agora, do que gosto muito; sinto-me tão mais elegante ali do que na sala de estar. Ainda nenhuma notícia de Kintbury. Eliza [Fowle] brinca com nossa impaciência. Ela estava muito bem na quinta-feira passada. Com quem Miss Maria Montresor vai se casar, e o que será de Miss Mulcaster? Acho muito confortável meu vestido de lã, mas espero que não uses o teu com muita frequência. Fiz duas ou três toucas para usar à noite desde que vim para casa, e elas me pouparam um mundo de tormentos quanto a arrumar o cabelo, que no momento não me dá nenhum trabalho além de lavá-lo e escová-lo, pois meus cabelos longos estão sempre trançados e escondidos, e meus cabelos curtos cacheiam bem o suficiente para não precisar de papelotes. Fui cortá-los recentemente com Mr. Butler. Não há motivos para supor que Miss Morgan tenha falecido afinal de contas. Mr. Lyford nos alegrou muito ontem pelos elogios que fez ao cordeiro de meu pai, o qual todos consideraram o melhor que já comeram. John Bond começa a achar que envelheceu, coisa que John Bonds não deveriam fazer, e que está inapto para o trabalho duro; portanto um homem foi contratado para tomar seu lugar no trabalho, e o próprio John deverá tomar conta das ovelhas. Há menos pessoas envolvidas do que antes, acredito; apenas homens em vez de meninos. Imagino isso pelo menos, mas sabes da minha ignorância sobre esses assuntos. Lizzie Bond tornou-se aprendiz de Miss Small, então podemos esperar vê-la estragando vestidos em alguns anos. Meu pai conversou com Mr. May sobre uma cervejaria para Robert, a pedido deste, e também com Mr. Deane,[4] de Winchester, com o mesmo propósito. A ideia foi de minha mãe, que achou que ele se orgulharia de ajudar um conhecido de Edward em troca de Edward ter aceitado seu dinheiro. Ele enviou uma resposta de fato muito cortês, mas não há casas vagas no momento. May espera ter uma desocupada em Farnham em breve, então talvez Nanny possa ter a honra de tirar uma cerveja para o bispo.[5] Devo escrever a Frank amanhã. Charles Powlett deu um baile na quinta-feira, para grande incômodo de todos os seus vizinhos, os quais, é claro, como sabes, nutrem um interesse vivo pelo estado de suas finanças, e vivem com a esperança de que ele fique arruinado em breve. Estamos muito dispostas a gostar de nossa nova criada; ela não sabe nada de laticínios, com certeza, o que, em nossa família, depõe contra ela, mas deverá ser ensinada sobre tudo. Em suma, sentimos tanto a inconveniência de ficar sem uma criada por todo esse tempo, que estamos determinadas a gostar dela, e ela terá muita dificuldade em nos descontentar. Por ora, parece que ela cozinha muito bem, é incomumente forte, e diz saber costurar muito bem. <u>Domingo</u>. — Meu pai fica contente em ouvir notícias tão boas sobre os porcos de Edward, e deseja que digas a ele, como forma de encorajamento a seu gosto por eles, que Lorde Bolton tem um interesse particular nos porcos dele, mandou construir chiqueiros muito elegantes para eles, e os visita todas as manhãs assim que se levanta.

Afetuosamente tua,
J.A.

Miss Austen
Godmersham Park
Faversham

Notas

[1] *Diretores das Índias Orientais*. Após assinar sua dispensa do navio real *Dispatch* nas Índias Ocidentais em 23 de junho de 1793, FWA retornou à Inglaterra em outro navio da coroa britânica e encaminhou uma carta à Corte de Diretores solicitando o reembolso do valor pago pela passagem. Após ter passado pelas respectivas instâncias navais, o pedido de Frank foi negado (DLF).

[2] *Tu e minha mãe*. Em sua edição das cartas, DLF aponta um possível erro de transcrição aqui. A palavra, transcrita como *mother*, pode ter sido *brother*, uma vez que o "m" e o "b" de Jane Austen mantinham bastante semelhança. A suspeita deve-se ao fato de que, no momento em que essa carta foi escrita, a mãe da autora estava com ela em Steventon e não com Cassandra em Godmersham.

[3] *sogra e filha*. Mrs. Lloyd e Anna Austen, com 5 anos, filha do primeiro casamento de James Austen com Anne Matthew, falecida em 1795.

[4] *Mr. May [...] com Mr. Deane*. Thomas May e Thomas Deane foram mestres--cervejeiros e comerciantes de bebidas.

[5] *bispo*. Farnham Castle era o local que abrigava uma das residências oficiais dos bispos de Winchester.

14. Para Cassandra Austen
terça-feira, 18 — quarta-feira, 19 de dezembro de 1798
De Steventon a Godmersham

Steventon, terça-feira, 18 de dezembro
Minha querida Cassandra

Tua carta chegou tão cedo quanto eu esperava, e assim sempre será com tuas cartas, porque estabeleci a regra de não as esperar até que cheguem, com o que penso contribuir para a tranquilidade de nós duas. — É uma grande satisfação para nós saber que teu problema está para se resolver, & de uma forma que te seja o menos inconveniente possível. — És muito bem-vinda a usar o nome de meu pai, & também seus serviços, caso venham a ser necessários. — Vou guardar <u>minhas</u> dez libras também para me agasalhar no próximo inverno. — Tomei a liberdade há alguns dias de pedir para tua touca de veludo preto que me emprestasse sua aba, ao que ela prontamente assentiu, & com isso consegui dar um considerável aumento de dignidade a meu gorro, o qual estava antes <u>simplório</u> demais para me agradar. — Vou usá-lo na quinta-feira, mas espero que não te ofendas comigo por seguir só em parte teu conselho sobre os ornamentos — ainda desejo manter a faixinha prateada ao seu redor, enrolada duas vezes sem nenhum laço, & em vez da pena militar preta colocarei a vermelha, por ser mais elegante; — & além disso parece que vermelho será a cor da moda neste inverno. — Após o baile, provavelmente o deixarei todo preto. — Sinto muito que nosso querido Charles tenha começado a sentir em sua dignidade o tratamento injusto. — Meu pai escreverá ao Almirante Gambier. — Ele já deve ter ficado tão satisfeito em ter conhecido e apadrinhado Frank, que ouso dizer que ficará encantado em ter outro membro da família apresentado a ele. — Acho que seria correto que Charles se dirigisse a Sir Tho[ma]s [Williams][1] para tratar do assunto; embora eu não possa concordar com o <u>teu</u> plano de escrever para ele (sobre o qual me contaste há algumas noites) para lhe pedir que venha para casa & te leve a Steventon. — Para fazer-te justiça, contudo, tinhas algumas dúvidas se tal medida seria apropriada. — Agradeço muito a meu pequeno George por suas mensagens, por seu <u>afeto</u>, pelo menos, — sua <u>obrigação</u>, suponho, foi apenas decorrente de um alerta sobre minhas intenções favoráveis em relação a ele dado por seu pai ou sua mãe. — Contudo, estou sinceramente feliz que eu tenha nascido, já que foi o meio de conseguir um pires de chá para ele.[2] — Transmita-lhe meu mais profundo afeto. Esta manhã acabou por ser muito feliz para nós, pelas visitas de nossos dois alegres vizinhos Mr. Holder & Mr. John Harwood. — Recebi uma mensagem muito cortês de Mrs. Martin solicitando meu nome como assinante de sua biblioteca, que abrirá no dia 14 de janeiro, & meu nome, ou melhor, o teu, foi devidamente fornecido. Minha mãe conseguiu o dinheiro. — Mary também se associou, o que me deixa feliz, porém surpresa. — Como um incentivo para assinarmos, Mrs. Martin nos disse que seu acervo não vai consistir apenas de romances, mas de todo tipo de literatura &c &c — Ela poderia ter poupado essa declaração para <u>nossa</u> família, que é grande leitora de romances & não tem vergonha de sê-lo; — mas suponho ter sido necessária para o pedantismo de metade de seus assinantes. — Espero & imagino que Edward Taylor deva herdar toda a fortuna de Sir Ed[ward] Dering, bem como a de todos os seus próprios pais. — Tomei o cuidado de contar a Mrs. Lefroy sobre tua visita à mãe dela, & ela pareceu ter ficado contente. — Apreciei muito as geadas negras[3] da semana passada, & um dia, enquanto ainda geava, caminhei até Deane sozinha. — Não me lembro de ter feito isso alguma vez na minha vida antes. — Charles Powlett esteve bem doente, mas está se recuperando novamente; — a esposa dele revelou-se tudo o que a vizinhança poderia desejar que fosse, tola & mal-humorada, bem como extravagante. Earle Harwood & seu amigo Mr. Bailey vieram a Deane ontem, mas não devem ficar mais do que um ou dois dias. — Earle conseguiu a nomeação para um navio-prisão em Portsmouth, o que ele desejava havia algum

tempo; & ele & sua esposa devem morar a bordo no futuro. —
Jantamos agora às três e meia, & penso que terminamos o jantar
antes que tenhas começado o teu — Tomamos chá às seis e meia.
— Temo que venhas a nos desprezar. — Meu pai lê Cowper para
nós todas as noites, que ouço quando posso. Como passas as tuas
noites? — Imagino que Eliz[abe]th borde, que tu leias para ela,
& que Edward vá se deitar. — Minha mãe continua saudável, seu
apetite & suas noites estão muito bons, mas seu intestino ainda
não está totalmente recuperado, & ela reclama às vezes de asma,
de hidropisia, água nos pulmões & problemas hepáticos. A terceira
Miss Lefroy irlandesa irá se casar com um Mr. Courtenay, mas,
se é James ou Charles, não sei. — Miss Lyford foi a Suffolk com
seu irmão & Miss Lodge —. Estão todos agora ocupados em
levantar uma renda para esses dois últimos. Miss Lodge tem
apenas £800, & não acredito que seu pai possa lhe dar muito,
portanto os bons ofícios da vizinhança serão muito aceitáveis. —
John Lyford tenciona aceitar alunos. — James Digweed está com
um corte muito feio — como aconteceu? — Foi por culpa de um
potro que ele havia comprado há pouco, & estava tentando levar
de volta ao estábulo; — o animal jogou-o ao chão com as patas
dianteiras, & fez um buraco em sua cabeça com um coice; — ele
se arrastou de lá o mais rápido que pode, mas ficou zonzo por um
tempo, & depois teve muita dor. — Ontem ele montou no cavalo
novamente, & por medo de algo pior, foi obrigado a se jogar de
cima dele. — <u>Quarta-feira</u>. — Mudei de ideia, & troquei os enfeites
de meu gorro esta manhã; ficaram agora como sugeriste; — senti
como se nada daria certo se eu não seguisse as tuas sugestões, &
acho que fiquei mais parecida com Lady Conyngham[4] agora do
que antes, o que é tudo pelo que uma mulher vive nos dias de
hoje. — Acredito que <u>farei</u> meu vestido novo igual ao meu robe,
mas a parte de trás do robe é uma peça única até a cauda, & será
que sete jardas[5] vão permitir copiá-lo nesse aspecto? Mary foi à
igreja no domingo, & caso o tempo estivesse sorrindo, a teríamos
visto aqui antes disso. — Talvez eu fique em Manydown até

segunda-feira, mas nada além disso. — Martha mandou dizer que está muito ocupada para me escrever agora, & não fosse por tua carta, eu a teria imaginado imersa no estudo de medicina em preparação para sua mudança de Ibthrop. — A carta para Gambier vai hoje. — Penso que será um baile muito bobo, no qual não haverá ninguém com quem valha a pena dançar, & ninguém com quem valha a pena conversar com exceção de Catherine; pois acredito que Mrs. Lefroy não estará lá; Lucy deve ir com Mrs. Russell. — As pessoas ficam tão horrivelmente pobres & sovinas nesta parte do mundo, que não tenho paciência com elas. — Kent é o único lugar em que a felicidade existe, todo mundo é rico lá; — devo fazer justiça semelhante, contudo, aos arredores de Windsor. — Fui obrigada a ceder duas folhas do teu papel de desenho a James & Miss Debary, mas não darei mais nenhuma. — Não restam mais do que três ou quatro, além de uma de tipo menor & mais caro. — Talvez possas querer mais, caso passes pela cidade no teu retorno, ou melhor, comprar mais, uma vez que querer não depende de passares pela cidade, imagino eu. — Acabo de receber notícias de Martha, & de Frank — a carta dele foi escrita em 12 de novembro — tudo está bem, & nada de especial.

J.A.

Miss Austen
Godmersham Park
Faversham
Kent

Notas

[1] *Sir Tho[ma]s [Williams]*. Ver nota 2 da Carta 2.

[2] *eu tenha nascido [...] um pires de chá para ele*. Dois dias antes de essa carta ser escrita, no dia 16 de dezembro, Jane Austen completou 23 anos. Segundo DLF, era costume da época que, no dia de seu aniversário, o aniversariante despejasse o chá da xícara no pires para que esfriasse mais rápido e pudesse ser ingerido em uma temperatura mais amena.

[3] *geadas negras*. A geada negra é uma condição atmosférica que provoca o congelamento da parte interna da planta, tornando a planta escura, queimada e provocando sua morte devido ao frio intenso.

[4] *Lady Conyngham*. Elizabeth Denison, esposa do Barão Conyngham e mulher de grande prestígio na corte do Rei George IV (DLF).

[5] *sete jardas*. 6,4 m.

15. Para Cassandra Austen
Segunda-feira, 24 — quarta-feira, 26 de dezembro de 1798
De Steventon a Godmersham

Steventon, segunda-feira à noite, 24 de dezembro
Minha querida Cassandra
Tenho notícias agradáveis para ti, as quais estou ansiosa para contar, & portanto começo minha carta antes, apesar de que não a <u>enviarei</u> antes do habitual. — O Almirante Gambier, em resposta à solicitação de meu pai, escreve o seguinte. — "Como é de costume manter jovens oficiais em pequenas embarcações, o que é mais adequado devido à sua inexperiência, & também por ser uma situação mais favorável para que aprendam suas obrigações, vosso filho continuará no 'Scorpion'; porém, mencionei ao Conselho de Almirantes o seu desejo de estar em uma fragata, e assim que surgir uma oportunidade adequada & se julgue que ele já cumpriu seu turno em um navio pequeno, espero que ele venha a ser removido. — Com relação a vosso filho que se encontra agora em Londres, fico feliz em poder garantir-vos que sua promoção deverá ocorrer muito em breve, já que Lorde Spencer teve a gentileza de dizer que o incluiria num acordo que ele propõe fazer em pouco tempo, relativo a algumas promoções naquele trimestre." — Pronto! — Posso agora terminar minha carta, & ir me enforcar, pois estou certa de que não há mais nada que eu possa escrever ou fazer que não venha a te parecer insípido depois disso. — <u>Agora</u> realmente penso que ele será promovido logo, & desejaria apenas que pudéssemos comunicar nosso conhecimento prévio do evento a ele, que é o principal interessado. — Meu pai escreveu a Daysh para solicitar que nos informe, se puder, quando a nomeação for enviada. — Teu principal desejo está agora prestes a se realizar; & se Lorde Spencer pudesse trazer felicidade a Martha ao mesmo tempo, que coração feliz ele faria o teu! — Enviei o mesmo trecho das delícias de Gambier a Charles, o qual pobre rapaz! apesar de não ser nada

mais do que um humilde espectador do herói da peça, ficará, espero, contente com a perspectiva oferecida a ele. — Pelo que o Almirante diz, parece que ele foi mantido no "Scorpion" propositalmente —. Mas não me atormentarei com conjecturas & suposições; os fatos me satisfarão. — Frank não tinha notícias nossas havia dez semanas, quando me escreveu no dia 12 de novembro, em virtude de Lorde St. Vincents ter sido transferido para Gibraltar. — Quando sua nomeação for enviada, contudo, ela não demorará tanto tempo para chegar quanto nossas cartas, porque todos os despachos governamentais são enviados por terra de Lisboa para o Lorde, com grande regularidade. — Retornei de Manydown hoje cedo, & encontrei minha mãe seguramente sob nenhum aspecto pior do que quando a deixei. — Ela não gosta do frio, mas sobre isso não há nada que possamos fazer. — Passei minhas horas de modo muito tranquilo & muito agradável com Catherine. Miss Blachford é agradável o suficiente; não quero que as pessoas sejam muito agradáveis, pois me poupa o trabalho de gostar muito delas. — Encontrei apenas Catherine & ela quando cheguei a Manydown na quinta-feira, jantamos juntas & fomos juntas a Worting para buscar a proteção de Mrs. Clarke, a qual estava acompanhada de Lady Mildmay, seu filho mais velho, & um Mr. & Mrs. Hoare. — Nosso baile foi muito fraco, mas de modo algum desagradável. — Havia 31 pessoas, entre as quais apenas 11 damas, & não mais que cinco mulheres solteiras no salão. — Entre os cavalheiros presentes deves ter uma ideia da lista de meus parceiros de dança. Mr. Wood, G[eorge] Lefroy, Rice, um Mr. Butcher (que estava junto com os Temple, um marinheiro & não soldado do 11º regimento dos *Light Dragoons*),[1] Mr. Temple (não aquele que é horrível), Mr. W[illia]m Orde (primo do homem de Kingsclere), Mr. John Harwood & Mr. Calland, que apareceu como de costume com seu chapéu na mão, & ficava de vez em quando atrás de Catherine & de mim para que falássemos com ele & zombássemos dele por não dançar. — Contudo, nós o provocamos até que dançasse;

— fiquei feliz de vê-lo novamente depois de tanto tempo, & ele foi no fim das contas o mais espirituoso & galanteador da noite. — Ele perguntou por ti. — Houve vinte danças & eu dancei-as todas, & sem nenhum cansaço. — Fiquei feliz em me sentir capaz de dançar tanto & com tanta satisfação quanto dancei; — considerando o pouco que me diverti nos bailes de Ashford, (enquanto eventos para dançar) não imaginei que seria capaz disso, mas no frio & com poucos pares eu penso que poderia dançar tanto por uma semana inteira quanto por meia hora. — Meu gorro preto foi admirado abertamente por Mrs. Lefroy, & imagino que secretamente por todos os outros no salão. — Terça-feira. — Agradeço por tua longa carta, da qual farei todos os esforços para ser merecedora escrevendo o resto desta o mais rápido possível. — Fico repleta de felicidade com muitas das tuas informações; que tenhas ido a um baile, & dançado, & que tenhas jantado com o príncipe,[2] & que estejas meditando sobre a compra de um vestido novo de musselina são circunstâncias deliciosas. — Eu estou decidida a comprar um bem bonito quando puder, & estou tão cansada & tão envergonhada de metade dos que tenho atualmente que enrubesço só de olhar o guarda-roupa que os contém. — Mas não ficarei por muito mais tempo ultrajada pelo meu vestido de bolinhas, eu o transformarei numa anágua muito em breve. — Desejo a ti um feliz Natal, mas sem os cumprimentos de Boas Festas. — Pobre Edward! É muito difícil saber que justamente ele, que tem tudo que pode desejar no mundo, não tenha uma boa saúde também. — Mas espero que com o tratamento para seus distúrbios intestinais, tonturas & náuseas, ele tenha em breve essa bênção também. — Se seu distúrbio nervoso foi causado por algum tipo de supressão de algo que tenha que ser colocado para fora, o que não parece improvável, o primeiro desses sintomas pode ser um remédio, & sinceramente desejo que seja, pois não conheço ninguém mais merecedor da mais pura felicidade do que Edward. — Os ânimos de minha mãe não foram afetados pela complicação de suas doenças; ao contrário, de um modo geral estão melhores do que nunca; e nem deves supor que ela pensa com frequência nesses males. — Às vezes ela tem uma tendência de pensar em algum outro que sempre a alivia, & isto é, um inchaço & sensação de gota nos tornozelos. — Não consigo decidir o que fazer em relação ao meu vestido novo; gostaria que essas coisas fossem compradas já prontas. — Tenho esperanças de me encontrar com Martha no batizado[3] em Deane na próxima terça-feira, & verei o que ela pode fazer por mim. — Quero que ela me sugira algo que não me dê trabalho para pensar ou executar. — Novamente retomo o assunto de minha alegria, de que tenhas dançado em Ashford, & ceado com o príncipe. — Posso compreender perfeitamente a aflição e a perplexidade de Mrs. Cage. — Ela tem todos aqueles tipos de sentimentos tolos & incompreensíveis que fariam com que ela se considerasse desconfortável nesse tipo de recepção. — Eu a amo, contudo, apesar dessas bobagens dela. Peço que transmitas a Edw[ard] Bridges saudações da outra Miss Austen quando o vires novamente. Insisto que perseveres em teu desígnio de comprar um vestido novo; estou segura de que deves precisar de um, & como terás cinco guinéus para receber em uma semana, estou certa de que poderás muito bem pagar por ele, & se achares que não podes, eu te darei o forro. — De minha caridade aos pobres desde que cheguei em casa, terás um relato fiel. — Dei um par de meias de lã para Mary Hutchins, sra. Kew, Mary Steevens & sra. Staples; uma combinação para Hannah Staples, & um xale para Betty Dawkins; gastei com tudo cerca de meio guinéu. — Mas não tenho motivos para supor que os Batty <u>aceitariam</u> alguma coisa, porque não lhes fiz a oferta. — Fico feliz em ouvir notícias tão boas de Harriot Bridges; agora ela age como devem agir senhoritas de 17 anos; admirando & sendo admiradas; de uma forma muito mais racional do que suas três irmãs mais velhas, que aproveitaram tão pouco desse tipo de juventude.[4] — Ouso dizer que ela acha o Major Elrington tão agradável quanto Warren, & se ela pensa assim, está muito bem.

— Eu deveria ter jantado em Deane hoje, mas o tempo está tão frio que não me arrependo de ter ficado em casa com os primeiros sinais de neve. — Devemos ter companhia para jantar na sexta-feira; os três Digweed & James. — Seremos um belo grupo silencioso, suponho. — Pega a tesoura assim que tu puderes depois de receber esta carta. Temo apenas que seja tarde demais para assegurar o prêmio. Os lordes do Almirantado[5] ficarão fartos com nossas atuais solicitações, pois ouvi de Charles que ele mesmo escreveu a Lorde Spencer pedindo sua transferência. Temo que sua serena Alteza tenha um ataque de nervos, & ordene que nossas cabeças sejam cortadas. — Minha mãe quer saber se Edw[ar]d chegou a fazer o galinheiro que eles planejaram juntos. — Eu fiquei contente em saber por Martha que eles com certeza permanecerão em Ibthrop, & acabei de ser informada de que certamente encontrarei Martha no batizado. — Tu mereces uma carta mais longa que esta; mas meu triste destino é raramente tratar as pessoas tão bem como elas merecem. — Que Deus te abençoe. — Afetuosamente, tua Jane Austen.

Quarta-feira. — A neve não deu em nada ontem, então <u>fui</u> a Deane, & retornei para casa às nove horas da noite na carruagem pequena — & sem sentir muito frio. — Miss Debary jantará conosco na sexta-feira assim como os cavalheiros.

Miss Austen
Godmersham Park
Faversham
Kent

Notas

[1] *Light Dragons*. O *Light Dragons* é um regimento das chamadas *Light Troops* do exército britânico. Essas tropas eram assim chamadas porque seus soldados carregavam armas leves e utilizavam cavalos velozes, de forma a avançar rapidamente pelos campos de batalha.

[2] *o príncipe*. Príncipe William-Frederick, segundo Duque de Gloucester, que estava nessa ocasião em Kent, em virtude de obrigações militares (DLF).

[3] *no batizado*. Batizado de James Edward Austen-Leigh, sobrinho de Jane Austen (DLF).

[4] *aproveitaram tão pouco desse tipo de juventude*. Jane Austen faz uma crítica às irmãs de Harriot que se casaram muito cedo (DLF).

[5] *Almirantado Britânico*. Órgão superior da Marinha Real Britânica.

16. Para Cassandra Austen
Segunda-feira, 28 de dezembro de 1798
De Steventon a Godmersham

Minha querida Cassandra,
Frank foi promovido. — Ontem ele foi elevado à patente de comandante, & nomeado para a chalupa "Petterel", agora em Gibraltar. — Uma carta de Daysh acaba de nos anunciar isso, & como foi confirmada por outra muito amigável de Mr. Mathew sobre o mesmo assunto em que transcreve uma [carta] do Almirante Gambier para o general,[1] não temos nenhum motivo para duvidar que isso seja verdade. — Assim que tiveres chorado um pouquinho de alegria, podes continuar a ler, & saber que a Companhia das Índias levou em consideração a petição do Capitão Austen — isso vem de Daysh — & também que o Tenente Charles John Austen foi transferido para a fragata "Tamer" — isso vem do Almirante. — Nós não conseguimos descobrir onde está o "Tamer", mas espero que agora possamos ver Charles aqui sempre. Esta carta será inteiramente dedicada a boas notícias. — Se enviares a meu pai a conta de teus gastos com lavanderia & despesas postais &c, ele te enviará uma ordem de pagamento no valor total, bem como para teu próximo trimestre, & para o aluguel de Edward. — Se não comprares um vestido de musselina agora com o reforço desse dinheiro, & da promoção de Frank, eu nunca te perdoarei. —

Mrs. Lefroy acaba de me informar que Lady Dortchester pretende me convidar para seu baile no dia 8 de janeiro, o que, apesar de ser uma humilde bênção comparada aos registros da página anterior, não considero uma calamidade. Não posso escrever mais, mas escrevi o suficiente para te deixar feliz, & assim posso concluir com segurança. —

Afetuosamente tua
Jane.

Steventon
Sexta-feira, 28 de dezembro

Miss Austen
Godmersham Park
Faversham
Kent

Notas

[1] *general*. General Browlow Mathew, irmão de Anne, primeira esposa de James e pai do General Edward, tio da esposa do Almirante Gambier (DLF).

17. Para Cassandra Austen
Terça-feira, 8 — quarta-feira, 09 de janeiro de 1799
De Steventon a Godmersham

Steventon, terça-feira, 8 de janeiro

Minha querida Cassandra,

Deves ler tuas cartas umas <u>cinco</u> vezes no futuro antes de enviá-las para mim, & talvez assim ache-as tão divertidas quanto eu. — Ri em vários trechos daquela que agora respondo. — Charles ainda não chegou, mas deve chegar esta manhã, ou ele nunca saberá o que o espera. O baile em Kempshott é hoje à noite, & tenho um convite para ele, apesar de eu não ter sido tão atenciosa a ponto de lhe arrumar um <u>par</u>. Mas são situações diferentes a dele & a de Eliza Bailey, pois ele não está moribundo, & pode, portanto, arrumar um par sozinho. — Acredito ter te contado que segunda-feira seria a noite do baile, pelo que, & por todos os outros erros a que eu possa algum dia ter te induzido, peço humildemente que me perdoes. — Elizabeth é muito cruel quanto a minha escrita de música; — & como punição a ela, insistiria em sempre futuramente escrever por ela todas as dela, se não estivesse punindo a mim mesma ao mesmo tempo. — Estou razoavelmente feliz em saber que a renda de Edward é tão boa — tão feliz quanto posso estar em saber que qualquer um esteja rico além de ti & de mim — & estou profundamente contente de saber do presente que ele deu a ti. — Não usarei meu gorro de cetim branco hoje à noite afinal; em vez disso, devo usar uma touca bufante com plumas, que Charles Fowle enviou a Mary, & que ela me emprestará. — É a última moda nos dias de hoje, usada na ópera, & por Lady Mildmays nos bailes de Hackwood — odeio descrever essas coisas, & ouso dizer que conseguirás imaginar como ela é —. Superei a horrível época de costura muito melhor do que eu esperava. — Meu vestido ficou muito parecido com aquele azul, que sempre dissestes que me caía muito bem, apenas com as seguintes variações; — as mangas são curtas, o xale é mais longo, o bibe se sobrepõe a ele, & uma faixa do mesmo completa o todo. —

Eu te asseguro que detesto a ideia de ir Bookham tanto quanto tu; mas ainda tenho esperanças de que algo aconteça para impedir isso; Theo perdeu a eleição em Baliol, & talvez eles não estejam em condições de ter companhia por uns tempos. — Eles também falam em ir a Bath na primavera, & talvez possam capotar no caminho & ficar de cama durante o verão.

Quarta-feira. — Estou com uma inflamação & uma fraqueza em um dos meus olhos há alguns dias, o que faz da escrita algo nem muito agradável nem muito produtivo, & o que provavelmente impedirá que eu mesma termine de escrever esta carta. — Minha mãe se prontificou a fazê-lo por mim, & deixarei a parte do baile de Kempshott para ela. Expressas tão pouca preocupação por eu ter sido assassinada no Bosque de Ash Park pelo criado de Mrs. Hulbert, que tenho vontade de não te contar se fui ou não, & limito-me a dizer que não retornei para casa naquela noite nem na seguinte, uma vez que Martha gentilmente cedeu espaço para mim em sua cama, a de abrir e fechar no quarto novo das crianças. — A babá & a criança dormiram no chão; & ficamos todos numa certa confusão & grande conforto; — a cama serviu excepcionalmente bem a nós, tanto para ficarmos acordadas & conversar até as duas horas, quanto para dormirmos durante o resto da noite. — Amo Martha mais que nunca, & desejo ir visitá-la se possível, quando ela chegar em casa. — Jantamos todos na casa dos Harwood na quinta-feira, & o grupo se separou na manhã seguinte. — Essa enfermidade em meu olho tem sido um triste aborrecimento para mim, pois não tenho conseguido ler ou bordar com conforto desde sexta-feira, mas uma vantagem será tirada disso, pois ficarei tão proficiente em música até sarar de meu resfriado, que estarei perfeitamente qualificada nessa ciência pelo menos para ocupar o lugar de Mr. Roope em Eastwell no próximo verão; & estou certa de que terei a recomendação de Eliz[abe]th, mesmo que seja apenas por causa de Harriot. — De meu talento no desenho te dei provas em minhas cartas para ti, & eu não tenho nada a fazer, senão inventar alguns nomes difíceis para as estrelas. — Mary tem sido mais razoável quanto à beleza de seu filho, & diz que ela não o acha realmente bonito; suspeito que sua moderação seja algo parecido com a da mãe de W — W —.[1] — Talvez Mary tenha te dito que eles irão a mais jantares; os Bigg & Mr. Holder jantam lá amanhã & devo encontrá-los; dormirei lá. Catherine tem a honra de dar seu nome ao grupo, o qual será composto de dois Wither, dois Heathcote, um Blachford, & nenhum Bigg além dela mesma. Ela congratulou-me ontem à noite pela promoção de Frank como se realmente sentisse a alegria da qual falava. — Meu doce pequeno George! — Fico encantada em saber que ele tem um talento criativo para retratos —. Admirei muito a cera amarela dele, & espero que ele escolha essa cera para tua próxima carta.[2] — Usei meus sapatos verdes ontem à noite, & levei meu <u>leque branco</u> comigo; fico muito feliz que ele nunca o tenha jogado no rio. — Que Mrs. Knight tenha deixado a propriedade de Godmersham a Edward aparentemente não foi um ato de generosidade tão prodigioso por fim, já que ela reservou para si mesma uma parte da renda;[3] — é necessário que se saiba disso, para que sua conduta não seja supervalorizada. — Dos dois penso ser Edward quem demonstra maior magnanimidade por aceitar a cessão com tal ônus. — Quanto mais escrevo, mais meu olho melhora, então devo ao menos prosseguir até que fique muito bem, antes de passar minha pena a minha mãe. — O pequeno aposento móvel de Mrs. Bramston[4] estava razoavelmente cheio ontem à noite com ela mesma, Mrs. H[enry] Blackstone, suas duas filhas[5] & eu. — Não gosto das Miss Blackstone; na verdade sempre estive decidida a não gostar delas, então há pouco mérito nisso. — Mrs. Bramston foi muito educada, gentil & barulhenta. — Passei uma noite muito agradável, principalmente com o grupo de Manydown —. A ceia foi a mesma do ano passado, & a mesma falta de cadeiras. — Havia mais dançarinos do que o salão podia convenientemente comportar, o que é suficiente para fazer de um baile um bom baile. — Não penso que eu tenha sido muito requisitada —. As pessoas estavam bastante propensas a não me requisitar até que não pudessem mais evitá-lo; — Como sabes, a importância de uma pessoa varia tanto às vezes sem qualquer motivo especial —. Havia um cavalheiro, um oficial do Cheshire, um jovem muito bonito, o qual segundo contaram-me gostaria muito de ser apresentado a mim; — porém, como ele não queria tanto a ponto de se dar ao trabalho de fazer com que isso acontecesse, o encontro nunca se realizou. — Dancei com Mr. John Wood novamente, duas vezes com um Mr. South, um rapaz de Winchester que suponho ser tão distante de ser parente do bispo daquela diocese quanto possível, com G[eorge] Lefroy & J[ohn] Harwood, o qual penso se dedicar a mim mais do que costumava fazê-lo. — Uma das minhas ações mais felizes foi me sentar por duas danças em vez de ter como meu parceiro o filho mais velho de Lorde Bolton, que dança mal demais para ser tolerado. — As Miss Charterise estavam lá, & fizeram o papel das Miss Eden com grande ânimo. — Charles não apareceu! — Charles travesso. Suponho que ele não tenha conseguido ser substituído a tempo —. — Miss Debary substituiu tuas duas folhas de papel de desenho, por duas de tamanho & qualidade superiores; assim não guardo mais rancor algum por ela tê-las pegado. — Mr. Ludlow & Miss Pugh de Andover casaram-se recentemente, assim como Mrs. Skeete de Basingstoke & Mr. French, boticário de Reading. — Não me espanta que queiras ler *First Impressions*[6] novamente, tão raras foram as vezes que o leste, & há tanto tempo. — Agradeço-te muito por querer deixar minha velha anágua para trás; há muito desejava secretamente que isso fosse feito, mas não tive a coragem de fazer o pedido. Peço que mencione o nome do namorado de Maria Montresor quando escreveres de novo, minha mãe quer saber, & não tenho coragem de procurar nas tuas cartas para descobri-lo. — Não conseguirei enviar esta carta até amanhã, & ficarás desapontada na sexta-feira; sinto muito por isso, mas não tenho como evitá-lo. — A sociedade entre Jeffereys, Toomer & Legge[7] se desfez — os dois últimos ficaram sem nada, & espera-se que Jeffereys quebre muito em breve para o bem de algumas heroínas cujo dinheiro pode estar em seu poder. — Desejo-te vinte vezes alegria em teu aniversário. — <u>Devo</u> conseguir te enviar esta carta pela posta de hoje, o que me alça ao cume mais alto da felicidade humana, & faz-me regozijar nos raios da prosperidade, ou dá-me qualquer outra sensação de prazer na linguagem empolada que possas preferir. — Não fiques brava comigo por não completar a folha[8] — & creia-me afetuosamente tua J.A.

Miss Austen
Godmersham Park
Faversham
Kent

Notas

¹ *W— W—*. Os travessões colocados por Jane Austen provavelmente significam uma piada familiar sobre algum dos membros da família Wither (DLF).

² *escolha essa cera para tua próxima carta*. As cartas eram lacradas com cera derretida e marcadas com um sinete.

³ *reservou para si mesma uma parte da renda*. Mrs. Knight abdicou da propriedade em favor de Edward Austen, seu filho adotivo; porém, do valor total da renda anual gerada pela propriedade, duas mil libras deveriam ser pagas a ela (DLF).

⁴ *pequeno aposento móvel de Mrs. Bramston*. Os Austen não possuíam carruagem e era costume de Mrs. Bramston se oferecer para levá-los a eventos na vizinhança em sua própria carruagem, a qual Jane Austen jocosamente apelidava de "*moveable apartment*".

⁵ *Mrs. H[enry] Blackstone, suas duas filhas* [...]. Jane Dymock e as filhas, Alethea e Harriet Blackstone.

⁶ *First Impressions*. Concluído em 1797, *First Impressions* [*Primeiras impressões*] é o primeiro título dado ao romance que posteriormente seria editado e publicado sob o nome de *Pride and Prejudice* [*Orgulho e Preconceito*] em 1813.

⁷ *Jeffereys, Toomer & Legge*. Trata-se de uma sociedade bancária em Basingstoke (DLF).

⁸ *não completar a folha*. Além de o papel ser um objeto caro na época em que Jane Austen viveu, também o envio de cartas era caro e demorado, sendo que era o destinatário quem pagava pela postagem. Assim, Cassandra estaria recebendo menos texto do que poderia esperar.

18. Para Cassandra Austen
Segunda-feira, 21 — quarta-feira, 23 de janeiro de 1799
De Steventon a Godmersham
Carta incompleta

        Steventon: segunda-feira, 21 de janeiro
Minha querida Cassandra,
 Tentarei fazer desta uma carta mais digna de tua aceitação do que minha última, a qual foi tão desprezível que penso que Mr. Marshall jamais poderia ter te cobrado a postagem. Meus olhos têm estado muito ruins desde que foi escrita, mas agora estão melhorando; mantê-los abertos por tantas horas na quinta-feira à noite, bem como a poeira do salão de baile, deixou-os bastante afetados. Uso-os o menos que posso, mas <u>tu</u> sabes, e <u>Elizabeth</u> sabe, e todos os que já tiveram fraqueza nos olhos sabem, o quão delicioso é machucá-los forçando-os a trabalhar, a despeito dos conselhos e clamores de todos os nossos amigos. Charles nos deixa hoje à noite. O "Tamar" está nos Downs,[1] e Mr. Daysh o aconselhou a se apresentar lá diretamente, pois não há chances de que ele navegue rumo ao oeste. Charles não aprova isso de modo algum, e não sentirá muito pesar se chegar lá tarde demais para estar a bordo antes que ele zarpe, já que poderá assim ser enviado para um posto melhor. Ele tentou ir à cidade ontem à noite, e em seu caminho até lá chegou até a altura de Dean Gate; mas as diligências estavam lotadas, e tivemos o prazer de vê-lo retornar. Ele visitará Daysh amanhã para saber se o "Tamar" zarpou ou não, e se ele ainda estiver nos Downs ele seguirá em uma das diligências noturnas até Deal. Quero ir com ele, para poder lhe explicar adequadamente a região entre Canterbury e Rowling, mas o dissabor de retornar sozinha me impede. Gostaria muitíssimo de ir até Ospringe com ele, para que pudesse te surpreender em Godmersham. Martha me escreve que Charles foi muito admirado em Kintbury, e Mrs. Lefroy nunca viu ninguém que tivesse melhorado tanto em toda sua

vida, e acha que ele é mais bonito do que Henry. Ele parece estar em bem maior vantagem aqui do que em Godmersham, não estando rodeado de estranhos nem oprimido por uma dor na face ou pó em seu cabelo. James batizou Elizabeth Caroline [Fowle] no sábado pela manhã, e depois veio para casa. Mary, Anna e Edward nos deixaram, é claro; antes que a segunda se fosse, tomei nota de sua resposta à sua prima Fanny. Ontem chegou uma carta de Edward Cooper para minha mãe para anunciar, não o nascimento de uma criança, mas de um benefício eclesiástico; pois Mrs. Leigh implorou que aceitasse a administração da paróquia de Hamstall-Ridware em Staffordshire, a qual ficou vaga com a morte de Mr. Johnson. Compreendemos por sua carta que ele planeja residir lá, no que demonstra sua sabedoria. Staffordshire é um tanto longe; então, não os veremos mais até que, depois de quinze anos, as Miss Cooper sejam apresentadas a nós, meninas finas, joviais, bonitas e ignorantes. O benefício é avaliado em 140 libras por ano, mas talvez possa ser aumentado. Como poderão transportar os móveis da antecâmara para tão longe em segurança? Nossos primos em primeiro grau parecem estar desaparecendo rápido demais. Uma é incorporada à família, a outra morre, e o terceiro vai para Staffordshire.[2] Não soubemos de nada sobre a distribuição do outro benefício. Não tenho a menor ideia se Fulwar ficou com ele. Lorde Craven provavelmente possui outras relações pessoais e mais íntimas, nesse sentido, do que a que possui atualmente com a família Kintbury. Nosso baile na quinta-feira foi muito pobre, apenas oito casais e não mais que 23 pessoas no salão; mas não foi culpa do baile, pois fomos privados da presença de duas ou três famílias devido à doença repentina de Mr. Wither, o qual foi acometido naquela manhã em Winchester de sua antiga enfermidade preocupante. Um mensageiro foi enviado para avisar a família; Catherine e Miss Blachford estavam jantando com Mrs. Russell. A angústia da pobre Catherine deve ter sido enorme. Ela foi convencida a aguardar até que os Heathcote viessem de Wintney, e então com os dois e com Harris seguiu diretamente para Winchester. Nesse tipo de doença o risco, suponho, deve sempre ser grande; mas ele está agora se recuperando rapidamente desse ataque, e estará bem o suficiente para voltar a Manydown, imagino, em alguns dias. Foi um belo assunto para se conversar no baile. Porém não nos privou apenas dos Bigg, mas também de Mrs. Russel, e dos Bolton e John Harwood, os quais também jantavam lá, e de Mr. Lane, que não compareceu por ser parente da família. Pobre homem! — Refiro-me a Mr. Wither — sua vida é tão útil, seu caráter é tão respeitável e digno, que realmente creio ter havido muita sinceridade na preocupação geral expressa a seu respeito. Nosso baile foi principalmente formado pelos Jervoise e pelos Terry, os primeiros dos quais foram propensos a ser vulgares, e os segundos, espalhafatosos. Tive um conjunto estranho de parceiros: Mr. Jenkins, Mr. Street, Coronel Jervoise, James Digweed, J[ohn] Lyford e Mr. Briggs, amigo do último. Tive uma noite muito agradável, contudo, apesar de que provavelmente acharás que não houve nenhuma razão especial para isso; mas não penso valer a pena esperar por diversão até que haja uma oportunidade real. Mary comportou-se muito bem, e não ficou nada irrequieta. Para a história de suas aventuras no baile, recomendo que leias a carta de Anna. Quando retornares a casa, terás algumas camisas para fazer para Charles. Mrs. Davies lhe pôs medo e o fez comprar uma peça de linho irlandês quando estávamos em Basingstoke. Mr. Daysh supõe que a nomeação do Capitão Austen já tenha chegado a ele. Terça-feira. — Tua carta alegrou e divertiu-me muito. Teu ensaio sobre quinzenas felizes é altamente engenhoso, e a pele de *talobert*[3] fez-me rir um bocado. Toda vez que eu cair em desgraça, quantas piadas ela oferecerá a meus conhecidos em geral, ou morrerei em terrível dívida de entretenimento com eles. Começou a me ocorrer antes de o mencionares que há algum tempo tenho silenciado sobre a saúde de minha mãe, mas pensei que não pudesses ter dificuldade alguma em adivinhar seu estado exato

— tu, que já adivinhaste coisas muito mais estranhas. Ela está razoavelmente bem — melhor de modo geral do que estava há algumas semanas. Ela te diria ela mesma que está com um resfriado terrível agora; mas não tenho muita comiseração por resfriados sem febre ou dor de garganta. Nosso próprio irmãozinho especial[4] conseguiu um lugar na diligência ontem à noite, e está agora, suponho, na cidade. Não faço nenhuma objeção a que compres nossos vestidos lá, uma vez que tua imaginação te desenhou exatamente aquele que é necessário para me fazer feliz. Tu me desconcertas com teu progresso em fazer rendas, pois ainda estou sem seda. Precisas me comprar um pouco na cidade ou em Canterbury; deve ser melhor que a tua. Achei que Edward não aprovaria que Charles use seu cabelo curto e sem pó, e desejava que escondesses esse fato dele no momento, para que não afete seus ânimos e retarde sua recuperação. Meu pai comprou um porco de Cheesedown para ele; já foi abatido e cortado, mas não pesou mais que nove *stone*;[5] a estação já está avançada demais para que ele consiga um maior. Minha mãe quer pagar pela salga e pelo trabalho de mandar que seja curado pelas costeletas, a salmoura e a banha. Um dos cordeiros morreu. Parabenizo-te pela boa sorte de Mr. E. Hatton. Suponho que agora o casamento não poderá ser evitado. Transmite meus cumprimentos a Miss Finch. Em que altura de março podemos esperar teu retorno? Começo a ficar muito cansada de responder perguntas das pessoas a esse respeito, e, independentemente <u>disso</u>, ficarei muito contente em te ver em casa de novo, e então se conseguirmos pegar Martha e sumirmos [...] [...] quem será tão feliz como nós? Penso em ir a Ibthorp em cerca de duas semanas. Meus olhos estão muito bem, obrigada, se te aprouver. Quarta-feira, 23 — Desejo a minha querida Fanny que esta data se repita muitas vezes, e que ela possa a cada vez sentir tanta felicidade quanto agora com suas camas de boneca. Acabo de receber notícias de Charles, o qual está neste momento em Deal. Ele será segundo tenente, o que lhe apraz muito bem. O

"Endymion" deve chegar aos Downs, o que também lhe apraz. Ele espera ser designado para o "Sheerness" em breve, já que o "Tamar" não foi reformado. Meu pai e minha mãe fizeram o mesmo relato a ti ontem à noite, e estão muito contentes. <u>Ele</u> é o queridinho de minha mãe.

Afetuosamente tua,
Jane

Miss Austen
Godmersham Park
Faversham
Kent

Notas

[1] *Downs.* Área situada no Canal da Mancha, próxima às cidades de Ramsgate e Deal, onde os navios atracavam à espera de autorização ou condições climáticas favoráveis para partir (DLF).

[2] *Uma é incorporada à família, a outra morre e o terceiro vai a Staffordshire.* A primeira a que Jane Austen se refere é Eliza Hancock, que se casou com Henry Austen em 31 de dezembro de 1797. A segunda é sua prima, Jane Cooper, que faleceu num acidente de viagem, e o terceiro é Edward Cooper, a quem Jane Austen está se referindo (DLF).

[3] *talobert.* Segundo anotações de DLF, *talobert* aqui pode ser uma piada interna da família ou uma transcrição errada da palavra inglesa *rabbit*, "coelho" na língua portuguesa.

[4] *nosso próprio irmãozinho especial.* Jane Austen faz aqui uma brincadeira, utilizando-se de uma citação do romance *Camilla* (ver nota 3 da Carta 4) para se referir a seu próprio irmão.

[5] *stone.* Unidade de peso inglesa equivalente a 14 libras. O porco em questão pesava 126 libras, ou pouco mais de 57 kg.

19. Para Cassandra Austen
Sexta-feira, 17 de maio de 1799
De Bath a Steventon

— Queen Square, nº 13 — sexta-feira, 17 de maio. Minha queridíssima Cassandra,

Nossa viagem ontem correu extremamente bem; nenhum acontecimento nos alarmou ou atrasou; — encontramos as estradas em perfeita ordem, tivemos bons cavalos em todo o percurso, & chegamos a Devizes com tranquilidade por volta das quatro horas. — Suponho que John tenha te contado de que modo nos dividimos quando partimos de Andover, & depois disso nenhuma alteração foi feita. Em Devizes conseguimos aposentos confortáveis, & um bom jantar para o qual nos sentamos lá pelas cinco; entre outras coisas comemos aspargos & uma lagosta que me fez desejar que estivesses lá, & cheesecake, com o que as crianças tiveram uma ceia tão agradável a ponto de a cidade de Devizes conquistar a estima delas por muito tempo. Bem, cá estamos em Bath; chegamos aqui por volta da uma hora, & estamos aqui há tempo suficiente para ter examinado a casa, definido nossos aposentos, & estar bem satisfeitos com tudo. A pobre Eliz[abeth] fez uma viagem terrível desde Devizes, pois choveu na maior parte do caminho, & nossa primeira visão de Bath foi tão sombria quanto a que tivemos em novembro do ano passado. Tenho tantas coisas a dizer, tantas coisas igualmente irrelevantes, que não sei por qual começar, & portanto vou agora comer com as crianças. — Paramos na Paragon no caminho, mas como estava molhado & lamacento demais para descermos, vimos apenas Frank,[1] que nos disse que seu patrão[2] estava muito indisposto, mas tinha passado melhor do que de costume na noite anterior. Na Paragon encontramos Mrs. Foley & Mrs. Dowdeswell com seu xale amarelo tomando ares — & no fim de Kingsdown Hill encontramos um cavalheiro em um *buggy*,[3] o qual num olhar mais minucioso resultou ser Dr. Hall —

& Dr. Hall em luto tão profundo que ou sua mãe, ou sua esposa, ou ele mesmo deve ter morrido. Foram esses os conhecidos que vimos. — Tenho alguma esperança de ser importunada por causa do meu baú; — <u>Tinha</u> mais algumas horas atrás, pois ele estava pesado demais para vir na diligência que trouxe Thomas & Rebecca de Devizes, havia razão para supor que ele estaria também pesado demais para qualquer outra diligência, & por muito tempo não conseguimos nenhuma carroça que o transportasse. — Por fim, contudo, descobrimos desafortunadamente que havia uma prestes a partir para cá — mas, de qualquer modo, o baú não chegará aqui até amanhã — até o momento estamos a salvo — & quem sabe o que não pode acontecer para provocar um atraso ainda maior. — Postei a carta de Mary no correio de Andover pessoalmente. — Estamos extremamente satisfeitos com a casa; os cômodos são tão grandes quanto esperávamos, Mrs. Bromley é uma mulher gorda de luto, & um gatinho preto corre pela escadaria. — Eliz[abeth] ficou com o quarto que dá para a sala de estar; ela queria que minha mãe ficasse com ele, mas, como não havia cama no quarto interno, & as escadas são tão mais fáceis de subir ou minha mãe tão mais forte do que na Paragon que nem notou os dois lances de escada, decidiu-se que ficaríamos no andar de cima; onde temos dois quartos de bom tamanho, com colchas sujas & todo o conforto. Fiquei com o quarto externo & maior, como mereço; o qual é tão grande quanto nosso quarto em casa, & o de minha mãe não é materialmente inferior. — As camas são ambas tão grandes quando as de Steventon; & tenho uma cômoda muito boa & um roupeiro cheio de prateleiras — na verdade tão cheio que não há mais nada nele, & deveria ser chamado de armário em vez de roupeiro suponho. Diz a Mary que havia alguns carpinteiros trabalhando na hospedaria em Devizes hoje pela manhã, mas como não tinha certeza que fossem parentes de Mrs. W[illiam] Fowle,[4] não me apresentei a eles. Espero que seja uma tarde razoável; quando chegamos, todos os guarda-chuvas estavam abertos, mas agora as calçadas estão ficando bem brancas novamente. — Minha mãe não parece em nada pior pela viagem, nem nenhum de nós, espero, apesar de Edw[ar]d parecer bem fatigado ontem à noite, & não muito animado essa manhã, mas estou certa de que o alvoroço de mandar buscar chá, café & açúcar &c., e sair para degustar pessoalmente o queijo lhe fará bem. —

   Havia uma longa lista de chegadas aqui no jornal ontem, de modo que não precisamos imediatamente temer solidão absoluta — & há um desjejum público em Sydney Gardens todas as manhãs, de modo que não morreremos de fome completamente. — Eliz[abeth] acaba de receber um relato muito bom sobre os três garotinhos —. Espero que estejas muito ocupada & muito confortável —. Não tenho tido dificuldades com meus olhos. — Gosto muito da nossa localização — é muito mais alegre que a Paragon, & a paisagem da janela da sala de estar de onde agora escrevo é bastante pitoresca, uma vez que oferece uma vista em perspectiva do lado esquerdo da Brock Street, cortada por três choupos-negros no jardim da última casa na Queen's Parade. —

   Estou bem impaciente para saber o destino de meu melhor vestido, mas suponho que vão se passar alguns dias antes que Frances consiga arrumar o baú — Neste ínterim, agradeço-te muito por teu trabalho em arrumá-lo, bem como por marcar minhas meias de seda. Muito afetuosamente tua,

Jane

Com muito amor de todos.

Miss Austen
Steventon
Overton
Hants

Notas

[1] *Frank*. Empregado de James Leigh Perrot, tio de Jane Austen, o qual havia alugado a casa nº 1 da "The Paragon", uma famosa rua de Bath composta de casas georgianas (DLF).
[2] *patrão*. James Leigh Perrot, tio de Jane Austen.
[3] *buggy*. Carruagem de dois passageiros.
[4] *carpinteiros [...] parentes de Mrs. W[illiam] Fowle*. Jane Austen faz aqui um trocadilho entre o termo em inglês *carpenter*, que significa "carpinteiro", e o sobrenome de solteira da esposa de Mr. William Fowle, Miss Maria Carpenter (DLF).

20. Para Cassandra Austen
Domingo, 2 de junho de 1799
De Bath a Steventon
Carta incompleta

Queen Square, 13 — domingo, 2 de junho,
Minha querida Cassandra,

Estou muito agradecida a ti por duas cartas, uma de ti mesma & outra de Mary, pois dessa última eu nada sabia até que recebi a tua ontem, quando a caixa de correio foi examinada & recebi a minha parte. — Como escrevi a ela desde que a dela deveria ter chegado a mim, suponho que ela deva se considerar, como escolho considerá-la, ainda em débito comigo. — Empregarei todo o pouco discernimento que tenho na tentativa de comprar para Anna meias que ela aprove; — mas não sei se conseguirei executar a encomenda de Martha, pois não gosto de encomendar sapatos, & de qualquer forma todos eles terão saltos baixos. — O que te dizer de Edward? — Verdades ou mentiras? — Tentarei a primeira opção, & poderás escolher por ti mesma da próxima vez. — Ele estava melhor ontem do que esteve nos últimos dois ou três dias, tão bem quanto estava quando em Steventon — ele bebe no The Hetling Pump,[1] deve ir ao banho amanhã, & tentar eletricidade na terça-feira; — ele mesmo propôs essa última opção ao Dr. Fellowes, o qual não apresentou objeção alguma, mas eu imagino que somos todos unânimes em não vislumbrar nenhuma vantagem nisso. No momento não penso que ficaremos aqui além deste mês. — Tive notícias de Charles na semana passada; — eles devem zarpar na quarta-feira. — Minha mãe parece notavelmente bem. — Meu tio andou demais e agora só consegue se mover de charrete, mas no geral está muito bem. — Minha capa chegou, & aqui segue o desenho de seu bordado. — Se achas que não é larga o suficiente, posso pagar três xelins por jarda a mais pela tua, & não passar de dois guinéus, pois no total minha capa não custa mais que duas libras. — Gosto muito dela, & agora posso exclamar com prazer, como J[ohn] Bond na colheita do feno, "É isso que eu vinha procurando nesses últimos três anos". — Vi uns tecidos de gaze em uma loja da Bath Street ontem por apenas quatro xelins a jarda, mas não eram nem tão bons nem tão bonitos quanto o meu. — As flores são bastante usadas, & as frutas estão ainda mais em voga. — Eliz[abeth] comprou um cacho de morangos, & vi uvas, cerejas, ameixas & damascos — Há também amêndoas & passas, ameixas francesas & tamarindos na quitanda, mas eu nunca vi nenhuma delas em chapéus. — Uma ameixa ou uma rainha-cláudia custaria três xelins; — cerejas & uvas, cerca de cinco acredito — mas isso nas lojas mais caras; — minha tia falou-me de uma bem barata próxima de Walcot Church, onde irei em busca de algo para ti. — Não vi nenhuma mulher idosa no Pump Room. — Eliz[abeth] me deu um chapéu, & não somente é um belo chapéu, como também tem um belo <u>estilo</u> — É um tanto parecido com o de Eliza — só que em vez de ser todo de palha, metade dele é de fita estreita púrpura. — Posso me gabar, contudo, de que compreenderás muito pouco sobre o chapéu, com minha descrição —. Deus me livre de jamais oferecer tal incentivo para explicações, assim como fazer uma que seja compreensível em qualquer ocasião. — Mas não devo mais escrever sobre [...] assim. — Passei a noite de sexta-feira com os Mapleton, & fui obrigada a me submeter a ficar contente contra a minha vontade. Fizemos uma caminhada encantadora das 6 às 8 até Beacon Hill, & pelos campos do vilarejo de Charlcombe, que fica graciosamente situado num pequeno vale verde, bem onde um vilarejo com esse nome deve ficar. — Marianne é sensata & inteligente, & mesmo Jane, considerando quanto é bela, não é desagradável. Tivemos uma Miss North & um Mr. Gould em nosso grupo; — esse último me acompanhou até em casa após o chá; — ele é bem jovem, acaba de entrar em Oxford, usa óculos, & ouviu dizer que *Evelina* foi escrito por Dr. Johnson.² — Receio não poder me encarregar de levar os sapatos de Martha para casa, pois embora tivéssemos bastante espaço em nossos baús quando chegamos, teremos muito mais coisas para levar de volta, & devo deixar espaço para a <u>minha</u> bagagem. — Deve haver um grande baile de gala na terça-feira à noite em Sydney Gardens; — um concerto, com Iluminação & fogos de artifício; — por esses últimos Eliz[abeth] & eu ansiamos com prazer, & até mesmo o concerto terá mais charme do que o habitual para mim, uma vez que os jardins são grandes o suficiente para que eu fique bem longe do alcance do som. — Pela manhã Lady Willoughby apresentará a insígnia a um corpo da guarda nacional qualquer, na Crescent — & para que tais festividades possam ter um início apropriado, pensamos em ir a [...]. Estou bem contente com Martha & Mrs. Lefroy por quererem o molde de nossos gorros, mas não estou tão contente contigo por tê-lo dado a elas —. Algum desejo, algum desejo prevalecente é necessário para animar a mente das pessoas, & ao satisfazê-lo, deixas que criem outro que provavelmente não terá nem metade da inocência do anterior. — Não me esquecerei de escrever para Frank. — Com respeito & amor &c.

Afetuosamente tua,
Jane

Meu tio ficou muito surpreso ao saber que recebo notícias tuas com tanta regularidade — mas enquanto conseguirmos esconder a frequência de nossa correspondência do tio de Martha, não temeremos o nosso próprio. —

Miss Austen
Steventon
Overton
Hants   2 de junho

Notas

[1] *The Hetling Pump*. Um dos balneários de águas termais da cidade de Bath.
[2] *Evelina [...] Dr. Johnson*. *Evelina, or a Young Lady's Entrance into the World* [*Evelina, ou a entrada de uma jovem no mundo*], foi um romance escrito por Frances Burney (1752-1840) em 1778. Ironicamente, Dr. Samuel Johnson (1709-1784) foi um intelectual e escritor inglês conhecido e respeitado pelas contribuições que trouxe à língua inglesa, mas que particularmente não era favorável à escrita e leitura de romances.

21. Para Cassandra Austen
Terça-feira, 11 de junho de 1799
De Bath a Steventon

Queen Square, nº 13, terça-feira, 11 de junho
Minha querida Cassandra,
Tua carta de ontem me deixou muito feliz. Estou sinceramente contente que tenhas escapado ilesa das impurezas de Deane,[1] & não lamento que por fim nossa estada aqui tenha sido estendida. — Sinto-me razoavelmente segura de que partiremos na próxima semana, apesar de ser certamente possível que fiquemos até a quinta-feira, dia 27 — pergunto-me o que faremos com todas as visitas que pretendíamos neste verão? — Gostaria de fazer um acordo com Adlestrop, Harden & Bookham que a estada de Martha em Steventon durante o verão deveria ser considerada nossas respectivas visitas a todos eles. — Edward tem estado muito bem nessa última semana, & como as águas não foram de todo ruins para ele, estamos inclinados a esperar que ele acabe por tirar vantagem delas por fim; — todos nos encorajam nesta expectativa, pois dizem que o efeito das águas não pode ser negativo, & muitos são os casos em que seus benefícios são sentidos depois muito mais do que na hora. — Ele está mais confortável aqui do que achei que ficaria, assim como Eliz[abeth] — apesar de acreditar que ambos ficarão contentes em partir, principalmente ela — com o que, de certo modo, não se pode surpreender. — Basta de Mrs. Piozzi.[2] — Eu tinha a intenção de escrever toda a minha carta no estilo dela, mas acredito que não o farei. — Apesar de teres me concedido poderes ilimitados sobre teu enfeite em forma de ramo, não consigo decidir o que fazer com ele, & portanto nesta & em toda carta futura continuarei a te pedir mais instruções. — Fomos até a loja barata, & muito barata a achamos, mas fazem-se lá apenas flores, nenhuma fruta — & como pude comprar quatro ou cinco ramos muito belos das flores pelo mesmo preço que compraria apenas uma

ameixa de Orleans, em suma poderia comprar por três ou quatro xelins mais do que poderia levar para casa, não consigo decidir sobre a fruta até que tenha notícias tuas novamente. — Além disso, não posso deixar de pensar que é mais natural ter flores nascendo da cabeça do que frutas. — Que achas disso? — Eu não deixaria Martha ler *First Impressions* novamente em hipótese alguma, & estou contente por não o ter deixado sob tua guarda. — Ela é muito astuta, mas antevejo seu plano; — deseja publicá-lo de memória, & mais uma leitura deve permitir que o faça. — Quanto ao *Fitzalbini*, quando eu chegar em casa, ela o terá, o mais breve possível ela saberá que Mr. Elliot é mais bonito que Mr. Lance — que homens claros são preferíveis aos morenos — pois desejo aproveitar todas as oportunidades de extirpar seus preconceitos. — Benjamin Portal está aqui. Que encantador! — Não sei explicar por quê, mas a expressão saiu tão naturalmente que não pude evitar escrevê-la. — Minha mãe o viu outro dia, mas não foi ter com ele. — Estou muito feliz que tenhas gostado de minha renda, & tu também estás, & Martha também está — & estamos todas felizes juntas. — Estou com teu manto em casa, o que é encantador! — ao menos tão encantador quanto metade das ocasiões que assim são chamadas. — Não sei o que há comigo hoje, mas não consigo escrever tranquila; estou sempre indo de exclamação a outra. — Felizmente não tenho nada muito especial a dizer. — Caminhamos até Weston uma noite na semana passada, & gostamos muito. — Gostamos muito de quê? Weston? — não — de caminhar até Weston — não me expressei adequadamente, mas espero que me entendas. — Não estivemos em nenhum lugar público ultimamente, nem fizemos nada fora da rotina diária comum do nº 13, Queen Square, Bath. — Mas hoje estávamos para quebrá-la de modo um tanto extraordinário, jantando fora, não fosse pelo fato de que não vamos. — Edward retomou sua relação de amizade com Mr. Evelyn que mora em Queen's Parade & foi convidado para um jantar em família, o qual acredito que inicialmente Eliz[abeth] lamentou muito que ele tivesse aceitado, porém ontem Mrs. Evelyn nos visitou & seus modos foram tão agradáveis que gostamos muito da ideia de ir. — Os Bigg a chamariam de uma mulher agradável. — Mas Mr. Evelyn, que estava indisposto ontem, está pior hoje & tivemos que adiar. — É um tanto impertinente sugerir qualquer cuidado doméstico a uma governanta, mas me aventuro a dizer que o moedor de café fará falta todos os dias enquanto Edw[ard] estiver em Steventon já que ele sempre toma café no desjejum. — Fanny manda lembranças para ti, lembranças para o vovô, lembranças para Anna, & lembranças para Hannah; — a última em especial deve ser lembrada. — Edw[ar]d manda lembranças para ti, para vovô, para Anna, para o pequeno Edw[ar]d, para tia James[3] & tio James, & espera que todos os teus perus & patos & frangos & galinhas-d'angola estejam muito bem — & ele deseja muito que mandes a ele uma carta em letra de forma & Fanny também — & ambos acham que te responderão. —

"Por mais de uma vez desejaste que nossa estada aqui se estendesse para além da quinta-feira passada." — Há certo mistério nisso. O que acontece em Hampshire além da sarna da qual quer nos preservar? — O Dr. Gardiner se casou ontem com Mrs. Percy & suas três filhas. — Agora, vou te contar a história do véu de Mary, em cuja compra te envolvi tanto que passou a ser minha obrigação economizar para ti nas flores. — Não tive dificuldade alguma em conseguir um véu de musselina por meio guinéu, & tampouco muito mais em descobrir posteriormente que a musselina era grossa, suja & esfarrapada, & portanto de modo algum serviria para dar de presente. — Consequentemente troquei-a assim que pude, & considerando a que estado minha imprudência havia me reduzido, considerei-me afortunada em conseguir um véu de renda preta por 16 xelins —. Espero que metade dessa soma não exceda em muito o que tinhas planejado oferecer no altar da afeição cunhadia. — Afetuosamente tua,
                Jane.

Não parecem te perturbar muito os lá de Manydown. Tenho há tempos desejado brigar com eles, & creio que devo usar dessa oportunidade. — Não há como negar que são muito caprichosos! — pois gostam de desfrutar da companhia de suas irmãs mais velhas quando podem.

Miss Austen
Steventon
Overton
Hants   11 de junho

Notas

[1] *impurezas de Deane*. Jane Austen se refere à sarna ou escabiose, uma zoonose provocada pelo ácaro *Sarcoptes scabiei* (DLF).

[2] *Mrs. Piozzi*. Hester Lynch Piozzi, também conhecida como Mrs. Thrale, por ter sido casada com Henry Thrale. Conheceu Samuel Johnson, com quem trocou cartas, publicadas em 1788 como *Letters to and from the late Samuel Johnson* [*Cartas trocadas com o falecido Samuel Johnson*] (DLF).

[3] *tia James*. Mary Lloyd, esposa de James Austen. Sempre que a palavra "tia" aparece antes do nome de um dos irmãos de Jane Austen, ela estará se referindo à esposa dele.

22. Para Cassandra Austen
Quarta-feira, 19 de junho de 1799
De Bath a Steventon

Queen Square, nº 13, — quarta-feira 19 de junho
Minha querida Cassandra,
As crianças ficaram maravilhadas com tuas cartas, como imagino que te dirão elas mesmas antes que esta esteja terminada. — Fanny esboçou alguma surpresa com a umidade da cera dos lacres, mas isso não levantou suspeitas sobre a verdade. — As encomendas de Martha & as tuas chegaram bem a tempo, pois às duas horas da segunda-feira foi a última hora em que poderia recebê-las; o correio está agora fechado. — A história de John Lyford é triste. — Sinto por sua família; & quando souber que sua esposa gostava muito dele, sentirei por ela também, mas no momento não posso deixar de pensar ser deles a perda maior. — Edward não está muito bem nestes últimos dias; seu apetite lhe falta, & ele reclama de enjoos & desconfortos, os quais junto com outros sintomas nos fazem pensar em gota — talvez uma crise dela o cure, mas não posso desejar que se inicie em Bath. — Ele fez uma compra importante ontem; nada menos que uma parelha de cavalos para carruagens; seu amigo Mr. Evelyn achou-os & recomendou-os a ele, & se o discernimento de um *yahoo*[1] pôde ser confiável um dia, suponho que esse dia tenha chegado, pois acredito que Mr. Evelyn tenha pensado mais em cavalos durante toda a sua vida do que em qualquer outra coisa. — São pretos & não são grandes — custaram sessenta guinéus, dos quais quinze foram pagos com a troca da égua — mas é claro que isso deve ser um segredo. — Mrs. Williams não precisa se orgulhar por saber do sucesso de Dr. Mapleton por aqui; — ela sabe não mais do que qualquer outra pessoa em Bath. — Não há um médico nos arredores que prescreva tantas receitas quanto ele — não posso deixar de desejar que Edward não tivesse se amarrado a Dr. Fellowes, pois, se estivesse descomprometido, teríamos todos

recomendado Dr. Mapleton; meu tio & tia tão sinceramente quanto nós mesmos. — Não vejo as Miss Mapleton com muita frequência, mas tanto quanto quero; ficamos sempre muito contentes em nos encontrarmos, & não desejo desgastar nossa satisfação. — No domingo passado, tomamos chá na Paragon; meu tio ainda está de pijamas, mas está se recuperando novamente. — Na segunda-feira, Mr. Evelyn estava bem o suficiente para que cumpríssemos nosso compromisso com ele; — a visita foi bem tranquila & corriqueira; suficientemente agradável. — Encontramos apenas outro Mr. Evelyn, seu primo, cuja esposa veio para o chá. — Na noite passada fomos a Sidney Gardens novamente, pois havia uma repetição do baile de gala que foi tão ruim no dia 4. — Não fomos até as nove, & assim chegamos a tempo para os fogos de artifício, que foram muito bonitos, & superaram minhas expectativas; — a iluminação também estava muito bonita. — O tempo estava favorável, ao contrário do que ocorreu há duas semanas. — A peça no sábado será, espero, o encerramento de nossas alegrias por aqui, pois nada além de um prolongamento de nossa estada poderá mudar isso. Iremos com Mrs. Fellowes. — Acredito que Edward não ficará em Steventon por mais tempo do que de quinta até a próxima segunda-feira, pois o dia de recolher o aluguel deve ser fixado para a sexta-feira seguinte. — Não consigo me lembrar de mais nada para dizer no presente; — talvez o desjejum possa ajudar minhas ideias. Enganei-me — meu desjejum deu-me apenas duas ideias, que os pãezinhos estavam bons, & a manteiga ruim; — mas o correio foi mais amigável comigo, ele trouxe-me uma carta de Miss Pearson. Talvez te lembres que escrevi a ela há mais de dois meses sobre o pacote que está sob meus cuidados, & como não recebi nada dela desde então, me senti na obrigação de lhe escrever novamente há dois ou três dias, pois depois de tudo que se passou[2] eu estava decidida que a correspondência nunca deveria cessar de minha parte. — Essa segunda carta produziu um pedido de desculpas por seu silêncio, devido à doença de diversos de seus familiares. — A troca de pacotes deverá ocorrer por meio de Mr. Nutt, provavelmente um dos filhos que pertencem à Academia Woolwich, o qual vem a Overton no início de julho. — Estou tentada a suspeitar, por algumas partes de sua carta, que ela tem um projeto matrimonial em vista — eu a questionarei sobre isso quando responder sua carta; mas, como sabes, tudo isso fica *en mysteré*[3] [sic] entre nós. — Edward foi ver o boticário que Dr. Millman lhe recomendou, um homem sensível, inteligente, desde que comecei esta carta — & ele atribui sua pequena indisposição febril a ter comido algo que não lhe tenha caído bem no estômago. — Não acho que Mr. Anderton suspeite de gota em absoluto; — A vermelhidão ocasional nas mãos & pés, que consideramos um sintoma da doença, ele apenas atribui ao efeito da água ao promover uma melhor circulação sanguínea. Sobre o que me contaste de Mrs. E[arle] H[arwood],[4] não posso deixar de pensar que a vaidade de Earle serviu de tentação para que ele inventasse a história sobre o modo de vida pregresso dela, de forma que seu triunfo em a conquistar fosse maior; — Ouso dizer que ela não era nada além de uma interiorana inocente na verdade. — *Adeiu*. [sic] — Não devo escrever novamente antes de domingo, a menos que algo especial aconteça.

Sempre tua, Jane

[Cartas ditadas pelas crianças]

Minha querida Cassandra

Eu te agradeço por tua linda carta; — meus irmãozinhos estavam muito bem quando mamãe teve notícias de Sackree.[5] Já dei todos os teus recados, exceto para meu tio e tia Perrot, & não os vi desde que recebi tua carta. Estou muito feliz em Bath, mas temo que papai não esteja muito melhor por beber as águas. — Mamãe manda seu profundo afeto. — Os ovos de tentilhão do outro ninho do jardim já chocaram? — De tua afetuosa sobrinha,

FAC — P.S. — Sim, ficarei muito feliz em ir para casa & ver meus irmãos.

Minha querida tia Cassandra — Espero que estejas muito bem. Vovó espera que o peru branco bote ovos, & que tenhais comido o preto. — Gostamos muito de torta de groselha & de pudim de groselha. — É o mesmo ninho de tentilhões que vimos antes de partir? & peço que me mandes outra carta em letra de forma quando escreveres para tia Jane novamente, se desejares. — EA.

[P.S. de Jane Austen]
Devemos estar contigo na quinta-feira bem tarde para jantar — suponho que mais tarde do que meu próprio pai gostaria — mas darei a ele licença para jantar antes. Terás de nos preparar algo muito bom, pois estamos acostumados à boa vida.

Miss Austen
Steventon
Overton
Hants

19 de junho

Notas

¹ *yahoo*. Os *yahoos* foram criados por Jonathan Swift em sua obra *Gulliver's Travels* [*As Viagens de Gulliver*]. Eram seres lendários cuja forma assemelhava-se à humana, porém, eram repugnantes, vivendo sujos e tendo hábitos desagradáveis. Por esse motivo, o termo *yahoo* passou a significar uma pessoa bruta e mal-educada.

² *tudo que se passou*. Jane Austen se refere ao término do relacionamento de Mary Pearson e Henry Austen (DLF).

³ *en mysteré*. Do francês, em segredo.

⁴ *Mrs. E[arle] H[arwood]*. Sarah Scott, uma moça cuja reputação era considerada duvidosa (DLF).

⁵ *Sackree*. Susannah Sackree (1761(2?) – 1851), babá dos filhos de Edward Austen. Trabalhou em Godmersham de 1793 até o fim de sua vida (DLF).

23. Para Cassandra Austen
Sábado, 25 — segunda-feira, 27 de outubro de 1800
De Steventon a Godmersham

Steventon, sábado à noite, 25 de outubro
Minha querida Cassandra,
Não posso ainda acusar o recebimento de algum pacote de Londres, o que suponho não te provocará muita surpresa. — Fiquei um pouco desapontada hoje, mas não mais do que é perfeitamente aceitável; & penso que ficarei desapontada amanhã novamente, já que apenas uma diligência vem aos domingos. — Fizeste uma viagem agradável certamente, & encontraste Elizabeth & todas as crianças muito bem ao chegar a Godmersham, & te felicito por isso. Ouso dizer que Edward está exultante esta noite por se encontrar novamente em casa, de onde imagina ter estado afastado por um longo tempo. — O filho dele deixou para trás as excelentes castanhas que haviam sido selecionadas para ser plantadas em Godmersham, & um desenho que fez, o qual ele pretendia levar para George; — as castanhas serão, portanto, depositadas no solo de Hampshire em vez do de Kent; o desenho, já o remeti a outro elemento. Estamos extremamente ocupadas desde que partiste. Em primeiro lugar, tivemos que nos regozijar duas ou três vezes todos os dias por teres tido um tempo tão agradável em toda a tua viagem — & em segundo lugar fomos obrigadas a aproveitar o tempo delicioso nós mesmas indo visitar quase todos os nossos vizinhos. — Na quinta-feira caminhamos a Deane, ontem a Oakley Hall & Oakley, & hoje a Deane novamente. — Em Oakley Hall fizemos muito — comemos sanduíches com mostarda, admiramos a cerveja de Mr. Bramston & os desenhos de Mrs. Bramston, que nos prometeu que te daria duas mudas de amor-perfeito, uma amarela & outra roxa. Em Oakley compramos dez pares de meias de lã, & uma combinação. — A combinação é para Betty Dawkins, pois achamos que lhe faz mais falta do que um tapete. — Ela é uma das mais gratas

entre todos a quem a caridade de Edward tem beneficiado, ou pelo menos se expressa mais calorosamente do que os demais, pois lhe envia um "bocado de agradecimentos". Esta manhã visitamos os Harwood, & em sua sala de jantar encontramos Heathcote & Chute para sempre[1] — Mrs. W[illia]m Heathcote[2] & Mrs. Chute — a primeira das quais fez uma longa cavalgada ontem pela manhã com Mrs. Harwood, até os jardins do castelo de Lorde Carnavon, & desmaiou à noite, & a segunda veio a pé de Oakley Hall acompanhada por Mrs. Augusta Bramston. Elas planejavam vir a Steventon em seguida, mas fomos mais espertas. — Se tivesse pensado nisso a tempo, eu teria dito algo cortês a ela sobre não ter estado seriamente nos planos de Edward fazer uma visita a Mr. Chute durante sua estada em Hampshire; mas infelizmente não me ocorreu. — Mrs. Heathcote foi para casa hoje; Catherine lhe havia feito uma visita em Deane hoje bem cedo, & trouxe boas notícias sobre Harris. — James foi à feira de Winchester ontem, & trouxe um cavalo novo; & Mary tem uma nova criada — duas grandes aquisições, um vem de Folly Farm, tem cerca de cinco anos, está acostumado a puxar, & é considerado muito bonito; & a outra é sobrinha de Dinah em Kintbury. — James visitou Mr. Bayle a pedido de meu pai para lhe perguntar o motivo de estar sendo tão horrível. — Mr. Bayle não tentou negar que tem sido horrível, & pediu muitas desculpas por isso; — ele não alegou que tem se embebedado, falou apenas de um encarregado bêbado &c., &c., & deu esperanças de que a mesa esteja em Steventon na segunda-feira da próxima semana. — Não recebemos carta alguma desde que nos deixaste, exceto uma de Mr. Serle, de Bishop's Stoke, indagando sobre o caráter de James Elton. — Toda a nossa vizinhança está no momento bastante ocupada lamentando a pobre Mrs. Martin, a qual faliu completamente em seu negócio, & teve recentemente uma penhora em sua casa. — Seu próprio irmão & Mr. Rider são os principais credores, & sequestraram seus bens para evitar que outros o fizessem. — O mesmo está ocorrendo, ouvimos dizer, com Wilson, & não ter tido notícias tuas me deixa apreensiva, que tu, teus companheiros de viagem & todos os teus pertences pudessem ser apreendidos pelos oficiais de justiça quando parassem no The Crown[3] & vendidos todos em benefício dos credores. E por falar na nova casa de Mr. Deedes, Mrs. Bramston nos revelou uma circunstância, cujo desconhecimento anterior de nossa parte deve fazer com que Edward morra de vergonha; ela nos disse que uma das salas de estar de Sandling, uma sala oval com uma curva em uma das extremidades, possui a característica notável e singular de uma lareira com uma janela, a janela central da curva exatamente sobre a cornija da lareira. — <u>Domingo</u>. — O aspecto não promissor desta manhã torna absolutamente necessário que eu observe mais uma vez quão particularmente afortunada tens sido com o tempo, e assim encerro o assunto para todo o sempre. — Nossas melhorias avançam muito bem; — a beira ao longo do <u>Caminho dos Elmos</u> foi rebaixada para receber silvas & lilases; & ficou decidido que o outro lado do caminho continuará gramado & ali serão plantados faias, freixos, & lariços. — <u>Segunda-feira</u>. Fico feliz que não tive como te enviar esta carta ontem, já que agora posso te agradecer por ter providenciado minhas encomendas tão bem. — Gosto muito do vestido & minha mãe acha-o muito feio. — Gosto muito das meias também & prefiro ter apenas dois pares dessa qualidade a ter três de tipo inferior. — Os pentes são muito bonitos, & te agradeço muito pelo presente; mas lamento que me dês tantos. — Os sapatos rosa não são especialmente bonitos, mas me servem muito bem — os demais são impecáveis. — Estou contente que ainda tenho minha capa para esperar. Entre minhas outras obrigações, não devo deixar de incluir que me escreveste uma carta tão longa num momento de tanta pressa. Diverte-me que vás para Milgate finalmente — & fico feliz que tenhas um dia tão encantador para tua viagem de volta para casa. — O tempo não sabe estar outra coisa senão bom. — Estou surpresa que

Mrs. Marriot não seja mais alta — Certamente erraste. — Mr. Roland fez com que ficasses com boa aparência? —

Afetuosamente tua,
JA.

Meu pai aprova imensamente as meias dele — & não encontrou erro em nenhuma parte da conta de Mrs. Hancock, exceto a cobrança de três xelins e seis *pence* pela embalagem. —

Miss Austen
Godmersham Park
Faversham
Kent

Notas

[1] *Heathcote e Chute para sempre.* Jane Austen faz uma brincadeira com um *slogan* eleitoral de seu tempo (DLF).

[2] *Mrs. W[illia]m Heathcote.* Elizabeth Bigg se casou com o Reverendo Mrs. William Heathcote em 1799.

[3] *The Crown.* Hospedaria administrada por Wilson em Basingstoke (DLF).

24. Para Cassandra Austen
Sábado, 1º de novembro de 1800
De Steventon a Godmersham

Steventon, sábado, 1º de novembro
Minha querida Cassandra,
Escreveste, estou certa, apesar de não ter recebido carta tua desde que partiste de Londres; — o correio, & não tu, deve ter faltado com a pontualidade. — Finalmente recebemos notícias de Frank; uma carta dele para ti chegou ontem, & tenciono enviá-la tão logo consiga uma franquia postal,[1] para combinar com ele, o que espero fazer em um ou dois dias. — *En attendant*,[2] deves satisfazer-te em saber que no dia 8 de julho o "Petterell", com o resto do esquadrão egípcio, aportou na Ilha de Chipre, para onde foram depois de Jafa em busca de provisões &c., & de onde zarpariam em um dia ou dois rumo a Alexandria, onde aguardarão o resultado das propostas inglesas para a evacuação do Egito. O resto da carta, seguindo o estilo de composição da moda atual, é principalmente descritivo; de sua promoção ele nada sabe, & de prêmios ele não tem culpa. —

Tua carta chegou; chegou na verdade doze linhas atrás, mas não pude parar para acusar o recebimento dela antes, & estou feliz que não tenha chegado até que eu tivesse concluído minha primeira frase, pois a frase já estava pronta desde ontem, & penso que deu à carta um ótimo início. — Teu insulto a nossos vestidos diverte, mas não me desencoraja; levarei o meu para ser feito na próxima semana, & quanto mais olho para ele, mais ele me agrada. — Minha capa chegou na terça-feira, & embora eu tivesse grande expectativa, a beleza da renda me surpreendeu. — É bonita demais para ser usada, quase bonita demais até para se olhar para ela. — Os cristais também chegaram todos em segurança, & satisfazem-me muito. As taças de vinho são bem menores do que eu esperava, mas suponho que o tamanho seja adequado. — <u>Nós</u> não achamos defeito algum em teu modo de lidar com quaisquer de nossas encomendas, mas, se quiseres julgar que tenhas sido negligente em qualquer uma delas, fica à vontade. — Minha mãe ficou bastante aborrecida que não pudeste ir à loja de Penlington, mas ela acabou por escrever para ele, o que resolve da mesma forma. — Mary está desapontada, é claro, por seu medalhão, &, é claro, extasiada com o alisador de roupas[3] que está seguro em Basingstoke. — Agradece a Edward por ele em nome delas &c. &c., & como sabes quanto foi desejado, não sentirás que estarás inventando gratidão. — Pensaste no nosso baile na quinta-feira à noite, & imaginaste que eu estava nele? — Deverias com toda certeza, pois lá eu estava. — Na quarta-feira pela manhã ficou combinado que Mrs. Harwood, Mary & eu iríamos juntas, & pouco tempo depois um convite muito cortês chegou para mim enviado por Mrs. Bramston, que acredito ter sido escrito assim que ela soube do baile. Eu poderia ter ido também com Mrs. Lefroy &, portanto, com três formas de ir, eu deveria estar no baile mais do que qualquer outra pessoa. — Jantei e dormi em Deane. — Charlotte & eu arrumamos o meu cabelo, que imagino ter ficado muito ruim; ninguém caçoou dele, contudo, & retirei-me encantada com meu sucesso. — Foi um baile agradável, ou melhor, foi bom mais do que agradável, pois havia quase 60 pessoas, & às vezes tínhamos 17 pares. — Os Portsmouth, Dorchester, Bolton, Portal & Clark estavam lá, & todos os mais insignificantes & mais frequentes &c. &c. — Havia uma escassez de homens em geral, & uma escassez ainda maior de algum que prestasse para alguma coisa. — Dancei nove das dez danças, cinco delas com Stephen Terry, T[homas] Chute, & James Digweed & quatro com Catherine. — Havia sempre uma dupla de mulheres em pé juntas, mas raras tão amáveis como nós duas. — Não ouvi novidades, exceto que supostamente Mr. Peters, que não estava lá, está particularmente atento a Miss Lyford. — Muitos perguntaram por ti, & espero que todos os presentes tenham compreendido que estás em Kent, o que as famílias em geral pareciam ignorar. — Lorde Portsmouth superou os demais em sua atenciosa lembrança de ti, indagou mais sobre a duração de tua ausência & concluiu desejando que eu "mandasse lembranças a ti em minha próxima carta". — Lady Portsmouth usou um vestido diferente, & Lady Bolton está muito melhor de peruca. — As três Miss Terry estavam lá, mas não Anne; — o que foi uma grande decepção para mim; espero que a pobre moça não tenha desejado estar lá naquela noite tanto quanto eu. — Mr. Terry está seriamente doente. Eu disse coisas muito corteses em nome de Edward a Mr. Chute, o qual as retribuiu grandemente declarando que, tivesse sabido que meu irmão estava em Steventon, teria feito questão de visitá-lo para agradecer por sua gentileza em relação à caçada. — Recebi notícias de Charles, & devo enviar suas camisas a cada meia dúzia, à medida que forem ficando prontas; — uma remessa seguirá na próxima semana. — O "Endymion" está agora aguardando apenas ordens, mas pode ficá-las aguardando por talvez um mês. — Mr. Coulthard teve o infortúnio de quase perder outro hóspede inesperado em Chawton, uma vez que Charles já tinha de fato partido & chegou à metade do caminho até lá para passar um dia com Edward, mas voltou para trás ao descobrir que a distância seria consideravelmente maior do que tinha imaginado, estando ele & seu cavalo muito cansados. — Eu lamentaria ainda mais se seu amigo Shipley estivesse junto, pois Mr. Coulthard poderia não ficar tão satisfeito em ver apenas um vir de cada vez.

Miss Harwood ainda está em Bath, & escreve dizendo que nunca esteve melhor de saúde & nunca mais feliz. — Jos[hua] Wakeford faleceu sábado passado, & meu pai o enterrou na quinta-feira. Uma surda chamada Miss Fonnereau está em Ashe, o que impediu que Mrs. Lefroy fosse para Worting ou Basingstoke durante a ausência de Mr. Lefroy. — Minha mãe está muito feliz com a perspectiva de vestir uma nova boneca que Molly deu a Anna. Os sentimentos de meu pai não são tão invejáveis, uma vez que parece que a fazenda rendeu £300 no ano passado. — James & Mary foram a para passar uma noite na segunda-feira passada,

& não encontraram Mrs. Lloyd com aparência muito boa. — Martha tem estado em Kintbury ultimamente, mas é provável que esteja em casa a esta hora. — A prometida criada de Mary a abandonou, & se empregou em outro lugar. — Os Debary persistem em ficar aflitos pela morte de seu tio, que eles dizem agora que viam muito em Londres. — Meu amor a todos. — Fico feliz que George se lembre de mim. — Afetuosamente tua,

JA.

Vesti no baile teu vestido favorito, um pouco da mesma musselina em torno de minha cabeça, emoldurada com a faixa de Mrs. Cooper — & um pequeno pente. —

Estou muito infeliz. — Ao reler tua carta vejo que poderia ter poupado as notícias sobre Charles. — Ter escrito apenas o que já sabias! — Deves imaginar o quanto sinto. —

Miss Austen
Godmersham Park
Faversham
Kent

Notas

¹ *franquia postal*. Do inglês *frank*, Jane Austen faz aqui um jogo de palavras entre o referido termo e o nome de seu irmão, Frank. Uma franquia é o direito concedido a certa e determinada correspondência para que transite no correio isenta de taxa, e esse direito era concedido a todos os Membros do Parlamento inglês. Portanto, como era comum na época, Austen estava buscando algum conhecido que tivesse esse benefício para enviar a carta por ela.

² *En attendant*. Do francês, "enquanto espera".

³ *alisador de roupas*. Em inglês, *mangle* (*boards*). Eram pranchas de madeira entalhadas, muito usadas como presentes de namoro ou noivado; tinham como serventia alisar as roupas depois de lavadas e secas.

25. Para Cassandra Austen
Sábado, 8 — Domingo, 09 de novembro de 1800
De Steventon a Godmersham

Steventon, sábado à noite — 8 de novembro
Minha querida Cassandra,
Tendo acabado de ler o primeiro volume de *Les Veillées du Château*,[1] considero esta uma boa oportunidade para iniciar uma carta para ti enquanto minha mente está repleta de ideias dignas de ser transmitidas. — Agradeço-te por uma resposta tão rápida a minhas duas últimas cartas, & particularmente agradeço-te por tua história de Charlotte Graham & sua prima Harriot Bailey, que divertiu tanto minha mãe como a mim. Se souberes algo mais sobre esse interessante assunto, espero que o menciones. — Tenho dois recados; deixa-me livrar-me deles, & então o papel será só meu. — Mary pretendia te escrever utilizando-se da franquia postal de Mr. Chute, & ocorreu que ela se esqueceu completamente — mas escreverá em breve — & meu pai deseja que Edward mande a ele um memorando em tua próxima carta, com o preço do lúpulo. — As mesas chegaram, & trouxeram satisfação geral. Eu não esperava que elas agradassem tão perfeitamente ao gosto de nós três, ou que nós concordássemos tanto sobre a disposição delas; mas nada exceto as superfícies delas poderia ter sido mais sem acidentes; — as duas peças laterais colocadas juntas formam a nossa mesa que usamos para tudo, & a peça central fica extremamente bem sob o espelho; acomoda um grande número de coisas comodamente, sem parecer estranha. — Ambas estão cobertas por um tecido verde & mandam lembranças afetuosas. — A mesa de aba e cancela foi colocada ao lado do aparador, & minha mãe tem muito prazer em deixar seu dinheiro & papéis trancados. — A mesinha que ficava ali transportou-se muito convenientemente para o melhor quarto, & agora só nos falta a cômoda-papeleira, que nem está terminada nem foi entregue. — Basta sobre esse

assunto; agora inicio outro, de natureza muito diferente, como outros assuntos devem ser. — Earle Harwood está novamente sendo motivo de desconforto para sua família, & de assunto para a vizinhança; — no caso atual, contudo, ele foi apenas azarado & não culpado. — Há dez dias, ao engatilhar uma pistola no posto da guarda em Marcou, ele atirou acidentalmente em sua própria coxa. Dois jovens cirurgiões escoceses que estavam na ilha foram gentis o suficiente para se proporem a amputar a perna imediatamente, ao que ele não consentiu; & consequentemente, estando ferido, foi posto a bordo de um escaler & levado até o hospital de Haslar, em Gosport; onde a bala foi extraída, & onde ele está agora, espero que em condições de se recuperar. — O cirurgião do hospital escreveu para a família na ocasião, & John Harwood foi ao encontro dele imediatamente, acompanhado de James, cujo objetivo em ir foi o de ser o meio de trazer notícias o mais breve possível para Mr. & Mrs. Harwood, cujo sofrimento apreensivo, particularmente o dela, tem sido, é claro, terrível. Eles partiram na terça-feira, & James retornou no dia seguinte, trazendo relatos tão favoráveis de modo a minorar em grande parte a aflição da família em Deane, embora provavelmente vá demorar muito tempo até que Mrs. Harwood consiga ficar despreocupada. — <u>Um</u> conforto material, contudo, eles têm; a certeza de ser realmente um ferimento acidental, o que não apenas é positivamente declarado pelo próprio Earle, mas também comprovado pela direção específica da bala. Tal ferimento não poderia ter sido recebido num duelo. — No momento ele está indo muito bem, mas o cirurgião se recusa a declarar que ele não corre riscos. — John Harwood retornou ontem à noite, & deverá ir até lá novamente em breve. James não teve tempo em Gosport de tomar quaisquer outras medidas para ver Charles, além das bem poucas que o conduziram à porta do salão na hospedaria, onde haveria um baile na noite de sua chegada. Um local provável o suficiente para se achar um Charles; mas fico feliz em dizer que ele não fazia parte do grupo, pois em geral era um grupo bem pouco refinado, & quase não havia nenhuma moça bonita no salão. — Eu não posso de modo algum te fazer o favor de não usar o meu vestido, porque o fiz com o propósito de que fosse muito usado, & como o descrédito será só meu, sinto menos remorso. — Deverás aprender a gostar dele & compensar tudo isso em Godmersham; isso poderá ser feito facilmente; basta afirmar que é muito bonito, & muito em breve pensarás que é. — Ontem foi um dia de grande agitação para mim; Mary me levou na chuva até Basingstoke, & me trouxe de volta com mais chuva ainda, pois chovia mais forte; & logo após nosso retorno a Dean um convite repentino & uma sege alugada nos levaram a Ash Park, para jantar *tête-à-tête* com Mr. Holder, Mr. Gauntlett & James Digweed; mas nosso *tête-à-tête* foi cruelmente reduzido pelo não comparecimento dos dois últimos. — Tivemos uma noite muito tranquila, creio que Mary achou-a enfadonha, mas eu a achei bem agradável. Sentar-se sem ter nada para fazer ao lado de uma boa lareira numa sala de grandes proporções é uma sensação luxuosa. — Às vezes conversávamos & às vezes ficávamos em silêncio; eu disse duas ou três coisas engraçadas, & Mr. Holder fez algumas piadas infames. — Recebi uma carta muito afetuosa de Buller; eu receava que ele me oprimiria com sua felicidade & seu amor pela esposa, mas não foi o caso; ele chama-a apenas de Anna sem quaisquer adornos angélicos, o que me faz respeitá-lo & desejar que seja feliz — e em toda sua carta de fato ele parece estar mais absorvido por seus sentimentos pela nossa família, do que por ela, o que como sabes não pode desagradar a ninguém. — Ele é muito insistente em seu convite para irmos visitá-lo em Colyton, & meu pai está bastante inclinado a fazê-lo no próximo verão. — É uma circunstância que pode ajudar consideravelmente os planos de Dawlish. — Buller quer que eu escreva novamente, dando-lhe mais notícias de todos nós. — Mr. Heathcote sofreu um pequeno acidente elegante outro dia durante a caça; ele apeou para conduzir seu cavalo por sobre uma sebe ou uma casa ou algo do tipo, & seu cavalo na pressa pisou em sua perna, ou melhor, tornozelo, acredito, & não se sabe com certeza se o osso está ou não quebrado. — Harris ainda parece estar muito mal, devido à sua má constituição; sua mão sangrou um pouco novamente no outro dia, & Dr. Littlehales o tem visitado ultimamente. Martha aceitou o convite de Mary para o baile de Lorde Portsmouth. — Ele ainda não enviou seus <u>próprios</u> convites, mas <u>isso</u> não significa nada; Martha vem, & um baile deve acontecer. — Creio que após a ausência de sua mãe será muito cedo para que eu retorne com ela. — Mr. Holder disse a W[illia]m Portal há alguns dias que Edward fez objeção ao caminho estreito que sua plantação deixou em uma parte da colônia de corvos. — W[illia]m Portal foi examiná-lo pessoalmente, reconhece que está estreito demais, & promete mandar alterá-lo. Ele deseja evitar a necessidade de remover a ponta de sua plantação uma vez que há mudas recém-plantadas &c., mas, se um caminho adequado não puder ser feito afastando a margem do outro lado, ele não poupará as plantas. — Concluí a presente no domingo pela manhã

& sou sempre tua, JA.

Espero que seja verdade que Edward Taylor vai se casar com sua prima Charlotte. Aqueles lindos olhos escuros vão adornar pelo menos outra geração em toda sua pureza. —

O jornal de Mr. Holder nos conta que, em meados de agosto passado, o Capitão Austen & o "Petterell" estiveram muito ocupados em proteger um navio turco (levado até um porto em Chipre pelo tempo ruim) dos franceses. — Ele foi forçado a queimá-lo, contudo. — Ouso dizer que verás a notícia no jornal <u>The Sun</u>. —

Domingo à noite.

Tivemos uma tempestade de vento terrível no início do dia de hoje, a qual provocou muito estrago em nossas árvores. — Eu estava sentada sozinha na sala de jantar, quando um barulho estranho me assustou — em apenas alguns momentos ele se repetiu; então fui até a janela, que alcancei bem a tempo de ver o último de nossos dois estimadíssimos elmos cair no caminho de entrada!!!!! O outro, que suponho ter caído no primeiro estrondo, & estava mais próximo do tanque, em uma direção mais a leste, tombou em meio a nossa fileira de castanheiras & abetos, derrubando um abeto, quebrando o topo de outro, & arrancando vários galhos das castanheiras do canto, em sua queda. — Isto não é tudo. — Um dos dois elmos grandes que ficam do lado esquerdo, de quem entra no que eu chamo de caminho dos elmos, foi igualmente derrubado, o mastro que sustentava o catavento quebrou ao meio, & o que sinto mais do que todo o resto é que todos os três elmos que cresceram na campina de Hall & a enfeitavam tanto não existem mais. — Dois foram derrubados pelo vento, & o outro ficou tão danificado que não ficará em pé. — Contudo estou feliz em acrescentar que nenhum mal maior do que a perda de árvores resultou da tempestade aqui, ou em nossa vizinhança próxima. — Portanto lamentamos com alguma tranquilidade. —

Passas teu tempo tão tranquila & confortavelmente quanto eu supunha. — Todos nós vimos & admiramos a carta de Fanny para sua tia. — O "Endymion" zarpou num cruzeiro na última sexta-feira.

Miss Austen
Godmersham Park
Faversham
Kent

Notas

[1] *Veillées du Château*. Foi uma coleção de histórias publicada em 1784 pela escritora francesa Stéphanie Félicité, *Comtesse de* Genlis, também chamada de Madame de Genlis. A obra foi traduzida para o inglês e intitulada *Tales of the Castle* [*Contos do Castelo*] em 1785. Jane Austen usa o título francês não apenas nessa carta, mas também na carta 137, endereçada a sua sobrinha Caroline, o que sugere que ela pode ter lido a obra em sua versão original.

26. Para Martha Lloyd
Quarta-feira, 12 — quinta-feira, 13 de novembro de 1800
De Steventon a Ibthorpe

Steventon, quarta-feira à noite, 12 de novembro
Minha querida Martha,
Eu <u>não</u> recebi teu bilhete ontem até depois que Charlotte já tivesse partido de Deane, ou teria enviado minha resposta por dela, em vez de ser o motivo, como agora devo ser, de diminuir em três xelins a elegância de teu vestido novo para o baile de Hurstbourn. — És muito bondosa em desejar me ver em Ibthrop tão cedo, & sou igualmente bondosa em querer ir te ver; acredito que nossos méritos a esse respeito sejam bastante iguais, & nossa abnegação mutuamente forte. — Tendo prestado essa homenagem de exaltação à virtude de ambas, dou por encerrado o panegírico & prossigo para a verdade dos fatos. — Em cerca de duas semanas espero estar contigo; tenho duas razões para não conseguir fazê-lo antes; desejo organizar minha visita de forma a passar alguns dias contigo após o retorno de tua mãe, em primeiro lugar para que eu possa ter o prazer de vê-la, & em segundo, para que eu possa ter uma chance melhor de te trazer de volta comigo. — Tua promessa em meu favor não foi completa, mas, se tua vontade não for perversa, tu & eu faremos tudo o que estiver ao nosso alcance para vencer teus escrúpulos de consciência. — Espero que nos encontremos na próxima semana para combinar tudo isso, até que tenhamos nos cansado com a própria ideia da minha visita, antes que minha visita comece. — Nossos convites para o dia 19 chegaram, & seus dizeres são muito curiosos. — Ouso dizer que Mary te contou ontem sobre o infeliz acidente com o pobre Earle; ele não parece estar passando muito bem; as últimas duas ou três postas trouxeram notícias dele cada vez menos favoráveis. A carta desta manhã revela as apreensões do cirurgião de que o violento golpe sofrido por seu paciente tenha provocado prejuízos significativos ao osso, que desde o início pareceu tão próximo de

estar quebrado que qualquer pequena irritação ou movimento brusco poderia resultar numa fratura de fato. — John Harwood partiu para Gosport novamente hoje. — Temos duas famílias de amigos que estão agora num estado de muita ansiedade; pois, embora um bilhete de Catherine esta manhã tenha feito parecer que agora que a esperança em Manydown[1] se reacendeu, pode-se também duvidar de sua continuidade. — Contudo, Mr. Heathcote que quebrou o ossinho de sua perna, está passando muito bem. Seria realmente demais ter três pessoas para se preocupar! —

Mary teve notícias de Cassandra hoje; ela foi com Edward & Elizabeth para a residência dos Cage, onde passará duas ou três noites. — Tu me afliges cruelmente com teu pedido de livros; eu não consigo pensar em nenhum para levar comigo, nem sequer me ocorre que precisaremos deles. Vou até ti para que converses comigo, não para ler ou ouvir tua leitura. <u>Isso</u> eu posso fazer em casa; & de fato estou agora mesmo armazenando uma grande quantidade de informações para despejar em ti como <u>minha</u> parte da conversa. — Estou lendo a *História da Inglaterra* de Henry,[2] a qual repetirei para ti da maneira que preferires, seja numa sequência livre, aleatória, desconexa, seja dividindo meu relato como o próprio historiador divide a obra, em sete partes, Os civis & militares — Religião — Constituição — Erudição & homens eruditos — Artes & ciências — Comércio, moedas & transporte — & Costumes; — assim para cada noite da semana haverá um assunto diferente; a parte da sexta-feira, Comércio, moedas & transporte, acharás a menos divertida; mas a porção da noite seguinte compensará. — Com tal sortimento de minha parte, se fizeres a tua repetindo a gramática da língua francesa, & Mrs. Stent ocasionalmente proferir alguma maravilha sobre os galos & galinhas, o que poderá nos faltar? — Despeço-me por pouco tempo — Deverás jantar aqui na terça-feira para te encontrar com James Digweed, a quem deves desejar ver antes que ele parta para Kent. — Com muito amor de todos nós, & sou

Afetuosamente tua JA. —

Dizem em Portsmouth que Sir T[homas] Williams vai se casar — Já se disse isso vinte vezes antes, mas Charles está propenso a dar algum crédito à notícia agora, já que ele é raramente visto a bordo, & parece muito enamorado. —

<u>Quinta-feira</u>. — Os Harwood receberam um relato muito melhor sobre Earle hoje cedo; & Charles, de quem acabo de ler uma carta, recebeu garantias do cirurgião do hospital de que o ferimento está num estado tão favorável quanto possível.

Miss Lloyd
Up-Hurstbourne
Andover

Notas

[1] *a esperança em Manydown*. Jane Austen se refere a Lovelace e Harris Bigg-Wither, pai e filho cujas doenças foram mencionadas em cartas anteriores (DLF). Apesar da expectativa pessimista quanto à recuperação dos dois nessa carta, seus respectivos falecimentos ocorreram apenas em 1813 e 1833.

[2] *História da Inglaterra de Henry*. Jane Austen se refere ao livro *History of Great Britain* [*História do Reino Unido*], de Robert Henry (1718-90), publicado em seis volumes de 1771 a 1793. A parte reservada para o sábado trata dos modos, virtudes, vícios, costumes notáveis, linguagem, vestimentas, alimentação e diversão das pessoas (DLF).

27. Para Cassandra Austen
Quinta-feira, 20 — Sexta-feira, 21 de novembro de 1800
De Steventon a Godmersham

Steventon, quinta-feira, 20 de novembro
Minha querida Cassandra,
Tua carta pegou-me de surpresa esta manhã; és muito bem-vinda, contudo, & agradeço-te muito. — Creio que bebi vinho demais ontem à noite em Hurstbourne; não sei de que outro modo explicar o tremor de minha mão hoje; — portanto deverás ter a bondade de ser complacente para com qualquer ilegibilidade da escrita, atribuindo-a a esse erro venial. — O Charles travesso não veio na terça-feira; mas o Charles bom veio ontem de manhã. Por volta das duas horas ele chegou numa carruagem alugada em Gosport. — É um bom sinal que ele se sinta à altura de tal fadiga, & que ele ache que não há fadiga alguma é ainda melhor. — Caminhamos até Deane para jantar, ele dançou a noite toda, & hoje não está mais cansado do que cabe a um cavalheiro. — Teu desejo de ter notícias minhas no domingo talvez te propicie um relato mais minucioso do baile do que poderia te interessar, pois tende-se a pensar muito mais sobre essas coisas na manhã seguinte ao dia em que elas ocorrem, do que quando o tempo se encarregou de apagá-las da memória. — Foi uma noite agradável, Charles em particular gostou muitíssimo, mas não consigo entender o motivo, a menos que a ausência de Miss Terry — em relação a quem sua consciência o repreende por ser agora indiferente — tenha sido um alívio para ele. — Houve apenas 12 danças, das quais dancei nove, & a única coisa que me impediu de dançar todas foi a falta de um par. — Começamos às 10, ceamos à 1, & estávamos em Deane antes das 5. — Não havia mais que 50 pessoas no salão; de fato poucas famílias do nosso lado da região, & não muitas mais do outro. — Meus pares foram os dois St. John, Hooper Holder — & muito prodigioso — Mr. Mathew, com quem dancei a última, & de quem mais

gostei entre meu pequeno sortimento. — Havia pouquíssimas beldades, & as que havia não eram muito bonitas. A aparência de Miss Iremonger não estava boa, & Mrs. Blount foi a única que foi muito admirada. Ela apareceu exatamente como estava em setembro, com o mesmo rosto largo, tiara de diamantes, sapatos brancos, marido rosa, & pescoço gordo. — As duas Miss Cox estavam lá; identifiquei em uma delas os vestígios da menina vulgar e de traços grosseiros que dançou em Enham há oito anos; — a outra se tornou uma menina agradável, de aparência serena como Catherine Bigg. — Olhei para Sir Thomas Champneys & pensei na pobre Rosalie;[1] olhei para a filha dele & achei-a um animal estranho com um pescoço branco. — Mrs. Warren, fui obrigada a achá-la uma jovem muito elegante, do que muito me arrependo. Ela fez sua gravidez desaparecer, & dançou a noite toda com muita vivacidade, sem parecer de modo algum muito grande. — Seu marido é bem feio; até mais feio do que seu primo John; porém não aparenta ser tão velho. — As duas Miss Maitland são graciosas; parecidas com Anne;[2] com peles morenas, grandes olhos escuros, & o nariz um tanto grande. — O General tem gota, & Mrs. Maitland icterícia. — Miss Debary, Susan & Sally, todas de preto, mas sem nenhuma estátua,[3] estavam presentes, & fui tão cortês com elas quanto seu mau hálito me permitiu. Não me contaram nada novo de Martha. — Pretendo ir visitá-la na quinta-feira, a menos que Charles decida vir novamente com seu amigo Shipley para o baile de Basingstoke, caso em que não irei antes da sexta-feira. — Contudo, devo te escrever novamente antes de partir, & espero receber notícias tuas até lá. Caso eu não fique para o baile, não faria de modo algum algo tão indelicado para a vizinhança quanto partir para outro lugar na hora exata em que ele ocorrerá, & portanto não devo me tardar para além de quinta-feira pela manhã. — Mary disse que eu estava muito bem ontem à noite; usei o vestido & o lenço de minha tia, & meu cabelo estava ao menos arrumado, o que era tudo que eu almejava. — Encerro agora o assunto do baile; & além disso devo ir me vestir para o jantar. — <u>Quinta-feira à noite</u>. Charles nos deixará no sábado, a menos que Henry nos leve consigo quando for para a ilha, do que temos esperanças, & depois eles provavelmente seguirão juntos no domingo. — A jovem com quem se suspeita que Sir Thomas vai se casar é Miss Emma Wabshaw; — ela mora em algum lugar entre Southampton e Winchester, é bonita, prendada, amável, & tudo o mais, exceto rica. — Ele certamente está terminando a casa com muita pressa — Talvez o relato de que ele estava para se casar com uma Miss Fanshawe tenha surgido devido a suas atenções para com essa moça; os nomes não são muito diferentes. — Miss Summers fez meu vestido muito bem de fato, & fico cada vez mais feliz com ele. — Charles não gostou, mas meu pai & Mary gostaram; minha mãe voltou a gostar dele, &, quanto a James, ele o prefere a qualquer outra coisa desse tipo que já viu; como prova disso, pedem-me que te diga que, se acaso quiseres vender o teu, Mary o comprará. — Na segunda tivemos um dia muito agradável em Ashe; sentamos os 14 para jantar no escritório, já que a sala de jantar não estava habitável, pois a tempestade derrubara a chaminé. — Mrs. Bramston falou uma grande quantidade de asneiras, as quais Mr. Bramston & Mr. Clerk pareceram apreciar quase na mesma medida. — Houve uma mesa de uíste & outra de cassino, & seis de nós ficamos de fora. — Rice & Lucy flertaram, Mat[thew] Robinson dormiu, James & Mrs. Augusta se alternaram na leitura do panfleto de Dr. Jenner sobre varíola bovina, & ofereci minha companhia alternadamente a todos. Ao perguntar sobre Mrs. Clark, descobri que Mrs. Heathcote cometeu um erro grave em suas notícias sobre os Crook & os Morley; é o jovem Mr. Crooke que desposará a segunda Miss Morley — & foram as Miss Morley, e não a segunda Miss Crooke, as beldades do encontro musical. — Essa parece uma história mais plausível, uma invenção mais bem concebida. — Os três Digweed vieram todos na terça-feira, & jogamos uma rodada de cartas. — James Digweed deixou Hampshire hoje. Acredito que esteja apaixonado por ti, considerando a sua ansiedade para que vás aos bailes de Faversham, & também por sua suposição, de que os dois elmos caíram de tristeza por tua ausência. — Não foi uma ideia galante? — Nunca me ocorreu antes, mas ouso dizer que é verdade. — Hacker esteve aqui hoje, plantando as árvores frutíferas. — Sugeriu-se um novo plano com relação ao que será plantado no novo cercamento situado à direita do Caminho dos Elmos — a dúvida é se seria melhor fazer ali um pequeno pomar, plantando maçãs, peras & cerejas, ou se deveriam ser plantados larícios, fresnos & acácias. — Qual é tua opinião? — Não digo nada, & estou pronta a concordar com qualquer um. — Tu & George caminhando até Egerton! — Que dupla engraçada! — As pessoas de Ashford ainda vão de carroça à igreja de Godmersham todo domingo? — <u>Tu</u> é que nunca gostastes de Mr. N[icolas] Toke, não <u>eu</u>. — Não gosto da esposa dele, & não gosto de Mr. Brett, mas, quanto a Mr. Toke, há poucas pessoas de quem gosto mais. — Miss Harwood & sua amiga alugaram uma casa a 15 milhas de Bath; ela escreve cartas muito gentis, porém não enviou outros detalhes sobre o local — Talvez seja uma das primeiras casas de Bristol. — Adeus. — Charles te envia suas melhores saudações — & Edward suas piores. Se achares a distinção inadequada, poderás ficar com a pior. — Ele te escreverá quando voltar ao navio — & até lá deseja que me consideres

Tua afetuosa irmã,
JA

Charles gosta de meu vestido agora. —
Exulto em dizer que acabamos de receber outra carta de nosso querido Frank — É para ti, muito curta, escrita de Lárnaca, em Chipre, & datada de 2 de outubro. — Ele vinha de Alexandria & deveria voltar para lá em três ou quatro dias, não sabia nada sobre sua promoção, & não escreveu mais do que 20 linhas, pela dúvida se a carta chegaria a ti & a suspeita de que todas as cartas sejam abertas em Viena. — Alguns dias antes, ele escreveu uma carta para ti de Alexandria, pelo "Mercury", enviada com os

despachos para Lorde Keith. — Uma outra carta deve estar para chegar para nós além desta — <u>uma</u>, se não <u>duas</u> — pois nenhuma delas é para mim. —

Henry chega amanhã e ficará apenas uma noite. —

Minha mãe teve notícias de Mrs. E[lizabeth] Leigh —. Lady S[aye] & S[ele] — & sua filha[4] vão se mudar para Bath; — Mrs. Estwick se casou novamente com um Mr. Sloane, um jovem menor de idade — sem o conhecimento de ambas as famílias — ele possui um bom caráter, contudo. —

<u>Sexta-feira</u>. — Estou decidida a ir na quinta-feira, mas, é claro, não antes da chegada da correspondência. — Charles está muito bonito, de fato. Tive o consolo de descobrir uma noite dessas quem eram todas as meninas gordas de nariz curtinho que me perturbaram no primeiro baile de H[urstbourne]. Revelaram-se elas todas serem Miss Atkinsons de Enham.

Miss Austen
Godmersham Park
Faversham
Kent

Notas

[1] *Rosalie*. A Rosalie a que Jane Austen se refere é provavelmente uma empregada que trabalhou em 1788 para sua prima Eliza de Feuillide e que parece ter atraído a atenção Sir Thomas (DLF).

[2] *Anne*. Primeira esposa de James Austen, falecida em 1795, e tia das Miss Maitland a quem Jane Austen se refere (DLF).

[3] *sem nenhuma estátua*. Não se sabe bem o significado dessa frase enigmática. Pode se tratar de alguma piada familiar.

[4] *Lady S[aye] & S[ele] — & sua filha*. Elizabeth T. Twisleton, viúva do 13º Barão Saye e Sele, e sua filha, Mary-Cassandra Twisleton (DLF).

28. Para Cassandra Austen
Domingo, 30 de novembro — segunda-feira, 1º de dezembro de 1800
De Ibthorpe a Godmersham

Ibthrop, domingo 30, de novembro
Minha querida Cassandra,
Esperas receber notícias minhas na quarta-feira ou não? — A menos que esperes, não escreverei, uma vez que os três dias & meio que se passaram desde que minha última carta foi enviada não produziram muitos assuntos para preencher outra folha de papel. — Mas como Mrs. Hastings, "não me desespero —" & talvez tu como a fiel Maria[1] possas te sentir aindßa mais certa sobre o feliz evento. — Estou aqui desde as três e quinze da última quinta-feira de acordo com o relógio de Shrewsbury,[2] o que felizmente tenho como comprovar, uma vez que Mrs. Stent já morou em Shrewsbury, ou ao menos em Tewksbury. — Tenho o prazer de me considerar uma hóspede muito bem-vinda, & o prazer de passar meu tempo de modo muito agradável. — Martha parece estar muito bem, & quer que eu descubra que ela está engordando; mas não posso levar minha complacência mais longe do que acreditar no que ela me diz sobre o assunto. — Mrs. Stent nos tem feito companhia tanto quanto desejaríamos, & mais do que costumava fazer; mas talvez não mais do que nos seria vantajoso afinal, pois está lamacento demais até mesmo para que duas andarilhas desesperadas como Martha & eu saiamos de casa, & portanto estamos confinadas à companhia uma da outra de manhã até a noite, com pouquíssima variedade de livros ou de vestidos. Três das Miss Debary vieram nos visitar na manhã após a minha chegada, mas não consegui ainda lhes retribuir a cortesia; — sabes que não é uma circunstância incomum nesta paróquia que a estrada de Ibthrop para a casa do pároco fique muito mais lamacenta e impossível de andar do que a estrada da casa do pároco para Ibthrop. — Deixei minha mãe muito bem quando vim para cá, & deixei-lhe ordens expressas para

que continuasse assim. — Minha viagem foi segura & nada desagradável; — passei uma hora em Andover, as quais foram em sua maior parte gastas com Mr. Paiter & Mr. Redding;[3] — vinte minutos, contudo, foram dedicados a Mrs. Poore & sua mãe, as quais fiquei contente em ver com boa aparência & ânimo. — Essa última me fez mais perguntas do que eu tive tempo de responder; a primeira acredito estar bem grande; mas não tenho certeza; — ou ela está bem grande, ou não está nada grande, esqueci-me de ser mais precisa em minha observação naquele momento, &, apesar de meus pensamentos estarem agora mais voltados para o assunto, o poder de exercê-los com eficácia diminuiu muito. — Apenas os dois meninos mais novos estavam em casa; eu subi a elogiada escadaria & entrei numa elegante sala de estar, que imagino ser agora o aposento de Mrs. Harrison; — e em suma fiz tudo que se espera que habilidades extraordinárias consigam abarcar em tão pouco tempo. —

As infindáveis Debary naturalmente conhecem bem a senhora que desposará Sir Thomas, & toda a sua família. Eu as perdoo, contudo, uma vez que a descrição que fazem dela é favorável. — Mrs. Wapshire é viúva, com vários filhos & filhas, uma boa fortuna, & uma casa em Salisbury; onde Miss Wapshire é há muitos anos uma beldade de destaque. — Ela está com 27 ou 28 anos &, apesar de ainda ser bonita, está menos bonita do que já foi. — Isso é mais promissor do que o desabrochar dos 17; &, além disso, dizem que ela sempre foi conhecida por seu comportamento adequado, distinguindo-a muito acima das moças da cidade em geral, & tornando-a naturalmente muito impopular entre elas. — Espero agora ter tido acesso à verdade, & que minhas cartas possam futuramente ser enviadas sem transmitir quaisquer outras contradições do que foi afirmado por último a respeito de Sir Thomas Williams & Miss Wapshire. — Gostaria de ter certeza que seu nome é Emma; mas o fato de ela ser a filha mais velha põe tal circunstância em dúvida. Em Salisbury o casamento é considerado tão certo quanto próximo. — Martha te manda seu mais profundo afeto, & ficará feliz em receber qualquer carta tua nesta casa, seja ela endereçada a ela, seja a mim — E na verdade, a diferença de destinatário não será de grande monta. — <u>Ela</u> está contente com meu vestido, & particularmente me pede para te dizer que, se pudesses me ver vestindo-o por cinco minutos, ela tem certeza, que tu ficarias ansiosa em fazer o teu. — Fui obrigada a mencionar isso, mas não deixei de ficar ruborizada enquanto estava escrevendo. — Parte do dinheiro & do tempo que gastei em Andover foi dedicada à compra de cambraia para fazer uma bata para Edward — uma circunstância da qual tiro duas agradáveis reflexões; em primeiro lugar, possibilitou-me uma nova fonte de autocongratulação por ser capaz de fazer um presente tão generoso, & em segundo lugar foi o meio de me informar que a belíssima manufatura em questão pode ser adquirida por 4 xelins & 6 *pence* por jarda com largura de uma jarda & meia. — Martha prometeu retornar comigo, & nosso plano é de termos uma boa geada negra para caminharmos até Whitchurch, & lá pegarmos uma sege alugada, uma sobre a outra, com nossas cabeças penduradas para fora de uma porta, & nossos pés da outra. — Se não te contaram que Miss Dawes está casada há dois meses, falarei sobre isso em minha próxima carta. — Peço que não te esqueças de ir ao baile de Canterbury. Desprezar-te-ei do modo mais intolerável, se esqueceres. — A propósito, não haverá nenhum baile, pois Delmar perdeu tanto com os eventos do inverno passado que se declarou contra a abertura de seus salões este ano. — Já cobrei meus mirmidões para que me enviem relatos do baile de Basingstoke; coloquei meus espiões em diferentes lugares de forma que pudessem contar mais; & ao fazê-lo, ao enviar Miss Bigg para a própria prefeitura, & ao nomear minha mãe para o posto em Steventon, espero extrair de suas várias observações uma ideia do todo. — Segunda-feira. — Martha acaba de receber tua carta — espero que não haja nela nada que requeira uma resposta imediata, já que estamos jantando, & ela não tem nem tempo de ler nem eu de escrever. — Sempre tua,

JA.

Miss Austen
Godmersham Park
Faversham
Kent

Notas

¹ *Mrs. Hastings [...] Maria*. Mrs. Hastings era esposa de Warren Hastings, e Maria Payne, prima dos Austen, vivia em sua residência em Daylesford quase que permanentemente, ao que tudo indica, como sua dama de companhia (DLF).

² *o relógio de Shrewsbury*. Jane Austen faz aqui uma referência à fala de Falstaff na peça Henrique IV, de William Shakespeare, que diz "mas nos levantamos logo e combatemos uma longa hora marcada pelo relógio de Shrewsbury". (DLF)

³ *Mr. Paiter e Mr. Redding*. Thomas Painter era dono de uma loja de armarinhos e aviamentos e Grace Redding, dono de uma loja de tecidos (DLF).

29. Para Cassandra Austen
Sábado, 3 — segunda-feira, 5 de janeiro de 1801
De Steventon a Godmersham

        Steventon, sábado, 3 de janeiro

Minha querida Cassandra,
 Como a esta hora já recebeste minha última carta, é adequado que eu comece outra; & começo com a esperança, que ocupa minha mente no momento, de que uses com frequência um vestido branco pela manhã, quando todo o grupo alegre estiver contigo. Nossa visita a Ash Park na quarta-feira passada, se deu de uma maneira *come cá*¹ [sic]; encontramos Mr. Lefroy & Tom Chute, jogamos cartas & voltamos para casa. — James & Mary jantaram aqui no dia seguinte, & à noite Henry partiu com a diligência para Londres. — Ele foi tão agradável como de costume durante sua visita, & não perdeu nada da estima que lhe tem Miss Lloyd. — Ontem, ficamos sozinhas, apenas nós quatro; — mas hoje essa cena se alterou prazerosamente por Mary ter levado Martha a Basingstoke, & depois Martha ter jantado em Deane. — Minha mãe anseia, certamente tanto quanto tu, que possamos manter nossas duas criadas — meu pai é o único que foi deixado de fora deste segredo. — Planejamos ter uma cozinheira fixa, & uma empregada jovem e tola, assim como um homem tranquilo, de meia-idade, que assuma o duplo oficio de marido da primeira & namorado da segunda. — Não seria permitido naturalmente que houvesse filhos de nenhuma das partes. — Sentes mais compaixão por John Bond do que John Bond merece; — sinto muito em rebaixar seu caráter, mas ele mesmo não tem vergonha de admitir não ter dúvida alguma de conseguir um bom emprego, & que teve até mesmo uma oferta há alguns anos de certo fazendeiro Paine de contratá-lo a seu serviço quando quer que ele deixasse de trabalhar para meu pai. — Há três zonas de Bath nas quais pensamos como possíveis

de ter casas. — Westgate Buildings, Charles Street & alguma das ruas curtas que saem de Laura Place ou de Pulteney Street —.

Apesar de Westgate Buildings ficar na parte baixa da cidade, não é mal situado; a rua é larga & possui muito boa aparência. Contudo creio que Charles Street é preferível; as construções são novas, & sua proximidade com os campos de Kingsmead seria uma circunstância agradável. — Talvez te lembres, ou talvez te esqueças de que Charles Street é a que nos leva da capela de Queen Square até as duas ruas de Green Park. — As casas nas ruas perto de Laura Place, imagino que estejam acima de nosso preço. — Gay Street seria muito cara, exceto apenas pela casa mais baixa do lado esquerdo de quem sobe; quanto a <u>essa</u> minha mãe não tem objeções; — ela costumava ser alugada por valor mais baixo do que as outras casas vizinhas, devido a alguns aposentos de qualidade inferior. Mas acima de todas as outras, seus desejos estão no momento fixados na casa de esquina em Chapel Row, que dá para Prince's Street. Seu conhecimento dela contudo se resume apenas ao exterior, & portanto ela está igualmente insegura de que a casa seja realmente desejável e se está disponível. — Nesse ínterim ela te assegura que fará tudo que estiver a seu alcance para evitar Trim Street, apesar de não teres demonstrado um temeroso pressentimento de que isso acontecesse, o que já era de se esperar. — Sabemos que Mrs. Perrot nos quer colocar em Axford Buildings, mas todos nos unimos em um especial desagrado por aquela parte da cidade, & portanto esperamos escapar. Frente a todas essas diferentes situações, tu & Edward podeis conversar, & as opiniões de cada um serão ansiosamente aguardadas. — Quanto a nossos quadros, a Batalha, Mr. Nibbs, Sir William East, & todas as antigas peças heterogêneas, miscelâneas, manuscritas, & bíblicas espalhadas pela casa serão dadas a James. — Teus próprios desenhos não deixarão de ser teus — & as duas pinturas sobre estanho ficarão a tua disposição. — Minha mãe diz que as gravuras agrícolas francesas do quarto grande foram dadas por Edward para suas duas irmãs. Tu ou ele sabeis algo sobre isso? — Ela escreveu para minha tia & estamos todas impacientes pela resposta. — Não sei como desistir da ideia de irmos as duas para a Paragon em maio; — considero <u>tua</u> ida indispensavelmente necessária, & não gostarei de ser deixada para trás; não há lugar algum aqui ou nessas redondezas em que desejarei ficar — & apesar de por certo a manutenção de duas pessoas ser mais do que de uma, buscarei tornar a diferença menor desarranjando meu estômago com pãezinhos de Bath; & quanto ao <u>problema</u> de nos acomodar, se há uma ou duas, dá praticamente no mesmo. — De acordo com o primeiro plano, minha mãe & nós duas devemos viajar juntas; & meu pai vai se juntar a nós depois — em cerca de duas ou três semanas. — Prometemos passar dois dias em Ibthrop no caminho. — Devemos todos nos encontrar em Bath, como sabes, antes de partir para o litoral, &, considerando tudo, penso que o primeiro plano está ótimo. Meu pai & minha mãe, sabiamente cientes da dificuldade de achar em toda Bath uma cama como a deles, resolveram levá-la consigo; — Na realidade todas as camas que quisermos serão levadas, isto é — além da deles, as nossas duas, a melhor que temos para termos uma sobressalente, & duas para os criados — e esses artigos necessários serão provavelmente os únicos bens materiais que levaremos. — Não acho que compensaria levar alguma das nossas cômodas. — Conseguiremos comprar outras mais espaçosas feitas de pinho, & pintadas para que fiquem muito elegantes; & me gabo de que, graças a pequenos confortos de todos os tipos, nossos aposentos serão dos mais completos em toda Bath — incluindo Bristol. — Pensamos às vezes em levar um aparador, ou uma mesa de aba e cancela, ou alguma outra peça do mobiliário — mas por fim concluímos que o trabalho & o risco da mudança seriam maiores do que a vantagem de tê-los num lugar, onde tudo pode ser comprado. Peço que envies a tua opinião. — Martha prometeu vir nos visitar novamente em março. — Seu estado de espírito está melhor do que estava. — Dominei agora a verdadeira arte da escrita epistolar, a qual, nos é sempre dito, consiste em expressar no papel exatamente o que se quer dizer para aquela pessoa oralmente; conversei contigo quase tão rapidamente quanto pude em toda esta carta. — As alegrias de teu Natal são realmente bem surpreendentes; acho que satisfariam até mesmo a própria Miss [Phylly] Walter. — Espero que os dez xelins que Miss Foote ganhou facilitem as coisas entre ela & seu primo Frederick. — Então, na linguagem sutil de Coulson Wallow, Lady Bridges <u>vai ganhar bebê</u>! — Fico muito contente em saber da boa notícia sobre Pearson.[2] — É um tipo de promoção pela qual sei que ansiavam e desejavam há alguns anos, desde que o Capitão Lockyer adoeceu. Trará a eles um aumento considerável na renda, & uma casa melhor. — Minha mãe espera não ter problema algum em mobiliar nossa casa em Bath — & lhe garanti que prontamente te encarregarias de fazer tudo. — A cada dia me concilio mais com a ideia da nossa mudança. Moramos há tempo suficiente nesses arredores, os bailes de Basingstoke estão certamente decaindo, há algo interessante no alvoroço de partir, & a perspectiva de passar os verões futuros no litoral ou em Gales é encantadora. — Por algum tempo teremos muitas das vantagens pelas quais muitas vezes invejei as esposas de marinheiros ou soldados. — Contudo não deve ser de conhecimento geral que não estou sacrificando muito em deixar a região — ou pode ser que não inspire nenhuma ternura, nenhum interesse naqueles que deixaremos para trás. — A ameaça do Ato do Parlamento[3] parece não ter causado nenhum alarme.

Meu pai está fazendo todo o possível para aumentar sua renda, elevando os dízimos &c., & eu não perco a esperança de que chegue a quase 600 libras por ano. — Em que parte de Bath planejas colocar tuas <u>abelhas</u>? — Receamos que South Parade seja quente demais.

<u>Segunda-feira</u>. — Martha manda seu mais profundo afeto, & diz muitas coisas gentis sobre passar algum tempo contigo em março — & sobre contar com uma longa visita nossa no outono

em retribuição. — Talvez eu não escreva novamente antes de domingo. —

Afetuosamente tua, JA.

Miss Austen
Godmersham Park
Faversham
Kent

Notas

¹ *come cá*. Do francês, "desse jeito". A grafia correta é *comme çá*.
² *Pearson*. O Capitão Sir Richard Pearson foi promovido a Tenente-Governador do Hospital de Greenwhich para Marinheiros (DLF).
³ *Ato do Parlamento*. Jane Austen provavelmente se refere a uma das medidas propostas para combater as dificuldades do inverno de 1800-1 (DLF).

30. Para Cassandra Austen
Quinta-feira, 8 — sexta-feira, 9 de janeiro de 1801
De Steventon a Godmersham

      Steventon, quinta-feira 8, de janeiro —
Minha querida Cassandra,

O "talvez" que encerrou minha última carta sendo apenas um "talvez", não fará com que fiques tomada de surpresa, ouso dizer, se <u>receberes</u> a presente antes de terça-feira, o que ocorrerá salvo se as circunstâncias forem muito perversas. — Recebi a tua há dois dias com muita generosidade & com boa vontade ainda mais peculiar; & suponho que não preciso te dizer que era bem longa, tendo sido escrita em papel almaço, & muito divertida, tendo sido escrita por ti. — Mr. Payne[1] já morreu há tempo suficiente para que Henry tivesse saído do luto antes de sua última visita, apesar de que nada sabíamos sobre o ocorrido até então. Por que ele morreu, ou de que males, ou a que nobres ele legou suas quatro filhas em casamento, não sabemos. — Fico contente que os Wildman vão oferecer um baile, & espero que não deixes de beneficiar tanto a ti quanto a mim, gastando um pouco de beijos para conseguir uma franquia. — Creio que estejas certa em propor que a cambraia espere, & me rendo com uma certa relutância voluntária. — Mr. Peter Debary não aceitou assumir o vicariato de Dean; ele deseja um posto mais próximo de Londres. Uma razão tola —! como se Deane não fosse perto de Londres em comparação com Exeter ou York. — Considere-se o mundo todo, & haverá muito mais lugares mais distantes de Londres do que Deane, em vez de mais próximos. — O que ele diria de Glencoe ou Lake Katherine? — Sinto-me um tanto indignada que se levante qualquer possível objeção contra uma nomeação tão valiosa, uma situação tão encantadora! — que não se admita universalmente que Deane seja tão próximo da metrópole quanto qualquer outro vilarejo no campo. — Como o caso é este, contudo, já que Mr. Peter Debary demonstrou ser um Peter[2] no pior sentido da palavra, somos obrigados a buscar um herdeiro em outro lugar; & meu pai pensou ser uma deferência necessária a James Digweed oferecer o vicariato a ele, apesar de não considerar que a situação seja desejável ou possível para ele. — A menos que ele esteja apaixonado por Miss Lyford, creio que é melhor que não se fixe exatamente nesta vizinhança, & a menos que realmente esteja muito apaixonado por ela, provavelmente não pensará que um salário de £50 se equipare em valor ou eficácia a um de £75. — <u>Tu</u> tinhas mesmo que ser considerada uma das fixações da casa![3] — mas não foste realmente construída com ela nem por Mr. Egerton Brydges nem por Mrs. Lloyd. — Martha & eu jantamos em Deane ontem para nos encontrarmos com os Powlett & Tom Chute, o que não deixamos de fazer. — O vestido de Mrs. Powlett era caro & decotado; — tivemos a satisfação de fazer uma estimativa de sua renda & sua musselina; & ela falou pouco demais para nos permitir outra forma de diversão. — Mrs. John Lyford[4] está tão contente com seu estado de viuvez que se submeterá a se tornar viúva novamente; — ela deverá se casar com um certo Mr. Fendall, um banqueiro de Gloucester, homem de ótima fortuna, mas consideravelmente mais velho do que ela & com três filhos pequenos. — Miss Lyford ainda não esteve aqui; ela poderá ficar apenas por um dia, & não consegue fixar uma data. — Imagino que Mr. Holder ficará com a fazenda, & sem a obrigação de depender do espírito complacente de Mr. William Portal; ele provavelmente ficará com ela até o término do arrendamento de meu pai. — Isso nos deixou a todos mais satisfeitos do que se ela tivesse caído nas mãos de Mr. Harwood ou do fazendeiro Twitchen. — Mr. Holder deverá vir aqui em um ou dois dias para falar com meu pai sobre o assunto, & então o interesse de John Bond não será esquecido. — Recebi uma carta hoje de Mrs. Cooke. Mrs. Lawrel vai se casar com um Mr. Hinchman, um indiano rico. Espero que Mary fique satisfeita com essa prova da existência & do bem-estar de sua prima, & pare de se atormentar com a ideia de que seus ossos estejam desbotando sob o sol das colinas de Wantage. — A visita de Martha está chegando ao fim, o que nós quatro sinceramente lamentamos. — O casamento será celebrado no dia 16, pois o dia 17 cai num sábado — & um ou dois dias antes do dia 16 Mary levará sua irmã até Ibthrop para experimentar toda a alegria que puder em tomar providências para o conforto de todos, & ser contrariada ou provocada pelo humor de quase todos. — Fulwar, Eliza, & Tom Chute devem estar no grupo; — não sei de mais ninguém. — Convidaram-me, mas declinei. — Eliza viu Lorde Craven em Barton, & provavelmente a esta hora está em Kintbury, onde sua chegada era aguardada esta semana. — Ela de fato achou-o agradável em seus modos. A pequena falha de ter uma amante morando com ele em Ashdown Park agora parece ser a única circunstância desagradável com relação a ele. — De Ibthrop, Fulwar & Eliza devem retornar com James & Mary a Deane. — Os Rices <u>não</u> ficarão com uma casa em Weyhill; — no momento ele está hospedado em Andover, & têm em vista uma residência em Appleshaw depois de lá, aquele vilarejo de maravilhosa elasticidade, que se estende para receber todos os que não desejam ter uma casa em Speen Hill. — Peço que transmitas meu afeto a George; diz a ele que fico contente em saber que ele já sabe saltar tão bem, & que espero que ele continue a me manter informada sobre seu aperfeiçoamento nessa arte. — Acho que tomaste uma sábia decisão ao adiar tua viagem a Londres — & muito me engano se não for adiada por algum tempo. — Falas de Mrs. Jordan[5] & da Opera House com uma resignação tão nobre que seria um insulto supor que necessitas de consolo — mas para evitar que penses com pesar desse rompimento de teu compromisso com Mr. Smithson, devo te assegurar que Henry suspeita que ele seja um grande avarento. —

<u>Sexta-feira</u>. Sem respostas de minha tia. — Suponho que ela está sem tempo para escrever na pressa de vender os móveis, empacotar as roupas & preparar a mudança deles para Scarletts. — És muito gentil em planejar os meus presentes, & minha mãe

foi igualmente atenciosa nessa questão — mas, como escolho que a generosidade não me seja imposta, não decidirei dar meu armário para Anna até que o primeiro pensamento a esse respeito parta de mim mesma. Fala-se agora em ser Sidmouth a nossa residência de verão; portanto consegue todas as informações que puderes sobre esse lugar com Mrs. C. Cage. Os velhos ministros de meu pai já o estão abandonando para fazer a corte a seu filho;[6] a égua marrom, que deveria assim como a preta ser devolvida a James após a nossa mudança, não teve a paciência de esperar & já se estabeleceu em Deane. — A morte de Hugh Capet, que, como a de Mr. Skipsey,[7] embora indesejada não foi de todo inesperada, tendo ocorrido de propósito, tornou a posse imediata da égua muito conveniente; & todo o resto, suponho, será gradativamente apreendido da mesma maneira. — Martha & eu trabalharemos nos livros todos os dias. — Afetuosamente, tua JA.

Miss Austen
Godmersham Park
Faversham
Kent

Notas

[1] *Mr. Payne*. George Payne, primo de Jane Austen, falecido em 7 de dezembro de 1800.

[2] *Peter*. Referência ao jogo de cartas *Black Peter* (DLF). Consistia em cartas que formavam pares e uma única carta que não formava nenhuma combinação, chamada de *Black Peter*. O objetivo era que os jogadores formassem os pares e os fossem descartando até que a única carta que restasse fosse o *Black Peter*. O jogador que a tivesse em suas mãos perdia o jogo.

[3] *fixações da casa*. Jane Austen se refere à residência pastoral de Deane, da qual Egerton Brydges e Mrs. Lloyd foram inquilinos (DLF).

[4] *Mrs. John Lyford*. Jane Lodge, que se tornou viúva de John Lyford em 1799 e se casou com William Fendall em 1801.

[5] *Mrs. Jordan*. Dorothy Jordan (1762-1816) foi uma das atrizes cômicas mais populares e famosas do fim do século XVIII.

[6] *Os velhos ministros [...] fazer a corte a seu filho*. George Austen havia decidido se aposentar e deixar a paróquia de Steventon para James. Na Igreja Anglicana, o pároco pode ter ministros leigos designados para auxiliá-lo nos ofícios diários.

[7] *A morte de Hugh Capet [...] de Mr. Skipsey*. Hugh Capet e Mr. Skipsey são provavelmente nomes de cavalos pertencentes à família (RWC).

31. Para Cassandra Austen
Quarta-feira, 14 — sexta-feira, 16 de janeiro de 1801
De Steventon a Godmersham

Steventon, quarta-feira, 14 de janeiro

Pobre Miss Austen! — Parece-me que tenho te oprimido ultimamente com a frequência de minhas cartas. Esperavas não receber notícias minhas antes de terça-feira, mas domingo te mostrou a irmã impiedosa com quem tens que lidar. — Não posso chamar de volta o passado, mas não terás notícias minhas com tanta frequência no futuro. — Tua carta a Mary foi devidamente entregue antes que ela e Martha partissem de Dean ontem pela manhã, & temos muito prazer em saber que o baile de Chilham foi tão agradável & que dançaste quatro vezes com Mr. Kemble. — Por mais desejável, contudo, que tenha sido essa circunstância, não posso deixar de me surpreender que tenha ocorrido; — por que dançaste quatro vezes com um homem tão tolo? — Em vez disso, por que não dançaste duas delas com algum oficial elegante que tenha ficado impressionado com tua beleza no momento em que entraste no salão? — Martha te mandou seu mais profundo afeto; ela mesma te escreverá em breve; mas, confiando mais em minha memória do que na dela própria, ela deseja que te peça que compres para ela dois vidros de água de lavanda de Steele[1] quando estiveres na cidade, contanto que vás à loja por tua própria necessidade; — caso contrário, tenhas a certeza de que ela não deseja que atendas ao pedido. — James jantou conosco ontem, escreveu para Edward à noite, preencheu três páginas de papel, todas as linhas inclinando demais em direção nordeste, & a primeira linha de todas riscada, e hoje pela manhã ele se encontra com sua senhora nos campos de Elysium & Ibthrop. — Sexta-feira passada foi um dia bem cheio para nós. Recebemos a visita de Miss Lyford e Mr. Bayle. — Esse último iniciou sua reforma na casa, mas teve tempo apenas de terminar as quatro salas de estar; o resto será adiado até que a primavera esteja mais avançada & os dias mais longos. — Ele levou o papel da avaliação com ele, & portanto sabemos apenas a estimativa que fez para uma ou duas peças do mobiliário, sobre as quais meu pai indagou especificamente. Compreendi, contudo, que ele era de opinião de que tudo somaria mais de duzentas libras, & imaginamos que isso não inclua a sala de brasagem, & muitas outras coisas &c., &c. — Miss Lyford foi muito agradável, & fez um relato tão bom para minha mãe sobre as casas de Westgate Buildings, onde Mrs. Lyford se hospedou há quatro anos, que a fez pensar naquele local com grande prazer; mas tua oposição será, sem dúvida, decisiva & meu pai em particular, que antes era muito favorável a Row, deixou agora de pensar absolutamente nela. — No momento as cercanias de Laura Place parecem ser sua escolha. Seus pontos de vista sobre o assunto avançaram muito desde que voltei para casa; ele está ficando bem ambicioso, & na verdade agora exige uma casa confortável & de aparência respeitável. — No sábado Miss Lyford foi para sua casa eterna — quero dizer, leva-se uma eternidade para chegar a sua casa; & logo depois um grupo de senhoras refinadas, emergindo de um veículo verde conhecido & confortável, com as cabeças cheias de garnisés & galinhas,[2] entrou na casa. — Mrs. Heathcote, Mrs. Harwood, Mrs. James Austen,[3] Miss Bigg, Miss Jane Blachford. Dificilmente um dia se passa que não tenhamos uma ou outra visita; ontem apareceu Mrs. Bramstone, que está muito sentida por nos perder, & depois Mr. Holder, que ficou uma hora trancado com meu pai & James de um modo muito estranho. — John Bond *est a lui*.[4] — Mr. Holder estava perfeitamente disposto a contratá-lo exatamente nas mesmas condições que meu pai, & John parece estar muitíssimo satisfeito. — O conforto de não mudar de casa é muito importante para ele. E já que são esses seus sentimentos nada naturais, que ele pertença a Mr. Holder é tudo que é necessário; mas, caso contrário, teria havido uma oferta a ele na qual eu havia pensado com especial satisfação, a saber, a de Harry Digweed, o qual, se John tivesse deixado Cheesedown, teria ficado ansioso para contratá-lo como superintendente em Steventon, lhe teria dado um cavalo para se deslocar, provavelmente lhe teria oferecido uma casa mais permanente, & penso que teria certamente sido um patrão mais desejável no geral. — John & Corbett não devem ter qualquer preocupação um com o outro; — haverá duas fazendas & dois intendentes. — Somos da opinião de que seria melhor haver apenas um. — Esta manhã trouxe a resposta de minha tia, & extremamente afetuoso é o seu teor. Ela pensa com grande prazer em nossa mudança para Bath; é um acontecimento que fará com que ela se apegue ainda mais ao local do que qualquer outra coisa, &c., &c. — Ela insiste, contudo, que minha mãe não demore a ir visitá-la em Paragon caso continue a não se sentir bem, & até recomenda que passe o inverno inteiro com eles. — No momento, & há muitos dias minha mãe tem estado muito forte, & não deseja que qualquer recaída a obrigue a alterar seus planos. — Mr. e Mrs. Chamberlayne estão em Bath, hospedados perto do Bazar Beneficente; — espero que o cenário sugira a Mrs. C. a ideia de vender sua touca preta de pele de castor para o alívio aos pobres. — Mrs. Welby tem cantado duetos com o Príncipe de Gales. — Meu pai possui mais de 500 volumes dos quais se desfazer; — quero que James os compre num lote só por meio guinéu por volume. — O total dos reparos na casa paroquial em Deane, por dentro & por fora, & de partes da carruagem não excederá £100. — Viste que o Major Byng, um dos sobrinhos de Lorde Torrington, morreu? — Deve ser Edmund.[5] —

<u>Sexta-feira</u>. Agradeço pela tua, apesar de que teria ficado ainda mais grata se não tivesse tido que pagar oito *pence* em vez de seis *pence* para recebê-la, o que me deu o trabalho de escrever para Mr. Lambould[6] sobre o ocorrido. — Estou bastante surpresa com a retomada da visita a Londres — mas Mr. Doricourt[7] viajou; ele sabe o que faz. Que James Digweed recusou o vicariato de Dean, suponho que ele mesmo tenha te contado — apesar de que é provável que o assunto nunca tenha surgido entre vós. —

Mrs. Milles se gaba equivocadamente; nunca foi desejo de Mrs. Rice que seu filho se instalasse próximo a ela — & há agora uma esperança de que ela esteja cedendo em favor de Deane. — Mrs. Lefroy & seu genro estiveram aqui ontem; <u>ela</u> tenta não ser otimista, mas <u>ele</u> estava com excelente ânimo. — Desejo muito que eles fiquem com o vicariato. Será uma diversão para Mary supervisionar sua administração doméstica, & repreendê-los pelas despesas, especialmente porque Mrs. L. pretende recomendar que mandem lavar as roupas fora. —

Afetuosamente tua, JA —

Miss Austen
Godmersham Park
Faversham
Kent

Notas

[1] *Steele*. Proprietário de uma plantação de lavandas e de um depósito de água de lavanda, localizado em Catherine Street, Londres.

[2] *com as cabeças cheias de garnisés e galinhas*. As vizinhas foram à casa dos Austen para comprar as aves do galinheiro (DLF).

[3] *Mrs. James Austen*. Mary Lloyd, esposa de James.

[4] *est a lui*. Do francês, "é dele".

[5] *Major Byng [...] Edmund*. As anotações de RWC demonstram que o *The Times* de 13 de janeiro de 1801 publicou a notícia do falecimento de um Mr. Byng, primo de Mr. Wickham, voluntário do serviço militar austríaco e morto na batalha de Salzburg. RWC afirma que seu prenome não foi informado, mas o referido jornal sugere que o soldado falecido não era membro da família Torrington. RWC informa ainda que o único membro dessa família denominado Edmund que foi encontrado veio a falecer apenas em 1854.

[6] *Mr. Lambould*. Agente do correio.

[7] *Mr. Doricourt*. Personagem da peça *Belle's Stratagem* [*O estratagema de Belle*] (1780), uma comédia de costumes escrita pela dramaturga Hannah Cowley (1743-1809). No início da peça, a referida personagem acaba de retornar de uma viagem pela Europa.

32. Para Cassandra Austen
Quarta-feira, 21 — quinta-feira, 22 de janeiro de 1801
De Steventon a Godmersham

Steventon, quarta-feira, 21 de janeiro

Espera uma carta muito agradável; por não estar sobrecarregada de assuntos — (não tendo nada a dizer) — não haverá impedimento para minha genialidade do início ao fim. — Bem — & então, a carta de Frank te deixou muito feliz, mas temes que ele não tenha paciência de esperar pelo "Haarlem", o que desejarias que ele fizesse uma vez que é mais seguro que o "Merchantman". — Pobre rapaz! Esperar de meados de novembro até o fim de dezembro, & talvez até mais! deve ser uma ocupação triste! — Ainda mais num lugar em que a tinta é tão abominavelmente fraca. — Que surpresa deve ter sido para ele no dia 20 de outubro ter recebido a visita, a insígnia & a dispensa do "Petterell" pelo Capitão Inglis! — Ele gentilmente omite sua tristeza em deixar seu navio, seus oficiais & seus homens. — Que pena que ele não estava na Inglaterra no momento dessa promoção, pois certamente teria tido uma nomeação! — pelo menos é o que todos dizem, & portanto deve ser correto que eu também o diga. — Se ele estivesse aqui, a certeza da nomeação, ouso dizer, não teria sido assim tão grande — mas como ela não pôde ser posta à prova, sua ausência será sempre um motivo afortunado de pesar. — Eliza diz ter lido num jornal que todos os primeiros-tenentes das fragatas cujos capitães foram enviados para os navios da linha de batalha foram promovidos para o posto de comandante —. Se for verdade, Mr. Valentine poderá pagar por uma bela cerimônia de casamento, & Charles poderá talvez se tornar o primeiro do "Endymion" — apesar de que suponho ser bem provável que o Capitão Durham traga um vilão com ele para esse posto. Jantei em Deane ontem, como te contei que talvez fizesse; — & estive com os dois Mr. Holder. — Jogamos blackjack, o que, como Fulwar[1] perdeu, lhe deu uma oportunidade de se expor como de costume. — Eliza diz que está bem, mas está mais magra do que na última vez que a vimos, & com aparência não muito boa. Suponho que ela não tenha se recuperado dos efeitos da doença que teve em dezembro. — Corta o cabelo curto demais na testa, & não veste sua touca de modo correto — apesar dessas muitas desvantagens, contudo, ainda admiro sua beleza. — Todos jantam aqui hoje. Poderá fazer muito bem a todos nós. William & Tom estão como de costume; a aparência de Caroline melhorou; acho que agora ela é uma criança bonita. Ainda é muito tímida, & não fala muito. Fulwar vai no mês que vem a Gloucestershire, Leicestershire & Warwichshire & Eliza passa o tempo de sua ausência em Ibthrop & Deane; portanto ela espera te ver em breve. Lorde Craven não conseguiu fazer sua visita a Kintbury, pois tinha companhia em casa, mas, como te disse antes, Eliza está muito contente com ele, & eles parecem estar se dando muito bem. — Martha retorna para cá na próxima terça-feira, & depois inicia suas duas visitas em Deane. — Espero ver Miss Bigg todos os dias, para combinar o momento de minha ida a Manydown; penso que será na próxima semana, & vou te avisar sobre isso se puder, assim podes endereçar tuas cartas para lá. — A vizinhança já se recuperou bem da morte de Mrs. Rider — tanto é que penso que agora estão até felizes com isso; suas coisas eram tão preciosas! — & Mrs. Rogers deve ficar com tudo que deseja. Nem mesmo a própria morte pode consertar a amizade do mundo.[2] —

Não deves te dar ao trabalho de ir até Penlington[3] quando fores à cidade; meu pai deve resolver o assunto ele mesmo quando for lá; deves apenas tomar especial cuidado com as contas dele que estão em tuas mãos, & ouso dizer que não lamentarás te ver livre do restante. — <u>Quinta-feira</u>. Nossa recepção ontem foi tranquila e agradável. Hoje atacaremos Ash Park, & amanhã janto novamente em Deane. Que semana cheia! — Eliza deixou-me um recado para ti que tenho grande prazer em dar; ela te escreverá & enviará teu dinheiro no próximo domingo. — Mary também tem um recado —. Ela ficará muito grata a ti se puderes lhe trazer o modelo do casaco & calças, ou o que quer que seja, que os meninos de Eliz[abe]th vestirão quando passarem a usar calças —; ou lhe trazer se puderes um traje velho mesmo ela ficaria muito contente, mas isto suponho que seja quase impossível. Fico feliz de saber da melhora de Mrs. Knight, qualquer que tenha sido sua doença. Contudo, apesar de tuas insinuações, não consigo fazer tão mau juízo dela a ponto de suspeitar que ela tenha tido um bebê. — Não acho que ela poderia ser acusada de nada além de no máximo um <u>acidente</u>.[4] — O furto sofrido pelos Wylmot deve ter sido algo divertido para seus conhecidos, & espero que seja também para eles um prazer pois parece que lhes agrada ser objeto da diversão geral. — Estou muito inclinada a não acusar o recebimento de tua carta, a qual acabo de ter o prazer, de ler, pois estou envergonhada de compará-la com estas linhas mal traçadas! — Mas se eu disser tudo que tenho a dizer, espero não ter razões para me enforcar. — Caroline [Cooper] deu à luz só no dia sete deste mês, então sua recuperação parece mesmo estar sendo bem rápida. — Tive notícias de Edward duas vezes sobre a ocasião, & suas duas cartas foram exatamente como deveriam ser — animadas & divertidas. — Ele não ousaria escrever de outra forma para <u>mim</u> — mas talvez seja obrigado a se expurgar da culpa de escrever bobagens, enchendo seus sapatos de ervilhas por uma semana inteira em seguida. — Mrs. G[irle] deixou £100 para ele — para sua mulher & filho, £500 cada. — Uno-me a ti no desejo pelos arredores de Laura Place, mas não alimentarei muito minhas esperanças. — Minha mãe anseia terrivelmente por Queen's Square, & é natural supor que meu tio vá tomar partido <u>dela</u>. — Seria muito agradável estarmos próximas a Sidney Gardens! — Poderíamos ir ao Labirinto todos os dias. — Não precisarás te esforçar para achar algo que combine com o morim do vestido de luto de minha mãe —, ela não tem mais a intenção de fazê-lo. — Por que J[ames] D[igweed] não pediu tua mão em casamento? Suponho que ele tenha ido ver a

catedral, para descobrir o quanto ele gostaria de se casar nela. —
Fanny receberá *Boarding School*[5] assim que o pai dela me der uma
oportunidade de enviá-lo — & não sei se quando esse momento
chegar não terei tido um ataque de generosidade tão grande que
darei o livro a ela para sempre. —

<u>Nós</u> temos um baile na quinta-feira também —. Espero ir
a ele de Manydown. — Não te surpreendas, ou imagines que
Frank veio se eu te escrever novamente em breve. Será apenas
para dizer que vou a M[anydown] & para responder tua pergunta
sobre meu vestido.

Miss Austen
Godmersham Park
Faversham
Kent

Notas

[1] *Fulwar*. Fulwar Fowle era conhecido por sua conduta exaltada, especialmente quando perdia nos jogos (DLF).

[2] *amizade do mundo*. Jane Austen está provavelmente fazendo referência à Bíblia Sagrada. Em Tiago 4:4, lê-se "Ora, quem quer ser amigo do mundo torna-se inimigo de Deus". A provável referência parece ser uma repreenda ao comportamento de Mrs. Rogers, que passou a ver na morte de Mrs. Rider uma oportunidade de ficar com seus pertences. De fato, após a morte de Mrs. Rider, Mrs. Rogers a substituiu como fornecedora local de tecidos e armarinhos.

[3] *Penlington*. Comerciante de velas de sebo em Londres.

[4] acidente. Um eufemismo feminino para indicar um aborto espontâneo (DLF).

[5] *Boarding School*. Em português, *Internato*. Referência a um livro desconhecido. VJ e DLF concordam que Jane Austen pode estar se referindo a uma entre várias obras que circularam durante a infância da autora e que continham o termo "*boarding school*" a elas associado. Porém, enquanto DLF acredita que o livro que Jane Austen pretende dar a sua sobrinha de 8 anos teria sido provavelmente ou *The Governess, or, Little Female Academy* [*A Governanta, ou a pequena academia feminina*] (1741) de Sarah Fielding ou *Anecdotes of a Boarding School* [*Anedotas de um Internato*] (1792) de Dorothy Kilner, VJ defende que o livro mais provável seria *The Governess; or, the Boarding School Dissected* [*A governanta; ou o internato analisado*], uma peça de autoria desconhecida que foi lida pela autora em sua infância, enquanto frequentava a escola em Reading.

33. Para Cassandra Austen
Domingo, 25 de janeiro de 1801
De Steventon a Godmersham

Steventon, domingo, 25 de janeiro
Não tenho nada a te dizer sobre Manydown, mas escrevo porque aguardas notícias minhas e porque, se eu esperasse por mais um ou dois dias, creio que tua visita a Goodnestone faria com que minha carta chegasse tarde demais. Ouso dizer que estarei em M[anydown] no decorrer desta semana, mas, como não há nada certo, escreve para mim em casa. Quero dois vestidos coloridos novos para o verão, pois o meu rosa não conseguirá nada além de fazer com que me expulsem de Steventon. Contudo, não te darei trabalho além de comprar tecido para um deles, e será uma cambraia marrom lisa, para usar pela manhã; o tecido para o outro, que deverá ser um amarelo e branco-nuvem muito bonito, pretendo comprar em Bath. Compra dois marrons, por favor, e ambos compridos, mas um mais comprido do que o outro — é para uma mulher alta. Sete jardas para minha mãe, sete jardas e meia para mim; um marrom escuro, mas o tipo de marrom deixo a tua escolha, e preferiria que fossem diferentes, assim haverá sempre algo a dizer, a discutir sobre qual deles é o mais bonito. Devem ser de cambraia. O que achas desse frio? Suponho que estivestes todos rezando diligentemente por ele como um alívio salutar da estação terrivelmente amena e insalubre que o precedeu, imaginando-vos já meio putrificados pela falta dele, e que agora vós todos vos unis em torno da lareira, reclamais que jamais sentistes frio tão cruel antes, que agora estais quase mortos de fome, meio congelados, e desejais do fundo de vossos corações a volta do clima ameno. Tua infeliz irmã foi atraída na quinta-feira passada a uma situação da maior crueldade. Cheguei a Ashe Park antes do grupo de Deane, e fiquei fechada sozinha na sala de estar com Mr. Holder por dez minutos. Pensei em insistir para que a governanta ou Mary Corbett fossem chamadas, e nada

pôde me fazer afastar dois passos da porta, de cuja fechadura não tirei minha mão um momento sequer. Não havia ninguém além do nosso grupo habitual, jogamos <u>vingt-un</u> [sic][1] novamente, e ficamos muito bravos.[2] Na sexta-feira concluí meus quatro dias de distração, encontrando-me com William Digweed em Deane, e estou muito bem, obrigada, depois do encontro. Enquanto estava lá, uma queda repentina de neve fez com que as estradas ficassem intransitáveis e tornou minha viagem de volta para casa na pequena carruagem muito mais fácil e agradável do que a viagem de ida. Fulwar e Eliza deixaram Deane ontem. Ficarás feliz em saber que Mary contratará mais uma criada. Imagino que Sally seja uma criada boa demais para achar tempo para fazer tudo, e Mary acha que Edward não está passando tanto tempo ao ar livre quanto deveria; portanto uma moça será contratada para o quarto do bebê. Eu não apostaria muito nas chances de Mr. Rice vir morar em Deane; ele alicerça sua esperança, penso, não em algo que sua mãe tenha escrito, mas sim no efeito do que ele mesmo escreveu. Ele deve escrever muito melhor do que aqueles olhos indicam se conseguir persuadir uma mulher perversa e mesquinha a favorecer pessoas que ela não ama. Teu irmão Edward faz uma menção muito honrosa de ti, te asseguro, em sua carta a James, e parece sentir muito em te ver partir. É um grande conforto para mim pensar que meus cuidados não foram desperdiçados, e que és respeitada no mundo. Talvez possas ser persuadida a retornar com ele e Elizabeth para Kent, quando eles nos deixarem em abril, e até suspeito que teu grande desejo de te manter livre tem essa perspectiva. Faz como quiseres; já superei meu desejo de que vás a Bath comigo e com minha mãe. Nada é impossível quando empenhamos nossa vontade. Edward Cooper é muito gentil em nos convidar a todos para irmos a Hamstall neste verão, em vez de irmos ao litoral, mas não somos tão gentis a ponto de aceitar. Depois do verão, por favor, Mr. Cooper, mas no momento estamos favoráveis muito mais ao mar a todos os nossos conhecidos. Ouso dizer que passarás três semanas muito agradáveis na cidade. Espero que vejas tudo que seja digno de ser visto, deste a Opera House até o escritório de Henry em Cleveland Court; e espero que acumules um volume de informações suficiente para me divertir pelos próximos doze meses. Receberás um peru de Steventon enquanto estiveres lá, e te peço que anote em quantas refeições completas de pratos requintados M[onsieur] Halavant[3] o converterá. Não consigo escrever mais juntinho.[4] Nem meu amor por ti nem pela escrita de cartas podem resistir a uma estadia em Kent. Durante uma ausência de três meses posso ser uma parente muito amorosa e uma exímia correspondente, mas passado este tempo descambo em negligência e indiferença. Desejo-te um baile agradável na quinta-feira, o mesmo para mim, e o mesmo para Mary e Martha, mas o delas será somente na sexta-feira, uma vez que há uma nova programação para o Salão de Newbury. O marido de Nanny é totalmente contra ela deixar o emprego num momento como este que vivemos, e acredito que ficaria muito feliz se ela continuasse conosco. Em alguns aspectos ela seria uma grande comodidade, e em outros deveríamos desejar um tipo diferente de criada. A parte de lavanderia seria o pior dos males. Nada foi decidido com ela, contudo, até o momento, mas acho que seria melhor para todos se ela pudesse achar um emprego neste ínterim em algum lugar mais perto de seu marido e filha do que Bath. A casa de Mrs. H[enry] Rice[5] serviria muito bem a ela. Não é muito, como ela bem sabe, para o que ela está qualificada. Há muitos meses que minha mãe não ficava tão bem como ela está agora. *Adieu.*

Sinceramente tua,
JA.

Miss Austen
Godmersham Park
Faversham
Kent

Notas

[1] *vingt-un*. Jogo de cartas *vingt-et-un* ou *blackjack* (vinte-e-um).

[2] *ficamos muito bravos*. O grupo de Deane a que Jane Austen se refere compreendia James Austen e sua esposa, Mary, Eliza, irmã de Mary, e seu marido e Fulwar Fowle. Como já apontamos em nota anterior, Fulwar Fowle costumava ter ataques de fúria quando perdia nos jogos. Presume-se, assim, que Fulwar deve ter perdido no carteado aquela noite (DLF).

[3] *M[onsieur] Halavant*. Chefe de cozinha francês que trabalhou para Henry Austen (DLF).

[4] *Não consigo escrever mais juntinho*. Ver nota 7 da carta 10.

[5] *Mrs. H[enry] Rice*. Jemima Lucy Lefroy, esposa de Henry Rice.

34. Para Cassandra Austen
Quarta-feira, 11 de fevereiro, 1801
De Manydown a Londres

Manydown, quarta-feira, 11 de fevereiro
Minha querida Cassandra,
Como não tenho nenhum Mr. Smithson sobre quem escrever, eu posso datar minhas cartas. — A tua para minha Mãe foi-me encaminhada esta manhã, com o pedido de que eu assumisse a tarefa de acusar seu recebimento. Não pensei, contudo, que fosse necessário escrever tão cedo, exceto pela chegada de uma carta de Charles para mim. — Foi escrita no sábado passado, de Start,[1] & levada até Popham Lane pelo Capitão Boyle a caminho de Midgham. Ele veio de Lisboa no "Endymion", & copiarei o que Charles diz sobre suas conjecturas a respeito de Frank. — "Ele não tem visto meu irmão ultimamente, nem supõe que ele tenha chegado, pois em seu caminho de volta, cruzou em Rodes com o Capitão Inglis indo assumir o comando do 'Petterel', mas supõe que ele chegará em menos de duas semanas a bordo de um navio aguardado na Inglaterra dentro desse prazo, com despachos de Sir Ralph Abercrombie." — O caso deve mostrar que tipo de vidente é o Capitão Boyle. — O "Endymion" não foi atormentado com qualquer outro prêmio. — Charles passou três dias agradáveis em Lisboa. — Eles ficaram bem satisfeitos com seu passageiro real,[2] o qual acharam gordo, bonachão & afável, que fala de L[ad]y Augusta como se fosse sua esposa & parece ser muito afeiçoado a ela. — Quando essa carta foi escrita, o "Endymion" estava em meio a uma calmaria, mas Charles esperava chegar a Portsmouth na segunda ou terça-feira; & como ele pergunta particularmente pelo paradeiro de Henry, suponho que não tardará até que recebas mais notícias dele. — Ele recebeu minha carta, comunicando nossos planos, antes de

partir da Inglaterra, ficou muito surpreso, é claro, mas está bem conformado com eles, & deseja vir a Steventon mais uma vez enquanto Steventon for nossa. — São esses, creio eu, todos os detalhes de sua carta que são dignos de penetrar nos domínios da agudeza, elegância, moda, elefantes & cangurus.[3] Minha visita a Miss Lyford começa amanhã & termina no sábado, quando terei a oportunidade de retornar para cá sem ter nenhuma despesa, já que a carruagem levará Cath[erine Bigg] para Basingstoke. — Ela pensa que retornarás junto para Hampshire, & se o tempo ajudar, isso não seria indesejável. Ela fala em permanecer apenas por duas semanas, & já que isso faria com que ficasses em Berkeley Street por três semanas, suponho que não desejes uma extensão. — Não deixes isso retardar o teu retorno, contudo, se tiveste a intenção de retornar muito antes. — Suponho, que quando quer que venhas, Henry te envie em sua carruagem até a primeira ou segunda estação,[4] onde poderás te encontrar com John [Littleworth],[5] cuja proteção imaginamos ser suficiente para o resto de tua viagem. Ele poderia viajar no teto, ou até mesmo se acomodar em uma carruagem velha. — James se ofereceu para te encontrar em qualquer lugar, mas como isso daria a ele trabalho sem a compensação de qualquer tipo de conveniência, uma vez que ele não possui nenhuma intenção de ir a Londres no momento por necessidade própria, supomos que preferirias aceitar a gentileza de John. — Passamos nosso tempo aqui de modo tão tranquilo como sempre. Uma visita matutina longa é o que geralmente ocorre, & uma delas ocorreu ontem. Fomos a Baugherst. — O lugar não é tão bonito quanto eu esperava, mas talvez a estação esteja contrária à beleza da região. A casa pareceu ter todas as comodidades de crianças pequenas, sujeira & lixo. Mr. Dyson parecia louco como de costume, & Mrs. Dyson parecia gorda como de costume. — Mr. Bramston veio nos visitar na manhã anterior, — *et voilà tout.*[6] — Espero que estejas tão satisfeita em ficar com meu vestido colorido de musselina

quanto estarias se ele fosse branco. Todos mandam seu afeto —
& sou sinceramente tua,

JA

Miss Austen
24, Upper Berkeley Street
Portman Square
Londres.

Notas

[1] *Start*. O Start Point é um promontório localizado em South Hams, Devon, Inglaterra (DLF).
[2] *passageiro real*. Augustus-Frederick, Duque de Sussex, sexto filho de George III (DLF).
[3] *elefantes e cangurus*. Cassandra deve ter mencionado a Jane Austen que foi visitar o zoológico de Exeter Change, em Londres (DLF).
[4] *estação*. No original, *stage*. Jane Austen se refere às Estações de Muda de cavalos. Eram estações, ou pontos de parada, instalados ao longo das estradas para a troca de cavalos das diligências e das seges de aluguel. Serviam também de locais de descanso para os passageiros e trocas de cavalos de carruagens particulares. Para informações complementares, ver nota 1 da Carta 3 e nota 4 da Carta 34.
[5] *John [Littleworth]*. Cocheiro de James Austen.
[6] *et voilà tout*. Do francês, "e é só".

35. Para Cassandra Austen
Terça-feira, 5 — quarta-feira, 6 de maio de 1801
De Bath a Ibthorpe

Paragon, terça-feira, 5 de maio

Minha querida Cassandra,

Tenho o prazer de escrever de meu <u>próprio</u> quarto, dois lances de escadas acima, com tudo muito confortável ao meu redor. Nossa viagem para cá ocorreu totalmente sem acidentes ou eventualidades; trocamos os cavalos a cada estação, & pagamos pedágios em quase todas as estradas; — o tempo estava encantador, quase sem poeira, & nos comportamos de modo extremamente agradável, já que não conversamos mais do que uma vez em três milhas. Entre Luggershall & Everley, fizemos nossa refeição principal e, depois, com espanto admirável, percebemos o modo magnífico como fomos abastecidos — ; — Não conseguimos, mesmo com nossos máximos esforços, consumir mais do que a vigésima parte da carne. — O pepino será, creio eu, um presente muito aceitável, uma vez que meu tio conta que perguntou pelo preço de um recentemente, e lhe responderam um xelim. — Nossa sege alugada em Devizes era muito elegante; parecia quase a de um cavalheiro, pelo menos a de um cavalheiro bem maltrapilho —; apesar dessa vantagem, contudo, levamos mais de três horas para chegar de lá até Paragon,[1] & eram sete e meia em <u>nossos</u> relógios quando entramos na casa. Frank,[2] cuja cabeça preta estava à espera na janela do vestíbulo, nos recebeu muito gentilmente; e seu patrão & sua senhora não foram menos cordiais. — Ambos parecem muito bem, apesar de minha tia estar com uma tosse violenta. Tomamos chá logo que chegamos, & assim finda o relato de nossa viagem, a qual minha mãe aguentou sem qualquer fadiga. — Como estás hoje? — Espero que estejas dormindo melhor. — Creio que deves estar, pois <u>eu</u> desmaio; — estou acordada desde às 5 & até mais cedo, creio que tinha cobertas demais sobre o meu estômago; imaginei que isso aconteceria ao senti-las antes de ir para a cama, mas não tive coragem de trocá-las. — Estou mais aquecida aqui sem qualquer lareira do que tenho estado ultimamente com uma excelente. — Bem — & assim confirmam-se as boas notícias, & Martha triunfa.[3] — Meu tio & tia pareceram bastante surpresos que tu & meu pai não venhais antes. — Dei o sabonete & a cesta; — & ambos foram recebidos com gratidão. — <u>Uma</u> coisa apenas entre todas as nossas preocupações não chegou em segurança; — quando subi na sege em Devizes, descobri que tua régua de desenho havia se quebrado em duas; — é só na ponta onde se fixa o cabeçote. — Perdoa-me. — Deve haver apenas mais um baile; — a próxima segunda-feira é o grande dia. — Os Chamberlayne ainda estão aqui; começo a ter uma opinião melhor sobre Mrs. C., e de memória acredito que ela tenha mais um queixo bem alongado do que o contrário, uma vez que se lembra de nós em Gloucestershire,[4] quando éramos jovens muito charmosas. — A primeira visão de Bath em tempo bom não corresponde a minhas expectativas; penso que vejo mais distintamente através da chuva. — O sol estava atrás de tudo, e a aparência do lugar, olhando do alto de Kingsdown, era de vapor, sombra, fumaça & confusão. — Imagino que teremos uma casa em Seymour Street ou arredores. Tanto meu tio quanto minha tia gostam do local —. Fiquei contente em ouvir meu tio falar que todas as casas de New King Street são muito pequenas; — era a ideia que eu mesma tinha delas. — Não fazia dois minutos que eu havia entrado na sala de jantar e ele me perguntou com todo o seu habitual ávido interesse sobre Frank & Charles, suas opiniões & intenções. — Fiz o melhor para dar a informação. — Não perdi a esperança de fazer com que Mrs. Lloyd fique tentada a se estabelecer em Bath; — A carne custa apenas 8 *pence* por libra,[5] a manteiga, 12 *pence*, & o queijo, 9 *pence*. Deves esconder dela cuidadosamente, contudo, o preço exorbitante do peixe; — um salmão é vendido a dois xelins, nove *pence* a libra do peixe inteiro. — Espera-se que a partida da Duquesa de York faça com que o preço desse artigo fique mais razoável — & até que isso realmente aconteça, não digas nada sobre o salmão. —

Terça-feira à noite. — Quando meu tio foi tomar seu segundo copo de água, caminhei com ele, & em nosso circuito matutino vimos duas casas em Green Park Buildings, uma das quais me agradou muito. — Andamos pela casa toda exceto a mansarda; — a sala de jantar tem um tamanho confortável, tão grande quanto gostarias, a segunda sala tem cerca de 14 pés quadrados;[6] — O apartamento acima da sala de estar me agradou particularmente, pois é dividido em dois, o menor é uma antecâmara de bom tamanho, a qual, quando necessário, poderia acomodar uma cama. Dá para o sudeste. — A única dúvida é sobre a umidade dos gabinetes, de que havia sinais. —

Quarta-feira. — Mrs. Mussell pegou meu vestido, & tentarei explicar quais são suas intenções. — Será um vestido com uma jaqueta & uma saia rodada, como o de Cath[erine] Bigg, com abertura lateral. — A jaqueta é inteiriça com o busto & se estende até a abertura dos bolsos; — terá cerca de um quarto de jarda de comprimento, suponho, no diâmetro inteiro, cortado reto nos cantos, com uma bainha larga. — Não será amplo nem no busto nem na lapela; — as costas são bem simples, neste formato; — ⛋ e as laterais também. — A frente tem o decote arredondado até o colo & é justa — & deverá haver um babado do mesmo tecido para ser usado ocasionalmente quando todos os lenços estiverem sujos — esse babado <u>deve</u> ter caimento para trás. — Ela deverá usar duas larguras & meia na cauda, & não haverá saiote; — os saiotes não estão mais sendo tão usados quanto antes; — não há nada de novo nas mangas, — elas devem ser simples, largas, & do mesmo tecido com caimento, como alguns dos vestidos de Martha — ou talvez um pouco mais longas. — Baixo nas costas, & um cinto do mesmo tecido. — Não consigo pensar em mais nada — apesar de recear não ser específica o suficiente. — Minha mãe encomendou uma touca nova, & eu também; — ambas são de palha branca, enfeitadas com um laço

branco. — Acho minha touca de palha bem parecida com o de outras pessoas & tão bonita quanto. — Toucas de cambraia iguais às de L[ad]y Bridges são muito usadas, & algumas delas são muito bonitas; mas vou adiar ter uma desse tipo até a tua chegada. — Bath está ficando tão vazia que não receio fazer pouco demais. — Capas de gaze preta estão sendo muito usadas. — Escreverei novamente em um ou dois dias. — Meu mais profundo amor,
Sempre tua, JA.

Mrs. Lillingstone & os Chamberlayne vieram nos visitar. — Minha mãe ficou muito impressionada com a aparência estranha do casal; <u>eu</u> apenas vi a <u>ela</u>. Mrs. Busby toma chá & joga *Cribbage*[7] aqui amanhã; & na sexta-feira, acredito que iremos à casa dos Chamberlayne. — Na noite passada andamos pelo canal.

Miss Austen
Aos cuidados de Mrs. Lloyd
Up Hurstbourne
Andover

Notas

[1] *Paragon*. Jane Austen e sua mãe se hospedariam em Bath, na residência de James e Jane Leigh Perrot, para começar a procurar uma casa para alugar (ver carta 19) (DLF).

[2] *Frank*. Empregado dos Leigh Perrot em Bath (ver carta 19) (DLF).

[3] *Martha triunfa*. Inexplicado. DLF suspeita que o triunfo em questão se refira ao desfecho de algum problema legal.

[4] *se lembra de nós em Glouscestershire*. Os primos maternos de Jane Austen, pertencentes à família Leigh, possuíam uma propriedade chamada Adlestrop Park no vilarejo de Adlestrop, Gloucestershire, onde Jane Austen esteve pelo menos três vezes entre 1794 e 1806. Os Chamberlayne eram vizinhos e primos distantes dos Leigh e conheceram Jane e Cassandra Austen na visita que elas fizeram aos primos no verão de 1794, quando as irmãs tinham 19 e 21 anos, respectivamente.

[5] *libra*. Unidade de peso adotada em países de língua inglesa, equivalente a 453,592 gramas.

[6] *14 pés quadrados*. O pé é uma unidade de comprimento usada em países de língua inglesa, equivalente a 30,48 cm. Assim, 14 pés quadrados equivalem a cerca de 4,3 metros quadrados.

[7] *Cribbage*. Jogo de cartas que consiste de um baralho tradicional e um tabuleiro especial. Tradicionalmente, é jogado por 2 pessoas, mas podem jogar até 4 jogadores. As cartas são utilizadas para fazer as jogadas e os pontos são marcados no tabuleiro.

36. Para Cassandra Austen
Terça-feira, 12 — quarta-feira, 13 de maio de 1801
De Bath a Ibthorpe

Paragon, terça-feira, 12 de maio

Minha querida Cassandra,

Minha mãe recebeu notícias de Mary[1] & eu recebi de Frank; portanto, agora sabemos algo sobre nossos entes queridos que estão longe, & espero que estejas, de uma forma ou de outra, igualmente informada, pois não me sinto inclinada a transcrever as cartas de nenhum dos dois. — Ouso dizer que Elizabeth te contou que meu pai & Frank, tendo adiado sua visita a Kippington em virtude da ausência de Mr. M[otley] Austen, estarão em Godmersham hoje; &, a essa altura, ouso dizer que James já esteve em Ibthrop para indagar particularmente sobre a saúde de Mrs. Lloyd & antecipar qualquer informação sobre a venda que eu possa tentar fornecer. — Sessenta e um guinéus & meio pelas três vacas dão algum consolo diante do choque de apenas 11 guinéus pelas mesas. — Oito por meu pianoforte, é o que realmente esperava conseguir; estou mais ansiosa para saber o valor de meus livros, especialmente porque disseram que venderam bem. —

Minhas aventuras desde a última vez que escrevi não foram muito numerosas; mas, tal como foram, estão à sua disposição. — Não encontramos uma alma viva na casa de Mrs. Lillingstone, & ainda assim não fomos tão tolas quanto eu esperava, o que atribuo a estar usando minha touca nova & estar com boa aparência. — No domingo fomos duas vezes à igreja, & após o culto noturno caminhamos um pouco por Crescent Fields, mas achamos que estava muito frio para ficar muito tempo. Ontem de manhã vimos uma casa em Seymour Street, a qual há razão para crer que ficará desocupada em breve, e, como nos asseguraram que o rio não apresenta nenhum inconveniente para aquelas construções, estamos livres para alugá-las, se pudermos; — mas essa casa não era convidativa; — a maior sala no andar de baixo não media muito mais do que 14 pés quadrados, e está voltada para o oeste. — À noite espero que tenhas honrado minha toalete & o baile com um pensamento teu; vesti-me da melhor forma que pude, & minha elegância foi muito admirada em casa. Às nove horas meu tio, tia & eu entramos no salão & nos unimos a Miss Winstone. — Antes do chá, estava bem entediante; mas o pré-chá não durou muito tempo, pois houve apenas uma dança, a qual dançaram quatro pares. — Pensa em quatro pares, rodeados por cerca de cem pessoas, dançando nos Upper Rooms de Bath![2] — Após o chá nos <u>animamos</u>; a dissolução de pequenos grupos rendeu mais algumas vintenas ao baile, & apesar de ter sido chocante & desumanamente pouco para este local, havia um número de pessoas suficiente, suponho, para realizar cinco ou seis belos bailes de Basingstoke. — Depois tive Mr. Evelyn para conversar, & Miss Twisleton para olhar; e me orgulho de dizer que tenho um olhar muito bom para detectar uma adúltera, pois, apesar de terem repetidas vezes me assegurado que outra no mesmo grupo era <u>ela</u>, eu me fixei na pessoa certa desde o início. — Uma semelhança com Mrs. Leigh foi meu guia. Ela não é tão bonita quanto eu esperava; seu rosto tem o mesmo defeito de sensaboria que a de sua irmã, & seus traços não são tão belos; — ela usava ruge em demasia, & parecia mais quieta & tola do que qualquer outra coisa. — Mrs. Badcock & duas jovens estavam no mesmo grupo, exceto quando Mrs. Badcock se viu obrigada a deixá-las para correr pelo salão atrás de seu marido bêbado. — A fuga dele, & a perseguição dela, com a provável embriaguez dos dois, foi uma cena divertida. — Os Evelyn retribuíram a nossa visita no sábado; — ficamos muito felizes em encontrá-los, & todas aquelas coisas; — eles irão para Gloucestershire amanhã, e passarão dez dias em Dolphins. — Nosso conhecido, Mr. Woodward, acabou de se casar com uma certa Miss Rowe, uma jovem rica de dinheiro & de música. — Agradeço-te pela tua carta de domingo, é muito longa & muito agradável —. Imagino que sabes de muito mais detalhes sobre nossas vendas do que nós —; nós não ficamos sabendo do preço de nada além do das vacas, do toucinho, do feno, do lúpulo, das mesas, & da cômoda & da escrivaninha de meu pai. — Mary é mais detalhista em seu relato sobre seus próprios ganhos do que sobre os nossos — provavelmente por estar mais bem informada sobre eles. — Vou me ocupar da encomenda de Mrs. Lloyd — bem como de seu horror a almíscar quando escrever novamente. — Fiz três visitas aos Mapleton para saber de notícias, as quais creio terem sido muito benéficas para Marianne, já que sempre me dizem que ela está melhor. Não tenho visto nenhum deles. — Sua queixa é uma febre biliar.[3] — Gosto muito de meu vestido escuro, sua cor, feitio & tudo mais. — Quero agora mandar fazer o meu branco novo, para o caso de irmos ao baile novamente na próxima segunda-feira, que será realmente a última vez. <u>Quarta-feira</u>. Outra recepção enfadonha ontem à noite; talvez, se houvesse mais pessoas, seriam mais toleráveis, mas havia apenas o suficiente para uma mesa de cartas, restando seis pessoas para observar & falar asneiras umas para as outras. Não fazia cinco minutos que L[ad]y Fust, Mrs. Busby e uma Mrs. Owen se sentaram com meu tio para jogar uíste quando os três velhos <u>valentões</u> chegaram, & foram levados à mesa, apenas trocando meu tio pelo Almirante Stanhope até que suas cadeiras fossem anunciadas. — Não posso de modo algum continuar a achar as pessoas agradáveis; — respeito Mrs. Chamberlayne por arrumar bem seu cabelo, mas não consigo ter nenhum sentimento mais terno. — Miss Langley é como qualquer outra menina baixinha de nariz grande & boca larga, vestido na moda & colo exposto. — O Almirante Stanhope é um homem muito distinto, mas suas pernas são curtas demais, & a cauda de seu casaco, longa demais. — Mrs. Stanhope não pôde vir; imagino que tinha um compromisso particular com Mr. Chamberlayne, que eu gostaria de ter encontrado mais que todos os outros. — Meu tio melhorou muito de sua claudicação, ou pelo menos andar de bengala foi a única coisa que sobrou dela. — Ele & eu devemos em breve fazer a caminhada há tanto planejada até a eclusa — & na sexta-feira devemos todos acompanhar Mrs. Chamberlayne & Miss Langley até Weston. Minha mãe recebeu uma carta de meu pai ontem; parece que o plano de ir a Kent Oeste foi totalmente abandonado. — Ele fala em passar duas semanas em Godmersham & depois retornar para a cidade. —

           Sempre tua, JA.

Exceto por um resfriado, minha mãe está muito bem; não tem reclamado de febre ou problemas biliares desde que chegou aqui.

Miss Austen
Aos cuidados de Mrs. Lloyd
Hurstbourn Tarrant
Andover

Notas

[1] *Mary*. Esposa de James Austen.

[2] *Upper Rooms de Bath*. Também chamado de *Upper Assembly Rooms*. Complexo formado por um salão de baile, um salão de chá, um salão octogonal e uma sala de jogos. Inaugurado em 1771, o complexo era um local de entretenimento frequentado pela nata da sociedade georgiana. É cenário para várias cenas dos romances de Jane Austen, sobretudo *Northanger Abbey* [*A abadia de Northanger*] e *Persuasion* [*Persuasão*].

[3] *febre biliar*. Qualquer febre que era acompanhada de náusea, vômitos e diarreia. Pensava-se que a doença estava associada à bile, daí o nome biliar. Com o avanço da medicina, o termo caiu em desuso.

37. Para Cassandra Austen
Quinta-feira, 21 — sexta-feira, 22 de maio de 1801
De Bath a Kintbury

Paragon, quinta-feira, 21 de maio
Minha querida Cassandra,
Criar longas frases sobre assuntos desagradáveis é muito detestável, & portanto vou me livrar de um que me domina os pensamentos o mais rápido possível. — As casas que visitamos em G[reen] P[ark] Buildings parecem ser assunto encerrado; a observação da umidade que permanece nos gabinetes de uma casa desocupada há apenas uma semana, com relatos de famílias descontentes & casos de febre pútrida,[1] foi o *coup de grâce*.[2] — Não temos agora nada em vista. — Quando chegares teremos ao menos o prazer de examinar algumas dessas casas em estado de putrefação novamente; — elas são tão desejáveis no tamanho & localização, que há alguma satisfação em passar dez minutos dentro delas. — Responderei agora às perguntas de tua última carta. Não posso pensar em qualquer outra explicação para a frieza entre minha tia & Miss Bond além de essa última se sentir menosprezada porque a primeira deixou Bath no verão passado sem ter ido vê-la antes de partir. — Parece o tipo de briga mais estranho do mundo; elas nunca se visitam, mas acredito que conversam muito civilizadamente se se encontram; meu tio & Miss Bond certamente o fazem. As quatro caixas de pastilhas a 1 xelim e 1 *penny* e meio a caixa, custaram, como me disseram, 4 xelins e 6 *pence*, e a quantia era tão insignificante, que achei melhor pagar de uma vez do que contestar o preço. Acabo de receber notícias de Frank; os planos de meu pai estão agora decididos; tu o verás em Kintbury na sexta-feira, e a menos que te seja inconveniente, nós vos veremos aqui na segunda-feira, 1º de junho. — Frank tem um convite para Milgate o qual acredito que ele pretende aceitar. — Nossa reunião na casa de L[ad]y Fust foi formada pelas mesmas pessoas sobre quem já ouvistes; os Winstone,

Mrs. Chamberlayne, Mrs. Busby, Mrs. Franklyn & Mrs. Maria Somerville; ainda assim penso que não foi tão enfadonha quanto as duas reuniões anteriores que ocorreram aqui. — A amizade entre Mrs. Chamberlayne & mim que tu previste já ocorreu, pois nos apertamos as mãos todas as vezes que nos encontramos. Nossa grande caminhada a Weston foi novamente marcada para ontem, & foi realizada de um modo muito surpreendente; Todos os membros do grupo a recusaram por um motivo ou por outro, com exceção de nós duas, & tivemos, portanto, um *tête à tête*; mas isso teríamos feito igualmente antes de darmos dois passos, mesmo que metade dos habitantes de Bath tivesse vindo conosco. — Tu te terias divertido em ver nosso progresso; — subimos por Sion Hill, & voltamos cruzando os campos; — em se tratando de subidas Mrs. Chamberlayne é muito vigorosa; mal consegui acompanhá-la — contudo eu não recuaria por nada neste mundo. — Em terreno plano, éramos iguais — e assim disparamos sob um belo sol quente, ela sem sombrinha ou qualquer proteção no chapéu, não se detendo por nada, & cruzando o cemitério de Weston com tanta pressa que parecia que estávamos com medo de sermos enterradas vivas. — Após ver do que ela é capaz, não posso deixar de ter respeito por ela. — Quanto à simpatia, ela é bem como as outras pessoas. — Ontem à noite recebemos uma visita curta de duas das Miss Arnold, que vieram de Chippenham a negócios; elas são bem educadas, e não refinadas em excesso, e ao ouvir que procurávamos uma casa, recomendaram uma em Chippenham. — Hoje de manhã recebemos novamente a visita de Mrs. & Miss Holder; queriam que marcássemos uma noite para tomarmos chá com elas, mas o resto de resfriado de minha mãe permite que ela recuse todo convite desse tipo. — Como eu recebi um convite separado, contudo, acredito que irei uma tarde dessas. Está na moda achar as duas muito detestáveis, mas elas são tão educadas, & seus vestidos são tão brancos & bonitos (o que a propósito minha tia acha ser uma pretensão absurda nesse lugar) que eu não consigo detestá-las por completo, especialmente uma vez que Miss Holder admite não ter gosto pela música. — Após terem nos deixado, saí com minha mãe para ajudar a ver algumas casas em New King Street das quais ela havia gostado — mas o tamanho delas agora a satisfez; — elas eram menores do que eu esperava. Uma das duas em particular era monstruosamente pequena; — a melhor das salas de estar, não tão grande quanto o salão pequeno de Steventon, e o segundo quarto em todos os andares, espaçoso o suficiente para acomodar uma cama de solteiro muito pequena. — Teremos uma pequena recepção aqui hoje à noite; odeio pequenas recepções — elas nos forçam a um esforço constante. — Virão apenas Miss Edwards & seu pai, Mrs. Busby & seu sobrinho, Mr. Maitland, & Mrs. Lillingstone; — e já fui avisada para não jogar charme para Mr. Maitland, pois ele tem mulher & dez filhos. — Minha tia está com muita tosse; não te esqueças de ter sido informada sobre isso quando chegares, & penso que ela está mais surda do que nunca. O resfriado de minha mãe a deixou mal por uns dias, mas agora parece estar muito bem; — sua decisão de ficar aqui começa a ceder um pouco; ela não gostará de ser deixada para trás & ficará feliz em acertar as coisas com sua família furiosa. — Sei que sentirás muito em saber que a doença de Marianne Mapleton resultou em sua morte; acreditava-se que ela estava fora de perigo no domingo, mas uma recaída repentina a levou no dia seguinte. — Para uma família tão afetuosa, deve ser um grande sofrimento; & muitas meninas com mortes prematuras devem ter virado anjos, acredito, tendo menos pretensões à beleza, razão & mérito do que Marianne. — Mr. Bent parece inclinado[3] a ser muito detestável, pois avalia os livros em apenas £70. O mundo inteiro está conspirando para enriquecer uma parte de nossa família às custas de outra. — Dez xelins pelo *Poems* de Dodsley,[4] contudo, me satisfazem, & não importa quantas vezes eu os venda pelo mesmo preço. Quando Mrs. Bramston os tiver lido, eu os venderei novamente. — Suponho que não saibas nada da tua magnésia.—

Sexta-feira. Tenhas um bom dia para tua viagem, qualquer que seja o modo como seja feita, — seja na diligência de Debary ou sobre teus próprios vinte dedos dos pés. — Quando tiveres feito a touca de Martha, deverás lhe fazer uma capa com o mesmo tipo de material; são muito usadas aqui, de formas diferentes — muitas delas exatamente como seu casaquinho de seda preta, com um adorno em volta das cavas em vez de mangas; — algumas são longas na frente & algumas longas em toda a circunferência, como a de C. Bigg. — A nossa recepção de ontem à noite não me forneceu nenhuma ideia nova para minha carta. Sempre tua, JA.

Os Pickford estão em Bath & vieram aqui. — <u>Ela</u> é a mulher mais elegante que eu vi desde que deixei Martha — <u>Ele</u> é tão vulgar em sua aparência quanto eu esperaria que fosse cada discípulo de Godwin.[5] — Tomamos chá hoje à noite com Mrs. Busby. — Eu choquei seu sobrinho cruelmente; ele tem apenas três filhos em vez de dez. —
Mande meu carinho para todos.

Miss Austen
Aos cuidados do Reverendo F.C. Fowle
Kintbury
Newbury

Notas

[1] *febre pútrida*. Diferentes fontes apontam que aquilo que se chamou de febre pútrida pode se referir a doenças hoje conhecidas como tifo epidêmico ou febre tifoide, e até mesmo maculo. O OED define o termo, em sua acepção histórica, como qualquer febre que provocasse putrefação ou viesse acompanhada de um odor pútrido, passando com o tempo a se referir mais especificamente ao tifo.

[2] *coup de grâce*. Do francês, "golpe de misericórdia".

[3] *inclinado*. No original, Jane Austen faz um trocadilho entre o nome do sujeito sobre o qual fazia o comentário, Mr. Bent, e o particípio passado do verbo *to bend* em inglês, *bent*. Na falta de um verbo na língua portuguesa que pudesse manter o sentido da frase e a sonoridade do jogo de palavras, optamos pela preservação do sentido.

[4] *Poems de Dodsley*. Jane Austen se refere ao livro *A Collection of Poems in Six Volumes by Several Hands* [*Uma coleção de poemas em seis volumes por diversas mãos*], publicado em 1758 pelo poeta, escritor, dramaturgo e editor Robert Dodsley (DLF).

[5] *discípulo de Godwin*. Referência ao escritor William Godwin (1756-1836), autor do romance *Calleb Williams* (1794), entre outras obras (DLF).

38. Para Cassandra Austen
Terça-feira, 26 — quarta-feira, 27 de maio de 1801
De Bath a Kintbury

Paragon, terça-feira, 26 de maio.

Minha querida Cassandra,
Por sua carta de Kintbury & por todos os elogios a minha escrita nela contidos, agora retribuo com meus mais sinceros agradecimentos. — Estou muito feliz por Martha ir a Chilton; sua presença deve ser um conforto temporário muito essencial para Mrs. Craven e espero que ela se empenhe em fazê-lo duradouro ao prestar aquela ajuda em favor do jovem, de que vós duas fostes impedidas no caso da família Harrison pela ternura equivocada de uma parte de nós. — O "Endymion" chegou a Portsmouth no domingo, & mandei uma breve carta a Charles no correio de hoje. — Minhas aventuras desde que te escrevi há três dias foram tantas quantas o tempo poderia facilmente permitir; caminhei ontem pela manhã com Mrs. Chamberlayne até Lyncombe & Widcombe e, ao anoitecer, tomei chá com os Holder. — O ritmo de Mrs. Chamberlayne não foi tão magnífico nesse segundo teste como no primeiro; não foi nada além do que eu pudesse acompanhar, sem esforço; & por muitas, muitas jardas em uma trilha estreita e elevada, assumi a liderança. — A caminhada foi muito bonita, como concordou minha companheira, toda vez que eu fazia esse comentário — E assim termina nossa amizade, pois os Chamberlayne partem de Bath em um ou dois dias. — Prepara-te igualmente para a perda de Lady Fust, que perderás antes mesmo de tê-la encontrado. — Minha visita noturna não foi de modo algum desagradável. Mrs. Lillingston veio participar da conversa de Mrs. Holder, & Miss Holder & eu nos retiramos após o chá para a sala de estar interna para olhar estampas & conversar pateticamente. Ela é bem pouco reservada & gosta muito de falar de seus falecidos irmão & irmã, cujas memórias ela

preza com um entusiasmo que, embora talvez um pouco afetado, não é desagradável. — Ela pensa que és notavelmente animada; portanto, apronta a seleção adequada de advérbios, & devidos fragmentos de italiano & francês. — Devo agora fazer uma pausa para tecer algumas observações sobre Mrs. Heathcote ter tido um menininho; — desejo-lhe boa sorte para suportá-lo — & prosseguirei: — Frank escreve-me, informando que <u>deverá</u> estar em Londres amanhã; alguma negociação financeira da qual ele espera obter vantagem o faz partir depressa de Kent; & o deterá por alguns dias atrás de meu pai na cidade. — Vi as Miss Mapleton hoje de manhã; Marianne foi enterrada ontem, e passei por lá sem ter a expectativa de ser recebida, para perguntar por todos eles. — A convite do criado, contudo, enviei meu nome, & Jane & Christiana, que estavam caminhando no jardim, vieram até mim imediatamente e sentei-me com elas cerca de dez minutos. — Elas pareciam pálidas & abatidas, mas estavam mais calmas do que eu achava provável. — Quando mencionei tua chegada aqui na segunda-feira, disseram que ficariam muito contentes em te ver. — Tomamos chá hoje à noite com Mrs. Lysons; — Já isso, diz meu mestre,[1] pode ser poderosamente enfadonho. — Na sexta-feira, devemos ter outra recepção e um grupo de pessoas novas para ti. — Os Bradshaw & os Greave, todos da mesma família & espero, os Pickford. — Mrs. Evelyn nos fez uma visita muito cortês no domingo para nos contar que Mr. Evelyn havia visto Mr. Philips, o proprietário da casa nº 12 da G[reen] P[ark] B[uildings], e que Mr. Philips estava muito disposto a elevar o piso da cozinha; — mas tudo isso, receio, é infrutífero — apesar de a água poder ficar escondida, ela não pode ser eliminada, nem tampouco podem os malefícios de sua proximidade ser excluídos. — Não tenho mais nada a dizer sobre o assunto das casas; — exceto que estávamos enganados a respeito da fachada daquela em Seymour Street, a qual, em vez de estar voltada para o oeste, está voltada para o noroeste. — Asseguro-te, apesar do que eu possa ter escolhido insinuar numa carta anterior, que tenho visto

Mr. Evelyn muito pouco desde que cheguei aqui; encontrei-o esta manhã apenas pela 4ª vez &, quanto a minha historieta sobre Sidney Gardens, inventei a maior parte dela porque me convinha, mas, na realidade, ele apenas me perguntou se eu estaria em Sidney Gardens à noite ou não. — Há agora algo como um compromisso entre nós & o fáeton,[2] no qual, para confessar minha fraqueza, tenho um grande desejo de andar; — se isso vai levar a alguma coisa, será decisão dele. — Realmente acredito que ele é muito inofensivo; as pessoas não parecem ter medo dele aqui e ele colhe tasneirinhas para seus pássaros & tudo o mais. — Minha tia jamais sossegará até visitá-los; — ela vem repetidas vezes tentando imaginar uma necessidade para isso de todas as maneiras, mas não encontra nenhum incentivo. — Ela deveria ser especialmente escrupulosa nesses assuntos, & ela mesma o diz —, porém, não obstante — — — — Bem — Acabo de chegar da casa de Mrs. Lysons tão amarela quanto fui; — Não podes gostar de teu vestido amarelo nem metade do que gosto, nem mesmo um quarto. Mr. Rice & Lucy devem se casar, um no dia nove & o outro no dia 10 de julho. — Afetuosamente, de tua JA.

Quarta-feira. — Acabei de retornar de meu passeio naquele mesmo encantador faeton & mais quatro, para o qual fui preparada por meio de uma nota de Mr. E. logo após o desjejum: fomos até o topo de Kingsdown — & tivemos um percurso muito agradável: um prazer sucede o outro rapidamente — Ao retornar, encontrei tua carta & uma carta de Charles sobre a mesa. Os conteúdos da tua suponho que não terei de repeti-los a ti; agradecer por ela deverá ser suficiente. — Dou grande crédito a Charles por se lembrar do endereço de meu tio & ele próprio parece bastante surpreso com isso. — Ele recebeu £30 por sua parte como corso[3] & espera mais £10 — mas de que adianta ganhar recompensas se gasta os frutos em presentes para suas irmãs. Ele andou comprando correntes de ouro & cruzes de topázio para nós; — deve ser bem repreendido. — O "Endymion" já recebeu ordens para levar tropas ao Egito — algo de que eu não gostaria nada, se não confiasse que Charles será removido de um modo ou de outro antes que o navio parta. Ele diz não saber nada sobre seu próprio destino, — mas deseja que eu escreva imediatamente, já que o "Endymion" provavelmente partirá em três ou quatro dias. — Hoje ele receberá minha carta de ontem e enviarei outra carta ainda hoje para agradecer & repreendê-lo. — Ficaremos insuportavelmente elegantes. — Marquei um compromisso para ti para quinta-feira, 4 de junho; se minha mãe & tia não forem ver os fogos de artifício,[4] e ouso dizer que não o farão, prometi me juntar a Mr. Evelyn & Miss Wood — Miss Wood mora com eles, como sabes, "desde que meu filho morreu —"

Vou contratar Mrs. Mussell, como desejas. Ela fez meu vestido escuro muito bem, &, portanto, espero que seja de confiança com o teu — mas ela nem sempre tem bom êxito com cores mais claras. — O meu branco tive de alterar consideravelmente. — A menos que algo excepcional ocorra, não escreverei novamente.

Miss Austen
Aos cuidados do Reverendo F.C. Fowle
Kintbury
Newbury

Notas

¹ *mestre*. Segundo RWC, pode haver aqui uma alusão a Mrs. Piozzi (cf. carta 21).
² *fáeton*. Também chamado de fétone. Veículo de quatro rodas, puxado por dois cavalos e conduzido pelo proprietário.
³ *corso*. Em inglês, *privateer*. *Privateers* eram piratas ou navios piratas autorizados pelo governo a atacar e pilhar navios inimigos, dividindo com o governo o lucro obtido com o ataque. Charles Austen fez parte da tripulação de diversos navios da Marinha Britânica e retornou ao "HMS Endymion" em 1800. Em 1801, durante um vendaval e fazendo uso de uma pequena embarcação, Charles Austen e mais quatro homens conseguiram invadir e tomar o controle da canhoneira "Scipio", com 149 homens a bordo, e mantiveram o comando da embarcação até a chegada do "Endymion" no dia seguinte.
⁴ *fogos de artifício*. Os fogos a que Jane Austen se refere eram parte da celebração do aniversário do Rei George III, nascido em 4 de junho de 1738 (DLF).

39. Para Cassandra Austen
Quarta-feira, 14 de setembro de 1804
De Lyme Regis a Ibthorpe

Lyme, sexta-feira, 14 de setembro

Minha querida Cassandra,

Tomo a primeira folha deste fino papel listrado para te agradecer por tua carta de Weymouth, & expressar minha esperança de que estejas em Ibthrop a esta hora. Espero receber notícias de que chegaste aí ontem à noite, tendo conseguido ir até Blandford na quarta-feira. — Teu relato de Weymouth não contém nada que me surpreenda de modo tão impactante quanto a não haver gelo na cidade; para todos os outros dissabores, eu estava em alguma medida preparada; & especialmente para tua decepção em não ver a família real[1] embarcar na terça-feira, tendo já ouvido de Mr. Crawford que ele havia te visto justamente no momento de chegar tarde demais. Mas, para a falta de gelo, nada poderia ter me preparado! — Weymouth é em geral um lugar chocante, noto, sem nada que o recomende e digno apenas de ser frequentado pelos habitantes de Gloucester.[2] — Estou muito feliz por não termos ido, & por Henry & Eliza não terem visto nada lá que os fizesse mudar de ideia. — Encontraste minha carta em Andover, espero, ontem, & a essa altura estás já há muitas horas convencida de que tua bondosa preocupação a meu respeito foi tão desnecessária quanto costumam ser as preocupações bondosas. Continuo muito bem, como prova tomei banho novamente hoje pela manhã. Foi absolutamente necessário que eu tivesse um pouco de febre & indisposição, que tive; — foi a moda desta semana em Lyme. Miss Anna Cove ficou confinada por um dia ou dois, & sua mãe crê que ela foi salva de uma doença grave apenas por um oportuno emético (prescrito por Dr. Robinson); — & Miss Bonham ficou aos cuidados de Mr. Carpenter por vários dias com um tipo de febre nervosa &, apesar de ela estar agora bem o suficiente para fazer caminhadas, ela ainda é alta demais

& não vai aos salões. — Nós, todos nós, comparecemos a eles tanto na quarta-feira à noite quanto <u>ontem à noite</u>, suponho que devo dizer, caso contrário Martha achará que Mr. Peter Debary foi desprezado. — Minha mãe jogou sua partida de *commerce*[3] em cada uma das noites & dividiu a primeira delas com *Le Chevalier*,[4] que teve sorte suficiente para dividir a outra com outra pessoa. — Espero que sempre ganhe o suficiente para permitir que ele seja tão indulgente consigo mesmo quanto as cartas parecem ser com ele. Ele perguntou particularmente por ti, uma vez que não sabia de tua partida. — Estamos bem acomodados em nossos alojamentos a essa altura, como poderás supor, & tudo caminha na ordem habitual. Os criados se comportam muito bem & não oferecem dificuldades, apesar de nada certamente poder exceder a inconveniência dos gabinetes, exceto a sujeira geral da casa & dos móveis & de todos os seus habitantes. — Até aqui o tempo tem sido exatamente o que poderíamos desejar; — a continuidade da estiagem é muito necessária para nosso conforto. — Tento tanto quanto posso te substituir & ser útil & manter as coisas em ordem; detecto sujeira na jarra de água o mais rápido que posso, & dou remédio à cozinheira, que ela lança de seu estômago. Esqueço se ela costumava fazer isso sob tua administração. — James é o deleite de nossas vidas; ele é como uma pensão vitalícia do tio Toby para nós.[5] — Os sapatos de minha mãe nunca foram tão bem engraxados & nossa prataria nunca pareceu tão limpa. — Ele serve extremamente bem, é atencioso, hábil, veloz & quieto, & em suma, tem muitas outras virtudes além das cardeais (uma vez que as virtudes cardeais por si tantos as possuem que nem vale mais a pena tê-las) — & entre as restantes, a de desejar ir para Bath, pelo que entendi da fala de Jenny. — Ele tem a louvável sede de viajar, creio eu, que foi tão repreendida no pobre James Selby,[6] & parte do seu desapontamento em não ir com seu senhor surgiu de seu desejo de conhecer Londres. — Minha mãe está neste momento lendo uma carta de minha tia. A tua para Miss Irvine, que ela leu — (do que, a propósito, em teu lugar eu não gostaria) jogou-as em um dilema a respeito de Charles & suas perspectivas. O caso é que minha mãe tinha já dito a minha tia, sem restrição, que uma corveta (a qual minha tia chama de fragata) foi reservada no leste para Charles; ao passo que tu havias respondido às indagações de Miss Irvine sobre o assunto de modo menos explícito & mais cuidadoso. — Não importa — deixa-os que quebrem a cabeça — Como Charles irá para as Índias Orientais de qualquer modo, meu tio não pode ficar de fato preocupado & minha tia pode fazer o que quiser com suas fragatas. — Ela fala muito sobre o calor violento do clima — Nós aqui não sabemos nada sobre isso. — Meu tio tem sofrido muito ultimamente; eles planejam, contudo, ir a Scarlets logo mais, a menos que sejam impedidos pelos relatos ruins da cozinheira. — Os Cole colocaram sua placa infame sobre nossa porta.[7] — Ouso dizer que <u>isso</u> é o que faz com que uma grande parte da volumosa placa seja tão comentada. — A casa dos Irvine está quase pronta — Acredito que eles se mudam para lá na terça-feira; — Minha tia diz que ela tem uma aparência confortável & apenas "espera que a cozinha não seja úmida". — Não tive notícias de Charles ainda, o que me surpreende bastante; — algum engenhoso acréscimo pessoal dele ao endereço certo talvez me impeça de receber sua carta. Escrevi a Buller; — & escrevi a Mr. Pyne sobre o assunto da tampa quebrada; — ela foi avaliada por Anning aqui, nos contaram, por cinco xelins, & como isso nos pareceu mais que o valor de todos os móveis da sala juntos, nos dirigimos nós mesmos ao proprietário. O baile ontem à noite foi agradável, mas não cheio para uma quinta-feira. Meu pai permaneceu muito alegremente até nove e meia — nós fomos um pouco depois das oito — & depois caminhamos para casa com James & uma lanterna, embora eu creia que a lanterna não tenha sido acesa, já que havia luar. Mas essa lanterna pode às vezes ser de grande utilidade para ele. — Minha mãe & eu ficamos uma hora a mais. Ninguém me tirou para as primeiras duas danças — as duas seguintes, dancei com Mr. Crawford — & caso tivesse decidido ficar mais, poderia ter dançado com Mr. Granville, o filho de Mrs. Granville — a quem minha querida amiga Miss Armstrong se ofereceu para me apresentar — ou com um homem novo, de aparência estranha, que estivera me olhando havia algum tempo, & finalmente, sem qualquer apresentação, perguntou-me se eu tinha a intenção de dançar novamente. — Creio que ele deve ser irlandês por sua informalidade & porque imagino que ele pertença aos honoráveis Barnwall, que são o filho & a esposa do filho de um visconde irlandês — pessoas intrépidas & de aparência bizarra, perfeitos para serem parte da alta sociedade de Lyme. — Na terça-feira passada, Mrs. Feaver & os Schuyler partiram por alguns dias, não sei para onde; & quando retornarem, os Schuyler, pelo que compreendi, ficarão por aqui por mais algum tempo. — Fiz uma visita no dia de ontem cedo — (não deveria dizer em rigoroso respeito à norma ontem pela manhã?) a Miss Armstrong & fui apresentada a seu pai & mãe. Como outras jovens, ela é consideravelmente mais refinada que seus pais; Mrs. Armstrong ficou sentada, cerzindo um par de meias durante toda a minha visita —. Mas não mencionei isso em casa para evitar que um alerta se transforme em um exemplo. — Depois, caminhamos juntas por uma hora pelo Cobb; ela é muito agradável de se conversar num sentido geral; não percebo agudeza ou genialidade — mas é dotada de razão & uma boa dose de bom gosto & seus modos são muito envolventes. Ela parece gostar das pessoas muito facilmente — ela achou os Downe agradáveis &c. &c. Não encontrei Mr. & Mrs. Mawhood em momento algum. Minha tia menciona que Mrs. Holder retornou de Cheltenham; assim, o verão dela termina antes que o deles comece. — As notícias são de que Hooper está bem nas Madeiras. — Eliza[8] o invejaria. — Não preciso dizer que estamos particularmente ansiosos por tua próxima carta, para saber como estão Mrs. Lloyd & Martha. — Transmita todo o nosso afeto à segunda — A primeira, receio que esteja longe de ter qualquer lembrança dos ausentes.[9] — Afetuosamente, de tua

JA.

Espero que Martha ache que estás melhor do que quando ela te viu em Bath. — Jenny prendeu meu cabelo hoje do mesmo modo que costumava prender o de Miss Lloyd, o que nos torna a nós duas [muito] felizes. —

Sexta-feira à noite —

O banho estava tão delicioso hoje cedo & Molly insistiu tanto para que eu aproveitasse que acredito que fiquei tempo demais, já que desde a metade do dia tenho me sentido excessivamente cansada. Terei mais cuidado da próxima vez & não tomarei banho amanhã, como já havia planejado. — Jenny & James caminharam até Charmouth hoje à tarde; — Fico contente que haja tal diversão para ele — uma vez que estou muito desejosa que ele fique ao mesmo tempo tranquilo & feliz. — Ele sabe ler & devo lhe conseguir alguns livros. Infelizmente, ele leu o 1º volume de *Robinson Crusoe*.[10] Nós temos o jornal de Pinckards, contudo, o qual cuidarei de lhe emprestar. —

Miss Austen
Aos cuidados de Mrs. Lloyd
Up. Hurstbourn
Andover

[*É possível que faltem cartas na sequência*]

Notas

[1] *Weymouth [...] família real*. Weymouth é um balneário localizado em Dorset, no litoral sul da Inglaterra, que ganhou fama e *status* por ter sido visitado diversas vezes pelo Rei George III, sempre acompanhado de outros membros da família real (Cronin e McMillan, 2005).

[2] *Gloucester*. *Gloucester House*, local onde o Rei George III e a Rainha haviam se hospedado em sua primeira visita, em 1789 (DLF). Os habitantes de Gloucester a quem Jane Austen se refere são, portanto, a família real.

[3] *commerce*. Jogo de cartas francês popular no século XIX.

[4] *Le Chevalier*. Sem identificação. DLF estima que possa se referir a algum refugiado francês.

[5] *pensão vitalícia do tio Toby*. Ao elogiar James, empregado da família em Lymes, Jane Austen compara-o ao que chama de uma pensão vitalícia do tio Toby, personagem da obra *The Life and Opinions of Tristram Shandy, Gentleman* [*A vida e as opiniões do cavalheiro Tristram Shandy*] (1760-9), de Laurence Sterne. Aqui, a pensão vitalícia não se refere a um valor em dinheiro a ser pago anualmente, mas sim ao criado de Toby, Corporal Trim, cujo verdadeiro nome era James Butler.

[6] *James Selby*. Personagem do romance inglês *Sir Charles Grandison* (1753), de Samuel Richardson. No romance, a personagem tinha o enorme desejo de viajar para o exterior.

[7] *sobre nossa porta*. Jane Austen se refere à casa que a família desocupou em Bath ao sair para as férias em Lyme Regis (DLF).

[8] *Eliza*. Eliza de Feuillide, esposa de Henry Thomas Austen (DLF).

[9] *qualquer lembrança dos ausentes*. Mrs. Lloyd havia sofrido um acidente vascular cerebral.

[10] *Robinson Crusoe*. Romance do escritor inglês Daniel Defoe publicado em 1719.

40. Para Francis Austen
Segunda-feira, 21 de janeiro de 1805
De Bath a Portsmouth

    Green Park Buidings, segunda-feira, 21 de janeiro
Meu querido Frank,
Tenho uma triste notícia & sinceramente lamento por teus sentimentos, pelo choque que terás ao recebê-la. — Gostaria de poder preparar-te melhor para elas. — Isso posto, tua mente já antecipará o tipo de acontecimento que tenho para comunicar-te. — Nosso querido pai encerrou sua vida virtuosa & feliz, com uma morte quase tão livre de sofrimento quanto seus filhos poderiam ter desejado. Ele adoeceu no sábado pela manhã, exatamente da mesma forma que da outra vez, uma pressão na cabeça com febre, tremor violento & extrema fraqueza. O mesmo tratamento com as ventosas, que antes obteve tanto sucesso, foi imediatamente aplicado — mas sem os mesmos efeitos positivos. O ataque foi mais violento & inicialmente ele não pareceu quase nada aliviado pela operação. — Mais à noite, contudo, ele melhorou, teve uma noite razoável & ontem de manhã havia se restabelecido tão bem a ponto de se levantar & se juntar a nós para tomar o desjejum, como de costume, andar apenas com a ajuda de uma bengala & cada sintoma era, então, tão favorável que quando Bowen[1] o viu a uma hora, ele estava certo de que estava passando perfeitamente bem. — Mas, à medida que o dia avançou, todos esses indícios satisfatórios foram gradualmente mudando; a febre ficou mais alta do que nunca &, quando Bowen o viu, às dez da noite, declarou que o estado dele era alarmante. — Às nove dessa manhã, ele veio novamente — &, a seu pedido, um médico foi chamado; — Dr. Gibbs — Mas já era absolutamente um caso perdido —. Dr. Gibbs disse que nada além de um milagre poderia salvá-lo e cerca de vinte minutos depois das dez ele deu seu último suspiro. — Por mais duro que seja o golpe, já podemos sentir que mil consolos nos restam para amenizá-lo. Junto à consciência de seu valor &

constante preparo para o outro mundo, está a lembrança de que ele não sofreu nada, falando comparativamente. — Não tendo muita consciência sobre seu próprio estado, ele foi poupado da dor da separação & partiu quase que durante seu sono. — Minha mãe suporta o choque tão bem quanto possível; ela estava bem preparada & sente todas as bênçãos de ele ter sido poupado de uma longa doença. Meu tio & tia têm estado conosco & têm nos mostrado uma bondade inimaginável. E amanhã devemos, ouso dizer, ter o conforto da presença de James, já que um mensageiro foi enviado até ele. — Também escrevemos, naturalmente, para Godmersham & Brompton.[2] *Adeiu* [sic], meu querido Frank. A perda de um pai como o nosso deve ser sentida, ou seríamos selvagens —. Queria poder ter te preparado melhor, mas foi impossível. — Afetuosamente, sempre tua,

JA.

Capitão Austen
HMS Leopard
Dungeness
New Romney

Notas

[1] *Bowen*. William Bowen, boticário da *Spry & Bowen Apothecaries*, em Bath.
[2] *Godmersham e Brompton*. Locais de residência de Edward Austen Knight e Henry-Thomas Austen, respectivamente.

41. Para Francis Austen
Terça-feira, 22 de janeiro de 1805
De Bath a Portsmouth

Green Park Buildings, terça-feira à noite, 22 de janeiro

Meu querido Frank,
Escrevi-te ontem; mas a carta que Cassandra recebeu de ti esta manhã, pela qual soubemos da probabilidade de que estivesses a esta hora em Portsmouth, obriga-me a te escrever novamente, tendo infelizmente uma comunicação tão necessária quanto dolorosa para fazer-te. — Teu coração afetuoso ficará muito ferido & desejaria que o choque pudesse ter sido amenizado por uma preparação melhor; — mas o acontecimento foi repentino & assim deverá ser a informação. Nós perdemos um excelente pai. — Uma doença de apenas quarenta & oito horas o levou na manhã de ontem, entre as dez & as onze. Ele foi acometido no sábado com a recaída da febre, da qual vinha sofrendo nos últimos três anos; evidentemente foi um ataque mais violento do que o primeiro, já que os medicamentos que antes haviam produzido um alívio quase imediato pareceram por algum tempo não lhe dar agora quase nenhum. — No domingo, contudo, ele estava muito melhor, a ponto de deixar Bowen bem tranquilo & nos dar todas as esperanças de que estaria bem novamente em alguns dias. — Mas essas esperanças foram gradualmente se dissipando à medida que o dia avançava &, quando Bowen o viu novamente, às dez daquela noite, ficou bastante alarmado. — Um médico foi chamado ontem pela manhã, mas ele estava, naquele momento, além de qualquer possibilidade de cura — & Dr. Gibbs e Mr. Bowen mal haviam deixado seu quarto quando ele mergulhou num sono do qual não acordou mais. — Tudo, eu confio & acredito, que era possível fazer por ele foi feito! — Foi muito repentino! — apenas vinte e quatro horas antes de sua morte, ele estava andando com a ajuda de uma bengala, estava

até lendo! — Nós tivemos, contudo, algumas horas de preparação & quando compreendemos que não havia esperanças de sua recuperação, oramos fervorosamente por uma morte rápida, o que se seguiu. Tê-lo visto definhando por muito tempo, lutando por horas, teria sido terrível! — & graças a Deus! fomos todos poupados disso. Exceto pela agitação & confusão da febre alta, ele não sofreu — & foi misericordiosamente poupado de saber que estava para deixar os objetos de seu amor, tão carinhosamente prezados como sua esposa & filhos sempre foram. — Sua ternura como pai, quem lhe pode fazer justiça? — Minha mãe está razoavelmente bem; ela suporta com grande coragem, mas eu temo que sua saúde seja abalada com tamanho choque. — Um mensageiro foi enviado até James & ele chegou aqui hoje cedo antes das oito horas. — O funeral será no sábado, na igreja de Walcot. — A serenidade do corpo é muito encantadora! — Preserva o sorriso doce, benevolente que sempre o distinguiu. — Insistem gentilmente para que minha mãe se mude para Steventon assim que tudo isso terminar, mas não acredito que ela vá deixar Bath no momento. Temos essa casa por mais três meses & aqui devemos provavelmente ficar até o término desse período. —

    Nós nos unimos todos no amor & sou Sempre tua afetuosa

JA.

Capitão Austen
HMS Leopard
Portsmouth
23 de janeiro

42. Para Francis Austen
Terça-feira, 29 de janeiro de 1805
De Bath a Portsmouth

  Green Park Buildings, terça-feira à noite, 29 de janeiro
Meu querido Frank,
Minha mãe encontrou, entre os poucos pertences pessoais de nosso querido pai, um pequeno instrumento astronômico que ela espera que aceites em memória dele. É, acredito, uma bússola & relógio de sol & está num estojo de couro preto. Gostarias que te fosse enviado agora & para qual endereço? — Há também um par de tesouras para ti. — Esperamos que esses objetos te possam ser úteis, mas temos certeza de que serão valiosos. — Não tenho tempo para mais.

           Muito afetuosamente, tua
              JA.

Capitão Austen
HMS Leopard
Portsmouth

43. Para Cassandra Austen
Segunda-feira, 8 — quinta-feira, 11 de abril de 1805
De Bath a Ibthorpe

Gay Street, nº 25, segunda-feira

Minha querida Cassandra,

Que dia perfeito para ti! Bath ou Ibthrop já viu um 8 de abril mais belo? — março & abril juntos, o brilho de um & o calor do outro. Não fazemos nada senão caminhar por aí; até onde tuas condições te permitirem, espero que aproveites também esse tempo tão bom. Talvez já estejas melhor com a mudança de lugar. Saímos novamente ontem à noite; Miss Irvine nos convidou, quando a encontrei na Crescent, para tomar chá com eles, mas declinei, não fazendo eu ideia de que minha mãe estaria disposta para outra visita noturna a eles tão logo; mas, quando lhe dei o recado, achei-a bem inclinada a ir; — e assim, ao sair da capela, caminhamos até Lanson. — Richard Chamberlayne & um jovem Ripley da escola de Mr. Morgan estavam lá & nossa visita correu muito bem. — Esta manhã fomos ver Miss Chamberlayne afogueada a cavalo. — Há sete anos & quatro meses, fomos ao mesmo estábulo para ver o desempenho de Miss Lefroy! — Em que cenário diferente nos encontramos! Mas suponho que sete anos sejam tempo suficiente para mudar cada poro da pele & cada sentimento na mente de alguém. — Não caminhamos por muito tempo na Crescent ontem; estava quente & não lotada o suficiente; então fomos para o campo & passamos perto de Stephen Terry e Miss Seymer novamente. — Ainda não vi o rosto dela, mas nem seu vestuário nem sua postura têm qualquer coisa do ímpeto ou do estilo de que os Brown falaram; muito pelo contrário, na verdade, seu vestuário nem mesmo é elegante & sua aparência, muito tranquila. Miss Irvine diz que ela nunca diz uma só palavra. Pobre infeliz, receio que ela esteja *en penitence*.[1]
— Aqui esteve nos visitando aquela excelente Mrs. Coulthard enquanto minha mãe estava fora & se pensava que eu também;

sempre a respeitei como uma mulher de bom coração e amigável; — E os Browne estiveram aqui; encontro suas declarações sobre a mesa. — O "Ambuscade" chegou a Gibraltar no dia 9 de março & encontrou todos bem; assim dizem os jornais. — Não recebemos cartas de ninguém, — mas espero ter notícias de Edward amanhã & de ti, logo em seguida. — Como eles estão felizes em Godmersham agora! — Ficarei muito contente com uma carta de Ibthrop para que eu possa saber como estão todos vós aí & tu, especialmente. O tempo está ótimo para que Mrs. J[ames] Austen vá para Speen[2] & espero que ela faça uma visita agradável por lá. Espero um relato prodigioso do jantar de batizado; talvez ele tenha te trazido finalmente a companhia de Miss Dundas de novo. —

<u>Terça-feira</u>. Recebi tua carta ontem à noite & espero que possa ser seguida em breve por outra que diga que tudo terminou; mas não posso deixar de pensar que a natureza reagirá & produzirá uma recuperação. Pobre mulher! Que seu fim[3] seja pacífico & tranquilo, como a partida que acabamos de testemunhar! E ouso dizer que será. Se não há recuperação, o sofrimento deve terminar; até mesmo a consciência da existência, suponho, já havia se perdido, quando escreveste. As bobagens que escrevi nesta & em minha última carta parecem descabidas em momentos como esses; mas não me preocuparei, elas não te farão mal algum & ninguém mais será atacado por elas. — Estou sinceramente feliz por conseguires falar tão confortavelmente de tua própria saúde & aparência, embora não compreenda muito bem como pode essa última estar assim tão restabelecida. Será que uma viagem de cinquenta milhas[4] poderia provocar uma mudança assim tão imediata? — Parecias tão fraca aqui; todos parecem ter notado isso. — Havia algum feitiço na sege alugada? — Mas, se havia, a carruagem de Mrs. Craven poderia tê-lo desfeito completamente. — Fico muito grata a ti pelo tempo & trabalho que dedicaste ao gorro de Mary & estou contente que ela tenha gostado; mas

ele acabará sendo um presente inútil neste momento, suponho. — Ela não deixará Ibthrop quando sua mãe falecer? — Como companhia, serás tudo o que se supõe que Martha deseje; & sob essa perspectiva, & considerando as circunstâncias, tua visita virá de fato em muito boa hora & tua presença & apoio terão enorme valor. — Miss Irvine passou a noite de ontem conosco & fizemos uma caminhada agradável para Twerton. Na volta, ouvimos com muita surpresa que Mr. Buller havia passado enquanto estávamos fora. Ele deixou seu endereço & acabo de retornar da visita que fiz a ele & sua esposa na casa que alugaram no número 7 de Bath Street. Sua incumbência, como podes supor, é a saúde. Com frequência, recomendara-se a ele que experimentasse Bath, mas sua vinda agora parece ter ocorrido principalmente em consequência do desejo de sua irmã Susan de que ele se colocasse sob os cuidados de Mr. Bowen. — Uma vez que recebi muito recentemente notícias de Colyton & com relatos tão razoáveis, fiquei muito atônita — mas Buller piorou desde a última vez que me escreveu. — Seu problema sempre foi biliar, mas receio ser tarde demais para que estas águas façam algum bem para ele; pois, apesar de, no geral, seu estado de ânimo & apetite serem melhores do que quando o vimos pela última vez & ele parecer disposto para fazer muitas caminhadas tranquilas, sua aparência é a de alguém que está em franco declínio. — As crianças não vieram, então a pobre Mrs. Buller está longe de todos aqueles que constituem sua alegria. — Ficarei satisfeita em lhe ser útil de alguma forma, mas ela possui aquele tipo de compostura sóbria que a faz parecer sempre autossuficiente. — Quanta honra tive eu! — Fui interrompida pela chegada de uma senhora para pedir referências sobre Anne, que retornou de Gales & está pronta para o serviço. — E espero ter me saído muito bem; mas estando diante de uma senhora muito sensata, que solicitava apenas um temperamento <u>razoável</u>, minha tarefa não foi difícil. — Se eu tivesse de mandar uma menina à escola, mandá-la-ia para essa pessoa; ser racional em tudo é uma grande qualidade, especialmente em meio à ignorante categoria das diretoras de escola — & ela dirige a escola em Upper Crescent.[5] Desde que iniciei esta carta, caminhei com minha mãe até St. James Square & Paragon; nenhuma das duas famílias estava em casa. Estive também com os Cooke, tentando marcar com Mary uma caminhada para esta tarde, mas, uma vez que ela estava quase saindo para uma longa caminhada com outra senhora, há poucas chances de que se junte a nós. Gostaria de saber até onde vão; ela me convidou para acompanhá-las & quando lhe dei a desculpa de que estava muito cansada & mencionei que viera de St. James Square, ela disse "isso sim é uma longa caminhada." Querem que tomemos chá com eles hoje à noite, mas não sei se minha mãe terá disposição para ir. — Temos compromisso amanhã à noite. Como somos requisitadas! — Mrs. Chamberlayne expressou à sua sobrinha o desejo de se tornar íntima o suficiente de nós para nos convidar para um chá com ela de modo mais tranquilo — Assim, nos oferecemos & a nossa tranquilidade pelo mesmo meio. — Nosso chá e açúcar durarão por muito tempo. — Penso que somos precisamente o tipo de pessoas & companhias a serem convidadas por nossas relações; — não se pode supor que somos muito ricas. — Os Mr. Duncan vieram ontem com suas irmãs, mas não foram recebidos, o que me entristeceu muito. À noite, encontramos Mr. John & sinto dizer que ele está com um terrível resfriado — estão todos com resfriados terríveis — & ele acaba de pegar o dele. — Jenny está muito contente em saber que estás melhor, & também Robert, a quem deixei uma mensagem a esse respeito — uma vez que meu tio tem sido muito zeloso quanto à tua recuperação. — Asseguro-te, parecias deveras doente & não acredito na melhora tão rápida de tua aparência. Suponho que as pessoas vejam que estás muito mal & te façam elogios para elevar teu ânimo.

Quinta-feira. Não pude continuar ontem. Toda a minha agudeza & tempo livre foram empregados em cartas para Charles

& Henry. Para o primeiro, escrevi em virtude de minha mãe ter visto no jornal que o "Urania" estava em Portsmouth aguardando o comboio para Halifax; — isso é bom, já que foi há apenas três semanas que escreveste sobre o Camilla. — A ascendência dos Wallop[6] parece gostar muito de Nova Scotia. Escrevi a Henry, pois recebi carta sua, na qual ele desejava ter notícias minhas muito em breve. — As dele para mim foram afetuosas & gentis, bem como divertidas; — ele não possui mérito algum <u>nisso</u>, não consegue evitar ser divertido. — Ele se declara imensamente satisfeito com o biombo & diz que não sabe se está "mais encantado com a ideia ou com a execução." — Eliza, naturalmente, compartilha tudo isso e há também uma mensagem sua de calorosos agradecimentos a respeito do broche, como tu esperarias. — Ele menciona ter enviado uma das cartas de Miss Gibson a Frank[7] por cortesia do General Tilson, que está agora à espera em Spithead. Seria possível para nós fazer algo semelhante, através de Mr. Turner? — Não sabia antes que o "Expedition" iria até onde Frank está. — Mais uma coisa que Henry menciona e que merece que saibas; ele se oferece para encontrar-nos no litoral, caso o plano, do qual Edward lhe deu pistas, der certo. Isso não tornará a execução de tal plano mais desejável & adorável do que nunca? — Ele fala de nossas perambulações juntos no verão passado com agradável afeição. — Mary Cooke caminhou conosco na terça-feira & tomamos chá em Alfred Street. Mas não conseguimos manter nosso compromisso com Mrs. Chamberlayne ontem à noite, minha mãe infelizmente pegou um resfriado que parece provável seja bem forte. — Buller começou o tratamento com as águas, então logo saberemos se elas poderão fazer algo por ele. — Mrs. Buller vai conosco a nossa capela amanhã; — o que eu anotarei como "atenção a vós primeiro." Espero que ela também faça um registro. — O resfriado de minha mãe não está tão forte hoje quanto eu esperava. Está mais em sua cabeça & ela não está com febre o suficiente para afetar seu apetite. — C.

Fowle nos deixou nesse momento. Ele alugou o nº 20 a partir de Michaelmas.[8] — Sempre tua, JA.

Miss Austen
Up Hurstbourn
Andover
11 de Abril

Notas

[1] *en penitence*. Do francês, "fazendo penitência".
[2] *Mrs. J[ames] Austen vá para Speen*. Catherine Craven, viúva de John Craven, que era tio de Mary Lloyd Austen, morava em Speen Hill.
[3] *seu fim*. Mrs. Lloyd, mãe de Martha, que estava doente e veio a falecer no dia 16 de abril de 1805.
[4] *cinquenta milhas*. Aproximadamente 80 km.
[5] *uma senhora... Upper Crescent*. De acordo com DLF, Jane Austen se refere a Miss Colbourne, proprietária da escola para meninas localizada em Upper Crescent, nº 10, em Bath.
[6] *"Urania"... ascendência dos Wallop*. Barton Wallop, irmão do Conde de Portsmouth, era casado com Camilla-Powlett Smith e a filha do casal chamava-se Urania (DLF).
[7] *Miss Gibson a Frank*. Mary Gibson era, nessa época, noiva de Frank Austen.
[8] *Michaelmas*. Festa de São Miguel Arcanjo, celebrada no dia 29 de setembro. É uma das quatro datas que marcam o início de um trimestre na Inglaterra e que são utilizadas como referência para início, alterações ou término de contratos de aluguel (OED).

44. Para Cassandra Austen
Domingo, 21 — terça-feira, 23 de abril de 1805
De Bath a Ibthorpe

      Gay Street, nº 25, domingo à noite, 21 de abril
Minha querida Cassandra,
Sou-te muito grata por me escrever novamente tão logo; tua carta ontem foi um prazer um tanto inesperado. Pobre Mrs. Stent! tem sido sua sina ser sempre um estorvo; mas devemos ser piedosas, pois talvez com o tempo nós mesmas venhamos a nos tornar Mrs. Stents, inadequadas para tudo & indesejadas por todos. — Ficaremos muito contentes em te ver quando puderes escapar, mas não tenho expectativa de que venhas antes do dia 10 ou 11 de maio. — Teu relato sobre Martha é muito reconfortante, & agora não teremos medo de receber um pior. Hoje, se ela foi à igreja, deve ter sido uma prova para seus sentimentos, mas espero que seja a última com tal intensidade. — James pode não ser um homem de negócios, mas como um "homem de letras"[1] ele certamente é muito útil; ele te proporciona uma comunicação muito conveniente com o correio de Newbury. — Estavas corretíssima em supor que usei minhas mangas de crepe para ir ao concerto, mandei colocá-las para a ocasião; na cabeça usei meu crepe com flores, mas não acho que ficou muito bom. — Minha tia está com muita pressa em me pagar por meu gorro, mas não se anima em me oferecer um bom dinheiro. "Se eu tiver alguma intenção de ir ao grande desjejum de Sydney Garden, se houver algum grupo ao qual eu deseje me juntar, Perrot conseguirá um ingresso para mim." — Uma oferta assim naturalmente declinarei; & todo o serviço que ela me prestará, portanto, deverá me deixar sem nenhuma possibilidade de ir, o que quer que ocorra para torná-la desejável. — Ontem foi um dia atribulado para mim, ou pelo menos para meus pés & minhas meias; caminhei quase o dia todo; fui a Sydney Gardens logo depois da uma, & não retornei até as quatro, & após o jantar caminhei até Weston. —

Meu compromisso matutino foi com os Cooke, & nosso grupo consistiu de George & Mary, um Mr. & Miss Bendish que haviam estado conosco no concerto, & a Miss Whitby mais jovem; — não Júlia, desistimos dela, que está muito doente, mas sim Mary; chegou finalmente a vez de Mary Whitby crescer & ter uma tez bonita & vestir grandes xales quadrados de musselina. Não me incluí expressamente no grupo, mas lá estava eu, & meu primo George foi muito gentil & conversou sensatamente comigo vez ou outra nos intervalos de suas sandices mais animadas com Miss Bendish, a qual é muito jovem & bastante bonita, & cujos modos graciosos, pronta sagacidade & comentários consistentes me fazem lembrar um tanto de minha velha conhecida Lucy Lefroy. — Houve uma quantidade monstruosa de adivinhas estúpidas, & muitas tolices absurdas foram ditas, mas quase nada de perspicaz; — tudo que chegou próximo disso, ou do bom senso, veio de meu primo George, de quem gosto muito de modo geral. — Mr. Bendish parece não passar de um jovem alto. — Encontrei-me com Mr. F. Bonham outro dia, & sua saudação quase imediata foi "Então, Miss Austen, seu primo chegou". — Meu compromisso noturno & minha caminhada foram com Miss Armstrong, que me visitara no dia anterior, & gentilmente me repreendera por haver mudado meu comportamento em relação a ela desde sua chegada a Bath, ou ao menos nos últimos tempos. Que azar o meu! que minha atenção seja de tamanha importância & meus modos tão maus! — Ela estava tão bem-disposta, & foi tão sensata que logo a perdoei, & marquei esse compromisso com ela como prova disso. — Ela é uma moça muito agradável, então creio que possa vir a gostar dela, & sua grande carência de companhia em casa, o que bem pode tornar qualquer conhecido tolerável importante para ela, lhe dá ainda mais direito à minha atenção. — Tentarei ao máximo manter meus amigos íntimos em seus devidos lugares, & evitar que entrem em choque. — Estive esta manhã com Miss Irvine; não está a meu alcance lhe retribuir as visitas noturnas no momento. Devo retribuí-las à medida do possível. — Na terça-feira teremos uma festa. Ocorreu à minha mente sábia que, embora minha mãe não saia à noite, não havia motivo para ela não ver seus amigos em casa, & que seria tão adequado receber a visita dos Chamberlayne agora quanto retardá-la. Então os convidei hoje pela manhã; Mrs. C. marcou para terça-feira, & creio que virão todos; essa possibilidade nos impedirá de pedir a Mr. & Mrs. L[eigh] P[errot][2] que se juntem a eles. — Convidei Miss Irvine, mas ela declinou, uma vez que não se sente muito forte & deseja ficar recolhida; — mas sua mãe deverá animar nosso círculo. — Bickerton [Chamberlayne] está em casa para os feriados de Páscoa, & retorna amanhã; ele é um rapaz muito amável, tanto nos modos quanto nas feições. Parecer ter os sentimentos atenciosos e afetuosos de Fulwar-William [Fowle] — o qual, a propósito, tem quatorze anos — o que podemos fazer? — nunca me encontro com Bickerton sem que ele imediatamente pergunte se tive notícias de ti — de "Miss Cassandra", foi sua expressão inicial. — Pelo que sei, a família toda está muito satisfeita com Bath, & excessivamente prostrada pelo calor, ou pelo frio, ou qualquer que seja o tempo. — Continuam com seus professores & professoras, & agora devem ter uma Miss;[3] Amelia deverá ter aulas com Miss Sharpe. — Entre tantos amigos, será bom que eu não arranje problemas; & agora chegou Miss Blachford. Teria desviado minha atenção, se os Buller tivessem ficado. — Os Cooke deixam Bath na próxima semana, creio, & meu primo parte antes. — Os jornais anunciam o casamento do Rev. Edward Bather, reitor[4] de algum lugar em Shropshire, com uma Miss Emma Halifax — uma infeliz! — ele não merece sequer uma criada Betty de Emma Halifax. — Mr. Hampson está aqui; isso deve interessar a Martha; encontrei-me com ele uma manhã a caminho (conforme ele disse) de Green Park Buildings; confiei que ele esqueceu nosso número de Gay Street quando o dei a ele, & concluo que esqueceu mesmo, uma vez que ainda não nos visitou. — Mrs. Stanhope alugou sua casa a partir do verão,[5] então nos livraremos deles. Ela teve sorte em conseguir dispor da casa tão cedo, já que há um número surpreendente de casas vazias no momento naquela região da cidade. — Mrs. Elliot deve deixar a sua em Michaelmas. — Pergunto-me se o amigo de Mr. Hampson, Mr. Saunders, é parente do famoso Saunders[6] cujas cartas foram recentemente publicadas! — Sou da tua mesma opinião quanto à tolice de ocultar por mais tempo a nossa intenção de ter Martha conosco[7] &, recentemente, toda vez que há um questionamento sobre o assunto, sempre sou sincera; & enviei notícias disso para o Mediterrâneo numa carta para Frank. — Penso que nenhum dos <u>nossos</u> parentes mais próximos esteja despreparado para esse fato; e não tenho sequer como supor que os de Martha não o tenham previsto. — Quando te contar que fui visitar uma condessa na manhã de hoje, imaginarás imediatamente com toda razão, porém nenhuma verdade, que se trata de Lady Roden. Não, trata-se de Lady Leven,[8] mãe de Lorde Balgonie. Ao receber uma mensagem de Lorde & Lady Leven pelos Mackays declarando sua intenção de nos visitar, pensamos que o correto seria ir até eles. Espero que não tenhamos feito demais, mas os amigos & admiradores de Charles devem ser visitados. — Eles parecem ser pessoas muito sensatas, de bom caráter, muito educados & muito elogiosos em relação a ele. — Fomos conduzidas primeiro a uma sala de estar vazia, & logo entrou Sua Senhoria, sem saber quem éramos, para se desculpar pelo erro do criado, & contar uma mentira, a de que Lady Leven não estava em casa. — Ele é um homem alto, com ares cavalheirescos, de óculos, & bastante surdo; — após nos sentarmos com ele por dez minutos, partimos; porém, como Lady L. saía da sala de jantar justamente quando passávamos pela porta, fomos obrigadas a acompanhá-la de volta para dentro & começar novamente a nossa visita. — Ela é uma mulher forte, muito bonita de rosto. — Desse modo, tivemos o prazer de ouvir elogios a respeito de Charles duas vezes; — eles se consideram extremamente gratos a ele, & o têm em tão alta estima que desejam que Lorde Balgonie vá até ele quando estiver bem recuperado. — O jovem rapaz está bem melhor, & foi para Penzance para o restabelecimento de sua saúde.[9] — Há uma adorável pequena Lady Marianne na família, com quem trocamos apertos de mãos & perguntamos se ela se lembra de Mr. Austen. —

<u>Segunda-feira</u>. Parece que a residência dos Cooke será adequada para acomodar Isaac, se ele deseja voltar a trabalhar, & não fizer objeção a mudar de região. Ele terá terra boa, & uma boa patroa, & suponho que não se importará de tomar remédio de vez em quando. A única dúvida que me ocorre é se Mr. Cooke não será um patrão desagradável e nervoso, especialmente em assuntos relacionados ao jardim. — Mr. Mant ainda não devolveu à minha mãe o restante de seu dinheiro, mas ela recebeu há bem pouco tempo seu pedido de desculpas, com a expectativa de ele conseguir fechar a conta em breve. Contaste-me há algum tempo que Tom Chute sofreu uma queda do cavalo, mas estou aguardando para saber como isso aconteceu antes de começar a sentir pena dele, já que não consigo deixar de suspeitar que tenha sido em consequência de ter sido ordenado; é bem provável que ele estivesse indo fazer seu dever ou voltando dele.[10] —

<u>Terça-feira</u>. Não tenho muito mais a acrescentar. Meu tio & tia tomaram chá conosco ontem à noite, & apesar de minha decisão em contrário, não pude deixar de fazer o convite para que viessem novamente esta noite. Pensei ser de suma importância evitar qualquer coisa que possa lhes parecer menosprezo. Ficarei feliz quando acabar, & espero não ser necessário receber tantos amigos queridos de uma vez novamente. — Escreverei a Charles antes da próxima posta, a menos que me contes até lá que pretendes fazê-lo. Crê-me se desejas,

Tua afetuosa irmã.

Miss Austen
Ibthrop
Up. Hurstbourn
Andover

Notas

[1] *homem de letras*. No original, "*man of letters*", expressão comum nos séculos XVIII e XIX para se referir ao indivíduo devotado à literatura e à vida intelectual. Jane Austen aproveita-se da polissemia da palavra *letters*, que significa, entre outras coisas, tanto "letras" quanto "cartas", e faz um trocadilho com o termo, implicando que o irmão seria um facilitador para que Cassandra pudesse enviar suas cartas.

[2] *Mr. & Mrs. L[eigh] P[errot]*. Tios de Jane Austen.

[3] *professores & professoras*. No original *Masters & Mistresses*, um jogo de palavras com *Miss*, como são referidos os mestres nas escolas britânicas.

[4] *reitor*. Denominação que se dá ao clérigo responsável por uma paróquia na Igreja Anglicana.

[5] *verão*. No original, Jane Austen utiliza o termo *midsummer*, que ocorre no dia 24 de junho, Dia de São João, e marca o solstício de verão.

[6] *famoso Saunders*. Autor não identificado.

[7] *ter Martha conosco*. Após a morte de George Austen, pai de Jane Austen, houve um acordo privado entre os Austen de que Martha Lloyd viria morar com a família em Bath, em virtude dos fortes laços de amizade entre as mulheres da família Austen e Martha, cuja mãe também havia falecido recentemente. Tal acordo demorou a vir a público. Martha morou com elas em Bath, Southampton e Chawton e, anos mais tarde, se casou com Frank Austen.

[8] *Lady Roden [...] Lady Leven*. Membros de famílias da aristocracia inglesa com as quais os Austen possuíam laços de amizade em virtude da Marinha.

[9] *foi a Penzance para o restabelecimento de sua saúde*. Penzance é uma cidade portuária localizada no extremo sudoeste da Inglaterra, no condado da Cornualha. A ida do jovem ao local se deve à crença da época de que o clima litorâneo seria mais benéfico para pessoas com problemas de saúde e, assim, mais favorável para sua recuperação.

[10] *ter sido ordenado [...] dever ou voltando dele*. Tom Chute ordenou-se clérigo da Igreja Anglicana em 1804. O serviço a que Jane Austen se refere aqui são as obrigações sacerdotais.

45. Para Cassandra Austen
Sábado, 24 de agosto de 1805
De Godmersham a Goodnestone

Godmersham Park, sábado, 24 de agosto
Minha querida Cassandra,
Como estás? & como está o resfriado de Harriot [Bridges]? — Espero que estejas a esta hora sentada me respondendo essas perguntas. — Nossa visita a Eastwell foi muito agradável, achei os modos de Lady Gordon tão amáveis quanto me foram descritos, & não vi nada que desagradasse em Sir Janison, exceto uma ou duas vezes uma espécie de desdém para com Mrs. Anne Finch. Ele estava começando a conversar com Elizabeth[1] quando a carruagem foi chamada, mas disse muito pouco durante a primeira parte da visita. — Tua ida com Harriot teve a aprovação de todos; & grande elogio como um ato de virtude de tua parte. Eu disse tudo que podia para diminuir teu mérito. — As Mrs. Finch[2] demonstraram receio de que aches Goodnestone muito monótono; desejei, quando as ouvi falar isso, que pudessem ter ouvido a preocupação de Mr. E[dward] Bridges com a questão & tomado conhecimento de todas as diversões planejadas para evitar o tédio. — Elas foram muito corteses comigo, como de costume; — Fortune também foi muito cortês comigo ao sentar Mr. E. Hatton ao meu lado durante o jantar. — Descobri que, para uma mulher de sua idade & condição, Lady Elizabeth [Finch Hatton] tem espantosamente pouco a dizer, & que Miss Hatton não tem muito mais. — Sua eloquência está nos dedos; eles foram muito fluentes e harmoniosos. — George é um bom menino, & bem-comportado, mas Daniel me encantou sobremaneira; o bom humor de seu semblante é bastante encantador. Após o chá, fomos jogar *Cribbage*, & ele & eu ganhamos duas partidas contra seu irmão & Mrs. Mary [Finch]. — Mr. Brett era a única pessoa lá além de nossas duas famílias. Já passava bastante das onze quando chegamos em casa, & estava tão cansada que nem

senti inveja de quem estava no baile de Lady Yates. — Meus bons votos para que o baile fosse agradável foram, espero, bem-sucedidos. Ontem foi um dia muito calmo para nós; meus esforços mais ruidosos foram escrever para Frank, & jogar *battledore* & *shuttlecock*[3] com William;[4] ele & eu praticamos juntos duas manhãs, & melhoramos um pouco; muitas vezes conseguimos aguentar <u>três</u> tempos, & uma ou duas vezes, <u>seis</u>. Os dois Edwards[5] foram a Canterbury de charrete & encontraram Mrs. Knight como suponho que a encontraste no dia anterior, alegre, porém fraca. — Encontraram Fanny caminhando com Miss Sharp & Miss Milles, a criatura mais feliz do mundo; ela enviou uma mensagem privada a sua mãe que dizia tão somente — "Diga a mamãe que eu estou muito Palmerstone!"[6] — Se a pequena Lizzy usasse a mesma linguagem, ouso dizer que enviaria a mesma mensagem de Goodnestone. — À noite fizemos uma caminhada tranquila pela fazenda, com George & Henry a nos animar com suas corridas & animação. — O pequeno Edward não está nem um pouco melhor, & seu pai & sua mãe decidiram consultar Dr. Wilmot. A menos que ele recupere suas forças além do que é agora provável, seus irmãos retornarão à escola sem ele, & ele irá conosco para Worthing. — Se for recomendado banho de mar, ele ficará lá conosco, o que é bem improvável que aconteça. — Fui maltratada essa manhã, recebi uma carta de Frank que deveria ter recebido quando Elizabeth & Henry receberam as deles & que no caminho de Albany para Godmersham passou por Dover & Steventon. Foi concluída no dia 16 & diz o que as deles diziam com relação a sua situação atual; ele está com muita pressa de se casar, & o encorajei a fazê-lo, na carta que deveria ter sido uma resposta à dele. — Ele deve ter achado muito estranho que eu não tenha acusado o recebimento da dele, uma vez que menciono as de Elizabeth & Henry com as mesmas datas; & para piorar a situação me esqueci de numerar a minha do lado de fora. — Encontrei tuas luvas brancas, estavam dobradas dentro de minha touca limpa de dormir, & te mandam lembranças. — Elizabeth acaba de propor um plano, que me dará muito prazer, caso seja igualmente conveniente para a outra parte; é que, quando retornares na segunda-feira, eu tome teu lugar em Goodnestone por alguns dias. — Harriot não consegue ser insincera, mesmo que tente muito, & portanto, a desafio a aceitar este meu convite a mim mesma, a menos que lhe convenha perfeitamente. — Como não haverá tempo para uma resposta, irei na carruagem na segunda-feira, & posso retornar contigo, se minha ida a Goodnestone for de algum modo inconveniente. — Os Knatchbull[7] vêm na quarta-feira para jantar, & ficam somente até sexta-feira pela manhã, o mais tardar. — A carta que Frank me enviou é a única que tu ou eu recebemos desde quinta-feira. — Mr. Hall escapuliu esta manhã para Ospringe, com um espólio nada insignificante. Cobrou cinco xelins de Elizabeth para cada vez que arrumou seu cabelo, & cinco xelins para cada aula dada a Sace,[8] sem levar em consideração os prazeres de sua visita aqui, a carne, bebida & hospedagem, os benefícios do ar puro do campo, & os encantos da companhia de Mrs. Salkeld & Mrs. Sace. — Foi muito solícito comigo, como eu esperava, em vista de minha relação contigo, cobrando-me apenas dois xelins e seis pence para cortar meu cabelo, embora depois do corte tenha ficado tão arrumado para Eastwell, como tinha ficado para o baile de Ashford. — Ele certamente tem respeito ou por nossa juventude ou por nossa pobreza. — Escrever para ti hoje impede que Elizabeth escreva para Harriot, maldade pela qual imploro o perdão da última. — Transmite meu afeto a ela — & gentis lembranças a seus irmãos. — Muito afetuosamente, tua

JA.

Desejam que tragas contigo o quadro de Rowling feito por Henry para as Mrs. Finch.

Como descubro ao examinar minhas finanças que, em vez ser muito rica, estou ficando muito pobre, não posso pagar mais de dez xelins para Sackree; mas, como nos encontraremos em Canterbury, nem precisaria ter mencionado isso. É bom, contudo, que te prepares para a visão de uma irmã afundada na pobreza, para que não desanimes.

    Não tivemos notícias de Henry desde que partiu. — Daniel nos disse que partiu de Ospringe em uma das diligências. —

    Elizabeth espera que não chegues aqui na segunda-feira depois das cinco horas, por causa de Lizzy. —

Miss Austen
Goodnestone Farm
Wingham

Pela Mala Postal
24 de Agosto

Notas

[1] *Elizabeth*. Esposa de Edward Austen.
[2] *As Mrs. Finches*. Anne e Mary Finch, irmãs de George Finch-Hatton (DLF).
[3] *battledore & shuttlecock*. Esporte que se praticava utilizando-se raquetes (*battledore*) e peteca (*shuttlecock*), precursor do badminton. Optamos por manter o termo original em inglês, considerando que a utilização do nome moderno seria um anacronismo, uma vez que esse esporte surge apenas a partir de 1860 e na forma de uma variante do jogo citado por Jane Austen.
[4] *William*. Filho de Edward (DLF).
[5] *Os dois Edwards*. Edward Austen e Brook-Edward Bridges.
[6] *estou muito Palmerstone*. Alusão ao livro *Letters from Mrs. Palmerstone to her Daughters, inculcating Morality by Entertaining Narratives* [*Cartas de Mrs. Palmerstone para suas filhas, inculcando a moralidade por meio de narrativas divertidas*] de Rachel Hunter, publicado em 1803 (DLF).
[7] *Os Knatchbull*. Charles e Frances Knatchbull.
[8] *Sace*. Uma das empregadas da família (DLF).

46. Para Cassandra Austen
Terça-feira, 27 de agosto de 1805
De Goodnestone a Godmersham

Goodnestone Farm, terça-feira, 27 de agosto
Minha querida Cassandra,
Fizemos uma viagem muito agradável de Canterbury e chegamos a esse destino por volta das quatro e meia, o que parecia promissor para um jantar pontual às cinco; mas cenas de grande agitação nos aguardavam, e havia muito a aturar e fazer antes de podermos nos sentar à mesa. Harriot [Bridges] deparou com uma carta de Louisa Hatton, desejando saber se ela e seus irmãos estariam no baile de Deal na sexta-feira, e dizendo que a família Eastwell tinha alguma intenção de ir, e se utilizariam de Rowling caso fossem; e enquanto me vestia ela veio a mim com uma outra carta em mãos, muito perplexa. Era do Capitão Woodford, contendo uma mensagem de Lady Forbes, a qual ele havia tencionado entregar pessoalmente, mas tinha ficado impossibilitado de fazê-lo. A oferta de uma entrada para esse grande baile, com um convite para ir a sua casa em Dover antes e depois, era o recado de Lady Forbes. Harriot ficou inicialmente bem pouco inclinada, ou melhor, totalmente desinclinada, a se beneficiar das atenções de Sua Senhoria; mas afinal, após muitos debates, ela foi persuadida por mim e por ela mesma a aceitar a entrada. O convite para se vestir e dormir em Dover ela decidiu declinar por causa de Marianne [Bridges], e seu plano deve ser comunicado por Lady Elizabeth Hatton. Espero que sua ida esteja neste momento acertada, e logo saberemos que sim. Creio que Miss H[atton] não teria escrito tal carta se não tivesse certeza disso, e um pouco mais. O assunto me preocupa, por receio de estar atrapalhando caso não venham a oferecer a Harriot um transporte. Propus e supliquei para que me mandem para casa na quinta-feira, a fim de evitar a possibilidade de estar no lugar errado, mas Harriot não quis nem ouvir falar nisso. Não há

qualquer hipótese de entradas para os Mr. Bridges, já que nenhum cavalheiro além dos da guarnição foi convidado. Com uma nota cortês a ser elaborada para Lady F[orbes], e uma resposta escrita para Miss H[atton], prontamente crerás que não iniciamos o jantar até as seis. Fomos agradavelmente surpreendidas pela companhia de Edward Bridges. Ele estava, é estranho dizer, atrasado demais para a partida de críquete, atrasado demais ao menos para jogar e, não tendo sido convidado a jantar com os jogadores, veio para casa. É impossível fazer justiça à gentileza de seus cuidados para comigo; ele fez questão de pedir tostadas de queijo para a ceia inteiramente por minha causa. Tivemos uma noite muito agradável, e cá estou eu antes do desjejum escrevendo para ti, tendo me levantado entre seis e sete; o quarto de Lady Bridges deve ser bom para acordar cedo. Mr. Sankey esteve aqui na noite passada e encontrou sua paciente[1] melhor, mas ouvi de uma criada que ela não passou bem à noite. Diz a Elizabeth que não entreguei sua carta a Harriot até que estivéssemos na carruagem, quando ela a recebeu com grande alegria e pôde lê-la confortavelmente. Como estiveste aqui há tão pouco tempo, não necessito descrever em detalhes a casa ou o estilo de vida, em que tudo parece servir ao uso e conforto; nem preciso me estender sobre o estado em que estão a estante de livros e as prateleiras de canto de Lady Bridges no andar de cima. Que deleite para minha mãe as organizar! Harriot é obrigada a perder a esperança de ver Edward aqui para me buscar; isso está fora de questão pois logo me lembrei de que Mr. e Mrs. Charles Knatchbull estariam em Godmersham na quinta-feira. Tivesse eu aguardado até depois do desjejum, muito poderia ter sido evitado. A morte do Duque de Gloucester conforta meu coração, embora faça doer dúzias de outros.[2] Harriot não se inclui nesse número; ela está bem contente de ser poupada do trabalho da preparação. Ela se une a mim nas mais afetuosas lembranças a todos vós, e escreverá para Elizabeth em breve. Ficarei contente em ter notícias tuas, para que possamos saber como estais, especialmente os dois Edwards.[3] Perguntei a Sophie [Cage] se tem algo a dizer a Lizzy em agradecimento pelo passarinho, e seu recado é que, com amor, ela está muito contente que Lizzy o tenha enviado. Ela oferece, ademais, seu carinho à pequena Marianne [Austen], com a promessa de lhe levar uma boneca na próxima vez que for a Godmersham. John [Bridges] acaba de chegar de Ramsgate e traz boas notícias das pessoas de lá. Ele e seu irmão, sabes, jantam em Nackington; devemos jantar às quatro, para que possamos fazer uma caminhada depois. Como são duas agora, e Harriot tem cartas para escrever, provavelmente não sairemos antes.

Afetuosamente tua,
JA.

<u>Três horas</u>. Harriot acaba de chegar da casa de Marianne, e crê que no geral ela está melhor. A náusea não retornou, e uma dor de cabeça é no momento sua principal reclamação, o que Henry [Bridges] atribui à náusea.

Miss Austen
Residência de Edward Austen, Esq.[4]
Godmersham Park
Faversham

Notas

[1] *sua paciente*. Marianne Bridges (DLF).
[2] *A morte do Duque de Gloucester [...] faça doer dúzias de outros*. O baile de Deal foi cancelado devido ao falecimento do irmão de George III em 25 de agosto de 1805 (DLF).
[3] *os dois Edwards*. Edward Austen e seu filho, Edward Austen Jr.
[4] *Esq*. Abreviação mais comum de *Esquire*, título conferido a certos membros das camadas médias da sociedade inglesa, aspirantes a cavaleiros (Knight). (OED).

47. Para Cassandra Austen
Sexta-feira, 30 de agosto de 1805
De Goodnestone a Godmersham

      Goodnestone Farm, sexta-feira, 30 de agosto
Minha querida Cassandra,
Decidi ficar aqui até segunda-feira. Não que haja qualquer razão para isso por causa de Marianne, já que ela está agora quase tão bem como de costume, mas Harriot é tão amável em seus anseios por minha companhia que eu não poderia tomar a decisão de deixá-la amanhã, especialmente porque não tinha motivo algum que justificasse essa necessidade. A mim seria inconveniente ficar com ela além do início da próxima semana, por causa de minhas roupas, e por isso espero que convenha a Edward vir me buscar ou mandar alguém na segunda, ou terça-feira, se chover na segunda. Harriot acaba de me pedir que proponha a vinda dele aqui na segunda-feira, para me levar de volta no dia seguinte. O teor da carta de Elizabeth me deixa ansiosa por ouvir mais sobre o que devemos ou não fazer, e espero que possas me escrever teus próprios planos e opiniões amanhã. A viagem a Londres é uma questão de capital importância, e fico contente que esteja resolvida, embora pareça provável que atrapalhe nossos planos em relação a Worthing. Suponho que <u>nós</u> estaremos em Sandling, enquanto <u>eles</u> estão na cidade. Dá-nos grande prazer saber que o pequeno Edward está melhor, e imaginamos, pelo que disse sua mãe, que ele deve estar bem o suficiente para retornar à escola com seus irmãos. Marianne teve disposição para me ver há dois dias; sentamo-nos com ela durante algumas horas antes do jantar, e o mesmo ontem, quando ela estava evidentemente melhor, mais disposta para conversa, e mais animada do que durante nossa primeira visita. Ela me recebeu com muita gentileza e expressou seu pesar por não ter conseguido te ver. Ela está, naturalmente, mudada desde que a vimos, em outubro de 1794. Onze anos não podem se passar

sem que provoquem mudanças até na saúde, mas no caso dela é maravilhoso que a mudança seja tão pequena. Não a vi em sua melhor aparência, já que penso que ela tem frequentemente uma boa cor, e sua tez ainda não se recuperou dos efeitos de sua doença recente. Sua face está mais alongada e mais fina, e seus traços, mais marcados, e a semelhança que eu me lembro de sempre ter visto entre ela e Catherine Bigg está mais forte do que nunca, e tão impressionantes são a voz e a maneira de falar, que me parece estar realmente ouvindo Catherine, e uma ou duas vezes estive a ponto de chamar Harriot de "Alethea". Ela é muito agradável, alegre e interessada em tudo ao seu redor, e ao mesmo tempo mostra uma atitude pensativa, atenciosa e decidida. Edward Bridges jantou em casa ontem; no dia anterior esteve em St. Albans; hoje ele vai a Broome, e amanhã para a casa de Mr. Hallett, e esse último compromisso teve algum peso na minha decisão de não deixar Harriot até segunda-feira. Caminhamos até Rowling nos dois últimos dias depois do jantar, e muito grande foi o prazer que tive em caminhar pela propriedade. Encontramos também tempo para percorrer todos os principais caminhos desse lugar, exceto o que leva ao topo do parque, o qual provavelmente completamos hoje. É provável que a próxima semana seja desagradável para essa família em matéria de caça. As más intenções dos guardas são indiscutíveis, e os cavalheiros da vizinhança não parecem dispostos a se apresentar em apoio deliberado ou preliminar de seus direitos. Edward Bridges tem tentado levantar seus ânimos, mas sem sucesso. Mr. Hammond, sob a influência de filhas e a expectativa de um baile, declara que não fará nada. Harriot espera que meu irmão não a mortifique ao resistir a todos os seus planos e recusar todos os seus convites; ela nunca até o momento teve sucesso com ele, mas confia que agora ele a compensará de todas as formas possíveis ao vir na segunda-feira. Ela agradece a Elizabeth por sua carta, e podes ter certeza de que não está menos ansiosa do que eu por sua ida à cidade. Rogo-te que transmitas nosso maior carinho a Miss

Sharpe, que não deve ter lamentado mais do que nós a brevidade de nosso encontro em Canterbury. Espero que ela tenha voltado a Godmersham tão satisfeita com a beleza de Mrs. Knight e as observações ponderadas de Miss Milles quanto essas senhoras respectivamente ficaram com as dela. Deves me escrever caso tenhas notícias de Miss Irvine. Quase havia me esquecido de te agradecer por tua carta. Fico feliz que tenhas me recomendado Gisborne,[1] pois, tendo começado, estou satisfeita com ele, e estava bem decidida a não o ler. Suponho que todos estarão de preto pelo D[uque] de G[loucester]. Devemos comprar renda, ou serve fita? Não devemos ir a Worthing tão cedo quanto planejávamos, não é? Não fará mal a nós, e estamos certas de que minha mãe e Martha estão felizes juntas. Não te esqueças de escrever para Charles. Como devo retornar tão em breve, não enviaremos as almofadas de alfinete.

Afetuosamente tua, JA

Continuas, suponho, tomando amônia, e espero com bom resultado.

Miss Austen
Esq. Edward Austen
Godmersham Park
Faversham

Notas

[1] *Gisborne*. Referência à obra *An Enquiry into the Duties of the Female Sex* [*Uma investigação sobre os deveres do sexo feminino*] (1797), de Thomas Gisborne (DLF).

48. Para Fanny Austen (Knight)[1]
? quinta-feira, 24 de julho de 1806
De Clifton a Godmersham

Vede lá vêm eles, na veloz carruagem de Thanet,
    O lindo casal, lado a lado;
Deixando para trás Richard Kennet
    Com os pais da noiva hospedado!

Por Canterbury passaram;
    Depois, Stamford-Bridge sucedeu;
Pela aldeia de Chilham se apressaram;
    Então, a chegada ao cume acolá aconteceu.

Colina abaixo, avançam sem demora
    E o Parque contornam neste instante;
Vede! O gado que se alimenta calmo nessa hora
    Corre assustado com o som trepidante!

Correi, meus irmãos, para o portão!
    Escancarai, abri bem aberto!
Que ninguém diga que atrasamos, não
    Para ver a noiva de meu tio de perto!

Em direção à casa avança a carruagem;
    Agora para — aqui estão, aqui estão!
Meu tio Francis, como foi a viagem?
    Tu e tua cara esposa como vão?

Notas

[1] Poema escrito por Jane Austen para sua sobrinha, Fanny, por ocasião da chegada de Frank Austen e sua esposa, Mary Gibson, recém-casados, a Godmersham Park. Carta copiada por Anna Lefroy em 1855 (DLF).

49. Para Cassandra Austen
Quarta-feira 7 — quinta-feira, 8 de janeiro de 1807
De Southampton a Godmersham

Southampton, quarta-feira, 7 de janeiro

Minha querida Cassandra,

Estavas enganada ao supor que eu aguardava uma carta tua no domingo; eu não tinha expectativas de ter notícias tuas antes de terça-feira, e meu prazer ontem ficou, portanto, a salvo de qualquer desapontamento anterior. Agradeço-te por escreveres tanto; deves realmente ter me enviado uma carta que valia por duas. Estamos extremamente felizes em saber que Elizabeth está tão melhor e espero que venhas a perceber uma recuperação ainda maior nela em teu retorno de Canterbury. Sobre tua visita lá devo agora falar "incessantemente"; ela surpreende-me, mas me satisfaz ainda mais, e a considero uma distinção muito justa e honrosa a ti, e não menos para o crédito de Mrs. Knight. Não duvido que passes teu tempo com ela muito prazerosamente em conversas tranquilas e racionais, e estou tão longe de pensar que as expectativas dela em relação a ti serão frustradas que meu único receio é de que sejas tão agradável, tão ao gosto dela, que a faça desejar te manter com ela para sempre. Se for esse o caso, devemos nos transferir para Canterbury, de que não devo gostar tanto quanto de Southampton. Quando receberes esta, nossos convidados terão todos partido ou estarão de partida; e me restarão a disposição confortável de meu tempo, a tranquilidade em relação aos tormentos do arroz doce e dos bolinhos de maçã, e provavelmente o arrependimento de não ter envidado mais esforços para agradar a todos. Mrs. J[ames] Austen me pediu que retornasse com ela a Steventon; não preciso dar minha resposta; e ela convidou minha mãe para ficar lá quando chegar a hora de Mrs. F[rank] A[usten][1] dar à luz, o que ela parece meio propensa a fazer. Há alguns dias recebi uma carta de Miss Irvine e, como estava em dívida com ela, podes imaginar que foi uma carta de repreensão, contudo, não muito severa; a primeira página está em seu costumeiro estilo retrospectivo, ciumento e inconsistente, mas o restante é tagarela e inofensivo. Ela supõe que meu silêncio pode ter se originado do ressentimento por ela não ter escrito para indagar especificamente sobre minha tosse comprida &c. Ela é engraçada. Respondi a sua carta e me empenhei para lhe dar algo próximo da verdade com o mínimo de incivilidade possível, situando meu silêncio na falta de assunto pelo modo muito tranquilo como vivemos. Phebe se arrependeu, e permanece. Escrevi também para Charles e respondi imediatamente à carta de Miss Buller, como pretendia te contar em minha última. Duas ou três coisas que recordei quando já era muito tarde, que poderia ter te contado; uma é que os Welbys perderam o primogênito para uma febre pútrida em Eton, e outra é que Tom Chute se fixará em Norfolk. Mal tens mencionado Lizzy desde que chegaste a Godmersham. Espero que não seja devido a uma piora em seu estado. Ainda não sei informar a Fanny o nome do bebê de Mrs. Foote, não devo encorajá-la a esperar que seja bom, pois o Capitão Foote é inimigo declarado de todos exceto os mais comuns; gosta apenas de Mary, Elizabeth, Anne &c. Nossa melhor chance é "Caroline", que em homenagem a uma irmã parece a única exceção. Ele jantou conosco na sexta-feira, e receio que não se arriscará novamente tão cedo, pois o prato principal de nosso jantar foi uma perna de carneiro cozida, mal-passada até mesmo para James; e o Capitão Foote possui um especial desapreço por carneiro mal-passado; mas ele estava tão bem-humorado e amável que nem me importei muito que tenha ficado faminto. Ele faz a todos nós o convite muitíssimo cordial para irmos a sua casa no campo, dizendo exatamente o que os William diriam para que nos sentíssemos bem-vindos. A eles não temos visto desde que nos deixaste, e ouvimos dizer que foram para Bath novamente, para ficar longe de mais reformas em Brooklands. Mrs. F[rank] A[usten] recebeu uma carta muito amável de Mrs. Dickson, que ficou encantada com a bolsa, e deseja que ela não compre para si uma roupa de batizado, o que é exatamente o que queria sua jovem correspondente; e ela pretende protelar a confecção de qualquer um dos gorros tanto quanto puder, na esperança de ter a presença de Mrs. D. a tempo para servir como molde. Ela deseja que te diga que os vestidos foram cortados antes da chegada de tua carta, mas que são compridos o suficiente para Caroline. Os cueiros,[2] como creio que são chamados, ficaram sob a responsabilidade de Frank e, é claro, foram admiravelmente cortados. *Alphonsine*[3] não vingou. Causou-nos repugnância em vinte páginas, pois, independentemente de uma tradução ruim, possui indelicadezas que envergonham uma pena até agora tão pura; e o trocamos por *Female Quixotte*[4] [sic], que agora faz nosso entretenimento noturno; para mim, alto entretenimento, pois considero a obra tão divertida quanto me recordava dela. Mrs. F[rank] A[usten], para quem o romance é novidade, o aprecia como se poderia desejar; a outra Mary, creio eu, tem pouco prazer com esse ou qualquer outro livro. Minha mãe não parece de modo algum mais desapontada do que nós com o término do tratado familiar;[5] ela pensa menos nisso agora do que no estado confortável de suas próprias finanças, que considera, ao fechar a contabilidade do ano, estar além de suas expectativas, posto que ela começa o novo ano com um saldo de £30 a seu favor; e quando ela tiver escrito sua resposta para minha tia, o que, como sabes, está sempre em sua mente, ela superará a questão completamente. Terás muitas conversas sem reservas com Mrs. K[night], ouso dizer, sobre esse assunto, assim como sobre muitas outras de nossas questões familiares. Falai mal de todos menos de mim.

Quinta-feira. Esperávamos por James ontem, mas ele não veio; se vier agora, sua visita será muito curta, pois deverá retornar amanhã, para que Ajax e a charrete sejam enviados a Winchester no sábado. O novo redingote de Caroline dependia de sua mãe poder ou não chegar tão longe na charrete; como será gasto o guinéu economizado pelo uso da condução para a volta, não sei dizer. Mrs. J[ames] A[usten] não fala tanto sobre pobreza agora, embora ela não tenha esperança de que meu irmão possa comprar outro cavalo no próximo verão. Os planos deles contra Warwickshire continuam, mas duvido que a estada da família em Stoneleigh ocorra tão cedo quanto James diz, que é maio. Minha mãe receia que eu não tenha sido explícita o suficiente sobre o assunto de sua riqueza; ela iniciou 1806 com £68, inicia 1807 com £99, e isso depois de ter gasto £32 em provisões. Frank também está acertando suas contas e fazendo cálculos, e cada um se sente capaz de dar conta de nossas despesas atuais; mas um aumento muito grande no aluguel de casa não seria possível para nenhum dos dois. Frank se limita, acredito, a quatrocentos por ano. Ficarás surpresa ao saber que Jenny ainda não retornou; não recebemos notícias dela desde que chegou a Itchingswell, e só nos resta supor que deve ter sido detida pela doença de uma ou outra pessoa, e que espera cada dia poder retornar no seguinte. Ainda bem que não soube com antecedência que ela estaria ausente durante toda ou quase toda a estadia de nossos amigos conosco, pois, embora a inconveniência não tenha sido insignificante, eu teria ficado ainda mais temerosa. Nossos jantares certamente foram não pouco afetados tendo apenas a cabeça de Molly e as mãos de Molly para conduzi-los; ela frita melhor do que antes, mas não como Jenny. Não fizemos nossa caminhada na sexta-feira, havia muita lama, nem a fizemos ainda; talvez façamos algo semelhante hoje, pois, depois de vermos Frank patinar, algo que ele almeja fazer na campina próxima à praia, devemos nos presentear com um passeio de balsa. É uma das geadas mais agradáveis que já vi, tão plácida. Espero que dure mais algum tempo pelo bem de Frank, que está ansioso por patinar; ele tentou ontem, mas não conseguiu. Nosso círculo social aumenta muito rápido. Ele foi reconhecido recentemente pelo Almirante Bertie; e poucos dias depois vieram o Almirante e sua filha Catherine nos fazer uma visita. Não havia nada para gostar ou não gostar em nenhum deles. Aos Bertie devem ser acrescidos os Lance, com cujos cartões fomos agraciados, e cuja visita Frank e eu retribuímos ontem. Eles moram cerca de uma milha e três quartos[6] de S[outhampton], à direita da nova estrada para Portsmouth, e acredito que sua casa é uma daquelas que podem ser vistas de quase qualquer lugar entre os bosques do outro lado do Itchen. É uma bela construção, elevada, e em local muito bonito. Encontramos apenas Mrs. Lance em casa e, se ela ostenta algum filho além de um pianoforte, não foi possível ver. Ela foi suficientemente cortês e tagarela, e se ofereceu para nos apresentar a alguns conhecidos em Southampton, o que agradecidamente recusamos. Suponho que eles devam estar agindo de acordo com as ordens de Mr. Lance de Netherton nessa cordialidade, pois parece não haver outro motivo para que se aproximem de nós. Não virão com frequência, ouso dizer. Eles vivem em grande estilo e são ricos, e ela pareceu gostar de ser rica, e demos a entender a ela que estávamos longe de o ser também; ela logo sentirá, portanto, que não somos dignos de sua amizade. Tu deves ter tido notícias de Martha a essa altura. Não temos relatos de Kintbury desde sua última carta para mim. Mrs. F[rank] A[usten] teve um desmaio recentemente; aconteceu como de costume depois de comer um farto jantar, mas não durou muito. Não me lembro de mais nada a dizer. Quando minha carta tiver sido enviada, suponho que lembrarei.

Afetuosamente tua, JA

Acabei de perguntar a Caroline se eu deveria mandar lembranças a sua madrinha, ao que ela respondeu "sim".

Miss Austen
Godmersham Park
Faversham
Kent

Notas

[1] *Mrs. J[ames] Austen [...] Mrs. F[rank] A[usten]*. Jane Austen se refere às esposas de James e Frank, Mary Lloyd e Mary Gibson, respectivamente.

[2] *cueiros*. Em inglês, *beds*. Segundo DLF, tratava-se de uma espécie de "saco de dormir". Consistia de uma faixa de tecido que se enrolava no bebê abaixo da altura das axilas, cobrindo até os pés, feita de linho ou pele. Era a última camada de roupas que o bebê vestia.

[3] *Alphonsine. Alphonsine; or, Maternal Affection. A Novel* [*Alphonsine; ou afeição maternal, um romance*] (1807) é um romance escrito por Stéphanie Félicité, Madame de Genlis. Originalmente publicado na França em 1806, sua versão em inglês acabava de ser lançada quando Jane Austen escreve a carta.

[4] *Female Quixotte. The Female Quixote; or, The Adventures of Arabella* [*A Quixote feminina; ou as aventuras de Arabella*] (1752), romance de Charlotte Lennox.

[5] *tratado familiar*. Jane Austen se refere a um acordo financeiro feito entre seu tio James Leigh Perrot e os Leighs de Adlestrop envolvendo a propriedade de Stoneleigh (DLF).

[6] *uma milha e três quartos*. Cerca de 3 km.

50. Para Cassandra Austen
Domingo, 8 — segunda-feira, 9 de fevereiro de 1807
De Southampton a Godmersham

Southampton, 8 de fevereiro
Minha queridíssima Cassandra,
Minha expectativa de não ter nada a te dizer após a conclusão de minha última parece mais próxima da verdade do que pensei, pois sinto ter bem pouco. Não preciso portanto deixar de acusar o recebimento da tua essa manhã; ou de responder a cada parte dela que for passível de uma resposta; & podes, assim, te preparar para minha alternância entre os "feliz" & "triste" pelo resto da página. — Infelizmente, contudo, não vejo motivos para ficar feliz, a menos que considere um motivo de alegria que Mrs. Wylmot tenha tido outro filho & que Lorde Lucan tenha arrumado uma amante, acontecimentos esses que naturalmente são alegres para os envolvidos; — mas para ficar triste encontro muitas razões, a primeira é que teu retorno deve ser adiado, & é duvidoso que eu prossiga além da primeira. É inútil lamentar. — Nunca ouvi dizer que mesmo o Lamento da Rainha Mary[1] lhe tenha feito algum bem, & não poderia, portanto, esperar benefício da minha. — Todos sentimos muito, & agora esse assunto se esgotou. Recebi notícias de Martha ontem; ela passa essa semana com os Harwood, vai em seguida com James & Mary visitar por alguns dias Peter Debary & duas de suas irmãs em Eversley — cujo benefício eclesiástico ele ganhou com a morte de Sir R[ichard] Cope — & tenciona estar aqui no dia 24, que será daqui a duas terças-feiras. Ficarei deveras feliz se ela conseguir manter essa data, mas não ouso contar com isso; — & estou tão apreensiva com mais algum impedimento que, se nada mais ocorrer para criá-los, não posso evitar pensar que ela vai se casar com Peter Debary. — Fiquei aborrecida por não ter conseguido nenhum peixe para enviar a Kintbury enquanto a família deles estava em grande número; mas assim sucedeu, & até a

última terça-feira não me foi possível obter nenhum. Depois enviei-lhes quatro pares de linguados pequenos, & ficaria feliz em saber que chegaram a tempo, mas não ouvi nada sobre eles desse então, & prefiro não saber nada a receber notícia ruim. — Custaram seis xelins, & como viajaram num cesto que veio de Kintbury poucos dias antes com aves &c., insisto em te oferecer o custo do envio, <u>seja ele qual for</u>. Tu me deves apenas dezoito *pence*. — Mrs. E[lizabeth] Leigh não fez a menor alusão ao negócio de meu tio,[2] conforme me lembro de ter te contado na ocasião, mas vais ouvi-lo quantas vezes desejares. Minha mãe escreveu para ela há uma semana. — O tapete de Martha acaba de ficar pronto, & ficou bom, embora não tão bom quanto eu esperava. Não vejo defeitos nas bordas, mas o meio é escuro. — Minha mãe quer que eu diga que ela tricotará um para ti, logo que retornares para escolher a cor e o desenho. Sinto ter te afrontado com o assunto de Mr. Moore, mas não tenciono jamais gostar dele; & quanto a me apiedar de uma jovem simplesmente porque ela não pode morar em dois lugares ao mesmo tempo & desfrutar simultaneamente os confortos de ser casada & solteira, não o tentarei, nem mesmo por Harriot.[3] — Como sabes, tenho atitude, assim como tu. — Frank & Mary não aprovam em absoluto que não estejas em casa a tempo de ajudá-los com suas últimas compras, & desejam que te diga que, se não estiveres, serão tão vingativos quanto possível & escolherão tudo no estilo que mais puder te aborrecer, facas que não cortam, copos que não retêm líquidos, um sofá sem assento, & uma estante sem prateleiras. — Nosso jardim está sendo arrumado[4] por um homem de ótimo caráter, excelente aparência & que cobra menos do que o anterior. Os arbustos que margeiam o caminho de cascalho, diz ele, são apenas rosas-mosquetas & rosas, & essas últimas de qualidade inferior; — pretendemos comprar algumas de variedade melhor, portanto, & por meu desejo pessoal ele nos arranja alguns lilases. Eu não poderia ficar sem um lilás, por causa do verso de Cowper.[5] — Falamos também de um laburno. — A borda embaixo do muro do terraço será limpa para receber groselheiras, & encontramos um lugar muito adequado para framboesas. — As alterações & melhoramentos internos avançam também muito adequadamente, & os gabinetes ficarão deveras convenientes. — Nossa penteadeira está sendo construída no local, com o material de uma mesa grande de cozinha que pertence à casa, para o que obtivemos a permissão de Mr. Husket, o pintor de Lord Lansdown, — pintor doméstico, deveria chamá-lo, pois mora no castelo — Os capelães domésticos deram lugar a esse ofício mais necessário, & suponho que, sempre que os muros não precisam de retoques, ele se ocupa do rosto de minha Lady. — A manhã estava tão chuvosa que receei que não pudéssemos ver nossa pequena visita, mas Frank, o único que conseguiu ir à igreja, requisitou-a após a missa, & ela está agora tagarelando ao meu lado & examinando os tesouros da gaveta de minha escrivaninha; — muito feliz, creio; — claramente, de modo algum tímida. — Seu nome é Catherine & o de sua irmã, Caroline.[6] — Ela se parece um pouco com seu irmão, & tão baixa quanto ele para sua idade, mas não tão bonita. — O que aconteceu com toda a timidez do mundo? — As doenças morais assim como as naturais desaparecem com o avanço do tempo, & outras ocupam seu lugar. — A timidez & a doença do suor[7] deram lugar para a confiança & a paralisia. — Lamento saber que a doença de Mrs. Whitfield está pior, & que a pobre Marianne Bridges sofreu tanto; — são essas algumas de minhas tristezas, & que Mrs. Deedes vá ter mais um filho suponho que possa lamentar. — Já sabíamos da morte de Mrs. W[yndham] K[natchbull];[8] — Não fazia ideia de que alguém gostava dela, & portanto não me entristeci por nenhum sobrevivente, mas agora sinto pena de seu marido e penso que ele deveria se casar com Miss Sharpe. — Entreguei neste exato instante meu presente, & tive o prazer de vê-lo recebido com um sorriso de genuína satisfação. Estou certa de que posso visitar Kitty Foote com esse pretexto, como Hastings fez com H[enry] Egerton, meu "amigo muito valioso". — <u>Noite</u>.

— Nossa pequena visita acabou de partir, & nos deixou altamente satisfeitos com ela; — é uma menina amigável, espontânea, sincera e afetuosa, com toda a civilidade que se vê nas melhores crianças de hoje; — tão diferente de tudo que eu mesma fui quando tinha a idade dela que sou com frequência toda espanto & vergonha. — Metade de seu tempo aqui foi dedicada a jogar varetas;[9] que eu considero uma parte bastante valiosa de nossa mobília, & o não menos importante presente da família Knight para a família Austen. — Mas devo te contar uma história. Há algum tempo Mary soube por Mrs. Dickson a respeito da chegada de uma certa Miss Fowler por aqui; — Miss F. é uma amiga íntima de Mrs. D. & como tal bastante conhecida por Mary. — Na última quinta-feira ela veio nos visitar enquanto estávamos ausentes; — Ao retornarmos, Mary encontrou seu cartão apenas com o nome dela nele, & ela deixou o recado de que viria novamente. — A peculiaridade desse comportamento nos pôs a falar sobre ele, & entre outras conjecturas Frank disse brincando, "Ouso dizer que ela está hospedada com os Pearson". — A ligação entre os nomes sobressaltou Mary, & ela se recordou imediatamente que Miss Fowler era muito íntima de pessoas com esse sobrenome; — e depois de juntar todas as peças não temos quase dúvidas de que ela esteja de fato hospedada com a única família da região que não podemos visitar. — Que *Contretems!* [sic] — na língua da França; Que infortúnio! na de Madame Duval[10] — o príncipe das trevas certamente utilizou um de seus diabinhos domésticos para provocar essa travessura completa, apesar de insignificante. — Miss F. nunca mais apareceu, porém esperamos todos os dias que o faça. — Miss P. naturalmente a fez entender melhor o problema;[11] — é evidente que Miss F. não esperava ou desejava que a visita fosse retribuída, & Frank está tão zeloso por sua esposa quanto poderíamos desejar pelo bem dela e pelo nosso. — Vamos nos alegrar em estar tão perto de Winchester quando Edward estiver por lá,[12] & nunca nossa cama de hóspedes será ocupada mais para nossa satisfação do que por ele. Ele deixará Eltham na Páscoa? — Estamos lendo *Clarentine*,[13] & ficamos surpresas em descobrir o quanto é tolo. Lembro-me de gostar bem menos dele numa segunda leitura do que na primeira & de modo algum ele aguenta uma terceira. Ele é cheio de condutas não naturais e dificuldades forçadas, sem alcançar qualquer tipo de mérito.

Miss Harrison vai a Devonshire para acompanhar Mrs. Dusautoy como de costume. — Miss Jackson se casou com o jovem Mr. Gunthorpe & será infeliz. Ele prageja, bebe, é zangado, ciumento, egoísta & bruto; — a união deixa a família dela infeliz, & fez com que a dele o deserdasse. — Os Brown foram acrescidos a nossa lista de conhecidos; ele comanda os *Sea Fencibles*[14] que estão alojados aqui sob as ordens de Sir Thomas & nos foi apresentado por seu próprio desejo por esse último quando o vimos na semana passada. — Até o momento, apenas os cavalheiros nos visitaram, uma vez que Mrs. Brown está doente, mas ela é uma mulher de boa aparência & usa uma das toucas de palha mais bonitas das redondezas. — Segunda-feira. As camas do sótão estão prontas, & as nossas serão terminadas hoje. Eu esperava que ficassem prontas no sábado, mas nem Mrs. Hall nem Jenny puderam ajudar o suficiente para isso; & até agora fiz muito pouco & Mary, nada. Nesta semana faremos mais, & gostaria que todas as cinco camas ficassem prontas antes que ela termine. — Restarão então as cortinas das janelas, a capa do sofá, & um tapete a ser reformado. Não me surpreenderia se recebêssemos a visita de James novamente esta semana; ele deu-nos motivos para esperá-lo em breve; &, se eles forem a Eversley, ele não poderá vir na próxima semana. — Fico triste & zangada que as visitas dele não sejam mais aprazíveis; a companhia de um homem tão bom & tão inteligente deveria ser mais gratificante por si só; — mas sua conversa parece muito forçada, suas opiniões em muitos aspectos muito copiadas de sua esposa, & seu tempo aqui é empregado, penso, em andar pela casa & bater as portas, ou tocar a sineta por um copo de água. —

Aí está! Orgulho-me de ter composto uma carta bastante inteligente, tendo em vista minha falta de assuntos. Mas, como meu querido Dr. Johnson,[15] acredito ter tratado mais de noções do que de fatos. — Espero que tua tosse tenha passado & que estejas bem em todos os outros aspectos. — E permaneço com amor, afetuosamente tua, JA.

Miss Austen
Godmersham Park
Faversham

Notas

¹ *Lamento da Rainha Mary*. Em inglês, *Queen Mary's Lamentation*. Música em forma de lamento que retrata a Rainha Mary da Escócia na prisão. Composta por Tommaso Giordani. A canção foi copiada por Jane Austen e o manuscrito encontra-se hoje no *Jane Austen's House Museum*.

² *negócio de meu tio*. Ver nota 5 da Carta 49.

³ *nem mesmo por Harriot*. Harriot Bridges havia se casado com o Reverendo Moore. (DLF)

⁴ *Nosso jardim [...] arrumado*. Em março de 1807, Jane Austen mudou-se para Southampton com sua mãe e sua irmã, Cassandra, passando a ocupar a casa em Castle Square, cuja reforma e preparo para a mudança são descritos nessa carta. Elas moraram em Southampton até meados de 1809.

⁵ *por causa do verso de Cowper*. Jane Austen faz alusão ao verso "*Laburnum rich | In streaming gold; syringa ivory pure*" ["Laburno repleto | de cachos dourados; lilás puro marfim"] do poema "The Task" ["A tarefa"], do poeta inglês William Cowper, publicado em 1785.

⁶ *Catherine & [...] Caroline*. Filhas do Capitão Foote. (DLF)

⁷ *doença do suor*. Também conhecida por seu nome em latim, *Sudor Anglicus*, foi uma doença infecciosa causada por um hantavírus, tendo feito mais de 3 milhões de vítimas fatais na Inglaterra entre os anos de 1485 e 1551. Com um período de incubação rápido e alta mortalidade, apresentava como sintomas principais síndrome respiratória aguda e suor intenso, razão pela qual recebeu esse nome.

⁸ *Mrs. W[yndham] K[natchbull]*. Catherine Maria Knatchbull, esposa de Wyndham Knatchbull.

⁹ *varetas*. Jogo hoje conhecido como "pega-varetas". Na época, jogava-se com ramos ou pequenos galhos de árvore, varetas de madeira, ossos ou objetos semelhantes, que eram puxados com um gancho.

¹⁰ *Madame Duval*. Personagem francesa do romance *Evelina*. Ver nota 2 da Carta 20.

¹¹ *a fez entender melhor o problema*. Henry Austen rompeu seu relacionamento com Miss Mary Pearson. (DLF)

¹² *Edward*. O filho mais velho de Edward Austen Knight (DLF). Estudou no Winchester College em sua adolescência.

¹³ *Clarentine*. Romance de Sarah Harriet Burney publicado em 1798.

¹⁴ *Sea Fencibles*. Milícia britânica formada em 1793 e composta principalmente de voluntários (normalmente pescadores ou habitantes locais) para proteger a região costeira contra invasões, sob o comando de oficiais da marinha aposentados ou da ativa. Foram especialmente atuantes durante a Revolução Francesa (1789-1799) e as Guerras Napoleônicas (1803-1815).

¹⁵ *Dr. Johnson*. Referência à carta de Samuel Johnson a James Boswell em 1774. (DLF)

51. Para Cassandra Austen
Sexta-feira, 20 — domingo, 22 de fevereiro de 1807
De Southampton a Godmersham

Southampton, sexta-feira, 20 de fevereiro
Minha querida Cassandra,
Finalmente tivemos alguma notícia do testamento de Mr. Austen. Acredita-se em Tunbridge que ele deixou tudo após a morte de sua viúva para o terceiro filho de Mr. Motley Austen, John; & como o tal John foi o único da família a comparecer ao funeral, parece bem provável que isso seja verdade. — Uma fortuna ilícita não pode jamais prosperar! — Tenho de fato bem pouco a dizer <u>esta</u> semana, & não sinto que deva espalhar esse pouco como se fosse muito. Estou inclinada a escrever frases curtas. — Mary ficará grata a ti por observar com que frequência Elizabeth cuida de seu bebê[1] ao longo de 24 horas, com que frequência a alimenta & com o quê; — não necessitas te incomodar em <u>escrever</u> o resultado de tuas observações, teu retorno será próximo o suficiente para que as comuniques. — Recomendo-te que tragas algumas sementes de flores de Godmersham, especialmente sementes de resedá. — Minha mãe recebeu notícias de Paragon essa manhã. — Minha tia fala muito do frio intenso prevalente em Bath, com o qual meu tio tem sofrido desde o retorno deles, & ela própria está com uma tosse muito pior que qualquer outra que já teve, propensa como sempre foi a ter tosses sérias. — Ela escreve com bom humor & disposição alegre, contudo. Com o desfecho deveras feliz da negociação entre eles & Adlestrop,[2] o que pode ter o poder de aborrecê-la materialmente? — Elliston, conta ela, acaba de herdar uma fortuna considerável com a morte de um tio. Suponho que não grande o suficiente para tirá-<u>lo</u> do palco; <u>ela</u> deveria desistir de seu negócio, & morar com ele em Londres — Não conseguimos fazer nossa visita na segunda-feira, o tempo mudou cedo demais; & desde então tivemos um toque de quase tudo em termos de tempo; — duas das geadas mais

severas desde o início do inverno, precedidas de chuva, granizo & neve. — Agora estamos sorrindo novamente.

<u>Sábado</u>. Recebi tua carta, mas suponho que não esperas que me sinta gratificada por seu conteúdo. Confesso-me muito desapontada com essa reiterada demora de teu retorno, pois apesar de eu já ter desistido completamente da ideia de que estivesses conosco antes de nossa mudança, tinha a certeza de que março não findaria sem te trazer de volta. Antes que abril chegue, naturalmente algo mais ocorrerá para te deter. Porém, como <u>tu</u> estás feliz, tudo isso é egoísmo, do qual já se tem suficiente para uma página. — Rogo que digas a Lizzy que, se eu tivesse imaginado que seus dentes tinham de fato caído, eu teria dito antes o que digo agora, que foi uma queda muito desafortunada, que receio lhe tenha causado muita dor, & que ouso dizer que sua boca tem um aspecto muito cômico. — Sou grata a Fanny pela lista dos filhos de Mrs. Coleman, cujos nomes, contudo, eu não havia esquecido por completo; a nova estou certa de que será Caroline.[3] — Consegui a receita de Mr. Bowen para ti, veio junto com a carta de minha tia. — Deves ter tido mais neve em Godmersham do que tivemos aqui; — quarta-feira de manhã havia uma camada fina sobre os campos & telhados das casas, mas não creio que tenha sobrado nada no dia seguinte. Todos os que estão habituados a Southampton dizem que a neve nunca perdura mais de 24 horas nas redondezas &, pelo que observamos, é bem verdade. — A ida de Frank a Kent naturalmente depende de ele estar desempregado, mas como o primeiro Lorde,[4] tendo prometido a Lorde Moira que o Capitão Austen teria a primeira fragata boa que estivesse vaga, já comissionou duas ou três ótimas, ele não tem nenhum motivo específico para esperar uma designação agora. — <u>Ele</u>, entretanto, raramente fala da viagem a Kent; obtenho minhas informações sobretudo por meio dela, & ela considera sua ida até lá mais garantida se ele estiver no mar do que se não estiver. — Frank está com uma tosse terrível, para um Austen; — mas ela não o impede de fazer uma franja bem bonita para as cortinas da

sala de estar. — Mrs. Day está agora com o tapete em andamento, & espero que segunda-feira seja o último dia de suas funções aqui. Duas semanas depois ela deve ser novamente convocada das sombras de sua cama vermelha axadrezada em uma viela perto do final da High Street para limpar a casa nova & arejar a roupa de cama. — Ficamos sabendo que muitas pessoas nos invejam nossa casa, & que o jardim é o melhor da cidade. — Haverá baeta[5] verde suficiente para o quarto de Martha & para o nosso; — não para cobri-los mas para ser colocada nas partes onde faz mais falta, sob a penteadeira. Mary terá um pedaço de forração para o mesmo propósito, minha mãe diz que <u>ela</u> não quer nada; & de fato seu quarto ficará melhor sem isso do que o de Martha & o nosso, devido à sua diferente aparência. — Recomendo as cartas de Mrs. Grant,[6] como presente para essa última; — de que tratam, ou em quantos volumes foram publicadas não sei, pois nunca ouvi falar delas, exceto por Miss Irvine, que as descreve como uma obra nova & muito admirada, & que a agradou extremamente. — Procurei pelo livro aqui, mas vejo que é bastante desconhecido. Creio que <u>eu</u> coloquei cinco larguras de linho em meu babado; sei que descobri que precisava de mais do que eu esperava, & que teria ficado aflita se não tivesse comprado mais do que supunha necessitar, por causa da medida exata, sobre o que pensamos de modo tão diverso. — Um traje leve matutino será uma compra muito necessária para ti, & te desejo um que seja bonito. — Comprarei essas coisas quando me sentir tentada, mas até o momento não há nada do tipo em vista. — Estamos lendo o outro livro de Barretti[7] & o consideramos terrivelmente perverso para com o pobre Mr. Sharpe. Não posso mais tomar partido dele contra ti, como fiz há nove anos. — <u>Domingo</u>. — O correio de hoje trouxe-me garantia da própria Martha de que ela virá na terça-feira à noite, para o que não há mais impedimentos agora, exceto se William escrever que não terá <u>folga</u> nesse dia.[8] — Sua carta foi postada em Basingstoke ao retornarem de Eversley, onde ela diz terem passado uma temporada muito agradável;

ela não vê nenhum perigo em ficar tentada a retornar para lá, todavia, &, como ela assina com seu nome de solteira, devemos ao menos supor que ainda não se casou.[9] — Devem ter sentido muito frio durante a visita, mas, como ela a achou agradável, suponho que não houve falta de cobertores, & podemos confiar que sua irmã tomou cuidado para que todos soubessem de seu amor por vários. — Ela não me manda detalhes, tendo tempo apenas para escrever o necessário. —

Desejo-te uma festa agradável amanhã & não mais do que gostas do pescoço de Miss Hatton. — Lady B[rook][10] deve ter sido uma mulher descarada se apontou H[arriet] Hales como alguém ao alcance do marido dela. É de fato impertinência em uma mulher fingir escolher alguém, como se supusesse que basta apenas pedir & ter. — Um viúvo com três filhos não tem o direito de buscar alguém superior à governanta de sua filha. — Sou obrigada a ser ofensiva por falta de assunto, não tendo mesmo nada a dizer. — Quando Martha chegar, ela me abastecerá com assuntos; terei de te dizer o que ela acha da casa & o que ela pensa de Mary. — Deves estar com muito frio em Godmersham — Aqui faz frio. Tenho expectativa de um março severo, de um abril chuvoso & de um maio agudo — E com essa profecia concluo. —

Meu amor a todos — Afetuosamente tua, J. Austen

Miss Austen
Godmersham Park
Faversham Kent

Notas

[1] *seu bebê*. O bebê a que Jane Austen se refere é Cassandra-Jane, décima filha de Edward, nascida em 16 de novembro de 1806. (DLF)

[2] *negociação entre eles & Adlestrop*. Ver 5 da carta 49.

[3] *Caroline*. A criança foi batizada como Elizabeth e não Caroline em 1807. (DLF)

[4] *o primeiro Lorde*. Thomas Grenville. (DLF)

[5] *baeta*. Tecido de lã ou algodão, de textura felpuda, com pelo em ambas as faces. (HOUAISS)

[6] *as cartas de Mrs. Grant*. Jane Austen se refere à obra *Letters from the Mountains, being the real correspondence of a Lady, between the years 1773 and 1807* [*Cartas da Montanha: a correspondência verdadeira de uma Senhora entre os anos de 1773 e 1807*] de Anne Grant, escritora e poetisa escocesa, publicada em 1807. (DLF)

[7] *o outro livro de Barretti*. Jane Austen se refere a John Baretti, autor de *Account of the Manners and Customs of Italy* [*Relatos dos Modos e Costumes da Itália*], publicado em 1768, com uma segunda edição em 1769, acrescida um apêndice intitulado *Appendix added, in Answer to Samuel Sharp, Esq.* [*Apêndice adicionado em resposta a Samuel Sharp, Esquire*]; e de *Journey from London to Genoa* [*Viagem de Londres a Gênova*], publicado em 1770. (DLF)

[8] *William [...] folga naquele dia*. Fulwar-William Fowle. O termo em inglês utilizado por Jane Austen para se referir à folga é *remedy*, uma gíria da época empregada pelos alunos do *Winchester College*, onde William estudava, para uma folga que era solicitada e concedida às terças-feiras, segundo RWC.

[9] *não se casou*. No início da carta 50, Jane Austen havia feito uma brincadeira com o casamento de Martha Lloyd e Peter Debary, a quem, junto com suas irmãs, Martha visitaria em Eversley.

[10] *Lady B[rook]*. Eleanor Foote, primeira esposa de Sir Brook, que faleceu em 1806 e deixou três filhos. Apesar de Sir Brook ter se casado novamente, ele não o fez com a mulher apontada pela finada esposa (RWC).

52. **Para Cassandra Austen**
Quarta-feira, 15 — sexta-feira, 17 de junho de 1808
De Godmersham a Southampton

Godmersham, quarta-feira, 15 de junho
Minha querida Cassandra,
Por onde começo? Quais de todos meus importantes nadas devo te contar primeiro? Às sete e meia da manhã de ontem, Henry acompanhou-nos até nossa carruagem particular, e partimos do "Bath Hotel", cujas instalações, a propósito, consideramos muitíssimo desconfortáveis — muito sujo, muito barulhento, e muito mal provido. James iniciou sua viagem na diligência das 5.[1] Fez muito calor nas nossas primeiras oito milhas; Deptford Hill trouxe-me à lembrança o calor na viagem que fizemos a Kent há quatorze anos; mas após Blackheath não sofremos nada, e à medida que o dia avançava ficou bem fresco. Em Dartford, que alcançamos dentro das duas horas e três quartos, fomos ao "The Bull", a mesma hospedaria em que tomamos o desjejum naquela referida viagem, e na presente ocasião comemos a mesma manteiga ruim. Às dez e meia partimos novamente e, seguindo viagem sem nenhuma aventura, chegamos a Sittingbourne em torno das três. Daniel estava nos aguardando na porta do "The George", e fui recebida de modo muito cortês por Mr. e Mrs. Marshall, à última dos quais dediquei minha conversa, enquanto Mary saiu para comprar luvas. Alguns minutos, naturalmente, bastaram para Sittingbourne; e assim tornamos a viajar, viajar, viajar, e em torno das seis horas estávamos em Godmersham. Nossos dois irmãos[2] estavam caminhando em frente da casa quando nos aproximamos, tão naturais como a vida. Fanny e Lizzy receberam-nos no vestíbulo com grande alegria; ficamos por alguns minutos na sala de desjejum, e depois seguimos para nossos quartos. Mary ficou com o quarto do vestíbulo. Estou no quarto amarelo — muito literalmente —, pois é nele que estou escrevendo neste momento. Parece-me estranho ter um lugar tão

grande só para mim, e estar em Godmersham sem ti também é estranho. Tua presença é desejada, te asseguro: Fanny, que veio até mim assim que acompanhou sua tia James até seus aposentos, e permaneceu enquanto me vestia, foi tão vivaz como de costume em suas saudades de ti. Ela cresceu tanto em altura quanto em tamanho desde o ano passado, mas não excessivamente, está com ótima aparência, e parece em sua conduta e modos exatamente aquilo que era e que se podia esperar que continue a ser. Elizabeth, que estava se vestindo quando chegamos, veio me ver por um minuto acompanhada por Marianne, Charles e Louisa e, não duvidarás, deu-me boas-vindas muito afetuosas. Que eu as tivesse recebido também de Edward nem preciso dizer; mas digo, entendes, pois é um prazer. Jamais o vi aparentar melhor estado de saúde, e Fanny diz que ele está perfeitamente bem. Não posso elogiar a aparência de Elizabeth, que provavelmente está comprometida por um resfriado. Sua pequena homônima[3] ganhou em beleza nos últimos três anos, embora não tudo que Marianne perdeu. Charles não está tão adorável como era. Louisa está bem como eu esperava, e considero Cassandra mais bonita do que eu esperava, embora no momento ela esteja coberta por uma erupção[4] tão violenta que não descerá após o jantar. Ela tem olhos encantadores e uma expressão aberta e sincera, e parece provável que se torne muito atraente. Seu tamanho é impressionante. Fiquei agradavelmente surpresa ao saber que Louisa Bridges ainda está aqui. Ela parece admiravelmente bem (heranças são dietas muito saudáveis), e está exatamente o que sempre foi. John está em Sandling. Podes imaginar nosso grupo para o jantar, portanto; Fanny, naturalmente, fez parte dele, e o pequeno Edward,[5] naquele dia. Ele estava quase feliz demais, sua felicidade pelo menos o tornou muito tagarela. São dez horas; preciso ir para o desjejum. Desde o desjejum tive um *tête à tête* com Edward em seu quarto; ele queria saber dos planos de James e dos meus e, de acordo com os dele agora, penso estar já quase certo que retornarei quando o fizerem, embora não com eles. Edward irá por volta da mesma época para Alton, onde tem negócios com Mr. Trimmer, e onde ele pretende que seu filho venha a seu encontro; e provavelmente vou ser sua acompanhante até aquele local, e prosseguir depois de uma forma ou de outra. Eu teria preferido uma estadia bem mais longa aqui por certo, mas não há perspectiva de haver transporte para mim posteriormente, já que ele não pretende acompanhar Edward[6] em seu retorno a Winchester, em virtude de uma relutância muito natural em deixar Elizabeth nesse estado.[7] Fico de qualquer forma feliz em não ser obrigada a ser um estorvo para aqueles que me trouxeram aqui, pois, como James não possui um cavalo, me sentiria na carruagem deles como se estivesse tomando o lugar dele. Estava bastante concorrido aqui ontem, embora não caiba a mim dizer isso, já que eu e meu boá fazíamos parte do grupo, e não se pode supor que uma criança de três anos de idade[8] não fique inquieta. Nem preciso pedir que guardes isso tudo para ti mesma, a fim de que não se espalhe por intermédio de Anna.[9] Seus amigos aqui perguntam por ela com muita gentileza, e todos lamentam que ela não tenha vindo com o pai e a mãe. Espero ter deixado Henry livre de sua enfermidade enfadonha, bem em outros aspectos, e pensando com grande prazer em Cheltenham e Stoneleigh. O plano da cervejaria[10] está em vias de terminar; em uma reunião dos sócios na última semana, foi desfeito por consentimento geral e, creio, sincero. A região é muito bonita. Vi muito para se admirar em minha viagem ontem. <u>Quinta-feira</u>. Fico feliz em saber que Anna ficou contente em ir a Southampton, e espero de todo coração que a visita seja satisfatória para todos. Diz a ela que em poucos dias ela terá notícias de sua mãe, que lhe teria escrito, não fosse por essa carta. O dia de ontem correu deveras *à la* Godmersham: os cavalheiros cavalgaram pela fazenda de Edward, e retornaram a tempo de passear conosco por Bentigh; e após o jantar visitamos Temple Plantations,[11] que, certamente, é o Chevalier Bayard dos bosques.[12] James e Mary estão deveras impressionados com a beleza do lugar. Hoje, a animação é mantida pela ida dos dois irmãos a Canterbury de carroça. Não consigo descobrir, mesmo por meio de Fanny, se sua mãe está fatigada por cuidar das crianças. Ofereci meus serviços, naturalmente, e quando partir Louisa [Bridges], que por vezes ouve a leitura das menininhas, tentarei ser aceita em seu lugar. Ela não deve permanecer aqui por muitos dias mais. Espera-se que alguns dos Moore jantem aqui amanhã ou sábado. Sinto-me bastante lânguida e solitária — talvez porque esteja resfriada; mas há três anos estávamos mais animadas contigo e Harriot e Miss Sharpe. Vamos melhorar, ouso dizer, conforme prosseguirmos. Ainda não te contei como a carruagem nova é apreciada — muito bem, bastante mesmo, exceto pelo revestimento, que parece um tanto surrado. Ouvi um relato muito ruim sobre Mrs. Whitefield; um muito bom sobre Mrs. Knight, que vai a Broadstairs no próximo mês. Miss Sharpe vai com Miss Bailey a Tenby. A viúva Kennet assume o posto de lavadeira. Acreditas que meu baú já chegou; e, para completar a felicidade prodigiosa, nada se quebrou. Eu o desfiz todo antes de ir para a cama ontem à noite, e quando desci para o café essa manhã entreguei a manta, que foi recebida com muita gratidão e ganhou admiração geral. Meu vestido também foi ofertado, e gentilmente aceito. <u>Sexta-feira</u>. Recebi tua carta e creio que ela não traga motivo algum para que me lamente, exceto pelo resfriado de Mary, que espero esteja melhor a essa altura. Fico feliz que ela tenha aprovado o chapéu da filha. Mrs. J[ames] A[usten] comprou um na Gayleard para Caroline, do mesmo modelo, porém marrom e com uma pena. Espero que Huxham[13] te ofereça conforto; fico feliz que o estejas tomando. Provavelmente terei a oportunidade de dar teu recado a Harriet amanhã; ela não vem aqui, eles não têm nenhum dia livre, mas Louisa [Bridges] e eu devemos ir vê-la pela manhã. Transmito teu agradecimento a Eliza por meio dessa posta em uma carta para Henry. Lady Catherine é filha de Lorde Portmore. Li o caso de Mr. Jefferson para Edward, e ele deseja inscrever seu nome por um guinéu e o de sua esposa por mais um; mas não deseja mais de um exemplar da obra.¹⁴ Teu relato a respeito de Anna me dá prazer. Diz a ela, com meu afeto, que gosto dela por gostar do cais. Mrs. J[ames] A[usten] parece bastante surpresa que os Maitland tenham tomado chá contigo, mas isso não impede minha aprovação. Espero que não tenhas passado uma noite desagradável com Miss [Harriet] Austen e sua sobrinha. Sabes o quanto me interesso pela compra de um pão de ló. Acabo de retornar de Egerton; Louisa [Bridges] e eu caminhamos juntas e encontramos Miss Maria [Cuthbert] em casa. Sua irmã, encontramos no caminho de volta. <u>Ela</u> fora cumprimentar Mrs. Inman, cuja sege foi vista atravessando o parque enquanto jantávamos ontem. Eu disse a Sackree que pediste que eu lhe mandasse lembranças, o que a agradou; e ela te manda seus respeitos, e deseja que saibas que ela esteve no grande mundo. Ela foi à cidade após levar William para Eltham e, assim como eu, viu as damas irem à corte no dia 4.¹⁵ Ela de fato teve vantagem sobre mim porque esteve no palácio. Louisa¹⁶ não está tão bonita quanto eu esperava, mas não está muito bem. Edward e Caroline parecem muito felizes aqui; ele tem em Lizzy e Charles bons companheiros de brincadeiras. Eles e sua criada têm o sótão dos meninos. Anna não ficará surpresa em saber que muitos nessa casa lamentam seu corte de cabelo;¹⁷ estou razoavelmente conformada com ele ao considerar que dois ou três anos o farão crescer novamente. Dás muita importância a teu Capitão Bulmore e mestre hoteleiro, e acredito que, se tua preocupação preponderar sobre tua dignidade, ela será amplamente recompensada pela aprovação de Mrs. Craven, e por um plano agradável para vê-la. Mrs. Cooke escreveu a meu irmão James que o convidasse, bem como sua esposa, para irem a Bookham em sua viagem de volta, um convite que, conforme soube por Edward, eles se inclinam a aceitar, mas, se eu estiver com eles, isso se tornaria impraticável, pois as condições da estrada não permitiriam outro meio de transporte para James. Vou portanto tranquilizá-los quanto a esse assunto assim que puder. Tenho muitas saudações afetuosas de todos.

Muito afetuosamente tua, Jane

Minha mãe ficará feliz ao ser assegurada de que o tamanho da manta serve perfeitamente bem. Não deve ser utilizada até o inverno.

Miss Austen
Castle Square
Southampton

Notas

[1] *na diligência das 5.* Diariamente às 5 horas da manhã, uma diligência partia de Cross Keys, Gracechurch Street, em Londres, com destino a Dover, percorrendo cerca de 115 km em 15 horas. Assim, James chegaria a Canterbury em 12 horas (aprox. 88,5 km) e, portanto, antes da diligência em que estava Jane Austen. (RWC)

[2] *Nossos dois irmãos.* James e Edward Austen.

[3] *Sua pequena homônima.* Lizzy, que tinha o mesmo nome da mãe, Elizabeth.

[4] *erupção.* De acne (DLF).

[5] *pequeno Edward.* Filho de James Austen, então com 10 anos. (RWC)

[6] *Edward.* Filho mais velho de Edward Austen Knight, então com 14 anos. (DLF)

[7] *nesse estado.* Elizabeth estava grávida de Brook-John, sua 11ª e última gestação. O estado de saúde de Elizabeth era alvo de preocupação frequente para Jane e Cassandra, conforme se lê em diversas cartas. O parto de Brook-John ocorreu em 28 de setembro e Elizabeth faleceu pouco tempo depois, em 10 de outubro de 1808.

[8] *criança de três anos de idade.* Jane Austen se refere à sobrinha Caroline, filha de James Austen. (DLF)

[9] *Anna.* Filha mais velha de James Austen.

[10] *plano da cervejaria.* De acordo com pesquisas de DLF, o banco de Henry-Thomas Austen, em sociedade com dois outros, estava tentando abrir uma cervejaria no West End em Londres.

[11] *Bentigh [...] Temple Plantations.* Dois dos bosques pertencentes à propriedade de Edward Austen Leigh. Havia ainda um terceiro denominado *Canterbury Hill Plantation*, que será citado por Jane Austen em cartas posteriores. Brabourne relata que, em meio ao segundo, havia uma pequena construção chamada *The Temple* ("templo", em inglês). Em suas anotações na edição das cartas de Jane Austen, publicada em 1808, Lorde Brabourne explica que os três bosques foram plantados por Edward Austen Knight quando chegou à propriedade de Godmersham em locais onde antes havia apenas solo arado. Além do plantio da vegetação, o projeto incluiu uma alameda e caminhos para passeio.

[12] *Chevalier Bayard.* Pierre Terrail de Bayard (1476-1524), nobre francês conhecido por seus contemporâneos como virtuoso e destemido (DLF).

[13] *Huxham.* John Huxham (169201768), médico cuja tintura de casca de cinchona faz parte da farmacopeia britânica. (DLF)

[14] *mais de um exemplar da obra.* Trata-se de *Two Sermons* [Dois sermões] (1808) do Reverendo T. Jefferson de Tunbridge. Constam da lista de assinantes os nomes de Jane Austen, de seu irmão Edward e de sua cunhada, com a contribuição de um guinéu cada. O preço do volume era sete xelins, portanto, Edward abriu mão dos outros exemplares aos quais ele e a esposa tinham direito. Não se sabe se Jane Austen adquiriu seus três exemplares. (VJ)

[15] *viu as damas irem à corte no dia 4.* O Rei George III nasceu em 4 de junho de 1738 e o evento citado fazia parte das comemorações de seu aniversário. RWC

considera que Sackree pode ter tido acesso ao palácio por meio de algum parente da esposa de Edward.

[16] *Louisa*. Filha de Edward Austen Knight.

[17] *seu corte de cabelo*. Anna cortou seu cabelo num estilo em voga à época chamado "*à la Titus*" (VJ), que consistia em um corte bem curto com as pontas desgrenhadas e mechas deixadas um pouco mais longas na frente. Foi o primeiro corte de cabelo curto feminino a entrar em moda na História, inspirado pela Revolução Francesa, quando os cabelos dos guilhotinados eram cortados para evitar que atrapalhassem o corte da lâmina. O estilo demonstrava desprendimento e simbolizou uma liberdade jamais experimentada antes pelas mulheres.

53. Para Cassandra Austen
Segunda-feira, 20 — quarta-feira, 22 de junho de 1808
De Godmersham a Southampton

Godmersham, segunda-feira, 20 de junho
Minha querida Cassandra,

Falarei primeiro de minha visita a Canterbury, pois a carta de Mrs. J[ames] A[usten] para Anna não conseguirá te fornecer todos os detalhes que provavelmente desejas. — Recebi as mais afetuosas boas-vindas de Harriot & fiquei feliz em vê-la com a aparência quase tão boa quanto de costume. Ela caminhou comigo para visitar Mrs. Brydges, enquanto Elizabeth & Louisa foram à residência de Mrs. Milles; — Mrs. B. estava se vestindo & não pôde nos receber, & seguimos até White Friars,[1] onde Mrs. K[night] se encontrava sozinha em sua sala de estar, tão gentil & amável & amistosa como de costume. — Ela perguntou por todos, especialmente por minha mãe & por ti. — Ficamos com ela por um quarto de hora até entrarem Elizabeth & Louisa, acaloradas da ida à loja de Mrs. Baskerville; — elas foram logo seguidas pela carruagem, & mais cinco minutos trouxeram o próprio Mr. Moore, recém-chegado de sua cavalgada matinal. Bem! — & o que penso de Mr. Moore? — Não fingirei desgostar dele depois de apenas um encontro, não importa o que Mary possa dizer; mas posso honestamente assegurar a ela que não vi nada nele para admirar. — Seus modos, como sempre disseste, são cavalheirescos — mas de maneira alguma atraentes. Ele fez uma pergunta formal sobre ti. — Vi a menininha deles, & ela é muito pequena & muito bonita; seus traços são tão delicados quanto os de Mary Jane,[2] com belos olhos escuros, &, se tivesse o rosado saudável de Mary Jane, seria perfeita. — A afeição de Harriot por ela parece amável & natural, & sensata. Vi Caroline[3] também, & achei-a deveras sem atrativos. — O plano de Edward para Hampshire não muda. Ele apenas o aprimora com a gentil intenção de me levar a Southampton, & passar um dia inteiro contigo; & se for viável, Edward Jr. se juntará a nós nesse dia também, que será domingo, 10 de julho. — Espero que tenhas camas para eles. Deveremos iniciar nossa viagem no dia 8 & estar contigo na tarde do dia 9. — Esta manhã trouxe-me uma carta de Mrs. Knight, contendo a costumeira quantia,[4] & toda a costumeira gentileza. Ela pede-me que passe um dia ou dois com ela esta semana, para encontrar Mrs. C. Knatchbull, que virá a White Friars com o marido hoje — & acredito que irei. — Consultei Edward — & creio que será combinado que Mrs. J[ames] A[usten] me acompanhe uma manhã, que eu passe a noite, & Edward me leve para casa na noite seguinte. — O presente deveras agradável[5] que recebi dela tornará minhas circunstâncias bem mais fáceis. Vou reservar metade para meu redingote. — Espero que, com esse retorno antecipado, eu consiga ver Catherine & Alethea; — & proponho que, com ou sem elas, tu & eu & Martha passemos uma quinzena confortável enquanto minha mãe estiver em Steventon. — Todos continuamos muito bem aqui, Mary acha as crianças menos incômodas do que ela esperava &, independentemente <u>delas</u>, decerto não há muito que possa tentar a paciência ou afetar os ânimos em Godmersham. — Ontem eu a iniciei nos mistérios do Inmanismo.[6] — A pobre senhora está tão magra & alegre como sempre, & muito grata por uma nova conhecida. — Eu a tinha visitado antes com Elizabeth e Louisa. — Acho John Bridges deveras envelhecido e deprimido, mas seus modos não mudaram; é muito agradável, & fala de Hampshire com grande admiração. — Peço que dês a Anna o prazer de saber que é lembrada com carinho por Mrs. Cooke & Miss Sharpe. Seus modos devem ter piorado muito pela forma como os descreves, mas espero que melhorem com essa visita. — Mrs. Knight termina sua carta com "Manda minhas mais afetuosas saudações a Cassandra quando escreveres para ela". — Vou gostar muito de passar um dia em White Friars. — Hoje de manhã tomamos o desjejum pela primeira vez na biblioteca & quase todos reclamaram o dia inteiro do calor; mas

Louisa & eu concordamos com relação ao clima, & estamos frescas & confortáveis. — Quarta-feira — Os Moore chegaram ontem entre uma & duas horas em sua charrete; & imediatamente após os refrescos que sucederam sua chegada, um grupo saiu em direção a Buckwell para ver a dragagem da lagoa; Mr. Moore, James, Edward & James-Edward a cavalo, John Bridges levando Mary em seu cabriolé. — O restante de nós permaneceu tranquila e confortavelmente em casa. — O jantar foi muito agradável, pelo menos na parte mais modesta da mesa; a diversão ficou principalmente entre Edward, Louisa, Harriot & mim. — Mr. Moore não falou tanto quanto eu esperava, & Fanny me fez compreender que não o vi como ele geralmente é; — o fato de sermos estranhos um ao outro deixou-o muito mais reservado & quieto. Não tivesse eu motivos para observar o que ele dizia & fazia, mal o teria notado. — Falta ternura no modo como a trata — & ele ficou um pouco exaltado por fim, devido à impossibilidade de ela ir para Eastwell. — Não vejo sinais de infelicidade nela, contudo; & quanto à afabilidade &c., ela continua exatamente a mesma. Mary ficou desapontada com a beleza dela o achou muito desagradável; James a admira e o acha sociável & agradável. Enviei por meio deles minha resposta a Mrs. Knight, meu duplo reconhecimento por seu bilhete & seu convite, a qual escrevi sem me esforçar muito; pois estava rica — e os ricos são sempre respeitáveis, qualquer que seja seu estilo de escrita: — Devo encontrar Harriot no jantar amanhã; — é um dos dias de prestação de contas, & Mr. M. janta com o decano,[7] que acaba de chegar a Canterbury. — Na terça-feira, deve haver uma reunião familiar na residência de Mrs. C[harles] Milles. — Lady Bridges e Louisa de Goodnestone, os Moore, & um grupo desta casa, Elizabeth, John Bridges e eu. Terei prazer em ver Lady B. — ela está deveras bem agora. — Louisa vai para casa na sexta-feira, & John com ela; mas ele retorna no dia seguinte. Esses são nossos compromissos; prestigia-os grandemente. — Mr. Waller morreu, então; — não posso lamentar sua morte, nem talvez sua viúva o possa muito. — Edward começou a cortar sanfeno no sábado & espero que o clima permaneça favorável; — a colheita é boa. — Tem havido muitos resfriados & dores de garganta nesta casa ultimamente, quase todas as crianças ficaram doentes, & um dia receamos que Lizzy ficasse muito doente; ela ficou com manchas & muita febre. — Passou contudo, & estão todas muito bem agora. — Quero saber de tua colheita de morangos. Deram frutos três vezes aqui. — Suponho que tenhas sido obrigada a ter em casa um pouco de vinho branco, & deves visitar a dispensa com um pouco mais de frequência que quando estavam sozinhas. — Começa-se de fato a esperar a chegada do "St. Albans" agora, & espero que ele atraque antes que Henry vá a Cheltenham, será tão mais conveniente para ele. Fará muito gosto a ele se Frank puder encontrá-lo com ele em Londres, dado que seu tempo será provavelmente muito precioso, mas ele não conta com isso. — Não me esquecerei de Charles na próxima semana. — Tudo isso escrevi antes do desjejum — & agora para minha agradável surpresa devo acusar o recebimento de outra carta tua. — Não tinha a menor esperança de ter notícias tuas antes de amanhã, & ouvi Russell passar pelas janelas sem muita ansiedade. És muito amável & talentosa para escrever cartas tão longas; cada página tua tem mais linhas do que esta, & cada linha, mais palavras do que a média das minhas. Estou muito envergonhada — mas certamente tens mais pequenos acontecimentos do que nós. Mr. Lyford te abastece com uma boa porção de matérias interessantes (matéria intelectual, não física) — mas não tenho nada a dizer sobre Mr. Scudamore.[8] E agora, essa é uma tentativa tão infeliz e estúpida de ser engenhosa, sobre a matéria, que ninguém rirá dela, & estou bastante desanimada. Estou farta de mim mesma, & minhas penas ruins. — Não tenho outra reclamação contudo, meu langor passou completamente. — Deveria estar muito satisfeita com *Marmion*?[9] — até o momento não estou — James o lê em voz alta à noite — a noite curta — iniciando por volta das dez, & sendo interrompido pelo jantar. — Felizes

Mrs. Harrison & Miss Austen! — Parece que estás sempre a visitá-las. — Fico feliz que tuas muitas gentilezas tiveram tão bom resultado; & desejo-te de todo o coração sucesso & satisfação em teu compromisso atual. — Vou imaginar-te esta noite em Netley, & amanhã também, para ter certeza de que estou certa — & portanto creio que não irás a Netley de modo algum. — É uma história triste a de Mrs. Powlett. Não suspeitava que ela fosse capaz de uma coisa dessas. Lembro-me de que ela tomou o sacramento da última vez em que tu e eu o fizemos. — Uma pista, com iniciais, estava no *Courier*[10] de ontem; & Mr. Moore imaginou que se tratava de Lorde Sackville, acreditando que não havia nenhum outro Visconde S. no pariato, & assim se provou — uma vez que o Lorde Visconde Seymour não estava lá. — Sim, gosto muito de meus aposentos, & sempre passo duas ou três horas lá após o desjejum. — A diferença entre as acomodações de Brompton[11] e estas é substancial no que diz respeito ao espaço. — Pego-me indo até a antecâmara vez ou outra. — A pequena Caroline parece muito sensabor entre os primos, & embora não seja tão teimosa ou caprichosa quanto eles, não a considero em nada mais cativante. — O irmão dela virá conosco para Canterbury amanhã, & Fanny completará o grupo. Imagino que Mrs. K[night] tenha menos interesse neste ramo da família do que em qualquer outro. Entretanto, ouso dizer que ela cumprirá sua <u>obrigação</u> para com o menino.[12] — Seu tio Edward diz tolices a ele encantadoramente — mais do que ele consegue entender às vezes. Os dois Morris virão jantar & passar o dia com ele. Mary deseja que minha mãe compre tudo o que julgar necessário para as camisolas de Anna; — & espera vê-la em Steventon logo após 9 de julho, se essa época for tão conveniente para minha mãe quanto qualquer outra. — Não fiz plena justiça ao que ela tenciona sobre o assunto, pois seu desejo é que minha mãe vá quando melhor lhe aprouver. — Estarão em casa no dia 9. —

Recebo sempre uma visita matinal de Crondale; & Mr. e Mrs. Filmer acabam de cumprir sua obrigação para comigo. Ele &

eu tagarelamos alegremente sobre Southampton, os Harrison, Wallers &c. — Fanny manda suas saudações mais afetuosas a todos vós, & escreverá para Anna muito em breve. — Muito afetuosamente, tua

Jane.

Desejo notícias de Paragon. —
Quase lamento que o Chalé em Rose Hill chegasse tão próximo a servir para nós, já que não serve completamente.

Miss Austen
Castle Square
Southampton

Notas

[1] *White Friars.* Residência de Mrs. Knight, sogra de Edward Austen Knight, em Canterbury.

[2] *Mary Jane.* Filha mais velha de Frank Austen, que estava em Southampton na ocasião (DLF).

[3] *Caroline.* Filha de Mr. Moore de seu primeiro casamento (DLF).

[4] *a costumeira quantia.* Essa carta evidencia que Mrs. Knight costumava enviar regularmente para Jane Austen uma quantia em dinheiro. Ela, junto com menções à gentileza e à generosidade de Mrs. Knight em outras cartas, faz com que os biógrafos apontem Mrs. Knight como a única patrocinadora conhecida de Jane Austen.

[5] *O presente deveras agradável.* O dinheiro mencionado na nota acima.

[6] *Inmanismo.* Referência ao sobrenome de Mrs. Inman, viúva de um antigo clérigo de Godmersham. Era costume das crianças de Godmersham irem até sua residência, levando frutas após a sobremesa. Era cega e caminhava pelas redondezas com uma bengala, acompanhada de uma criada (Brabourne).

[7] *o decano.* Thomas Powys (1736-1809) (DLF).

[8] *Mr. Lyford [...] Mr. Scudamore.* Mr. Lyford era médico em Winchester e Mr. Scudamore era o médico da família em Godmersham.

[9] *Marmion.* "*Marmion: A Tale of Flodden Field*" [*Marmion: um conto de Flodden Field*], é um poema narrativo histórico de Walter Scott. Foi a segunda obra desse gênero de autoria de Scott e alcançou enorme sucesso de público, com quatro edições mais de 11.000 exemplares vendidos apenas em 1808, ano de sua publicação.

[10] *história triste [...] Courier.* Mrs. Powlett, casada com um marquês de Winchester, fugiu com um visconde. A fuga do casal foi publicada no *Morning Post* de 18 e 21 de junho de 1808 e não no *Courier* de Londres, e a manchete da notícia trazia as iniciais do casal, Mrs. P. e Lorde S — (RWC).

[11] *Brompton.* Localidade onde Henry Austen morava no período em que a carta foi escrita.

[12] *cumprir [...] o menino.* Mrs. Knight pode ter sido madrinha de James Edward (RWC).

54. Para Cassandra Austen
Domingo, 26 de junho de 1808
De Godmersham a Southampton

       Godmersham, domingo, 26 de junho
Minha querida Cassandra,
Estou muito agradecida por me escreveres na quinta-feira; & muito contente que devo o prazer de receber notícias tuas em tão pouco tempo a uma causa tão agradável; mas não ficarás surpresa, nem tão zangada quanto eu ficaria, em saber que a história de Frank já chegara a mim, por meio de uma carta de Henry. — Estamos todos muito felizes em saber que ele está com saúde & em segurança; — não lhe falta nada senão um bom prêmio para ser uma personagem perfeita. — Este plano para a Ilha é algo admirável para sua esposa; ela não sentirá a demora em seu retorno com tal mudança. — Quanta gentileza a de Mrs. Craven em convidá-la! — Creio que compreendo bem todos os preparativos para a ilha, & estarei muito pronta para realizar a parte deles que me cabe. Espero que minha mãe vá — & estou certa de que haverá a cama de Martha para acomodar Edward quando ele me levar para casa. O que podes fazer com Anna? — pois sua cama provavelmente será necessária para o jovem Edward.[1] — Seu pai escreve para Dr. Goddard hoje para solicitar a dispensa, & temos a confirmação do aluno para acreditar que será concedida. — Tenho sido tão gentilmente instada a permanecer aqui por mais tempo, em virtude da oferta de Henry para me levar de volta para casa em meados de setembro, que não sendo capaz de detalhar todas as minhas objeções a tal plano, senti-me na obrigação de dar a Edward & Elizabeth uma razão pessoal para desejar estar em casa em julho. — Eles compreendem a importância dela, & não insistem mais; — & pode-se confiar na discrição deles. — Depois disso, espero que a visita de nossas amigas[2] não seja malograda; — ela envolverá minha honra, assim como meu afeto. — Elizabeth tem um plano muito aprazível de

que acompanhemos Edward[3] a Kent no próximo Natal. Uma herança poderia torná-lo deveras praticável; — uma herança é nosso bem soberano. — Nesse ínterim, deixa-me lembrar que tenho agora algum dinheiro para gastar, & que desejo me inscrever como assinante das obras de Mr. Jefferson.[4] Encerrei minha última carta antes que me ocorresse o quão possível, quão correto, & quão gratificante seria tal medida. — Teu relato da boa viagem, travessia, & satisfação com tudo das tuas visitantes deu-me muito prazer. Faz um clima propício para se conhecer a ilha, & espero que com tal predisposição a ficarem satisfeitas, a diversão delas seja, no geral, tão certa quanto justa. — O interesse de Anna pela embarcação revela um gosto a ser valorizado. — O encanto de Mary Jane com a água é deveras ridículo. Elizabeth presume que Mrs. Hall atribuirá isso ao fato de a criança saber que o pai está em alto-mar. — Mrs. J[ames] A[usten] espera, como disse em minha última carta, ver minha mãe assim que voltar para casa, & vai buscá-la em Winchester em qualquer dia que ela indicar. — E ora creio ter concluído todas as respostas & comunicados necessários; & posso me divertir à vontade com minha visita a Canterbury. — Foi uma visita deveras agradável. Houve de tudo para que assim fosse; gentileza, conversa & variedade, sem custos ou preocupações. — Mr. Knatchbull de Provender estava em White Friars quando chegamos, & ficou para o jantar, que, contando com Harriot — que conforme podes imaginar chegou muito apressada, dez minutos após o horário — foi servido para 6. — Mr. K. partiu cedo; — Mr. Moore tomou seu lugar, & sentamo-nos trabalhando em silêncio & conversando até às 10; quando ordenou a sua esposa que partisse, & transferimo-nos para a sala de estar para comer nossas tarteletes com geleia. — Mr. M. não foi desagradável, apesar de nada parecer bom para ele. É um homem sensível, & conta bem histórias. — Mrs. C. Knatchbull & eu tomamos o desjejum *tête à tête* no dia seguinte, pois o marido fora para a residência de Mr. Toke, & Mrs. Knight teve uma dor de cabeça terrível que a deixou acamada. Ela recebera visitantes em excesso no dia anterior; — após minha chegada, o que não ocorreu antes das duas, vieram Mrs. M[illes] de Nackington, certas Mrs. & Miss Gregory, & Charles Graham; & me contou que havia sido assim a manhã toda. — Logo após o desjejum na sexta-feira, Mrs. C. K. — que está exatamente como sempre a vimos — acompanhou-me até a residência de Mrs. Brydges & de Mrs. Moore,[5] fez algumas outras visitas enquanto permaneci com a última, & concluímos com Mrs. C[harles] Milles, que felizmente não estava em casa, & cuja nova residência é um atalho muito conveniente de Oaks até White Friars. — Encontramos Mrs. Knight em pé & melhor — mas, como era cedo — apenas 12 horas —, mal havíamos tirado nossas toucas quando chegaram visitas, Lady Knatchbull & a mãe; & depois delas se seguiram Mrs. White, Mrs. Hughes & suas duas filhas, Mr. Moore, Harriot & Louisa, & John Bridges, em intervalos tão curtos entre um e outro que me fez imaginar se Mrs. K & eu conseguiríamos ficar dez minutos sozinhas, ou ter um pouco de tempo ocioso para uma conversa tranquila. — Ainda assim tivemos tempo de falar sobre um pouquinho de tudo. — Edward veio para o jantar, & às oito ele & eu subimos na sege, & os prazeres de minha visita se encerraram com um retorno encantador para casa. — Mrs. & Miss Brydges pareceram muito felizes em me ver. — A pobre senhora está quase com a mesma aparência de três anos atrás, & perguntou por minha mãe de forma muito atenciosa; — E dela e dos Knatchbull, tenho toda sorte de recomendações gentis para transmitir a vós duas. Como Fanny escreve a Anna utilizando-se dessa remessa, eu tencionara guardar minha carta para um outro dia, mas ao me lembrar de que deveria guardar por dois,[6] decidi terminá-la & enviá-la agora. Ouso dizer que as duas cartas não vão atrapalhar; ao contrário, podem esclarecer uma à outra. — Mary começa a imaginar, uma vez que não recebeu mensagem alguma sobre o assunto, que Anna não tenciona responder à sua carta; mas deve ser pelo prazer de imaginá-lo. — Considero Elizabeth melhor & com melhor aparência do que quando chegamos. — Ontem apresentei James a Mrs. Inman; — à noite John Bridges retornou de Goodnestone — & na manhã de hoje, antes que deixássemos a mesa do desjejum, recebemos a visita de Mr. Whitfield, cujo propósito, imagino, foi principalmente agradecer a meu irmão mais velho por seu auxílio. Pobre homem! — tem agora um pequeno intervalo em seus cuidados excessivos com a esposa, já que ela está bem melhor. — James oficiará em Godmersham hoje. — Os Knatchbull planejavam vir para cá na próxima semana, mas o dia de recolher os aluguéis faz com que seja impossível recebê-los, & não creio que haverá tempo disponível depois. Eles retornam a Somersetshire pela rota de Sussex & Hants & devem passar por Fareham — & talvez passem por Southampton,[7] possibilidade sobre a qual disse tudo o que pensei ser correto — &, se estiverem nas redondezas, Mrs. K. prometeu uma visita a Castle Square; — será por volta de fins de julho. — Ela parece ter contudo a expectativa de ir à região novamente na primavera por um período mais longo, & passará um dia conosco se for. — Tu & eu não precisamos dizer uma à outra o quão felizes ficaremos em receber, ou dar atenção a qualquer pessoa relacionada a Mrs. Knight. — Não posso deixar de lamentar que agora, quando sinto estar suficientemente à altura dela para desfrutar de sua companhia, a veja tão pouco. — Os Milles de Nackington jantam aqui na sexta & talvez os Hatton. — É uma deferência tão devida a mim quanto uma visita dos Filmer. — Quando escreveres para a ilha, Mary gostaria que Mrs. Craven seja informada, com seu afeto, que agora ela tem certeza de que não estará dentro de suas possibilidades visitar Mrs. Craven durante sua estada lá, porém, se Mrs. Craven puder incluir Steventon em seu retorno, dará uma grande satisfação a meu irmão & a ela própria. — Ela também felicita sua homônima[8] pelas notícias de seu marido. — Essa mesma homônima está subindo na vida; — acharam-na extremamente aprimorada em sua última visita. — Mrs. Knight assim a considerou, no ano passado. Henry envia-nos informações bem-vindas de que não sentiu mais dor na face desde que os deixei. — És muito gentil em mencionar a velha Mrs. Williams com tanta frequência. Pobre criatura! — Não posso deixar de esperar que cada carta venha a relatar que o sofrimento dela chegou ao fim. — Se ela deseja açúcar, terei prazer em supri-lo. — Os Moore foram a Goodnestone ontem, mas retornam amanhã. Após terça-feira não os veremos mais — apesar de Harriot estar muito empenhada em fazer com que Edward inclua Wrotham na viagem, contudo estaremos com muito pressa para irmos além da entrada de Wrotham. — Ele deseja estar em Guilford na sexta-feira à noite — para que tenhamos algumas horas de sobra em Alton. — Lamentarei passar por Seale[9] sem fazer uma visita, mas assim deve ser; — & estarei mais próxima de Bookham do que poderia desejar, no caminho de Dorking a Guilford — mas, até que tenha meu próprio dinheiro para viajar, devo me submeter a tais coisas. — Os Moore partem de Canterbury na sexta-feira — & passam um ou dois dias em Sandling. — Realmente espero que Harriot esteja feliz de modo geral — mas ela não consegue se sentir tão confortável com seu marido quanto as esposas com as quais ela está habituada. — Adeus. Espero que tenhas há muito te recuperado de tua aflição da quinta-feira de manhã — & que não te importes muito em deixar de ir à corrida de Newbury. — Estou resistindo à de Canterbury. Que isso te dê forças. Muito sinceramente, tua

Jane

Miss Austen
Castle Square
Southampton

Notas

[1] *jovem Edward*. Filho mais velho de Edward Austen Knight (DLF).

[2] *a visita de nossas amigas*. Jane Austen se refere à ida de Catherine e Alethea Bigg a Southampton. DLF estima que a razão pessoal para que Jane Austen estivesse em casa no momento da visita evitar que sua ausência fosse interpretada como se as evitasse propositalmente, uma vez que a autora rejeitara a corte de Harris Bigg-Wither, irmão de Catherine e Alethea, em 1802 (DLF).

[3] *Edward*. Filho mais velho de Edward Austen Knight, que retornaria de Winchester nas férias de Natal (DLF).

[4] *obras de Mr. Jefferson*. Ver nota 14 da carta 52.

[5] *Mrs. Moore*. Viúva do arcebispo e sogra de Harriot Bridges Moore (DLF).

[6] *deveria guardar por dois*. É possível que não houvesse remessas postais diárias de Godmersham (RWC).

[7] *Somersetshire [...] Southampton*. Os Knatchbull moravam em Babington, cerca de 8 km ao norte de Shepton Mallet, na estrada para Bath. Por isso, para retornar para casa, poderiam sair da estrada costeira seguindo por Fareham, em direção a Winchester, ou por Southampton, em direção a Salisbury (RWC).

[8] *sua homônima*. Mary, esposa de Frank Austen.

[9] *Seale*. Residência dos Walter, primos de Jane Austen (DLF).

55. Para Cassandra Austen
Quinta-feira, 30 de junho — sexta-feira, 1º de julho de 1808
De Godmersham a Southampton

Godmersham, quinta-feira, 30 de junho
Minha querida Cassandra,
Envio-te todas as alegrias do retorno de Frank, que ocorrerá no autêntico modo dos marinheiros, logo após nos terem dito que não o aguardássemos antes de algumas semanas. — O vento não o favoreceu muito, porém suponho que já deve estar em nossa vizinhança a esta hora. Fanny espera-o aqui a qualquer momento. — A visita de Mary à ilha será provavelmente abreviada por esse acontecimento. Transmite nosso gentil afeto & felicitações a ela. — Que clima frio, detestável, desde domingo! — Ouso dizer que acendes as lareiras todos os dias. Meu casaquinho de caxemira é um bom alento para nossas caminhadas ao anoitecer. — Mary agradece Anna por sua carta, & deseja que o tecido que comprar para seu novo vestido colorido seja suficiente para fazer um lenço para camisas.[1] — Fico contente em saber do gentil presente de sua tia Maitland. — Queremos que nos envies a altura de Anna, para que possamos saber se é tão alta quanto Fanny; — e te peço que possas me sugerir alguma coisinha que seja provavelmente aceitável para Mrs. F[rank] A[usten] — Desejo levar-lhe algo; — ela tem uma faca de prata — ou recomendarias um broche? Não devo gastar mais que meio guinéu com isso. — Nosso compromisso da terça-feira decorreu de modo muito agradável; primeiro visitamos Mrs. Knight & a encontramos muito bem; & no jantar tivemos apenas os Milles de Nackington além de Goodnestone & Godmersham & Mrs. Moore. — Lady Bridges parecia muito bem, & estou certa de que teria sido muito agradável, se tivesse havido tempo suficiente para que ela conversasse comigo, mas da forma como foi, pôde ser apenas gentil e amável, dar sorrisos bem-humorados & fazer perguntas amistosas. — Seu filho Edward também parecia muito bem, &

com modos tão inalterados quanto os dela. À noite vieram Mr. Moore, Mr. Toke, Dr. & Mrs. Walsby & outros; formou-se uma mesa de carteado, o restante de nós se sentou & conversou, & às nove e meia viemos embora. — Ontem meus dois irmãos foram a Canterbury, e J[ohn] Bridges partiu para Londres a caminho de Cambridge, onde deverá realizar seu Mestrado. — Edward & Caroline & a mãe pegaram todos o resfriado de Godmersham; o primeiro com dor de garganta & febre, que ainda afetam sua aparência. — <u>Ele</u> está muito feliz aqui, contudo, porém penso que a menininha ficará contente em ir para casa; — os primos são demais para ela. — Deveremos receber Edward, acredito, em Southampton enquanto a mãe estiver em Berkshire para a corrida — & muito provavelmente receberemos o pai também. Se as circunstâncias forem favoráveis, será uma boa ocasião para nosso plano de ir a Beaulieu. — Lady E. Hatton nos fez uma visita há algumas manhãs, com a filha Eliz[abe]th, que fala pouco, como sempre, mas mantém a cabeça erguida & sorri & deve ir à corrida. — Anna Maria estava com Mrs. Hope, mas deveremos vê-la aqui amanhã. — Esse tanto foi escrito antes do desjejum; agora é meio-dia e meia, &, após ouvir a leitura de Lizzy, transferi-me para a biblioteca por causa da lareira, que nos surpreendeu agradavelmente quando nos reunimos, às dez, & aqui em isolamento aquecida & feliz passo a responder à carta de hoje. Nós te exaltamos por tua travessia intrépida & estamos muito contentes que tenha ocorrido de modo tão aprazível, & que Anna a tenha desfrutado tanto. — Espero que não te sintas mal pelo cansaço — mas para embarcar às quatro deves ter levantado às três, & é bem provável que não tenhas sequer dormido. — A decisão de Mary de não retornar para casa provocou uma pequena surpresa geral. — Quanto a Martha, não havia a menor chance no mundo de que tivesse notícias minhas novamente, & espanto-me com a insensatez dela em propô-lo. — Asseguro-te que estou tão cansada de escrever cartas longas quanto tu. Que lástima que tenhamos ainda tanto gosto em recebê-las! — O casamento de Fanny Austen[2] é uma notícia e tanto, & lamento que ela tenha se comportado tão mal. Há certo conforto para <u>nós</u> em sua má conduta, a de que não teremos que escrever uma carta de felicitações. — James & Edward foram a Sandling hoje; — um plano bom para James, uma vez que conhecerá uma região nova & agradável. Edward certamente se esmera em fazer as honras a seus visitantes & cuidar da diversão deles. — Retornam ao anoitecer — Elizabeth fala em ir com as três filhas a Wrotham enquanto o marido estiver em Hampshire; — sua aparência melhorou muito desde que chegamos, & com exceção de um resfriado, de modo algum parece indisposta. Na verdade, a consideram mais ativa do que o habitual, tendo em vista sua condição & tamanho. — Tentei deixar James feliz contando-lhe sobre o gosto de sua filha, mas se ficou, não o expressou. — <u>Eu</u> alegro-me com isso muito sinceramente. — Henry fala, ou melhor, escreve sobre ir a Downs, caso o "St. Albans" permaneça lá — porém espero que se decida de outra forma. — Recebi felicitações de todos por sua chegada a Canterbury; — é prazeroso estar entre pessoas que conhecem nossas relações & se preocupam com elas; & diverte-me ouvir John Bridges falar sobre "Frank". — Cogitei brevemente escrever para Downs, mas não o farei; é certeza absoluta que ele estaria em algum outro lugar quando minha carta chegasse. — Mr. Thomas Leigh está na cidade novamente — ou esteve muito recentemente. Henry o encontrou na Igreja de St. James domingo passado. — Atribuiu sua vinda inesperada aos negócios — que pensamos naturalmente só poder se tratar de <u>um</u> negócio[3] — & veio de Adlestrop com a diligência em um dia, o que — se antes houvesse dúvidas — deixou Henry convencido de que ele viverá para sempre.[4] — Mrs. Knight está gentilmente aflita por nós, & crê que Mr. L[eigh] P[errot] <u>deve</u> estar desejoso de que tudo se resolva pelo bem de sua <u>família</u>. — De fato, não sei de onde virá nossa herança — mas manteremos nossos olhos bem abertos. — Lady B[ridges] estava toda vestida de preto próspero um dia desses. — Uma carta de Jenny Smallbone[5] para a filha traz informações que devem ser transmitidas a minha mãe, de que uma vaca deu cria em Steventon. — Devo também transmitir saudações da mãe dela para Anna & dizer que, como o pai pensa em lhe escrever uma carta de consolo, ela <u>não</u> escreverá, pois sabe que isso o impediria de fazê-lo. — Quando é que essas suposições estão corretas? Eu poderia jurar que Mary sabia do retorno do "St. Albans" & que ficaria ansiosa para voltar para casa, ou fazer algo: — As pessoas nunca sentem ou agem, sofrem ou alegram-se da forma como se espera! — De modo algum dou importância à decepção de Martha com a ilha; gostará mais dela no final. — Não posso evitar pensar & repensar em tua ida tão heroica para a ilha. Ela me traz à lembrança a viagem de Mrs. Hastings pelo Ganges &, se tivéssemos ao menos uma sala onde pudéssemos nos retirar para comer nossas frutas, encomendaríamos um quadro para pendurar lá.[6] — Sexta-feira, 1º de julho — O clima melhorou, o que atribuo ao fato de eu ter escrito sobre ele — & espero, já que não reclamastes, ainda que estivesses na água & às quadro da madrugada — que não tenhas sentido tanto frio por aí. — Faz dois anos amanhã que nos mudamos de Bath para Clifton, com que sensação feliz de fuga! — O correio de hoje trouxe-me algumas linhas do amável Frank, porém ele não nos dá esperanças de vê-lo aqui. — Não é improvável que possamos dar uma olhadela em Henry que, salvo se o "St. Albans" partir rapidamente, irá para Downs & não conseguirá estar em Kent sem dedicar um ou dois dias a Godmersham. — James recebeu hoje pela manhã a resposta de Mrs. Cooke, aceitando gentilmente sua oferta de incluir Bookham no caminho de volta para casa; & Edward recebeu uma resposta menos agradável de Dr. Goddard, que de fato nega o pedido. Tendo sido uma vez tolo o suficiente para estabelecer a regra de nunca permitir que um menino partisse uma hora sequer antes do recesso escolar, ele agora é tolo o suficiente para cumpri-la. — Estamos todos decepcionados. — A carta dele traz uma dupla decepção, pois não tem vaga para George neste verão. — Meus irmãos retornaram ontem às 10 da noite, após passar um dia muito agradável na rotina habitual. Encontraram Mrs. D[eedes] em casa, & Mr. D[eedes] recém-chegado de uma viagem de negócios ao exterior, para o jantar. James admira muito o lugar & considera as duas meninas mais velhas muito bonitas — porém a beleza de Mary tem preferência. — O número de filhos o impressionou muito, pois não apenas possuem onze, todos em casa, mas os três pequenos Bridges também estão com eles. — James tenciona ir outra vez a Canterbury para ver seu amigo, Dr. Marlowe, que está a caminho neste momento; — <u>Eu</u> dificilmente terei outra oportunidade de ir até lá. Mais uma semana e estarei em casa — &, então, minha estadia em Godmersham parecerá um sonho, como já parece minha visita a Brompton. O vinho laranja necessitará de nossos cuidados em breve. — Mas enquanto isso, pela elegância & facilidade & luxo —; os Hatton & Milles jantam aqui hoje — & tomarei sorvete & vinho francês, & estarei acima da economia vulgar. Por sorte os prazeres da amizade, das conversas francas, da afinidade de gostos & opiniões serão bons substitutos para o vinho laranja. —

O pequeno Edward está muito bem novamente. —
Afetuosamente tua, com as saudações de todos, JA.

Miss Austen
Castle Square
Southampton

Notas

[1] *um lenço para camisas.* Normalmente, quando usavam vestidos de gola baixa, as mulheres costumavam amarrar um lenço no pescoço. Os tipos mais elaborados de camisas femininas já eram confeccionados com golas e babados (VJ).

[2] *casamento de Fanny Austen.* VJ afirma tratar-se de uma prima dos Austen da região de Kent, neta de Francis Austen, tio de George Austen. RWC explica que o noivo era o Capitão Holcroft, R.A. O motivo pelo qual a conduta da prima foi julgada inadequada é desconhecido, segundo RWC e VJ, e DLF especula que atividades sexuais pré-nupciais poderiam ter levado a família a forçar o enlace. Não há, porém, nada conclusivo a este respeito.

[3] *um negócio.* Ver nota 5 da Carta 49.

[4] *viverá para sempre.* O Reverendo Thomas Leigh (1734-1813) tinha 74 anos na época em que a carta foi escrita.

[5] *Jenny Smallbone.* Mãe de Mary, babá de Caroline Austen (DLF).

[6] *Mrs. Hastings pelo Ganges [...] pendurar lá.* Segundo DLF, em 1782, Marian, esposa de Warren Hastings, fez uma viagem perigosa pelo Rio Ganges durante uma tempestade. Viajou cerca de 640 km em três para cuidar do marido doente. Alguns anos depois, ao retornar para a Inglaterra, Mrs. Hastings contratou William Hodges para ilustrar o evento, dando origem ao quadro intitulado *Mrs. Hastings at the Rocks of Colgong.* O quadro foi pendurado na sala de quadros de Daylesford, residência do casal em Gloucestershire, junto com outras cenas da Índia. De acordo com VJ, Daylesford era tão grande que possuía uma sala para onde seus habitantes podiam se transferir após o jantar para comer frutas.

56. Para Cassandra Austen
Sábado, 1º — domingo, 2 de outubro de 1808
De Southampton a Godmersham

Castle Square, sábado, 1º de outubro.
Minha querida Cassandra,
Tua carta de hoje de manhã foi deveras inesperada, & foi bom que trouxesse tão boas notícias para contrabalançar a decepção que tive em perder minha primeira sentença, que havia composto repleta de devidas esperanças quanto à tua viagem, com a pretensão de colocá-las no papel hoje, & sem buscar certezas até o dia de amanhã. — Estamos extremamente felizes com a notícia do nascimento da criança,[1] & confiamos que tudo continuará tão bem como se inicia; — à mãe dele enviamos nossos melhores, & a ele, nossos melhores segundos votos de saúde & bem-estar — embora eu suponha que, a menos que ele receba também os nossos melhores votos, de nada servirão para ela. — Estou felicíssima em saber quem será a madrinha. — Minha mãe ficou por um tempo tentando adivinhar os nomes. — O presente que ganhaste de Henry deu-me grande satisfação, & observarei o clima para ele agora com interesse redobrado. — Recebemos quatro pares de aves recentemente, em quantias iguais de Shalden & Neathem.[2] — Nosso grupo na residência de Mrs. Duer proporcionou as novidades de duas velhas Mrs. Pollen & de Mrs. Heywood, com quem minha mãe formou uma mesa de *quadrille*; & de Mrs. Maitland & Caroline, & Mr. Booth sem suas irmãs em outra, de *commerce*.[3] — Tenho um marido para cada uma das Miss Maitland; — O Coronel Powlett & seu irmão ganharam no Tribunal de Primeira Instância de Argyle,[4] & a consequência é tão natural que não tive qualquer engenhosidade em planejá-la. Se por sorte o irmão for um pouco mais tolo que o Coronel, que maravilha para Eliza [Maitland]. Mr. Lyford visitou-nos na terça--feira para dizer que não esperava que seu filho & filha viessem,

& teria que ele próprio ir para casa na manhã seguinte; — & como eu estava decidida a não permitir que ele perdesse todos os prazeres consultei-o sobre meu problema. Recomendou-me algodão umedecido com óleo de amêndoas doces, & isso tem me feito bem. — Espero portanto nada mais ter a fazer com a receita de Eliza[5] do que ser grata a ela por tê-la fornecido como muito sinceramente sou. —

A lembrança de Mrs. Tilson me satisfaz, & usarei seus moldes se puder; — mas pobre mulher! como francamente pode estar grávida de novo? — Terminei agora de fazer um lenço para Mrs. James Austen, o qual espero que o marido me dê a oportunidade de lhe enviar em breve. Algum belo dia de outubro certamente o trará até nosso jardim, entre as três & quatro horas. — Ela ouviu dizer que Miss Bigg se casará em duas semanas. Espero que assim seja. — Cerca de uma hora & meia após o término de teu trabalho na quarta-feira, começou o nosso; — às sete horas, Mrs. Harrison, as duas filhas & dois visitantes, com Mr. Debary & sua irmã mais velha, chegaram; & nosso parto não foi muito mais curto do que o da pobre Elizabeth, pois já passava das onze quando viemos ao mundo. — Uma segunda rodada de *commerce*, & mais extensa ainda devido ao acréscimo das duas meninas, que durante a primeira tiveram um canto da mesa & o jogo de varetas[6] para si, foi nossa ruína; — porém foi a consumação da bonança de Mr. Debary, pois ele ganhou as duas. — Mr. Harrison chegou tarde & se sentou próximo à lareira — pelo que o invejei, já que tivemos nossa sorte habitual de fazer uma noite muito fria. Chovia quando nossas visitas chegaram, mas estava novamente seco quando partiram. — Dizem que as Miss Ballard são notavelmente bem-informadas; que seus modos são naturais e aprazíveis, mas elas não conversam com desembaraço suficiente para serem agradáveis — tampouco pude descobrir que refinamento ou sensibilidade deu a elas o direito de fazer sua última viagem. — Miss Austen & o sobrinho retornaram — mas Mr. Choles ainda está ausente; — "ainda ausente", tu dizes, "nem sabia que ele tinha ido a algum lugar" — Nem eu sabia que Lady Bridges estava em Godmersham, até que me disseram que ela <u>ainda</u> estava lá, o que deduzo portanto ser o método mais aprovado de anunciar chegadas & partidas. — Mr. Choles foi levar uma vaca a Brentford, & em seu lugar temos um homem que vive do mesmo modo de serviços avulsos, & entre outras habilidades tem a de cuidar de um jardim, o que minha mãe não esquecerá, se algum dia tivermos outro jardim aqui. — Em geral, contudo, ela pensa muito mais em Alton, & realmente tem esperança de se mudar para lá. — Os 130 guinéus do aluguel de Mrs. Lyell causaram boa impressão. Com a compra de móveis, seja aqui ou lá, ela está deveras conformada, & diz que o único mal é o <u>incômodo</u>. — Conto com a aprovação de Henry para o plano de Alton, & espero ouvir dele algo perfeitamente <u>irrepreensível</u>[7] sobre o lugar. — Nosso Destacamento de Yarmouth[8] parece ter conseguido bons alojamentos; — & com peixe quase de graça, & muitos compromissos & muito de um com o outro, devem estar muito felizes. — Minha mãe incumbiu-se de curar seis presuntos para Frank; — no início foi um apuro, mas agora é um grande prazer. — Ela deseja que te diga que não duvida que faças o molde de estrela muito bem, já que tens o tapete da sala de desjejum como modelo. — Compramos o segundo volume das Cartas de Espriella,[9] & li-o em voz alta à luz de velas. O homem descreve bem, mas é horrivelmente anti-inglês. Merece ser o estrangeiro que finge ser. Mr. Debary partiu ontem, & eu que tinha ido levar algumas perdizes a St. Maries perdi sua visita de despedida. — Tive notícias de Miss Sharpe hoje, & descobri que retornará com Miss B[ailey] para Hinckley, & permanecerá lá até perto do Natal, quando pensa que ambas talvez viajem para o sul. — Contudo, é provável que Miss B. se ausente de Mr. Chessyre apenas temporariamente, & não me espantaria se Miss Sharpe permanecesse com ela; — a menos que algo mais vantajoso apareça, certamente <u>permanecerá</u>. Ela descreve Miss B. como muito ansiosa para que o faça. — Domingo — Não esperava ter novamente notícias tuas tão logo, & sou-te muito grata por escreveres como o fizeste; mas como ora deves ter muitos afazeres em tuas mãos, não te preocupes comigo no momento; — vou considerar o silêncio como boas notícias, & não espero outra carta tua até sexta ou sábado. — Deves ter tido muito mais chuva do que caiu por aqui; — Tem estado muito frio mas não chuvoso, exceto por algumas horas na quarta-feira à noite, & eu não poderia ter encontrado a terra mais fofa para plantar; — é provável que hoje de fato tenhamos um dia chuvoso — & apesar de ser domingo, minha mãe inicia-o sem nenhuma doença. — Tuas plantas foram recolhidas em um dia de vento deveras frio & postas na sala de jantar, & caiu geada exatamente na mesma noite. — Se o tempo esquentar novamente, serão postas para fora, senão minha mãe fará com que sejam levadas para as estufas de inverno. — Colho algumas groselhas de vez em quando, quando quero fruta ou ocupação. — Rogo-te para que digas a minha pequena afilhada[10] que estou encantada em saber que ela sabe sua lição tão bem. — Tu agiste mal comigo, tens escrito para Martha sem me contar, & uma carta que enviei a ela na quarta-feira para dar notícias tuas deve ter sido inútil. Não consigo crer que nada ainda ocorrerá para impedir o retorno dela no dia 10 — E, se ocorrer, não darei muita importância a isso, pois agora estou tão acostumada a estar sozinha que não anseio nem por ela. — O Marquês [de Lansdowne][11] adiou sua cura por mais um ano; — após esperar em vão algumas semanas pelo retorno do barco que havia negociado, foi a Cornwall para encomendar um barco construído para si próprio por um homem famoso naquelas redondezas, no qual ele tenciona viajar para o exterior daqui a um ano. — Recebemos dois faisões de Neatham ontem à noite. A noite de amanhã será dedicada aos Maitland; — acabamos de ser convidadas para um encontro com Mrs. Heywood & Mrs. Duer. Todos que vêm a Southamptom pensam que é seu dever ou seu prazer visitar-nos; ontem recebemos a visita da Miss Cotterel mais velha, recém-chegada de Waltham. *Adeiu* [sic] — Com amor a todos, afetuosamente, tua JA.

Miss Austen
Residência de Edward Austen, Esq.
Godmersham Park
Faversham
Kent

Notas

¹ *nascimento da criança*. Brook-John, sexto filho de Edward Austen Knight, nascido em 28 de setembro de 1808 (DLF).

² *Shalden & Neathem*. Áreas que fazem parte da propriedade de Chawton (DLF).

³ *uma mesa de quadrille; & outra de commerce*. Jogos de cartas populares no século XVIII. O *Quadrille* era jogado por quatro jogadores em pares, com um baralho de 40 cartas, sendo retiradas as de número 8, 9 e 10. O *Commerce* era um jogo para 3 a 10 jogadores e tinha como objetivo principal a troca ou permuta de cartas (OED). Em *Pride and Prejudice* [*Orgulho e Preconceito*], a personagem Lady Catherine de Bourgh joga *quadrille* com seus convidados.

⁴ *O Coronel Powlett [...] Tribunal de Primeira Instância de Argyle*. Na carta 53, Jane Austen cita que Mrs. Powlett fugiu com seu amante, que se especulava tratar-se de Lorde Sackville. Em 1808, o Coronel Powlett moveu uma ação por conduta criminosa contra Lorde Sackville e ganhou uma indenização por danos de £3.000.

⁵ *Eliza*. Eliza de Feuillide, esposa de Henry Austen (DLF).

⁶ *varetas*. Ver nota 9 da carta 50.

⁷ *perfeitamente irrepreensível*. O banco de Henry possuía uma agência em Alton e ele poderia, assim, dar informações sobre as casas de lá (DLF).

⁸ *Destacamento de Yarmouth*. Frank Austen e a esposa (RWC).

⁹ *Cartas de Espriella*. Em 1807, Robert Southey publicou um relato de um turista espanhol fictício sobre sua viagem pela Inglaterra intitulado *Letters from England* [*Cartas da Inglaterra*] sob o pseudônimo de Dom Manuel Alvarez Espriella. O livro trata de aspectos da sociedade inglesa, incluindo moda, costumes, política, religião etc.

¹⁰ *minha pequena afilhada*. Louisa Austen Knight (DLF).

¹¹ *o Marquês*. John-Henry Petty, conhecido anteriormente como Lorde Wycombe. RWC afirma que ele adiou demais a cura, pois faleceu em 1809. Segundo DLF, foi morar em Southampton para a prática de sua paixão pelo iatismo.

57. Para Cassandra Austen
Sexta-feira, 7 — domingo, 9 de outubro de 1808
De Southampton a Godmersham

       Castle Square, sexta-feira, 7 de outubro
Minha querida Cassandra,
Tua carta da terça-feira nos deu grande prazer & felicitamos a vós todos pelo feliz restabelecimento de Elizabeth até o momento; — amanhã ou domingo, espero saber de sua evolução no mesmo estilo. — Estamos também muito contentes em saber que tu mesma estás tão bem, & rogo-te que continues assim. — Fiquei deveras surpresa na segunda-feira pela chegada de uma carta para ti enviada por teu correspondente de Winchester,[1] que pareceu nem sequer suspeitar que provavelmente estarias em Godmersham; — apossei-me completamente da carta, lendo-a, pagando por ela, & respondendo-a; — e ele receberá os biscoitos hoje, — um dia deveras apropriado[2] para o propósito, apesar de não ter pensado isso na hora. — Desejo a meu irmão felicidades por seus 30 anos[3] — & espero que o dia seja melhor lembrado do que foi há seis anos. — Os pedreiros estão agora consertando a chaminé, que encontraram em tal estado que é assombroso que tenha ficado em pé por tanto tempo, & quase impossível que outra ventania violenta não a derrubasse. Portanto podemos talvez agradecer a <u>ti</u> por nos salvar de sermos atingidas por tijolos velhos. — Envio-te também agradecimentos a pedido de Eliza pelo cetim tingido com que a presenteaste, com o qual se fez uma touca, cuja beleza creio que a surpreendeu. — Minha mãe prepara o luto por Mrs. E.K.[4] — ela desfez seu redingote de seda, & tenciona mandar tingi-lo de preto para fazer um vestido — um plano muito interessante, ainda que ora um pouco prejudicado por descobrirmos que deverá ser colocado sob os cuidados de Mr. Wren, pois Mr. Chambers se foi. — Quanto a Mr. Floor, no momento seu conceito junto a nós está bem baixo; como está teu vestido azul? — O meu está todo em pedaços.

— Creio que deve ter havido algo errado com o tingimento, pois em alguns lugares esgarçava-se com um toque. — Lá se foram quatro xelins jogados fora; — uma coisa a mais para minha lista de arrependimentos infalíveis. — Fomos levadas a participar de uma recepção na residência de Mrs. Maitland, uma mesa de *quadrille* & uma de *commerce*, & música na outra sala. Houve duas rodadas de *commerce*, mas não joguei mais do que uma, pois a aposta era de três xelins, & não posso me dar ao luxo de perder esse valor, duas vezes numa noite — As Miss M. foram tão gentis & tão tolas quanto de costume. — Sabes certamente que Martha chega hoje; ontem fomos avisadas disso, & consequentemente a cerveja de abeto foi preparada. — Na quarta-feira recebi uma carta de Yarmouth pedindo que enviasse as flanelas & peles &c. de Mary — & como havia uma caixa à mão, consegui fazê-lo sem problemas. — Na terça-feira à noite, Southampton ficou deveras alarmada por cerca de uma hora; começou um incêndio logo após as nove na casa de Webb, o confeiteiro, & o fogo queimou por um bom tempo com grande fúria. Não consegui descobrir exatamente como iniciou, na hora disseram que foi o forno, mas agora dizem que foi nos fundos da casa onde moram, & que um aposento foi consumido. As chamas foram consideráveis, pareciam tão próximas de nós quanto as de Lyme,[5] & mais altas. Não havia como não se sentir desconfortável, & comecei a pensar o que deveria fazer, se o pior acontecesse; — felizmente, contudo, foi uma noite sem vento, as bombas foram imediatamente utilizadas, & antes das dez o fogo já havia quase se extinguido por completo — conquanto fosse já meia-noite quando tudo foi dado como seguro, & um guarda ficou lá a noite toda. Nossos amigos, os Duer, ficaram alarmados, mas não a ponto de perder seu bom senso ou benevolência. — Receio que os Webb tenham sofrido uma grande perda — talvez mais por ignorância e saques do que pelo fogo; — tinham uma grande quantidade de porcelana valiosa &, para salvá-la, retiraram-na da casa & jogaram-na num lugar qualquer. — A casa adjacente, uma loja de brinquedos, foi quase igualmente afetada — & Hibbs, cuja casa é a seguinte, ficou tão assustado que perdeu a cabeça e estava dando embora todos os seus pertences, rendas valiosas &c., para qualquer um que os levasse. — A multidão em High Street, pelo que eu soube, era imensa; Mrs. Harrison, que estava tomando chá com uma senhora na Millar, não pôde sair de lá até a meia-noite: — São essas as características proeminentes de nosso incêndio. Graças a Deus! não foram piores. — Sábado. — Agradeço-te por tua carta, que me encontrou à mesa do desjejum, com minhas *duas* companheiras.[6] — Fico deveras satisfeita com teu relato sobre Fanny; encontrei-a no verão exatamente como a descreves, quase uma outra irmã, & jamais imaginei que um dia uma sobrinha significaria tanto para mim. Ela é tudo o que se poderia desejar; transmite a ela todo o meu afeto & diz que sempre penso nela com alegria. — Sou muito grata a ti por perguntar sobre meu ouvido, & fico feliz em dizer que a receita de Mr. Lyford me curou completamente. Sinto que é uma grande bênção ouvir novamente. — Teu vestido será descosturado, mas não me lembro de ter sido combinado dessa forma antes. — Martha chegou às seis e meia, acompanhada de Lyddy; — pegaram um pouco de chuva no final, mas fizeram uma viagem muito boa no geral; &, se pudermos confiar nas aparências & nas palavras, Martha está muito feliz por ter retornado. Nós a recebemos com o clima de Castle Square, tem soprado uma ventania do noroeste desde que ela chegou — & nos sentimos com sorte que a chaminé foi consertada ontem. — Ela trouxe várias coisas boas para a despensa, que está agora muito farta; ganhamos um faisão e uma lebre outro dia dos Mr. Gray de Alton. Será que seria para nos atrair a Alton, ou para nos manter afastadas? — Henry provavelmente teve alguma participação nas duas últimas cestas que vieram daquela vizinhança, mas em sua letra não vimos nada que nos orientasse sobre o que fazer.[7] Martha ficou em Winchester uma hora & meia, passeando com os três meninos[8] & na confeitaria. — Julgou Edward crescido, & falou com a mesma admiração de sempre sobre seus modos;

— percebeu em George um pouco de semelhança com o tio Henry. — Fico contente que verás Harriot [Moore], manda a ela lembranças minhas. — Espero que possas aceitar o convite de Lady Bridges, embora <u>eu</u> não pudesse aceitar o de seu filho Edward;[9] — é uma boa mulher, & sinto-me honrada que se lembre de mim. — Lembra-te se a família de Manydown distribui seu bolo de casamento? — Mrs. Dundas acredita firmemente que receberá um pedaço de sua amiga Catherine [Bigg], & Martha, que sabe o quanto ela dá importância para esse tipo de coisa, anseia pelo bem das duas que não haja uma decepção. — Imagino que nosso clima esteja exatamente como o teu, tem feito <u>alguns</u> dias encantadores, nossos dias 5 e 6 foram como os 5 e 6 de outubro deveriam ser sempre, mas precisamos manter sempre uma lareira <u>dentro</u> de casa, exceto ao menos pelo meio do dia. — Martha não conseguiu que a chave, que deixaste para ela aos meus cuidados, servisse no buraco da fechadura — & deseja saber se pensas que podes tê-la trocado. — Deveria abrir o interior de sua cômoda — mas ela não tem pressa. Domingo — Está frio o suficiente para preferirmos jantar no andar de cima a jantar no de baixo sem uma lareira, & estando apenas em três nos acomodamos muito bem, & hoje com duas a mais deveremos fazê-lo novamente com o mesmo sucesso, ouso dizer; Miss Foote & Miss Wethered virão. Minha mãe está muito satisfeita com a admiração de Elizabeth pelo tapete — & rogo-te que digas a Elizabeth que o vestido de luto novo deve ser dobrado <u>apenas</u> no torso & nas mangas. — Martha te agradece por tua mensagem & deseja que saibas com toda a afeição dela que teus desejos foram atendidos & que ela está repleta de paz & conforto aqui. — Não creio contudo que ela permanecerá <u>aqui</u> por muito tempo, pois ela mesma não espera que Mrs. Dundas consiga ficar sem ela por muito tempo. Ela <u>deseja</u> ficar conosco até o Natal, se possível. — Lyddy volta para casa amanhã; parece bem, mas ora não tenciona voltar ao trabalho. — Os Wallop estão de volta. — Mr. John Harrison fez sua visita de cortesia & foi embora. — Temos um médico novo, certo Dr. Percival, filho de um famoso Dr. Percival de Manchester,[10] que escreveu *Moral Tales* para que Edward me presenteasse. — Quando escreveres de novo para Catherine, agradece a ela por mim pelo seu gesto de amizade gentil & bem-vindo. Um broche como esse será deveras valioso para mim. — Adeus, minha queridíssima Cassandra. Muito afetuosamente tua, JA.

Tens escrito para Mrs. E[lizabeth] Leigh? — Martha ficará contente em saber que Anne está empregada no momento, & eu igualmente feliz em lhe dar a notícia. —

Devemos reformar nossos redingotes pretos, pois veludo estará muito em voga neste inverno. —

Miss Austen
Residência de Edward Austen, Esq.
Godmersham Park
Faversham
Kent

Notas

¹ *correspondente de Winchester*. Edward, o filho mais velho de Edward Austen Knight (DLF).

² *um dia deveras apropriado*. Era aniversário de seu pai (DLF).

³ *por seus 30 anos*. DLF estima que Jane Austen faz uma brincadeira com o irmão, que faria na verdade 41 anos.

⁴ *Mrs. E. K.* Provavelmente, trata-se de Mrs. Elizabeth Knight, irmã de Thomas Knight II, que era portadora de deficiência mental. Foi enterrada em Godmersham em 4 de março de 1809 (DLF).

⁵ *quanto as de Lyme*. Em 5 de novembro de 1803, houve um grande incêndio em Lyme Regis e a referência sugere que os Austen visitaram a cidade antes de terem passado lá suas férias no verão de 1804 (DLF).

⁶ *minhas duas companheiras*. Martha Lloyd e a mãe de Jane Austen.

⁷ *em sua letra não vimos nada que nos orientasse sobre o que fazer*. Na carta 56, Jane Austen menciona que a mãe tencionava mudar para Alton em busca de um aluguel mais barato e que aguardava a opinião de Henry sobre o local. Mr. Gray era sócio de Henry Austen no banco de Alton.

⁸ *os três meninos*. Edward e George Austen Knight, e Fulwar-William Fowle, todos estudantes do *Winchester College* na época (DLF).

⁹ *o de seu filho Edward*. Possivelmente Edward Bridges tenha pedido Jane Austen em casamento no verão de 1805 (DLF).

¹⁰ *famoso Dr. Percival de Manchester*. Thomas Percival (1740-1804), médico conhecido e autor da obra *A Father's Instructions; consisting of Moral Tales, Fables, and Reflections, designed to promote the Love of Virtue* [*Instruções de um pai; consistindo de contos morais, fábulas e reflexões, idealizadas para promover o amor à virtude*], além de diversos artigos e panfletos na área de medicina (VJ).

58. Para Cassandra Austen
Quinta-feira, 13 de outubro de 1808
De Southampton a Godmersham

Castle Square, 13 de outubro

Minha queridíssima Cassandra,

Recebi tua carta, & com a mais melancólica ansiedade era aguardada, pois a triste notícia[1] chegou até nós na noite de ontem, mas sem qualquer detalhe; veio por meio de uma carta curta enviada a Martha por sua irmã, iniciada em Steventon & concluída em Winchester. — Lamentamos, lamentamos muito por todos vós — como é desnecessário dizer — por ti, por Fanny, por Henry,[2] por Lady Bridges & pelo queridíssimo Edward, cuja perda & cujos sofrimentos parecem fazer se dissiparem os de qualquer outra pessoa. — Deus seja louvado! que possas dizer dele o que dizes — que ele tenha uma mente religiosa que o sustente, & uma índole que gradativamente o levará ao conforto. — Minha querida, querida Fanny! — fico tão agradecida que estás com ela! — Serás tudo para ela, darás a ela todo o consolo que o amparo humano pode dar. — Que o Todo-Poderoso dê forças a vós todos — & te preserve bem, minha queridíssima Cassandra — mas no momento ouso dizer que podes tudo. — Serás avisada que os pobres meninos[3] estão em Steventon, talvez seja melhor para eles, já que terão melhores meios de se exercitar & se distrair lá do que teriam conosco, mas confesso estar desapontada com a decisão; — teria adorado tê-los comigo numa hora dessas. Escreverei a Edward nesta mesma remessa. — Naturalmente receberemos notícias tuas novamente muito em breve, & com tanta frequência quanto puderes escrever. — Escreveremos conforme desejas, & vou acrescentar Bookham. Para Hamstall,[4] suponho que vós mesmos escreveis, já que nada mencionas sobre o assunto. — Que conforto Mrs. Deedes ser poupada da tristeza & abalo do momento — porém será um peso enorme para a pobre Harriot — & quanto a Lady B[ridges] — se sua fortaleza não parecesse realmente enorme, temeria os efeitos de tamanho & tão inesperado golpe. Anseio por receber mais notícias de todos vós. — Sobre a angústia de Henry, penso com pesar & solidariedade; mas ele irá se empenhar para ajudar & oferecer conforto. Com que verdadeira empatia nossos sentimentos são compartilhados por Martha, é desnecessário te dizer; ela é a amiga & irmã em qualquer circunstância. — Não precisamos iniciar um panegírico da morta — mas é doce pensar em seu grande valor — em seus princípios sólidos, sua devoção sincera, sua excelência em cada relacionamento na vida. Ademais, é consolador refletir sobre a brevidade dos sofrimentos que a levaram deste mundo para um melhor. — Despeço-me por ora, minha queridíssima irmã. Diz a Edward que nos lastimamos & oramos por ele. —

Afetuosamente tua,

J. Austen

Escreverei a Catherine [Bigg].
Talvez me possas dar algumas instruções sobre o luto.

Miss Austen
Residência de Edward Austen, Esq.
Godmersham Park
Faversham
Kent

Notas

[1] *a triste notícia*. O falecimento de Elizabeth, esposa de Edward Austen Knight, em 10 de outubro de 1808.

[2] *Henry*. Henry Austen, que foi a Godmersham em 12 de outubro para confortar o irmão (DLF).

[3] *os pobres meninos*. Edward e George, filhos de Edward Austen Knight e da finada Elizabeth, que foram levados da escola pela tia, Mary, esposa de James Austen (DLF).

[4] *Bookham [...] Hamstall*. Vilarejos onde moravam os reverendos Samuel Cooke e Edward Cooper, respectivamente.

59. Para Cassandra Austen
Sábado, 15 — domingo, 16 de outubro de 1808
De Southampton a Godmersham

Castle Square, sábado à noite, 15 de outubro,
Minha querida Cassandra,
Teus relatos deixam-nos tão confortadas quanto se pode esperar que fiquemos num momento como este. A perda de Edward é terrível, & deve ser assim sentida, & é cedo demais, de fato, para pensar em uma moderação no pesar, seja no caso dele ou de sua filha aflita — mas podemos esperar que em breve o sentimento de dever de nossa querida Fanny para com o amado pai vai fazer com que se esforce. Pelo bem dele, & como a prova mais aceitável de amor ao espírito de sua falecida mãe, ela tentará ficar tranquila & resignada. — Ela sente que és um conforto para ela, ou está desolada demais para qualquer coisa além da solidão? — Teu relato sobre Lizzy é muito interessante. Pobre criança! Deve-se esperar que o impacto <u>será</u> forte, & contudo corta o coração uma mente abatida de oito anos de idade. — Suponho que tenhas visto o corpo, — como está a aparência? — Estamos ansiosas por receber a confirmação de que Edward não irá ao funeral; mas, quando chegar a hora, penso que ele sentirá que é impossível. — Teu pacote será enviado na segunda, & espero que os sapatos te sirvam; Martha & eu os experimentamos. — Vou te enviar os itens de teus trajes de luto que penso serem provavelmente mais úteis, reservando para mim mesma tuas meias & metade do veludo — um arranjo egoísta por meio do qual sei que faço tua vontade. — <u>Eu</u> estarei de bombazina e crepe, como nos disseram ser universal <u>aqui</u>; & que está de acordo com a observação anterior de Martha. Meu luto, contudo, não me empobrecerá, pois, com meu redingote de veludo recém-forrado e reformado, estou certa de que não terei necessidade <u>neste inverno</u> de nada novo desse gênero. Usei minha capa para o forro — & mandarei a tua na esperança que possa fazer o mesmo por ti — embora

acredite que teu redingote está em condições bem melhores do que o meu. — <u>Uma</u> Miss Baker faz meu vestido, & a outra a minha touca, que será de seda coberta com crepe. — Escrevi a Edward Cooper, & espero que ele não envie uma de suas cartas de consolo cruel a meu pobre irmão; — & ontem escrevi para Alethea Bigg, em resposta a uma carta dela. Ela conta-nos em confiança que Catherine deve se casar na terça-feira da semana depois da próxima. — Aguardam Mr. Hill em Manydown no decorrer da semana que vem. — Mrs. Harrison & Miss Austen desejam que em nome delas expressemos a ti & a Edward tudo o que for mais adequado nesta triste ocasião — especialmente que nada, senão o desejo de não causar mais atribulações em meio a tantas que não se pode evitar, impede-as de escrever pessoalmente para expressar seu pesar. — Parecem estar sinceramente pesarosas. — Fico contente que possas dizer o que dizes de Mrs. Knight & de Goodnestone em geral; — é um grande alívio saber que o choque não fez adoecer nenhum deles. — Mas que tarefa foi a tua a de lhes contar! — <u>Agora</u> espero que não estejas sobrecarregada com a escrita de cartas, já que Henry & John [Bridges] podem te ajudar com muitos de teus correspondentes. — Mr. Scudamore estava na casa no momento, tentou-se aplicar algum medicamento, & tem-se alguma ideia da causa do ataque? —

Domingo. — Como a carta de Edward para o filho não chegou aqui, sabemos que deves ter sido informada já na sexta-feira que os meninos estão em Steventon, o que me deixa contente. — Ao encaminharmos a eles tua carta para Dr. Goddard, Mary escreveu para indagar se minha mãe desejava que os netos viessem ficar com ela. Decidimos deixá-los onde estão, o que espero que meu irmão aprove. Estou certa de que nos fará justiça acreditando que com tal decisão sacrificamos nossa vontade ao que acreditamos ser o melhor. — Devo enviar uma carta através da diligência de amanhã para Mrs. J[ames] A[usten] & para Edward sobre seus trajes de luto, embora a remessa de hoje provavelmente já lhes dará instruções enviadas por vós sobre o assunto. — Certamente farei uso da oportunidade de me dirigir a nosso sobrinho sobre a mais importante de todas as preocupações, como naturalmente o fiz em minha carta para ele anteriormente. Os pobres meninos talvez estejam mais confortáveis em Steventon do que estariam aqui, mas compreenderás <u>meus sentimentos</u> a esse respeito. — Amanhã será um dia terrível para todos vós! — A tarefa de Mr. Whitfield será árdua! — Ficarei contente ao saber que tudo está terminado. — Que estais sempre em nossos pensamentos, não duvidareis. — Vejo vosso grupo pesaroso em minha mente a cada minuto do dia; & à noite, especialmente, imagino comigo mesma a triste escuridão — os esforços para conversar — as exigências frequentes das providências & cuidados melancólicos — & o pobre Edward inquieto e atormentado, andando de um aposento a outro — & talvez não raro no andar de cima para ver os restos mortais de sua Elizabeth. — A querida Fanny deve agora pensar em si mesma como a principal fonte de conforto dele, sua amiga mais querida; como o ser que gradualmente suprirá para ele, na medida do possível, aquilo que ele perdeu. — Esse pensamento vai levantar seu espírito & animá-la. — *Adeiu*. [sic] — Não podes escrever com muita frequência, como já te disse. — Estamos profundamente felizes que o pobre bebê não te causa nenhuma ansiedade em particular. — Dá um beijo na querida Lizzy por nós. — Diz a Fanny que escreverei para Miss Sharpe em um ou dois dias. —

Mais sinceramente tua,

J. Austen

Minha mãe não está doente.

Diz a Henry que um cesto de maçãs foi enviado para ele de Kintbury & que Mr. Fowle[1] pretendia escrever na sexta-feira (supondo que ele estivesse em Londres) para pedir que as escrituras &c. possam ser confiadas aos cuidados dos Palmer. Mrs. Fowle também escreveu a Miss Palmer para pedir que as mandasse buscar. —

Miss Austen
Residência de Edward Austen, Esq.
Godmersham Park
Faversham
Kent

Notas

[1] *Mr. Fowle [...] dos Palmer*. RWC explica que as referências a Mr. Fowle e Mr. F. nas cartas escritas em 1808 e 1815 referem-se a Fulwar Fowle, anteriormente chamado por seu prenome. A alteração na forma de tratamento ocorreu em virtude de Fulwar ter se tornado o chefe da família por ocasião do falecimento do pai, o reverendo Thomas Fowle, em 1806. Consequentemente, sua esposa, Eliza, passou a ser tratada como Mrs. Fowle. Portanto, não se trata de um distanciamento entre eles, mas sim de uma deferência e do reconhecimento do novo papel social do amigo.

60. Para Cassandra Austen
Segunda-feira, 24 — terça-feira, 25 de outubro de 1808
De Southampton a Godmersham

Castle Square, segunda-feira, 24 de outubro
Minha querida Cassandra,
Edward e George chegaram aqui pouco depois das sete no sábado, muito bem, mas com muito frio, tendo por escolha própria viajado na parte aberta, e sem nenhum sobretudo além daquele que Mr. Wise, o cocheiro, de boa vontade dividiu com eles, uma vez que se sentaram a seu lado. Estavam tão gelados quando chegaram, que temi que tivessem pegado um resfriado; mas não parece de modo algum ser o caso; nunca os vi com melhor aparência. <u>Comportam-se extremamente bem</u>[1] em todos os aspectos, demonstrando tanta sensibilidade quanto se pode desejar, e a todo momento falando do pai com o afeto mais vivaz. Sua carta foi relida por cada um deles ontem, e com muitas lágrimas; George soluçou alto, as lágrimas de Edward não caem com a mesma facilidade; mas, até onde posso julgar, ambos estão deveras impactados pelo ocorrido. Miss Lloyd, que é um juiz bem mais imparcial do que posso ser, está extremamente feliz com eles. George é quase um novo conhecido para mim, e de modos diferentes considero-o tão <u>cativante quanto Edward</u>. Não nos faltam passatempos; bilboquê, no qual George é incansável, pega-varetas, barcos de papel, charadas, adivinhações e cartas, junto com a observação do fluxo e do refluxo do rio, e de vez em quando uma caminhada ao ar livre, mantêm-nos bem ocupados; e tencionamos valermo-nos das ponderações amáveis de nosso pai, não retornando a Winchester até a noite da quarta-feira. Mrs. J[ames] A[usten] não teve tempo de pegar mais que uma troca de roupa para eles; as outras mandamos fazer aqui e, embora não creia que Southampton seja famosa por seus alfaiates, espero que prove ser melhor que Basingstoke. Edward tem um casaco preto velho, que poupará a compra de um novo;

mas penso que consideram necessária a calça preta, e certamente não queremos que se sintam pouco à vontade pela falta do que é habitual nessas ocasiões. A carta de Fanny foi recebida ontem com grande satisfação, e o irmão envia seus agradecimentos e a responderá em breve. Todos lemos o que ela escreveu, e ficamos muito satisfeitos. Amanhã espero receber notícias tuas, e amanhã temos de pensar na pobre Catherine [Bigg]. Hoje é Lady Bridges a protagonista de nossos pensamentos, e ficaremos felizes quando pudermos imaginar que a reunião acabou. Não haverá então nada tão ruim a que Edward tenha que se submeter. O "St. Albans", creio, partiu no dia exato em que minha carta chegou a Yarmouth, e assim não devemos aguardar uma resposta no momento; mal sentimos, contudo, que estamos em dúvida, ou apenas o suficiente para guardar nossos planos para nós mesmas.[2]
— Fomos obrigadas a explicá-los para nossos jovens visitantes, em virtude da carta de Fanny, mas ainda não os mencionamos para Steventon. Nós mesmas estamos todas bem familiarizadas com a ideia; minha mãe quer apenas que Mrs. Seward[3] saia no solstício de verão.[4] Como é a horta de lá? Mrs. J[ames] A[usten] manifesta seu receio de que nos fixemos em Kent e, até que esta proposta fosse feita, começamos a nos animar com isso por aqui; minha mãe realmente falava em termos uma casa em Wye. Será melhor, contudo, dessa forma. Anne acaba de avisar sua patroa; vai se casar; gostaria que ela permanecesse o ano todo. Por falar em matrimônio, devo mencionar um casamento no jornal de Salisbury, que me divertiu muito, Dr. Phillot com Lady Frances St. Lawrence. Suponho que <u>ela</u> queria ter um marido uma vez na vida, e <u>ele</u>, uma Lady Frances. Espero que seus enlutados tenham ido à igreja ontem, e não tenham mais <u>isso</u> a temer. Martha ficou confinada em casa devido a um <u>resfriado, mas fui com meus dois sobrinhos, e observei que Edward ficou muito tocado pelo sermão, que, de fato, eu teria suposto propositalmente dirigido</u> aos aflitos, não tivesse o texto vindo naturalmente das observações de Dr. Mant sobre a litania: 'Todos que estão em

perigo, necessidade ou atribulações' foi o tema. Depois, o clima não nos permitiu ir além do cais, onde George sentiu-se muito feliz durante o tempo que pudemos permanecer lá, correndo de um lado a outro, e saltando imediatamente a bordo de um navio carvoeiro. À noite lemos os Salmos e as Lições, e um sermão em casa,[5] aos quais eles ficaram muito atentos; mas não vais esperar saber que não voltaram às charadas no minuto que terminamos. A tia deles[6] escreveu coisas muito agradáveis sobre eles, que foi mais do que eu esperava. Agora, enquanto escrevo, George está muito industriosamente fazendo e batizando barcos de papel, nos quais ele depois atira com castanhas-da-índia, trazidas de Steventon para esse propósito; e Edward igualmente concentra-se no *Lake of Killarney*,[7] contorcendo-se em uma de nossas poltronas. Terça-feira. Tua carta com escrita juntinha faz com que me envergonhe de minhas linhas espaçadas;[8] tens me enviado muitos assuntos, a maior parte dos quais muito bem-vindos. Quanto a tua estadia prolongada, não é mais do que eu esperava, e como deve ser, porém não podes supor que isso me agrade. Tudo que dizes de Edward é deveras reconfortante; começava a temer que, assim que o alvoroço da primeira semana tivesse passado, seu ânimo pudesse por um tempo ficar mais depressivo; e talvez deva-se ainda esperar algo assim. Se tu escapares de um ataque biliar, ficarei tão espantada quanto feliz. Estou contente que tenhas mencionado onde Catherine irá hoje; é um bom plano, mas geralmente pode-se confiar que pessoas sensatas façam planos assim. O dia começou animado, porém não é provável que continue da forma que deveria, para eles ou para nós. Fizemos um pequeno passeio na água ontem; eu e meus dois sobrinhos fomos de Itchen Ferry[9] até Northam, onde desembarcamos, vimos o "74",[10] e caminhamos de volta para casa, e apreciaram tanto que tencionava levá-los a Netley hoje; a maré está ideal para irmos imediatamente após o lanche da tarde, mas receio que vá chover; se não conseguirmos chegar até lá, contudo, talvez possamos ir da balsa até o cais. Não havia proposto fazermos mais que atravessar o Itchen ontem, mas acabou por ser tão prazeroso e satisfez tanto a todos que, quando chegamos à metade da ribeira, concordamos que nos remassem rio acima; os dois meninos remaram grande parte do percurso, e suas perguntas e observações, assim como seu contentamento, foram muito divertidos; as perguntas de George eram infinitas, e sua animação com tudo frequentemente me faz lembrar <u>de seu tio Henry</u>. Nossa noite foi igualmente agradável a seu modo; apresentei-os a *speculation*,[11] e foi tão aprovado que mal conseguíamos parar de jogar. Tua ideia de jantar mais cedo amanhã é exatamente o que propusemos, pois, após escrever a primeira parte desta carta, veio-me à mente que nesta época do ano não temos noites de verão. Devemos observar a luz hoje, para que não lhes proporcionemos uma viagem no escuro amanhã. Pedem que todo o seu afeto seja transmitido ao pai e a todos, com os agradecimentos de George pela carta trazida por esta posta. Martha pede que se assevere a meu irmão o interesse dela em tudo relacionado a ele e à família, e que compartilha de nosso prazer em receber todas as boas notícias de Godmersham. Sobre Chawton penso que não tenho mais nada a dizer, exceto que tudo que dizes na carta ora diante de mim fará, tenho certeza, assim que conseguir lê-la para ela, que minha mãe examine o plano com mais e mais prazer. Tivemos as mesmas opiniões sobre a fazenda de H[arry] Digweed. Recebemos hoje uma carta muito gentil e carinhosa de Kintbury. Serás capaz de fazer justiça à empatia e solicitude de Mrs. Fowle em uma ocasião como esta, e expressá-las como ela deseja a meu irmão. No tocante a <u>ti</u>, diz ela: 'Cassandra vai, eu sei, me escusar de escrever a ela; não é para poupar a mim mesma, mas sim a <u>ela</u> que me omito de fazê-lo. Transmite-lhe o meu melhor, mais gentil afeto, e diz que sinto por ela o que sei que ela sentiria por mim na mesma ocasião, e que espero muito sinceramente que sua saúde não seja abalada.' Acabamos de receber dois cestos de maçãs de

Kintbury, e o piso de nossa pequena mansarda está quase todo coberto. Afeto a todos.

Muito afetuosamente tua,
JA

Miss Austen
Edward Austen, Esq.
Godmersham Park
Faversham
Kent

Notas

[1] *Comportam-se extremamente bem*. DLF anota que os grifos dessa carta, impressos em itálico por Brabourne, podem ter sido acrescidos por outra pessoa, possivelmente pela sobrinha de Jane Austen, Lady Knatchbull (nas cartas conhecida como Fanny Austen Knight), em 1845.

[2] *nossos planos para nós mesmas*. A mudança de Southampton para o chalé em Chawton, que pertencia à propriedade de Edward Austen Knight (VJ).

[3] *Mrs. Seward*. Esposa de Bridger Seward, o encarregado da propriedade de Edward Austen Knight em Chawton, falecido em fevereiro de 1808. De 1797 a 1808, moraram no chalé que Edward posteriormente reformou para acomodar a mãe e as irmãs, Jane e Cassandra (DLF). Nos dias de hoje, o local abriga o Museu *Jane Austen's House*.

[4] *solstício de verão*. Em inglês, *Midsummer*, celebrado em 24 de junho. Uma das quatro datas que marcam o início de um trimestre na Inglaterra e que são utilizadas como referência para início, alterações ou término de contratos de aluguel, contratação de empregados e calendários escolares. As outras três datas são o Dia de São Miguel Arcanjo (em inglês, *Michaelmas*. Ver nota 8 da carta 43), a Festa da Anunciação (em inglês, *Lady Day*), celebrada em 25 de março, e o Natal, celebrado em 25 de dezembro.

[5] *os Salmos e as lições e um sermão em casa*. Como não retornaram à igreja, provavelmente os salmos e as lições da Bíblia que leram foram os prescritos para a missa noturna daquele dia (VJ).

[6] *A tia deles*. Mary Lloyd Austen [VJ], esposa de James Austen.

[7] *Lake of Killarney*. Romance de Anna Maria Porter (1780-1832), romancista e poetisa inglesa, publicado em 1804 em três volumes.

[8] *Tua carta com escrita juntinha [...] minhas linhas espaçadas*. Ver nota 7 da carta 10.

[9] *Itchen Ferry*. Pequena aldeia de pescadores situada na margem esquerda do Rio Itchen, na razão de Southampton, Hampshire. Recebeu o nome de *Itchen Ferry Village* em função dos pequenos veleiros construídos na região, denominados *Itchen Ferry*. Essas embarcações foram inicialmente utilizadas para pesca e, posteriormente, para o transporte de passageiros.

[10] "*74*". Um navio de guerra de 74 canhões (OED).

[11] *speculation*. Jogo de cartas popular no século XIX.

61. Para Cassandra Austen
Domingo, 20 de novembro de 1808
De Southampton a Godmersham

Castle Square, domingo, 21 de novembro [sic]
Tua carta, minha querida Cassandra, obriga-me a escrever imediatamente, para que saibas o quanto antes da intenção de Frank de ir, se possível, a Godmersham exatamente no momento ora ajustado para tua visita a Goodnestone. Ele decidiu quase no mesmo instante em que recebeu tua carta anterior, tentar prolongar sua licença de modo que pudesse passar dois dias contigo, mas instruiu-me a não te avisar nada, em virtude da incerteza do êxito; — Agora, contudo, devo avisar-te, & agora talvez ele próprio esteja fazendo o mesmo — pois encontro-me exatamente naquela situação detestável de ser obrigada a escrever algo que sei que de um modo ou de outro será inútil. — Ele tencionava pedir mais cinco dias &, caso fossem concedidos, tomar a diligência da quinta-feira à noite & passar sexta & sábado contigo; — & considerava que as chances de que desse certo não eram nada más. — Espero que tudo ocorra conforme ele planejou, & que teus preparativos com Goodnestone possam aceitar alterações apropriadas. — Tuas novidades sobre Edward Bridges foram <u>de fato</u> novidades, pois não recebi nenhuma carta de Wrotham. — Desejo que ele seja feliz de todo o meu coração, & espero que sua escolha se revele de acordo com as suas próprias expectativas & supere as de sua família. — E ouso dizer que assim será. O casamento é um grande benfeitor — & em uma situação semelhante Harriet [Foote] pode ser tão amável quanto Eleanor. — Quanto a dinheiro, podes estar certa que virá, pois não podem passar sem. — Quando o vires novamente, peço-te que lhe transmitas nossos parabéns & votos da mais elevada estima. — Essa união certamente instigará John [Bridges] & Lucy [Foote].[1] — Há seis quartos em Chawton; Henry escreveu para minha mãe outro dia, & felizmente mencionou o número — que

é exatamente do que queríamos ter certeza. Ele também mencionou mansardas para guardarmos coisas, uma das quais ela imediatamente planejou mobiliar para o criado de Edward² — e agora talvez venha a servir para o nosso próprio — pois já está deveras resignada a termos um. A dificuldade de não termos ninguém já havia sido cogitada antes. — O nome dele será Robert,³ por favor. — Antes que eu possa te contar, terás recebido a notícia de que Miss Sawbridge se casou. Creio que foi na quinta-feira, Mrs. Fowle sabia há algum tempo do segredo, mas a vizinhança em geral não suspeitava. Mr. Maxwell foi o preceptor dos jovens Gregory — consequentemente serão por certo o casal mais feliz do mundo, & cada um deles digno de inveja — pois ela deve estar extremamente apaixonada, & ele ascende do nada, para um lar confortável. — Martha ouviu falar muito bem dele. — Por ora continuam em Speen Hill. — Tenho um enlace em Southampton em retribuição à tua de Kent. Capitão G[ilbert] Heathcote & Miss A[nne] Lyell; soube através de Alethea — & gostei, porque já previra. Sim, a pendência de Stoneleigh⁴ chegou ao fim, mas apenas ontem minha mãe foi informada oficialmente a respeito, apesar de termos sabido das notícias na segunda-feira à noite por meio de Steventon. Minha tia fala o menos possível sobre o assunto a título de informação, & e absolutamente nada a título de satisfação. Ela reflete sobre a demora de Mr. T. Leigh, & busca com grande empenho & sucesso por inconvenientes & infortúnios — entre os quais inclui engenhosamente o perigo de que suas novas criadas peguem um resfriado na parte de fora da diligência, quando ela viajar a Bath — pois passa mal em carruagens. — Haviam oferecido o lugar delas a John Binns, porém ele recusou — segundo ela supõe, porque ele se nega a usar libré. — Seja qual for a causa, gosto do efeito. — Apesar de conhecer a missivista há tempos & intimamente, minha mãe não esperava uma carta como essa; o descontentamento contido ali a chocou & surpreendeu — mas eu não vejo nela nada fora do normal — apesar de um normal triste. Ela não deixa de suspirar por Chambers,⁵ podes estar certa. — Nenhum detalhe foi dado, nenhuma palavra sobre os atrasados — apesar de terem sido mencionados de <u>modo genérico</u> na carta dela a James. O valor deles é objeto de conjectura, & para minha mãe é um valor muito importante; ela não consegue a contento determinar nenhuma data de início, exceto a morte de Mrs. Leigh — & as duas mil libras de Henry não condizem com aquele período nem com qualquer outro. — Eu não queria admitir nossa informação anterior do que se pretendia em julho passado — & portanto disse apenas que, se pudéssemos ver Henry, poderíamos saber de muitos detalhes, já que eu havia entendido que tinha havido alguma conversa confidencial entre ele & Mr. T[homas] L[eigh] em Stoneleigh. Permanecemos na mesma tranquilidade de sempre desde que Frank & Mary partiram; — Mr. Criswick veio visitar Martha naquela mesma manhã ao retornar de Portsmouth para casa novamente, & não recebemos nenhuma visita desde então. — Visitamos as Miss Lyell um dia, & ouvimos um bom relato sobre a campanha eleitoral de Mr. Heathcote, cujo sucesso naturalmente excede suas expectativas. — Alethea em sua carta anseia por meu <u>interesse</u>, que eu concluo significa o de Edward — & aproveito a oportunidade portanto para solicitar que ele apoie Mr. Heathcote. — Mr. Lance disse-nos ontem que Mr. H. havia se comportado de modo muito elegante & feito uma visita a Mr. Thistlethwaite para lhe dizer que se <u>ele</u> (Mr. T.) se candidatasse, <u>ele</u> (Mr. H.) não lhe faria oposição; mas Mr. T. recusou, admitindo que ainda estava sofrendo com o pagamento das despesas da última campanha. — As Mrs. Hulbert, soubemos por Kintbury, vêm a Steventon nesta semana, & trazem consigo Mary Jane Fowle, a caminho da residência de Mrs. Nunes; — ela retorna no Natal com seu irmão. — <u>Nosso</u> irmão⁶ talvez possamos vê-lo no decorrer de poucos dias — & tencionamos aproveitar a oportunidade da ajuda dele para irmos uma noite ao teatro. Martha deveria ver o interior do teatro ao menos uma vez enquanto morar em Southampton, & penso que dificilmente ela desejará ver uma segunda vez. — Os móveis de Bellevue devem ser vendidos amanhã, & os incluiremos em nossa caminhada habitual,[7] se o clima estiver favorável. Como pudeste ter um dia chuvoso na quinta-feira? — para nós foi o príncipe dos dias, o mais agradável que tivemos em semanas, ameno, claro, com um vigoroso vento sudoeste; — estavam todos fora & falando da primavera — & Martha e eu não queríamos voltar para casa. — Na sexta-feira à noite tivemos um clima muito ventoso — das 6 às 9, penso que o barulho nunca foi pior, até mesmo aqui. — E uma noite a chuva foi tanta que invadiu novamente nossa dispensa — & apesar de os danos terem sido comparativamente pequenos, & nenhuma a bagunça, no dia seguinte tive o trabalho de secar pacotes &c., que agora afastei ainda mais. —

Martha envia seus votos de profundo afeto, & te agradece por compartilhares com ela os prós & contras de Harriet Foote — ela tem interesse em assuntos dessa natureza. — Pede-me também que te diga que ela quer te ver. Mary Jane[8] sentiu muita falta de seu pai & sua mãe no início, mas agora passa bem sem eles. — Fico feliz em saber que o pequeno John está melhor; — & espero que teus relatos sobre Mrs. Knight também melhorem. *Adeiu* [sic]. Manda minhas afetuosas lembranças a todos, & crê-me

Sempre tua, JA.

Miss Austen
Edward Austen, Esq.
Godmersham Park
Faversham
Kent

Notas

[1] *John [Bridges] & Lucy [Foote]*. O casamento teria sido a terceira união entre membros das duas famílias, porém não se concretizou (RWC).

[2] *o criado de Edward*. Para ocasiões em que Edward preferisse hospedar-se no chalé em vez da casa grande (DLF).

[3] *Robert*. Uma correspondência de Fanny Knight a Dorothy Chapman, sua ex-governanta, oferece indícios de que tanto Jane Austen quanto Cassandra gostavam muito desse nome. (LE FAYE, 2004).

[4] *a pendência de Stoneleigh*. Trata-se dos conflitos relacionados à herança familiar. Ver nota 5 da carta 49.

[5] *Chambers*. Possivelmente a falecida empregada que Mrs. Leigh Perrot tivera 9 anos antes (RWC).

[6] *Nosso irmão*. Possivelmente James Austen (RWC).

[7] *Os móveis de Bellevue [...] caminhada habitual*. A *Bellevue House* foi uma mansão em estilo georgiano construída em Southampton, em 1768, como residência do Dr. Nathaniel St. Andre que teve importantes relações com a realeza inglesa e a alta sociedade londrina de sua época. Em 1808, o então proprietário Josias Jackson colocou a casa à venda e levou sua mobília a leilão, o qual contou com a presença de Jane Austen.

[8] *Mary Jane*. Primeira filha de Frank Austen e Mary Gibson, nascida em 1807.

62. Para Cassandra Austen
Sexta-feira, 9 de dezembro de 1808
De Southampton a Godmersham
Carta incompleta

Castle Square, sexta-feira, 9 de dezembro

Muito obrigada, minha querida Cassandra, a ti & a Mr. Deedes, por vossa composição conjunta & agradável, que me pegou de surpresa esta manhã. Ele certamente possui grande mérito como escritor, faz bastante justiça a seu assunto, & sem ser difuso, é claro & correto; — & ainda que eu não pretenda comparar as faculdades epistolares dele com as tuas ou dedicar a ele a mesma parcela da minha gratidão, ele certamente tem uma maneira muito agradável de sintetizar um assunto, & transmitir verdade ao mundo. — "Mas tudo isso, como diz minha querida Mrs. Piozzi,[1] é fuga & fantasia & bobagem — pois meu marido tem seus grandes barris para cuidar, & eu tenho meus filhinhos" — Entretanto, és <u>tu</u>, neste caso, que tens os filhinhos — & <u>eu</u> que tenho o grande barril —, pois estamos fabricando cerveja de espruce novamente; — mas o que realmente quero dizer é que sou extremamente tola por escrever todas essas coisas desnecessárias, quando tenho tantos assuntos sobre os quais escrever, que dificilmente caberão em meu papel. São certamente assuntos corriqueiros, mas da maior importância. — Em primeiro lugar, Miss Curling realmente está em Portsmouth — o que sempre tive esperanças de que não acontecesse. — Contudo, não desejo a ela nada pior que uma longa & feliz morada lá. <u>Aqui</u>, ela provavelmente ficaria entediada, & estou certa de que seria impertinente. — Estou de posse das pulseiras,[2] & são tudo que poderia desejar que fossem. Chegaram com o redingote de Martha, o qual causou igualmente grande satisfação. — Logo que terminei minha última carta para ti, recebemos a visita de Mrs. Dickens & sua cunhada Mrs. Bertie, esposa de um almirante recém-promovido; — Creio que era Mrs. F[rank] A[usten] que almejavam — mas nos aturaram muito gentilmente, & Mrs. D. — ao saber que Miss Lloyd era amiga de Mrs. Dundas, achou mais um motivo para fazer amizade. Ela parece ser uma mulher muito agradável — isto é, seus modos são gentis & conhece muitos de nossos parentes de West Kent.[3] — Mrs. Bertie mora em Polygon,[4] & não estava em casa quando retornamos a visita — e essas são <u>suas</u> duas virtudes. —

Um círculo de amigos maior & um aumento na diversão é deveras consoante com a proximidade de nossa mudança. — Sim — tenciono ir a tantos bailes quanto possível, para que consiga uma boa compensação. Todos estão muito preocupados com nossa partida, & todos conhecem Chawton & falam de lá como um vilarejo extremamente belo, & todos conhecem a casa que descrevemos — porém ninguém escolhe a certa. — Sou muito grata a Mrs. Knight por tamanha demonstração do interesse que tem por mim — & ela pode contar com isso, que <u>vou</u> me casar com Mr. Papillon, qualquer que seja a relutância dele ou a minha própria. — Devo-lhe muito mais do que um sacrifício tão insignificante. — Nosso baile foi deveras mais divertido do que eu esperava, Martha gostou muito, & não bocejei até o último quarto de hora. — Passava das nove quando vieram nos buscar, & antes das doze quando chegamos. — O salão estava razoavelmente cheio, & havia talvez trinta casais dançando; a parte triste foi ver uma dúzia de mulheres jovens aguardando sem parceiros, & cada uma delas com dois ombros feios descobertos! — Foi o mesmo salão em que dançamos há 15 anos! — Fiquei relembrando — & apesar do embaraço de estar tão mais velha, senti com gratidão que estava tão feliz agora quanto à época. — Pagamos um xelim extra pelo nosso chá, que bebemos conforme escolhemos num salão adjacente, & muito confortável. — Houve apenas quatro danças, & partiu-me o coração que as Miss Lance (uma das quais também chamada Emma!) tivessem parceiros apenas para duas delas. — Não esperas ouvir que <u>eu</u> fui tirada para dançar — mas fui — pelo cavalheiro que conhecemos <u>naquele domingo</u> com o Capitão D'Auvergne. Desde então sempre mantivemos uma relação cordial, &, deleitando-me com seus olhos negros, conversei com ele no baile, o que me proporcionou essa gentileza; mas não sei o nome dele, — & ele parece-me tão pouco à vontade com a língua inglesa que acredito que seus olhos negros podem ser o que ele tem de melhor. — Capitão D'Auvergne conseguiu um navio. — Martha & eu aproveitamos as condições deveras favoráveis do dia de ontem para caminhar, cumprir nosso dever em Chiswell — encontramos Mrs. Lance em casa & sozinha, & sentamo-nos com três outras senhoras que logo chegaram. — Fomos de *ferry*,[5] & retornamos pela ponte, & quase nem nos cansamos. — Edward deve ter aproveitado os últimos dois dias; tu, presumo, tiveste um percurso frio até Canterbury. Killy Foote chegou quarta-feira, & sua visita noturna começou cedo o suficiente para a última parte, a torta de maçã de nosso jantar, pois agora nunca jantamos antes das cinco. — Ontem eu, ou melhor tu recebeste uma carta de Nanny Hilliard, cujo conteúdo é que ela ficaria muito grata a nós se conseguíssemos um emprego para Hannah. — Sinto não poder auxiliá-la; — se puderes, avisa-me, pois não vou responder à carta imediatamente. Mr. Sloper se casou novamente, o que não agradou muito a Nanny, nem a ninguém; — a senhora foi governanta dos filhos ilegítimos de Sir Robert, & parece não haver nada que a recomende. — Contudo, não creio ser provável que Nanny perca seu emprego em consequência disso. — Ela não diz nenhuma palavra sobre que tipo de serviço deseja para Hannah, nem sobre o que Hannah sabe fazer — mas imagino que cuidar de crianças, ou algo do tipo, deve ser o que deseja. — Ora tendo me desincumbido de minhas notícias menores, chego a uma comunicação de algum peso — nada menos que meu tio & tia vão conceder a James £100 por ano. Soubemos disso por meio de Steventon; — Mary enviou-nos no outro dia um trecho da carta de minha tia sobre o assunto — na qual a doação é feita com a maior bondade, & concebida como uma compensação pela perda dele com a recusa conscienciosa do benefício de Hampstead[6] — sendo £100 por ano o valor total que ele havia calculado na ocasião — já que penso que sempre foi a intenção em Steventon dividir a renda efetiva com Kintbury. — Nada pode ser mais amoroso do que o modo de se expressar de minha tia ao anunciar o presente, & igualmente ao manifestar sua esperança de que possam passar muito mais tempo juntos no futuro do que, para seu grande pesar, o têm feito nos últimos anos. — Minhas expectativas para minha mãe não aumentam com esse evento. Aguardaremos um pouco mais de tempo, contudo, antes de nos enfurecermos. — Se não for impedido por assuntos paroquiais, James virá nos visitar na segunda-feira. As Mrs. Hulbert & Miss Murden hospedam-se com eles no momento, & provavelmente permanecerão até o Natal. — Anna retorna para casa no dia 19. — Os cem por ano começam na próxima Festa da Anunciação.[7] — Fico contente que Henry esteja contigo novamente; com ele & os meninos, não terás senão um Natal alegre, & por vezes até feliz. — Martha está tão... [...].

Queremos nos fixar em Chawton a tempo de Henry vir <u>nos</u> visitar para caçar, em outubro no mais tardar; — porém um pouco antes, & Edward poderá nos visitar após levar os meninos de volta a Winchester; — suponhamos que seja em 4 de setembro — não será bom? — Tenho apenas mais uma coisa para te contar. Mrs. Hill[8] visitou minha mãe ontem enquanto estávamos em Chiswell — no decorrer da visita lhe perguntou se sabia algo sobre a família de um clérigo de nome <u>Alford</u> que havia residido em nossa região em Hampshire. — Recorreram a Mrs. Hill como alguém que porventura pudesse fornecer alguma informação sobre eles, em virtude da provável proximidade deles com a paróquia de Dr. Hill — por uma senhora, ou em nome de uma senhora, que conhecera Mrs. & as duas Miss Alford em Bath, para onde parecem ter se mudado depois de Hampshire — & que desejava agora enviar às Miss Alford alguma costura, ou reforma, que fazia para elas — mas a mãe & filhas deixaram Bath, & a senhora não conseguia descobrir para onde tinham ido.

— Enquanto minha mãe nos fazia o relato, a possibilidade de que fôssemos nós mesmas ocorreu-nos, e já havia ocorrido a ela mesma [...] como provável — & até mesmo inevitável que se tratasse de <u>nós</u>, é que ela mencionou Mr. Hammond como quem ora possui o benefício eclesiástico ou vicariato que pertenceu ao pai. — Não consigo imaginar quem possa ser nossa gentil senhora — mas ouso dizer que não gostaremos da costura. — Distribua o amor afetuoso de um coração não tão exausto quanto a mão direita que lhe pertence. —

Sinceramente sempre tua,
JA.

Miss Austen
Edward Austen, Esq.
Godmersham Park
Faversham
Kent

Notas

[1] *Mrs. Piozzi*. Ver nota 2 da carta 21.
[2] *pulseiras*. Provavelmente, trata-se de alguma recordação de Elizabeth Knight (VJ).
[3] *nossos parentes de West Kent*. Os membros da família Austen que moravam em Sevenoaks e em Tonbridge (DLF).
[4] *Polygon*. Bairro de Southampton.
[5] *Ferry*. Ver nota 9 da carta 60
[6] *a recusa conscienciosa do benefício de Hampstead*. Com a morte do Reverendo Thomas Fowle, reitor de Hampstead Marshall, Lorde Craven ofereceu o benefício eclesiástico a James até que o jovem que deveria assumi-lo atingisse a maioridade. Por uma questão de princípio, James recusou a oferta, entendendo que aceitar os seus termos, dos quais discordava, implicaria simonia (RWC).
[7] *Festa da Anunciação*. 25 de março. Ver nota 4 da carta 60.
[8] *Mrs. Hill*. Esposa de Dr. Hill, reitor de Holy Rood em Southampton e de Church Oakley, próximo a Deane (DLF).

63. Para Cassandra Austen
Terça-feira, 27 — quarta-feira, 28 de dezembro de 1808
De Southampton a Godmersham

Castle Square, terça-feira, 27 de dezembro
Minha querida Cassandra,
Posso agora escrever à vontade & explorar ao máximo os meus assuntos, o que é uma sorte, pois não são numerosos esta semana. Nossa casa esvaziou-se antes das onze e meia no sábado, & tivemos a satisfação de saber ontem, que o grupo[1] chegou em casa em segurança, logo após as cinco. Fiquei muito contente com tua carta esta manhã, pois com minha mãe tomando remédio, Eliza[2] de cama com resfriado, & Choles que não veio, ficamos muito entediadas & ansiosas pelo correio. Conta-me muitas coisas que me agradam, mas penso que não há muito a responder. — Gostaria de <u>poder</u> te ajudar com tua costura, tenho duas mãos & um dedal novo que levam uma vida muito ociosa. A união de Lady Sondes me surpreende, porém não me ofende; — tivesse seu primeiro casamento sido por afeição, ou tivesse ela uma filha adulta solteira, não a teria perdoado — mas considero que todos têm o direito de se casar <u>uma vez</u> na vida por amor, se puderem — & contanto que ela deixe agora de ter dores de cabeça terríveis & de ser patética, posso permitir, posso <u>desejar</u> que seja feliz. — Não imagine que tua descrição de teu *tête à tête* com Sir B[rook Bridges] produza qualquer alteração em nossas expectativas por aqui; ele não poderia estar lendo de fato, embora segurasse o jornal na mão; ele estava decidindo sobre o ato, & o modo de realizá-lo — penso que receberás uma carta dele em breve. — Tive notícias de Portsmouth ontem &, como devo enviar mais roupas para eles, não devem ter perspectivas de retornar para cá tão cedo. As feições de Mary estão muito boas, mas deve ter sofrido deveras com aquilo — formou-se um abscesso & abriu. Nossa recepção na quinta-feira à noite não proporcionou nada mais notável do que a vinda também

de Miss Murden, embora tivesse recusado terminantemente o convite pela manhã, & do que ela se sentar conosco de modo muito descortês & em silêncio das sete horas, até às onze e meia — pois tal era o avançado da hora, por culpa dos carregadores das liteiras, até que pudéssemos nos livrar de todos. A última hora, passada bocejando & tremendo em um grande círculo ao redor da lareira, foi deveras enfadonha — mas a comida fez um sucesso admirável. O marreco & o gengibre em conserva estavam tão deliciosos quanto se poderia desejar. Mas, quanto à nossa *Black Butter*,[3] não convenças ninguém a vir a Southampton com esse atrativo, pois não sobrou nada. O primeiro pote foi aberto quando Frank & Mary estavam aqui, & não se provou tão bom quanto deveria; — não estava sólido, nem inteiramente doce — & ao vê-lo, Eliza lembrou que Miss Austen havia dito que acreditava que não havia sido fervido o suficiente. — Foi feito, como sabes, quando estávamos ausentes. — Tendo sido esse o resultado do primeiro pote, não quis guardar o segundo, & portanto o consumimos em privacidade despretensiosa; & embora não estivesse como deveria, estava muito bom até certo ponto. — James planeja manter três cavalos com o aumento de sua renda, no momento tem apenas um; Mary deseja que os outros dois sejam adequados para mulheres — & na compra de um, provavelmente se pedirá que Edward cumpra sua promessa ao afilhado.[4] Apuramos melhor agora que a renda de James será de 1.100 libras, livre de despesas com o vicariato,[5] o que nos deixa muito felizes — tanto a estimativa quanto a renda. — Mary não fala sobre o jardim, pode bem ser um assunto desagradável para ela — mas o marido está convencido de que não falta nada, além de cavar valas, para fazer com que o primeiro fique bom, o que será feito gradualmente por seus próprios empregados & John Bond — não pelo custo de cavar o outro. — Fiquei feliz em saber, principalmente pelo bem de Anna, dos preparativos de mais um baile em Manydown; é chamado de baile das crianças, & oferecido por Mrs. Heathcote a William — assim foi o começo, pelo menos — mas provavelmente se transformará em algo maior. Edward foi convidado, durante sua estadia em Manydown, & deve ocorrer entre hoje e dia 12. — Mrs. Hulbert levou para Anna um par de sapatos brancos para a ocasião. — Esqueci de te contar, em minha última carta, que soubemos por Kintbury & pelos Palmer, que todos estavam bem nas Bermudas[6] no início de novembro. —

<u>Quarta-feira</u>. Ontem deve ter sido um dia de recordações tristes em Godmersham.[7] Fico feliz que já acabou. — Passamos a noite de sexta-feira com nossos amigos na hospedaria, & satisfizemos nossa curiosidade ao avistarmos seus companheiros de hospedagem, Mrs. Drew & Miss Hook, Mr. Wynne & Mr. Fitzhugh, esse último é irmão de Mrs. Lance, & muito cavalheiro. Ele mora na hospedaria há mais de 20 anos &, pobre homem, é tão completamente surdo, que dizem que não conseguiria ouvir um tiro de canhão, se disparado perto dele; não havendo nenhum canhão à mão para tirar a prova, tomei a informação como certa, & falei com ele um pouco com os dedos, o que foi bem divertido. — Recomendei que lesse *Corinna*.[8] — Miss Hook é uma mulher bem-comportada, um tanto refinada; Mrs. Drew é bem-comportada sem qualquer traço de refinamento. Mr. Wynne parece um jovem bem falante, & deveras familiar. — Miss Murden foi uma criatura bem diferente nesta noite do que havia sido anteriormente, graças a Martha, que a ajudou a encontrar um lugar pela manhã que promete trazer alívio. Quando ela partir de Steventon, vai se hospedar com Mrs. Hookey, a farmacêutica[9] — pois não há um Mr. Hookey —. Não posso dizer que estou com pressa que termine sua atual visita, mas fiquei genuinamente contente em vê-la com a mente & o ânimo aliviados; — na idade dela, talvez qualquer um possa ficar sem amigos, & em circunstâncias semelhantes igualmente implicante. — Minha mãe fez recentemente acréscimos a sua prataria — uma colher de sopa & uma colher de sobremesa, & seis colheres de chá, que fazem com que nosso aparador beire o magnífico. São principalmente

produtos feitos com prata velha ou sem serventia — Converti os 11 xelins da lista em 12 xelins, & o cartão[10] ficou bem melhor; — Acrescentou-se também um infusor de chá, que servirá ao menos para o propósito de às vezes nos fazer lembrar de John Warren. — Expus o caso de Lady Sondes a Martha — que não faz a menor objeção, & ficou particularmente satisfeita com o nome de Montresor.[11] Não concordo com ela nesse aspecto, mas me agrada a posição social dele — sempre imagino um general como alguém de forte bom senso & modos extremamente elegantes. Devo escrever a Charles na semana que vem. Podes imaginar as palavras extravagantes de elogio que Earle Harwood emprega ao falar dele. É admirado por todos em toda a América. — Não te direi mais nada sobre a porcelana de William Digweed, já que teu silêncio sobre o assunto te torna indigna dele. Mrs. H[arry] Digweed aguarda com grande satisfação que sejamos suas vizinhas — deixaria que ela desfrutasse ao máximo da ideia, já que suspeito que não se confirmará na realidade. — Com igual prazer <u>nós</u> prevemos um bom convívio com o administrador do marido dela & a esposa, que moram próximo a nós, & de quem dizem serem pessoas admiravelmente boas. — Sim, sim, <u>teremos</u> um pianoforte, o melhor que se puder comprar por 30 guinéus — & praticarei músicas do estilo *country*,[12] para que possamos oferecer um pouco de diversão para nossos sobrinhos & sobrinhas, quando tivermos o prazer de sua companhia. Martha manda lembranças a Henry & o informa de que em breve receberá uma conta de Miss Chaplin, cerca de £ 14 — a ser paga em nome dela; mas a conta não será enviada, até o retorno dele para a cidade. — Espero que ele venha a ti em bom estado de saúde, & com ânimo tão bom quanto possível para um primeiro retorno a Godmersham. Com os sobrinhos, se esforçará para ficar alegre, até que de fato esteja. Manda-me informações sobre Eliza,[13] faz muito tempo que não recebo notícias dela. — Temos neve no chão há quase uma semana, já está sumindo, porém Southampton não pode mais se gabar. — Mandamos todo o nosso afeto para Edward

Junior & os irmãos — & espero que em geral todos gostem de *Speculation*.¹⁴ Passa bem. — Afetuosamente tua — J. Austen

Minha mãe não saiu de casa esta semana, mas continua muito [bem] — Recebemos por meio de Bookham um relato desagradável sobre tua madrinha.

Miss Austen
Edward Austen, Esq.
Godmersham Park
Faversham
Kent

Notas

¹ *o grupo*. Provavelmente, James Austen e esposa (DLF).
² *Eliza*. A empregada (DLF).
³ *Black Butter*. Conserva feita de purê de maçãs, açúcar, limão, licorice e especiarias (DLF).
⁴ *afilhado*. James Edward, filho de James Austen.
⁵ *livre de despesas com o vicariato*. Na época, os ministros da igreja tinham que pagar seus párocos com sua própria renda (VJ).
⁶ *todos bem nas Bermudas*. Charles Austen e a esposa, Fanny Palmer, grávida do primeiro filho do casal (DLF).
⁷ *dia de recordações tristes*. Era a data do aniversário de casamento de Edward Austen Knight e Elizabeth Bridges, celebrado em 1791 (DLF).
⁸ *Corinna*. Romance de Anne Louise Germaine de Staël-Holstein (1766–1817), também conhecida como Madame de Staël, publicado em 1807, com tradução em inglês publicada no mesmo ano.
⁹ *Mrs. Hookey, a farmacêutica*. Mrs. Hookey era viúva e, além da farmácia, possuía também uma pensão. Segundo VJ, havia mulheres que administravam negócios na época, apesar de ser algo incomum. Normalmente, eram fruto da herança deixada pelo marido.
¹⁰ *cartão*. Provavelmente o cartão em que registravam a coleção de objetos de prata (VJ).
¹¹ *Lady Sondes [...] Montresor*. Jane Austen se refere à união entre Lady Sondes (1767-1818) e seu segundo marido, Henry Tucker Montresor (1767-1837), general do exército britânico. A cerimônia ocorreu em 23 de junho de 1809.
¹² *músicas do estilo country*. Ver nota 3 da carta 5.
¹³ *Eliza*. Esposa de Henry Austen (DLF).
¹⁴ *Speculation*. Ver nota 11 da carta 60.

64. Para Cassandra Austen
Terça-feira, 10 — quarta-feira, 11 de janeiro de 1809
De Southampton a Godmersham

Castle Square, terça-feira, 10 de janeiro,
Não me surpreendo, minha querida Cassandra, que não tenhas achado minha última carta muito cheia de assuntos, & desejo que esta não possua o mesmo defeito; — mas nós mesmas não temos feito nada sobre o que se possa escrever, & fico portanto deveras dependente das notícias de nossos amigos, ou de meu próprio engenho. — A posta de hoje me trouxe duas cartas interessantes, a tua & uma de Bookham, em resposta a um pedido meu por notícias de tua boa madrinha, sobre a qual recebêramos recentemente de Paragon relatos muito alarmantes. Miss Arnold foi a informante, & ela fala sobre Mrs. E[lizabeth] L[eigh] estar muito gravemente doente, & sob os cuidados de um médico de Oxford. — Tua carta para Adlestrop poderá talvez te trazer informações da própria fonte, mas caso isso não ocorra, devo te dizer que ela está melhor, apesar de Dr. Bourne não poder ainda considerá-la fora de perigo; — tal era a situação, quarta-feira passada — & Mrs. Cooke não ter enviado nenhum relato posterior é um sinal favorável. — Devo receber notícias da última novamente na próxima semana, mas não nesta, se tudo correr bem. — A doença que a acometeu foi uma inflamação nos pulmões, provocada pela friagem extrema que pegou na igreja há três domingos; — o estado de espírito dela, absoluta serenidade devota, como se poderia esperar. — George Cooke estava lá quando a doença iniciou, o irmão tomou o lugar dele agora. — Considerando a idade & debilidade dela, não se pode evitar o medo — embora sua recuperação já tenha superado as expectativas iniciais do médico. — Lamento acrescentar que Becky está acamada com uma enfermidade da mesma natureza. —

Estou muito contente que o momento de teu retorno esteja marcado, todas nos alegramos com isso, & não será depois do que eu esperava. Não ouso esperar que Mary & Miss Curling possam permanecer em Portsmouth por tanto tempo, ou sequer pela metade desse tempo — mas pagaria para que isso acontecesse. — O "St. Albans" talvez parta em breve para ajudar a trazer para casa o que, nesse momento, possa ter restado de nosso pobre exército, cujo estado parece ser terrivelmente crítico.[1] — Parece-me que só por aqui se ouviu falar da Regência,[2] meus correspondentes mais afeitos à política não fazem menção alguma a isso. Uma pena que eu tenha desperdiçado tanta reflexão sobre o assunto! — Posso agora responder à tua pergunta para minha mãe de modo mais geral, & também de modo mais detalhado — com igual clareza & minudência, pois o dia exato em que deixaremos Southampton está marcado — & ainda que a informação não possa não ter utilidade para Edward, estou certa de que lhe dará prazer. Segunda-feira de Páscoa, 3 de abril, é o dia; dormiremos em Alton naquela noite, & ficaremos com nossos amigos em Bookham na seguinte, se estiverem em casa; — lá permaneceremos até a segunda-feira seguinte, & na terça-feira, 11 de abril, esperamos estar em Godmersham. Se os Cooke estiverem ausentes, terminaremos nossa viagem no dia 5 — Esses planos dependem, é claro, do clima, mas espero que não haja nenhum frio duradouro que possa nos atrasar significativamente. — Para te compensar por estar em Bookham, consideramos passar alguns dias em Barton Lodge[3] ao deixar Kent. — A sugestão dessa visita foi afetuosamente bem recebida por Mrs. Birch, recentemente, em uma de suas cartas gentis e ocasionais, em que fala de nós com sua habitual delicadeza; e declara que não ficará nada satisfeita a menos que recebamos um presente muito bonito de um certo lugar. Que Fanny não venha contigo, não é mais do que esperávamos, & como não temos esperança de ter uma cama para ela, & vamos vê-la logo depois em Godmersham — não podíamos desejar de outra forma. — Confio que William já terá se recuperado bem até que recebas esta. — Que conforto o ponto-cruz deve ter sido para ele! Rogo que lhe digas que quero muito ver o bordado dele. — Espero que nossas respostas desta manhã tenham causado satisfação; ficamos muito felizes com o pacote de tio Deedes — & peço que digas a Marianne, em particular, que penso que ela está certíssima em fazer uma capa para a cafeteira de tio John, & que estou certa de que isso trará grande prazer a ela mesma agora, & a ele quando a receber. — Creio que a preferência por *Brag* em vez de *Speculation* não me surpreende muito, porque eu mesma sinto o mesmo; mas mortifica-me profundamente, porque *Speculation*[4] estava sob minha tutela;[5] — & afinal de contas, o que há de tão bom em um par real[6] no *Brag*? nada além de três noves, ou três valetes, ou uma mistura deles. — Quando se começa a refletir sobre isso, nem se compara a *Speculation* — do que espero que Edward esteja agora convencido. Transmite-lhe meu afeto, se ele estiver. — A carta de Paragon, citada acima, foi um tanto semelhante às outras que a precederam, no tocante à felicidade de quem a escreveu. — Encontraram a casa tão suja & tão cheia de umidade, que foram obrigados a passar uma semana na hospedaria. — John Binns comportou-se de modo deveras deselegante & empregou-se em outro lugar. — Eles <u>têm</u> um homem, contudo, com as mesmas condições, de quem minha tia não gosta, & pensa que tanto ele quanto a nova empregada são muito, muito inferiores a Robert & Martha. Se desejam ter algum outro empregado doméstico, não se sabe, nem se terão uma carruagem enquanto estiverem em Bath. — Os Holder estavam, como de hábito, muitíssimo felizes no casamento de Hooper, embora acredite que estarem felizes não lhes é muito habitual. Os Irvine não são mencionados. — O *American Lady*[7] melhorou à medida que avançamos — mas ainda os mesmos erros foram em parte recorrentes. — Estamos agora em *Margiana*,[8] & gostamos dele deveras. — Estamos prestes a partir rumo a Northumberland para sermos encerradas na torre de Widdrington, onde deve haver dois ou três grupos de vítimas já confinadas por um vilão muito elegante. — Quarta-feira. — Teu relato sobre a saúde de Eliza me dá grande prazer — & o progresso do banco é fonte constante de satisfação. Com esse aumento dos lucros, diz a Henry que espero que ele não faça o pobre High-diddle[9] trabalhar tanto quanto costumava. — O teu jornal publicou a história triste de certa Mrs. Middleton, esposa de um agricultor em Yorkshire, da irmã dela & da criada, que quase morreram congeladas com o clima que tem feito — a da criancinha dela que morreu? — Espero que essa irmã não seja nossa amiga Miss Woodd — & creio que o cunhado dela havia se mudado para Lincolnshire, mas o nome & ocupação deles coincidem demais. Dizem que Mrs. M. & a criada recuperaram-se razoavelmente, mas é provável que a irmã perca o uso de seus membros. — A manta de Charles será terminada hoje, & enviada amanhã para Frank, para que seja entregue por ele aos cuidados de Mr. Turner — & vou enviar *Marmion*[10] com ela; — muito generoso de minha parte, penso eu. — Como não recebemos nenhuma carta de Adlestrop, podemos supor que a boa mulher estava viva na segunda-feira, mas não consigo deixar de esperar notícias ruins de lá ou de Bookham, em alguns dias. — Continuas muito bem? Não tens nada a dizer de tua pequena homônima? Unimo-nos em amor & votos de um feliz aniversário. —

Afetuosamente tua,
J Austen

O baile de Manydown foi uma coisa menor do que eu esperava, mas parece ter deixado Anna muito feliz. Eu, na idade <u>dela</u>, não teria me contentado. —

Miss Austen
Edward Austen, Esq.
Godmersham Park
Faversham
Kent

Notas

¹ *nosso pobre exército [...] terrivelmente crítico.* Jane Austen faz referência à Batalha da Corunha, um dos episódios da Guerra Peninsular, conflito que envolveu a Espanha, Portugal e o Reino Unido, durante as Guerras Napoleônicas. Nesta batalha, tropas britânicas comandadas por Sir John Moore foram derrotadas por tropas francesas comandadas por Nicolas Jean-de-Dieu Soult. O conflito custou a vida de 5 mil soldados britânicos, incluindo a de John Moore. O "St. Albans", sob o comando de Frank Austen, vinha sendo utilizado principalmente na escolta de navios mercantes, porém nessa ocasião incumbiu-se da retirada do que restou das tropas de John Moore.

² *Regência.* Não há unanimidade entre os estudiosos sobre a qual Regência Jane Austen se refere nessa carta. RWC anota que a menção deve remeter a rumores sobre a saúde do rei à época. VJ corrobora RWC e acrescenta que se falou sobre a possibilidade de que George, o Príncipe de Gales, viesse a se tornar regente em fins de 1780 e, novamente em 1801 e 1804, quando o estado de saúde do Rei George III passou a piorar gradativamente. O rei teve outra recaída em outubro de 1810. Já DLF acredita que se trate do Príncipe-Regente de Portugal, D. João de Orleans e Bragança, que havia sido resgatado pelos ingleses do domínio de Napoleão e levado para o Rio de Janeiro em novembro de 1807, em navios ingleses. Em abril de 1809, D. João anunciou que o treinamento do exército português ficaria a cargo da Grã-Bretanha. DLF acredita que rumores sobre as intenções de D. João vinham circulando desde o início de 1809.

³ *Barton Lodge.* Residência de Mrs. Birch.

⁴ *Brag em vez de Speculation.* Jogos de carta. *Speculation* já foi mencionado por Jane Austen nas cartas 60 e 63.

⁵ *sob minha tutela.* Na carta 60, Jane Austen conta a Cassandra que ensinou o jogo aos sobrinhos.

⁶ *par real.* No jogo *Brag*, um par real é um conjunto de três cartas do mesmo número (VJ).

⁷ *American Lady. Memoirs of an American Lady: With Sketches of Manners and Scenery in America, as They Existed Previous to the Revolution* [*Memórias de uma senhora americana: com esboços de costumes e paisagens da América, como eram antes da revolução*], obra de Anne Grant of Laggan, publicada em 1808.

⁸ *Margiana. Margiana; or, Widdrington Tower* [*Margiana; ou, a torre de Widdrington*], romance de Mrs. S. Sykes, publicado em 1808.

⁹ *o pobre High-diddle.* Estima-se que se trate do cavalo de Henry (DLF).

¹⁰ *Marmion.* Ver nota 10 da carta 53.

65. Para Cassandra Austen
Terça-feira, 17 — quarta-feira, 18 de janeiro de 1809
De Southampton a Godmersham

Castle Square, terça-feira, 17 de janeiro,
Minha querida Cassandra,
Fico feliz em dizer que não recebemos uma segunda carta de Bookham na semana passada. A tua trouxe a habitual quantia de satisfação & diversão, & peço que aceites todos os agradecimentos devidos na ocasião. — Tua oferta de lenços é muito gentil, & por coincidência vai especialmente ao encontro das minhas necessidades — mas foi estranho que te ocorresse. — Sim — tivemos outra nevasca, & estamos muito apavoradas; tudo parece se transformar em neve neste inverno. — Espero que não haja mais doenças ao teu redor, & que William esteja logo tão bem quanto sempre. Que ele esteja fazendo um escabelo para Chawton é uma surpresa muito agradável para mim, & estou certa de que sua avó vai apreciá-lo muito como prova de sua afeição & habilidade — mas nunca teremos coragem de pôr nossos pés sobre ele. — Creio que devo fazer uma capa de musselina com pontos de cetim para protegê-lo da sujeira. — Desejo saber de que cores é — Imagino verdes & roxos. — Edward & Henry apontaram uma dificuldade acerca de nossa viagem, que devo admitir com alguma confusão, sobre a qual nunca havíamos pensado; mas se o primeiro esperava com isso evitar que viajássemos a Kent absolutamente, ficará desapontado, pois já decidimos seguir pela estrada de Croydon ao deixar Bookham, & dormir em Dartford. Isso não resolve? — De fato parece não haver nenhuma pousada conveniente na outra estrada. — Anna foi a Clanville sexta-feira passada, & espero que valha realmente a pena conhecer sua nova tia. — Talvez nunca tenha chegado a teu conhecimento que James & Mary estiveram lá para uma visita matinal formal há algumas semanas, & embora Mary não estivesse nem um pouco disposta a gostar dela, acabou ficando

muito satisfeita. O elogio dela, com certeza, não prova nada além do fato de que Mrs. M. foi cortês & atenciosa com eles, mas que ela o tenha sido é uma demonstração de que tem bom senso. — Mary escreve que a aparência de Anna melhorou, mas não lhe faz qualquer outro elogio. — Receio que sua ausência agora venha a privá-la de uma alegria, pois aquele tolo Mr. Hammond realmente oferecerá seu baile — na sexta. — Tínhamos motivos para esperar uma visita de Earle Harwood & James esta semana, mas não vieram. — Miss Murden chegou ontem à noite à residência de Mrs. Hookey, conforme nos anunciaram uma mensagem & uma cesta. — Retornarás, portanto, para companhias mais numerosas & naturalmente melhores aqui, especialmente porque as Miss Williams voltaram. — Fomos agradavelmente surpreendidas outro dia por uma visita de tua bela & da minha, cada qual em uma capa de tecido e chapéu novos, & ouso dizer que te identificarás muito com o gosto apropriadamente modesto de Miss W., sendo que a dela era roxa, & a de Miss Grace, escarlate. Posso facilmente supor que tuas seis semanas aqui serão totalmente ocupadas, ainda que dedicadas somente a alargar a cintura de teus vestidos. Planejei bem minha primavera & verão, & tenciono usar minha musselina de bolinhas até que fique bem surrada antes de partir, — Vais exclamar aqui — mas a minha realmente mostra sinais de desgaste, que com um pouco de cuidado pode resultar em algo. — Martha & Dr. Mant vão tão mal quanto sempre; ele correu atrás dela na rua para se desculpar por conversar com um cavalheiro enquanto ela estava próxima a ele no dia anterior. — A pobre Mrs. Mant não aguenta mais; foi ficar com uma de suas filhas casadas. — Soubemos através de Kintbury que infelizmente Mrs. Esten deu à luz ao mesmo tempo que Mrs. C[harles] A[usten][1] — Quando William retornar para Winchester, Mary Jane deve ir ficar com Mrs. Nunes por um mês, & depois em Steventon por duas semanas, & parece provável que ela & sua tia Martha possam viajar para Berkshire juntas. — Não deveremos ver Martha por um mês após teu retorno — & esse mês será cheio de interrupções & quebras; — mas aproveitaremos mais, quando pudermos ter uma meia hora sossegada juntas. — Para contrapormos ao teu novo romance, sobre o qual ninguém ouviu falar antes & talvez nunca venha a ouvir falar novamente, temos *Ida of Athens*, de Miss Owenson;[2] que deve ser inteligente, pois foi escrito, conforme diz a autora, em três meses. — Até agora lemos somente o prefácio; mas seu *Irish Girl* não me faz ter grandes expectativas. — Se o ardor de sua linguagem fosse capaz de afetar o corpo, poderia valer a pena lê-lo neste inverno. — *Adeiu* [sic] — Devo parar para atiçar o fogo & visitar Miss Murden. Noite. Fiz as duas coisas, a primeira com muita frequência. — Encontramos nossa amiga tão confortável quanto ela pode se permitir ficar no clima frio; — há uma sala muito arrumada atrás da loja onde ela pode se sentar, não muito iluminada de fato, já que é, *a la* [sic] Southampton, a do meio entre três salas — mas muito animada, dado o barulho constante do pilão & do almofariz.[3] — Depois visitamos as Miss Williams, que se hospedam com os Dusautoy; apenas Miss Mary estava em casa, & ela se encontra com a saúde muito abalada. — Dr. Hacket chegou enquanto estávamos lá, & disse não se lembrar de um inverno tão rigoroso como este em Southampton. Está ruim, mas não sofremos como no ano passado, porque o vento tem soprado mais do NE do que NO. — Por um ou dois dias da semana passada, minha mãe passou muito mal com o retorno de uma de suas velhas queixas — mas não durou muito, & parece não ter sobrado nada de mau. — Ela começou a falar de uma doença grave, já que suas duas anteriores foram precedidas pelos mesmos sintomas; — mas graças aos Céus! está agora tão bem quanto se pode esperar que estivesse num clima que a priva de exercícios. — Miss M. entregou um terceiro volume de sermões de Hamstall,[4] recém publicado; & de que devemos gostar mais do que dos outros dois; — são declaradamente práticos, & para o uso das congregações do campo. — Acabei de receber alguns versos de autoria desconhecida, & deseja-se que eu os encaminhe a meu sobrinho Edward em Godmersham. —

"Ai de mim! Pobre *Brag*, jogo arrogante!
De que vale agora teu nome irrelevante? —
Por onde anda tua tão ilustre fama?
— Se a mim, como a ti, ninguém mais chama. —
Pois desprezados fomos, tu e eu, igual,
Em Godmersham, na véspera deste Natal;
E hoje a longa mesa de outrora
recebe quaisquer jogos, mas *Brag* e *Spec*: não têm hora." —
"Este é o humilde pranto,
de *Speculation* de coração brando." —

Quarta-feira. — Esperava receber uma carta de alguém hoje, mas não recebi. Duas vezes por dia, penso em uma carta de Portsmouth. — Miss Murden está nos visitando nesta manhã — até agora ela parece bem satisfeita com sua acomodação. A pior parte de ela estar em Southampton será a necessidade de caminharmos com ela ocasionalmente, pois ela fala tão alto que é bem embaraçoso, mas nossas horas de jantar felizmente são deveras diferentes, do que tiraremos toda vantagem possível. — O parto de Mrs. H[arry] D[igweed] foi há algum tempo. Suponho que nós tenhamos que auxiliar o próximo. O aniversário da Rainha[5] fez com que o baile fosse mudado para a noite de hoje, em vez de ontem — & como está sempre lotado, Martha e eu esperamos um espetáculo divertido. — Esperávamos não depender de outras companhias por contar com a presença de Mr. Austen & Capitão Harwood, mas, como nos faltaram, somos obrigadas a buscar outra ajuda, & optamos pelos Wallop como os menos prováveis de serem incômodos. — Fui visitá-los hoje pela manhã & os achei muito dispostos; — & lamento que tenhas de esperar uma semana inteira pelos detalhes da noite. — Proponho ser convidada para dançar pelo nosso conhecido Mr.

Smith, agora Capitão Smith, que recentemente reapareceu em Southampton — mas recusarei. — Ele viu Charles em agosto passado. — Que noiva pavorosa deve ter sido Mrs. Coronel Tilson![6] Uma pompa como essa é um dos exemplos mais imodestos de modéstia que se pode imaginar. Ela só podia querer com isso <u>atrair</u> atenção. — Isso traz mau agouro para a família dele — prenuncia não muito bom senso; & portanto garante influência sem limites. — Espero que a visita de Fanny esteja ocorrendo agora. — Não dissestes quase nada a respeito dela nos últimos tempos, mas estou certa de que continuam tão boas amigas como sempre. — Martha envia seu afeto, & espera ter o prazer de te ver quando retornares a Southampton. Deves entender este recado como enviado simplesmente para que houvesse um recado, para me agradar. — Afetuosamente tua — J Austen.

Henry não me mandou lembranças em tua última — mas lhe mando as minhas. —

Miss Austen
Edward Austen, Esq.
Godmersham Park
Faversham
Kent

Notas

[1] *Mrs. Esten [...] Mrs. C[harles] A[usten]* Mrs. Esten, esposa de James Christie Esten, era irmã mais velha de Francis ("Fanny") Palmer, esposa de Charles Austen (DLF).

[2] *Ida of Athens de Miss Owenson.* Sydney Owenson, posteriormente chamada de Lady Morgan (1783-1859), foi uma romancista irlandesa, autora de *The Wild Irish Girl*, publicado em 1806, e de *Woman; or Ida of Athens*, publicado em 1809 (DLF).

[3] *loja [...] barulho constante do pilão & do almofariz.* Miss Murden estava hospedada na casa de Mrs. Hookey, que possuía uma farmácia, como Jane Austen relata na carta 63 (conf. nota 10 da carta 63).

[4] *sermões de Hanstall. Practical and Familiar Sermons* [*Sermões práticos e familiares*], a terceira coletânea de sermões publicada por Edward Cooper, Reitor de Hamstall Ridware, em Stafforshire, em 1809 (VJ).

[5] *o aniversário da Rainha.* Trata-se da Rainha Charlotte, que nasceu em 19 de maio de 1744. Contudo, dada a proximidade dessa data com o aniversário do rei em 4 de junho, o dela era oficialmente comemorado em 18 de janeiro (VJ).

[6] *Mrs. Coronel Tilson.* Em 1809, John-Henry Tilson, tenente-coronel da milícia de Oxford, se casou com Sophia Langford.

66. Para Cassandra Austen
Terça-feira, 24 de janeiro de 1809
De Southampton a Godmersham

Castle Square, terça-feira, 24 de janeiro,
Minha querida Cassandra,
Venho dar-te a satisfação de uma carta na quinta-feira esta semana, em vez de sexta, mas não exijo que escrevas novamente antes de domingo, contanto que possa confiar que tu & teu dedo estejais se recuperando muito bem. — Cuida de teu precioso eu, não trabalhes demais, lembra-te de que as tias Cassandras são tão raras quanto as Miss Beverleys.[1] — Ontem tive a alegria de receber uma carta de Charles, porém falarei o mínimo possível sobre ela, pois sei que <u>aquele</u> excruciante Henry também recebeu uma, o que torna todas as minhas informações sem valor. — Foi escrita nas Bermudas nos dias 7 & 10 de dezembro; — tudo bem, e Fanny[2] ainda apenas na expectativa de estar ao contrário. Ele havia recebido um pequeno prêmio[3] em sua última viagem; uma escuna francesa carregada com açúcar, mas o clima ruim fez com que se perdessem, & não se soube mais nada sobre ela; — a viagem dele terminou em 1º de dezembro — Minha carta de setembro foi a última que ele havia recebido. — Em três semanas deverás estar em Londres, & te desejo um clima melhor — mas não que possas ter um pior, pois ora não temos nada além de chuva ou neve incessante & lama insuportável para nos queixarmos — nada de ventos tempestuosos, nem frio severo. Desde que te escrevi pela última vez, tivemos um pouco de cada, mas não é elegante evocar pesares antigos. — Trataste-me de modo escandaloso ao não mencionar os Sermões de Ed[ward] Cooper;[4] — Conto-te tudo, & sabe-se lá que mistérios escondes de mim. — E, como se isso não bastasse, continuas a colocar um "e" final em *'invalid'*[5] — e com isso acabas com a possibilidade de que se imagine Mrs. E[lizabeth] Leigh, ainda que por um momento, como um soldado veterano. — Espero que ela, boa

mulher, esteja destinada a um desfrute plácido adicional de sua própria excelência neste mundo, pois sua recuperação avança excessivamente bem. — Recebi essas notícias agradáveis em uma carta de Bookham na quinta-feira passada; mas, como a carta era de Mary [Cooke] em vez da mãe, imaginarás que seu relato de casa não foi igualmente bom. Mrs. Cooke estivera acamada por alguns dias por alguma doença, mas estava então melhor, & Mary escreveu na confiança de que continuasse a se recuperar. Espero receber notícias novamente em breve. — Alegra-me o que disseste de Fanny — espero que ela não permaneça prostrada por tanto tempo; — Pensamos nela e falamos dela ontem com sincera afeição, & lhe desejamos que desfrute por muito tempo de toda a felicidade para a qual parece ter nascido. — Enquanto traz grande felicidade a todos ao seu redor, ela merece ter seu próprio quinhão. — Gratifica-me saber que o que escrevo lhe agrada — mas gostaria que a consciência de ser exposta a sua crítica sagaz possa não afetar meu estilo, levando-me a uma preocupação muito grande. Já começo a medir minhas palavras & frases mais do que antes, & fico a buscar um sentimento, uma imagem ou uma metáfora em cada canto da sala. Gostaria que minhas ideias fluíssem tão rápido quanto a chuva no nosso armário, seria encantador. — Passamos duas ou três situações assustadoras na semana passada, devido ao derretimento da neve &c. — & a disputa entre nós & o armário terminou com a nossa derrota; fui obrigada tirar quase tudo de dentro dele & deixar que se encharcasse sozinho o quanto quisesse. — Não conseguiste de modo algum despertar minha curiosidade sobre *Caleb*[6] [sic]; — Minha aversão por ele era antes fingida, mas agora é real; não gosto dos evangélicos. — Naturalmente ficarei encantada quando o ler, como os demais — mas, até que o faça, não gosto dele. — Lamento que meus versos não tenham tido nenhum retorno de Edward, tinha esperanças que tivessem — mas suponho que ele não os considere bons o suficiente. — Poderia ser parcialidade, mas me pareceram totalmente clássicos —

exatamente como Homero e Virgílio, Ovídio e *Propria que [sic] Maribus*.[7] Recebi uma carta agradável, fraternal, de Frank outro dia, que, após um intervalo de quase três meses, foi muito bem-vinda. — Não chegou nenhuma ordem na sexta & nenhuma chegou ontem — ou teríamos sido informadas hoje. — Supus que Miss C[urling][8] compartilharia o quarto com sua prima aqui, mas uma mensagem nessa carta prova o contrário; — Arrumarei a mansarda com o maior conforto que puder, mas as possibilidades daquele cômodo não são muito boas. — Minha mãe tem conversado com Eliza sobre nosso futuro lar — e <u>ela</u>, não causando dificuldade alguma por seu namorado, está perfeitamente disposta a continuar conosco, mas, até que escreva para casa a fim de obter a aprovação <u>da mãe</u>, não pode dar a resposta. — <u>A mãe</u> não gosta de tê-la tão longe; — em Chawton estará nove ou dez milhas mais próxima, o que espero que tenha a influência devida, — Quanto a Sally, ela deseja brincar de John Binns conosco,[9] na ânsia de pertencer novamente a nossa casa. Até o momento, parece uma criada muito boa. — Estás convicta de que encontrarás todas as tuas plantas mortas, suponho. — Julgo que pareçam muito doentes. — Teu silêncio sobre o assunto de nosso baile me faz supor que tua curiosidade seja grande demais para as palavras. Nós nos divertimos muito & poderíamos ter ficado mais tempo, não tivessem meus sapatos de ourela chegado para me levar para casa, & não gostaria de deixá-los esperando no frio. O salão estava razoavelmente cheio, & o baile foi aberto por Miss Glyn; — as Miss Lance tinham parceiros, o amigo do Capitão D'Auvergne compareceu de uniforme, Caroline Maitland conseguiu um oficial com quem flertar, & Mr. John Harrison foi incumbido pelo Capitão Smith, que estava ausente, de me tirar para dançar. — Tudo correu bem, como vês, especialmente após termos prendido um lenço atrás do pescoço de Mrs. Lance com um alfinete. — Ontem à noite, recebemos de Anna um relato muito completo & agradável do baile de Mr. Hammond; a mesma pena fluente enviou informações semelhantes a Kent, pelo que sei. — Ela parece ter ficado tão feliz quanto se poderia desejar — & a complacência de sua mãe[10] em fazer as honras da noite deve lhe ter dado quase o mesmo prazer. — O esplendor do encontro foi além de minhas expectativas. — Gostaria de ter visto a aparência & o desempenho de Anna — mas aquele corte de cabelo infeliz[11] deve ter arruinado a primeira. —

Martha se contenta em acreditar que, se <u>eu</u> tivesse seguido seu conselho, nunca terias ouvido falar do comportamento recente de Dr. M[ant], como se a maneira muito superficial com que o mencionei tivesse sido a única base para tua opinião. — Não tento desiludi-la, porque desejo vê-la feliz a qualquer preço, & sei o quão precioso é para ela qualquer tipo de felicidade. Além disso, ela é tão cheia de benevolência para conosco, & te envia em especial tantos bons votos a respeito de teu dedo, que estou disposta a fazer vista grossa a um defeito venial; &, como Dr. M. é um clérigo, a ligação deles, embora imoral, tem um ar decoroso. — *Adeiu* [sic], doce tu. — São notícias pesarosas as da Espanha. — É bom que Dr. Moore tenha sido poupado de saber da morte de um filho[12] como esse. — Afetuosamente tua, J. Austen

A mão de Anna melhora mais e mais, começa a parecer boa demais para qualquer sequela. —

Mandamos nosso afeto especialmente para as queridas pequenas Lizzy & Marianne. O jornal de Portsmouth publicou a melancólica história de uma pobre mulher louca, fugida do confinamento, que disse que seu marido & sua filha, de nome Payne, moravam em Ashford, em Kent. Sabes quem são?

Miss Austen
Edward Austen, Esq.
Godmersham Park
Faversham
Kent.

Notas

¹ *Miss Beverleys*. Miss Beverley é a heroína do romance *Cecilia; or Memoirs of an Heiress* [*Cecília; ou memórias de uma herdeira*], de Frances Burney, publicado em 1782.

² *Fanny.* Trata-se aqui da esposa de Charles, Fanny Palmer.

³ *um pequeno prêmio.* Charles capturou um navio inimigo, que posteriormente se perdeu no mar (DLF).

⁴ *Sermões de Ed[ward] Cooper.* Ver nota 4 da carta 65.

⁵ *colocar um "e" final em 'invalid'*. RWC anota que teve acesso a cartas escritas por Cassandra, que comprovam seu gosto pelo acréscimo do "e" no final das palavras. Aqui, conforme lembra o tradutor das cartas para a língua italiana, Jane Austen parece brincar com a regra gramatical da língua francesa, de acordo com a qual se acrescenta um "e" final para transformar um substantivo masculino em feminino.

⁶ *Caleb. Coelebs in Search of a Wife. Comprehending Observations on Domestic Habits and Manners, Religion and Morals* [*Coelebs em busca de uma esposa. Incluindo observações sobre hábitos e costumes domésticos, religião e princípios morais*], romance didático de autoria de Hannah More (1745-1833), publicado em 1809.

⁷ *Propria que [sic] Maribus.* "Propria quae maribus" é uma das primeiras lições da obra *Introduction to the Latin Language* [*Introdução à língua latina*] de Thomas Pote, publicado em 1795.

⁸ *Miss C[urling].* Primas de Mary, esposa de Frank Austen (RWC).

⁹ *Sally, ela deseja brincar de John Binns conosco.* John Binns foi empregado dos tios de Jane Austen. Uma referência à recusa dele em aceitar um novo posto com Mrs. Leigh-Perrot é mencionada nas cartas 61 e 64.

¹⁰ *complacência de sua mãe.* Como Mr. Hammond era solteiro, a esposa de James Austen, Mary Lloyd, ocupou o lugar de anfitriã em seu baile (DLF).

¹¹ *aquele corte de cabelo infeliz.* Ver nota 17 da carta 52.

¹² *São notícias pesarosas as da Espanha [...] morte de um filho como esse.* Sobre os eventos da Espanha e Sir John Moore, ver nota 1 da carta 64. De acordo com VJ, Sir John Moore faleceu em 15 de janeiro e sua morte foi publicada no jornal *The Times* na data em que essa carta foi escrita. Seu pai, Dr. John Moore (1729-1802), foi médico, escritor e editor de Smollett. DLF anota que a família Austen pode ter conhecido o General Sir John Moore pessoalmente por meio dos pais dele, que eram vizinhos dos Cooke em Surrey.

67. Para Cassandra Austen
Segunda-feira, 30 de janeiro de 1809
De Southampton a Godmersham

Castle Square, segunda-feira, 30 de janeiro
Minha querida Cassandra,
Fiquei pouco surpresa ontem com a surpresa agradável de tua carta, & extremamente contente em receber a confirmação de que teu dedo está bem novamente. Por aqui o dia está chuvoso como nunca se viu! — Gostaria que as pobres menininhas tivessem um clima melhor para a viagem delas;[1] devem se divertir observando as gotas de chuva descerem pelas janelas. Suponho que Sackree esteja com o coração deveras partido. — Não posso concluir o assunto do clima sem observar o quanto está deliciosamente ameno; estou certa de que Fanny deve apreciá-lo como nós. — Ontem ventou muito; fomos à igreja, contudo, o que não conseguíramos fazer nos dois domingos anteriores. — Não me envergonho em absoluto do nome do romance, não sendo culpada por insulto algum no tocante a tua caligrafia; é claro que vi o ditongo, mas, sabendo o quanto aprecias o acréscimo de uma vogal onde quer que possas acrescentá-la, atribuí o fato unicamente a isso — & saber da verdade não contribui em nada com o livro; o único mérito que poderia ter era o nome de *Caleb*, que soa digno, despretensioso; mas em *Coelebs*[2] há pedantismo & afetação. — É escrito apenas para os estudiosos dos clássicos? —Tentarei agora dizer somente o necessário, estou cansada de fazer rodeios — portanto espera uma grande quantia de trivialidades contadas de forma concisa, nas próximas duas páginas. — Mrs. Cooke ficou gravemente doente, mas agora está fora de perigo, espero. — Recebi uma carta na semana passada de George, já que Mary estava muito ocupada para escrever, & naquele momento a doença foi diagnosticada como tifo, & a aflição deles, considerável — mas ontem recebi um relato bem melhor de Mary; apurou-se agora que a origem da indisposição

é biliar, & necessita remédios fortes, que prometem ser eficazes. — Mrs. E[lizabeth] L[eigh] recuperou-se tão bem que tem conseguido ir até o vestiário todos os dias. — Uma carta de Hamstall conta-nos a história do retorno de Sir Thomas Williams; — o almirante, quem quer que ele seja, afeiçoou-se ao "Neptune", & como tinha apenas um "74" deteriorado[3] para oferecer em troca, Sir Thomas recusou tal comando, & virá para casa como passageiro. Homem de sorte! Ter uma oportunidade tão boa de escapar. — Espero que sua esposa permita-se ficar feliz com a situação, & não dedique todos os pensamentos a ficar nervosa. — Um grande acontecimento se dará em Hamstall esta semana, com a partida do jovem Edward para a escola; ele vai estudar em Rugby & está muito feliz com a ideia. — Desejo que sua felicidade perdure, mas será uma mudança grande, tornar-se um estudante inexperiente depois de ser um escritor de sermões pomposo, & um irmão dominador. — Fará bem a ele, ouso dizer. — Caroline [Cooper] escapou por um triz de morrer queimada recentemente; — como seu marido é quem faz o relato, devemos crer que é verdade. — Miss Murden partiu — sua presença foi requisitada pelo estado crítico de Mrs. Pottinger, que teve outro derrame & perdeu a lucidez e a fala. Miss Murden deseja retornar a Southampton, se as circunstâncias permitirem, mas é bem duvidoso. — Fomos obrigadas a dispensar Cholles, ele ficou cada vez mais bêbado & negligente, & temos um homem em seu lugar chamado Thomas. — Martha deseja que te comunique algo relacionado a ela que ela sabe que te agradará, já que lhe trouxe uma satisfação muito especial; é que na primavera ela irá a Londres com Mrs. Dundas. — Não necessito me alongar sobre o assunto — tens conhecimento suficiente das razões & motivos para compartilhar seus sentimentos, & estar ciente de que, de todos os planos possíveis, este é um dos mais aceitáveis para ela. — Irá a Barton assim que nos deixar — & a família se mudará para a cidade em abril. — O que me contas sobre Miss Sharpe é deveras novo & surpreende-me um pouco; — contudo, concordo contigo. Ela nasceu, pobrezinha!, para lutar contra o mal — & continuar com Miss B[ailey] é, espero, prova de que as coisas não vão sempre tão mal entre elas, quanto suas cartas por vezes deixam transparecer. — Sobre o casamento de Jenny, já tinha conhecimento, & presumia que também o tivesses por meio de Steventon, já que eu sabia que estavas correspondendo-te com Mary na época. Espero que ela não macule o nome respeitável que carrega agora. — Teu plano para Miss Curling é extremamente atencioso & amigável, & a tal ponto que ela certamente ficará contente de aceitá-lo. Não pode haver nenhuma objeção razoável à ida de Edward por Steventon, como compreendo que ele promete fazer, sendo a hospitalidade de Mrs. J[ames] Austen precisamente do tipo que satisfaz tal visitante. — Ficamos muito contentes em saber que tia Fatty[4] estava no campo quando lemos sobre o incêndio. — Rogo-te que transmitas minhas mais sinceras saudações às Mrs. Finch, se estiverem em Godmersham — Lamento saber que a mãe de Sir J. Moore é viva, mas, apesar de o filho ser um herói, talvez ele não seja muito necessário para a felicidade dela. — Talvez o Diácono Morrell seja mais para Mrs. Morrell. — Gostaria que Sir John tivesse unido um pouco do cristão ao herói ao morrer. — Graças a Deus! Não temos ninguém em particular com quem nos preocupar nas tropas — ninguém realmente mais próximo a nós do que o próprio Sir John.[5] O Coronel Maitland está em segurança & bem; sua mãe & irmãs estavam naturalmente apreensivas por causa dele, mas não há muito como simpatizar com as preocupações daquela família. — Minha mãe está bem & sai quando pode, com a mesma animação & aparentemente o mesmo vigor de antes. — Ela espera que não te esquives de pedir a Mrs. Seward que cuide do jardim para nós — supondo que ela deixe a casa cedo demais para se ocupar do jardim. — Estamos muito ansiosas por receber o <u>teu</u> relato sobre a casa — pois tuas observações terão uma motivação que não deixará espaço para conjecturas & não padecerão de falta de memória. Para nosso próprio bem, verificamos & lembramos tudo — Lady Sondes é uma mulher atrevida por retornar a sua velha vizinhança; suponho que finja nunca ter sido casada antes — & pergunte-se como seu pai & mãe vieram a batizá-la Lady Sondes. — Penso que não teremos mais problemas com o armário — pois descobriu-se que muitos dos males ocorreram porque a calha estava entupida, & mandamos limpá-la. — Temos motivos para nos alegrar com a ausência da criança[6] no momento do degelo, pois o quarto de crianças não estava habitável. — De quase todos ouvimos sobre desastres semelhantes. — Nenhuma novidade de Portsmouth. Somos muito pacientes. — Mrs. Charles Fowle deseja gentilmente que te mande lembranças. Ela pergunta com interesse cordial por meu irmão & sua família. — Muito afetuosamente tua, J. Austen.

Miss Austen
Edward Austen, Esq.
Godmersham Park
Faversham
Kent

Notas

¹ *a viagem delas.* Lizzy e Marianne Austen Knight, filhas de Edward, iriam para um internato em Wanstead, Essex, para passar alguns meses até que Fanny conseguisse uma governanta para elas (DLF).
² *Coelebs.* Ver nota 6 da carta 66.
³ *um "74".* Ver nota 10 da carta 60.
⁴ *tia Fatty.* Apelido dado pela família Bridges para Isabella Fielding (DLF).
⁵ *mais próximo [...] o próprio Sir John.* Ver nota 12 da carta 66.
⁶ *criança.* Mary Jane, filha de Frank Austen (DLF).

68 (a). Para B. Crosby & Co.
Quarta-feira, 5 de abril de 1809
De Southampton a Londres

Cavalheiros,

Na primavera do ano de 1803, o manuscrito de um romance em 2 volumes intitulado *Susan*[1] vos foi vendido. por um cavalheiro denominado Seymour,[2] & o valor da compra de £10. recebido na mesma data. Seis anos se passaram, & essa obra, da qual me declaro a autora, nunca foi, até onde sei, publicada, embora um tempo breve para a publicação tivesse sido acordado no momento da venda. Só posso explicar uma circunstância tão extraordinária supondo que o manuscrito tenha, por algum descuido, se perdido; &, se foi esse o caso, estou disposta a fornecer-vos outra cópia caso estejais dispostos a beneficiar-vos dela, & comprometer-vos para que não haja mais delongas quando ela chegar a vossas mãos. — Não me será possível, em virtude de circunstâncias específicas, enviar essa cópia antes do mês de agosto, mas depois disso, se aceitardes minha proposta, asseguro-vos que a recebereis. Peço-vos a gentileza de me enviar uma resposta, o mais brevemente possível, uma vez que minha estadia neste local não ultrapassará alguns dias. Caso essa solicitação não seja levada em conta, vou considerar-me livre para assegurar a publicação de minha obra, indo oferecê-la em outra parte. Sou, cavalheiros, &c. &c.

MAD

Enviar para Mrs. Ashton Dennis
Correio, Southampton

5 de abril de 1809

[Messrs. Crosbie [sic] & Co.,
Stationer's Hall Court

Notas

[1] *Susan*. Título original de *Northanger Abbey* [*A abadia de Northanger*].
[2] *Seymor*. William Seymour, advogado de Henry Austen.

68 (b). De Richard Crosby
Sábado, 8 de abril de 1809
De Londres a Southampton

Senhora,
Acusamos o recebimento de vossa carta datada do último dia 5. É verdade que na data mencionada compramos de Mr. Seymour o manuscrito de um romance intitulado <u>Susan</u> e lhe pagamos a soma de 10£ pelo qual temos o recibo carimbado por ele como remuneração integral, porém não havia qualquer prazo estipulado para sua publicação, tampouco somos obrigados a publicá-lo. Caso venhais a fazê-lo, ou qualquer outra pessoa, tomaremos medidas para cessar as vendas. O manuscrito será vosso pela mesma quantia que pagamos por ele.

Por B. Crosby & Co
Sou vosso etc.
Richard Crosby

Londres
8 de abril de 1809

Mrs. Ashton Dennis
Correio
Southampton

69. Para Francis Austen
Quarta-feira, 26 de julho de 1809
De Chawton para a China

                              Chawton, 26 de julho, 1809

Querido Frank, que sejas feliz
com a chegada de um petiz,
que a Mary trouxe menos sofrimento,
que Mary Jane em seu nascimento. —
Que sempre uma bênção ele cresça,
E amor dos pais mereça!
Talentoso & de bom caráter dotado,
teu nome e teu sangue como legado;
Que outro Francis William possamos ver
em todos os caminhos que percorrer! —
Que ele reviva teus dias de infante,
Teu espírito afável, não, insolente; —
Nem um defeito se dispensaria
que atenuasse a simetria.
Que tua birra possa ele reviver,
(com cachinhos que acabam de nascer)
De teu quarto espiando ousadamente,
"Bet, vem me pegar rapidamente." —

Da dor, combatente, dos perigos, destemido,
E tantas vezes ameaçado sem motivo,
Contudo, um terror alvoroça sua alma,
Mecanismo que impõe que tenha calma
Descoberto nesse arranjo suntuoso,
O burro ao lado com seu zurro pavoroso! —
Que os mesmos erros de criança
O amadureçam com a mesma temperança,
Que a boca atrevida & o jeito impertinente

Da primeira da infância insolente,
No homem reflitam do pai o temperamento,
Que, como ele, seja atencioso & atento;
Todo gentil àqueles ao seu redor,
Zeloso por não lhes causar dor.
E como o pai deve também ter convicção,
Que suas lutas justas jamais foram em vão,
Sentir seu merecimento com verdadeiro arrebatamento
E saber de seu próprio aprimoramento. —
De um defeito inato pode assim desabrochar
a dignidade consciente, uma bênção tão melhor. —

E quanto a nós, passamos muito bem.
Como saberás pela carta de alguém.
A pena de Cassandra vai te contar,
Todo o conforto que está a esperar
Em Chawton, nosso novo lar — e quanto já
estamos com ele a sonhar;
E deveras convencidas que ao terminar
Nenhuma outra casa dela vai ganhar,
Sejam as construídas ou as reformadas,
Com salas pequenas ou salas ampliadas.
Estaremos instaladas no outro ano decerto
Talvez com Charles & Fanny por perto —
Pois ora é comum o nosso agrado
Em imaginá-los bem ao nosso lado.

J.A.

Capitão Austen da Marinha Real
26 de julho

70. Para Cassandra Austen
Quinta-feira, 18 — sábado, 20 de abril de 1811
De Londres a Godmersham

Sloane St., quinta-feira, 18 de abril

Minha querida Cassandra,

Tenho tantos assuntos triviais para te contar, que não posso mais esperar para começar a colocá-los no papel. — Passei a terça-feira em Bentinck Street; os Cooke passaram por aqui & levaram-me de volta; & foi deveras um dia dos Cooke, pois as Miss Rolle fizeram uma visita enquanto eu estava lá, & Sam Arnold apareceu para o chá. O tempo ruim prejudicou um plano excelente que eu tinha de visitar Miss Beckford novamente, mas a partir da metade do dia choveu sem parar. Mary & eu, após deixarmos o pai & a mãe dela, fomos ao Museu de Liverpool, & à British Gallery, & me diverti um pouco em cada um deles, apesar de que minha preferência por homens & mulheres sempre me predispõe a prestar mais atenção à companhia do que à cena. — Mrs. Cooke lamenta muito não a ter visto quando a visitaste, o que se deveu a um engano entre os empregados, pois não soube de nossa visita até que tivéssemos partido. — Ela aparenta estar razoavelmente bem; mas temo que aumenta o componente de nervosismo de sua doença, & deixa-a menos & menos disposta a se separar de Mary. — Propus à ultima que vá a Chawton comigo, caso eu viaje pela estrada de Guildford — & <u>ela</u>, acredito realmente, ficaria feliz em fazê-lo, mas talvez seja impossível; a menos que um irmão possa estar em casa na ocasião, certamente será. — George virá ficar com elas hoje. Não vi Theo até tarde na terça-feira; ele havia ido a Ilford, mas retornou a tempo de exibir sua civilidade costumeira, desprendida, inofensiva e cruel. — Henry, que havia ficado preso no banco o dia todo, buscou-me na volta para casa; & após encher o grupo de vida & sagacidade por um quarto de hora, pôs a si mesmo & a irmã em um coche alugado. — Bendigo minhas estrelas por ter dado cabo da terça-feira! — Mas ai de mim! — quarta-feira foi igualmente um dia de grandes feitos, pois Manon[1] & eu caminhamos até a Grafton House,[2] & tenho muito a dizer sobre esse assunto. Lamento te dizer que estou ficando muito extravagante & ando gastando todo o meu dinheiro; & o que é pior para ti, tenho gastado o teu também; pois, na loja de tecidos onde fui em busca de musselina xadrez, & pela qual fui obrigada a dar sete xelins por jarda, fui tentada por uma bela musselina colorida, & comprei dez jardas, na possibilidade de que te agradasse; — mas ao mesmo tempo, se não for de teu gosto, não deves pensar que estás absolutamente obrigada a ficar com ela; custa apenas três xelins e seis *pence* a jarda, & não me importaria nem um pouco ficar com tudo. — Na textura, é exatamente o que preferimos, mas a semelhança com fios verdes, devo admitir, não é grande, pois a estampa é de bolinhas vermelhas pequenas. — Aproveitei a oportunidade para comprar um pouco para ti, & agora creio que terminei minhas encomendas, com a exceção de Wedgwood.[3] Apreciei muito minha caminhada; foi mais curta do que esperava, & o clima estava agradável. Saímos imediatamente após o desjejum & devemos ter chegado a Grafton House por volta das onze e meia —, mas, quando entramos na loja, o balcão todo estava abarrotado, & esperamos uma meia hora inteira para sermos atendidas. Quando nos atenderam, contudo, fiquei muito satisfeita com minhas compras, minha fita bordada com miçangas a dois xelins e quatro pence & três pares de meias de seda por um pouco menos de 12 xelins o par — No caminho de volta, quem encontraria senão Mr. Moore, recém-chegado de Beckenham. Creio que ele teria passado reto por mim se não o tivesse parado — mas ficamos encantados em nos encontrar. Percebi rapidamente, contudo, que ele não tinha nada de novo para me contar, & então deixei que se fosse. — Miss Burton fez uma touquinha muito bonita para mim — & agora nada poderá me satisfazer a não ser ter um chapéu de palha, do formato do chapéu de cavalgada, como o de Mrs. Tilson; & uma jovem desta vizinhança está de fato fazendo um para mim. Sou realmente muito chocante; mas não ficará caro, a um guinéu. — Nossos redingotes custam 17 xelins cada — ela cobra apenas oito para fazer, mas os botões parecem caros; — são caros, eu deveria dizer — pois o fato é suficientemente óbvio. — Tomamos chá novamente com os Tilson, ontem, & encontramos os Smith. — Considero todas essas festinhas muito agradáveis. Gosto de Mr. S., Miss Beaty é o bom humor em pessoa, & não parece muito mais que isso. Passaremos a noite de amanhã com eles, & deveremos encontrar o Coronel & Mrs. Cantelo Smith, de quem tens ouvido falar; & se ela estiver com boa disposição, é possível que tenhamos uma excelente cantoria. — Hoje à noite eu poderia ter ido ao teatro, Henry havia gentilmente planejado nossa ida ao Lyceum,[4] mas tenho um resfriado que não desejo que piore até sábado; — então, fiquei em casa o dia todo. — Eliza saiu sozinha. Ela tem muitos afazeres no momento — pois o dia da festa foi marcado, & está se aproximando; foram convidadas mais de 80 pessoas para a próxima terça-feira à noite & deve haver música muito boa, 5 profissionais, 3 deles cantores de *glee*,[5] além de amadores. — Fanny gostará de ouvir isso. Um dos contratados é talentoso com a harpa, com o que espero ter grande prazer. — A justificativa da festa era um jantar para Henry Egerton & Henry Walter[6] — mas o último deixará a cidade no dia anterior. Lamento — pois gostaria que ela se desfizesse de seu preconceito — mas ela lamentaria ainda mais se o convite não tivesse sido feito. — Sou uma infeliz por ficar tão preocupada com todas essas coisas, de forma a parecer que não tenho consideração para com as pessoas & circunstâncias que são realmente fonte de um interesse muito mais duradouro — as companhias com quem estás — mas penso de fato em todos vós, asseguro-te, & quero saber tudo sobre todos, & especialmente sobre tua visita a White Friars; *"mais le moyen"*[7] alguém não se ocupa de suas próprias preocupações? — Sábado. — Frank foi substituído no "Caledonia". Henry nos trouxe essa notícia ontem, que ouviu de Mr. Daysh — & soube ao mesmo tempo que Charles pode estar na Inglaterra no decurso de um mês. — Sir Edward Pellew sucederá Lorde Gambier em seu comando, & algum de seus capitães sucederá Frank; & creio que a ordem já foi dada. Henry tenciona sondar mais hoje; — ele escreveu a Mary[8] sobre o assunto. — É algo a se pensar. — Henry está convencido de que receberá alguma outra oferta, mas não crê que de modo algum será obrigação dele aceitá-la; &, depois disso, o que vai fazer? & onde vai morar? — Espero receber notícias tuas hoje. Como estás com relação a tua saúde, forças, aparência, estômago &c.? — Recebi notícias muito reconfortantes de Chawton ontem. — Se o clima permitir, Eliza & eu passearemos por Londres hoje pela manhã — ela precisa de lamparinas para terça-feira; — & eu, de uma onça[9] de linha para cerzir. — Ela decidiu não se arriscar a ir à peça hoje à noite. Os D'Entraigues & Comte Julien[10] não poderão vir à festa — o que foi inicialmente uma tristeza, mas desde então ela tem se suprido tão bem de artistas que já não tem importância; — como eles não vêm, vamos a eles amanhã à noite — uma ideia da qual gosto. Será divertido saber como é um círculo francês. Escrevi a Mrs. Hill[11] há alguns dias, & recebi uma resposta muitíssimo gentil & satisfatória; a época que escolhi, a primeira semana de maio, lhe convém perfeitamente; & portanto considero minha ida razoavelmente definida. Deixarei Sloane St. no dia 1º ou 2 — & estarei pronta para James no dia 9; — & se o plano dele mudar, posso cuidar de mim mesma. — Expliquei minhas intenções aqui, & está tudo tranquilo & agradável & Eliza fala gentilmente em me levar a Streatham. — Encontramos os Tilson ontem à noite — mas os cantores Smith enviaram uma justificativa — o que deixou nossa Mrs. Smith de mau humor —

Retornamos, após uma boa dose de andar a pé & de carruagem, & tive o prazer de receber tua carta. — Gostaria de estar com os versos de James, mas os deixei em Chawton. Quando retornar para lá, se Mrs. K[night] me permitir, envio-os para ela. — Nossa primeira missão de hoje foi ir a Henrietta St. conversar com

Henry em razão de uma mudança muito lamentável da peça de hoje à noite — *Hamlet* em vez de *King John*[12] — & em vez disso, deveremos ir na segunda ver *Macbeth*, mas é uma decepção para nós dois.

Com amor a todos. Afetuosamente tua, Jane.

Miss Austen
Edward Austen, Esq.
Godmersham Park
Faversham
Kent

Notas

¹ *Manon*. Empregada de Henry Austen.
² *Grafton House*. Conhecida loja de tecidos de Londres e uma das favoritas de Jane Austen, situada na New Bond Street (ADKINS, 2013).
³ *Wedgwood*. Fábrica de cerâmica fina inaugurada por Josiah Wedgwood em 1759, cujos jogos de jantar, chá etc. se tornaram objeto de desejo e presença constante nos lares ingleses na época de Jane Austen, sendo também exportados em grande volume. A fábrica da Wedgwood ficava em Barlaston, condado de Staffordshire, porém a empresa possuía um *showroom* em Londres (SLOTHOUBER, 2009).
⁴ *Lyceum*. Teatro situado na Wellington Street (DLF).
⁵ *glee*. Na Inglaterra do século XVIII, gênero de música vocal *a cappella* para vozes masculinas (HOUAISS).
⁶ *Henry Walter*. Filho mais velho do Reverendo James Walter e primo tanto de Jane Austen como de Eliza, esposa de Henry Austen (DLF).
⁷ *"mais le moyen"*. Do francês, "mas como?". Citação de uma carta originalmente redigida em francês, em 23 de outubro de 1740, por Philip Dormer Stanhope, Conde de Chesterfield, para uma correspondente desconhecida, publicada em *Miscellaneous Works* [*Obras miscelâneas*], de Chesterfield, em 1777 (VJ).
⁸ *Mary*. Esposa de Frank Austen (DLF).
⁹ *uma onça*. Equivalente a 28,35 gramas.
¹⁰ *Os D'Entraigues & Comte Julien*. Comte Emmanuel-Louis (1756-1812), a esposa e o filho, Julien. Comte Emmanuel-Louis foi um grande estudioso, além de espião, falsificador e agente duplo. A esposa, Anne de St. Huberti, foi cantora de ópera. O casal foi assassinado em sua própria residência, em Barnes, Surrey, por um empregado italiano, cujas motivações podem ter sido pessoais ou políticas (DLF).
¹¹ *Mrs. Hill*. Catherine se casou com o Reverendo Herbert Hill em 1808 e passou a ser chamada de Mrs. Hill. O casal morava em Streatham, que, na época, era um vilarejo nos arredores de Londres (DLF).
¹² *Hamlet em vez de King John*. Peças de William Shakespeare. Em 20 de abril, o jornal *The Times* ainda anunciava *King John*, mas um ou dois dias antes a peça foi substituída por *Hamlet* (VJ).

71. Para Cassandra Austen
Quinta-feira, 25 de abril de 1811
De Londres a Godmersham

                    Sloane St., quinta-feira, 25 de abril
Minha queridíssima Cassandra,
Posso retribuir o elogio, agradecendo-te pelo prazer inesperado de tua carta ontem, & como gosto de prazeres inesperados, ela deixou-me muito feliz; e deveras, não necessitas desculpar-te por tua carta sob hipótese alguma, pois estava toda muito agradável, mas não agradável demais, espero, para não ser escrita de novo, ou algo assim. Penso que Edward não sofrerá muito mais com o calor; pelo que pareceu hoje pela manhã, suspeito que o clima esteja mudando para o balsâmico vento nordeste.[1] Tem feito calor aqui, como podes supor, já que estava tão quente aí, mas não sofri nada com ele, nem o senti a tal ponto que me fizesse imaginar que representaria alguma coisa no campo. Todos têm falado do calor, mas pensei que se resumisse a Londres — Trago-te a alegre notícia do nascimento de nosso novo sobrinho,[2] & espero, se um dia for condenado à forca, que não seja até que estejamos velhas demais para nos importarmos com isso. — É um grande alívio que tudo tenha terminado tão bem & rapidamente. As Miss Curling devem estar exaustas de escrever tantas cartas, mas a novidade pode exigir isso delas; — a minha foi enviada por Miss Eliza & ela diz que meu irmão[3] pode chegar hoje. — Não deveras, nunca estou ocupada demais para pensar em *S&S*.[4] Não poderia esquecê-lo mais do que uma mãe conseguiria esquecer o filho que amamenta; & sou-te muito grata por teu interesse. Recebi duas folhas para corrigir, mas a última chega apenas até a primeira aparição de W[illoughby].[5] Mrs. K[night] lamenta do modo mais lisonjeiro que terá que aguardar até maio, porém tenho poucas esperanças de que seja lançado até mesmo em junho. — Henry não o negligencia; apressou o editor, & diz que o visitará novamente hoje. — Não ficará parado

durante a ausência dele, será enviado para Eliza. — Os lucros permanecem como estavam, mas farei com que sejam alterados, se puder. — Gratifica-me muito o interesse de Mrs. K. nele; & qualquer que seja o resultado dele para a estima que tem por mim, sinceramente desejo que a curiosidade dela possa ser satisfeita antes, do que ora é provável. Penso que ela gostará de minha Elinor, mas não presumo nada mais. Nossa recepção transcorreu extremamente bem. Houve muita ansiedade, sustos & contrariedades antes naturalmente, mas no final tudo correu muito bem. Os cômodos foram decorados com flores &c., & ficaram muito bonitos. — Um vidro para o consolo da lareira foi emprestado pelo homem que está fazendo o deles. — Mr. Egerton & Mr. Walter chegaram às cinco e meia, & as festividades iniciaram com um par de belas almas. Sim, Mr. Walter — pois ele adiou sua partida de Londres para que pudesse estar presente — o que não trouxe muito mais prazer na ocasião do que a circunstância que lhe deu origem, sua visita no domingo & o convite de Henry para que jantasse com a família naquele dia, que foi aceito — mas tudo está apaziguado agora; — & ela gosta muito dele. — Às sete e meia chegaram os músicos em dois fiacres, & por volta das 8 os convidados nobres começaram a chegar. Entre os primeiros estavam George & Mary Cooke, & passei a maior parte da noite muito agradavelmente com eles. — Já que a sala de estar ficou logo mais quente do que era de nosso gosto, ficamos no corredor de ligação, que estava comparativamente frio, & nos deu toda a vantagem de ouvir a música a uma distância aprazível, bem como a de ver primeiro cada um que chegava. — Eu estava totalmente cercada de conhecidos, especialmente de cavalheiros; & com Mr. Hampson, Mr. Seymour, Mr. W. Knatchbull, Mr. Guillemarde, Mr. Cure, um Capitão Simpson, irmão do Capitão Simpson, além de Mr. Walter & Mr. Egerton, afora os Cooke & Miss Beckford & Miss Middleton, tive tantos por quem me responsabilizar quanto me foi possível. — Pobre Miss B. está novamente sofrendo com sua velha queixa, & parece mais magra do que nunca. Irá certamente para Cheltenham no início de junho. Naturalmente fomos todos alegres & cordiais. Miss M. parece feliz, mas não tem beleza suficiente para figurar em Londres. — Ao todo estávamos em 66 — o que foi consideravelmente mais do que Eliza esperava, & o suficiente para encher a sala de estar do fundo, & deixar alguns espalhados pela outra, & pelo corredor. — A música estava extremamente boa. Abriram (podes dizer a Fanny) com "*Prike pe Parp pin praise pof Prapela*"[6] — & dos outros *glees* me lembro, "*In Peace Love tunes*", "*Rosabelle*", "*The red cross Knight*", & "*Poor Insect*".[7] Entre uma canção e outra houve peças para a harpa, ou para harpa e pianoforte juntos — & a harpista era Wiepart, cujo nome parece ser famoso, apesar de novo para mim. — Havia uma cantora, uma Miss Davis de estatura baixa e toda vestida de azul, que está se preparando para se exibir em público, cuja voz disseram ser realmente muito agradável; & todos os artistas causaram-nos grande satisfação ao fazer o que foram pagos para fazer, & fazer-se de importante. — Não conseguimos convencer nenhum amador a se apresentar. — A casa não ficou vazia até depois das 12. — Se desejares saber mais, deves fazer tuas perguntas, mas parece que mais esgotei do que poupei o assunto. — O tal Capitão Simpson nos contou, conforme o relato de algum outro capitão que acaba de chegar de Halifax, que Charles está trazendo o "Cleopatra" para casa, & que a esta hora ele provavelmente está no canal — porém, como o Capitão S. certamente estava bêbado, não devemos contar muito com isso. — Contudo, a notícia provoca uma certa expectativa, & fará com que eu não escreva mais para ele. — Preferiria que ele não chegasse à Inglaterra até que eu estivesse em casa, & que o grupo de Steventon tivesse partido. Minha mãe & Martha escrevem com grande satisfação sobre a conduta de Anna. É deveras uma Anna com variações — mas ela não deve ter chegado à sua última, pois essa é sempre a mais exuberante e vistosa — deve estar agora em sua terceira ou quarta que geralmente são simples e bonitas. — Teus lilases estão enfolhados, nossos estão em flor. — Os castanheiros-da-índia estão bem floridos, & os elmos quase. — Fiz uma caminhada agradável em Kensington Gardens no domingo, com Henry, Mr. Smith & Mr. Tilson. — Estava tudo repleto de frescor & beleza. — Fomos de fato ao teatro, no fim das contas, no sábado, fomos ao Lyceum e vimos *The Hypocrite*,[8] uma velha peça adaptada de O Tartufo, de Molière, & nos entretivemos muito. Dowton & Mathews foram os bons atores. Mrs. Edwin foi a heroína — & a atuação dela foi exatamente como costumava ser. Não tive a oportunidade de ver Mrs. Siddons.[9] — Ela atuou na segunda-feira, mas como o bilheteiro disse a Henry que pensava que ela não o faria, desistimos dos lugares, & de todos os pensamentos a esse respeito. Gostaria especialmente de tê-la visto no papel de Constance, & esbravejaria facilmente contra ela por me desapontar. — Henry visitou a Exposição de Aquarelas, que abriu na segunda-feira, & deverá nos encontrar lá novamente numa dessas manhãs — Caso Eliza não possa ir — (& ela está com um resfriado no momento) Miss Beaty será convidada a me fazer companhia. — Henry deixará a cidade no domingo à tarde — porém tenciona escrever pessoalmente para Edward em breve — & contará seus próprios planos. — O chá está sendo servido nesse momento. — Não terás tua musselina colorida a menos que realmente a desejes, pois receio que não poderia enviá-la pela diligência sem causar problemas aqui. — Eliza pegou o resfriado no domingo a caminho da residência dos D'Entraigues; — os cavalos ficaram de fato presos neste lado de Hyde Park Gate — um grande volume de cascalho fresco formou um monte imenso para eles, & recusaram a coelheira; — creio que também havia um ombro inflamado para irritá-los. — Eliza ficou com medo, & descemos — & ficamos por vários minutos expostas ao ar noturno. — O resfriado está no peito dela — mas ela está se cuidando, & espero que ele não dure muito. — Esse compromisso impediu que Mr. Walter ficasse aqui até tarde — ele tomou seu café & partiu. — Eliza aproveitou muito a noite & tenciona cultivar a amizade — & não vejo nenhum motivo para não gostar deles, exceto a quantidade de rapé que consomem. — Monsieur o velho conde é um homem muito bem-apessoado, de modos discretos, suficientemente dignos de um inglês — & creio que é um homem muito bem informado & de bom gosto. Possui algumas belas pinturas, o que encantou Henry tanto quanto a música do filho agradou a Eliza — entre eles, uma miniatura de Filipe V de Espanha, neto de Luís XIV, que satisfez perfeitamente a <u>minha</u> compreensão. — A apresentação de Conde Julien é deveras maravilhosa. Encontramos apenas Mrs. Latouche & Miss East — & acabamos de nos comprometer a passar o próximo domingo à noite na residência de Mrs. L. — & a encontrar os D'Entraigues; — mas M. le Comte terá que se contentar em ficar sem Henry. Se ele ao menos falasse inglês, <u>eu</u> me ocuparia dele. — Já sugeriste a Mrs. K[night] que deixasse de tomar chá? — Eliza acaba de falar sobre isso novamente. — O benefício que <u>lhe</u> fez para dormir tem sido enorme. — Escreverei a Catherine em breve para marcar meu dia, que será quinta-feira. — Não temos compromissos exceto no domingo. O resfriado de Eliza recomenda repouso. — A recepção dela foi mencionada no jornal da manhã de hoje. — Lamento saber do estado da pobre Fanny. — Vinde de onde vem, suponho que seja o preço da felicidade dela. — Não <u>terei</u> mais nada a dizer. —

Afetuosamente tua, J.A.

Envia meu afeto particularmente à minha afilhada.[10]

Miss Austen
Edward Austen, Esq.
Godmersham Park
Faversham

Notas

¹ *balsâmico vento nordeste*. De acordo com dados meteorológicos do governo britânico, a Inglaterra mais comumente recebe ventos que sopram do sul, sudoeste e noroeste. Entretanto, no fim do inverno e durante a primavera, estação em que foi escrita essa carta, há uma incidência maior de ventos que vêm do nordeste.

² *nosso novo sobrinho*. Henry Edgar Austen, segundo filho de Frank, nascido em 21 de abril de 1811, em Portsmouth (DLF).

³ *meu irmão*. Frank Austen (DLF).

⁴ *S&S*. Sense and Sensibility [Razão e Sensibilidade].

⁵ *a primeira aparição de W[illoughby]* Personagem de *Sense and Sensibility [Razão e Sensibilidade]*.

⁶ *"Prike pe Parp pin praise pof Prapela"*. Jane Austen se refere a "Strike the harp in praise of Bragela", composta por Sir Henry Rowley Bishop. A forma como a autora cita a música no trecho, trocando as iniciais pela letra "p", era uma brincadeira entre ela e a sobrinha — uma espécie de língua própria criada pelas duas (DLF).

⁷ *"In Peace Love tunes", "Rosabelle", "The red cross Knight", & "Poor Insect"*. "In peace love tunes the shepherd's reed", *glee* composto por J. Attwood; "Rosabelle", "The Red Cross Knight" e "Poor Insect" são composições de John Wall Callcott. Quanto à última, "Poor Insect" é na verdade parte do refrão do *glee* intitulado "The May Fly" (DLF).

⁸ *The Hypocryte. The Hypocrite [O hipócrita] (1768)* é uma peça de Isaac Bickerstaffe adaptada de uma versão inglesa de *O Tartufo*, de Molière, feita por Colley Cibber, intitulada *Tartuffe, The Non-Juror*, encenada pela primeira vez em 1717 (VJ).

⁹ *Dowton & Mathews [...] Mrs. Siddons*. William Dowton, Charles Mathews e Elizabeth Edwin, atores teatrais conhecidos em Londres na época. Sarah Siddons foi uma das maiores atrizes de tragédias de seu tempo e abandonou os palcos após sua atuação como Lady Macbeth, um de seus maiores papéis, e Jane Austen não conseguiu ver a peça na ocasião (VJ).

¹⁰ *minha afilhada*. Louisa Austen Knight (DLF).

72. Para Cassandra Austen
Terça-feira, 30 de abril de 1811
De Londres a Godmersham

Sloane St., terça-feira

Minha querida Cassandra,

Havia despachado minha carta ontem antes da chegada da tua, o que lamentei; mas, como Eliza foi tão gentil em me conseguir uma franqueada, tuas perguntas serão respondidas sem muito mais despesas para ti. — O melhor endereço para Henry em Oxford será <u>The Blue Boar, em Cornmarket.</u> — Não tenciono mandar fazer outro ajuste em meu redingote, pois estou decidida a não gastar mais dinheiro, então o usarei como está, mais comprido do que deveria, & depois — não sei. — Como adorno de minha cabeça usei uma fita com miçangas combinando com a bainha de meu vestido, & uma flor de Mrs. Tilson. — Estava certa de que saberia algo sobre a noite de Mr. W[yndham] K[natchbull] — & estou muitíssimo satisfeita com seu comentário sobre mim. "Uma jovem de aparência agradável"; — isso basta; — não se pode esperar nada melhor no momento — muito agradecida se continuar assim por mais alguns anos! — Tenho um prazer sincero em saber que finalmente Mrs. Knight teve uma noite razoável — mas neste momento gostaria que ela tivesse outro nome, pois <u>Knight e noite</u> tilintam demais.[1] — Tentamos obter *Self-controul*[2] [sic], mas em vão. — <u>Gostaria</u> de saber qual é a avaliação dela, mas fico sempre meio receosa de achar que um romance inteligente é <u>inteligente demais</u> — & em achar que antecipa totalmente minha própria história & minha própria gente. Eliza acaba de receber de Henry algumas linhas, assegurando-a do bom comportamento da égua dele. Ele pernoitou em Uxbridge no domingo, & escreveu de Wheatfield. — Não fomos requisitadas por Hans Place ontem, mas jantaremos lá hoje. — Mr. Tilson visitou-nos à noite — mas, fora isso, ficamos bastante sozinhas o dia todo, & após termos saído tanto, a mudança foi muito agradável. — Concordo com tua opinião sobre Miss Allen[3] muito mais do que imaginava, & agora tenho esperança de que ela permaneça o ano todo. — A essa hora suponho que esteja trabalhando duro, governando tudo — pobre criatura! Sinto pena dela, apesar de elas serem minhas sobrinhas. Ah! Sim, lembro-me perfeitamente da influência local de Miss Emma Plumbtree. — "Estou num dilema, pela falta de Emma."

"Escapou por um triz dos lábios de Henry Gipps." —

Mas, realmente, nunca dei maior importância ao assunto, além de planejar uma resposta para a mensagem anterior de Fanny. O que há para se dizer sobre o assunto? — Puito pem — ou pestão? ou pão. — ou tanto quanto possível, pespero pe penham postado.[4] Parabenizo Edward pelo projeto de lei sobre o Canal de Weald of Kent[5] ter sido adiado até a próxima sessão, como tive o prazer de ter lido. — Há sempre esperança nos atrasos. —

> "Entre uma sessão & outra sessão"
> "A primeira predisposição"
> "Pode alvoroçar a nação"
> "E o projeto malfadado"
> "Pode ter que ser abortado"
> "Contra a vontade dos homens malvados"

Aí vai uma poesia para Edward & sua filha. Receio que não haja nenhuma para ti. — Esqueci de te dizer em minha última carta que nossa prima, Miss Payne, nos visitou no sábado & foi convencida a ficar para o jantar. — Ela contou-nos bastante sobre sua amiga, Lady Catherine Brecknell, que se casou muito bem — & Mr. Brecknell é muito religioso, & tem costeletas negras. — Fico feliz em pensar que faz um tempo razoável para a viagem de Edward até Goodnestone, & muito feliz em saber de sua promessa gentil de trazer-te para a cidade. Espero que tudo transcorra favoravelmente. Dia 16 será agora o dia de Mrs. Dundas. — Se puder, pretendo aguardar teu retorno, antes de mandar fazer meu vestido novo — pois tenho a impressão de que será mais vantajoso mandar fazê-los juntas — & como acredito que a musselina não é tão larga quanto <u>costumava ser</u>, pode ser necessária alguma artimanha. — Creio que a saia precisará de um corte de meia largura para os gomos, além das duas larguras completas. —

Eliza ainda não decidiu se convidará Anna — mas creio que sim. — Muito afetuosamente, tua

Jane.

Notas

[1] *pois <u>Knight e noite</u> tilintam demais*. No inglês, *the two <u>Nights</u> jingle very much*. Jane Austen brinca neste trecho com a assonância entre o sobrenome "Knight" e a palavra "night" ("noite", em português).

[2] *Self-controul*. *Self-Control: A Novel* [*Autocontrole, um romance*], romance de Mary Brunton, publicado em 1810 (DLF).

[3] *Miss Allen*. Governanta de Godmersham entre 27 de abril de 1811 e 11 de novembro de 1812 (DLF).

[4] *Puito pem — ou pestão? ou pão. — ou tanto quanto possível, pespero pe penham postado*. "Muito bem — ou estão, ou não — ou tanto quanto possível, espero que tenham gostado". Jane Austen novamente aqui faz a troca das iniciais das palavras pela letra "p", brincando com a sobrinha. Ver nota 6 da carta 71.

[5] *projeto de lei sobre o Canal de Weald of Kent*. Projeto de lei do Parlamento para a construção de um canal de ligação entre os rios Tâmisa e Medway com o rio Rother, de forma a criar uma hidrovia de Londres até a costa sul de Kent (VJ). Segundo DLF, Edward era contrário ao projeto, uma vez que sua propriedade não seria beneficiada. Embora aprovada em 1812, a construção do canal nunca se concretizou e o projeto foi retirado em 1816.

73. Para Cassandra Austen
Quarta-feira, 29 de maio de 1811
De Chawton a Godmersham

Chawton, quarta-feira, 29 de maio
Foi um erro meu, minha querida Cassandra, mencionar uma 10ª criança em Hamstall; esqueci que havia apenas oito. — Tuas perguntas sobre meu tio & tia vieram em ótima hora, pois a mesma posta trouxe um relato deles. Estão novamente em Gloucester House, desfrutando de ar fresco, do que parece terem sentido falta em Bath, & estão razoavelmente bem — porém não mais do que o razoável. Minha tia não entra em detalhes, mas não escreve com animação, & imaginamos que nunca tenha se restabelecido completamente da doença que teve no inverno. — Mrs. Welby a leva para tomar ar na caleche dela, o que lhe provoca dores de cabeça — uma prova suficiente, suponho, da inutilidade da carruagem nova quando a compraram. — Certamente deves ter ouvido falar, antes que eu pudesse te contar, que o Coronel Orde se casou com nossa prima, Margaret Beckford, a irmã da Marquesa de Douglas. Os jornais dizem que o pai a deserdou, mas respeito um Orde demais para supor que ela não tenha uma considerável fortuna própria. — Os frangos estão todos vivos, & prontos para a mesa — mas os guardamos para algo grandioso. — Algumas das sementes de flores estão brotando muito bem — mas tua minhonete está com uma aparência horrível. — Miss Benn também não teve sorte com a dela; pegou sementes com quatro pessoas diferentes, & nenhuma delas brotou. Nossa jovem peônia aos pés do abeto acabou de desabrochar & está muito bonita; & toda a borda de arbustos vai logo ficar muito alegre com Dianthus & cravinas, além das aquilégias já em flor. Os lilases também estão desabrochando. — É provável que tenhamos uma ótima safra de ameixas de Orleans — mas não muitas de rainha-cláudias — da comum, quase nenhuma — três ou quatro dúzias, talvez, das plantadas em espaldeira junto ao

muro. Acredito que te disse outra coisa quando cheguei em casa, porém consigo avaliar melhor agora do que antes. — Recebi uma carta satisfatória & variada do marido & mulher de Cowes[1] hoje pela manhã; — &, em virtude do que relatam sobre seus planos, temos falado sobre a possibilidade de convidá-los para vir nos visitar no retorno de Steventon — o que é o que se deseja fazer, & ouso dizer é o que eles esperam; mas, supondo que Martha esteja em casa, não parece ser muito fácil acomodar tantas pessoas. — Minha mãe ofereceu ceder o quarto dela para Frank & Mary — mas restará então apenas o melhor quarto para duas criadas & três crianças. — Irão a Steventon por volta do dia 22 — & <u>suspeito</u> (pois é bem uma suspeita) que ficarão lá de duas a três semanas. — Não devo me arriscar a insistir que Miss Sharpe venha no momento; — dificilmente estaremos desimpedidas antes de agosto. — Pobre John Bridges! Lamentamos a situação dele, & o sofrimento da família.[2] Por <u>um lado</u>, Lady B[ridges] está passando por uma provação árdua! — E ouso dizer que nosso próprio querido irmão sofre muito nas circunstâncias. — Não tenho muito a dizer de nós mesmas. Anna está cuidando de um resfriado que pegou na pérgola em Faringdon,[3] para que possa manter seu compromisso com Maria M[iddleton] hoje à noite, quando suponho que ela o fará piorar. — Ela não retornou de Faringdon até domingo, quando Harriot B[enn] caminhou com ela até em casa, & tomou chá aqui. — Passou quase a segunda--feira inteira com os Prowting; — foi lá para aprender a fazer os enfeites de penas com Miss Anne, & eles fizeram com que ficasse para o jantar — o que foi uma sorte, pois fomos convidadas para encontrar Mrs. & Miss Terry na mesma noite, na residência dos Digweed — &, embora Anna tenha naturalmente sido convidada, penso que é sempre mais seguro mantê-la longe da família,[4] para que não venha a fazer muito pouco ou muito. Mrs. Terry, Mary & Robert, com minha tia Harding & sua filha vieram de Dummer para passar um dia & uma noite — todos muito agradáveis &

muito encantados com a casa nova, & com Chawton de modo geral. — Sentamo-nos no andar de cima & houve trovões e raios como de costume. Nunca vi uma primavera com tantas tempestades e trovoadas como essa! — Graças a Deus! — não tivemos nenhuma feia por aqui. — Considerei-me com sorte por compartilhar meus sentimentos de desconforto com a dona da casa, pois providenciaram persianas & velas. — Tinha feito um calor excessivo o dia todo. — Mrs. Harding é uma mulher bonita, mas não tanto quanto Mrs. Toke, visto que é muito morena & quase não tem dentes; — parece ter algo da civilidade de Mrs. Toke, mas não aparenta ser tão tola. — Miss H. é uma jovem elegante, agradável e bela, com cerca de 19, suponho, ou 19 & ½, ou 19 & ¼, com flores na cabeça, & música nas pontas dos dedos. — Ela toca de fato muito bem. Raras vezes ouvi alguém com mais prazer. — Estiveram em Godington há quatro ou cinco anos; minha prima Flora Long esteve lá no ano passado. <u>Meu nome é Diana. O que Fanny acha?</u> — Que mudança de clima! — Agora acendemos novamente a lareira. —

Harriet Benn dorme hoje na casa grande & passa amanhã conosco; & o plano é que todas nós caminhemos com ela para tomar chá em Faringdon, pois a mãe já se recuperou, mas a condição climática não está muito promissora no momento. — Miss Benn retornou ao seu chalé no início da semana passada, & acaba de conseguir outra menina; — ela vem de Alton. — Por muitos dias Miss B. não teve ninguém com ela exceto a sobrinha Elizabeth — que estava encantada em ser sua visita & criada. Ambas jantaram aqui no sábado enquanto Anna estava em Faringdon; & ontem à noite, um encontro acidental & um impulso repentino trouxeram Miss Benn & Maria Middleton para nossa mesa de chá. — Se não soubeste, é bom que saibas, que Mr. Harrison teve o benefício eclesiástico de Fareham concedido a ele pelo bispo, & residirá lá; e agora dizem que Mr. Peach (o belo sabichão) quer o posto de cura de Overton; & se ele <u>de fato</u>

deixar Wootton, James Digweed quer ir para lá. — Passa bem.
— Afetuosamente tua,

J. Austen

As lareiras da casa grande estão prontas. Mr. Prowting abriu um caminho de cascalho, muito conveniente para minha mãe, bem na entrada do acesso à casa dele — mas parece um pouco como se ele pretendesse emboscar todos os visitantes. Cascalho razoável. —

Miss Austen
Godmersham Park
Faversham
Kent

Notas

[1] *marido & mulher de Cowes*. Frank Austen e esposa (DLF).

[2] *[a] situação dele, & pelo sofrimento da família*. Marianne Bridges faleceu em 12 de abril de 1811 e John Bridges devia estar gravemente doente. Ele faleceu em 3 de julho de 1812 (DLF).

[3] *Faringdon*. Vilarejo inglês situado em Hampshire, próximo a Chawton. Jane Austen alterna-se na grafia do nome do local, ora utilizando Faringdon, ora Farringdon, que seria a grafia correta. Mantivemos a grafia original da autora.

[4] *mantê-la longe da família*. Anna Austen foi noiva de Michael Terry em meados de 1809 a 1810, e o noivado e seu término foram motivo de constrangimento tanto para os Austen quanto para os Terry (DLF).

74. Para Cassandra Austen
Sexta-feira, 31 de maio de 1811
De Chawton a Godmersham

Chawton, sexta-feira, 31 de maio
Minha querida Cassandra,
Tenho um projeto magnífico. — Os Cooke adiaram a visita que nos fariam; não estão bem o suficiente para sair de casa no momento, & não temos chance alguma de vê-los até não sei quando — provavelmente nunca, nesta casa. A circunstância me fez pensar que o momento presente seria favorável para que Miss Sharp viesse; parece-me um período mais livre para nós do que é provável que tenhamos no fim do verão; se Frank & Mary também vierem, dificilmente o farão antes de meados de julho, o que permitirá que Miss Sharpe [sic] permaneça conosco por um tempo razoável, supondo que ela inicie sua visita quando retornares; & se o plano não desagradar a ti & a Martha, & ela puder valer-se dele, a oportunidade de que ela seja trazida para cá será excelente. — Escreverei a Martha por esta mesma posta &, caso nem tu nem ela tiverdes qualquer objeção à minha proposta, farei o convite diretamente — & como não há tempo a perder, deves escrever até o retorno da posta se tiveres qualquer motivo para desejar que não seja feito. — Era intenção dela, acredito, ir primeiro à casa de Mrs. Lloyd — mas tal meio de chegar aqui pode influenciá-la a fazer o contrário. — Tivemos novamente uma tempestade hoje de manhã. Tua carta chegou para me consolar por isso. — Segui tua sugestão, por mais ligeira que fosse, & escrevi para Mrs. Knight, & muito sinceramente espero que não seja em vão. Não suporto a ideia de que ela se desfaça de sua própria roca de fiar, & disse a ela nada além da verdade, mencionando que jamais poderia usá-la sem desconforto; — tive a grande ideia de acrescentar que, se ela persistisse em doá-la, não fiaria nada nela exceto uma corda para me enforcar — mas receei fazer com que parecesse uma questão de sentimento

menos séria do que de fato é. Fico feliz que estejas tão bem, & desejo que todos estejam igualmente assim. — Não te direi que tuas amoreiras estão mortas, mas receio que não estejam vivas. Teremos ervilhas em breve — tenciono comê-las com um par de patos que vieram de Wood Barn & Maria Middleton até o fim da semana que vem. — De segunda a quarta-feira Anna estará ocupada em Farringdon, de forma que poderá chegar para as festividades da terça-feira (dia 4),[1] em Selbourne Common,[2] onde haverá voluntários & venturas de todos os tipos. Harriot B. foi convidada para passar o dia com os John White, & o pai & mãe dela foram muito gentis em se assegurar de que Anna também fosse convidada. — Harriot & Elizabeth jantaram conosco ontem, & caminhamos com elas na volta para tomar chá; — minha mãe não — está com um resfriado que a afeta como de costume, & não se sentia apta para a caminhada. — Está melhor hoje de manhã & espero que em breve a medicação elimine a pior parte dos sintomas. — Ela não está confinada; tem saído todos os dias que o clima permite. — A pobre Anna também está sofrendo com seu resfriado que piorou hoje, mas como não está com dor de garganta espero que até terça-feira já tenha passado. Ela passou uma noite adorável com as Miss Middleton — *syllabub*,[3] chá, café, cantoria, dança, uma refeição quente, onze horas, tudo que pode se imaginar de agradável. — Ela envia seu mais profundo afeto a Fanny, & responderá a carta dela antes de deixar Chawton, & compromete-se a enviá-la um relato detalhado do dia em Selbourn. Não conseguimos chegar a um acordo sobre qual é a mais velha das duas Miss Plumbtree; — conta-nos. — Tu te lembraste de juntar retalhos para o *patchwork*? — Chegamos num ponto que tivemos que parar. Vim aqui para cima para procurar o velho mapa, & agora posso te dizer que será enviado amanhã; — estava no pacote grande na sala de jantar. — Quanto aos três xelins e seis pence que devo a Edward, devo dar-te o trabalho de pagá-lo, quando acertares com ele tuas botas. —

Começamos a tomar chá verde há três dias, & eu achei muito bom — minhas companheiras não entendem nada do assunto. — Quanto a Fanny, & suas 12 libras[4] em um ano, ela pode falar até seu rosto ficar tão preto quanto seu próprio chá, mas não acredito nela; — mais provável 12 libras em um trimestre. — Tenho um recado para ti de Mrs. Cooke; — o essencial dele é que ela deseja que incluas Bookham em teu caminho de volta para casa, & permaneças lá tanto quanto puderes, & que, quando tiveres que deixá-los, vão levar-te até Guildford. — Podes estar certa de que foi muito gentilmente formulado — & que não faltaram saudações atenciosas a meu irmão & sua família. — Lamento muito por Mary [Cooke]; — mas conforta-me um pouco o fato de que há dois párocos alojados agora em Bookham, sem contar o próprio Mr. Warnerford de Dorking, então penso que ela poderá se apaixonar por um ou por outro. —

Que horrível que tantas pessoas morreram![5] — E que bênção que ninguém se importa com nenhum deles! — Retornei à minha escrita de cartas após uma visita a Miss Harriot Webb, que é baixinha & não muito aprumada, & não consegue pronunciar o R melhor do que as irmãs — mas tem cabelos escuros, uma tez que combina com eles, & penso que tem o semblante & os modos mais agradáveis entre as três — os mais desafetados. — Ela parece estar muito satisfeita com a casa nova — & todas estão lendo com prazer a publicação mais recente de Mrs. H[annah] More.[6]

Não podes imaginar — não faz parte da natureza humana imaginar a caminhada agradável que fizemos pelo pomar. — A fileira de faias está de fato com ótima aparência, assim como a jovem cerca viva do jardim. — Soube hoje que foi achado um damasco em uma das árvores. —

Minha mãe está perfeitamente convencida agora que não será esmagada por suas toras de madeira — & acredito, preferiria ter mais que menos.

É estranho dizer, mas Mr. Prowting não estava no casamento de Miss Lee — mas as filhas comeram bolo, & Anna comeu sua

porção. — Continuo a gostar de nossa cozinheira antiga tanto quanto sempre — mas estou com receio de escrever elogiando-a, poderia dizer que ela parece ser a criada exata para nós. — A comida dela é ao menos razoável; — as tortas são o único defeito. — Deus te abençoe. — & espero que o mês de junho te encontre muito bem & faça com que estejamos juntas. — Sempre tua,
                                                                Jane.
Espero que tenhas compreendido que não espero que escrevas no domingo caso tenhas gostado de meu plano. — Considerarei teu silêncio como um consentimento.

Miss Austen
Edward Austen, Esq.
Godmersham Park
Faversham
Kent

Notas

¹ *festividades da terça-feira (dia 4)*. Ver nota 4 da carta 38.
² *Selbourne Common*. Selborne Common é uma área de preservação ambiental localizada em Selborne, Hampshire, conhecida pela associação a Gilbert White (1720-1793), naturalista do século XVIII, considerado o primeiro ecólogo da Inglaterra. Nas referências ao parque e ao vilarejo de Selborne, mantivemos a grafia adotada por Jane Austen.
³ *Syllabub*. Leite ou creme batido com vinho ou sidra, açúcar e canela a que por vezes se dá maior consistência com gelatina (HOUAISS)
⁴ *12 libras*. Aproximadamente 5,4 kg.
⁵ *tantas pessoas morreram*. Estima-se que 4 mil soldados britânicos e 9 mil franceses morreram durante a sanguinária Batalha de Albuera, ocorrida durante a Guerra Peninsular (VJ).
⁶ *a publicação mais recente de Mrs. H[annah] More*. Trata-se da obra *Practical Piety: Or, The Influence of the Religion of the Heart on the Conduct of the Life* [*Piedade prática: ou, a influência da religião do coração na conduta da vida*] de Hannah More, publicada em 1811.

75. Para Cassandra Austen
Quinta-feira, 6 de junho de 1811
De Chawton a Godmersham

Chawton, quinta-feira, 6 de junho

A esta hora, minha queridíssima Cassandra, já sabes dos planos de Martha. Confesso que fiquei deveras desapontada ao saber que ela não conseguiria deixar a cidade até depois do dia 24, já que esperava ver-vos aqui na semana anterior. — A demora, contudo, não é grande, & tudo parece estar se encaminhando harmoniosamente para teu retorno. Achei Henry perfeitamente predisposto a trazer-te para Londres se for agradável para ti; ele ainda não fixou a data em que irá a Kent, mas deve retornar antes do dia 20. — Podes, portanto, pensar com alguma certeza no fim de tua visita a Godmersham, & terás, suponho, cerca de uma semana para Sloane Street. Ele vai viajar em seu cabriolé — &, se o clima estiver razoável, penso que terão uma viagem adorável. — Abandonei totalmente a ideia de que Miss Sharpe viaje contigo & Martha, pois, embora ambas estejais de acordo com meu plano, como tu reduzirás em uma semana o fim da visita dela, & Martha ainda mais o início, a coisa está fora de questão. — Escrevi a ela para dizer que, após meados de julho, ficaremos felizes em recebê-la — & acrescentei que seria um prazer se ela pudesse vir para cá imediatamente; mas não espero que venha. — Enviei nosso convite também a Cowes.[1] — Lamentamos muito pela decepção que todos sofrestes com a doença de Lady B[ridges]; — mas uma parte do grupo proposto está convosco neste momento, & espero que possa ter levado um relato melhor a respeito do restante. — Manda meu afeto & agradecimentos a Harriot [Moore]; — que me escreveu coisas encantadoras sobre tua aparência, & divertiu-me muito com a perplexidade contínua da pobre Mrs. C[harles] Milles. — Recebi algumas linhas de Henry na terça-feira para nos preparar para a vinda dele & de seu amigo, & quando eu tinha feito a suntuosa provisão de um pescoço de carneiro para a ocasião, entraram no pátio — caso não te lembres imediatamente de quantas horas leva para se conseguir um pescoço de carneiro com certeza, acrescento que chegaram pouco depois das doze — ambos altos, &, bem, & em diferentes graus, agradáveis. — Foi uma visita de apenas 24 horas — mas muito prazerosa enquanto durou. — Mr. Tilson fez um desenho da casa grande antes do jantar; — & após o jantar nós três caminhamos até Chawton Park, tencionando entrar nele, mas havia muita lama, & fomos obrigados a mantermo-nos do lado de fora. Mr. Tilson admirou muito as árvores, mas lamentou que não fossem transformadas em dinheiro. — O resfriado de minha mãe está melhor, & creio que falta apenas o clima seco para que ela fique muito bem. Foi uma grande tristeza para ela que Anna estivesse ausente, durante a visita do tio — uma tristeza que não compartilhei. — Ela não retorna de Faringdon até hoje à noite, — &, não duvido, sentiu muito do tipo de felicidade variada, agitada, de que ela parece gostar tanto. — Miss Benn, que esteve no *Common*[2] com os Prowting, contou-nos que foi muito admirada pelos cavalheiros em geral.

    Gosto muitíssimo de vossas toucas novas, a tua é de um formato que sempre cai bem, & penso que a de Fanny combina especialmente com ela. — Na segunda-feira tive o prazer de receber, desembalar & aprovar nossas louças Wedgwood. Chegou tudo em segurança, & no geral, é uma boa combinação, embora eu ache que eles poderiam ter-nos enviado folhas um pouco maiores, especialmente em um ano de folhagens belas[3] como esse. Pode-se supor que os bosques na área de Birmingham devem estar arruinados. — A conta não veio com a mercadoria — mas isso não impedirá que sejam pagos. Pretendo pedir a Martha que acerte as contas. Não será um incômodo para ela, pois está para enviar um aparelho de desjejum para minha mãe, do mesmo lugar. Espero que chegue na carruagem de entrega de amanhã; é certamente o que queremos, & anseio saber como é; &, como estou certa de que Martha tem grande prazer em dar o presente, não terei nenhum remorso. Atualmente, temos tido negócios consideráveis com a carruagem de entrega; uma canastra de Porto & conhaque de Southampton está agora na cozinha. — Tua resposta sobre as Miss Plumtree prova que és um Daniel tão bom como foi Portia;[4] — pois eu sustentei que Emma era a mais velha. — Iniciamos a colheita das ervilhas no domingo, mas pegamos muito pouco — nada como a colheita em *Lady of the Lake*.[5] — Ontem tive a grata surpresa de encontrar vários morangos escarlates bem maduros; — se tu estivesses em casa, teria sido um prazer perdido. Há mais groselhas pretas & menos groselhas vermelhas do que eu pensava a princípio. — Temos que comprar groselhas vermelhas para o nosso Vinho. —

Os Digweed foram a Southampton para ver os Stephen Terry, & participar do aniversário do Rei em Portsmouth. Miss Papillon visitou-nos ontem, parecendo mais linda do que nunca. — Maria Middleton & Miss Benn jantam aqui amanhã. — Não deveremos anexar mais nenhuma carta para Abingdon St.,[6] como Martha talvez tenha te contado. —

Havia acabado de encerrar minha escrita & vestir minhas coisas para caminhar até Alton, quando Anna & sua amiga Harriot passaram por aqui a caminho de lá, então fomos juntas. O propósito delas era providenciar os trajes de luto em caso de falecimento do Rei;[7] & minha mãe mandou comprar uma bombazina para ela. — Não lamento estar de volta novamente, pois as jovens damas tinham um grande número de tarefas — & não muita organização para fazê-las. — Anna não retorna para casa até amanhã de manhã — Creio que tenha escrito para Fanny — mas não parece haver muito para contar sobre a terça-feira. Eu esperava que houvesse dança. — Mrs. Budd faleceu no domingo à noite. Eu a vi duas noites antes de sua morte, & pensei que aconteceria em breve. Sofreu muito com fraqueza & desconforto quase até o fim. A pobrezinha da Harriot parece verdadeiramente abatida. Nunca mencionas Harry;[8] como ele está?

Com amor a todos, afetuosamente tua,

                                                                             J.A.

Miss Austen
Edward Austen, Esq.
Godmersham Park
Faversham

Notas

[1] *Cowes*. Ver nota 1 da carta 73.

[2] *Common*. Selborne Common. Ver nota 2 da carta 74.

[3] *folhas um pouco maiores [...] folhagens belas*. Jane Austen se refere à decoração da cerâmica. Um dos padrões ornamentais das cerâmicas fabricadas pela Wedgwood era a representação de folhas.

[4] *um Daniel tão bom como foi Portia*. Referência à peça O Mercador de Veneza, de William Shakespeare.

[5] *Lady of the Lake*. Poema de Walter Scott ["A senhora do lago"], publicado em 1810.

[6] *Abingdon St*. Possivelmente o endereço de Mrs. Dundas, amiga de Martha. RWC explica que as cartas enviadas a Martha, enquanto estava em visita a Mrs. Dundas, eram provavelmente anexadas a uma capa endereçada a Mr. Dundas, que, sendo membro do Parlamento, não pagava para recebê-las.

[7] *em caso de falecimento do Rei*. O Rei George III, conhecido como "o rei louco", faleceu em Windsor, em 29 de janeiro de 1820, porém estava seriamente doente em 1811. Sua doença já foi mencionada na nota 2 da carta 64. George III sofria de um transtorno mental designado na época como uma doença hereditária chamada porfiria, embora o verdadeiro diagnóstico seja ainda alvo de controvérsias. Há suspeitas na atualidade de que o rei tenha sido portador de transtorno bipolar. Conforme Sales (1994), o Príncipe Regente assumiu o trono em 6 de fevereiro de 1811 e, embora os jornais demonstrassem otimismo quanto à sua recuperação, havia um temor de que o rei viesse a falecer no verão, fazendo com que algumas famílias de renda mais baixa se adiantassem para comprar os trajes de luto a fim de evitar a alta de preços normalmente provocada pela morte de um membro da família real.

[8] *Harry*. Terceiro filho de Edward Austen (DLF).

76. Para Anna Austen
Entre quinta-feira, 29, e sábado, 31 de outubro de 1812
De Chawton a Steventon

Miss Jane Austen roga que seus mais profundos agradecimentos sejam transmitidos a Mrs. Hunter de Norwich pelas ilustrações que ela foi tão gentil em enviar por intermédio de Mr. Austen, & que serão sempre muito valiosas em virtude dos esboços vivazes (supostamente feitos por Nicholson ou Glover)[1] dos lugares mais interessantes, Tarefield Hall, o moinho, & acima de tudo o túmulo da esposa de Howard, de cuja representação fiel Miss Jane Austen é indubitavelmente uma boa juíza, tendo passado tantos verões na Abadia de Tarefield como a feliz convidada da distinta Mrs. Wilson. [É impossível que qualquer semelhança seja mais completa.] As lágrimas de Miss Jane Austen caíram copiosamente sobre cada um dos adoráveis esboços de tal forma que faria bem ao coração de Mrs. Hunter ver; se Mrs. Hunter soubesse de todo o interesse que Miss Jane Austen tem pelo assunto, certamente teria a bondade de publicar pelo menos mais quatro volumes sobre a família Flint &, em particular, forneceria muitos detalhes novos sobre aquela parte que Mrs. H. tem até o momento tratado com muita brevidade; ou seja, a história do casamento de Mary Flint com Howard.

Miss Jane Austen não pode concluir este pequeno epítome da diminuta síntese de seus agradecimentos & admiração sem expressar a esperança sincera de que Mrs. Hunter consiga em Norwich um meio de transporte para Londres mais seguro do que aquele de que Alton pode agora se gabar, já que a diligência de Falkenstein,[2] que era o orgulho da cidade, tombou há cerca de dez dias.

Miss Austen
Steventon

Notas

[1] *Nicholson ou Glover*. Francis Nicholson e John Glover, conhecidos ilustradores da época (DLF).

[2] *A diligência de Falkenstein*. A diligência até Alton era chamada de duas formas: diligência de Southampton de Collier ou Collyer ou diligência de Falknor. Collier ou Collyer era o nome do proprietário, e Falknor, o nome do cocheiro (DLF). As anotações de DLF apontam que o original provavelmente não existe mais e há quatro cópias existentes, uma das quais contém uma anotação de Anna, afirmando que a mudança do nome Falknor para Falkenstein remetia a uma brincadeira anterior entre ela e Jane Austen, envolvendo a sátira de uma "história heroica" que Anna escrevia com o incentivo da tia.

77. Para Martha Lloyd
Domingo, 29 — segunda-feira, 30 de novembro de 1812
De Chawton a Kintbury

Chawton, domingo, 29 de novembro
Minha querida Martha,
Tomarei o cuidado de não contar as linhas de tua última carta; obrigaste-me de fato a ser mais humilde; fico muito grata a ti, contudo, & embora em geral seja muito mais prazeroso te repreender do que te agradecer, não me importo em fazê-lo agora. — Ficaremos felizes em receber notícias tuas sempre que puderes escrever, & podemos bem imaginar como deve faltar tempo para escreveres diante da tarefa tão árdua, dedicada, útil, que ora assumiste.[1] Nasceste para fazer o bem, & creio que possuis uma inclinação deveras tão grande para fazê-lo quanto para curar criancinhas. O remédio emocional que tens administrado nos últimos tempos possui um rótulo que extrapola qualquer noção comum de caridade, & espero que continue a ser abençoado. — Fico feliz que estejas bem & espero que te certifiques de estar assim, enquanto te ocupas desta forma; — contudo, espero que tua saúde possa em breve resistir a uma passagem mais rotineira dos dias, & que possas deixar Barton quando Mrs. D[eans] D[undas][2] chegar. — Não havia nenhuma capa já pronta em Alton que servisse, mas Coleby comprometeu-se a arrumar uma em alguns dias; deverá ser de lã cinza & custará dez xelins. Espero que gostes do modelo. — Sally[3] sabe de tuas intenções gentis & recebeu teu recado, & em agradecimento por tudo, ela & eu, entre nós duas, concordamos que ela envia a ti seus votos de respeito & gratidão por toda a tua bondade & tenciona ser uma boa menina sempre que eu desejar. — Esqueci de perguntar se lhe falta algo em particular, mas não há nenhuma deficiência <u>aparente</u>, ela parece muito asseada & organizada. O algodão para a mãe dela será comprado em breve. — Ficamos bastante sozinhas, exceto por Miss Benn, desde as 12 horas na quarta-feira,

quando Edward & seu harém[4] partiram; & já recebemos notícia de que chegaram em segurança & felizes Winchester. — Lizzy ficou muito grata por tua mensagem, mas ela ficou com o quarto pequeno. Seu pai, tendo escolha & estando habituado a um quarto muito grande em casa, naturalmente preferiu o espaço amplo do teu. — Creio realmente que a visita foi muito agradável para ambas as partes; ficaram certamente muito tristes em partir, mas um pouco daquela tristeza deve ser atribuída à aversão pelo que estava por vir. Contudo, o clima foi favorável a eles, & espero que Steventon possa ter sido melhor do que esperavam. — Temos motivos para supor que a mudança de nome já ocorreu, uma vez que temos que encaminhar uma carta para Edward Knight, escudeiro,[5] do advogado que administra os negócios. Terei que aprender a fazer um K melhor. — Nosso próximo visitante deve ser William,[6] vindo de Eltham a caminho de Winchester, já que Dr. Gabell decidiu que ele deveria então vir antes das férias, embora possa ser por apenas uma semana. Se Mrs. Barker tiver mais alguma curiosidade sobre as Miss Webb, avisa-a de que as convidaremos para virem na terça-feira à noite — também Capitão & Mrs. Clement & Miss Benn, & que Mrs. Digweed já confirmou sua presença. — "Mas por que não Mr. Digweed?" — dirá imediatamente Mrs. Barker — ao que poderás responder que Mr. D. irá para Steventon na terça-feira para caçar coelhos. — Os quatro versos sobre Miss W[allop][7] que te enviei eram todos de minha autoria, mas James posteriormente sugeriu algo que achei um grande aprimoramento & agora permanece na edição de Steventon. *P&P*[8] foi vendido. — Egerton pagou £110 por ele. — Preferiria ter recebido £150, mas não podíamos os dois ficar satisfeitos, & não estou nada surpresa de que ele tenha escolhido não se arriscar tanto. — Espero que a venda poupe Henry de muitos problemas, & portanto será bem-vinda por mim. — O dinheiro deverá ser pago ao final de um ano. — Expressastes algumas vezes o desejo de dar algum presente a Miss Benn; — Cassandra & eu pensamos que algo parecido com um xale para usar sobre os ombros dentro de casa quando estiver muito frio será útil, mas não deve ser muito bonito ou ela não o usará. Sua estola longa de pele está quase gasta. — Se não retornares a tempo de enviar tu mesma o peru, teremos que te importunar para nos mandar o endereço de Mr. Morton novamente, pois ficaremos em dúvida como sempre. Tornou-se agora uma espécie de vaidade para nós não saber ao certo o endereço de Mr. Morton. — Acabamos de começar a nos dedicar a mais um dever de Natal, & depois de comer perus, um dever bem agradável, distribuir o dinheiro de Edward para os pobres; & a quantia que passa por nossas mãos este ano é considerável, já que Mrs. Knight deixou £20 para a paróquia. — O estado de teu sobrinho William é deveras alarmante. Mary Jane [Fowle], de quem recebi notícias outro dia, escreve sobre ele como muito apreensivo; imagino que o pai & a mãe também estejam. — Quando vires Miss Murden, transmite-lhe nosso afeto & bons votos, & diz que lamentamos muito receber notícias de sua enfermidade com tanta frequência. Imagino que a pobre Mrs. Stent não será por muito mais tempo uma angústia para ninguém. — Todos vós, que enxergais suficientemente bem, estais agora fazendo vossos julgamentos, suponho eu, sobre Mrs. John Butler; & "é bonita? ou não é?" é a pergunta crucial. Feliz mulher! Enfrentar os olhares de toda uma vizinhança como a noiva de um jovem simples de rosto cor-de-rosa! —

<u>Segunda-feira</u>. Um dia úmido, ruim para Steventon. — Penso que Mary Deedes deve ser estimada por lá, ela tem um temperamento tão perfeitamente desafetado & doce, &, apesar de tão pronta a estar satisfeita quanto Fanny Cage, faz menos uso de superlativos & arroubos. — Rogo-te que transmitas nossos cumprimentos a Mrs. Dundas & diz-lhe que esperamos receber em breve notícias de sua completa recuperação. — Afetuosamente, tua

J. Austen

Chawton, 29 de novembro

Miss Lloyd

Notas

¹ *tarefa que ora assumiste.* Martha Lloyd estava cuidando de Mrs. Dundas, que faleceu em 1º de dezembro do mesmo ano (VJ).

² *Mrs. D[eans] D[undas].* Filha de Mrs. Dundas, de quem Martha era acompanhante (RWC).

³ *Sally.* Empregada do chalé de Chawton (DLF).

⁴ *Edward & seu harém.* Edward e suas filhas, Fanny e Lizzy, junto com Mary Deedes, sobrinha de sua esposa (DLF).

⁵ *a mudança de nome já ocorreu [...] escudeiro.* Com a morte de Catherine Knight em outubro de 1812, Edward herdou sua fortuna e propriedades, porém, para tanto, teve que alterar seu sobrenome e o de sua família de Austen para Knight, conforme exigia o testamento de falecido Mr. Knight. Escudeiro é o menor dos títulos de nobreza, imediatamente inferior ao de cavaleiro, mas que, ainda assim, representava uma grande honraria, possuindo, inclusive, seu próprio brasão de armas.

⁶ *William.* William, quarto filho de Edward, estava deixando a escola preparatória em Eltham para iniciar seus estudos em Winchester (DLF).

⁷ *Os quatro versos sobre Miss W[allop].* Os versos, que traduzimos a seguir, tratam do casamento de Urania Wallop com Henry Wake, um clérigo mais velho (VJ).

  Camilla alegre & pequena & faceira
  Para um marido, era sua chance derradeira;
  & tendo em vão em tantos bailes dançado
  Agora está exultante, por ter um Wake fisgado.

⁸ *P&P. Pride and Prejudice* [*Orgulho e Preconceito*]. A obra foi originalmente publicada na Inglaterra em 28 de janeiro de 1813.

78. Para Cassandra Austen
Domingo, 24 de janeiro de 1813
De Chawton a Steventon

Chawton, domingo à noite, 24 de janeiro
Minha querida Cassandra,

O clima está exatamente como poderíamos desejar, se estiveres bem o suficiente para aproveitá-lo. Ficarei contente em saber que não estás confinada em casa com o aumento do frio. Mr. Digweed nos tratou de modo desprezível. Beleza sem bondade não vale metade; ele é portanto um homem muito feio. Espero que tenhas me enviado uma carta pela posta de hoje, a menos que estejas tentada a aguardar até amanhã por uma das franquias de Mr. Chute. — Não recebemos cartas tuas desde que partiste, & nenhuma visita, exceto Miss Benn, que jantou conosco na sexta--feira; mas recebemos metade de um excelente queijo Stilton[1] — de Henry, presumimos. — Minha mãe está muito bem & fazer luvas de tricô tem sido um ótimo passatempo para ela; quando terminar este par, planeja fazer outro, & no momento não deseja se ocupar com mais nada. — Estamos abarrotadas de livros. Ela recebeu de Miss B. *Travels in Spain* de Sir John Carr e estou lendo um octavo do Clube, *Essay on the Military Police & Institutions of the British Empire*, do Capitão Pasley[2] dos Engenheiros, contra o qual protestei a princípio, mas, após examiná-lo, considerei muito bem escrito & extremamente divertido. Estou tão apaixonada pelo autor quanto estava por Clarkson ou Buchanan, ou mesmo pelos dois Mr. Smith[3] de Londres. O primeiro soldado pelo qual suspirei; mas ele realmente escreve com força & ânimo extraordinários. Além disso, ontem recebemos as cartas de Mrs. Grant,[4] com os cumprimentos de Mr. White. — Mas o ofereci, com cumprimentos & tudo, pela primeira quinzena, para Miss Papillon — & entre tantos leitores e guardadores de livros que temos em Chawton, ouso dizer que não terei problemas em me dispor dele por mais uma quinzena, se necessário. — Soube por

Sir J. Carr que não há Sede de Governo em Gibraltar. — Devo alterá-la para comissariado.⁵ — Nossa recepção na quarta-feira não foi desagradável, embora como de costume tenhamos sentido falta de um anfitrião melhor, menos ansioso & agitado, & mais sociável. Em razão de um bilhete cortês de Mrs. Clement naquela manhã, fui com ela & o marido na carroça deles; — civilidade das duas partes; <u>eu</u> preferiria ter ido a pé, & sem dúvida, <u>eles</u> devem ter desejado que eu assim o tivesse feito. — Corri até em casa com meu querido Thomas⁶ à noite com muito luxo. Thomas foi muito útil. Éramos onze ao todo, como verás se fizeres a conta, somando Miss Benn & dois cavalheiros desconhecidos, um tal Mr. Twyford, pároco de Great Worldham que está morando em Alton, & seu amigo Mr. Wilkes. — Não sei nada sobre Mr. T., exceto que tem uma tez muito escura, mas Mr. W. foi um acréscimo útil, pois é um rapaz calmo, falante, agradável; — <u>muito</u> jovem, talvez nem tenha vinte anos. Estuda no St. John's, Cambridge, & falou muitíssimo bem de H. Walter como um erudito; — disse que ele era considerado o maior classicista da universidade. — Como um relato desses teria interessado a meu pai! — Não vi nada muito promissor entre Mr. P. & Miss P[atience] T[erry] — Ela acomodou-se ao lado dele inicialmente, mas Miss Benn obrigou-a a se sentar mais longe; — & estava com o prato vazio, & até mesmo pediu a ele que lhe servisse um pouco de carneiro sem ser atendida por um certo tempo. — Isso pode ter sido proposital, com certeza, por parte dele; — pode ser que ele pense que um estômago vazio é mais propício ao amor. — E quando Mrs. Digweed mencionou que havia enviado o *Rejected Addresses* para Mr. Hinton, passei a conversar com ela um pouco sobre o livro & expressei minha esperança de que ela tivesse gostado. A resposta foi, "Ah, querida, sim, muito; — deveras engraçado; — a abertura da casa! — & o ataque dos violinos!" — O que ela quis dizer, pobre mulher, quem pode saber? — Não perguntei mais. — Os Papillon estão com o livro agora & estão gostando muito; a sobrinha deles,

Eleanor, o havia recomendado para eles com muito entusiasmo. — <u>Ela</u> parece uma discursista rejeitada. Assim que se formou um grupo para jogar uíste & percebi a ameaça de uma mesa redonda, usei minha mãe como desculpa & vim embora; deixando a mesa redonda <u>deles</u> com o mesmo número que a de Mrs. Grant.[7] — Espero que formem um grupo igualmente agradável. — Já passava das dez horas quando cheguei em casa, então não me envergonhei de minha delicadeza zelosa. — Falaram dos Coulthard, podes ter certeza; não se para de falar <u>deles</u>; Miss Terry soube que alugariam a casa de Mr. Bramston em Oakley, & Mrs. Clement, que iriam morar em Streatham. — Mrs. Digweed & eu concordamos que de modo algum a casa em Oakley seria grande o suficiente para eles, & agora descobrimos que realmente a alugaram. — Dizem que Mr. Gauntlett é muito agradável, & <u>não</u> há filhos. — As Miss Sibley querem fundar um clube do livro na região em que moram, igual ao nosso. Que melhor prova pode haver da superioridade do nosso em comparação com o Clube de Leitura de Steventon & Manydown, como sempre antecipei e previ? — Jamais uma emulação desse gênero foi inspirada pelas atividades <u>deles</u>; jamais se ouviu falar de um desejo como o das Miss Sibley, durante os muitos anos de existência daquele Clube; — E o que são seus Biglands & seus Barrows, seus Macartneys & Mackenzies,[8] comparados ao *Essay on the Military Police of the British Empire* [sic] do Capitão Pasley, & ao *Rejected* Addresses? Caminhei uma vez até Alton, & ontem Miss Papillon & eu caminhamos juntas para visitar os Garnet. Ela se convidou muito gentilmente para me acompanhar, quando lhe fui pedir o favor de nos ajudar, ficando com o *Letters from the Mountains*. A caminhada foi muito agradável para <u>mim</u>; se não foi para <u>ela</u>, a culpa é dela, pois fui praticamente tão divertida quanto ela. A sra. G. está muito bem, & a encontramos cercada por suas crianças bem-comportadas, saudáveis, de olhos grandes. — Levei-lhe uma camisa velha & prometi um sortimento do nosso linho; & minha companheira lhe deixou um pouco de suas reservas bancárias.⁹ A terça-feira correu como devia, & tive o prazer de ler uma carta muito reconfortante. Contém tanta coisa, que me senti obrigada a completar esta página & talvez escrever algo em uma capa. — Quando meu pacote estiver pronto, caminharei até Alton para levá-lo. Creio que Miss Benn irá comigo. Ela passou a noite de ontem conosco. — Como sei que Mary faz questão de não a ver negligenciada pelos vizinhos, rogo que lhe contes que Miss B. jantou na casa de Mr. Papillon na última quarta-feira — na quinta-feira com o Capitão & Mrs. Clement — na sexta-feira aqui — sábado com Mrs. Digweed — & domingo novamente com os Papillon. — Tinha imaginado que Martha estaria em Barton desde sábado passado, mas estou muito contente de estar errada. Espero que ela esteja muito bem agora. — Diz a ela que espanto os patifes¹⁰ todas as noites de debaixo de sua cama; eles sentem a diferença com a ausência dela. — Miss Benn usou o xale novo ontem à noite, vestiu-o a noite toda & pareceu ter gostado muito dele. — "Um caminho muito lamacento" na última sexta-feira! — Que estranha deve ser a região onde estás! Não consigo entendê-la nem um pouco! Ficou apenas escorregadio aqui na sexta-feira, em virtude da pouca neve que tinha caído à noite. — Talvez <u>tenha feito</u> frio na quarta-feira, sim, creio que fez — mas nada terrível. — De modo geral, o clima tem sido delicioso para um clima de inverno, excelente para caminhar. — Não consigo imaginar que tipo de lugar é Steventon! — Minha mãe pede que transmitas o afeto dela a Mary, com agradecimentos por suas intenções gentis & consulta sobre a carne de porco, & diz que prefere que seu quinhão venha dos <u>últimos</u> dois porcos. — Ela tem o grande prazer de enviar-lhe um par de ligas, & está muito contente porque já as havia tricotado. — Sua carta para Anna deve ser encaminhada, se houver oportunidade; senão poderá esperar pelo retorno dela. — A carta de Mrs. Leigh chegou esta manhã — Estamos contentes por ter recebido notícias tão razoáveis de Scarlets. — Pobre Charles & sua fragata. Mas não havia nenhuma chance de ele ter uma, mesmo que já se contasse com isso com tanta certeza. — Mal posso acreditar na notícia sobre o irmão Michael;[11] não fazíamos a menor ideia em Chawton ao menos. — Mrs. Bramstone é o tipo de mulher que detesto. — Mr. Cottrell vale dez vezes mais que ela. É melhor ser desmentida diretamente do que não despertar nenhum interesse. [restante da carta faltando]

[Miss Austen
Steventon]

Notas

¹ *queijo Stilton*. O Stilton é um queijo originário da Inglaterra, especialmente dos condados de Derbyshire, Leicestershire e Nottinghamshire. De cor azulada, é feito com leite de vaca, ao qual se adiciona o fungo *Penicillium glaucum* (HOUAISS).

² *Travels in Spain de Sir John Carr [...] do Capitão Pasley*. Segundo VJ, trata-se de dois livros que indicam um gosto de leitura que deriva da guerra. O primeiro é *Descriptive Travels in the Southern and Eastern Parts of Spain and the Balearic Iles in the year 1809* [*Viagens descritivas no sul e leste da Espanha e Ilhas Baleares no ano de 1809*], de Sir John Carr, publicado em 1811, que aborda a invasão da Espanha pelos franceses. O segundo é o *Essay on the Military Policy and Institutions of the British Empire* [*Ensaio sobre a política militar e instituições do Império Britânico*], de Sir Charles William Pasley dos Engenheiros Reais, publicado em 1810, que, conforme VJ anota, atribui à superioridade naval britânica o fato de a Grã-Bretanha não ter até aquele momento sucumbido aos franceses. RWC aponta que, embora a capa do livro trouxesse impressa a palavra "Policy" como parte do nome da obra, o dicionário Oxford registra o termo "police", conforme grafado por Jane Austen na carta, com a mesma acepção de "policy" (política) à época da autora. DLF anota que o Clube de Leitura do qual Jane Austen emprestou o livro é o Alton Book Society. Finalmente, octavo "é um termo técnico que descreve o formato de um livro, que se refere ao tamanho das folhas produzidas ao dobrar uma folha inteira de papel, na qual várias páginas de texto foram impressas para formar as seções individuais de um livro" (HOUAISS).

³ *Clarkson ou Buchanan, ou mesmo pelos dois Mr. Smith*. Thomas Clarkson, autor de *History of the Abolition of the African Slave Trade* [*História da abolição do tráfico negreiro africano*], publicado em 1808. Claudius Buchanan, autor de *Christian Researches in Asia* [*Pesquisas cristãs na Ásia*], publicado em 1811. Os dois Mr. Smith são James Smith e o irmão, Horatio Smith, autores de *Rejected Addresses; or, the New Theatrum Poetarum* [*Discursos rejeitados; ou o novo Theatrum Poetarum*], publicado em 1812, uma coletânea de paródias de escritores britânicos (DLF).

⁴ *cartas de Mrs. Grant*. Ver nota 6 da carta 51.

⁵ *Devo alterar para comissariado*. Jane Austen faz referência ao seguinte trecho de *Mansfield Park*: "Então, quando a sra. Brown e outras mulheres de comissários em Gibraltar apareceram com esses enfeites, pensei que tivessem enlouquecido, mas Fanny consegue reconciliar-me com qualquer coisa." (AUSTEN, 1982)

⁶ *Thomas*. Thomas Carter, criado do Chalé em Chawton (DLF).

⁷ *a mesa redonda deles [...] na de Mrs. Grant*. Jane Austen faz referência a *Mansfield Park*: "Meu caro Tom — exclamou a tia Norris logo depois —, como não dança, creio que não fará objeção em juntar-se a nós em uma partida de uíste, vamos? [...] — Queremos formar uma mesa com a sra. Rushworth, entende? Sua mãe o deseja muito, mas não pode perder tempo porque tem de terminar o bordado do galão. Ora, você, eu e o dr. Grant formamos um grupo de quatro e embora joguemos apenas meia coroa, você e ele podem apostar até meio guinéu" (AUSTEN, 1982). O jogo de uíste é jogado com quatro jogadores. Na ficção, os seis convidados restantes de Mrs. Grant que formaram a mesa redonda jogaram *Speculation* (ver nota 11 da carta 60). Na ocasião que relata na carta, ao partir,

Jane Austen também deixa seis jogadores para a mesa redonda, excluindo os quatro que jogariam uíste.

⁸ *Biglands & seus Barrows, seus Macartneys & Mackenzies.* John Bigland, autor de *History of Spain* e *System of Geography and History* [*História da Espanha e sistema de geografia e história*], publicado em 1810 e 1812, respectivamente. Sir John Barrow foi o editor da obra *Journal of the Embassy to China* [*Diário da Embaixada da China*] de autoria de Lord Macartney. Sir George Steuart Mackenzie, autor de *Travels in Iceland* [*Viagens para a Islândia*], publicado em 1811.

⁹ *reservas bancárias.* Miss Papillon era representante do reitor de Chawton e fez uma doação em dinheiro para a sra. Garnet (DLF).

¹⁰ *os patifes.* DLF especula que pode se tratar de ladrões imaginários ou que Martha talvez deixasse os cães da casa dormirem embaixo de sua cama. Pelo contexto, pensamos ser mais provável a segunda hipótese.

¹¹ *Michael.* Talvez Michael Terry (DLF).

79. Para Cassandra Austen
Sexta-feira, 29 de janeiro de 1813
De Chawton a Steventon
Carta incompleta

Chawton, sexta-feira, 29 de janeiro

Espero que tenhas recebido meu pequeno pacote por intermédio de J. Bond na quarta-feira à noite, minha querida Cassandra, & que estejas pronta para receber notícias minhas novamente no domingo, pois sinto que devo te escrever hoje. Teu pacote chegou em segurança & tudo será entregue como deve. Agradeço-te pelo bilhete. Como não havias recebido notícias minhas naquele momento, foi muita bondade tua escrever, contudo em breve não estarei tanto em dívida contigo. — Quero te contar que meu filho querido[1] chegou de Londres; — na quarta-feira recebi um exemplar, enviado pelo coche de Falknor, com três linhas de Henry dizendo que dera outro a Charles & enviara um terceiro pela diligência a Godmersham; exatamente os dois exemplares de que estava menos propensa a abrir mão. Escrevi a ele imediatamente para implorar por meus outros dois exemplares, a menos que ele se encarregasse de enviá-los sem demora a Steventon & Portsmouth — não fazia ideia até hoje de que havia deixado a cidade; — contudo, pelo teu relato, quando escrevi minha carta ele já tinha partido. O único mal é a demora, nada mais pode ser feito até que ele retorne. Diz isso a James & Mary, com meu afeto. — Pelo <u>teu</u> bem, estou feliz que tenha sido assim, já que pode ser desagradável para ti estar nas redondezas quando o negócio estourar. — O anúncio está em nosso jornal de hoje pela primeira vez; — <u>18 xelins</u> — Ele pedirá £1-1 — pelos meus dois próximos, & pedirá £1-8 — pelo mais tolo entre todos os meus.[2] — Escreverei a Frank para que ele não pense que foi esquecido. Miss Benn jantou conosco no mesmo dia em que os livros chegaram, & à noite dedicamo-nos em grande medida a ele & lemos para ela a metade do primeiro volume — com o preâmbulo de que, tendo Henry nos informado que essa obra seria lançada em breve, tínhamos pedido que ele a enviasse para nós tão logo saísse — & creio que ela acreditou sem suspeitar de nada. — Ela divertiu-se, pobrezinha! mas <u>isso</u> ela não teria como evitar, como sabes, com essas duas pessoas[3] a assumir a liderança; mas parece que ela realmente admira Elizabeth. Devo confessar que <u>eu</u> a considero a criatura mais encantadora que já apareceu sob forma impressa, & como farei para tolerar aqueles que não gostam <u>dela</u> pelo menos, não sei. — Há alguns erros típicos — & um "disse ele" ou um "disse ela" poderia às vezes deixar o diálogo mais imediatamente claro — porém "não escrevo para estes elfos estultos"

"Que por si só não são muito argutos".[4] — O segundo volume é mais curto do que eu gostaria — mas a diferença não é tão grande na realidade quanto é na aparência, já que há uma proporção maior de narrativa nesta parte. Contudo, podei & cortei com tanto sucesso que imagino que deve ser ao todo bastante mais curto que *S&S*. — Agora tentarei escrever sobre outra coisa; — será uma mudança total de assunto — ordenação. Fico contente de saber que tuas consultas tiveram tão bom resultado. — Se puderes descobrir se Northamptonshire é uma região de cercas vivas,[5] eu ficaria novamente contente. — Admiramos muitíssimo tuas charadas, mas até agora só adivinhamos a primeira. As outras parecem muito difíceis. Contudo, há tanta beleza na versificação que resolvê-las não é senão um prazer secundário. — Admito para ti que <u>hoje</u> <u>está</u> um dia frio, & lamento pensar quanto frio sentirás durante tua visita a Manydown. Espero que uses teu crepe de seda. Pobrezinha! Consigo te ver tremendo, com teus pés sensíveis em estado de miséria. — Que mau caráter se revelou Mr. Digweed, muito além de todo e qualquer limite; — em vez de irem a Steventon oferecerão um jantar na próxima terça-feira! — lamento dizer que não consegui comer nem uma tortinha na casa de Mr. Papillon; eu estava com muita dor de cabeça naquele dia, & não me aventurei a comer nada doce, exceto gelatina; mas <u>essa</u> estava excelente. — Não havia peras cozidas, mas Miss Benn tinha um pouco de amêndoas & uvas passas. — A propósito, ela pediu que te mandasse lembranças quando escrevi pela última vez, & esqueci-me. — Betsy manda saudações para ti & espera que estejas bem, & para Miss Caroline, seu afeto, & espera que tenha se curado da tosse. Foi um prazer tão grande para ela que as laranjas tenham sido tão oportunas que, ouso dizer, ela ficou bastante feliz em saber da tosse. [...].

Após ter escrito esta carta, recebemos a visita de Mrs. Digweed, sua irmã & Miss Benn. Dei a Mrs. D. seu pequeno pacote, que ela abriu aqui & pareceu muito satisfeita com ele — & pediu-me para que transmitisse seus mais profundos agradecimentos &c. a Miss Lloyd. — Martha pode imaginar o quão cheia de surpresa & gratidão ela ficou.

[Miss Austen
Steventon]

Notas

¹ *meu filho querido*. O primeiro exemplar de *Pride and Prejudice* [*Orgulho e Preconceito*], publicado em três volumes no dia 28 de janeiro (VJ).

² *mais tolo entre todos os meus*. Jane Austen ironiza que a tolice dos livros aumentaria gradualmente, assim como o preço da obra. Ela temia que o bom senso em *Emma* fosse considerado inferior ao de *Mansfield Park* (RWC).

³ *essas duas pessoas*. Jane Austen e a mãe (DLF).

⁴ *não escrevo para esses elfos estultos | Que por si só não são muito argutos*. Segundo DLF, Jane Austen faz referência aos versos "*I do not rhyme to that dull elf | Who cannot imagine to himself*" ("Não faço rimas para o elfo estulto | que por si só não consegue imaginar", em tradução livre nossa) de *Marmion* (ver nota 10 da carta 53). Inspirada pelos versos de Scott, Jane Austen escreve na carta: "*I do not write for such dull Elves | As have not a great deal of ingenuity themselves*".

⁵ *ordenação [...] região de cercas vivas.* Conforme as últimas cartas, pudemos perceber que Jane Austen encontrava-se no processo de escrita de *Mansfield Park*. DLF e VJ pressupõem que a autora tenha pedido a Cassandra que consultasse o irmão James, já que a última estava em Steventon, sobre o tempo que levava o processo de ordenação para que soubesse quanto tempo Edmund Bertram poderia permanecer ausente de Mansfield Park para esse propósito. A consulta da autora sobre a existência de cercas vivas no condado de Northamptonshire também se relaciona ao referido romance, quando, em um diálogo, a heroína, Fanny Price, diz: "Cada vez que entro neste bosque mais me impressionam o crescimento e a beleza dos arbustos. Há três anos nada era além de uma rústica fileira de cerca viva ao longo da parte mais alta do campo, o qual ninguém acreditava poder embelezar, nem na possibilidade de cultivar alguma coisa nele" (AUSTEN, 1982). O trecho é exemplo claro do compromisso que a autora tinha com o realismo e a verossimilhança em sua obra.

80. Para Cassandra Austen
Quinta-feira, 4 de fevereiro de 1813
De Chawton a Steventon

Chawton, quinta-feira, 4 de fevereiro
Minha querida Cassandra,
Tua carta foi verdadeiramente bem-vinda & fico muito grata a ti por todos os teus elogios; chegou na hora certa, pois tenho sentido algumas crises de desconforto; — nossa segunda noite de leitura para Miss Benn não me agradou tanto, mas creio que isso se deve em parte à forma muito rápida com que minha mãe tem avançado — & embora ela mesma compreenda perfeitamente as personagens, não consegue falar como elas deveriam. — De modo geral, no entanto, estou bem vaidosa & bem satisfeita. — A obra é leve & brilhante & borbulhante demais; — falta-lhe matiz; — ela precisa ser ampliada aqui & ali com um capítulo longo — de bom senso, se fosse possível, se não, de solenes disparates ilusórios — sobre algo sem conexão com a história; um ensaio sobre escrita, uma crítica a Walter Scott, ou a história de Buonaparté [sic] — ou algo que criasse um contraste & levasse o leitor com maior deleite à ludicidade & epigramatismo do estilo geral. — Duvido que concordes muito comigo nisso — conheço tuas ideias engomadas. — A cautela observada em Steventon em relação à posse do livro é uma surpresa agradável para mim, & desejo ardentemente que seja um meio de te poupar de qualquer dissabor; — mas deves estar preparada para a vizinhança já estar talvez informada da existência de tal obra no mundo, & no mundo de Chawton! Dummer[1] fará <u>isso</u>, bem sabes. — Falou-se disso aqui uma manhã quando Mrs. D. visitou-nos com Miss Benn. Deparei com o pior erro de impressão que já vi na página 220 — volume 3, onde dois diálogos viraram um. — Poderia também não ter havido ceias em Longbourn, mas suponho que isso se deva aos resquícios dos velhos hábitos de Meryton adotados por Mrs. Bennet. — Lamento tua decepção com Manydown,

& temo que esta venha a ser uma semana pesada. Pelo que se pode atrever a julgar a uma distância de 20 milhas,[2] deves sentir falta de Martha. Pelo bem <u>dela</u>, fiquei contente de saber que tinha partido, pois suponho que estava ficando ansiosa, & desejava estar novamente em um cenário de agitação & deveres. — Fez um lindo dia para a viagem dela. — Caminhei até Alton, & exceto pela lama, achei encantador, — foi como se um velho fevereiro estivesse de volta. — Antes que eu saísse recebemos a visita de Mrs. Edwards, & enquanto estava fora Miss Beckford & Maria, & Miss Woolls & Harriet B. estiveram aqui, todas as quais minha mãe ficou feliz em ver & eu muito feliz de ter escapado. — John M[iddleton] partiu num navio, & agora Miss B. acredita que o pai dele realmente buscará uma casa, & tem esperanças ela própria de evitar Southampton; — pelo menos foi o que me foi dito; — E posso dizer às Miss Williams que Miss Beckford não tem nenhuma intenção de convidá-las para irem a Chawton. — Parabéns para ti — Imaginei-te em Manydown na sala de estar & com teu crepe de seda; — portanto, estavas na sala de desjejum em tua bombazina marrom; se eu pensasse em ti <u>assim</u>, terias estado na cozinha com tuas roupas matinais. — Sinto que nunca mencionei os Harwood em minhas cartas para ti, o que é um tanto chocante — mas estamos sinceramente contentes em saber tudo de bom sobre eles que nos envias. Não há nenhuma chance, nenhum <u>perigo</u> de que a pobre Mrs. H[arwood] seja convencida a vir a Chawton no momento. — Espero que John H[arwood] não receba mais dívidas do que ele gostaria.[3] — Fico satisfeita que M[ichael] T[erry] tenha jantado em Steventon; — pode te permitir ser ainda mais resoluta com Fanny & auxiliá-la a consolidar sua fé. — Thomas se casou no sábado, o casamento realizou-se em Neatham, & é tudo que sei. — Browning é um empregado bem novo & no momento não tem defeitos. Ele havia perdido um pouco de seu conhecimento em servir, & creio, é bastante lento; mas não é barulhento nem resistente a aprender. — O portão dos fundos fica trancado regularmente. — Não me esqueci dos honorários de Henry para Thomas. — Recebi uma carta de Henry ontem, escrita no domingo, de Oxford —, a minha fora encaminhada para ele; a informação de Edward estava, portanto, correta. — Ele diz que os exemplares foram enviados para S[teventon] & P[ortsmouth][4] no mesmo momento que os demais. — Pensa em ir a Adlestrop. — [...]

[Miss Austen
Steventon]

Notas

¹ *Dummer*. Vilarejo onde morava a família de Michael Terry, reitor da localidade a partir de 1811 (DLF).
² *20 milhas*. 32,19 km.
³ *John H[arwood] [...] mais dívidas do que gostaria*. O falecimento do pai de John Harwood trouxe à tona dívidas sobre as quais a família não tinha conhecimento, chegando a comprometer inclusive a propriedade da família e deixando a viúva e a filha em situação de dependência do herdeiro (DLF).
⁴ *S[teventon] & P[ortsmouth]*. Onde moravam James e Frank Austen, respectivamente.

81. Para Cassandra Austen
Terça-feira, 9 de fevereiro de 1813
De Chawton a Manydown

                        Chawton, terça-feira, 9 de fevereiro
Esta será uma resposta rápida à tua, minha querida Cassandra; duvido que tenha muito mais que a recomende, mas nunca se sabe, pode acabar sendo uma carta bem longa e encantadora. Que dia o de ontem! Quantas almas impacientes e lamurientas devem ter ficado confinadas! — Lamentamos por ti — Não consegui pensar em nada que pudesse te distrair exceto fazer as malas. Minha mãe estava bastante aflita por causa de Edward & Anna, & não ficará sossegada até saber o que foi decidido sobre as viagens deles. — Em poucas horas serás levada a Manydown — & depois candura & conforto & café & *Cribbage*. — Talvez seja tua última visita[1] por lá. — Enquanto penso nisso, transmite meu afeto a Alethea (primeiro a Alethea, lembra-te, ela é a anfitriã) & a Mrs. Heathcote — & recomendações cordiais a Miss Charlotte Williams. Pensa apenas que finalmente terás a honra de ver aquela maravilha das maravilhas que é a irmã mais velha! — Sentimos muito pelo que nos relatas sobre Deane. Se Mrs. Heathcote não se casar com ele & consolá-lo agora, vou pensar que ela é uma Maria[2] & não tem coração. — Por certo, ou ela ou Alethea tem que se casar com ele, caso contrário, onde ele encontrará a felicidade? — Estou muitíssimo satisfeita por poderes dizer o que dizes, após teres terminado a obra toda — & o elogio de Fanny é muito gratificante; — minhas expectativas com relação a ela eram razoavelmente grandes, mas nada como ter certeza. É suficiente que ela tenha gostado de Darcy & Elizabeth. Poderia até odiar todos os demais, se quisesse. Recebi a opinião dela de próprio punho esta manhã, mas tua transcrição do que ela disse que li primeiro não foi & não é menos aceitável. — Para mim, naturalmente há só elogios — mas a verdade mais sincera que ela envia para ti é boa o suficiente para mim. — Deveremos ver

os meninos³ por algumas horas em uma semana — & devo pedir uma sege para eles — que proponho para as 5 horas, & jantar às 3 horas. — Lamento saber que Sackree estava pior novamente quando Fanny escreveu; na noite anterior havia sido acometida de violentos calafrios & febre, & estava ainda tão mal a ponto de alarmar Fanny, a qual escrevia de seu quarto. — Parece que Miss Clewes é exatamente a governanta que eles vêm procurando nos últimos dez anos; — demorou mais para chegar do que a última meda de milho de J. Bond. — Tomara que ela continue boa & amável & perfeita! — Clewes & [sic] é melhor do que Clowes. — E não é um nome ideal para os trocadilhos de Edward? — Clew não é garra em inglês?⁴ — Sim, creio que <u>devo</u> contar para Anna⁵ — & se a vires, & a incumbência não te for desagradável, podes contar a ela por mim. Sabes que eu planejava fazer isso do modo mais elegante possível. Mas provavelmente ela não retornará a tempo. — Browning está indo muitíssimo bem; como ele tem sido capaz de fazer qualquer coisa fora de casa, minha mãe está extremamente satisfeita. — Os cães parecem tão felizes com ele quanto com Thomas; — Creio que a cozinheira & Betsey, muito mais felizes. — A pobre cozinheira provavelmente passará pela provação de uma estação chuvosa agora; mas ela ainda não começou a reclamar muito. — Creio que o velho Philmore está bem de novo. Meu resfriado vai & volta desde que partiste, mas nada muito sério; faço-o piorar caminhando ao ar livre & o curo ficando em casa. No sábado fui a Alton, & o vento forte fez com que piorasse — mas, ao ficar em casa desde então, quase já passou. — Recebi cartas de minha tia & de Charles nos últimos dias. — Meu tio está um tanto confinado à poltrona por causa de uma frieira que apareceu em um dos pés & um inchaço violento no outro, que minha tia não sabe o que é; — parece que a dor não está tão forte para se suspeitar de gota. — Mas talvez já tenhas ouvido toda essa história em Steventon. — Ela fala em permanecer em Scarlets por mais 15 dias; está deveras ansiosa, posso imaginar, para chegar a Bath, já que têm receio que possam ter invadido a casa deles em Pulteney Street. — Charles, a esposa, & a mais velha & a mais nova chegaram bem & em segurança ao "Namur" dois domingos atrás; a do meio ficou em Keppel St. — Lady W[illiams] usou o velho truque da doença novamente & enviaram-na para passar dois meses entre amigos. Talvez ela faça agora com que <u>eles</u> fiquem doentes. — Pediram-me informações sobre o anátema recitado nos tempos antigos do sino, livro & vela[6] — mas não tinha nenhuma para dar. Talvez consigas saber algo sobre sua origem & significado em Manydown. — As senhoras que leem aqueles enormes volumes in-quarto[7] grossos estúpidos, que sempre se veem na sala de desjejum por lá, devem ter familiaridade com tudo neste mundo. — Detesto in-quartos. — O livro do Capitão Pasley é bom demais para o Clube delas. Não conseguirão compreender um homem que condensa seus pensamentos em um octavo. Não tenciono, contudo, fazer com que Mrs. H. perca o apreço por seu Clube; se está satisfeita — bom; — se acha que as demais estão satisfeitas — melhor ainda; — não digo nada sobre as reclamações que me chegam de todos os cantos. — Mata a pobre Mrs. Sclater, se quiseres, enquanto estiveres em Manydown. — Miss Benn jantou aqui sexta-feira, não a vi desde então; — ainda há trabalho para mais uma noite. — Não sei nada dos Prowting. Os Clement estão em casa & limitam-se a ler. Receberam Miss Edgeworth.[8] — Ofereci Mrs. Grant pela segunda quinzena a Mrs. Digweed; — não deve fazer diferença para <u>ela</u> em quais das 26 quinzenas do ano o terceiro volume estará em sua casa. — Está chovendo furiosamente — &, apesar de ser apenas uma tempestade, provavelmente enviarei minha carta a Alton em vez de ir pessoalmente. — Não fazia ideia de que escreverias via Mr. Gray; domingo ou terça-feira suponho que ficarei sabendo. —

A cozinheira não acha que o hidromel está em condições de ser tampado. Não sei o que Alethea entende por escrever uma carta & escrever um bilhete, mas <u>eu</u> ainda a considero em dívida comigo —. Se Mrs. Freeman estiver viva, transmite-lhe minhas mais sinceras saudações.

Muito afetuosamente tua,
J. Austen

Miss Austen
Manydown

Por cortesia de
    Mr. Gray

Notas

[1] *última visita.* Conforme os costumes da época, a morte iminente de Mr. Bigg-Wither faria com que as duas filhas — Elizabeth Heathcote, viúva do Rev. William Heathcote, e Alethea Bigg, solteira — deixassem Manydown quando Harris, o filho e herdeiro, e sua família se mudassem para a propriedade. O falecimento ocorreu 15 dias após a data da carta, em 24 de fevereiro de 1813, e, por consequência, Mrs. Heathcote e Miss Bigg mudaram-se para Winchester, onde continuaram a receber as visitas de Cassandra e Jane Austen, de quem eram amigas desde a infância (DLF).

[2] *Mrs. Heathcote não se casar com ele [...] ela é uma Maria.* O homem a quem Jane Austen se refere é John Harwood. Corriam boatos no círculo de amigos mais íntimos que John tinha sentimentos por Elizabeth Heathcote e que era correspondido. Porém, a condição financeira de John após a morte do pai (ver nota 3 da carta 80) impediu que a união do casal pudesse acontecer. A Maria citada por Jane Austen no trecho deve ser Maria Bertram, personagem de *Mansfield Park* (DLF).

[3] *os meninos.* Os filhos de Edward e alguns de seus primos que estavam em Winchester (DLF).

[4] *Clew não é garra em inglês?.* No original, "*is not a Clew a Nail?*". Jane Austen faz um trocadilho entre os vocábulos *clew* e *claw*, aproveitando-se da assonância das duas palavras na pronúncia do inglês britânico. O termo *claw*, cujo significado é garra em português, é definido pelo OED como "[...] sharp horny **nail**", o que confirma o sentido do termo "*nail*" no trecho da carta. A expressão "em inglês" no fim da pergunta não consta do texto original e foi acrescida à tradução a fim de atribuir maior clareza na compreensão do sentido.

[5] *devo contar para Anna.* DLF questiona se Jane Austen estaria falando sobre o segredo que buscava manter sobre a autoria de *Sense and Sensibility [Razão e Sensibilidade]* e *Pride and Prejudice [Orgulho e Preconceito]*.

[6] *sino, livro e vela.* Método antigo de excomunhão utilizado pela igreja católica a partir do século IX para pessoas que haviam cometido um pecado grave. Durante a cerimônia, conduzida por um bispo, 12 sacerdotes conclamam um anátema num altar.

[7] *in-quarto.* padrão de dimensões de um impresso (livro, jornal etc.) determinadas pelo número de dobras a que se sujeita ou não a folha a imprimir [...] formato in-quarto; três dobras, 16 páginas (HOUAISS).

[8] *Miss Edgeworth.* Maria Edgeworth (1767-1849), romancista.

82. Para Martha Lloyd
Terça-feira, 16 de fevereiro de 1813
De Chawton a Kintbury

Chawton, terça-feira, 16 de fevereiro
Minha querida Martha,
Tua longa carta foi apreciada como merecia, & como penso que faz total jus a uma segunda minha, vou respondê-la agora de forma elegante antes do retorno de Cassandra; depois disso, como terei o benefício de todas as tuas cartas para ela, não reivindicarei nada mais. — Sinto grande prazer no que comunicas sobre Anna, & sinceramente alegro-me com o progresso de Miss Murden; & gostaria apenas que houvesse mais estabilidade na natureza dos temperamentos das duas. — Não direi nada sobre o clima que temos tido ultimamente, pois caso não soubesses que está terrível, seria cruel encher sua cabeça com isso. Minha mãe dormiu durante uma boa parte do domingo, mas ainda assim foi impossível não se perturbar com um céu assim, & ainda ontem estava indisposta. Está muito bem novamente hoje, & espero que não seja uma prisioneira por muito mais tempo. — Ficaremos todas vivas da hora do almoço de hoje até amanhã à tarde; — terá acabado quando receberes esta, & podes pensar em mim como alguém que não lamenta que seja assim. — George, Henry & William estarão aqui em breve & pernoitarão — e amanhã os dois Deedes & Henry Bridges se juntarão a nós; — então jantaremos mais cedo & os despacharemos para Winchester. Não temos notícias recentes de Sloane St.[1] & portanto concluímos que tudo tem seguido seu curso regular, sem nenhuma mudança significativa. — Henry estava para retornar à cidade na terça-feira passada. — Recebi uma carta de Frank; estão todos em Deal novamente, outra vez alojados em acomodações novas. Penso que logo já terão se alojado em todas as casas da cidade. — Lemos sobre o retorno do "Pyramus" ao Porto com interesse — & receamos que Mrs. D[eans] D[undas] venha a se arrepender

de ter voltado tão cedo. — Nunca se está preparado para os caprichos do mar. — Tua amiga deve estar com os menininhos dela, imagino. Espero que a irmã deles tenha gostado do baile de Lady Keith — embora não saiba se tenho muita esperança nisso, pois ela pode muito bem ter ficado tímida e desconfortável em meio a uma multidão de estranhos.

Agradeço por teres buscado informações sobre Northamptonshire,[2] mas não desejo que o repitas, pois estou certa de que terei as informações que quero de Henry, a quem posso solicitá-las em algum momento conveniente *"sans peur et sans reproche"*.[3] — Suponho que o mundo todo esteja julgando a carta da Princesa de Gales.[4] Pobre mulher, eu a apoiarei enquanto puder, porque ela é mulher, & porque odeio o marido dela — mas quase não consigo perdoá-la por chamar a si mesma de "apegada & afeiçoada" a um homem que deve detestar — & a intimidade que dizem subsistir entre ela & Lady Oxford é ruim. — Não sei o que pensar sobre isso; — mas se tiver que desistir da Princesa, estou ao menos decidida sempre a pensar que ela teria sido respeitável, se o Príncipe tivesse se comportado de forma minimamente razoável em relação a ela a princípio. —

O velho Philmore recuperou-se muito bem, bem o suficiente para despejar Miss Benn da casa dela. O filho dele vai se mudar para lá. — Pobre criatura! — Podes imaginar como deve estar cheia de preocupações, & como toda Chawton ficará ansiosa para conseguir instalá-la decentemente em algum lugar. — Terá três meses pela frente — & se conseguir achar alguma outra coisa, ficará contente por ter sido expulsa da moradia deplorável onde vive agora; — tem sido terrível para ela durante as últimas tempestades de vento & chuva. — Cassandra tem tido bem pouca sorte em Manydown — mas é uma casa onde não se depende tanto do clima. — Os Prowting talvez venham na quinta-feira ou no sábado, mas os relatos sobre ele não melhoraram. — Ora penso que em quantidade posso ter sido merecedora de tua carta. Minhas noções de justiça em assuntos epistolares, como sabes, são muito rígidas. — Com os votos de afeto de minha mãe, permaneço afetuosamente tua

J. Austen

Pobre John Harwood! — Somos realmente obrigadas a ficar novamente com pena dele — & onde há falta de dinheiro, não há falta de motivos. — Então, afinal, Charles, o cabeçudo Charles é quem está se dando melhor na família. Guardo certo rancor dele por suas £2.500. — Minha mãe está muito decidida a <u>vender</u> Deane[5] — E se <u>não</u> for vendida, creio que fica claro que o proprietário não tem planos de se casar.

Miss Lloyd

Notas

[1] *notícias recentes de Sloane St.* Eliza Austen, esposa de Henry, tinha câncer de mama e encontrava-se gravemente doente. Eliza faleceu em 25 de abril de 1813 (VJ).

[2] *Northamptonshire.* Henry Austen costumava visitar o condado a negócios (DLF).

[3] *"sans peur et sans reproche".* Do francês, sem medo e sem censura.

[4] *a carta da Princesa de Gales.* O Príncipe de Gales se casou com a Princesa Caroline de Brunswick em 1795, porém viviam separados desde 1796, após o nascimento da Princesa Charlotte. A carta à qual Jane Austen se refere foi publicada em diversos jornais da época por seus apoiadores da ala liberal britânica e continha um apelo para poder continuar a participar da criação da filha, buscando angariar também a simpatia da população. O círculo de amigos da Princesa Caroline incluía Lady Oxford, que, à época, entre seus diversos amantes, mantinha uma relação amorosa com o controverso poeta ultrarromântico Lorde Byron, além de estar envolvida em movimentos políticos radicais (VJ).

[5] *Deane.* Casa dos Harwood durante várias gerações (DLF).

83. Para Francis Austen
Quarta-feira, 17 de fevereiro de 1813
De Chawton a Deal (?)

[O texto da carta não foi preservado]
Muito afetuosamente, tua
J. Austen

Chawton, quarta-feira
   17 de fevereiro

84. Para Cassandra Austen
Quinta-feira, 20 de maio de 1813
De Londres a Chawton

Sloane St. — quinta-feira, 20 de maio
Minha querida Cassandra,

Antes de dizer qualquer outra coisa, reivindico um papel cheio de moedas de meio *penny* sobre o consolo da lareira da sala de estar; eu mesma as coloquei lá & esqueci-me de trazê-las comigo. — Não posso dizer que estou ainda em apuros por causa de dinheiro, mas, assim como o diabo, prefiro que me seja dado o que é meu.[1] — Que sorte tivemos com o clima ontem! — A manhã chuvosa de hoje faz com que se tenha ainda mais noção disso. Não tivemos nenhuma chuva forte; a capota da charrete foi erguida pela metade três ou quatro vezes, mas nossa cota de aguaceiros foi muito pequena, apesar de parecerem fortes a nossa volta, quando estávamos em Hog's-back;[2] & imaginei que poderia estar chovendo tão forte em Chawton que ficarias mais aflita por nós do que merecíamos. — Em três horas & quinze minutos chegamos a Guildford, onde mal permanecemos por duas horas, & tivemos apenas o tempo necessário para o que tínhamos que fazer lá, ou seja, tomar um desjejum demorado e reconfortante, observar as carruagens, pagar Mr. Herington & fazer um pequeno passeio a pé em seguida. Pelas paisagens que vimos durante o passeio, admiro muitíssimo a região de Guildford. Queríamos que todos nossos irmãos & irmãs estivessem conosco no gramado de jogos de bola & olhando em direção a Horsham. — Contei a Mr. Herington sobre as groselhas; ele pareceu igualmente surpreso & chocado, & pretende falar com o homem que as forneceu. Espero que possas gostar mais das groselhas por isso. — Ele não espera uma diminuição nos açúcares. — Tive muita sorte com minhas luvas, comprei-as na primeira loja a que fui, apesar de ter entrado lá mais por ser próxima do que por parecer uma loja de luvas, & paguei apenas quatro xelins por elas; — depois de saber disso, todos em Chawton vão torcer & conjecturar que não prestam, & a qualidade delas certamente ainda deverá ser posta à prova, mas penso que ficarão muito bem. — Deixamos Guildford 20 minutos antes das 12 — (espero que alguém se importe com essas minúcias) & estávamos em Esher em cerca de mais duas horas. — Fiquei muito satisfeita com a região de modo geral; achei particularmente muito bonito entre Guildford & Ripley, mas também em torno de Painshill & todos os demais lugares; & das terras de um tal Mr. Spicer, em Esher, por onde caminhamos antes do jantar, as paisagens eram lindas. Não sei dizer o que <u>não</u> vimos, mas penso que não poderia haver bosque ou campina ou palácio ou um lugar notável na Inglaterra que não se desdobrasse diante de nós, de um lado ou de outro. — Claremont será vendida, um tal Mr. Ellis é o proprietário agora; — é uma casa que parece nunca ter prosperado. — Às três, estávamos a jantar costeletas de vitela & presunto frio, tudo muito bom —; & após o jantar caminhamos adiante até sermos ultrapassados pelo cocheiro & antes que ele de fato nos ultrapassasse estávamos muito próximos de Kingston. — Imagino que fossem cerca de seis e meia quando chegamos a esta casa, um empreendimento de 12 horas, & os cavalos não pareciam mais do que razoavelmente cansados. Eu também estava muito cansada, & muito feliz por ir cedo para a cama, mas estou muito bem hoje. Em geral foi uma excelente viagem & muito completamente desfrutada por mim; — o tempo estava adorável na maior parte do dia, Henry considerou-o quente demais & às vezes comentou que estava fechado, mas na minha opinião estava perfeito. — Nunca observei a região a partir de Hogsback de modo tão proveitoso. — Comemos três dos pães naquela parte do caminho, os três restantes proporcionaram uma diversão elegante para Mr. & Mrs. Tilson, que tomaram chá conosco. — Neste momento, a pequena Cass & sua acompanhante estão viajando para Chawton; — Gostaria que o dia estivesse mais claro para elas. Se Cassy pretendia desenhar enquanto os demais jantam, dificilmente conseguirá. — Como distinguirás as duas Betsies?³ — Mrs. Perigord chegou às três e meia — & está muito bem, & a mãe dela,⁴ para ela, parece bastante bem. Ela se sentou comigo enquanto eu tomava o desjejum hoje de manhã — falou sobre Henrietta Street, criados & enxoval, & está ocupada demais preparando-se para o futuro para ficar desanimada. — Se puder, daqui a pouco farei uma visita a Mrs. Hoblyn & Charlotte Craven; Mrs. Tilson vai sair, o que me impede de a visitar, mas creio que tomaremos chá com ela. — Henry falou sobre irmos à exposição de aquarelas amanhã, & sobre eu ir encontrá-lo em Henrietta Street — se o fizer, aproveitarei a oportunidade para comprar o vestido de minha mãe —; assim, por volta das três horas da tarde ela pode se considerar a proprietária de sete jardas de tafetá preto, tanto quanto, espero, Martha possa se considerar de um 16 avos das £20.000.⁵ —

Estou muito bem instalada com a sala de visitas da frente toda para mim & não diria "obrigada" por ter qualquer companhia que não a tua. O sossego daqui me faz bem. — Henry & eu ficamos espantados que não se prefira mais vezes a estrada de Guildford à de Bagshot, não é mais longe, tem muito mais belezas & não tem mais colinas. — Se fosse Charles, eu a escolheria; & pensando nele solicitamos informações em Esher sobre a distância entre as estações de muda.⁶ — De Guildford a Esher, 14 milhas, de Esher até Hyde Park Corner, 15 — o que é exatamente a mesma entre Bagshop até H.P. Corner, com trocas em Bedfont, 49 milhas⁷ no total, em cada direção. —

Consegui fazer minhas duas visitas, embora o clima tinha feito com que eu levasse mais tempo, deixando-me apenas alguns minutos para sentar-me com C[harlotte] C[raven]. — Ela pareceu muito bem & seu cabelo está arrumado com uma elegância que engrandece qualquer educação.⁸ — Seus modos permanecem tão desafetados & agradáveis como sempre. — Ela teve notícias da mãe hoje. — Mrs. Craven passa outra quinzena em Chilton. — Não vi ninguém além de Charlotte, o que me deixou mais satisfeita. — Fui levada para o andar de cima até uma sala de estar, onde ela veio a meu encontro, & a aparência da sala, tão absolutamente atípica de uma escola, divertiu-me muito. Era repleta de todas as elegâncias modernas — &, não fosse por alguns cupidos desnudos sobre o consolo da lareira, o que deve ser uma bela peça de estudo para meninas, nem se teria a menor suspeita de um local de ensino.

Mrs. Perigord apresenta seus votos da mais alta estima a todas as senhoras. — Muito afetuosamente, tua J.A. —

Miss Austen
Chawton
Alton
Hants

Notas

¹ *o diabo, prefiro que me seja dado o que é meu.* Jane Austen faz referência à expressão idiomática inglesa "*Give the Devil his due*", que significa devolver ou dar a alguém aquilo que lhe pertence. Estima-se que a expressão tenha origem no século XVI e um de seus primeiros registros na literatura está na peça *Henrique V* de William Shakespeare.

² *Hog's-back. Hog's Back* é uma crista montanhosa de calcário, localizada entre Farnham e Guildford, em Surrey.

³ *pequena Cass [...] Betsies.* A pequena Cass é a filha mais velha de Charles Austen. Betsy é sua babá. A outra Betsie seria a criada do chalé em Chawton. Já Cassy é a quinta filha de Edward Austen Knight, que, no momento em que a carta foi escrita, estava na casa grande em Chawton, passando as férias de verão (DLF).

⁴ *Mrs. Perigord [...] & a mãe dela [...].* Imigrantes francesas, Madame/Mrs. Perigord e a mãe, Madame/Mrs. Bigeon, eram criadas de Henry Austen em Londres. (DLF).

⁵ *um 16 avos das £20.000.* DLF estima que Martha possa ter ganhado dinheiro na loteria nacional, cujo prêmio máximo era 20 mil libras. Os bilhetes eram vendidos em quotas, que poderiam ser um inteiro, uma metade, um quarto, um oitavo e um 16 avos.

⁶ *estações de muda.* Ver nota 4 da carta 34.

⁷ *De Guildford a Esher, 14 milhas [...] até Hyde Park Corner, 15 [...] com trocas em Bedfont, 49 milhas.* As distâncias equivalem a 22,53 km, 24,14 km e 78,86 km, respectivamente.

⁸ *educação.* Charlotte Craven estava estudando em Londres.

85. Para Cassandra Austen
Segunda-feira, 24 de maio de 1813
De Londres a Chawton

       Sloane St. — segunda-feira, 24 de maio
Minha queridíssima Cassandra,
Estou muitíssimo grata a ti por me escreveres. Deves ter odiado fazê-lo após uma manhã preocupante. — Tua carta chegou bem a tempo de evitar minha ida à Remnant, & de me colocar rumo à Christian, onde comprei o fustão de Fanny. No dia anterior (sexta-feira) fui à Layton[1] como havia proposto, & comprei o vestido de minha mãe, sete jardas a seis xelins e seis *pence*. Em seguida, entrei no número 10, onde tudo é sujeira & confusão, mas de forma muito promissora,[2] & após presenciar a abertura de uma conta nova para minha grande diversão, Henry & eu fomos à exposição em Spring Gardens.[3] Dizem que não é uma boa coleção, mas fiquei muito satisfeita — particularmente (rogo que contes a Fanny) com um pequeno retrato de Mrs. Bingley, muitíssimo parecido com ela. Fui com a esperança de ver um da irmã, mas não havia nenhuma Mrs. Darcy;[4] — talvez, contudo, eu possa encontrá-la na Grande Exposição[5] à qual deveremos ir, se houver tempo; — não tenho chance alguma de vê-la na coleção de pinturas de Sir Joshua Reynolds agora em exibição na Pall Mall, & que também deveremos visitar. — O de Mrs. Bingley é exatamente como ela, tamanho, forma, fisionomia, traços & doçura; nunca houve semelhança maior. Está usando um vestido branco, com enfeites verdes, o que me confirma o que sempre supus, que o verde é uma de suas cores favoritas. Ouso dizer que Mrs. D. estará de amarelo. — Sexta-feira foi o nosso pior dia no tocante ao clima, estávamos na rua durante uma tempestade de granizo muito longa & muito pesada, & tinha havido outras antes, mas não ouvi trovões. — Sábado estava bem melhor, seco & frio. — Paguei dois xelins e seis pence pelo fustão; não me gabo

de nenhuma pechincha, mas creio que o tafetá & o fustão são de boa qualidade. —

Comprei teu medalhão, mas fui obrigada a pagar 18 xelins por ele — que deve ser bem mais do que pretendias; é elegante & simples, feito de ouro. [Quatro ou cinco palavras foram cortadas do original]; — Deveríamos ter ido à exposição na Somerset House, no sábado, mas quando chegamos à Henrietta Street solicitaram a presença de Mr. Hampson lá, & Mr. Tilson & eu fomos obrigados a percorrer a cidade atrás dele &, quando finalizamos a busca, estava tarde demais para fazer qualquer outra coisa senão voltar para casa. — No fim das contas, não conseguimos encontrá-lo. — Fui interrompida por Mrs. Tilson. — Pobre mulher! Corre o risco de não conseguir ir à festa de Lady Drummond Smith hoje à noite. Miss Burdett ia levá-la, & agora Miss Burdett está com tosse & não irá. — Minha prima Caroline[6] é sua única salvação. — Os eventos de ontem foram nossa ida à Capela de Belgrave de manhã, a chuva nos ter impedido de ir ao culto à noite em St. James, a visita de Mr. Hampson, Mrs. Barlow & Mrs. Phillips terem jantado aqui; & Mr. & Mrs. Tilson virem à noite *a l'ordinaire*.[7] — Ela tomou chá conosco na quinta-feira & no sábado, ele jantou aqui todos os dias, & na sexta-feira fomos até eles; & desejam que os acompanhemos amanhã à noite para conhecermos Miss Burdett; mas não sei como terminará. Henry sugere ir a Hampstead,[8] o que poderá ser um impedimento. — Eu gostaria muito de visitar Miss Burdett, mas fiquei um tanto apavorada ao ouvir que ela deseja ser apresentada a mim. Se sou uma fera selvagem,[9] não posso evitá-lo. Não é minha culpa. — Não há mudanças em nosso plano de deixar Londres, mas não estaremos contigo antes de terça-feira. Henry acha que segunda-feira seria muito cedo. Não há qualquer perigo de sermos persuadidos a ficar mais tempo.

Ainda não decidi como farei com minhas roupas, talvez haja apenas meu baú para enviar pela diligência, ou talvez mande uma chapeleira junto. — Aceitei teu conselho gentil & escrevi para

Mrs. Hill. — Os Hoblyn convidaram-nos para jantar com eles, mas recusamos. Quando Henry retornar, terá muitos jantares para ir, ouso dizer; como estará sozinho, será mais desejável; — será mais bem-vindo a cada mesa, & cada convite, mais bem-vindo para ele. Não precisará de nenhuma de nós novamente até que esteja instalado em Henrietta Street. Essa é minha convicção no momento. — E não estará instalado lá, instalado de verdade, até o final do outono — "ele não virá me pegar"[10] até depois de setembro. — Há um cavalheiro em tratativas para ficar com esta casa. O cavalheiro em si está no campo, mas o amigo do cavalheiro veio vê-la outro dia & pareceu muito satisfeito no geral. — O cavalheiro prefere um aumento no aluguel a dispor de quinhentos guinéus de uma só vez; & se este for o único empecilho, não haverá problemas: não faz diferença para Henry. — Deseja para nós o melhor clima que puderes para quarta, quinta e sexta-feira. — Devemos ir a Windsor no caminho até Henley, o que será uma grande alegria. Partiremos de Sloane St. por volta das 12 —, duas ou três horas depois de o grupo de Charles ter iniciado sua viagem. — Sentirás falta deles, mas o conforto de voltares para teu próprio quarto será grande! — & depois, o chá & açúcar! —

Receio que Miss Clewes não tenha melhorado, ou terias mencionado algo. — Não escreverei novamente a menos que tenha algo inesperado a comunicar ou a oportunidade for tentadora. — Anexo a conta & o recibo de Mr. Herington.

Agradeço muito a Fanny por sua carta; — fez-me rir intensamente; mas não posso prometer respondê-la. Mesmo que tivesse mais tempo, não me sinto nada segura sobre o tipo de carta que Miss D[arcy] escreveria.[11] Espero que Miss Benn já esteja muito bem & jantarei confortavelmente contigo hoje. — <u>Segunda-feira à noite</u> — Fomos tanto à Exposição quanto à mostra de Sir J. Reynolds, — e estou desapontada, pois não havia ninguém como Mrs. D. em nenhuma. — Posso apenas imaginar que Mr. D. valoriza demais qualquer retrato dela para permitir que seja exposto aos olhos do público. — Imagino que ele teria esse tipo de sentimento [termo omitido] — aquela mistura de amor, orgulho & delicadeza. — Exceto por esta decepção, diverti-me muito entre os quadros; & o passeio de carruagem, ela poder ficar descoberta, foi muito agradável. — Gostei muito de minha elegância solitária, & estava pronta para rir o tempo todo por estar onde estava. — Não pude deixar de sentir que tinha naturalmente um pequeno direito de estar desfilando por Londres numa caleche. — Henry deseja que digas a Edward que acabou de comprar três dúzias de clarete para ele (barato) & pediu que fossem enviadas a Chawton. — Não me surpreenderia se não passarmos de Reading na quinta-feira à noite —, & assim, chegássemos em Steventon apenas próximo à hora do jantar no dia seguinte; — mas não importa o que eu escreva ou tu imagines, sabemos que o que acontecerá será algo diferente. — Estarei sossegada amanhã cedo; todos os meus afazeres estão terminados, & tenho apenas que visitar Mrs. Hoblyn novamente &c. — Transmite meu afeto a teu grupo bem reduzido. — Afetuosamente tua,

J. Austen

Miss Austen
Chawton
Por cortesia de
Messrs Gray & Vincent

Notas

[1] *Remnants, [...] Christian, [...] Laytons*. Lojas da cidade de Londres. A T. Remnant era uma loja de luvas na Strand; a Christian & Son vendia roupa de cama e cortinas e situava-se na Wigmore Street, e a Layton & Shear's era uma loja de tecidos localizada em Henrietta Street. (DLF)

[2] *número 10 [...] de forma muito promissora*. O prédio localizado nº 10, na Henrietta Street, estava em reforma para abrigar também a residência de Henry Austen (DLF), após o falecimento da esposa. Ali já funcionava o *Austen, Maunde & Tilson Bank*, instituição bancária da qual Henry era sócio, junto com James Tilson e Henry Maunde.

[3] *exposição em Spring Garden*. A exposição de aquarelas citada por Jane Austen na carta 84, em exibição em Spring Gardens.

[4] *Mrs. Bingley [...] Mrs. Darcy*. As personagens Jane e Elizabeth Bennet, respectivamente, de seu romance *Pride and Prejudice* [*Orgulho e Preconceito*].

[5] *Grande Exposição*. A exposição da *British Academy* em exibição na Somerset House desde 3 de maio daquele ano (DLF).

[6] *Minha prima Caroline*. Jane Austen imita a fala e a pronúncia de Mrs. Tilson (VJ).

[7] *a l'ordinaire*. Da expressão francesa, *comme à l'ordinaire*, que significa "como de costume".

[8] *Hampstead*. Local onde Eliza, esposa de Henry Austen, foi enterrada.

[9] *fera selvagem*. Jane Austen ironiza sua popularidade e reconhecimento, agora que a autoria de seus romances publicados já se tornava conhecida. Segundo VJ, no trecho, a associação entre a fama e um animal selvagem sugere relação com um fenômeno denominado *"lionization"* (algo equivalente a "leonização" em português) em que autores populares eram tratados como celebridades. VJ argumenta ainda que o primeiro registro do termo *"lionize"* no OED ocorre em 1809, o que sugere um costume recente para a época.

[10] *"ele não virá me pegar"*. Jane Austen zomba do modo de falar de Frank Austen quando pequeno, já mencionado no verso da carta 69, composto para o irmão.

[11] *tipo de carta que Miss D[arcy] escreveria*. Fanny escrevera uma carta para Jane Austen como se escrevesse a Miss Darcy em 21 de maio e esperava que a tia a respondesse como se fosse a personagem (DLF).

86. Para Francis Austen
Sábado, 3 — terça-feira, 6 de julho de 1813
De Chawton para o Báltico

Chawton, 3 de julho de 1813

Meu queridíssimo Frank,

Eis que vou te escrever a carta mais elegante que puder. Deseja-me boa sorte. — Tivemos o prazer de obter notícias tuas recentemente por intermédio de Mary, que nos enviou alguns dos detalhes de tua carta de 18 de junho (acredito) escrita nas imediações de Rugen, & comentamos a alegria de teres um piloto tão bom. — Por que és como a Rainha Elizabeth? — Porque sabes escolher ministros sagazes. — Isso não prova que és um capitão tão grandioso quanto ela foi como rainha? — Podes usar isso como enigma para apresentar a teus oficiais, apenas para aumentar tua justa importância. — Deve ser uma verdadeira satisfação para ti, já que foste obrigado a deixar a Inglaterra, estar onde estás, conhecer um pouco de um país novo, & ainda mais um país tão ilustre quanto a Suécia. — Deves ter grande prazer nisso. — Espero que tenhas ido a Carlscroon — Tua profissão tem seus *douceurs*[1] que compensam algumas de suas privações; — para uma mente curiosa & observadora como a tua, esses *douceurs* devem ser consideráveis. — Gustavus-Vasa, & Charles XII & Christiana, & Linneus[2] — os fantasmas deles surgiram diante de ti? — Tenho um grande respeito pela Suécia antiga. Era tão zelosa com o protestantismo! — E sempre a imaginei mais parecida com a Inglaterra do que muitos outros países; — & de acordo com o mapa, muitos dos nomes possuem uma forte semelhança com o inglês. Julho começa de modo desagradável para nós, frio & chuvoso, mas é com frequência um mês um tanto ruim. Tivemos um clima seco que o precedeu, que foi muito bem recebido pelos produtores de feno & donos dos pastos — Em geral deve ter sido uma boa época para a colheita do feno. Edward colheu todos os seus, em muito bom estado;

falo apenas de Chawton; mas aqui ele tem tido mais sorte do que teve Mr. Middleton nos cinco anos em que foi o inquilino. Um bom incentivo para voltar novamente; & espero realmente que o faça em outro ano. — O prazer de tê-los aqui é tão grande que, se não fôssemos as melhores criaturas do mundo, não seríamos merecedoras. — Convivemos da forma mais agradável que pode haver, jantando juntos com muita frequência, & sempre nos encontrando em alguma parte do dia. Edward está muito bem & se diverte tão intensamente quando qualquer Austen nascido em Hampshire poderia desejar. Chawton não é desperdiçada com ele. — Ele fala em fazer um jardim novo; o atual está ruim & mal situado, próximo à casa de Mr. Papillon; — pretende fazer o novo no alto do gramado atrás de sua própria casa. — Gostamos de vê-lo demonstrando & fortalecendo seu apego a este lugar, tornando-o melhor. — Terá em breve todos os filhos com ele, Edward, George & Charles já estão reunidos aqui, & Henry e William chegarão em uma semana. — É o costume de Winchester que alunos como George retornem para casa quinze dias antes das férias, sem que tenham que retornar para lá; simplesmente por medo de que se estafem de tanto estudar, suponho. — Na verdade, é um acordo um tanto indecoroso para o professor. — Estamos na expectativa de outra visita de nosso verdadeiro e legítimo Henry muito em breve. Ele será <u>nosso</u> convidado desta vez. — Tenho satisfação em dizer que está bem, & estou bem certa de que não encarregou a minha pena de comunicar-te a feliz notícia de que não é mais Almoxarife Substituto.[3] — É uma promoção que o deixou muito feliz; — como deveria estar; — trabalhou para isso. — Naturalmente, ele mesmo te enviou todos os planos. — O projeto da Escócia, consideramos excelente, tanto para ele quanto para o sobrinho.[4] — Considerando tudo, seus ânimos estão bastante recuperados. — Se é que posso assim me expressar, a mente dele não é uma mente para aflições. É ocupado demais, ativo demais, otimista demais. — Por mais sinceramente apegado que fosse à pobre Eliza, & por melhor que tenha sido sua conduta com ela, estava tão acostumado a ficar longe dela às vezes que sua perda não é sentida do mesmo modo que talvez seja a de muitas esposas igualmente amadas, em especial se levarmos em conta todas as circunstâncias da longa & terrível doença dela. — Ele já sabia há tempos que ela ia morrer, & no final, foi de fato uma libertação. — Nosso luto por ela não terminou, senão estaríamos agora retomando-o por Mr. Thomas Leigh — o respeitável, digno, inteligente, adorável Mr. Thomas Leigh, que acaba de encerrar uma vida perfeita aos 79 anos, & deve ter falecido na condição de possuidor de uma das melhores propriedades da Inglaterra & de mais sobrinhos & sobrinhas imprestáveis do que qualquer outro homem privado nestes reinos unidos. — Estamos muito ansiosas por saber quem ficará com o benefício eclesiástico de Adlestrop, & onde sua excelentíssima irmã encontrará um lar para o resto de seus dias. Por enquanto, ela tem suportado sua perda com muita coragem, mas sempre pareceu tão apegada a ele, que temo que ficará terrivelmente abalada quando o calor do momento tiver passado. — Deve-se ter piedade de outra sofredora nas circunstâncias. A pobre Mrs. L[eigh] P[errot] — que teria sido a proprietária de Stonleigh [sic] se não fosse por aquele acordo desprezível,[5] que, diga-se a verdade, nunca foi muito útil para eles. — Será uma provação difícil. — As menininhas de Charles ficaram conosco por cerca de um mês, & afeiçoamo-nos tanto a elas que lamentamos muito vê-las partir. Contudo, temos o prazer em saber que, em casa, consideram-nas muito melhores. — Harriet, na saúde, Cassy, nos modos. — A última <u>deverá</u> se tornar uma filha muito boa. — A natureza a privilegiou — mas lhe faltava disciplina; — nós mesmas a julgamos muito melhor, mas, para nosso contentamento, era essencial que papai & mamãe também pensassem o mesmo. — Ela realmente será uma criança muito agradável, se eles se empenharem ao menos um pouco. — Harriet é verdadeiramente uma queridinha de temperamento doce. — Agora estão todos juntos em Southend. — Por que menciono <u>isso</u>? — Como se o próprio Charles não escrevesse. — Detesto gastar meu tempo tão desnecessariamente, usurpando também os direitos alheios. — Pergunto-me se chegaste a ver o casamento de Mr. Blackall[6] nos jornais de janeiro último. Nós vimos. Casou-se em Clifton com uma tal Miss Lewis, cujo pai até recentemente morava em Antígua.[7] Gostaria muito de saber que tipo de mulher ela é. Ele era exemplo de perfeição, uma perfeição barulhenta da qual sempre me recordo com consideração. — Alguns meses antes soubemos que conseguiu um benefício eclesiástico na faculdade, o mesmo benefício eclesiástico do qual nos lembramos de ouvi-lo falar & almejar; e um benefício excelentíssimo, Great Cadbury em Somersetshire. — Gostaria que Miss Lewis fosse calada & um tanto ignorante, mas naturalmente inteligente & ávida por aprender; — apreciadora de tortas frias de vitela, chá verde à tarde, & persianas verdes cobrindo a janela à noite.

Seis de julho. —

Agora, meu queridíssimo Frank, vou terminar minha carta. Não a encerrei na expectativa do que uma posta de terça-feira pudesse fornecer de acréscimo, & fornece a probabilidade de que nossos vizinhos na Casa Grande permaneçam por algumas semanas a mais do que esperávamos. — Mr. Scudamore, a quem meu irmão se referiu, está muito convencido de que Godmersham não está preparada para ser habitada no presente; — ele fala até mesmo da necessidade de mais dois meses para que o cheiro da tinta seja eliminado, mas, se tivermos calor, ouso dizer que levará menos tempo. — Meu irmão provavelmente irá até lá para sentir o cheiro por si mesmo & receber seus aluguéis. — O dia da cobrança do aluguel já foi adiado. — Nós seremos as beneficiadas com a permanência deles, mas os jovens em geral estão desapontados, & portanto desejamos que pudesse ser de outra forma. —

Nossos primos Coronel Thomas Austen & Margaretta irão como Ajudantes de Ordens[8] para a Irlanda & Lorde Whitworth irá na comitiva deles como Lorde Tenente;[9] — boas nomeações

para ambos. — Deus te abençoe. — Espero que continues lindo & escoves teu cabelo, mas não a ponto de fazê-los cair. — Unimo-nos num amor infinito por ti. — Muito afetuosamente tua,
Jane Austen

Ficarás feliz em saber que todos os exemplares de *S&S* foram vendidos & que isso me rendeu £140 — sem contar os direitos autorais, se é que isso terá algum valor. — Portanto, até o momento ganhei £250 escrevendo — o que apenas faz com que eu anseie por mais. — Tenho algo em mãos[10] — que espero que, aproveitando-se da reputação de *P&P*, venda bem, apesar de não ser nem de perto tão divertido. A propósito — farias objeção a que eu mencionasse o "Elephant" nele, & dois ou três de teus velhos navios?[11] — <u>Já</u> o fiz, mas não permanecerão se te deixar zangado. — São apenas simplesmente mencionados.

Capitão Austen
HMS "Elephant"
<u>Báltico</u>

Notas

¹ *douceurs*. Do francês, doçuras, aqui no sentido de vantagens.
² *Gustavus-Vasa, & Charles XII & Christiana, & Linneus*. Gustavo Vasa (1496-1560), nobre sueco que libertou a Suécia da Dinamarca e tornou-se rei em 1523; Carlos XII (1682-1718), rei da Suécia de 1697 a 1718; Rainha Cristina (1626-89) abdicou em 1654 para se dedicar aos estudos; Carlos Lineu (1707-78), botânico sueco considerado o pai da taxonomia moderna (VJ).
³ *Almoxarife Substituto*. Henry foi promovido para o cargo de Almoxarife Geral do Condado de Oxfordshire e seria o responsável pela coleta de impostos para a coroa (VJ).
⁴ *o sobrinho*. Edward, filho de Edward Austen Knight. (DLF).
⁵ *acordo desprezível*. Ver nota 5 da carta 49.
⁶ *Mr. Blackall*. Samuel Blackall era amigo de Tom Lefroy.
⁷ *Antígua*. O pai de Susanna Lewis era na realidade da Jamaica (DLF).
⁸ *Ajudantes de Ordens*. É o oficial posto à disposição de uma autoridade militar [ou Chefe de Estado] no desempenho de suas funções.
⁹ *Lorde-Tenente*. Cargo do oficial representante da Monarquia Britânica e o chefe do executivo irlandês durante os anos de 1171 até 1922, quando a Irlanda se tornou independente.
¹⁰ *Tenho algo em mãos*. Jane Austen se refere a *Mansfield Park*.
¹¹ *teus velhos navios*. Além do "Elephant", os outros navios de Frank citados em *Mansfield Park* foram o "Cleopatra", o "Canopus" e o "Endymion" (Southam *apud* VJ).

87. Para Cassandra Austen
Quarta-feira, 15 — quinta-feira, 16 de setembro de 1813
De Londres a Chawton
Carta incompleta

Henrietta St[reet] — 8 e meia —
Cá estou, minha queridíssima Cassandra, sentada na sala de desjejum, de jantar, de estar, iniciando com todo o meu vigor. Fanny vai se juntar a mim tão logo termine de se vestir & iniciar a carta dela. Fizemos uma viagem muito boa — clima & estradas excelentes — os três primeiros trechos por 1 xelim e 6 *pence* & nossa única desventura foi termos atrasado cerca de um quarto de hora em Kingston para troca dos cavalos, & sermos obrigados a tolerar uma parelha vinda de um fiacre & seu cocheiro, não restando lugar na boleia da caleche para Lizzy, que deveria ter seguido em seu último trecho da mesma forma como o fez no primeiro; — consequentemente sentamo-nos todos os quatro[1] na parte de dentro, um pouco apertados; — Chegamos às quatro e quinze — & fomos gentilmente recebidos pelo cocheiro, & depois pelo patrão dele, e depois por William,[2] & depois por Mrs. Perigord, todos tendo vindo ao nosso encontro antes que chegássemos ao pé da escada. Madame Bigeon estava no piso inferior preparando-nos um jantar muitíssimo revigorante com sopa, peixe, *bouillée*[3] [sic], perdizes & uma torta de maçã, para o qual nos sentamos logo após as cinco, após estarmos limpas & trocadas & com a sensação de estarmos muito comodamente dispostas.[4] — O pequeno quarto de vestir adjacente a nossos aposentos proporciona a Fanny & a mim uma excelente acomodação &, como ficamos com a cama da pobre Eliza, nosso espaço é amplo em todas as direções. — Sace chegou em segurança por volta das seis e meia. Às sete partimos numa diligência rumo ao Lyceum — retornamos para casa em cerca de quatro horas e meia — tomamos sopa & vinho & água, & depois nos recolhemos. Edward considera sua acomodação[5] muito confortável &

tranquila. — Preciso pegar uma pena mais macia. — Esta é mais dura. — Estou agoniada. — Ainda não vi Mr. Crabbe.[6] — A carta de Martha foi postada.

Não vou escrever nada além de frases curtas. Haverá dois pontos finais em cada linha. Layton and Shear's é a Bedford House.[7] Tencionamos chegar lá antes do desjejum se for possível. Pois percebemos mais & mais o quanto temos que fazer. E quão pouco tempo. Essa casa parece ser muito agradável. É como se Sloane Street houvesse se mudado para cá.[8] Creio que Henry acaba de entregar Sloane Street. — Fanny não vem, mas tenho Edward sentado ao meu lado iniciando uma carta, o que parece natural.

Henry vem sofrendo com uma dor na face que já o acometeu antes. Pegou um resfriado em Matlock & desde que voltou vem pagando um pouco pelos prazeres passados. — Está quase recuperado agora, — mas seu rosto está magro — seja pela dor, seja pelo cansaço da viagem, que deve ter sido considerável.

Lady Robert está encantada com *P&P* — e pelo que sei de fato já estava antes de saber quem o escreveu — pois, naturalmente, agora ela sabe. — Ele contou a ela com tanta satisfação como se fosse um desejo meu. Ele não me contou isso, mas contou a Fanny. E a Mr. Hastings — estou um tanto embevecida com o que um homem como ele escreveu sobre a obra. — Henry enviou os livros a ele após retornar de Daylesford — mas tu também lerás a carta.

Deixa-me ser racional & retomar meus dois pontos finais.

Falei com Henry no teatro ontem à noite. Estávamos em um camarote particular — o de Mr. Spencer — o que tornou tudo muito mais agradável. O camarote fica diretamente sobre o palco. Fica-se infinitamente menos fatigado do que do modo habitual. — Mas os planos de Henry não são o que desejávamos. Ele não pretende estar em Chawton antes do dia 29. — Precisa estar de volta à cidade até o dia 5 de outubro. — O plano dele é tirar alguns dias para caçar faisões e depois retornar imediatamente; seu desejo era trazer-te de volta com ele. Falei a ele sobre tua relutância. — Ele deseja que escolhas a época que melhor te convier. E se não puderes vir senão mais adiante, mandará te buscar a qualquer momento, em Bagshot. — Ele presumiu que não terias dificuldade em chegar até lá. Não pude dizer que terias. Ele propôs que fosses com ele para Oxfordshire. Inicialmente foi ideia dele próprio. Não pude deixar de agarrá-la por ti.

Voltamos a falar sobre o assunto esta manhã (pois agora já tomamos o desjejum), e estou convencida de que, se puderes acomodar as outras questões, não precisas recear por ele. Se não puderes retornar com ele no dia 3 ou 4, portanto, espero que consigas ir para Adlestrop. — Não iniciando tua ausência até meados deste mês, creio que podes administrá-la muito bem. Mas refletirás bem sobre tudo isso. Teria sido melhor se ele tivesse decidido ir buscar-te antes, mas nada pode ser feito sobre isso.

Não contei nada a ele sobre Mrs. H[ill] & Miss B[igg] —[9] para que ele não imaginasse dificuldades. Não poderias colocá-las em nosso próprio quarto? Parece-me a melhor solução — & a criada estará muito convenientemente próxima.

Oh, pobre de mim, quando vou parar? Fomos de fato até a Layton & Shear's antes do desjejum. Popelina inglesa muito bonita a 4 xelins e 3 *pence* — irlandesa a 6 xelins — mais bonita certamente — linda. —

Fanny & as duas menininhas saíram para reservar lugares para esta noite em Covent Garden; *Clandestine Marriage* & *Midas*.[10] A segunda será uma apresentação ótima para L. & M. — Elas se divertiram muitíssimo ontem à noite com *Don Juan*,[11] a quem deixamos no inferno às 11 e meia. — Ficamos encantadas com o *Scaramouche*[12] & um fantasma; — Falo delas; meu encanto foi muito comedido, & os demais ficaram sóbrios. *Don Juan* foi a última de três apresentações musicais; — *Five hours at Brighton*,[13] em três atos — um dos quais havia terminado antes de nossa chegada, nenhuma grande perda — & *The Beehive*,[14] um pouco menos enfadonho e tolo.

Acabo de receber £5 do gentil e lindo Edward. Fanny ganhou um presente semelhante. Vou economizar tudo que puder para que tu te divirtas mais nesse lugar. <u>Minha</u> carta era de Miss Sharpe. — Nada especial. — Uma carta de Fanny Cage hoje pela manhã.

<u>4 horas</u>. — Retornamos há pouco da visita a Mrs. Tickars, Miss Hare e Mr. Spence. Mr. Hall está aqui, & enquanto Fanny está com ele, tentarei escrever um pouco mais.

Miss Hare tinha umas toucas muito bonitas e vai fazer uma igual a uma delas para mim, só que de cetim <u>branco</u> em vez de azul. Será de cetim e renda branca, e terá uma pequena flor branca saindo próximo à orelha esquerda, como a pena de Harriet Byron.[15] Permiti que ela chegasse a 1 libra e 16 xelins. Meu vestido será todo adornado com fita trançada branca, de um modo ou outro. Ela diz que vai ficar bom. Não estou otimista. Enfeitam muito com branco.

Soube pela mocinha de Mrs. Tickars, para minha diversão, que os espartilhos não são mais feitos para levantar o busto; — <u>essa</u> era uma moda muito inadequada, antinatural. Fiquei muito contente em saber que as alças não ficarão tão afastadas sobre os ombros como costumavam.

A ida ao consultório de Mr. Spence foi triste & nos custou muitas lágrimas, infelizmente fomos obrigados a ir uma segunda vez antes que ele pudesse fazer algo além de examinar: — primeiro fomos ao meio-dia e meia e depois às 3. Papai conosco todas as vezes — &, ai! teremos que retornar amanhã. Lizzy ainda não terminou. No entanto, nenhum dente foi extraído, nem acredito que será, mas ele pensa que o estado dos <u>dela</u> está muito ruim, & parece estar particularmente pessimista quanto à sua durabilidade. — Ele limpou todos eles, lixou os <u>dela</u>, e será necessário lixá-los novamente. Há um buraco muito feio entre dois de seus dentes da frente.

Isso tudo sem vermos muito de Henry. Contudo, acabo de vê-lo por três minutos, & li para ele um trecho da carta de Mrs. F. A.

— & ele diz que escreverá para Mrs. Fra. A. sobre o assunto, & não tem dúvidas de que será atendido, pois sabe que se sentem em dívida com ele. — Talvez o vejas no próximo sábado. Ele acaba de ter essa ideia. Mas será apenas por alguns dias.

<u>Quinta-feira de manhã, 7 e meia.</u> — Em pé & vestida já no andar de baixo para terminar minha carta a tempo de aproveitar o envio do pacote. Às 8 tenho um compromisso com Madame B[igeon], que quer me mostrar algo lá embaixo. Às 9 devemos partir rumo a Grafton House & resolver tudo antes do desjejum. Edward é tão gentil que nos acompanhará até lá. Devemos retornar ao consultório de Mr. Spence às 11 & a partir de então suponho que passearemos ao menos até as 4 horas. — Se possível visitaremos Mrs. Tilson.

Mr. Hall foi muito pontual ontem & fez cachos em meu cabelo muito rapidamente. Achei que ficou horrível, e preferia uma touca confortável, mas meus companheiros me silenciaram com sua admiração. Havia apenas uma faixa de veludo em volta de minha cabeça. Contudo, não peguei um resfriado. O tempo está a meu favor. Não senti dor alguma em meu rosto desde a última vez em que estivemos juntas.

Conseguimos lugares muito bons no camarote próximo ao palco — primeira e segunda fileiras, os três mais velhos atrás naturalmente. — Fiquei particularmente desapontada por não ter visto Mr. Crabbe. Estava certa de sua presença quando vi os camarotes decorados com veludo carmim. O novato Mr. Terry era Lorde Ogleby, & Henry pensa que é adequado; mas a atuação não foi nada além de modesta; & diverti-me tanto com as lembranças relacionadas a *Midas* quanto com qualquer parte da peça. As meninas ficaram realmente encantadas, mas ainda preferem *Don Juan* — & devo dizer que nunca vi ninguém em cena que tenha composto uma personagem mais interessante do que aquela mistura de crueldade & luxúria.

Não consegui comprar o fio de lã ontem. Ouvi Edward ontem à noite pressionando Henry para ir a Godmersham & creio que

Henry se comprometeu a ir após a arrecadação de novembro.[16] Nada foi feito com relação a *S&S*. Os livros chegaram tarde demais para que ele tivesse tempo para eles antes de partir. Mr. Hastings nunca fez qualquer alusão a Eliza.[17] Henry nada sabia da morte de Mr. Trimmer. Digo-te estas coisas, para que não tenhas de perguntar sobre elas novamente.

Um novo encarregado foi enviado a Alton, um tal Mr. Edmund Williams, um jovem por quem Henry tem alta estima — e por fim descobrimos que é um dos filhos dos desventurados Williams de Grosvenor Place.

Anseio que leias a opinião de Mr. [Warren] H[astings] sobre *P&P* A grande admiração dele por minha Elizabeth me é particularmente bem-vinda.

Em vez de guardar minha riqueza supérflua para que tu a gastes, vou me dar ao luxo de gastá-la eu mesma. Espero ao menos encontrar alguma popelina na Layton & Shear's que me tente a comprá-la. Se o fizer, a enviarei para Chawton, já que metade será tua; pois o motivo principal é que conto com tua gentileza em aceitá-la. Será um grande prazer para mim. Não digas uma palavra. Desejaria apenas que pudesses escolher também. Enviarei 20 jardas.[18]

Quanto a Bath, a pobre F[anny] Cage sofreu bastante com o acidente.[19] O barulho do White Hart[20] foi terrível para ela. — Ouso dizer que a manterão em repouso. <u>Ela</u> não está tão animada com o lugar quanto o resto do grupo; provavelmente, como ela mesma diz, por não estar tão bem, mas pensa que passará a apreciá-lo mais no decorrer da temporada. As ruas estão muito vazias agora, & as lojas não tão movimentadas quanto ela esperava. Estão hospedados nº 1, Henrietta Street, na esquina com Laura Place; e não têm conhecidos no momento além dos Bramston.

Lady B[ridges] bebe no The Cross Bath, seu filho, no The Hot,[21] e Louisa tomará os banhos. Dr. Parry parece estar fazendo com que Mr. Bridges quase morra de fome; pois está restrito a uma dieta muito semelhante à de pão, água e carne de James, & ele nunca deve comer tanto quanto gostaria; — & deve andar bastante, andar até cair, creio eu, com gota ou sem gota. O propósito é exatamente esse; não exagerei.

Um tempo encantador para ti & para nós, para os viajantes, & para todos. Farás tua caminhada hoje à tarde & [...].

Miss Austen
Chawton
Por cortesia de Mr. Gray

Notas

[1] *todos os quatro*. Jane Austen, Edward Austen e as filhas, Fanny e Lizzy.

[2] *William*. Criado de Henry Austen (DLF).

[3] *Bouillée*. Bouilli, ensopado em francês (VJ).

[4] *limpas & trocadas & com a sensação de estarmos muito comodamente dispostas*. Jane Austen se refere a ela própria, Fanny e Lizzy. Edward se hospedou em um hotel.

[5] *sua acomodação*. Edward estava hospedado em um hotel na vizinhança (DLF).

[6] *Mr. Crabbe*. George Crabbe (1754-1832), poeta e clérigo. Era um dos autores favoritos de Jane Austen e estava em Londres no momento em que a carta foi escrita (VJ).

[7] *Layton and Shear's é a Bedford House*. Ver nota 1 da carta 85.

[8] *Sloane Street [...] para cá*. Após o falecimento de sua esposa, Eliza, Henry mudou-se de Sloane Street para o andar de cima da sede do banco, localizado na Henrietta Street, nº 10.

[9] *Mrs. H[ill] & Miss B[igg]*. Catherine [Bigg] Hill e Alethea Bigg. Com o casamento da irmã mais velha (ver nota 11 da carta 70), conforme o costume da época, Alethea passou a ser chamada de Miss Bigg (DLF).

[10] *Clandestine Marriage* & *Midas*. Peças teatrais. A primeira, *The Clandestine Marriage* [*O Casamento Clandestino*] (1766) é uma comédia de George Cohman the Elder e David Garret. A segunda, *Midas: an English Burletta* [*Midas: uma Burleta Inglesa*] (1764) é uma farsa do escritor irlandês Kane O'Hara. Segundo VJ, era comum na época que as produções principais fossem seguidas de uma peça mais curta, geralmente uma farsa.

[11] *Don Juan*. Don Juan; or, The Libertine Destroyed [*Don Juan; ou o Libertino Destruído*] (1782) é uma pantomima composta por Charles Edward Horn.

[12] *Scaramouche*. Personagem comum na *commedia dell'arte* italiana, um covarde e tolo que se gaba de sua própria destreza e é constantemente espancado pelo Arlequim (OED).

[13] *Five hours at Brighton*s. The Boarding House; or Five Hours at Brighton [*A Pensão; ou Cinco Horas em Brighton*] (1811) é uma farsa musical em três atos de Samuel Beazley (DLF).

[14] *The Beehive*. The Bee-Hive [*A Colmeia*] (1811) é uma farsa musical de J. V. Millingen (DLF).

[15] *a pena de Harriet Byron*. Referência a um trecho da carta 22 do primeiro volume do romance *Sir Charles Grandison* (1753-4) de Samuel Richardson, em que a heroína descreve a roupa que usaria num baile de máscaras (VJ).

[16] *arrecadação de novembro*. Como Almoxarife Geral do condado de Oxfordshire, Henry era pessoalmente responsável pelo recolhimento dos valores devidos (DLF). Ver nota 3 da carta 86.

[17] *Nada foi feito com relação a S&S. [...]. Mr. Hastings não fez a menor alusão a Eliza*. DLV presume que Henry Austen mediaria o envio de *Sense and Sensibility* [*Razão e Sensibilidade*] para Warren Hastings, Governador Geral Britânico da Índia. Hastings havia demonstrado grande admiração por *Pride and Prejudice* [*Orgulho e*

Preconceito], conforme Jane Austen mencionará mais adiante na carta. De acordo com VJ, Hastings era padrinho de Eliza, falecida esposa de Henry, e Jane Austen provavelmente comenta o silêncio de Hastings com relação à morte da afilhada.

[18] *20 jardas*. Aproximadamente 18 m.

[19] *o acidente*. Fanny Cage sofreu um acidente de natureza desconhecida em sua chegada a Bath, conforme relata à prima Fanny Austen Knight em seu diário, em 12 de setembro de 1813 (VJ).

[20] *White Hart*. Demolido em 1869, o White Hart Inn foi a hospedaria mais antiga da qual se tem registro na cidade de Bath. Em *Persuasion* [*Persuasão*], o White Hart é o local onde Mr. e Mrs. Charles Musgrove ficam hospedados em Bath.

[21] *The Cross Bath, seu filho, no The Hot* [Bath]. Balneários de águas termais na cidade de Bath.

88. Para Cassandra Austen
Quinta-feira, 16 de setembro de 1813
De Londres a Chawton

Henrietta St[reet] — quinta-feira — após o jantar
Agradeço-te, minha queridíssima Cassandra, pela bela e longa carta que enviei hoje pela manhã. — Espero que a essa altura já a tenhas recebido & que ela tenha encontrado todos bem, & a minha mãe sem precisar mais das sanguessugas.[1] — Não sei se esta será entregue a ti no sábado à noite por Henry ou no domingo de manhã pelo carteiro, pois ele lembrou-se recentemente de um compromisso no sábado que talvez adie sua visita. — Todavia, ele parece determinado a ir te visitar em breve. — Espero que recebas o vestido amanhã & possas dizer com razoável honestidade que gostas da cor; — foi comprado na Grafton House, onde, como chegamos muito cedo, fomos atendidas imediatamente & permanecemos com muita comodidade. — Esqueci-me apenas da única coisa específica que estava decidida a comprar lá — um lenço de seda branco — & portanto fui obrigada a pagar 6 xelins por um da Crook & Besford's — o que me faz lembrar de dizer que o fio de lã deve chegar a Chawton amanhã & ficarei muito feliz em saber que foi aprovado. Não tive muito tempo para decisões. Agora, todas nós, jovens senhoritas, estamos sentadas ao redor da mesa redonda na sala interna, escrevendo nossas cartas, enquanto os dois irmãos conversam descontraidamente na sala ao lado. — Deve ser uma noite tranquila, para grande satisfação de 4 dos 6. — Meus olhos estão muito cansados da poeira & das lamparinas. — A carta que enviaste por meio de Edward Junior foi devidamente recebida. Ele tem caçado muito promissoramente em casa, & jantado em Chilham Castle & com Mr. Scudamore. Minha touca chegou & gosto muito dela. Fanny também tem uma; a dela é de tafetá & renda brancos, de formato diferente da minha, mais adequada para o período matutino, para andar de carruagem — razão pela qual foi comprada — &

o modelo muitíssimo parecido com o da nossa de cetim & renda do inverno passado — circunda o rosto exatamente como aquela, com rolotês & mais volume, & uma coroa redonda atrás. <u>Minha</u> touca tem uma pala na frente. Laços largos e volumosos de uma fita muito fina (dois centavos antigos) estão na moda. Talvez um sobre a têmpora direita, & outro na orelha esquerda. — Henry não está muito bem. — Seu estômago está bastante desarranjado. Terás que fazer com que continue tomando ruibarbo & lhe dar bastante Porto & água. — Ele pegou o resfriado muito antes do que eu te disse — antes de chegar a Matlock — em algum lugar durante sua viagem de volta do norte — mas espero que os efeitos negativos <u>disso</u> estejam quase no fim. — Voltamos de Grafton House bem na hora do desjejum & mal havíamos terminado de comer quando a carruagem chegou à porta. Das 11 até as 3 e ½ utilizamo-la intensamente; — <u>conseguimos</u> passar por Hans Place por 10 minutos. Mrs. T[Ilson] foi tão afetuosa & gentil como sempre; & por sua aparência suspeito que haverá um aumento na família. Pobre mulher! — Fanny prevê a chegada da criança dentro de 3 ou 4 dias.[2] Após termos retornado, Mr. Tilson deixou o escritório & subiu para nos visitar;[3] & foram essas todas as nossas visitas. — Alegrei-me mais de uma vez por ter comprado o papel de carta no interior; não temos tido nem um quarto de hora livre. — Anexo os dezoito *pence* que devo à minha mãe. — O cor-de-rosa custava 6 xelins, & os demais, 4 xelins a jarda — Não havia mais do que duas jardas & um quarto do cinza-escuro, mas o homem prometeu encontrar um igual & despachá-lo corretamente.

 Fanny comprou o irlandês[4] dela na loja de Newton em Leicester Square & aproveitei a oportunidade para pensar sobre teu irlandês & vi um pedaço de uma jarda de largura a 4 xelins — & me pareceu muito bom — bom o suficiente para o que pretendes. — Pode ao menos valer a pena uma visita lá, se não tiveres outros compromissos. — Fanny está muito feliz com as meias que comprou da Remmington — seda por 12 xelins. — Algodão por 4 xelins e 3 *pence*. — Ela pensa que são boas pechinchas, mas ainda não as vi — pois estava arrumando o cabelo quando o homem & as meias chegaram. — As pobres meninas & seus dentes! — Ainda não as tinha mencionado, mas ficamos uma hora inteira no consultório de Spence, que novamente lixou & lamentou-se sobre os de Lizzy & a pobre Marianne terminou por ter dois dos seus extraídos, os dois que ficam logo após os caninos, para dar espaço para os da frente. — Quando sua sina foi decidida, Fanny, Lizzy & eu fomos para a sala ao lado, de onde ouvimos cada um dos dois gritos breves e agudos. — Ele também limpou os dentes de Fanny — & por mais bonitos que sejam, Spence encontrou algo para fazer neles, inserindo ouro & falando de modo grave — & enfatizando a importância de vê-la novamente antes do inverno; — ele insistira anteriormente na conveniência de trazer L. & M. de volta à cidade no decurso de um par de meses para novos exames, & continuou até o fim a pressionar que todas voltassem a consultá-lo. — Meu irmão não quis prometer de modo algum. — Até acredito que os dentes das menininhas estão em estado crítico, mas, para se exibir à custa dos de Fanny, penso que ele deve ser um adorador de dentes & dinheiro & traquinagens. — Eu não teria deixado que ele visse os meus nem que me pagasse um xelim por dente, ou o dobro. — Passamos uma hora desagradável. Depois fomos até a Wedgwood onde meu irmão & Fanny escolheram um aparelho de jantar. — Creio que o desenho é um pequeno losango roxo, entre finas listras douradas; — & conterá o brasão.

Devemos ter ficado três quartos de hora na Grafton House, Edward ficou sentado o tempo todo com uma paciência formidável. Lá Fanny comprou o tule para o vestido de Anna, & um lindo véu quadrado para ela mesma. — Os debruns lá são muito baratos, alguns me tentaram, & comprei uma renda trançada muito bonita por 3 xelins e 4 *pence*. —

Fanny deseja que eu diga a Martha com suas afetuosas saudações que Birchall lhe garantiu que não há um segundo

volume de *Hook's Lessons*[5] para principiantes — & que, portanto, a meu conselho, comprou para si mesma um volume de outro compositor. Pensei que seria melhor que ela comprasse alguma coisa do que nada. — Custa 6 xelins. — Com afetuosos cumprimentos a todos vós, incluindo Triggs,[6] permaneço
      Muito afetuosamente tua J. Austen

Miss Austen
Chawton
Por cortesia de [...]

Notas

[1] *sanguessugas*. O uso de sanguessugas medicinais para o tratamento de diversas doenças tornou-se quase uma obsessão na Europa no século XIX. Um dos maiores entusiastas do tratamento foi o médico francês François Broussais (1772–1838), que afirmava que todas as febres tinham origem na inflamação de um órgão específico e propunha a aplicação das sanguessugas sobre ele. Foi apenas no final do século XIX que a popularidade do tratamento entrou em declínio.

[2] *dentro de 3 ou 4 dias*. Pouco depois nasceu uma menina a quem deram o nome de Caroline-Jane (DLF).

[3] *deixou o escritório & subiu para nos visitar*. Mr. Tilson era sócio de Henry no banco (DLF). Ver nota 8 da carta 87.

[4] *comprou o irlandês*. Linho irlandês (DLF).

[5] *Hook's Lessons. Guida di Musica, being a complete book of instruction for the Harpsichord or Pianoforte* [*Guida di Musica*, sendo um livro completo de aprendizado de cravo e pianoforte] (1790; com nova edição em 1810) de James Hook (1746-1827). Robert Birchall era um editor e comerciante especializado em música de Londres (DLF).

[6] *Triggs*. Couteiro de Edward Austen Knight (DLF).

89. Para Cassandra Austen
Quinta-feira, 23 — sexta-feira, 24 de setembro de 1813
De Godmersham a Chawton

Godmersham Park — quinta-feira 23, de setembro — Minha queridíssima Cassandra,

Agradeço-te quinhentas & quarenta vezes pela peça primorosa que foi trazida até a sala hoje de manhã enquanto tomávamos o desjejum — junto com algumas obras de arte muito inferiores, & que li com grande alegria — muito encantada com tudo que dizia de bom ou de ruim. — É tão rica em inteligência marcante que nem sei como começar a responder. — Creio que a elegância deve prevalecer. Fico extremamente contente por teres gostado da popelina, julguei que teria a aprovação de <u>minha mãe</u>, mas não estava tão confiante quanto à <u>tua</u>. Lembra que é um presente. Não o recuses. Estou muito rica. — Que a chegada do menininho[1] de Mrs. Clement lhe seja muito bem-vinda, assim como minhas felicitações, caso penses em transmiti-las. Espero que ela passe bem. — Pensamos que sua irmã em Lucina,[2] Mrs. H. Gipps, também passa bem; — Mary P[lumptre] escreveu no domingo que ela havia ficado confinada ao sofá por três dias. Sackree não aprova. — Como pode Mrs. J[ames] Austen ser tão afrontosamente imprudente? — Eu esperava mais de sua professa, se não real, consideração por minha mãe. Agora minha mãe ficará doente de novo. Cada anomalia no sangue que corre nas veias de Ben[3] fará mal ao dela, & cada convite para jantar recusado por ele dará a ela indigestão. — Bem, há algum consolo no fato de que Mrs. Hulbert não vos visitará — & fico feliz em saber do mel. — Estava pensando nisso outro dia. — Avisa-me quando começares o novo chá — & o novo vinho branco. — Minha elegância atual ainda não me tornou indiferente a essas questões. Ainda sou um gato se vejo um rato. — Fico contente que gostes de nossas toucas — mas Fanny já está insatisfeita com a dela; ela pensa que tem comprado toucas novas sem que tenham estampas novas, o que é bem verdade. — Está um tanto sem sorte por não gostar nem do seu vestido nem da sua touca — mas não me importo muito, porque, além de eu mesma gostar de ambos, considero que seja algo comum nesta fase da vida dela — um dos doces tributos da juventude escolher com pressa & fazer maus negócios. — Escrevi a Charles ontem, & Fanny recebeu uma carta dele hoje, principalmente para fazer perguntas sobre o momento da visita deles aqui, para a qual a minha foi uma resposta antecipada; desse modo, é provável que ele logo escreva novamente para definir a semana. — Fico mais contente que Cassy não fica convosco. — Agora, o que temos feito desde minha última carta? Os Mr. K[natchbull][4] vieram um pouco antes do jantar na segunda-feira, & Edward foi até a igreja com os dois mais velhos — mas a inscrição ainda não foi feita. Como sabes, eles são afáveis & corteses & tudo isso — mas não são particularmente refinados; contudo, jantaram & beberam seu chá & partiram, deixando o adorável Wadham em nossas mãos — & devias ter visto Fanny & eu correndo de lá para cá com os culotes dele da sala florida para a branca antes de irmos dormir, morrendo de medo de que ele nos encontrasse antes que tivéssemos terminado. Tinha havido um erro na organização das criadas & elas foram dormir. — Ele parece ser um jovem muito inofensivo — nada a gostar ou desgostar nele; — vai atirar ou caçar com os outros dois todas as manhãs — & joga uíste & faz caras estranhas à noite. — Na terça-feira a carruagem foi levada para os pintores; — era para Fanny & eu termos ido nela, principalmente com o propósito de visitar Mrs. C[harles] Milles & Moy — mas descobrimos que elas haviam ido a Sandling por alguns dias & não estariam em casa; — portanto, em vez disso, meu irmão & Fanny foram a Eastwell de carroça. Enquanto eles estavam ausentes, os Milles de Nackington vieram & deixaram seus cartões. — Ninguém em casa em Eastwell. — Ouvimos muito sobre a desventura de Geo[rge] H. Suponho que ele tenha um temperamento explosivo — mas ouso dizer que não o matarão. — Contudo, ele está tão desolado que seu amigo John Plumptre foi até lá para consolá-lo, a pedido de Mr. Hatton; ele nos fez uma visita esta manhã quando estava a caminho. Um belo jovem, certamente, com modos serenos e gentis. — Eu o defino mais como sensato do que como brilhante. — Não há ninguém brilhante hoje em dia. — Fala em ficar uma semana em Eastwell & depois passar um ou dois dias em Chilham Castle, & meu irmão o convidou para vir aqui logo em seguida, o que pareceu agradá-lo muito. — "É noite & a paisagem já não é um encanto",[5] mas em compensação, nossa visita aos Tylden terminou. Fomos meu irmão, Fanny, Edward & eu; Geo[rge] ficou em casa com W. K. — Não houve nada de divertido, ou fora do comum. Encontramos apenas Tyldens & Tyldens duplicados.[6] Uma mesa de uíste para os cavalheiros, uma jovem adulta apreciadora de música para jogar gamão com Fanny, & gravuras das faculdades de Cambridge[7] para mim. Pela manhã, retribuímos a visita de Mrs. Sherer. — Gosto muito de Mr. S. — Bem, não estou nem na metade; ainda não falei de mim mesma. — Meu irmão levou Fanny para Nackington & Canterbury ontem, & enquanto estavam fora, os Fagg vieram fazer uma visita de cortesia. — Mary Oxenden está hospedada em Canterbury com os Blair, & o objetivo de Fanny era vê-la. — Os Deedes nos convidaram para ficar em Sandling por alguns dias, ou pelo menos um dia & uma noite; — no momento, Edward não parece muito inclinado — ele preferiria que não o convidassem para ir a lugar algum — mas espero que seja persuadido a ir esse dia & noite. Li para ele as partes principais de tua carta, ficou interessado & contente como deveria, & ficará feliz se escreveres diretamente a ele. — Ficou evidentemente satisfeito que as vacas dele tivessem te proporcionado tanto bem-estar. — Surpreendi-me que Henry não foi no sábado; — ele geralmente não se rende a intenções incertas. — Meu rosto está exatamente como estava antes de eu vir embora — nos dois ou três primeiros dias estava um tanto pior — peguei um resfriadinho durante a viagem & tive dores todas as noites — não duravam muito, mas eram bem piores do que as que sentira nos últimos tempos. — Contudo, passou & quase não sinto nada há dois dias. — Sackree está muito bem novamente, apenas fraca; — muito agradecida a ti por tua mensagem &c; — é bem verdade que ela deu graças o tempo todo porque a dor não era no estômago. — Li todos os trechos que pude de tua carta para ela. Pareceu gostar — & diz querer sempre receber notícias de Chawton daqui em diante — & Miss Clewes pede-me que te assegure que deseja o mesmo, com seus agradecimentos & votos cordiais &c. — As meninas estão muito incomodadas por Mary Stacey não ter contratado a sra. L.[8] — Miss C[lewes] & eu ficamos tristes, mas não bravas; — reconhecemos o direito de Mary Stacey & supomos que ela tenha seus motivos. — Oh! — a igreja deve ter parecido muito desolada. Todos pensamos no banco vazio.[9] — Como Bentigh cresceu! — & Canterbury-Hills Plantation![10] — E os melhoramentos <u>internos</u> são muito grandes. — Fiquei muito admirada com a sala florida. — Passamos a maior parte do tempo na biblioteca, exceto durante as refeições, & acendemos a lareira todas as noites — O tempo está definitivamente mudando; — a estação de chuvas deve chegar logo. Devo ir para a cama.

<u>Sexta-feira</u>. Lamento saber que uma das toucas de dormir que estão aqui pertencem a ti — lamento, pois deve estar em uso constante. — Grandes feitos novamente hoje — Fanny, Lizzy & Mar[ianne] vão à feira em Goodnestone, que ocorre amanhã, & ficarão até segunda-feira, & os cavalheiros vão todos jantar em Evington. Edward lamenta-se desde que se comprometeu a ir & ontem à noite tinha esperanças de que amanhecesse chovendo — mas a manhã tem tempo bom. — Eu jantarei com Miss Clewes & ouso dizer que a considero bem agradável. — O convite para a feira foi para todos; Edward definitivamente recusou sua participação, & eu fiquei contente em fazer o mesmo. — É provável que seja uma feira ruim — sem muitas coisas nas bancas,

& sem Mary O[xenden] e Mary P[lumptre]. — Espera-se que o portfólio chegue Canterbury hoje de manhã. A irmã de Sackree conseguiu encontrá-lo em Croydon & levou-o para a cidade com ela, mas infelizmente não o enviou até que recebesse instruções. Não se pode fazer nada com as telas de Fanny C[age], mas há partes de sacolas de costura no pacote, muito importantes a seu modo. — Três das meninas Deedes devem estar em Goodnestone. — Não ficaremos muito sossegadas até que esta visita termine — sossegadas quanto a tarefas, quero dizer; — Fanny & eu continuaremos com *Modern Europe*[11] juntas, mas até o momento avançamos apenas 25 páginas, sempre acontece uma coisa ou outra para atrasar ou encurtar nossa hora de leitura. — Deveria ter te contado antes sobre uma compra de Edward na cidade, ele desejava que soubesses, uma <u>coisa</u> para medir madeira, para que nunca mais te incomodes em encontrá-lo com fitas. — Ele se presenteou com essa compra de sete xelins, & comprou um relógio novo & uma arma nova para George. — A arma nova atira muito bem. As maçãs estão escassas neste país; £1- 5- por saco. — Miss Hinton deveria levar Hannah Knight. — Mrs. Driver[12] ainda não apareceu. — J[ohn] Littleworth[13] & o pônei cinza chegaram a Bath em segurança. —

Uma carta de Mrs. Cooke, elas estão em Brighton há duas semanas, ficam pelo menos mais uma & Mary já está bem melhor. — O pobre Dr. Isham sente-se obrigado a admirar *P&P* — & a me mandar o recado de que está seguro de que não gostará nem a metade do novo romance de Madame D'Arblay.[14] — Mrs. C. naturalmente inventou tudo isso. Ele envia seus cumprimentos a ti & a minha mãe. —

Sobre o negócio envolvendo o benefício de Adlestrop, Mrs. C. diz: "Já não é mais segredo, pois os documentos para a permissão necessária serão entregues ao Secretário do Arcebispo. — Contudo, saibam que todos nós desejamos que fique claro que George aceitou essa incumbência <u>inteiramente</u> para obsequiar Mr. Leigh

& jamais será beneficiado em um xelim sequer por ela. Fosse meu consentimento necessário, acredite que o teria recusado, pois realmente penso que é um negócio muito mesquinho por parte do patrono. — Todos esses & outros esforços da querida Mrs. E. L. são sem dúvida alguma para ajudar Mr. Twisleton[15] a ter uma entrada segura novamente na Inglaterra." — Gostaria, portanto, que contasses a minha mãe como se esta fosse a primeira vez que Mrs. Cooke mencionou tais coisas para mim.

Eu contei a Mrs. C. sobre as recentes dores de cabeça de minha mãe. — Sobre esse assunto, ela diz — "Acredito que as da querida Mrs. Austen são dores comuns na idade dela & na minha. No ano passado tive por algum tempo a sensação de estar com um peso sobre a cabeça, & falaram em me fazer uma sangria, mas a dor passou com uma ou duas doses de calomelano[16] & nunca mais voltou desde então." —

As três Miss Knight & Mrs. Sayce acabaram de sair; — o tempo piorou desde hoje cedo; — & se Miss Clewes & eu estaremos *tête-à-tête* ou teremos 4 cavalheiros para nos admirar é incerto.

Agora estou sozinha na biblioteca, senhora de tudo que examino[17] — ao menos posso dizê-lo & recitar o poema todo se quiser, sem ofender ninguém. —

Martha vai se molhar nas corridas & pegar um resfriado forte; — por outro lado, espero que ela se divirta muito lá — & que esteja livre da dor de ouvido agora. Fico contente que ela goste tanto da minha touca.

Asseguro-te que a minha velha ficou tão elegante ontem que me perguntaram duas ou três vezes antes que eu saísse se não era a nova. — Acabo de ver nesse instante Mrs. Driver sendo conduzida até a porta da cozinha. Não poderia concluir com um acontecimento mais grandioso ou com mais engenho.[18]

Afetuosamente, tua J.A.

Vou escrever para Steventon, então não precisas mandar notícias minhas para lá.

Com muito afeto de Louisa & cem mil milhões de beijos.

Miss Austen
Chawton
Alton
Hants

Notas

[1] *filhinho.* Benjamin Clement (DLF).
[2] *Lucina.* Lucina é o segundo nome de Diana, deusa da lua e da caça na mitologia romana e também protetora dos partos e recém-nascidos (HOUAISS).
[3] *Ben.* Benjamin Lefroy ficara noivo de Anna Austen, o que descontentou membros de ambas as famílias. Benjamin e Anna casaram-se em Steventon em 8 de novembro de 1814 (DLF).
[4] *Os Mr. K[natchbull].* Wyndham, Wadham e o Capitão Charles Knatchbull, irmãos e sobrinhos da falecida Mrs. Knight (DLF).
[5] *"É noite & a paisagem já não é um encanto".* Em inglês, *"T'is night, and the landscape is lovely no more;".* Trata-se de um verso do poema "The Hermit" ["O Eremita"] de James Beattie (1735-1803), poeta escocês, que foi um dos precursores do movimento romântico.
[6] *Tyldens & Tyldens duplicados.* Presume-se que seja uma referência ao fato de uma parte da família Tylden ter acrescido Pattenson ao seu sobrenome em 1799 (DLF).
[7] *gravuras das faculdades de Cambridge.* Segundo DLF, possivelmente Jane Austen refira-se à obra "Cantabrigia Depicta: A Series of Engravings, Representing the Most Picturesque and Interesting Edifices in the University of Cambridge, with an Historical and Descriptive Account of Each" [*Cantabrigia Depicta: uma série de gravuras que representam as edificações mais pitorescas e interessantes da Universidade de Cambridge, com um relato histórico e descritivo de cada uma*] de Richard Harraden, publicada em 1809.
[8] *sra. L.* Provavelmente, *Dame* Lipscombe, a quem Jane Austen se refere como Libscombe.
[9] *banco vazio.* Era a primeira vez desde 21 de abril de 1813 que a família de Edward Austen Knight se ausentara de Chawton, de forma que naquele domingo, 19 de setembro, o banco reservado a eles permanecera vazio (DLF).
[10] *Bentigh [...] Canterbury-Hills Plantation!.* Ver nota 11 da carta 52
[11] *Modern Europe.* Possivelmente trate-se da obra *Letters on the Modern History and Political Aspects of Europe* [*Cartas sobre a História Moderna e Aspectos Políticos da Europa*] de John Bigland, publicada em 1804 (DLF).
[12] *Mrs. Driver.* Nova criada de Godmersham (DLF).
[13] *J[ohn] Littleworth.* Morador do vilarejo de Deane. Era cocheiro de James Austen.
[14] *novo romance de Madame D'Arblay.* Madame d'Arblay era o nome de casada da romancista inglesa Frances Burney (1752-1840), às vezes também chamada de Fanny Burney. Segundo DLF, o novo romance ao qual o trecho se refere é *The Wanderer, or, Female Difficulties* [*A Peregrina, ou, Dificuldades Femininas*], publicado em 1814 em 5 volumes.
[15] *Mr. Twisleton.* Reverendo Dr. Thomas James Twisleton (DLF).
[16] *calomelano.* Cloreto mercuroso (Hg_2Cl_2) (HOUAISS).
[17] *senhora de tudo que examino.* Em inglês, *mistress of all I survey.* Jane Austen faz uma brincadeira com o verso *I AM monarch of all I survey* (SOU monarca de tudo

que examino), do poema "Verses supposed to be written by Alexander Selkirk During his Solitary Abode in the Island of Juan Fernandez" ['Poemas, supostamente escritos por ALEXANDER SELKIRK durante sua morada solitária na Ilha de JUAN FERNANDEZ"], de William Cowper, publicado em 1782.

[18] *Mrs. Driver sendo conduzida até a porta da cozinha.* Jane Austen adota seu característico tom irônico para brincar com o nome da nova criada de Edward, Mrs. Driver, e o verbo *drive*, que significa "dirigir", "conduzir", em inglês. No original, ela diz "*I have this moment seen Mrs. Driver driven up [...]*", daí a menção do uso de seu engenho no término da carta.

90. Para Francis Austen
Sábado, 25 de setembro de 1813
De Godmersham para o Báltico

                Godmersham Park — 25 de setembro de 1813
Meu queridíssimo Frank,
    O dia 11 deste mês trouxe-me tua carta & te asseguro que julgo ter valido seus 2 xelins e 3 *pence*. — Sou-te muito grata por teres preenchido uma folha de papel tão extensa para mim, és muito bom de permuta nesse ponto, pagas com muita liberalidade; — minha carta foi um rascunho de um bilhete comparada à tua — & ademais escreves de modo tão uniforme, tão claro, tanto em estilo quanto em caligrafia, tão direto, & forneces tantas informações concretas que é de acabar com qualquer um. — Lamento que a Suécia seja tão pobre & minha charada tão ruim. — Que ideia um balneário da moda em Mecklemburgo! — Como pode alguém querer estar na moda ou tomar banhos fora da Inglaterra! — O mercado de Rostock é de dar água na boca, a carne mais barata do nosso açougueiro é duas vezes o preço da deles; — nada por menos de 9 *pence* neste verão, & creio, pensando melhor, nada por menos de 10 *pence*. — O pão caiu & é provável que caia mais, o que esperamos que faça com que a carne também caia. Mas não preciso pensar no preço do pão ou da carne aqui onde estou agora; — deixa-me afugentar essas preocupações vulgares & ajustar-me à feliz indiferença da riqueza de Kent leste. — Pergunto-me se tu & o rei da Suécia sabeis que eu <u>deveria</u> vir a Godmersham com meu irmão. Sim, suponho que tenhas sido devidamente avisado sobre isso de alguma forma. Não vinha aqui havia quatro anos, então estou certa de que a ocasião merece ser comentada antes & depois, e também durante. — Partimos de Chawton no dia 14, — passamos dois dias inteiros na cidade & chegamos aqui no dia 17. — Meu irmão, Fanny, Lizzy, Marianne & eu formamos esta divisão da família, & lotamos a carruagem dele, dentro & fora. — Duas seges alugadas sob a

escolta de George levaram mais oito pelo campo, a carroça trouxe dois, dois outros vieram a cavalo & o resto com diligência — & assim de uma forma ou de outra fomos todos transportados. — Faz-me lembrar da história do naufrágio de São Paulo,[1] segundo a qual dizem que todos chegaram, de diferentes maneiras, à costa em segurança. Quando parti, minha mãe, Cassandra & Martha estavam bem, & tenho recebido boas notícias delas desde então. No momento estão sozinhas, mas receberão as visitas de Mrs. Heathcote & Miss Bigg — & terão também a companhia de Henry por alguns dias. — Espero permanecer aqui cerca de dois meses. Edward deverá ir para Hampshire novamente em novembro & me levará de volta. — Lamentarei permanecer em Kent por tanto tempo sem ver Mary, mas receio que assim será. Ela gentilmente convidou-me para ir a Deal, mas está ciente da grande improbabilidade de que eu consiga ir até lá. — Também seria um grande prazer para mim rever Mary Jane, bem como seus irmãos, novo & velhos.[2] — Espero rever Charles & sua família; eles ficarão aqui por uma semana em outubro. — Ficamos hospedados em Henrietta Street — Henry foi muito gentil ao conseguir acomodar as 3 sobrinhas & a mim em sua casa. Edward dormiu em um hotel na próxima rua. — A nº 10[3] ficou muito confortável após a limpeza & pintura & móveis vindos de Sloane Street. O aposento da frente no andar de cima tornou-se uma excelente sala de jantar & de estar — & o menor de trás servirá suficientemente o propósito dele como uma sala de visitas. — Ele não tem intenção alguma de dar grandes festas de qualquer tipo. — Os planos dele estão todos voltados para seu próprio conforto & o de seus amigos. — Madame Bigeon & a filha moram na vizinhança & vêm vê-lo sempre que ele deseja ou que elas desejam. Madame Bigeon sempre faz as compras para ele como de costume; & durante nossa permanência na casa, estava sempre lá para fazer as tarefas domésticas. — Ela recuperou-se maravilhosamente da gravidade de sua asma. — De nossas três noites na cidade, passamos uma no Lyceum & outra em Covent Garden;

— *Clandestine Marriage*[4] foi a mais respeitável das apresentações, as restantes foram cantorias & baboseiras, mas fizeram muito bem para Lizzy & Marianne, que ficaram realmente encantadas; — mas <u>eu</u> esperava melhores atuações. — Não havia nenhum ator que valha a pena citar. — Creio que se considera que os teatros estão em baixa no momento. — Henry provavelmente enviou-te seu próprio relato de sua viagem para a Escócia. Gostaria que ele tivesse tido mais tempo & pudesse ter ido mais para o norte, & desviado para os lagos no caminho de volta, mas o que conseguiu fazer parece lhe ter proporcionado grande diversão & ele conheceu cenários de maior beleza em Roxburghshire do que eu supunha que o sul da Escócia possuía. — A satisfação de nosso sobrinho foi menos intensa do que a de nosso irmão. — Edward não é um entusiasta das belezas da natureza. O entusiasmo dele é reservado aos esportes de campo apenas. — Contudo, em geral, ele é um jovem muito promissor e agradável, comporta-se com grande decoro com o pai & grande afabilidade com os irmãos & irmãs — & devemos perdoá-lo por pensar mais em tetrazes & perdizes do que em lagos e montanhas. Ele & George saem todas as manhãs ou para atirar ou com os cães de caça. Ambos são bons atiradores. — Nesse exato momento sou totalmente senhora & senhorita daqui, pois Fanny passará um ou dois dias em Goodnestone, para ir à famosa feira, que anualmente distribui papel dourado & tecidos persas coloridos para todos os conhecidos da família. — Nesta casa há uma sucessão constante de pequenos acontecimentos, há sempre alguém entrando ou saindo; hoje de manhã tivemos Edward Bridges inesperadamente para tomar o desjejum conosco, em seu trajeto de Ramsgate, onde está sua esposa, até Lenham, onde está sua igreja — & amanhã ele jantará & dormirá aqui, ao retornar. — Eles passam o verão todo em Ramsgate, devido à saúde <u>dela</u>, que é uma pobre doçura[5] — o tipo de mulher que me dá a impressão de estar decidida a nunca estar bem — & que gosta de seus espasmos & nervosismo & a importância que conferem a ela, acima de qualquer outra coisa. — Eis um sentimento maldoso para espalhar pelo Báltico! — Os Mr. Knátchbull, queridos irmãos de Mrs. Knight, jantaram aqui outro dia. Vieram de Friars, que ainda está em suas mãos. — O mais velho perguntou muito sobre ti. Mr. Sherer é um Mr. Sherer totalmente novo para mim; eu o ouvi pela primeira vez no sábado passado, & ele proferiu um excelente sermão — às vezes um pouco ansioso demais em sua elocução, mas para <u>mim</u> é um extremo preferível à falta de entusiasmo, especialmente quando é evidente que vem do coração, como no caso dele. O sacristão continua muito parecido contigo, motivo pelo qual sempre fico contente em vê-lo. — Mas os Sherer vão partir. Seu vigário em Westwell é ruim, e ele só poderá removê-lo se ele mesmo residir lá. Ele vai teoricamente por três anos, & um certo Mr. Paget deverá assumir como vigário em Godmersham — um homem casado, com uma esposa muito afeita à música, o que espero que a torne uma companheira desejável para Fanny. — Agradeço-te muito calorosamente por teu generoso consentimento a meu pedido[6] & pela sugestão generosa que o acompanha. — Eu já sabia a que poderia estar me expondo — mas a verdade é que o segredo se espalhou de tal modo que mal se pode chamar mais de segredo — & creio que quando o terceiro for lançado, nem tentarei contar mentiras sobre ele. — Em vez disso, tentarei extrair dele antes todo o dinheiro do que todo o mistério que puder. — As pessoas pagarão para saber, se depender de mim. — Henry ouviu elogios calorosos a *P&P* na Escócia, de Lady Robert Kerr & uma outra Lady; & o que ele faz no calor de sua vaidade & amor fraternal, senão lhes contar imediatamente quem o escreveu! — Quando algo é revelado dessa forma uma vez — sabe-se como se espalha! — e ele, querida criatura, já fez essa revelação muito mais que uma vez. Sei que tudo é fruto de afeto & parcialidade — mas ao mesmo tempo, deixa-me expressar aqui novamente para ti & para Mary minha percepção da delicadeza <u>extraordinária</u> que demonstrastes na ocasião, ao agir conforme o meu desejo. — Estou tentando endurecer-me.

— Afinal de contas, quão insignificante é isso em todos os aspectos, se comparado aos pontos realmente importantes da existência de uma pessoa até mesmo nesse mundo! —

Parto do princípio de que Mary tenha te contado sobre o noivado de Anna e Ben Lefroy. A notícia nos pegou desprevenidas; — ao mesmo tempo, havia <u>algo</u> nela que nos mantinha constantemente preparadas para alguma coisa. — Ansiamos para que tudo corra bem, pois há tanto a favor dele quanto o acaso poderia proporcionar a ela em qualquer outro enlace matrimonial. Acredito que ele é sensato, certamente muito religioso, bem relacionado & com certa independência econômica. — Há uma infeliz diferença de gostos entre eles a respeito de uma questão que nos causa um pouco de apreensão, ele detesta companhia & ela aprecia muito; — Isso, junto com uma certa excentricidade de temperamento da parte dele & muita inconstância da parte dela, é desfavorável. — Espero que as visitas de Edward e sua família a Chawton sejam anuais, certamente essa é sua intenção agora, mas não devemos esperar que durem mais de <u>dois</u> meses futuramente. Contudo, não creio que <u>ele</u> tenha considerado <u>cinco</u> tempo demais neste verão. — Ele estava muito feliz lá. — A pintura nova está melhorando muito esta casa, & não nos incomodamos nada com o cheiro. O pobre Mr. Trimmer faleceu recentemente, uma perda triste para a família dele, & que causou alguma apreensão a nosso irmão; — no momento seus negócios continuarão nas mãos do filho,[7] uma questão de grande importância para <u>eles</u> — Espero que ele não tenha motivos para fechar seu negócio. — Permaneço

Tua irmã muito afetuosa,
J. Austen

Egerton avisa que haverá uma 2ª edição de *S&S*

Capitão Austen
HMS *Elephant*
<u>Báltico</u>

Notas

[1] *naufrágio de São Paulo*. Referência bíblica. Ver Atos 27:27-44.

[2] *Mary Jane, bem como seus irmãos, novo & velhos*. Na época em que a carta foi escrita, Frank Austen tinha quatro filhos. Mary Jane, a mais velha, nasceu em 1807. O novo irmão é George, nascido em 1812, e os velhos são Francis-William, Henry-Edgar, nascidos respectivamente em 1809 e 1811. Frank teve ao todo 11 filhos.

[3] *A nº 10*. Jane Austen se refere ao número da casa. O novo endereço de Henry era Henrietta Street, nº 10. Ver nota 8 da carta 87.

[4] *Clandestine Marriage*. Ver nota 10 da carta 87.

[5] *pobre doçura*. Segundo Spence (2016), o termo inglês *poor Honey* é uma expressão que Jane cunhou como um nome para todas as mulheres que gostavam de estar doentes e se comprazíam nos espasmos, nervosismo e consequências das doenças.

[6] *consentimento a meu pedido*. O pedido de usar, em *Mansfield Park*, o nome dos navios em que Frank havia trabalhado anteriormente (DLF). Ver nota 11 da carta 86.

[7] *O pobre Mr. Trimmer [...] negócios continuarão nas mãos do filho*. Mr. Trimmer era advogado de Edward Austen Knight para assuntos relacionados à propriedade em Hampshire (DLF).

91. Para Cassandra Austen
Segunda-feira, 11 — terça-feira, 12 de setembro de 1813
De Godmersham a Chawton

Godmersham Park, segunda-feira, 11 de outubro Receberás a carta de Edward amanhã. Ele me disse que não te enviou notícias que interfiram com as minhas, mas não creio que alguém tenha muito a dizer no momento. Na quarta-feira, nosso jantar contou com a presença de Mrs. & Miss Milles, que haviam feito a promessa de jantar aqui ao retornar de Eastwell quando fossem até lá para fazer sua visita de cortesia, & ocorreu que a fizeram naquele dia. — Tanto a mãe quanto a filha continuam exatamente como sempre as encontrei. — Gosto da mãe, primeiro porque me faz lembrar Mrs. Birch & segundo porque é tão alegre & grata pelo que é aos 90 & tantos anos. — Foi um dia bastante agradável. Sentei-me ao lado de Mr. Chisholme & tagarelamos muito sobre nada que valha a pena contar. — Houve um engano sobre o dia da partida dos Sherer já estar definido; eles estão prontos, mas aguardam a resposta de Mr. Paget. — Indaguei Mrs. Milles sobre Jemima Brydges & fiquei um tanto triste ao saber que ela foi obrigada a deixar Canterbury há alguns meses devido a suas dívidas & está não se sabe onde. — Que família malsucedida! — No sábado, logo após o desjejum, Mr. J[ohn] P[lumptre] nos deixou rumo a Norton Court. — Gosto muito dele. — Transmite-me a ideia de um jovem muito amável, apenas tímido demais para ser tão agradável quanto poderia. — Na maior parte de cada manhã ele saía com os outros dois — para atirar & ficar encharcado. — Amanhã saberemos se ele e cem senhoritas virão para o baile. — Não espero muito ninguém. — Os Deedes não poderão nos encontrar, eles têm compromissos em casa. A última coisa que tenho a dizer sobre os Deedes é que provavelmente não virão aqui até bem no fim de minha estadia — talvez bem na última semana — & não tenho a menor esperança de ver os Moore. — Não foram convidados para vir aqui até que

Edward retorne de Hampshire. Segunda-feira, 15 de novembro, é o dia marcado para nossa partida. — Pobre das corridas de Basingstoke! — parece que foram reservados para elas dois dias particularmente deploráveis de propósito; — & a semana de Weyhill[1] não começa muito mais promissora. — Ficamos um tanto surpresos no sábado passado com uma carta de Anna enviada de Tollard Royal[2] — mas absolutamente aprovamos sua ida & lamentamos apenas que todos tenham ido tão longe, para ficar tão poucos dias. Trovejou e relampeou aqui na quinta-feira pela manhã, entre 5 & 7 horas — trovões não muito fortes, mas muitos relâmpagos. — Eles marcam o início de uma temporada de chuva & vento; & talvez nas próximas seis semanas não tenhamos dois dias seguidos sem chuva. — Lizzy te agradece muito por tua carta & vai respondê-la em breve, mas tem tanto a fazer que talvez demore quatro ou cinco dias até que consiga. Esse é precisamente o recado dela própria, emitido em um tom bastante desanimado. — Tua carta trouxe alegria a todos nós, todos a lemos, é claro, eu, <u>três vezes</u> — já que me encarreguei, para grande alívio de Lizzy, de lê-la para Sackree, & depois para Louisa. — Sackree não aprova em absoluto Mary Doe & as castanhas dela — mais devido ao decoro do que à saúde. — Ela viu alguns sinais de que George & Henry estavam indo atrás dela, & pensa que poderia ser útil se tu pudesses orientar a menina, repreendê-la por levar a sério tudo o que eles lhe disseram sobre castanhas. — Isso, é claro, fica discretamente apenas entre nós três — uma cena de satisfação trina. — Mrs. Britton veio fazer uma visita no sábado. Nunca a tinha visto antes. É uma mulher grande, descortês, de modos presunçosos & pretensamente elegantes. — Amanhã temos a certeza de alguns visitantes; Edward Bridges passa duas noites aqui ao retornar de Lenham a caminho de Ramsgate & traz um amigo — nome desconhecido — mas que se supõe ser um certo Mr. Harpur, um clérigo vizinho; & Mr. R. Mascall deve vir caçar com os rapazes, o que, supõe-se, culminará em sua permanência para o jantar. — Na quinta-feira, Mr. Lushington,

Membro do Parlamento por Canterbury & gerente do Lodge Hounds, janta aqui & passa a noite. — Ele é principalmente um conhecido do jovem Edward. — Se eu puder, conseguirei com ele uma franquia de postagem & escreverei a todas vós o mais rápido possível. Suponho que o Baile de Ashford renderá alguma coisa. — Como escrevi sobre meus sobrinhos com um pouco de amargor em minha última carta, penso que é particularmente meu dever lhes fazer justiça agora, & tenho muito prazer em dizer que ambos foram à eucaristia ontem. Depois de ter elogiado ou criticado muito alguém, geralmente se descobre algo bem o oposto logo em seguida. Agora, esses dois meninos que saíram com os cães de caça chegarão em casa & me desagradarão com alguma mania de luxo ou alguma demonstração de obsessão pelo esporte — a menos que eu impeça que isso aconteça com essa previsão. — Eles se divertem muito descontraidamente à noite — fazendo redes; cada um está trabalhando em uma rede para caçar coelhos, & sentam-se diligentemente para realizar a tarefa, lado a lado, como se fossem dois tios Frank. — Estou examinando *Self Control*[3] novamente, & confirmo minha opinião de que é uma obra de excelentes intenções, elegantemente escrita, sem qualquer traço de natureza ou probabilidade. Declaro que não sei se a descida de Laura pelo rio norte-americano não é a coisa mais natural, possível, cotidiana que ela faz. —

Terça-feira. — Nossa! O que será de mim! Uma carta tão longa! — Quarenta & duas linhas na 2ª página. — Como Harriet Byron,[4] pergunto: o que faço com minha gratidão? — Não posso fazer nada além de te agradecer & prosseguir. — Algumas de tuas perguntas, penso que foram respondidas de antemão. O nome do professor de desenho de F[anny] Cage é O'Neil. — Tuas notícias de Shalden nos divertiram extremamente — & tua autocensura no que diz respeito a Mrs. Stockwell me fez morrer de rir. Fiquei até surpresa que Johncock,[5] a única pessoa na sala, conseguiu conter seu riso. — Não tinha ouvido falar que ela teve sarampo. Para mim, foi uma grande novidade que

Mrs. H[eathcote]– & Alethea [Biggs] ficam até sexta; um bom plano, contudo — Eu mesma não poderia tê-lo organizado de melhor forma, & fico contente que elas aprovaram tanto a casa — e espero que convidem Martha para visitá-las. — Admiro a sagacidade & o bom gosto de Charlotte Williams. Aqueles grandes olhos pretos sempre têm bom discernimento. — Vou homenageá-la, dando o nome dela a uma heroína. — Edward fez com que todos os detalhes da construção &c. fossem lidos para ele duas vezes & parece muito satisfeito; — uma porta estreita para a dispensa é o único objeto de preocupação — com certeza é exatamente a porta que não deveria ser estreita, por causa das bandejas — mas, se é um caso de necessidade, deve-se conviver com isso. — Eu <u>sabia</u> que havia açúcar na lata, mas não fazia ideia de que havia o suficiente para durar por toda a estadia de tuas visitas. Melhor assim. — Não deverias pensar que esse pão novo é melhor que o outro, porque <u>aquele</u> foi o primeiro dos cinco que foram feitos juntos. Um pouco de fantasia talvez, & um pouco de imaginação. — Querida Mrs. Digweed! — Não suporto que ela não tenha ficado ridiculamente feliz após um baile. — Espero que Miss Yates & suas companheiras estejam todas bem no dia seguinte à sua chegada. — Estou muitíssimo feliz por Miss Benn ter conseguido hospedagem — embora espero que não seja necessária por muito tempo. — Nenhuma carta de Charles ainda. — *Life of Nelson* de Southey;[6] — estou farta de vidas de Nelson, sendo que nunca li nenhuma. Vou ler essa, porém, se fizer menção a Frank. — Cá estou eu em Kent, com um irmão no mesmo condado & a esposa de outro irmão,[7] & não vejo nenhum deles — o que parece estranho — confio que não será assim para sempre. — Gostaria de ter Mrs. F[rank] A[usten] & as crianças aqui por uma semana — mas nem sequer se sussurra uma sílaba nesse sentido. — Quisera que sua última visita não tivesse se estendido por tanto tempo. — Pergunto-me se Mrs. Tilson já teve o bebê. Conta-me, se ficares sabendo, & devemos receber a notícia por intermédio de Henry pela mesma posta. Mr. Rob[ert] Mascall tomou o desjejum aqui; ele come muita manteiga. — Jantei carne de ganso ontem — o que espero que garanta boas vendas da minha 2ª edição.[8] — Tens tomates? — Fanny & eu nos regalamos com eles todos os dias. Cartas desastrosas dos Plumptre & dos Oxenden. — Recusas por todo lado — um vazio *partout*[9] — & não é bem certo se vamos ou não; — em parte dependerá da vontade de tio Edward [Bridges] quando ele chegar — & do que soubermos em Chilham Castle na manhã de hoje — pois vamos fazer visitas. Iremos para as duas casas em Chilham & para Mystole.[10] Gostarei de ver os Fagg. — Gostarei de tudo, exceto que partiremos tão cedo que não terei tempo de escrever o tanto que desejaria. — Descobri que o amigo de Edw[ar]d Bridges é um certo Mr. Hawker, não Harpur. Nada no mundo me faria deixar que fosses dormir acreditando nesse erro. Meu irmão envia-te todo o seu afeto & agradecimentos por todas as tuas informações. Ele espera que as raízes da velha bétula tenham sido extraídas o bastante para permitir uma cobertura adequada do mofo & da relva. — Ele lamenta a necessidade de construir o novo curral — mas espera que consigam que a porta tenha a largura usual; — se tiver que ser encurtada de um lado, alargando-a do outro. — A aparência não deve ter importância. — E ele deseja que eu diga que será muito necessário que estejas em Chawton quando ele estiver aí. Não podes pensar mais do que ele que isso seja indispensável. Ele é muito grato a ti por tua atenção a tudo. — Tens alguma intenção de retornar com ele para Henrietta St[reet] & e terminar tua visita então? — Conta-me tuas intençõezinhas doces e inocentes. — Todo o amor & carinho — próprios & impróprios, devem bastar por ora. —

Muito afetuosamente, tua

J. Austen

[*Post-scriptum* com a caligrafia de Fanny:] Minha queridíssima tia Cassandra: — Acabo de pedir à tia Jane que me deixasse escrever um pouco na carta dela, mas ela não gostou então não escreverei. — Adeus.

Miss Austen
Chawton
Alton
Hants

Notas

[1] *semana de Weyhill*. Jane Austen se refere à *Weyfill Fair*, a maior e mais importante feira de ovelhas do país, que se estendia por uma semana. Além das ovelhas, eram vendidos também cavalos, porcos, gado, lúpulo e queijo. Além do comércio vindo da atividade rural, havia barracas que ofereciam todo tipo de mercadoria e entretenimento aos frequentadores.

[2] *Tollard Royal*. Vilarejo em Wiltshire, onde moravam os futuros cunhados de Anna, o Reverendo Henry Rice e sua esposa Lucy, irmã de Benjamin Lefroy.

[3] *Self Control*. Romance. Ver nota 2 da carta 72.

[4] *Harriet Byron*. Jane Austen cita Harriet Byron, personagem do romance *Sir Charles Grandison* (1753), de Samuel Richardson.

[5] *Johncock*. O mordomo de Godmersham (DLF).

[6] *Life of Nelson, de Southey*. The Life of Horatio Lord Nelson [*A Vida de Horatio Lorde Nelson*]. Obra biográfica de Robert Southey, que conta a história do Almirante Nelson, publicada em 1813.

[7] *um irmão no mesmo condado & a esposa de outro irmão*. Charles estava em Nore e a esposa de Frank estava em Deal (DLF).

[8] *ganso [...] 2ª edição*. A 2ª edição é a nova edição de *Sense and Sensibility* [*Razão e Sensibilidade*], já mencionada em cartas anteriores. A relação que Jane Austen estabelece entre comer carne de ganso e as boas vendas da obra remete a uma crença de sua época, segundo a qual o consumo dessa ave no dia da Festa de São Miguel Arcanjo, ou *Michaelmas*, traria prosperidade para o ano todo. A Festa, conforme já apontado na nota 8 da carta 43, era celebrada em 29 de setembro, data que marcava o início do calendário agrícola e também dia do pagamento dos aluguéis das terras arrendadas. Era parte da tradição que os inquilinos presenteassem o proprietário das terras com um ganso ao realizar o pagamento do trimestre. Entretanto, antes da reforma do calendário inglês promulgada em 1752, *Michaelmas* era celebrado em 11 de outubro, conforme apontam diversas fontes, e é essa data que Jane Austen considera na carta.

[9] *um vazio partout*. Em francês, "por toda parte". Jane Austen cita um trecho de *Cecilia; or Memoirs of an Heiress* (1782), de Frances Burney, em que o Capitão Aresby diz: "Really? and nobody here! *assez de monde*, but nobody here! a blank *partout*!" ("Verdade? E ninguém aqui! Tantas pessoas, mas ninguém aqui! Um vazio por toda parte!", em tradução nossa).

[10] *Mystole*. Residência da família Fagg.

92. Para Cassandra Austen
Quinta-feira, 14 — sexta-feira, 15 de outubro de 1813
De Godmersham a Chawton

Godmersham Park, quinta-feira, 14 de outubro
Minha queridíssima Cassandra,
Agora vou me preparar para Mr. Lushington &, já que poderá ser mais prudente também me preparar para que ele não venha ou que eu não consiga a franquia postal, escreverei bem juntinho desde a primeira linha & deixarei até mesmo espaço para o selo no local correto.[1] — Quando esta carta suceder minha última, vou me sentir bem menos indigna de ti do que me exige agora o estado de nossa correspondência. Interrompi-a com muita pressa para me preparar para nossas visitas matutinas — é claro que desde cedo já estava bem pronta, & não precisaria ter me apressado tanto — Fanny vestiu seu vestido & touca novos. — Surpreendi-me com a beleza de Mystole. As senhoras estavam em casa; tive sorte, & vi Lady Fagg & todas as suas cinco filhas, e de sobra, uma velha Mrs. Hamilton de Canterbury & Mrs. & Miss Chapman de Margate. — Nunca vi uma família tão feia, cinco irmãs tão feias! São feias tanto quanto as Forester ou as Franfraddop ou as Seagrave ou as Rivers com exceção de Sophy.[2] — Miss Sally Fagg tem corpo bonito, & toda a beleza da família se resume a isso. — Foi enfadonho; Fanny desempenhou seu papel muito bem, mas houve uma falta total de assunto em geral, & as três amigas presentes na casa limitaram-se a permanecer sentadas & nos observar. — Contudo, o nome de Miss Chapman é Laura & ela usava um vestido com babado duplo. — Tu realmente precisas arrumar alguns babados. Tua vasta coleção de vestidos matinais brancos não está num estado propício para fazer babados, curtos demais? — Ninguém em casa em nenhuma das residências em Chilham. — Edward Bridges & seu amigo não se esqueceram de chegar. O amigo é um certo Mr. Wigram, um dos 23 filhos de um comerciante muito rico, Sir Robert Wigram, um velho

conhecido dos Foote, mas apresentado muito recentemente a Edward B. — A história de sua vinda aqui é que, como ele pretendia ir de Ramsgate a Brighton, Edw[ard] B[ridges] o convenceu a incluir Lenham no trajeto, o que lhe rendeu a conveniência do cabriolé de Mr. W[igram] & o conforto de não ficar lá sozinho; mas, provavelmente pensando que alguns dias em Godmersham seriam a maneira mais econômica & agradável de entreter seu amigo & a si mesmo, ele ofereceu-se para uma visita aqui, & aqui ficam até amanhã. Mr. W[igram] tem mais ou menos 25 ou 26 anos, não é feio & não é agradável. — Ele certamente não acrescenta nada. — Um modo um pouco frio, cavalheiresco, mas muito quieto. — Dizem que o nome dele é Henry. Uma prova de como são desiguais as dádivas concedidas pela fortuna. — Conheci vários Johns & Thomas muito mais agradáveis. — No entanto, nos livramos de Mr. R[obert] Mascall; — Eu também não gostei <u>dele</u>. Fala demais & é presunçoso — além do formato de sua boca ser grosseiro. Ele dormiu aqui na terça-feira; dessa forma ontem Fanny & eu nos sentamos para tomar o desjejum com seis cavalheiros para nos admirar. — Não fomos ao baile. — A decisão ficou ao encargo dela, & no final ela resolveu não ir. Ela sabia que seria um sacrifício para o pai & os irmãos caso fossem — & espero que fique provado que <u>ela</u> não se sacrificou muito. — É improvável que houvesse alguém lá de quem ela gostasse. — <u>Eu</u> fiquei muito feliz por ter me poupado do trabalho de me vestir & sair & me sentir cansada antes da metade do baile, então ainda não usei meu vestido & minha touca. — Talvez eu venha a descobrir que poderia ter passado sem os dois. — Exibi minha bombazina marrom ontem & foi de fato muitíssimo admirada — & gosto dela mais do que nunca. — Forneceste muitos detalhes sobre o estado da Casa de Chawton, mas ainda queremos mais. — Edward quer ser expressamente informado que toda a torre redonda &c. foi completamente demolida, & o vão da porta da sala grande foi fechado; — não sabe o suficiente sobre como está a aparência das coisas naquele espaço. — Ele recebeu notícias de Bath ontem. Lady B[ridges] continua muito bem & a opinião de Dr. Parry é que enquanto as águas lhe fizerem bem, ela deveria permanecer lá, o que torna a volta deles uma incerteza maior do que supúnhamos. — Terminará, talvez, em uma crise de gota que a impedirá de retornar. Louisa pensa que o bom estado de saúde da mãe pode se dar tanto por estar muito ao ar livre quanto pelas águas. — Lady B[ridges] vai experimentar o Hot Pump, já que o Cross Bath está prestes a passar por pintura. — A própria Louisa está particularmente bem, & pensa que as águas têm sido útil para ela. — Ela mencionou a Mr. & Mrs. Alex[ander] Evelyn que perguntamos por eles & recebemos de volta os melhores cumprimentos & agradecimentos deles. — Dr. Parry não espera que Mr. E[velyn] viva muito mais. — Apenas imagina Mrs. Holder morta! — Pobre mulher, fez a única coisa no mundo que poderia fazer, que parassem de abusar dela. — Agora, por favor, Hooper deve ter condições de fazer mais pelo tio. — Sorte da menininha! — Dificilmente uma Anne Ekins[3] pode ser tão inadequada para cuidar de uma criança quanto uma Mrs. Holder. Uma carta de Wrotham ontem, oferecendo uma visita antecipada aqui; — & Mr. & Mrs. Moore & uma criança devem chegar na segunda-feira e ficarão dez dias. — Espero que Charles & Fanny não escolham a mesma época — mas, se vierem em outubro, é o que vai acontecer. Que adianta ter esperanças? — Os dois grupos de crianças são o mal supremo. Com certeza, aí está, aconteceu isso, ou muito pior, uma carta de Charles hoje de manhã que nos dá motivos para supor que eles podem vir aqui hoje. Depende do tempo, & o tempo agora está muito bom. — Contudo, não se criam dificuldades & de fato não haverá falta de espaço, mas gostaria que não houvesse nenhum Wigram & Lushington no caminho para encher a mesa & fazer de nós um grupo tão heterogêneo. — Também não posso dispensar Mr. Lushington por causa da franquia postal, mas Mr. Wigram não faz bem a ninguém. — Não posso imaginar como um homem pode ter o descaramento de passar três dias junto a um grupo familiar, sendo ele um estranho, a menos que saiba de fonte segura que é agradável. — Ele & Edward B[ridges] cavalgarão até Eastwell — & como os meninos estão caçando & meu irmão foi a Canterbury, Fanny & eu temos uma manhã calma diante de nós. — Edward levou a pobre Mrs. Salkeld embora. — Julgou-se uma boa oportunidade de fazer algo para esvaziar a casa. — Por desejo dela mesma, <u>Mrs</u>. Fanny ficará com o quarto próximo ao das crianças, seu bebê em uma caminha ao seu lado; — & como Cassy ficará com o quarto de vestir anexo & o cantinho de Betsey William, todas ficarão bem aconchegadas juntas. — Ficarei muitíssimo feliz em ver o querido Charles, & ele ficará tão feliz quanto possível com uma ou várias crianças rabugentas pedindo sua atenção ao mesmo tempo. — Eu deveria ficar muito feliz com a ideia de rever a pequena Cassy também, não fosse o receio de que ela me desaponte com alguma impertinência súbita. — Ontem recebemos a visita dos bons e velhos Brett & Toke, separadamente. — Sempre gosto muito de Mr. Toke. Ele perguntou por ti & por minha mãe, o que acrescenta estima à paixão. — Os Charles Cage estão hospedados em Godington. — Eu <u>sabia</u> que eles logo iriam ficar em algum lugar. — Ed[ward] Hussey foi despejado de Pett, & fala em se fixar em Ramsgate. — Mau gosto! — Ele gosta muito do mar, entretanto; — algum gosto nesse aspecto — & também algum discernimento em se fixar em Ramsgate, pois fica à beira-mar. — A comodidade de ter uma mesa de bilhar aqui é muito grande. — Atrai todos os cavalheiros sempre que estão em casa, especialmente após o jantar, de forma que meu irmão, Fanny & eu ficamos com a biblioteca só para nós em um silêncio delicioso. — Não há verdade alguma na notícia de que G[eorge] Hatton vai se casar com Miss Wemyss. Ele deseja que isso seja desmentido. — Fizeste algo em relação a nosso presente para Miss Benn? — Suponho que ela terá uma cama na casa de minha mãe sempre que jantar lá. — Como vão fazer para convidá-la quando tiveres partido? — & se a convidarem, como conseguirão entretê-la? — Conta-me sobre tantos preparativos para tua partida quanto puderes, no tocante a vinho &c. — Pergunto-me se o tinteiro está cheio. — A carne do açougue está o mesmo preço? & o pão não está menos que 2/6? — O vestido azul de Mary! — Minha mãe deve estar agoniada. — Estou pensando muito em mandar tingir o <u>meu</u> vestido azul uma hora ou outra — Propus isso a ti uma vez & fizeste alguma objeção, não me lembro qual. — É a moda dos babados que faz com que seja particularmente oportuno. — Mrs. & Miss Wildman acabaram de sair daqui. Miss [Wildman] é muito feia. Desejo que Lady B[ridges] retorne antes que deixemos Godmersham de modo que Fanny possa ficar em Goodnestone durante a ausência do pai, que é o que ela preferiria. — <u>Sexta-feira</u>. — Chegaram ontem à noite por volta das 7. Havíamos desistido deles, mas eu ainda esperava que viessem. Havíamos quase terminado a sobremesa; — um horário melhor para chegarem do que uma hora & meia antes. Atrasaram porque não saíram mais cedo & não calcularam tempo suficiente. — Charles não <u>visou</u> mais do que chegar a Sittingbourn antes das 3, o que não permitiria que chegassem aqui até a hora do jantar. — A estrada estava muito acidentada, ele não teria se aventurado se soubesse que estaria tão ruim. — Contudo, aqui estão seguros & bem, agradáveis como de costume, Fanny parecendo tão arrumada & branca quanto possível na manhã de hoje, & e o querido Charles todo afetuoso, plácido, tranquilo, alegre e de bom humor. Ambos estão com ótima aparência, mas a pobre pequena Cassy está extremamente magra & com aparência de doente. — Espero que uma semana de ar do campo & exercícios façam bem a ela. Lamento dizer que será só uma semana. — A bebê não parece tão grande em proporção ao que era, nem tão bonita, mas a vi muito pouco. — Cassy estava cansada & confusa demais inicialmente para parecer que reconhecia alguém — encontramo-las no hall, as mulheres & a menina conosco — mas antes de chegarmos à biblioteca ela me beijou muito afetuosamente — &

desde então parece se lembrar de mim da mesma forma. Foi uma noite de confusão como podes imaginar — a princípio ficamos todos andando de um lado para o outro da casa — depois foi servido um novo jantar na sala de desjejum para Charles & sua esposa, do qual Fanny & eu participamos — depois transferimo-nos para a biblioteca, os que estavam na sala de jantar uniram-se a nós, foram apresentados & assim por diante. — & depois tomamos chá & café, o que não terminou até depois das 10. — O bilhar atraiu novamente todos os estranhos, & Edw[ar]d, Charles, as duas Fannys & eu nos sentamos para conversar confortavelmente. Ficarei feliz quando estivermos em número um pouco menor, & até que recebas esta estaremos apenas em família, ainda que um grupo familiar grande. Mr. Lushington parte amanhã. — Agora tenho que falar <u>dele</u> — & gosto muito dele. Tenho certeza de que é inteligente & um homem de bom gosto. Ele tinha um volume de Milton[4] ontem à noite & falou dele com entusiasmo. — Ele é o próprio membro do Parlamento — sempre sorridente, com uma oratória muito boa, & desembaraço no uso da língua. — Estou muito apaixonada por ele. — Ouso dizer que é ambicioso & insincero. — Ele me faz lembrar Mr. Dundas. Tem uma boca larga e sorridente & dentes muito bons, & algo que faz lembrar a mesma tez & nariz. — Ele é um homem muito mais baixo, se Martha me permite. Martha nunca recebe notícias de Mrs. Craven? — Mrs. Craven nunca está em casa? — Tomamos o desjejum na sala de jantar hoje & agora estamos todos bem dispersos & tranquilos. — Charles & George saíram juntos para caçar, em Winnigates & Seaton Wood. — Perguntei propositalmente para contar a Henry. Mr. Lushington & Edw[ar]d foram para algum outro canto. — Espero que Charles cace alguma coisa — mas esse vento forte não é favorável ao esporte deles. — Lady Williams está morando no *The Rose*[5] em Sittingbourn, visitaram-na ontem; ela não consegue morar em Sheerness & assim que chega a Sittingbourn fica muito bem. — Em retribuição por todos os teus enlaces, anuncio que seu irmão William vai se casar com uma certa Miss Austen de uma família de Wiltshire,[6] que dizem ser nossa parente. — Falo com Cassy sobre Chawton; ela se lembra muito, mas não fala espontaneamente sobre o assunto. — Pobre amorzinho. — Gostaria que ela não tivesse puxado tanto os Palmer — mas a semelhança parece mais forte do que nunca. — Nunca imaginei que os traços familiares de uma esposa tinham uma influência tão indevida. — Seu pai & sua mãe ainda não se decidiram se vão deixá-la ou não — a principal, na verdade a única dificuldade com a mãe é muito razoável, a criança está muito relutante em se separar deles. Quando lhe foi mencionada, ela não gostou nada da ideia. — Ao mesmo tempo, o mar a tem deixado tão enjoada ultimamente, que a mãe não pode admitir tê-la muito a bordo[7] neste inverno. — Charles está menos inclinado a se separar dela. — Não sei como isso vai terminar, ou o que será decidido. Ele pede que te transmita seu enorme afeto & não escreveu porque não conseguiu decidir. — Ambos estão muito cientes de tua gentileza frente à situação. — Fiz com que Charles me fornecesse algo a dizer sobre o jovem Kendall. — Ele está progredindo muito bem. Logo que ele se juntou ao "Namur", meu irmão não o julgou confiante o suficiente para ser posto em serviço como eles dizem, & portanto, o pôs sob os cuidados do mestre, mas ele melhorou muito, & agora é posto em serviço toda tarde — ainda frequentando a escola de manhã. Esse clima frio é muito bem-vindo para o nervosismo de Edward com uma casa tão cheia, combina perfeitamente com ele, está todo animado & alegre. O pobre James, ao contrário, deve estar correndo para colocar seus pés junto à lareira. Descobri que Mary Jane Fowle esteve muito perto de retornar com seu irmão[8] & lhes fazer uma visita a bordo — Não me lembro exatamente o que a impediu — acredito que foi o plano deles para Cheltenham — fico feliz que algo o tenha feito. — Devem ir a Cheltenham na próxima segunda-feira à noite. Sabes, não garanto que vão, a notícia vem apenas de uma pessoa da família. — Agora penso que te escrevi uma carta de bom tamanho & posso ser merecedora do que puder receber em resposta. — Amor infinito. Devo destacar o enviado pela Fanny mais velha — que particularmente quer ser lembrada por todas vós. — Muito afetuosamente, tua J. Austen.

Faversham, quinze de outubro de 1813

Miss Austen
Chawton
Alton
Hants

Posta gratuita
R. Lushington

Notas

[1] *espaço para o selo no local correto*. As cartas franqueadas podiam ser dobradas em um pedaço de papel em separado, que serviria de envelope, de forma que o selo não precisaria estar no mesmo papel que o texto da carta. Caso Jane Austen não conseguisse a franquia, ela deveria deixar um espaço na terceira e na quinta folha, que serviria como envelope e levaria o selo (DLF).

[2] *as Forester ou as Franfraddop ou as Seagrave ou as Rivers, com exceção de Sophy*. DLF anota que provavelmente são nomes de famílias fictícias, possivelmente criadas por Jane Austen em peças da Juvenília que não sobreviveram.

[3] *Hooper [...] Anne Ekins*. John-Hooper Holder era filho de Mrs. Holder. Seu tio paterno, James, era solteiro e, no momento em que a carta foi escrita, encontrava-se senil e na pobreza, após ter perdido a fortuna que ganhou nas Índias Ocidentais. Hooper teve uma filha com sua primeira esposa, que faleceu em 1810, apenas dois anos após o casamento. Em 1812, Hooper se casou novamente com Anne Ekins. (DLF)

[4] *Milton*. John Milton (1608-1674), um dos principais poetas do Classicismo inglês. Sua obra-prima, *Paradise Lost* (Paraíso Perdido, em diversas traduções para o português), é considerada um dos poemas épicos mais importantes da literatura.

[5] *the Rose*. Uma das duas hospedarias localizadas no vilarejo de Sittingbourne, em Kent. A outra era o *the George* (DLF).

[6] *uma certa Miss Austen de uma família de Wiltshire*. Havia famílias Austen em outras partes da Inglaterra. A Miss Austen mencionada por Jane Austen era na realidade de Dorset e não de Wiltshire (DLF).

[7] *a bordo*. Charles e a família estavam morando no navio "HMS Namur" em Sheerness (DLF).

[8] *seu irmão*. Tom Fowle, que também estava servindo no "Namur" (DLF).

93. Para Cassandra Austen
Segunda-feira, 18 — quinta-feira, 21 de outubro de 1813
De Godmersham a Londres

Godmersham Park, [segunda-feira], 18 de outubro

Minha querida tia Cassandra,
Fico muitíssimo grata a ti por tua carta longa e pelo relato agradável de Chawton. Ficamos todos muito contentes em saber que os Adam se foram, e esperamos que a sra. Libscombe fique mais feliz agora com sua criança surdinha, como ela diz, mas receio que não haja muita chance de que ela permaneça por muito tempo a única dona de sua casa. Lamento que não tivesses notícias melhores de nossa lebre para nos enviar, pobrezinha! Eu imaginei que não viveria muito naquela <u>casa empoçada</u>; não me surpreende que Mary Doe lamente muito que ela morreu, porque prometemos a ela que, se estivesse viva quando voltássemos a Chawton, nós a recompensaríamos pelo trabalho que teve. Papai agradece-te muito por mandares cortar os abetos que estavam frágeis; penso que no início ele estava muito temeroso pelo carvalho grande. Fanny bem que acreditou, pois exclamou "Meu Deus, que pena, como puderam ser tão estúpidos!" Espero que a esta altura já tenham erguido alguns obstáculos para as ovelhas, ou retirado os cavalos do gramado. Peço-te que contes à vovó que começamos a pegar sementes para ela; espero que consigamos lhe arrumar uma bela coleção, mas receio que este inverno chuvoso seja muito desfavorável a elas. Como fico feliz em saber que ela tem tido muito sucesso com as galinhas, mas desejaria que entre elas houvesse mais garnisés. Lamento muito saber do destino da pobre Lizzie. Devo agora te contar um pouco sobre os nossa gente pobre. Creio que conheces a velha Mary Croucher, ela fica cada dia <u>mais</u> e <u>mais louca</u>. Tia Jane foi visitá-la, mas foi em um de seus dias de lucidez. O pobre Will Amos espera que teus espetos[1] estejam bem; ele deixou sua casa na travessa dos

pobres,² e está morando em um celeiro em Builting. Perguntamos a ele por que partiu e ele disse que as pulgas estavam tão famintas quando voltou de Chawton que voaram todas para cima dele e <u>quase</u> o comeram. Que pena que o tempo está tão chuvoso! O pobre tio Charles volta para casa quase afogado todos os dias. Não acho que a pequena Fanny esteja tão bonita quanto antes; um motivo é que ela usa anáguas curtas, acredito. Espero que a cozinheira esteja melhor; ela estava muito indisposta no dia em que partimos. Papai me deu meia dúzia de lápis novos, que são de fato muito bons; eu desenho dia sim, dia não. Espero que chicoteies Lucy Chalcraft todas as noites. Miss Clewes me implora que te envie seus melhores votos; ela te agradece muito pela gentileza de perguntares por ela. Peço que transmitas todo meu respeito à vovó e amor à Miss Floyd. Permaneço, minha querida tia Cassandra, tua muito afetuosa sobrinha,

Eliz[abe]th Knight

<u>Quinta-feira</u>. Penso que a carta de Lizzy te divertirá. Agradeço-te pela que acabo de receber. Amanhã será bom, se possível. Estarás em Guildford antes que nosso grupo parta. Vão apenas até Key Street,³ já que o comissário de navio Mr. Street mora lá, e prometeram jantar e dormir na casa dele. A aparência de Cassy melhorou muito. Ela se dá muito bem com os primos, mas não fica tão feliz entre eles; são numerosos e turbulentos demais para ela. Transmiti tua mensagem a ela, mas ela não disse nada, e não pareceu que a ideia de ir novamente a Chawton lhe seja agradável. Foram a Ospringe na carruagem de Edward. Penso que fiz uma boa ação — tirei Charles de perto da esposa e filhas no andar de cima, e o fiz se aprontar para ir caçar, e não deixar Mr. Moore esperando ainda mais. Mr. e Mrs. Sherer e Joseph jantaram aqui ontem muito graciosamente. Edw[ard] e Geo[rge] não estavam — tinham ido passar a noite em Eastling. As duas Fannies foram a Canterbury de manhã, e levaram Lou[isa] e Cass[y] para experimentar espartilhos novos. Harriot [Moore] e eu fizemos uma caminhada agradável juntas. Ela deseja que eu

transmita seu profundo afeto a ti e lembranças gentis a Henry. Fanny também manda seu profundo afeto. Acredito que outro grupo se formará para Canterbury amanhã — Mr. e Mrs. Moore e eu. Edward agradece a Henry pela carta dele. Ficamos felicíssimos em saber que ele melhorou tanto. Conto contigo para me informar o que ele deseja em relação a eu ficar com ele ou não; tu conseguirás descobrir, ouso dizer. Pretendia pedir-te que trouxesses uma de minhas toucas de dormir contigo, caso eu fosse ficar, mas esqueci quando te escrevi na terça-feira. Edward está muito preocupado com o tanque; não tem como duvidar agora de que está vazando, o que ele estava decidido a fazer pelo maior tempo possível. Suponho que minha mãe gostará que eu escreva para ela. Tentarei ao menos. Não; não vi nada sobre a morte de Mrs. Crabbe.[4] Apenas deduzi de um dos prefácios dele que provavelmente era casado. É quase ridículo. Pobre mulher! Eu o confortarei o melhor que puder, mas não prometo ser boa para os filhos dela. É melhor que ela não deixe nenhum. Edw[ard] e Geo[rge] partem em uma semana para Oxford. Nosso grupo ficará muito pequeno então, já que os Moore partirão quase ao mesmo tempo. Para nos animar, Fanny propõe que passemos alguns dias em Fredville logo em seguida. Será realmente uma boa oportunidade, já que o pai dela terá companhia. Nós três devemos ir a Wrotham, mas Edw[ar]d e eu talvez fiquemos apenas uma noite. Lembranças afetuosas a Mr. Tilson.

Muito afetuosamente tua, J.A.

Miss Austen
Henrietta S[treet], nº 10
Covent Garden
Londres

Notas

¹ *espetos*. Considerando o sentido e o contexto, DLF anota que o termo em inglês *skewers* deve ter sido um erro de leitura de Lorde Brabourne ao transcrever o original. A pesquisadora estima que um termo mais provável seria *skirret* (nome científico: *Sium sisarum*), uma planta cujas raízes são comestíveis, considerando que haveria mais probabilidade de que fosse a horticultura um assunto em comum entre Cassandra e um morador de um vilarejo de Kent.

² *a travessa dos pobres*. Era um grupo de moradias pequenas utilizadas como asilos de pobres, popularmente chamadas de "*The Poor Row*" (IGGLESDEN, 1925).

³ *Key Street*. Nome de um vilarejo na região de Kent.

⁴ *Mrs. Crabbe*. Sarah Crabbe, esposa de George Crabbe, falecida em 21 de setembro de 1813. Ver nota 6 da carta 87.

94. Para Cassandra Austen
Terça-feira, 26 de outubro de 1813
De Godmersham a Londres

Godmersham Park, terça-feira, 26 de outubro
Minha queridíssima Cassandra,

Tu terás recebido tantos relatos recentes deste lugar que (espero) não ficarás à espera de uma carta minha de imediato, já que realmente não penso que tenho meios de produzir uma hoje. Suspeito que esta seja levada a ti pelos nossos sobrinhos, conta-me se for. — Tenho um prazer enorme em pensar que estás com Henry, estou certa de que passará teu tempo muito confortavelmente & creio que estejas notando melhora nele a cada dia. — Ficarei muitíssimo feliz em receber notícias tuas novamente. Tua carta de sábado, contudo, era tão longa & detalhada quanto eu poderia esperar. — Não estou com nenhuma disposição para escrever; devo seguir escrevendo até que esteja. — Felicito Mr. Tilson & espero que tudo esteja indo bem. Fanny & eu desejamos saber qual será o nome da criança, assim que puderes nos contar. Imagino que Caroline. — Nossos cavalheiros foram todos à sua reunião em Sittingbourn, Kent leste e oeste juntos em uma caleche — ou melhor — o Kent oeste levando Kent leste. — Creio que esse não seja o percurso usual do condado. Tomamos o desjejum antes das 9 & não jantaremos até às 6 e meia na ocasião, então estimo que nós três teremos uma manhã bem longa. — Mr. Deedes & Sir Brook — não me importo que Sir Brook seja um baronete, colocarei Mr. Deedes primeiro porque gosto muito mais dele — chegaram juntos ontem — pois os Bridges estão hospedados em Sandling — pouco antes do jantar; — os dois cavalheiros quase não mudaram nada, estão apenas um pouco mais velhos. Eles partem amanhã. — Tu havias deixado Guildford havia meia hora & estavas percorrendo a agradável estrada até Ripley quando os Charles partiram na sexta-feira. — Espero que tenhamos uma visita deles em Chawton na primavera, ou no início do verão. Parecem bem inclinados. — Cassy recuperou sua aparência quase integralmente & penso que eles não consideram que o "Namur" lhe faça mal de modo geral — apenas quando o tempo está tão tempestuoso a ponto de lhe causar náuseas. — Nosso plano de Canterbury ocorreu conforme proposto & foi muito agradável, Harriot & eu & o pequeno George [Moore] na parte de dentro, meu irmão na boleia com o cocheiro principal. — Fiquei felicíssima em saber que meu irmão foi incluído no grupo, já que foi um ótimo acréscimo, & ele & Harriot & eu passeamos juntos muito alegremente enquanto Mr. Moore levou seu menininho com ele para o alfaiate & o barbeiro. — <u>Nosso propósito principal era visitar Mrs. Milles</u>, & tínhamos de fato tão pouco para fazer que fomos obrigados a perambular por todo lugar & ir & voltar tanto quanto possível para ocupar o tempo & evitar que tivéssemos que ficar sentados por duas horas com a boa senhora. Uma circunstância muitíssimo extraordinária em uma manhã em Canterbury! — <u>O velho Toke</u> chegou enquanto fazíamos nossa visita. Pensei em Louisa. — Miss Milles estava extravagante como sempre & nos fez rir muito. Ela conseguiu nos contar a história da reconciliação de Mrs. Scudamore em <u>três palavras</u>, & depois continuou a falar sobre isso por meia hora, usando expressões tão estranhas & tão cheias de detalhes inúteis que eu mal pude manter a seriedade. A morte do filho de Wyndham Knatchbull ofuscará os Scudamore. Eu disse a ela que ele seria enterrado em Hatch. — Haviam lhe dito que seria, com honras militares, em Portsmouth. — Podemos imaginar como esse ponto será discutido, noite após noite. — Devido a uma diferença de relógios, o cocheiro atrasou meia hora para trazer a carruagem; — qualquer coisa como inobservância de pontualidade foi uma grande ofensa — Mr. Moore ficou muito zangado — o que me deixou um tanto feliz — eu queria vê-lo zangado — & apesar de ele ter falado com seu criado em voz muito alta & de forma muito acalorada, fiquei feliz em perceber que ele não repreendeu Harriot de forma alguma. De fato, não há nada a desaprovar em sua maneira de tratá-la, & acredito de verdade que ele a faz — ou ela se faz — muito feliz. — Eles não mimam o menino. — Parece agora que está bem definido que iremos a Wrotham no sábado, dia 13, passaremos o domingo lá, & seguiremos para Londres na segunda-feira, como se pretendia antes. Gosto do plano, ficarei feliz em ver Wrotham. — Harriot continua agradável como sempre; ficamos muito confortáveis juntas, & conversamos sobre nossos sobrinhos & sobrinhas ocasionalmente como se pode supor, & com muita unanimidade — & realmente gosto de Mr. M[oore] mais do que esperava — vejo nele menos coisas que desagradem.

Começo a perceber que receberás esta carta amanhã. Mandar uma carta por um visitante é jogá-la fora, nunca há tempo conveniente para lê-la — & o visitante também pode contar a maior parte das coisas. — <u>Havia</u> pensado com prazer em economizar-te a postagem — mas dinheiro é sujo. — Se <u>tu</u> não te arrependes da perda de Oxfordshire & Gloucestershire também não o farei — apesar de certamente ter desejado muito tua ida. "O que tiver que ser, será." — Houve apenas um Pope[1] infalível no mundo. — George Hatton[2] fez uma visita ontem — & eu o vi — o vi por dez minutos — sentei-me na mesma sala que ele — o ouvi falar — o vi fazer reverência — & não fiquei em êxtase. — Não percebi nada de extraordinário. — Deveria me referir a ele como um jovem de modos cavalheirescos — *eh! Bien tout est dit.*[3] Estamos aguardando as mulheres da família na manhã de hoje.

Que achas de teu babado? — Temos visto apenas babados <u>feios</u>. — Espero que não tenhas cortado a cauda de tua bombazina. Não consigo me apaziguar com a ideia de abandoná-las como vestidos matinais — ficam tão delicadas à luz das velas. — Eu preferiria sacrificar o meu vestido azul para esta finalidade; — em suma, não sei, & não me importo. — Quinta ou sexta-feira são agora os dias mencionados em Bath como o dia da partida. Desistiram do plano de Oxford. — Irão direto a Harefield — Fanny não vai a Fredville, pelo menos por enquanto. Ela recebeu uma carta de desculpas de Mary Plumptree hoje. A morte de Mr. Ripley, o tio delas por casamento & velho amigo de Mr. P[lumptree], impede que eles a recebam. — Deve-se sentir pena da pobre e cega Mrs. Ripley, se houver algum sentimento a se ter por amor ou por dinheiro. Tivemos mais uma das visitas dominicais de Edward Bridges. — Penso que a parte mais agradável de sua vida matrimonial deve ser os jantares & desjejuns & almoços & bilhares que ele arranja em Godmersham desse modo. Pobre infeliz! Ele é bem a vergonha da família em se tratando de sorte. —

Anseio saber se estás comprando meias de seja ou o que estás fazendo. Manda minhas gentis lembranças à Madame B[igeon] & Mrs. Perigord. — Serás apresentada a meu amigo Mr. Philips & vais ouvi-lo falar de livros — & tenha certeza de que algo estranho vai acontecer contigo, de ver alguém que não esperas, de surpreender-te com uma coisa ou outra, de encontrar algum velho amigo sentado com Henry quando entrares na sala. — Faz algo inteligente nesse sentido. — Edw[ar]d & eu concluímos que foste ao Covent Garden de St. Paul, no domingo. — Mrs. Hill vai te ver — ou então ela não vai te ver & em vez disso irá te escrever. — Recebi um relato recente de Steventon, & é um relato ruim no tocante a Ben [Lefroy]. — Ele rejeitou um vicariato (aparentemente muitíssimo aceitável) que lhe seria garantido assim que se ordenasse — & como isso se tornou um assunto bastante sério, diz que decidiu não se ordenar tão cedo — & que, se isso for uma questão para o pai dela, prefere desistir de Anna a fazer algo que não aprova. — Ele deve estar louco. Eles continuam novamente, tanto agora como antes — mas isso não vai durar. — Mary diz que Anna está muito relutante em ir para Chawton & retornará novamente para casa assim que puder. — Adeus. Aceita essa carta desanimada & imagina-a longa & boa. — Miss Clewes melhorou com alguns remédios de Mr. Scudamore & de fato parece razoavelmente forte agora. — Encontro tempo em

meio ao Porto & ao Madeira para pensar nas 14 garrafas de hidromel com muita frequência. — Muito afetuosamente tua,
J. A.

Lady Elizabeth, sua segunda filha & as duas Mrs. Finch acabam de nos deixar. — As duas últimas amigáveis & falantes & agradáveis como sempre.

Com o profundo afeto de Harriot & Fanny. —

Miss Austen
Henrietta Street, n.º 10
Covent Garden
Londres

Notas

[1] *Pope.* Alexander Pope (1688-1744) foi um dos maiores poetas ingleses do século XVIII. O trecho livremente citado por Jane Austen no original ("*Whatever is, is right*") pertence à obra *Essay on Man* [*Ensaio sobre o Homem*].

[2] *George Hatton.* George Finch-Hatton foi um político inglês, membro da Câmara dos Comuns, e vizinho e amigo de Edward Austen Knight em Kent.

[3] *eh! Bien tout est dit.* Do francês, "ah! bem, tudo está dito".

95. Para Cassandra Austen
Quarta-feira, 3 de novembro de 1813
De Godmersham a Londres

Godmersham Park, quarta-feira, 3 de novembro
Minha queridíssima Cassandra,
Comemorarei este celebrado aniversário escrevendo para ti, & como minha pena parece inclinada a escrever com letra grande, colocarei as linhas bem juntinhas. — Tive apenas o tempo de me deliciar com tua carta ontem antes de partir com Edward de sege para Canterbury — & permiti que ele ouvisse a maior parte dela durante o trajeto. Sinceramente nos alegramos que Henry esteja fazendo progressos tal como está & espero que o clima coopere para que ele possa sair todos os dias dessa semana, já que é o modo mais provável de torná-lo apto para o que ele planeja na próxima semana. — Se ele estiver razoavelmente bem, a ida a Oxfordshire o fará melhor, ao fazê-lo mais feliz. — É possível que eu não tenha te fornecido os detalhes dos planos de Edward? — Bem, aqui estão — Ir a Wrotham no sábado dia 13, passar o domingo lá, & estar na cidade na segunda-feira para o jantar, & se for do agrado de Henry, passar um dia inteiro com ele — que provavelmente será terça-feira, & depois ir a Chawton na quarta-feira. — Mas agora, não consigo estar muito tranquila sem ficar um pouco com Henry, a menos que ele deseje o contrário; — a doença dele & a época sem graça do ano somadas me fazem sentir que seria horrível de minha parte não me oferecer para ficar com ele — & portanto, a menos que saibas de alguma objeção, desejo que digas a ele que com muito amor ficarei felicíssima em passar dez dias ou duas semanas com ele em Henrietta St[reet] — se ele me aceitar. Não ofereço mais que duas semanas porque já terei ficado longe de casa tempo demais, mas será um grande prazer estar com ele, como sempre. — Tenho menos remorso & receio no teu caso, porque te verei por um dia & meio, & porque terás Edward por pelo menos uma semana. — Meu

plano é incluir Bookham por alguns dias em meu retorno para casa & minha esperança é que Henry tenha a bondade de me mandar parte do caminho até lá. Recebi uma repetição muito gentil das duas ou três dúzias de convites de Mrs. Cooke, com a oferta de me encontrar em algum lugar em um de seus passeios ao ar livre. — Fanny melhorou muito do resfriado. Ao tomar remédios & permanecer no quarto no domingo, ela se livrou do pior, mas tenho bastante receio do que o dia de hoje possa lhe causar ela foi a Canterbury com Miss Clewes, Liz[zy] & Ma[rianne] e o tempo está péssimo para qualquer pessoa com a saúde delicada. — Miss Clewes tem ido a Canterbury desde que retornou, & o resfriado está agora apenas melhorando. A manhã esteve deliciosa para o nosso passeio, meu & de Edward lá, apreciei-o totalmente, mas o dia ficou feio antes de estarmos prontos, & voltamos para casa com um pouco de chuva & com medo de que piorasse. Contudo, não nos causou mal algum. — Ele foi fazer uma inspeção na prisão, como magistrado visitante, & levou-me com ele. — Fiquei honrada — & experimentei todos os sentimentos que penso que as pessoas devem experimentar ao visitar um prédio como esse. — Não fizemos mais visitas — apenas passeamos juntinhos & fizemos compras. — Comprei um ingresso para um concerto & um raminho de flores para minha velhice. — Para mudar o assunto de feliz para triste com um tom inimitável, vou te contar agora algo sobre o grupo de Bath — & são ainda o grupo de Bath, pois um ataque de gota ocorreu na semana passada. — As notícias de Lady B[ridges] são tão boas quanto possível em tais circunstâncias, Dr. P[arry] diz que parece um tipo benigno de gota, & o ânimo dela está melhor do que o de costume, mas, quanto ao retorno dela, naturalmente tudo está incerto. Tenho poucas dúvidas de que Edward irá para Bath, se eles ainda não tiverem partido no momento em que ele estiver em Hampshire; se for, ele partirá de Steventon, & então retornará diretamente a Londres, sem voltar a Chawton. — Esta demora não o agrada. — Contudo, pode ser ótimo que Dr. P[arry] veja Lady B[ridges] durante a crise de gota. Harriot desejava muito que isso ocorresse. — O dia parece estar melhorando. Gostaria que o mesmo ocorresse com minha pena. — Amável Mr. Ogle. Ouso dizer que ele vê todos os Panoramas[1] sem pagar nada, tem entrada livre em todos os lugares; ele é tão adorável! — Agora, não precisas te encontrar com mais ninguém. — Estou contente em saber que provavelmente veremos Charles & Fanny um pouquinho no Natal, mas não obrigues a pequena Cass[y] a ficar se ela não quiser. — Agiste muito corretamente com relação a Mrs. F[rank] A[usten]. — Tuas notícias a respeito de *S&S* me dão prazer. Nunca vi um anúncio dele. — Em uma carta para Fanny hoje, Harriot pergunta se vendem tecido para redingotes na Bedford House — &, se vendem, ela te agradeceria muito se pedisses a eles que lhe enviem amostras, com a largura & preços — podem ser enviadas de Charing Cross quase qualquer dia da semana — mas, se tiver que fazer o pagamento <u>à vista</u> não vai adiantar, pois a nora do falecido arcebispo[2] diz que não pode pagar imediatamente. — Fanny & eu suspeitamos que eles não vendem o artigo. — Creio que os Sherer realmente partirão agora. Joseph dormiu aqui nas duas últimas noites, & não sei se não é hoje o dia da mudança. Mrs. Sherer veio fazer uma visita de despedida ontem. O tempo piorou novamente. — Jantaremos em Chilham Castle amanhã, & espero me divertir um pouco. Mas mais com o concerto do dia seguinte, já que estou certa de que verei vários que quero ver. Devemos encontrar um grupo de Goodnestone, Lady B[ridges],[3] Miss Hawley & Lucy Foote — & eu devo me encontrar com Mrs. Harrison, & falaremos de Ben & Anna.[4] "Minha querida Mrs. Harrison, direi, receio que o jovem sofra de um pouco da loucura de sua família — & apesar de parecer às vezes que há alguma loucura em Anna também, penso que ela a herdou mais da família da mãe dela do que nossa —" É isso que direi — & penso que ela terá dificuldade em me responder. — Retomei tua carta para me reavivar a memória, uma vez que estava um tanto cansada; & admirei-me com a beleza da caligrafia;

é uma caligrafia de fato muito bonita às vezes — tão pequena & tão elegante! — Gostaria de conseguir pôr tanto em uma folha de papel. — Da próxima vez levarei dois dias para fazer uma carta; é cansativo escrever uma carta longa inteira de uma só vez. Espero receber notícias tuas novamente no domingo & novamente na sexta-feira, o dia anterior à nossa mudança. — Na segunda-feira suponho que irás a Streatham, para ver o pacato Mr. Hill & comer pão feito por um péssimo padeiro. — Caiu o preço do pão, a propósito. Espero que a conta da próxima semana de minha mãe reflita isso. Recebi uma carta muito reconfortante dela, uma de suas folhas de papel almaço bem recheada de pequenas notícias de casa. — Anna esteve lá no primeiro dos dois dias —. Mandar uma Anna embora & buscar uma Anna são duas coisas bem diferentes. — Será um momento excelente para que Ben venha fazer sua visita — agora que nós, as formidáveis, estamos ausentes. Eu não pretendia comer, mas Mr. Johncock trouxe a bandeja, então devo. — Estou totalmente sozinha. Edward foi visitar seus bosques. — Nesse exato momento tenho cinco mesas, vinte & oito cadeiras & duas lareiras só para mim. — Miss Clewes deve ser convidada para ir ao concerto conosco, ficará com o assento & o ingresso de meu irmão, já que ele não poderá ir. Ele & os outros conhecidos dos Cage devem se encontrar em Milgate no mesmo dia para discutir uma alteração proposta para a estrada de Maidstone, na qual os Cage estão muito interessados. Sir Brook virá aqui de manhã, & Mr. Deedes deve se encontrar com eles em Ashford. — A perda do concerto não será um grande mal a Edward. — Seremos um grupo de três senhoras portanto — & devemos encontrar três senhoras — Que conveniente é a carruagem de Henry para os amigos dele de modo geral! — Quem a terá em seguida? — Fico contente que a ida de William seja voluntária, & não por motivos piores. Uma inclinação pelo campo é um defeito venial. — Ele tem mais de Cowper do que de Johnson nele, gosta mais de lebres mansas & versos brancos do que da maré de existência humana de Charing Cross.[5] — Oh!

Recebi mais dos doces elogios de Miss Sharp! — Ela é uma amiga excelente e gentil. Sou lida & admirada na Irlanda também. — Há uma certa Mrs. Fletcher, esposa de um juiz, uma senhora idosa & muito boa & muito inteligente, que está muito curiosa em saber sobre mim — como sou & coisas assim —. Ela não me conhece por <u>nome</u>, contudo. Soube disso por meio de Mrs. Carrick, não de Mrs. Gore — Estás bem notada. — Não perco as esperanças em ter meu retrato na exibição afinal — todo branco & vermelho, com minha cabeça virada para um lado; — ou talvez eu possa me casar com um jovem Mr. D'Arblay.[6] — Suponho que nesse ínterim ficarei devendo ao querido Henry uma boa quantidade de dinheiro pela impressão &c. — Espero que Mrs. Fletcher se delicie com *S&S*. — Se eu for <u>mesmo</u> ficar em H[enrietta] St[reet] & se tu fores escrever para casa em breve, gostaria que fizesses a bondade de mencionar o assunto — pois é improvável que eu escreva para lá novamente nos próximos dez dias, já que escrevi ontem.

Fanny está convencida de que é um certo Mr. Brett que se casará com uma certa Miss Dora Best dessa região. Ouso dizer que Henry não faz objeções. Dize-me, onde os meninos dormiram? —

Os Deedes vêm na segunda-feira para ficar até sexta — então concluiremos o último canto com esplendor. — Trazem Isabella & um dos adultos — & irão a um baile em Canterbury na quinta-feira. — Ficarei feliz em vê-los. — Mrs. Deedes & eu temos que conversar racionalmente, suponho.

Edward não escreve para Henry, porque tenho escrito com muita frequência. Deus te abençoe. Ficarei tão feliz em te ver novamente, & te desejo muitas felicidades. — Pobre Lorde Howard![7] Como ele chora por isso! — Muito verdadeiramente tua,

J.A.

Miss Austen
Henrietta Street, nº 10
Covent Garden
Londres

Notas

[1] *Panoramas*. Projetado por Robert Mitchell, o edifício Panorama foi construído em Leicester Square a fim de abrigar as pinturas panorâmicas de Robert Barker (1737-1806). O interior do prédio possuía escadarias que levavam a diversas plataformas de observação, de onde os visitantes poderiam ver dois panoramas distintos, um grande e um de tamanho menor.

[2] *nora do falecido arcebispo*. Jane Austen referia-se a Harriot Moore (DLF).

[3] *Lady B[ridges]*. Trata-se aqui de outra Lady Bridges. Dorothy Hawley Bridges, segunda esposa de Sir Brook Bridges IV (DLF).

[4] *Mrs. Harrison, & falaremos de Ben & Anna*. Mrs. Harrison era tia de Ben Lefroy.

[5] *Cowper do que de Johnson [...] Charing Cross*. Jane Austen faz referência ao poema de Cowper "Epitaph on a Hare" [Epitáfio a uma lebre] e à obra de James Boswell intitulada *Life of Johnson* [*A Vida de Johnson*] (DLF).

[6] *Mr. D'Arblay*. Filho de Frances Burney (DLF).

[7] *Lorde Howard*. Janice Kirkland, citada por DLF, especula que o aniversário sobre o qual Jane Austen fala no início da carta seja o da Princesa Sophia, filha de George III. Ela estima também que Lorde Howard seja o secretário da Rainha Charlotte.

96. Para Cassandra Austen
Sábado, 6 — domingo, 7 de novembro de 1813
De Godmersham a Londres

Sábado, 6 de novembro. — Godmersham Park

Minha queridíssima Cassandra,
Tendo meia hora antes do desjejum — (muito aconchegada, em meu próprio quarto, uma manhã adorável, lareira excelente, imagina-me) vou te fazer um breve relato dos últimos dois dias. Contudo, o que há para se contar? — Serei estupidamente minuciosa a menos que resuma o assunto. — Encontramos apenas os Britton em Chilham Castle, além de uns certos Mr. & Mrs. Osborne & uma certa Miss Lee hospedados na casa, & éramos apenas 14 pessoas ao todo. Meu irmão & Fanny consideraram este o grupo mais agradável que já haviam conhecido lá & eu me diverti muito com miudezas. — Há muito eu queria ver Dr. Britton, & sua esposa me diverte muito com seu refinamento & elegância afetados. — Achei Miss Lee de muito bom trato; ela admira Crabbe, como deveria. — Está na idade da razão, no mínimo dez anos mais velha que eu. Ela foi ao famoso baile em Chilham Castle, então é claro que te lembras dela. — A propósito, como devo deixar de ser tão jovem, encontro muitos *douceurs*[1] em ser uma espécie de dama de companhia, pois sou acomodada no sofá perto da lareira & posso beber tanto vinho quanto desejar. Tivemos música à noite, Fanny & Miss Wildman tocaram, & Mr. James Wildman se sentou próximo & ouviu, ou fingiu ouvir.
— Ontem foi um dia inteiro de dissipação, primeiro veio Sir Brook para nos dissipar antes do desjejum — depois houve uma visita de Mr. Sherer, depois uma visita matinal regular de Lady Honeywood voltando de Eastwell para casa — depois Sir Brook & Edward partiram — depois jantamos (em cinco pessoas) às 4 e meia — depois tomamos café, & às 6, Miss Clewes, Fanny & eu partimos. Tivemos uma noite linda para nossa diversão. —

Chegamos mais cedo do que precisávamos, mas, após um tempo, Lady B[ridges] & suas duas acompanhantes apareceram, havíamos guardado lugares para elas & lá nos sentamos, todas as seis em uma fileira, sob uma parede lateral, eu entre Lucy Foote & Miss Clewes. — Lady B[ridges] era bem como eu imaginava, não consegui determinar se ela era muito bonita ou muito feia. — Gostei dela por estar com pressa que o concerto terminasse & poder ir embora, & por finalmente ir embora com muita decisão & prontidão, sem esperar para cumprimentar & perder tempo & fazer alvoroço por ver a <u>querida Fanny</u>, que passou metade da noite em outra parte da sala com suas amigas, as Plumptre. Estou ficando muito minuciosa, então vou tomar o desjejum. Quando o concerto terminou, Mrs. Harrison & eu nos encontramos & mantivemos uma conversa breve, tranquila, cortês e amigável. Ela é uma mulher doce, ainda que muito doce, & tão parecida com a irmã! — Parecia quase como se eu estivesse falando com Mrs. Lefroy. — Ela apresentou-me para sua filha, que achei muito bonita, mas respeitosamente inferior a *La Mere Beauté*.[2] Os Fagg & os Hammond estavam lá, W[illia]m Hammond, o único jovem de renome. <u>Miss</u> estava muito bonita, mas prefiro Julia, sua irmãzinha sorridente e coquete. — Fui finalmente apresentada a Mary Plumptre, mas dificilmente a reconheceria se a encontrasse novamente. Ela ficou encantada <u>comigo</u>, contudo, boa alma entusiasmada! — E Lady B[ridges] me achou mais bonita do que esperava, então, vês, não sou tão péssima quanto poderias pensar. — Havia passado das 12 quando chegamos em casa. Estávamos todas cansadíssimas, mas muito bem hoje, Miss Clewes diz que não ficou resfriada, & Fanny parece não ter piorado. Eu estava tão cansada que comecei a imaginar como eu aguentaria o baile na próxima quinta-feira, mas haverá tão mais variedade ao circular por ele, & provavelmente tão menos calor que talvez eu não me sinta pior. Meu crepe ainda está guardado para o baile. Basta do concerto. — Recebi uma carta de Mary ontem. Eles chegaram em segurança a Cheltenham segunda-feira passada & deverão ficar lá certamente por um mês. — Bath ainda é Bath. Os H[enry] Bridges devem deixá-los no início da próxima semana, & Louisa parece não ter perdido a esperança de que todos partam juntos, mas, para aqueles que observam à distância, parece não haver chance alguma de que isso aconteça. — Dr. Parry não quer manter Lady B[ridges] em Bath quando ela puder viajar. É uma sorte. — Ficarás sabendo da morte do pobre Mr. Evelyn. Desde que te escrevi por último, deparei com minha 2ª edição[3] — Mary me diz que Eliza tenciona comprá-la. Espero que ela compre. Não pode depender de quaisquer outras propriedades em Fyfield.[4] — Não posso deixar de esperar que <u>muitos</u> se sintam obrigados a comprá-la. Não me importo de pensar que é um dever desagradável para eles, contanto que o façam. Antes de partir, Mary ouviu que a obra foi muito admirada em Cheltenham, & que foi dada a Miss Hamilton.[5] É prazeroso ouvir o nome de uma escritora tão respeitada. Tenho certeza de que não há como <u>te</u> cansar com esse assunto, ou eu pediria desculpas. — Que clima! & que notícias![6] — Já temos muitos motivos para admirar os dois. Espero que obtenhas tua parcela total de prazer de cada um.

Ampliei meu entendimento & expandi muito meu círculo social nos últimos dois dias. Lady Honeywood, como sabes; — Não me sentei perto o suficiente para julgar com perfeição, mas considerei-a extremamente bonita & seus modos refletem todas as qualidades da calma & bom humor & simplicidade; — & andando por aí com quatro cavalos, & bem-vestida — ela é de modo geral o tipo perfeito de mulher. — Ah! & vi Mr. Gipps ontem à noite — o útil Mr. Gipps, cuja atenção em nos acompanhar até a carruagem foi tão bem aceita para nós, na falta de homem melhor, quanto para Emma Plumptre. — Considerei-o um homenzinho bem bonito. — Anseio por tua carta amanhã, particularmente para que possa saber qual será meu destino com relação a Londres. Meu desejo principal é que Henry decida pelo que acha melhor; certamente não ficarei triste se ele não me quiser. — Igreja matinal amanhã. — Vou retornar me sentindo impaciente. Os Sherer partiram, mas os Paget não vieram, portanto devemos receber Mr. S[herer] novamente. Mr. Paget age como um homem instável. Contudo, Dr. Mant diz que ele tem um temperamento muito bom; o que está errado deve ser atribuído à esposa. — Ouso dizer que a casa gosta de um comando feminino. — Recebi uma longa carta preta & vermelha de Charles, que não conta muito que eu já não soubesse. Há alguma chance de um bom baile na próxima semana, pelo menos no que diz respeito às mulheres. Talvez Lady Bridges esteja lá com alguns dos Knatchbull — Talvez Mrs. Harrison com Miss Oxenden & as Miss Papillon — & se Mrs. Harrison for, Lady Fagg irá. As sombras da noite estão descendo & retomo minha narrativa interessante. Sir Brook & meu irmão retornaram por volta das 4, & Sir Brooks partiu quase de imediato novamente para Goodnestone. — Devemos receber Edw[ar]d B[ridges] amanhã, para nos fazer outra visita dominical — a última, por mais de um motivo; todos eles voltam para casa no mesmo dia que partimos. — Os Deede não vêm até terça-feira. Sophia é quem deve vir. Ela tem uma beleza discutível que quero muito ver. Lady Eliz[abeth] Hatton & Annamaria vieram nos visitar hoje de manhã; — Sim, vieram, — mas penso que não posso dizer mais nada sobre elas. Vieram & sentaram-se & foram embora. Domingo. — Queridíssimo Henry! Que propensão ele tem para ficar doente! & que coisa essa bile! — Essa crise provavelmente foi provocada em parte por seu confinamento anterior & ansiedade; — mas, seja qual for o motivo, espero que esteja passando rápido, & que possas mandar um relato muito bom sobre ele na terça-feira. — Como recebi essa na quarta-feira, naturalmente não devo esperar receber outra na sexta. Talvez uma carta a Wrotham não teria um efeito ruim. Devemos partir no sábado antes que a posta chegue, já que Edward conduzirá seus próprios cavalos pelo trajeto todo. Ele fala em sair às 9 horas. Pararemos em Lenham para descansar. Muita bondade tua me enviar uma carta tão longa e agradável; — ela chegou, com uma de minha mãe, logo depois que eu & meus sentimentos de impaciência entramos em casa. — Que contente estou em fazer o que fiz! — Tinha receio apenas de que <u>tu</u> pensasses que a oferta era desnecessária, mas apaziguaste meu coração. — Diz a Henry que eu <u>vou</u> ficar com ele, por mais que isso o desagrade. Oh! Pobre de mim! — Não tenho tempo nem papel para metade do que quero dizer. — Chegaram duas cartas de Oxford, uma de George ontem. Chegaram lá em muita segurança, Edw[ar]d, duas horas depois da diligência, tendo se perdido no caminho ao sair de Londres. George escreve com muita animação & tranquilidade — espera ficar com os aposentos de Utterson em breve, foi à palestra na quarta-feira, relata alguns de seus gastos, & conclui dizendo, "receio que serei pobre." — Fico contente que ele pense sobre isso tão cedo. — Creio que ainda não foi escolhido nenhum tutor particular, mas meu irmão deve ter notícias de Edw[ar]d sobre o assunto em breve. — Tu, & Mrs. H[eathcote] & Catherine & Alethea passeando juntas na carruagem de Henry, visitando pontos turísticos! — Ainda não me acostumei com a ideia. Tudo que terias para ver de Streatham, já viste! — Teu Streatham & meu Bookham podem ir às favas. — A perspectiva de que Henry me leve até Chawton torna o plano mais perfeito para mim. — Esperava que visses algumas iluminuras, & tu as <u>viste</u>. "Pensava que virias & tu <u>vieste</u>."[7] Lamento que <u>ele</u> não <u>virá</u> do Báltico antes. — Pobre Mary! — Meu irmão recebeu uma carta de Louisa hoje, de um tipo indesejável; — eles devem passar o inverno em Bath! — A decisão acaba de ser tomada. — Dr. Parry assim o desejava, — não por achar que as águas são necessárias para Lady B[ridges] — mas para que ele pudesse ter melhores condições de julgar até que ponto esse tratamento que prescrevendo para ela, que é totalmente diferente do que ela estava acostumada — está correto; & suponho que ele não se incomodará em ficar com mais alguns guinéus de sua Senhoria. — O sistema dele é de redução. Tirou 12 onças[8] de sangue dela quando a gota apareceu, & proíbe vinho &c. — Até o momento, o plano funciona com ela. — <u>Ela</u> está bem satisfeita em ficar, mas é uma decepção dolorosa para Louisa & Fanny. — Os H[enry] Bridges as deixam na terça-feira, & elas tencionam se mudar para uma casa menor. Podes imaginar como Edward se sente. — Não há a menor dúvida de que ele irá para Bath <u>agora</u>; — Eu não me surpreenderia se ele trouxesse Fanny Cage de volta com ele. — Deves receber notícias minhas mais uma vez, um dia ou outro.

Muito afetuosamente tua,
J.A.

Nós não gostamos do plano de Mr. Hampson.

Miss Austen
Henrietta Street, nº 10
Covent Garden
Londres

Notas

¹ *douceurs*. Ver nota 1 da carta 86.
² *La Mere Beauté*. Apelido de Madame de Sévigné (1626-1696), escritora francesa, conhecida por seu epistolário.
³ *2ª edição*. De *Sense and Sensibility*,
⁴ *Eliza [...] propriedades como Fyfield*. Eliza Fowle. A propriedade da família Fowle ficava em Fyfield, Wiltshire, e foi vendida pelo reverendo Fulwar Craven Fowle em 1812.
⁵ *Miss Hamilton*. Elizabeth Hamilton (1756-1816), escritora escocesa, autora do romance *The Cottagers of Glenburnie* (1808) (RWC).
⁶ *Que clima! & que notícias!* Jane Austen se refere ao discurso do Marquês de Wellesley proferido no parlamento inglês em 4 de novembro 1813, enaltecendo a vitória inglesa e dando exemplo a outros países, e também ao discurso de agradecimento de Lorde Bathurst para o Marquês de Wellesley, por suas habilidades nas operações da batalha de Vittoria, proferido na Câmara dos Lordes em 8 de novembro (DLF).
⁷ *Pensava que virias & tu vieste*. Estudiosos estimam que a citação esteja relacionada a algo da infância de Frank Austen.
⁸ *12 onças*. Aproximadamente 340 ml.

97. Para Cassandra Austen
Quarta-feira, 2 — quinta-feira, 3 de março de 1814
De Londres a Chawton

Henrietta St., quarta-feira, 2 de março

Minha queridíssima Cassandra,
Estavas enganada em pensar que estávamos em Guildford ontem à noite, estávamos em Cobham. Ao chegarmos a G[uilford], descobrimos que John[1] & os cavalos haviam partido. Portanto, não fizemos nada além do que já havíamos feito em Farnham, ficamos sentados na carruagem até que atrelassem novos cavalos, & prosseguimos diretamente até Cobham, aonde chegamos antes das 7, & por volta das 8, sentamo-nos para comer uma ave assada muito boa &c. — Em geral fizemos uma viagem muito agradável, & tudo em Cobham foi tranquilo. — Não consegui pagar Mr. Herington! — Foi o único ai de mim! do negócio. Portanto, devolverei a conta que ele mandou & as £2 de minha mãe — para que possas tentar tua sorte. — Não começamos a ler até Bentley Green. A aprovação de Henry[2] até o momento é a que eu esperava; ele diz que é muito diferente dos outros dois, mas não parece julgá-lo inferior de forma alguma. Ele chegou apenas até o casamento de Mrs. R[ushworth]. Receio que tenha passado pela parte mais divertida. — Ele gostou de Lady B[ertram] & Mrs. N[orris] muito generosamente, & elogia-me muito pela criação das personagens. Compreende todas elas, gosta de Fanny & penso que ele prevê como vai terminar. —Acabei *The Heroine*[3] ontem & fiquei muito entretida com ele. Questiono-me por que James não gostou mais dele. Divertiu-me imensamente. — Fomos dormir às 10. Estava muito cansada, mas dormi como um bebê & estou ótima hoje; & no momento Henry parece não ter queixas. Deixamos Cobham às 8 e meia, paramos para alimentar os cavalos & tomar o desjejum em Kingston & chegamos a essa casa consideravelmente antes das 2 — bem no estilo de

Mr. Knight. O gentil e sorridente Mr. Barlowe nos recebeu à porta, & em resposta aos pedidos de notícias, disse que havia uma expectativa geral de paz.[4] — Tomei posse de meu quarto, abri minha chapeleira, enviei as duas cartas de Miss P. pela posta de dois *penny*, recebi a visita de Madame B[igeon], — & estou agora escrevendo sozinha na mesa nova da sala da frente. Está nevando. — Tivemos algumas tempestades de neve ontem, & uma geada severa à noite, que nos rendeu uma estrada difícil de Cobham até Kingston; mas, à medida que foi ficando lamacenta & pesada, Henry mandou atrelar um par de cavalos dianteiros da última parada até o fim de Sloane St[reet] — Seus próprios cavalos, portanto, não devem ter feito tanto esforço. — Fiquei atenta aos véus à medida que passávamos pelas ruas, & tive o prazer de ver vários em cabeças comuns. — E agora, como estão todas vós? Especialmente tu, após a preocupação de ontem & anteontem. Espero que Martha tenha feito uma visita agradável novamente, & que tu & minha mãe tenhais comido a torta de carne. Tem certeza de que estarei pensando no limpador de chaminés logo que acordar amanhã. — Garantimos assentos para Drury Lane no sábado, mas o alvoroço para ver Keen [sic] é tão grande que havia apenas lugares disponíveis para as terceira e quarta filas. Como fica em um camarote de frente, contudo, creio que estaremos muito bem. — Shylock.[5] — Uma ótima peça para Fanny. Penso que ela não ficará muito impressionada. — Mrs. Perigord acaba de sair daqui. Paguei a ela um xelim pelo vime.[6] Ela me diz que devemos a seu patrão pelo tingimento da seda. — Minha pobre musselina velha não foi tingida ainda; ele prometeu que o faria várias vezes. — Que gente perversa são os tintureiros! Eles começam tingindo suas próprias almas de escarlate pecado. — Avisa minha mãe que minhas £6,15 foram devidamente recebidas, mas foram creditadas em minha conta em vez da dela, & acabo de assinar um papel que as transfere para ela. É noite. Bebemos chá & dediquei-me à leitura do terceiro volume de *The Heroine*, & não penso que ele decai.

— É uma deliciosa obra burlesca, particularmente do estilo de Radcliffe.[7] — Henry está prosseguindo com *Mansfield Park*; ele admira H[enry] Crawford — da forma correta, quero dizer — como um homem perspicaz, agradável. — Conto-te tudo de bom que posso, já que sei o quanto apreciarás sabê-lo. —

John Warren & a esposa foram convidados para jantar aqui, para escolherem uma data dentro das próximas duas semanas. — Não espero que venham. — Wyndham Knatchbull deve ser convidado para o domingo, & se for cruel o suficiente para concordar deve-se conseguir alguém para ir buscá-lo. — Ficamos sabendo que Mr. Keen [sic] está mais admirado do que nunca. Os dois assentos vagos de nossas duas fileiras serão provavelmente ocupados por Mr. Tilson & seu irmão General Chowne. — Devo me preparar para rir ao ver Frederick[8] novamente. — Parece certo que terei a carruagem na sexta-feira para fazer visitas, portanto tenho pouca dúvida de que conseguirei chegar até a casa de Miss Hare. Devo visitar Miss Spencer: como sou engraçada! —

Não há bons assentos para comprar em Drury Lane nas próximas duas semanas, mas Henry tenciona garantir alguns para daqui a dois sábados, quando tua presença é aguardada. —

Imagino o que poderás ter que aturar desta vez que seja pior que Sarah Mitchell! — Transmita meu amor para a pequena Cassandra,[9] espero que ela tenha achado minha cama confortável ontem à noite & não a tenha deixado cheia de pulgas. — Ainda não vi ninguém em Londres com um queixo tão grande quanto o de Dr. Syntax,[10] nem ninguém tão grande quanto Gogmagoglicus.[11] — Afetuosamente tua,

J. Austen

Quinta-feira

Meu baú não chegou ontem à noite, suponho que chegue hoje pela manhã; senão terei que emprestar meias de seda & comprar sapatos & luvas para minha visita. Foi tolice minha não ter me precavido melhor contra essa possibilidade. Contudo, tenho grandes esperanças que escrever sobre o assunto trará o baú sem demora. —

Miss Austen
Chawton
Por cortesia de
E[dward] W[illiam] Gray, Esq.

Notas

¹ *John*. Cocheiro de Henry (DLF).
² *aprovação de Henry*. Jane Austen se refere à leitura de *Mansfield Park*. Não se sabe se Henry lia nesse momento o manuscrito, a prova do livro ou o primeiro exemplar da publicação. O romance foi publicado em maio de 1814 (RWC).
³ *The Heroine*. Romance de Eaton Stannard Barret (1786-1820), publicado em três volumes em 1813 sob o título de *The Heroine; or, Adventures of a Fair Romance Reader* [*A Heroína; ou As aventuras de uma bela leitora de romances*] (DLF).
⁴ *expectativa geral de paz*. Jane Austen se refere ao fim das Guerras Napoleônicas. No fim de março de 1814, Paris foi tomada pelas tropas da Coalizão e o exército de Napoleão sucumbiu, tornando iminente sua derrota. Napoleão abdicou do trono em 6 de abril de 1814.
⁵ *Drury Lane [...] Shylock*. Jane Austen e seus acompanhantes foram assistir a *The Merchant of Venice* [*O Mercador de Veneza*] de William Shakespeare em 5 de março de 1814 no teatro em Drury Lane. Na peça, Edmund Kean (1787-1833), um dos maiores atores trágicos da Inglaterra, conhecido por sua excelente atuação ao interpretar vilões shakespearianos, interpretou o papel de Shylock.
⁶ *vime*. Também chamado de salgueiro. Material utilizado para fazer chapéus trançados, semelhantes aos de palha.
⁷ *Radcliffe*. A escritora Ann Radcliffe (1764-1823) foi uma das maiores expressões do romance gótico na Inglaterra, responsável por elevar a respeitabilidade desse subgênero romanesco no final do século XVIII. Entre suas diversas obras, *The Mysteries of Udolpho* [*Os Mistérios de Udolpho*] tem um papel essencial em *Northanger Abbey* [*A Abadia de Northanger*] de Jane Austen, uma vez que foi um dos romances góticos lidos pela heroína Catherine Morland.
⁸ *Frederick*. Jane Austen se refere ao General Christopher Tilson Chowne como "Frederick". DLF especula que ela e a irmã possam ter visto alguma encenação amadora de *Lovers Vows* [*Votos dos Amantes*], em que Chowne teria atuado no papel de Frederick. *Lovers Vows*, peça teatral de autoria de Elizabeth Inchbald exibida pela primeira vez em 1798, no Covent Garden, ficou conhecida pelo público leitor de Jane Austen, pois foi encenada pelas personagens de *Mansfield Park*.
⁹ *pequena Cassandra*. Filha de Charles Austen, também chamada de Cassy por Jane Austen em outras cartas.
¹⁰ *Dr. Syntax*. Personagem do poema "The Tour of Dr. Syntax in Search of the Pictoresque" ["A viagem de Dr. Syntax em busca do pitoresco"] de William Combe (1741-1823), publicado em 1812. A obra é uma sátira aos ideais estéticos que compunham o pitoresco, que esteve presente em produções artísticas britânicas no final do século XVIII, e seus seguidores.
¹¹ *Gogmagoglicus*. Gigante de lendas medievais inglesas.

98. Para Cassandra Austen
Sábado, 5 — terça-feira, 8 de março de 1814
De Londres a Chawton

Henrietta St[reet], sábado, 5 de março

Minha querida Cassandra,
Não te zangues comigo por iniciar outra carta para ti. Li *The Corsair*,[1] consertei minha anágua, & não tenho mais nada para fazer. — Sair é impossível. É um dia odioso para todos. O espírito de Edward anseia pelo sol, & aqui não há nada além de nebulosidade e granizo; e embora esses dois cômodos estejam deliciosamente quentes, imagino que esteja muito frio lá fora. — O jovem Wyndham aceita o convite. É um jovem tão agradável, cavalheiresco, desafetado, que acho que pode ser adequado para Fanny; — tem um aspecto sensível e calmo que agrada. — Nosso destino com Mrs. L[atouche] & Miss E[ast] está marcado para o sábado da próxima semana. — Chegou um bilhete cortês de Miss. H[arriet] Moore, desculpando-se por não retornar minha visita hoje & nos convidando para participar de uma pequena recepção esta noite — Obrigada, mas estaremos ocupados com coisa melhor. — Hoje cedo eu conversava com Madame B[igeon] sobre um bolo de frutas cozidas, quando descobrimos que seu patrão não tem geleia de framboesa, <u>ela</u> tem um pouco, e está naturalmente determinada a ceder a ele; mas não poderias trazer um vidro para ele quando vieres? —

<u>Domingo</u>. — Encontro um tempinho antes do desjejum para escrever. — Já havia passado consideravelmente das 4 quando chegamos ontem; as estradas estavam tão ruins! — por isso colocaram quatro cavalos a partir da ponte de Cranford. Fanny sentiu um frio miserável no início, mas ambos parecem estar bem. — Não há nenhuma possibilidade de que Edw[ar]d escreva. A opinião dele, contudo, tende a ser <u>contrária</u> a uma segunda ação penal;[2] ele pensa que seria uma medida vingativa. Pode ser

que ele pense diferente estando no local. — Mas as coisas devem seguir seu curso. —

Ficamos muito satisfeitos com Kean. Não consigo pensar em uma atuação melhor, mas o papel era curto demais, & com exceção dele & de Miss Smith, & ela não correspondeu muito a minhas expectativas, o elenco foi mal escolhido, & a peça, pesada. Estávamos cansados demais para ficar até o fim de *Illusion* (*Nourjahad*),[3] que tem três atos; — a peça tem muito refinamento & dança, mas penso que pouco mérito. Elliston era Nourjahad, mas é um tipo de papel solene, de modo algum calculado para seus talentos. Não havia nada do grande Elliston em sua atuação. Eu não o teria reconhecido, senão pela voz. — Um pensamento grandioso me ocorreu sobre nossos vestidos. Essas seis semanas de luto[4] fazem tanta diferença que não irei até Miss Hare, até que possas vir pessoalmente & ajudar na escolha; a menos que desejes particularmente o contrário. — Dificilmente poderá valer muito a pena mandar fazer vestidos tão caros; podemos comprar uma touca ou um véu em vez disso; — mas podemos conversar mais a respeito disso quando estivermos juntas. — Henry acaba de descer, parece bem, seu resfriado não piorou. Eu esperava encontrar Edward sentado à mesa, escrevendo para Louisa, mas cheguei primeiro. — Deixei Fanny dormindo profundamente. — Estava circulando pela casa ontem à noite, quando eu fui dormir, pouco depois da uma. — Estou felicíssima por saber que não havia mais que cinco camisas. Ela te agradece por teu bilhete, & se censura por não ter escrito para ti, mas assegurei a ela que não havia motivo. — Os relatos de Lady B[ridges] não são fundamentais. — Em geral, creio que Fanny gostou muito de Bath. Saíram apenas três noites; — para uma peça & e cada um dos salões; — andaram bastante, & viram bastante os Harrison & os Wildman. — Todos os Bridges devem vir embora juntos, & Louisa provavelmente fará um desvio em Dartford para ir visitar Harriot. — Edward está bem [texto incompleto]. — Retornamos agora da igreja, & vamos todos escrever. — Quase todos estavam em trajes de luto ontem à noite, mas meu vestido marrom saiu-se muito bem. General Chowne foi apresentado a mim; não resta muito de Frederick nele. — Afinal das contas, esse jovem Wyndham não vem; chegou um bilhete de desculpas muito longo & muito cortês. Isso faz com que se reflita sobre os altos & baixos desta vida. Estou decidida a adornar meu tafetá lilás com uma fita de cetim preto da mesma forma que meu crepe de seda, seis dedos de largura na parte de baixo, três ou quatro dedos na parte de cima. — Adornos de fita estão na última moda em Bath & ouso dizer que a moda nos dois lugares é bem semelhante neste ponto, para <u>meu</u> contentamento. — Com este acréscimo será um vestido muito útil, propício para ir a qualquer lugar. — Henry acaba de me dizer neste momento que gosta cada vez mais de meu *M.P*; está no terceiro volume. — Creio que <u>agora</u> mudou de ideia quanto a prever o final; — ele disse ontem pelo menos que desafiava qualquer um a dizer se H[enry] C[rawford] sofreria uma transformação, ou se esqueceria de Fanny em duas semanas. — Gostaria muitíssimo de ver Kean novamente & ir vê-lo contigo também; pareceu-me que não havia onde achar defeito nele; & sua cena com Tubal foi uma encenação primorosa. Edward trocou correspondências com Mr. Wickham sobre o caso Baigent, & mostrou-me algumas cartas anexadas por Mr. W[ickham] de um amigo dele, um advogado que ele havia consultado sobre o assunto & cuja opinião é <u>favorável</u> à ação penal por agressão, supondo que o menino seja inocentado na primeira, que é o que ele espera que aconteça. — Cartas excelentes; & estou certa de que ele deve ser um homem excelente. São cartas tão refletidas, claras, atenciosas que parece que foi Frank quem as escreveu. Anseio saber quem ele é, mas o nome está sempre cortado. Foi consultado apenas como amigo. — Quando Edw[ar]d declarou-me <u>sua</u> opinião <u>contrária</u> à segunda ação penal, ele não havia lido essa carta, que estava esperando por ele aqui. — Mr. W[ickham] deve participar do júri. Esse assunto deve acelerar uma intimidade entre a família dele & a de meu irmão. — Fanny não pode responder a tua

pergunta sobre as casas de botão até chegar em casa. — Não te
contei, mas logo após Henry & eu iniciarmos nossa viagem, ele
disse, comentando sobre a tua, que desejava que viesses com a
mala-posta às expensas dele, & acrescentou algo sobre a carruagem te encontrar em Kingston. Não mencionou mais nada
a esse respeito desse então. — Agora acabo de ler a carta de Mr.
Wickham, pela qual parece que as cartas do amigo foram enviadas
a meu irmão um tanto confidencialmente — portanto, não comentes. Pela forma como se expressa, o amigo deve ser um dos
juízes. Um dia frio, mas claro & limpo. — Receio que dificilmente
deves ter começado teu plantio. — Lamento saber que houve
um aumento no chá. Não pretendo pagar Twining[5] até mais
tarde hoje, quando poderemos fazer um novo pedido. — Anseio
saber algo sobre o hidromel — & como estás com a falta de uma
cozinheira. — <u>Segunda-feira</u>. Que dia! — O chão coberto com
neve! O que será de nós? — Era para termos caminhado cedo
até as lojas próximas, & tínhamos a carruagem para as mais distantes. — Mr. Richard Snow[6] gosta terrivelmente de nós. Ouso
dizer que ele também foi até Chawton. — Fanny & eu fomos ao
parque ontem & passeamos por lá & nos divertimos muito; —
nosso jantar & noite foram muito bons. — Mr. J[ohn] Plumptre
& Mr. J[ames] Wildman vieram nos visitar enquanto estávamos
fora; & vimos rapidamente os dois & também G[eorge] Hatton
no parque. <u>Eu</u> não consegui fazer uma nova amizade sequer.
— Bisbilhotando um pouquinho, agora sei que Henry deseja ir
a Godmersham por alguns dias antes da Páscoa, & de fato prometeu fazê-lo. — Sendo assim, não deve haver tempo para que
permaneças em Londres após retornares de Adlestrop. — Portanto, não deves adiar tua vinda; — e me ocorreu que em vez de
eu vir novamente para cá depois de Streatham, será melhor para
ti que me encontres lá. — É muito reconfortante ter descoberto
a verdade. — Henry pensa que não pode partir para Oxfordshire
antes da quarta-feira, que será dia 23; mas não teremos muitos dias
juntas aqui antes. — Escreverei a Catherine [Hill] muito em

breve. Bem, saímos, fomos até Conventry St[reet] —; Edw[ar]d nos acompanhou até lá & na volta até a loja de Newton,[7] onde nos deixou, & eu trouxe Fanny para casa em segurança. Estava nevando o tempo todo. Desistimos inteiramente da ideia da carruagem. Edward & Fanny ficam mais um dia, & ambos parecem muito contentes em fazê-lo. — Nossa visita aos Spencer naturalmente está adiada. — Edw[ar]d teve notícias de Louisa hoje pela manhã. A mãe dela não melhora, & Dr. Parry fala em reiniciar o tratamento com as águas; isso fará com que fiquem em Bath por mais tempo, & naturalmente não é aceitável. Não podes imaginar o quanto minha estola de arminho foi admirada pelo pai & pela filha. Foi um presente nobre. — Talvez não tenhas conhecimento de que Edward tem uma boa chance de escapar do processo.[8] O oponente dele deu-se por vencido. Os termos do acordo ainda não estão bem definidos. — Devemos assistir a "*The Devil to Pay*" hoje à noite. Espero me divertir muito. — Com exceção de Miss Stephens, ouso dizer que *Artaxerxes*[9] será muito cansativa. Uma grande quantidade de toucas bonitas nas vitrines de Cranbourn Alley! — Espero que, quando vieres, nós duas fiquemos tentadas. — Arruinei-me por uma fita de cetim preta com uma borda de pérolas respeitável; & agora estou tentando arranjá-la em forma de rosas, em vez de arrumá-la em tranças duplas. — Terça-feira. Minha queridíssima Cassandra, sempre em meio a tanta pressa acuso o recebimento de tua carta ontem à noite, pouco antes de partirmos para Covent Garden. — Meus trajes de luto não chegaram, mas não tem importância. Neste exato momento Rich[ar]d pôs o pacote sobre a mesa. — Eu o abri & li teu bilhete. Obrigada, obrigada, obrigada. —

Edw[ar]d está espantado com as 64 árvores. Ele pede que te transmita seu afeto & que te avise sobre a chegada de uma escrivaninha para ele. Deveria chegar a Chawton nesta semana. Ele roga que faças a gentileza de pedir que se informem sobre ela & busquem-na com a carroça; mas deseja que não seja desembalada até que ele esteja pessoalmente no local. Ela pode ser colocada no hall. — Bem, Mr. Hampson jantou aqui & tudo o mais. Fiquei muito cansada com Artaxerxes, imensamente entretida com a farsa, & um pouco menos com a pantomima que se seguiu. Mr. J[ohn] Plumptre juntou-se a nós mais tarde da noite — caminhou conosco até em casa, tomou sopa, & está muito ansioso por nossa ida a Covent Garden hoje à noite novamente para ver Miss Stephens[10] em *The Farmers Wife*.[11] Ele tentará um camarote. Eu pessoalmente não desejo que ele consiga. Já basta para o momento. — Henry janta hoje com Mr. Spencer. —

Muito afetuosamente tua,
J. Austen

Miss Austen
Chawton
Por cortesia de
Mr. Gray

Notas

[1] *The Corsair.* Em português, "O Corsário". Publicado por John Murray em 1814, é um conto em verso de autoria de Lord Byron (1788-1824), um dos maiores nomes do Romantismo na Inglaterra.

[2] *uma segunda ação penal.* Trata-se do caso de James Baigent, acusado de esfaquear Stephen Mersh, ambos residentes em Chawton. Julgado em Winchester em março de 1814, Baigent foi considerado inocente e parece não ter havido um segundo julgamento (DLF). Jane Austen retomará esse assunto novamente no decorrer da carta.

[3] *Illusion. Illusion; or, the Trances of Nourjahad; an Oriental Romance* [*Ilusões; ou os transes de Nourjahad; um romance oriental*]. Peça baseada em um conto persa, escrita por Samuel James Arnold (1774-1852), com tradução de Frances Chamberlaine Sheridan (1724-1766) e música de Michael Kelly (1762-1826).

[4] *luto.* DLF anota que se trata do Duque de Mecklenburg-Strelitz, irmão da rainha Charlotte, esposa de George III. O duque faleceu em 27 de janeiro de 1814.

[5] *Twining.* Com a popularidade da venda de chá, em 1717, Thomas Twining comprou dois imóveis adjacentes, localizados na Strand, 216 e em um deles abriu uma loja especificamente para a venda de chás desidratados, enquanto o outro foi transformado em um café, local onde a frequência era exclusivamente masculina. Portanto, a abertura da loja permitiu que ele pudesse vender seus chás diretamente para mulheres de posses, já que tomar chá em casa havia se tornado uma tendência da moda. Na época em que Jane Austen frequentou a loja, ela era administrada por Richard Twining, neto de seu fundador.

[6] *Mr. Richard Snow.* Jack Frost e Dick (Richard) Snow eram personificações do clima do inverno (DLF).

[7] *a loja de Newton.* Loja de tecidos, cujo proprietário chamava-se Isaac Newton, em Londres.

[8] *escapar do processo.* DLF especula que pode se tratar de uma referência precoce a um processo movido contra Edward Austen Knight em outubro de 1814, reclamando a posse de Chawton, pela família Hinton/Baverstock.

[9] *The Devil to Pay [...] Artaxerxes. The Devil to Pay or, The Wives Metamorphos'd* [*O diabo pagará ou a metamorfose da esposa*] é uma farsa de Charles Coffey, apresentada após *Artaxerxes*, ópera de Thomas Arne (DLF).

[10] *Miss Stephens.* Catherine (Kitty) Stephens (1794-1882), soprano e atriz que estreou em Covent Garden em 1813, considerada a sucessora de Dorothy Jordan (ver nota 5 da carta 30).

[11] *The Farmers Wife. The Farmer's Wife: a Comic Opera, in Three Acts* [*A esposa do fazendeiro: uma ópera cômica em três atos*] é uma peça musical escrita por Charles Dibdin, exibida pela primeira vez no Theatre Royal, Covent Garden, em de fevereiro de 1814.

99. Para Cassandra Austen
Quarta-feira, 9 de março de 1814
De Londres a Chawton

Henrietta St., quarta-feira, 9 de março
Bem, fomos ao teatro novamente ontem à noite &, como estivemos fora uma grande parte da manhã também, fazendo compras & vendo os malabaristas indianos,[1] estou bem contente em ficar quieta agora até a hora de me vestir. Vamos jantar nos Tilson & amanhã na casa de Mr. Spencer. — Não havíamos terminado o desjejum ontem quando Mr. J[ohn] Plumptre apareceu para dizer que havia conseguido um camarote. Henry convidou-o para jantar aqui, o que imagino que ele ficou muito feliz em fazer; & assim, às 5 horas nós quatro sentamo-nos à mesa juntos, enquanto o próprio dono da casa se preparava para sair. — *The Farmer's Wife* é um musical em três atos, & como Edward estava decidido a não ficar para mais nada, chegamos em casa antes das 10 — Fanny & Mr. J[ohn] P[lumptre] estão encantados com Miss S[tephens], & ouso dizer que seu mérito como cantora é muito grande; o fato de ela não me causar nenhum prazer não é nenhum demérito dela, espero que nem meu, já que a natureza me fez assim. Tudo que sinto sobre Miss S[tephens] é que é uma pessoa agradável & sem habilidades para a interpretação. — Tivemos Mathews, Liston & Emery;[2] alguma diversão, é claro. — Nossos amigos partiram antes das 8 e meia da manhã de hoje, & tinham diante deles a previsão de uma viagem pesada e fria. — Creio que ambos gostaram muito da visita, tenho certeza de que Fanny gostou. — Henry percebe uma ligação genuína entre ela & o novo conhecido dele.[3] — Eu também estou resfriada, assim como minha mãe & Martha. Que haja uma competição para ver qual de nós consegue se livrar dele primeiro. — Visto meu vestido de gaze hoje, mangas compridas & tudo o mais; verei quanto sucesso farão, mas ainda não tenho

razões para imaginar que mangas compridas são admissíveis.
— Desci o decote especialmente nas laterais, & trancei a fita de cetim preto na parte de cima. Assim será meu traje de folhas de videira & miçangas.[4] Prepara-te para uma peça já na primeira noite, penso que em Covent Garden, para ver Young em *Richard*.[5] — Providenciei para que tua pequena companheira fosse levada até Keppel S[treet][6] imediatamente. — Eu mesma não consegui ainda ir até lá, mas espero ir em breve. Que clima cruel! E aqui está também Lorde Portsmouth casado com Miss Hanson![7] — Henry terminou *Mansfield Park*, & sua aprovação não diminuiu. Ele achou a última metade do último volume <u>extremamente interessante</u>. Suponho que minha mãe se lembra de que não me deu dinheiro para pagar Brecknell & Twining;[8] & <u>meus</u> recursos não serão suficientes. —

Chegamos em casa em tão boa hora que posso terminar minha carta esta noite, o que será melhor do que me levantar para fazer isso amanhã, especialmente em virtude de meu resfriado, que me faz sentir a cabeça pesada agora à noite — Em vez disso, penso em ficar na cama por mais tempo do que de costume. — Eu não estaria bem o suficiente para ir a Hertford St[reet] de maneira alguma. — Encontramos apenas o General Chowne hoje, que não tem muito a dizer. — Estava pronta para rir da lembrança de Frederick, & um Frederick tão diferente como preferimos imaginá-lo em comparação com o verdadeiro Christopher! — Mrs. Tilson também tinha mangas compridas, & assegurou-me que são usadas à noite por muitas. Fiquei feliz em saber disso. — Ela janta aqui, creio, na próxima terça-feira. —

Na sexta-feira devemos ficar tranquilos, apenas com Mr. Barlowe & uma noite de negócios. — Estou tão satisfeita que o hidromel foi destilado! Meu amor a todos. Se Cassandra encheu minha cama de pulgas, tenho certeza de que é ela mesma que será picada. —

Escrevi para Mrs. Hill & não me importo com mais ninguém.

Afetuosamente tua,
J. Austen

Miss Austen
Chawton
Por cortesia de
Mr. Gray

Notas

¹ *malabaristas indianos*. Durante as duas primeiras décadas do século XIX, trupes de malabaristas indianos fizeram visitas frequentes a Londres. A turnê iniciada em 1813 envolveu seis apresentações por dia na Pall Mall 87, e custavam 3 xelins (VJ).

² *Mathews, Liston & Emery*. Charles Mathews (1776-1835); John Liston (?1776-1846); John Emery (1777-1822), comediantes populares na época (DLF).

³ *ela & o novo conhecido dele*. Fanny Austen Knight e John Plumptre.

⁴ *traje de folhas de videira & miçangas*. Jane Austen cita livremente um poema infantil popular chamado "The Peacock at Home" ["O pavão em casa"] (1807), de Catherine Ann Dorset (1750-1817?) (VJ).

⁵ *Young em Richard*. Trata-se do ator Charles Mayne Young (1777-1856), um dos maiores atores trágicos do período, que era o ator principal da peça *Richard III* [*Ricardo III*], de Shakespeare.

⁶ *tua pequena companheira [...] Keppel St.* A filha de Charles, Cassandra, também chamada pelas tias de Cassy. A família da mãe morava em Keppel Street.

⁷ *Lorde Portsmouth [...] Miss Hanson*. Trata-se de John Charles Wallop, o terceiro Conde de Portsmouth, que foi aluno do pai de Jane Austen e sofria de doenças mentais graves. John Hanson, o curador do conde, planejou que ele se casasse com sua filha após o conde ter ficado viúvo. Era John Hanson que cuidava de toda a fortuna de Lorde Portsmouth. O casamento ocorreu em 7 de março de 1814 e foi anulado em 1823 (VJ).

⁸ *Brecknell & Twining*. Benjamim Brecknell, fabricante de velas, cuja loja ficava na Haymarket, 31-32. Para Twining, ver nota 5 da carta 98.

100. Para Francis Austen
Segunda-feira, 21 de março de 1814
De Londres a Spithead
Carta incompleta

Henrietta St[reet], segunda-feira, 21 de março

[...] e apenas tempo suficiente para o que deve ser feito. E tudo isso com bem poucos conhecidos na cidade & sem ir a festa alguma & vivendo muito tranquilamente! — O que as pessoas fazem que [...].
[...]
Talvez antes do final de abril, *Mansfield Park*, pela autora de *S&S* — *P&P*, possa vir ao mundo. — Mantém o <u>nome</u> em segredo. Não gostaria que ficasse conhecido antes da hora. Deus te abençoe. — Cassandra te manda seu profundo afeto. Afetuosamente, tua

J. Austen

101. Para Cassandra Austen
Terça-feira, 14 de junho de 1814
De Chawton a Londres

Chawton, terça-feira, 13 de junho [sic]
Minha queridíssima Cassandra,
Fanny leva minha mãe a Alton hoje pela manhã, o que me dá a oportunidade de mandar-te algumas linhas, sem qualquer outra preocupação além de escrevê-las. É um dia delicioso no campo, & espero que não quente demais para a cidade. — Bem, confio que fizeste uma boa viagem & tudo o mais; — & sem chuva suficiente para estragar tua touca. — Parecia tão provável que seria uma noite chuvosa que subi até a Casa Grande entre as 3 & 4, & entreguei-me muito confortavelmente ao ócio por uma hora, apesar de Edw[ar]d não estar muito animado. O ar estava mais limpo ao anoitecer & ele melhorou. — Nós cinco passeamos juntos pela horta & pela Gosport Road, & eles tomaram chá conosco. — Ficarás feliz em saber que G[eorge] Turner conseguiu outro <u>emprego</u> — algo relacionado a vacas perto de Rumsey, & ele deseja se mudar imediatamente, o que provavelmente não será um inconveniente para ninguém. O novo viveirista de Alton vem hoje pela manhã para avaliar a safra na horta. —

A única carta hoje é de Mrs. Cooke para mim. Eles não deixam a residência deles até julho & querem que eu vá ficar com eles conforme havia prometido. — Após ter considerado tudo, decidi ir. Meus companheiros me apoiam. — Contudo, não irei até que Edward tenha partido, para que ele sinta que tem alguém a quem deixar as ordens até o fim; — É claro que terei que desistir de toda a ajuda da carruagem dele. — E de qualquer forma deve ser uma despesa extra tão grande que já estou bem decidida, & não pretendo me importar. Estejas certa de que estive pensando em Triggs & a charrete, mas sei que terminarei indo na mala-posta. Eles me encontrarão em Guilford. — Além dos pedidos resolutos por minha presença, admiram *Mansfield Park* extremamente. Mr.

Cooke diz que "é o romance mais sensato que ele já leu" — e o modo como abordo o clero os agrada muito. — Por fim devo ir — & quero que te juntes a mim lá quando tua visita em Henrietta St[reet] tiver terminado. Põe isso em tua cabeça espaçosa. —

Cuida-te, & não sejas pisoteada até a morte ao correr atrás do imperador.[1] A notícia em Alton ontem era de que eles certamente viajariam por esta estrada ou na ida ou na volta de Portsmouth. — Anseio por saber o que esta reverência do Príncipe vai render. —

Vi Mrs. Andrews ontem. Mrs. Browning já a tinha visto antes. Ela está muito feliz em enviar uma Elizabeth. —

Miss Benn continua a mesma. — Mr. Curtis, contudo, a viu ontem & disse que a mão dela progredia o melhor possível. Aceita nosso mais profundo afeto. —

Muito afetuosamente tua,
J. Austen

Miss Austen
Henrietta Street, nº 10
Por cortesia de
Mr. Gray

Notas

[1] *imperador*. Após Napoleão ter abdicado ao trono e se exilado em Elba, o Imperador da Rússia e o Rei da Prússia, aliados do Reino Unido, visitaram a Inglaterra. Um dos maiores eventos comemorativos ocorreu em Spithead, na região de Portsmouth. Trata-se da revista da frota, que ocorre quando a frota de navios da marinha reúne-se para exibição e revista por chefe de estado ou outros oficiais civis e militares. A revista da frota em questão ocorreu em 24 de junho, com a presença dos visitantes e do Príncipe Regente e atraiu uma multidão no local, e as estradas por onde passaram também ficaram repletas de ingleses, entre os quais Fanny, a sobrinha de Jane Austen, já que a comitiva passou perto de Chawton (VJ).

102. Para Cassandra Austen
Quinta-feira, 23 de junho de 1814
De Chawton a Londres

Quinta-feira, 23 de junho

Queridíssima Cassandra,
Recebi tua bonita carta enquanto as crianças tomavam chá conosco, já que Mr. Louch foi tão gentil em trazê-la. Tuas boas notícias de todos nos deixaram muito felizes. — Soube de Frank ontem; quando iniciou a carta, ele esperava estar aqui na segunda-feira, mas antes que a tivesse terminado lhe disseram que a revista da frota não ocorreria até a sexta-feira, o que provavelmente lhe causaria algum atraso, uma vez que ele não pode cuidar de algumas de suas próprias necessidades, enquanto Portsmouth estiver em tanto alvoroço. Espero que Fanny tenha visto o imperador, & então posso com justiça desejar que todos se vão. — Eu vou amanhã, & espero alguns atrasos & aventuras. — Trouxeram a lenha de minha mãe — mas, por algum erro, nenhum feixe. Portanto, ela precisará comprar um pouco. — Henry no White's![1] — Oh! Que Henry. — Não sei o que desejar em relação a Miss B[urdett], então vou segurar minha língua & meus desejos.

Sackree & as crianças partiram ontem & não retornaram para nós. Estavam todos bem na noite anterior. — Ontem recebemos uns presentes generosos da Casa Grande, um presunto & as quatro sanguessugas. — Sackree deixou algumas camisas de seu patrão na escola, as quais, acabadas ou inacabadas, ela pede que sejam enviadas por Henry & W[illia]m — Esperamos Mr. Hinton em casa em breve, o que é bom para as camisas. — Visitamos Miss Dusautoy & Miss Papillon & estávamos muito elegantes. — Miss D[usautoy] está convencida de que é Fanny Price, tanto ela quanto a irmã mais nova, cujo nome é Fanny. — Miss Benn tomou chá com os Prowting, & creio que vem nos ver esta noite. Ela ainda está com o dedo indicador inflamado, & um pouco de pus, & não parece estar próxima de uma cura total; mas seu ânimo está bom — & creio que ela ficará felicíssima em aceitar qualquer convite. — Os Clement foram a Petersfield para dar uma olhada. —

Imagina só o Marquês de Granby² morto. Espero que, se o Céu quiser que tenham um outro filho, escolham padrinhos melhores & menos exibição.

Certamente não <u>desejo</u> que Henry volte a pensar em me levar para a cidade. Eu preferiria retornar direto de Bookham; mas, se ele realmente propuser isso, não posso dizer não a uma intenção tão gentil. Contudo, não poderia ser senão por alguns dias, já que minha mãe ficaria um tanto desapontada se eu ultrapassasse as duas semanas que falo que estarei fora; — pelo menos não poderíamos ambas nos ausentar por mais tempo com tranquilidade. — O meio de julho é a vez de Martha, se de fato houver uma vez. Ela deixou ao encargo de Mrs. Craven fixar a data. — Gostaria que ela recebesse o dinheiro dela, pois temo que a ida dela depende inteiramente disso. — Em vez de Bath, os Deans Dundas alugaram uma casa em Clifton, — Richmond Terrace — & ela está tão contente com a mudança quanto tu & eu ficaríamos — ou quase. — Agora, ela poderá ir de Berks³ & visitá-los, sem medo do calor. — Esta posta trouxe-me uma carta de Miss Sharpe. Pobrezinha! Ela realmente tem sofrido! Mas agora está num estado comparativamente melhor. Está na residência de Sir W[illiam] P[ilkington], in Yorkshire, com as crianças, & não há indícios de que ela os deixe. — É claro, perdemos o prazer de vê-la aqui. Ela escreve tão bem a respeito de Sir W[illia]m — Eu realmente quero que ele se case com ela! — Há uma viúva Lady P[ilkington] dando ordens por lá, para garantir que tudo esteja certo. — O <u>homem</u> é o mesmo; mas ela não menciona a profissão ou ramo de negócios dele. — Ela não crê que Lady P[ilkington] estava informada do plano dele em relação a ela; mas, como depende dele, cedeu. — Oh! Sir W[illia]m — Sir W[illia]m — como te amarei, se amares Miss

Sharp! — Mrs. Driver &c. partiram com a Collier;[4] mas tão perto de se atrasar demais que não teve tempo de passar & deixar as chaves pessoalmente. — Estou com elas, contudo; — Suponho, uma é a chave do armário de roupas de cama — mas não consigo adivinhar que chave é a outra. —

A diligência parou no ferreiro, & vieram correndo, com Triggs, & Browning, & baús & gaiolas. Muito engraçado!

Minha mãe deseja que te transmita todo o seu afeto & espera ter notícias tuas.

Muito afetuosamente tua,
J. Austen

Frank & Mary terão Mary Goodchild para ajudar como <u>assistente de cozinha</u>, até que consigam uma cozinheira. <u>Ela</u> está encantada em ir. —

— Meu profundo afeto a Streatham.

Miss Austen
Henrietta S[treet]
Por cortesia de
Mr. Gray

Notas

¹ *Henry no White's*. Exclusivo para o público masculino, o *White's Club* foi um dos clubes mais elegantes e mais antigos de Londres, que tinha o Príncipe Regente como um de seus membros. Em 21 de junho, foi oferecida uma festa com a presença do imperador e do rei (ver nota 1 da carta 101), que fez parte das comemorações de paz (VJ).

² *Marquês de Granby*. O pequeno herdeiro do Duque de Rutland, batizado em 4 de janeiro de 1814. Os padrinhos foram o Príncipe Regente e o Duque de York, que compareceram pessoalmente, e a Duquesa de Rutland, que representou a rainha. O arcebispo de Canterbury foi o celebrante e o evento foi anunciado por uma salva de tiros de 15 canhões. Os dois dias que se seguiram à cerimônia foram repletos de festividades extravagantes. Contudo, a criança faleceu em 15 de junho de 1814, sem ter chegado a completar seu primeiro aniversário (DLF).

³ *Berks*. Berkshire, condado no sudoeste da Inglaterra.

⁴ *Collier*. A Collier, ou Collyer, foi uma empresa privada de transporte que levava passageiros, pequenos pacotes e correspondências.

103. Para Anna Austen
Meados de julho de 1814
De Chawton a Steventon
Carta incompleta

Meados de julho de 1814

[...] Estou muito bem de saúde e trabalho muito no jardim, mas nessas últimas três ou quatro semanas tenho sentido uma fraqueza nos olhos; foi bom para ti que não tenha começado antes, pois agora eu não conseguiria fazer anáguas, bolsinhas & vestidos para qualquer futura noiva — não consigo usar meus óculos, e portanto tenho muita dificuldade em trabalhar em qualquer coisa que não seja tricotar com lã branca e trançar salgueiro branco. Escrevo & leio sem óculos, e portanto faço bem pouco das duas coisas — As nossas flores nos arbustos e nos contornos estão bonitas, & o que é ainda melhor, uma safra muito boa de frutinhas, até mesmo tua árvore de groselha está indo melhor do que antes, quando as groselhas estiverem maduras, vou me sentar no meu banco, comê-las & pensar em ti, apesar de poder fazer isso sem a ajuda de groselhas maduras; de fato, minha querida Anna, não há ninguém de quem me lembre com tanta frequência, muito poucos que ame mais, — Meus olhos estão cansados então tenho que deixar-te — Adeus.

De tua afetuosa avó,
C[assandra] Austen

Minha querida Anna — Agradeço-te muitíssimo por mandares teu manuscrito. Ele divertiu-me extremamente, a todas nós de fato; eu o li em voz alta para tua avó — & tia C[assandra] — e todas nós ficamos todas muitíssimo satisfeitas. — O ânimo absolutamente não diminui. Sir Tho[mas] — Lady Helena, & St. Julian são muito bem caracterizados — & Cecilia continua interessante mesmo sendo tão amável. — Foi muito adequado que a criaste com mais idade. Gosto muito do início de D. Forester — muito melhor do que se ele fosse muito bom ou muito mau. — Algumas correções textuais foi tudo o que me senti tentada a fazer — a principal delas é uma fala de St. Julian para Lady Helena — que, como verá, tive a ousadia de mudar. — Como Lady H. é superior a Cecilia, não seria correto falar que <u>ela</u> seria apresentada; Cecilia é quem deve ser apresentada — E não gosto de um enamorado que fala na 3ª pessoa; fica muito semelhante à parte formal de Lorde Orville,[1] & penso que não soa natural. Se <u>tu</u> pensares de modo diferente contudo, não precisas considerar o que digo. — Estou impaciente para ler mais — & aguardo apenas um transporte seguro para devolver esse livro.

Afetuosamente tua, J.A.

Miss Austen
Steventon

Notas

[1] *Lorde Orville*. O herói do romance *Evelina*, de Frances Burney, publicado em 1778.

104. Para Anna Austen
Quarta-feira, 10 — quinta-feira, 18 de agosto de 1814
De Chawton a Steventon

Chawton, quarta-feira, 10 de agosto

Minha querida Anna,
Estou um tanto envergonhada em descobrir que não respondi algumas das perguntas que fizeste num bilhete anterior. — Guardei o bilhete de propósito para respondê-lo num momento adequado, & depois esqueci. — Gosto muito do nome "Qual é a heroína?", & ouso dizer que passarei a gostar muito mais com o tempo — mas "*Enthusiasm*"[1] era algo tão superior que todos os títulos comuns devem parecer em desvantagem. — Não percebo nenhum disparate em relação a Dawlish. A biblioteca era particularmente deplorável & lamentável 12 anos atrás, & improvável de ter a publicação de alguém. — Não há nenhum título de nobreza que leve o nome Desborough — seja entre duques, marqueses, condes, viscondes ou barões. — Estas eram tuas dúvidas. — Agora te agradecerei pelo teu envelope, recebido hoje de manhã. — Espero que Mr. W[illiam] D[igweed] venha. — Posso prontamente imaginar que Mrs. H[arry] D[igweed] possa ser muito parecida com um jovem lorde libertino — ouso dizer que a semelhança será "além de qualquer coisa" — Tua tia Cass[andra] — está mais satisfeita com St. Julian do que nunca. Estou encantada com a ideia de ver Progillian novamente.

Quarta-feira, 17. — Acabamos de ler o primeiro dos três livros que tive o prazer de receber ontem; <u>eu</u> o li em voz alta — & todas nós nos divertimos muito, & gostamos da obra como sempre. — Pretendo terminar outro livro antes do jantar, mas há realmente um grande volume de leitura respeitável em tuas 48 páginas. Ocupei-me dele por uma hora. — Não tenho dúvida de que <u>seis</u> formarão um volume de bom tamanho. — Deves estar muito satisfeita por teres realizado tanto. — Gosto muito de Lorde P.

& do irmão; receio apenas que a boa índole de Lorde P. fará que a maior parte das pessoas goste dele mais do que ele merece. — Toda a família Portman está muito bem — & com Lady Anne, que era teu grande temor, tiveste um êxito particular. — Bell Griffin é exatamente como deveria ser. — Minhas correções não foram mais importantes do que as anteriores; aqui & ali, pensamos que o sentido poderia ser expresso em menos palavras — e risquei o trecho em que Sir Tho[mas] caminha com os outros homens até os estábulos &c. no dia seguinte em que quebrou o braço — pois, apesar de achar que teu pai <u>realmente</u> saiu logo após o braço <u>dele</u> ter sido imobilizado, penso que pode ser algo tão pouco habitual que termine por não <u>parecer</u> natural em um livro — & não me parece ser imprescindível que Sir Tho[mas] vá com eles. — Lyme não servirá. Lyme fica a uma distância de 40 milhas² de Dawlish & não seria comentada lá. — Coloquei Starcross de fato. — Se preferires <u>Exeter</u>, deverá ser sempre uma escolha segura. — Também risquei a apresentação entre Lorde P. & seu irmão, & Mr. Griffin. Um médico do campo (não contes para Mr. C[harles] Lyford) não seria apresentado para homens da posição social deles. — E, quando Mr. Portman é introduzido, ele não seria apresentado como <u>o Honorável</u>. — <u>Essa</u> distinção nunca é mencionada nessas ocasiões; — ao menos, creio que não. — Agora, terminamos o segundo livro — ou melhor, o quinto — <u>realmente</u> penso que deverias omitir o pós-escrito de Lady Helena; àqueles que se familiarizam com *P&P* parecerá uma imitação. — Tua tia C[assandra] & eu recomendamos que faças uma pequena alteração na cena final entre Devereux F. & Lady Clanmurray & a filha dela. Achamos que elas o pressionam muito — mais do que o fariam mulheres sensatas ou mulheres de boas maneiras. <u>Lady</u> C., ao menos, deveria ter discrição suficiente para se satisfazer logo com a decisão dele de não ir com elas. — Estou muitíssimo satisfeita com Egerton até o momento. — Não esperava gostar dele, mas gosto; & Susan é uma criaturinha animada muito agradável — mas St. Julian é o encanto da vida de qualquer um. Ele é bem interessante. — Todo o rompimento dele com Lady H. está muito bem construído. —

Sim — Russel [sic] Square fica a uma distância adequada de Berkeley St[reet] — Estamos lendo o último livro. — A ida de Dawlish a Bath deve levar <u>dois</u> dias. Ficam a quase 100 milhas[3] de distância.

<u>Quinta-feira</u>. Terminamos ontem à noite, após retornarmos do chá na Casa Grande. — O último capítulo não nos agrada tanto; não gostamos inteiramente da <u>peça</u>; talvez por termos tido peças demais assim recentemente. — E pensamos que é melhor que não saias da Inglaterra. Deixe que os Portman vão para a Irlanda, mas, como não sabes nada sobre os costumes de lá, melhor que não vás com eles. Correrás o risco de fazer falsas descrições. Limita-te a Bath & aos Forester. Lá estarás bem em casa. — Tua tia C[assandra] não gosta de romances incoerentes, & está um tanto temerosa de que o teu seja assim, que haja mudanças frequentes demais de um núcleo de pessoas para outro, & que às vezes se introduzam circunstâncias aparentemente importantes que não levarão a nada — Não será uma objeção tão grande para <u>mim</u>, se isso acontecer. Aceito mais liberdade do que ela — & penso que a naturalidade & a alma compensam muitos pecados de uma história digressiva — e as pessoas em geral não se importam muito com isso — para tua tranquilidade. Gostaria que tivesse havido mais de Devereux. Não sinto que o conheço suficientemente. — Tiveste medo de interferir com ele, ouso dizer. — Gosto do modo como retratas Lorde Clanmurray, e tua descrição do divertimento das duas pobres jovenzinhas é muito boa. — Ainda não analisei a conversa séria de St. Julian com Cecilia, mas gostei muitíssimo dela; — o que ele diz sobre a loucura de mulheres de outra forma sensatas, por ocasião da apresentação de suas filhas à sociedade, vale seu peso em ouro. — Não penso que a linguagem decai. Peço-te que continues.

Muito afetuosamente tua, J. Austen

— Tu trocaste Dorsetshire por Devonshire duas vezes. Eu corrigi. — Mr. Griffin deve ter morado em Devonshire; Dawlish fica no meio do condado. —

Esses retalhos de linho irlandês são teus. — Estavam em minha sacola de costura desde que estiveste aqui, & penso que devem voltar para sua legítima dona.

Miss Austen.

Notas

[1] *Enthusiasm.* Em português, "Entusiasmo". O título foi provavelmente abandonado, pois duas publicações já traziam o termo em parte de seus respectivos títulos. O primeiro seria o da tradução de um romance de Madame de Genlis, e o segundo, um romance de Charles Brockden Brown (VJ).
[2] *40 milhas.* 64,37 km.
[3] *100 milhas.* 160,93 km.

105. Para Cassandra Austen
Terça-feira, 23 — quarta-feira, 24 de agosto de 1814
De Londres a Chawton

Hans Place, nº 25, terça-feira de manhã

Minha querida Cassandra,
Fiz uma viagem muito boa, sem aperto, dois dos três lugares sendo ocupados, em Bentley, por crianças, e os outros de tamanho razoável; & eram todos muito quietos & educados. — Chegamos atrasados a Londres, devido à carga pesada & à troca de diligências em Farnham, eram quase 4 horas, acredito, quando chegamos a Sloane S[treet]; o próprio Henry me recebeu, & logo que conseguiram tirar meu baú & cesta de trás de todos os outros baús & cestas do mundo, seguimos para Hans Place no luxo de um fiacre belo, grande, fresco e sujo. Havia quatro na cozinha de Yalden — & me disseram que havia 15 na parte de cima, entre os quais estava Percy Benn; nos encontramos na mesma sala em Egham, mas o pobre Percy não estava no seu ânimo habitual. Ouso dizer que ele estaria mais falante se estivesse <u>voltando</u> de Woolwich.[1] Pegamos um jovem Gibson em Holybourn; & em suma, ou todo mundo <u>de fato</u> veio por Yalden ontem, ou queria vir. Fez com que eu pensasse em minha própria diligência entre Edimburgo & Sterling[2] [sic].— Henry está muito bem, & fez-me um relato sobre as corridas de Canterbury, que parecem ter sido tão agradáveis quanto se poderia desejar. Tudo correu bem. Fanny teve bons parceiros, Mr. J[ohn] P[lumptre] foi seu segundo na quinta-feira, mas não dançou mais com ela. — Isso vai te contentar por ora. Contudo, devo apenas acrescentar que nenhuma das Lady Charlotte[3] estava lá, elas foram para Kirby — & que Mary Oxenden, em vez de morrer, vai se casar com W[illia]m Hammond. —

Nada de James & Edward ainda. — Nossa noite ontem foi perfeitamente tranquila; apenas conversamos um pouco com Mr.

Tilson pelos jardins intermediários; <u>ela</u> foi tomar ar fresco com Miss Burdett. — É um local delicioso — supera minhas expectativas. Uma vez que me livrei de minhas ideias despropositadas, encontro mais espaço & conforto nos cômodos do que havia suposto, & o jardim é um amor. Estou no sótão da frente, que é o quarto a ser preferido. Henry quer que vejas tudo, & perguntou se retornarias com ele de Hampshire; encorajei-o a pensar que sim. Ele toma o desjejum aqui, cedo, & depois vai para Henrietta St[reet] — Se o tempo continuar bom, John deve me levar lá em breve, & sairemos para passear ao ar livre juntos; & não tenciono fazer qualquer outro exercício, pois sinto-me um pouco cansada após minha longa trapalhada. — Fico sempre na sala dele no andar de baixo, ela é particularmente agradável, pois abre para o jardim. Saio & me refresco de vez em quando, e depois volto para o frio solitário. — Há apenas <u>uma</u> criada, uma jovem muito confiável e asseada. Richard permanece por ora. —

Quarta-feira de manhã — Meu irmão & Edw[ar]d chegaram ontem à noite. — Não conseguiram assentos no dia anterior. O assunto deles são os dentes & as perucas, & após o desjejum irão ao consultório de Scarman[4] & Tavistock St[reet] — e depois devem retornar para ir comigo na caleche. Espero resolver algumas de minhas tarefas hoje. Comprei o salgueiro ontem, já que Henry não estava pronto ainda quando cheguei a Henrietta St[reet] — Encontrei Mr. Hampson lá brevemente. Ele janta aqui amanhã & propôs trazer o filho; então devo me submeter a ver George Hampson, apesar da esperança que tinha de passar pela vida sem isso. — Era uma de minhas vaidades, assim como tu não teres lido *Patronage*.[5] — Após deixarmos H[enrietta] St[reet] — nos dirigimos até as Mrs. Latouche, <u>elas</u> sempre estão em casa — & devem jantar aqui na sexta-feira. — Não conseguimos fazer mais nada, pois começou a chover. — Jantamos às 4 e meia hoje para que nossas visitas possam ir ao teatro, e Henry & eu devemos passar a noite com os Tilson, para nos encontrarmos com Miss

Burdett, que deixa a cidade amanhã. — Mrs. T[ilson] visitou-me ontem. — Isso não é tudo o que pode ter acontecido, ou ter sido combinado? — Não exatamente. — Henry quer que eu veja sua favorita de Hanwell[6] mais vezes, & lhe escreveu para convidá-la a passar um ou dois dias aqui comigo. O plano dele é ir buscá-la no sábado. Estou cada vez mais convencida de que ele vai se casar novamente em breve, & gosto da ideia de que seja <u>ela</u> mais do que qualquer outra pessoa disponível.

Agora, tomei o desjejum & tenho a sala para mim novamente. — Parece que será um belo dia. — Como estais todas vós? — Henry fala em estar em Chawton <u>por volta de</u> 1º de setembro — Ele mencionou um plano em uma ocasião, o qual me agradaria bastante — visitar os Birch & os Crutchley no caminho. Pode ser que não resulte em nada, mas devo me preparar para a possibilidade, incomodando-te para que me envies meu redingote de seda pela Collier no sábado. — Sinto que seria necessário em tal ocasião; — e faze-me a gentileza de incluir um vestido limpo que chegará da lavadeira no sábado. — Não precisas mandá-lo para que seja entregue em lugar algum. Ele pode seguir seu curso. — Devemos nos encontrar com Henry entre as 3 & 4 — & devo terminar essa & levá-la comigo, pois ele não está sempre lá pela manhã antes que o pacote seja fechado. — & antes de sair, devo retribuir a visita de Mrs. Tilson. — Não tive nenhuma notícia dos Hoblyn & abstenho-me de pedir qualquer informação. —

Espero que os jardins de Mary Jane & Frank estejam progredindo bem. — Manda meu afeto a todos — O afeto de Nunna Hat para George.[7] — Muita gente quelia dandar na caluagem[8] assim como eu. — O trigo estava muito bonito em todo o trajeto, & James disse o mesmo da estrada <u>dele</u>. — O mesmo bom relato da saúde de Mrs. C[raven] continua, & as circunstâncias dela melhoram. Ela se distancia mais & mais da pobreza. — Que alívio! Adeus a ti. — Muito verdadeira & afetuosamente tua,

Jane.

Está tudo bem em Steventon. Não sei nada específico sobre Ben, exceto que Edward[9] vai lhe comprar alguns lápis. —

Miss Austen
Chawton
Por cortesia de
Mr. Gray

Notas

[1] *Woolwich*. Percy Benn foi cadete na Royal Military Academy, em Woolwich.

[2] *meu próprio coche*. Jane Austen se refere a um episódio de *Love and Friendship* [*Amor e Amizade*], que faz parte de sua Juvenília (RWC). Escrita em 1790, quando a autora tinha apenas 14 anos, essa paródia dos romances sentimentais da época foi publicada pela primeira vez apenas em 1922. O trecho a que a autora se refere diz: "certamente teria sido muito mais agradável para nós visitar as Terras Altas em uma sege alugada do que meramente viajar de Edimburgo a Sterling e de Sterling a Edimburgo a cada dois dias em uma diligência lotada e desconfortável" (tradução nossa).

[3] <u>nenhuma Lady Charlotte</u>. Segundo RWC, Kirby era onde morava Lorde Winchilsea de Northamptonshire. A referência é feita aos Finch-Hatton de Eastwell. George Finch-Hatton se casou com Lady Charlotte Graham em 1814. Não há certeza sobre quem poderia ser a outra Lady Charlotte, mas RWC estima que pode ter sido a tia-avó de George Finch-Hatton.

[4] *Scarman*. Dentista de James Austen (DLF).

[5] *Patronage*. Romance de Maria Edgeworth, uma das autoras favoritas de Jane Austen, publicado em 1814.

[6] *sua favorita de Hanwell*. Harriet Moore (DLF).

[7] *afeto de Nunna Hat vai para George*. Nunna Hat seria um apelido da própria Jane Austen de origem desconhecida. George era o terceiro filho de Frank Austen (DLF).

[8] *quelia dandar na caluagem*. No original, "*mo up in the Poach*". Como já vimos em cartas anteriores (ex. cartas 9, 71 e 72), Jane Austen utilizava-se de uma linguagem infantilizada para falar com as crianças da família. Seu sobrinho George, mencionado na nota anterior, tinha apenas cerca de dois anos quando a carta foi escrita.

[9] *Ben [...] Edward*. Ben e Edward Lefroy (DLF).

106. Para Martha Lloyd
Sexta-feira, 2 de setembro de 1814
De Londres a Bath
Carta incompleta

Hans Place, nº 23, sexta-feira, 2 de setembro
Minha querida Martha,
A perspectiva de uma manhã longa e calma determina que eu escreva para ti; já vinha pensando nisso antes, mas sem ter muita possibilidade de fazê-lo — e espero que tu estejas ocupada demais, feliz demais & <u>rica</u> demais para te preocupares muito com cartas. — Deu-me grande prazer saber que teu dinheiro foi pago, deve ter sido uma circunstância para aumentar cada satisfação que podes ter tido com teus amigos — e no geral penso que deves estar passando teu tempo de modo muito agradável. — O clima quente dificilmente deve ter te incomodado. — Muitas de nossas noites aqui têm sido tão frias, que eu estava certa de que as lareiras estavam acesas no campo. — Quantas alterações deves notar em Bath! & quantas pessoas & coisas passadas devem estar vindo a tua memória! — Espero que vejas Clifton. Henry me leva para casa amanhã; espero ao menos estar em Chawton antes do anoitecer. Pode ser, no entanto, que não cheguemos até domingo cedo, já que devemos estender a viagem passando por Sunning Hill;[1] — a Mrs. Crutchley favorita dele mora lá, & ele quer me apresentar a ela. — Oferecemos uma visita aos Birch no caminho, mas eles não podem nos receber, o que é uma decepção. — Ele retorna na quarta-feira, & talvez traga James com ele; assim ficou combinado, quando James esteve aqui; — ele deseja ver Scarman novamente, já que na semana passada as gengivas dele não estavam em condições adequadas para intervenções de Scarman. Não sei dizer o quanto já sabes sobre tudo isso. — Terei passado meus 12 dias aqui de modo muito aprazível, mas sem ter muito a dizer sobre eles; dois ou três jantares <u>muito</u> sem importância em casa, alguns passeios deliciosos de charrete, &

chás tranquilos com os Tilson foi tudo o que fiz. Creio que não vi nenhum velho conhecido, além de Mr. Hampson. Henry encontrou-se com Sir Brook & Lady Bridges por acaso, & eles deveriam ter jantado conosco ontem, caso tivessem permanecido na cidade. Divirto-me com o estilo atual da moda feminina; — os redingotes coloridos com tiras por cima de jaquetas brancas & toucas enormes completando o traje são um tanto engraçados. Parece-me a <u>mudança</u> mais acentuada que se viu nos últimos tempos. — As mangas compridas parecem ser universais, mesmo em <u>vestidos</u>, as cinturas altas, e até onde consigo avaliar, o peito coberto. — Fui a uma pequena recepção ontem à noite na casa de Mrs. Latouche, onde se segue muito o modo de vestir, & essas são minhas observações de lá. — Redingotes curtos, & geralmente, mas nem sempre, com babados. — Penso que as tiras largas do vestido ou corpete, que cruzam a frente da cintura, sobre o branco, têm um efeito muito bonito. — Vi a pintura famosa de West & a prefiro a qualquer coisa do tipo que já vi antes. Não sei se <u>é</u> avaliada como superior a seu "Healing in the Temple",[2] mas agradou-<u>me</u> muito mais, & de fato é a primeira representação do nosso Salvador que jamais me contentou. O tema é a "rejeição Dele pelos anciões". — Quero que tu & Cassandra a vejam. — Estou extremamente satisfeita com essa casa nova de Henry, é tudo que se poderia desejar para ele, & apenas espero que ele continue a gostar dela tanto quanto agora, e não saia procurando algo melhor. — <u>Seu</u> estado de saúde é ótimo; — ele diz que não se sentia tão bem havia um ano. — O ponto de vista <u>dele</u>, & o ponto de vista daqueles com quem conversa, sobre política, não são animadores — no que diz respeito a uma guerra com os Estados Unidos,[3] quero dizer; — eles a têm como algo certo, & que nos levará à ruína. Os americanos não podem ser conquistados, & estaremos apenas ensinando a eles habilidades de guerra que talvez agora lhes faltem. Faremos deles bons marinheiros & soldados, & nós mesmos não ganharemos nada. — Se <u>tivermos</u> que ser arruinados, não há como evitar — mas deposito minhas esperanças de coisas melhores em um clamor pela proteção do céu, como uma nação religiosa, uma nação que, apesar de o mal aumentar mais do que a religião, não posso acreditar que os americanos tenham. — Seja como for, Mr. Barlowe deve jantar conosco hoje, & estou com alguma esperança de receber o dinheiro de Egerton[4] antes de partir — então vamos nos divertir o máximo que pudermos. Minha tia não parece feliz com o fato de que o Capitão & Mrs. D[eans] D[undas] alugam uma casa em Bath. Tinha receio de que ela não gostaria disso, mas espero que eles gostem. — Quando eu chegar em casa, ouvirei [...] me encontrar em [...] Miss Benn [...] para ouvir as conversas bem-humoradas de Mrs. Digweed. O linguajar de Londres é tedioso; falta-lhe as expressões dela. — Pobre de mim! — Pergunto-me se viste Miss Irvine! — Nesta época do ano, é mais provável que ela não esteja em Bath do que esteja.

Um dos nossos passeios vespertinos foi para Streatham, onde tive o prazer de ver Mrs. Hill bem & tranquila como sempre; — mas há uma desproporção melancólica entre o pai & os filhinhos.[5] — Ela disse-me que os Awdry alugaram aquele adorável [...] em St. Bo[niface] pelo qual passamos & Ventnor[6] [...].

Peço que transmita meus melhores cumprimentos a teus amigos. Não me esqueci do direito especial deles à minha gratidão como autora. — Acabo de saber que Mrs. C[harles] Austen acaba de dar à luz uma menina[7] e passa bem. Aconteceu a bordo duas semanas antes do esperado.

Miss Lloyd
Capitão Deans Dundas, Marinha Real
Pulteney Street
Bath

Notas

[1] *Sunning Hill.* Vilarejo localizado no condado de Berkshire.

[2] *"Healing in the Temple".* Trata-se da obra "Christ Healing the Sick in the Temple" [Jesus curando os doentes no templo], do pintor norte-americano Benjamin West (1738–1820), realizada em 1780-1781. A obra encontra-se hoje no The Fitzwilliam Museum, em Cambridge, Reino Unido. A famosa obra que Jane Austen relata ter visto é "Christ Rejected" [Cristo rejeitado], datada de 1814, que hoje faz parte do acervo da Pennsylvania Academy of the Fine Arts, na Filadelfia, PA, Estados Unidos.

[3] *guerra com os Estados Unidos.* Trata-se da Guerra de 1812, que se iniciou quando os Estados Unidos declararam guerra ao Reino Unido e suas colônias, e encerrou-se em dezembro de 1814, com a assinatura do Tratado de Ghent, na Bélgica.

[4] *o dinheiro de Egerton.* O dinheiro que Egerton deveria pagar a Jane Austen pelas vendas da primeira edição de *Mansfield Park.* Mr. Barlowe era funcionário do banco de Henry Austen (VJ).

[5] *uma desproporção melancólica entre o pai & os filhinhos.* O primeiro marido de Catherine Bigg, Herbert Hill, tinha 63 anos quando nasceu seu primeiro filho (VJ).

[6] *St Boniface & Ventnor.* Saint Boniface e Ventnor localizam-se na Ilha de Wight, no sudeste da Inglaterra.

[7] *dar à luz uma menina.* Elizabeth, quarta filha de Frances (Fanny) Palmer e Charles Austen, nasceu em 31 de agosto.

107. Para Anna Austen
Sexta-feira, 9 — domingo, 18 de setembro de 1814
De Chawton a Steventon

           Chawton, 9 de setembro

Minha querida Anna,
 Nós nos divertimos muito com teus três livros, mas tenho um bom número de críticas a fazer — mais do que gostarás. Não ficamos satisfeitas com o fato de Mrs. F. fixar sua residência como inquilina & vizinha próxima de um homem como Sir T.H. sem ter algum outro incentivo para se estabelecer lá; ela deveria ter alguma amiga morando na vizinhança para atraí-la. Uma mulher, mudando-se com duas filhas que ainda estão crescendo, para uma vizinhança onde não conhece ninguém exceto um homem, de caráter não muito bom, é um embaraço improvável para uma mulher tão prudente quanto Mrs. F. Lembra-te, ela é muito prudente; — tu não deves fazê-la agir de modo inconsistente. — Dá a ela uma amiga, & faz com que essa amiga seja convidada a encontrá-la no convento, & não faremos objeção a que ela jante lá como ocorre; do contrário, uma mulher da posição dela dificilmente iria lá, sem antes ter sido visitada por outras famílias. — Gosto muito da cena em si, das Miss Lesley, Lady Anne, & da música. — Lesley *é* um nome nobre. — Tu sempre constróis Sir T.H. muito bem; tomei apenas a liberdade de corrigir uma frase dele, que não seria admissível. "Valha-me Deus": — é informal & deselegante demais. Tua avó ficou mais incomodada com o fato de Mrs. F. não ter retribuído antes a visita dos Egerton do que com qualquer outra coisa. Elas deveriam ter visitado a residência paroquial antes de domingo. —
 Tu descreves um lugar adorável, mas tuas descrições são frequentemente mais detalhadas do que se apreciaria. Tu forneces pormenores demais de todos os lugares. —
 Mrs. F. não é suficientemente cuidadosa com a saúde de Susan; — Susan não deveria sair para caminhar tão logo após chuva

forte, fazendo longas caminhadas na lama. Uma mãe zelosa não toleraria isso. — Gosto muitíssimo de tua Susan, é uma criatura doce, a imaginação brincalhona dela é encantadora. Gosto muitíssimo dela como é <u>agora</u>, mas não fiquei tão satisfeita com seu comportamento para com George R. No início ela parecia só afeição & sentimento, & depois pareceu não ter absolutamente nenhum dos dois; ela está tão extremamente comedida no baile, & aparentemente tão satisfeita com Mr. Morgan. Ela parece ter mudado seu caráter. — Tu estás agora reunindo tuas personagens de modo adorável, fazendo com que fiquem exatamente num lugar que é o prazer de minha vida; — três ou quatro famílias em um vilarejo no campo é a coisa certa com que se trabalhar — & espero que escrevas muito mais, & faça pleno uso delas enquanto estiverem organizadas tão favoravelmente. Somente <u>agora</u> estás chegando ao coração & beleza de teu livro; até que a heroína cresça, a diversão deve ser imperfeita — mas tenho a expectativa de me entreter muitíssimo com os próximos três ou quatro livros, & espero que não te ressintas dessas observações não enviando mais nada. — Gostamos muito dos Egerton, não vemos calças azuis, ou galos & galinhas;[1] — certamente, não há nada de <u>encantador</u> em Mr. L.L. — mas não fazemos objeção a ele, & a inclinação dele por Susan é agradável. — A irmã é um bom contraste — mas o nome de Rachael é o máximo que consigo suportar. — Elas não são tão parecidas com as Papillon quanto eu esperava. Teu último capítulo é muito divertido — a conversa sobre índole &c. Mr. St. J[ulian] & Susan falam de acordo com seus papéis & muito bem. — Em algumas partes anteriores, Cecilia talvez seja um pouco solene & boa demais, mas, em geral, o temperamento dela contrasta muito bem com o de Susan — a falta de imaginação dela é muito natural. — Gostaria que fizesses com que Mrs. F. falasse mais, mas deve ser difícil lidar com ela & torná-la divertida, porque há tanto bom senso & decoro nela que nada pode ser muito <u>amplo</u>. Seu comedimento & sua ambição não devem saltar à vista. — O trecho dos papéis deixados por Mrs. Fisher é muito bom. — É claro, levanta suspeitas. — Espero que após teres escrito bem mais consigas cortar algumas das partes anteriores. — A cena com Mrs. Mellish eu condenaria; é tediosa & sem propósito — & de fato, quanto mais sentires que podes encurtar entre Dawlish & Newton Priors, penso que será melhor. — Ninguém se importa com meninas até que tenham crescido. — Tua tia C[assandra] aprovou bastante o requinte desse nome. — Newton Priors é realmente inigualável. — Milton teria dado seus olhos para ter tido essa ideia. — O chalé não foi tirado de Tollard Royal? —

Domingo, dia 18 — Estou muito feliz, querida Anna, por ter escrito o que escrevi antes que acontecesse este triste evento.[2] Só tenho agora a acrescentar que tua avó não parece pior em virtude do choque. — Ficarei muito feliz em receber outras partes de tua obra, se mais estiver pronto; & tu escreves tão rapidamente, que tenho muitas esperanças de que Mr. D[igweed] retornará com uma carga tão pesada que nem todos os seus lúpulos e ovelhas poderão igualar.

Sua avó quer que te diga que terá terminado teus sapatos amanhã & pensa que eles ficarão muito bonitos; — e que ela espera te ver novamente, como prometes, antes que deixes a região, & espera que lhe concedas mais de um dia. — Afetuosamente tua,

J. Austen

Miss Austen

Notas

[1] *calças azuis, nem galos & galinhas*. DLF estima que possa se tratar de uma piada familiar, possivelmente relacionada à família Papillon.

[2] *triste evento*. Fanny Palmer, esposa de Charles Austen, faleceu em 6 de setembro, após o parto de Elizabeth. A criança faleceu duas semanas depois, em 20 de setembro de 1814.

108. Para Anna Austen
Quarta-feira, 28 de setembro de 1814
De Chawton a Steventon

Chawton, quarta-feira, 28 de setembro
Minha querida Anna,
Espero que não contes com a devolução de teu livro imediatamente. Fico com ele para que tua avó possa ouvi-lo — pois ainda não foi possível fazer uma leitura pública. Eu o li para tua tia Cassandra, contudo — em nosso próprio quarto à noite, enquanto nos desvestíamos — e com grande prazer. Gostamos extremamente do primeiro capítulo — apenas com uma pequena dúvida se Lady Helena não é quase tola <u>demais</u>. O diálogo matrimonial é certamente muito bom. — Gosto de Susan tanto quanto antes — & começo agora a não me importar nem um pouco com Cecilia — ela pode ficar em Easton Court o tempo que quiser. — Receio que Henry Mellish seja igual demais aos personagens comuns de romance — um jovem bonito, amável, irrepreensível (tal como não se tem em abundância na vida real), desesperadamente apaixonado, & tudo em vão. Mas não me cabe julgá-lo tão cedo. — Jane Egerton é uma garota muito natural, compreensiva — & toda a sua amizade com Susan, & a carta de Susan para Cecilia, muito agradáveis & absolutamente bem caracterizadas. — Mas <u>Miss</u> Egerton não nos satisfaz inteiramente. Ela é formal & solene demais, pensamos, ao aconselhar seu irmão a não se apaixonar; & não é bem uma mulher sensata; está pondo isso na cabeça dele. — Gostaríamos de saber um pouco mais sobre ela. — Ficamos muito gratas a ti por introduzir uma certa Lady Kenrick. Isso suprimirá a maior falha da obra, & te dou crédito por tua considerável paciência como autora em adotar tantas de nossas opiniões. — Espero muita diversão com Mrs. Fisher & Sir Thomas. — Estás perfeitamente certa em contar a Ben sobre tua obra, & fico muito contente em saber o quanto ele gostou dela. O encorajamento & aprovação <u>dele</u> devem ser

realmente "acima de tudo". — Não me surpreendo em absoluto que ele espere não gostar de ninguém tanto quanto de Cecilia <u>inicialmente</u>, mas ficarei surpresa se ele não se tornar um admirador de Susan com o tempo. — Que Devereux Forester seja arruinado por sua vaidade é extremamente bom; mas desejo que não permitas que ele mergulhe em um "vórtice de dissipação". Não faço objeção à coisa em si, mas não suporto a expressão; é puro jargão romanesco — e tão antigo, que ouso dizer que Adão deparou com ele no primeiro romance que abriu. — De fato, gostei muitíssimo de saber da opinião de Ben. — Espero que ele continue a ficar satisfeito com ele, penso que deve continuar — mas não posso elogiá-lo por achar que há muitos incidentes. Não temos muito o direito de nos espantar por ele não apreciar o nome Progillian. Essa é uma fonte de prazer para a qual ele quase nunca tem competência — Walter Scott não deveria se atrever a escrever romances, especialmente bons. — Não é justo. — Ele já tem fama & lucro suficientes como poeta, e não deveria estar tirando o pão da boca das outras pessoas. — Não gosto dele &, se puder evitar, não pretendo gostar de *Waverley*[1] — mas receio que vou ter de. — Contudo, estou muito determinada a não ficar satisfeita com *Alicia de Lacy,* de Mrs. West,[2] caso venha a topar com ele, o que espero que não aconteça. — Penso que <u>posso</u> me manter firme contra qualquer coisa escrita por Mrs. West. — Na verdade, decidi não gostar de romance algum, exceto os de Miss Edgeworth, os teus & os meus próprios. —

O que podes fazer com Egerton para torná-lo mais interessante? Gostaria que pudesses tramar alguma coisa, alguma ocorrência familiar para extrair melhor as boas qualidades dele — alguma dificuldade entre irmãos ou irmãs a ser amenizada com a venda de seu vicariato — algo que faça com que desapareça misteriosamente, & depois saibam que está em York ou Edimburgo — vestindo um capote velho. — Falando seriamente, eu não recomendaria qualquer coisa improvável, mas se pudesses inventar algo divertido para ele, o efeito seria bom. — Ele poderia emprestar todo seu dinheiro para o Capitão Morris — mas acabaria sendo um grande tolo se o fizesse. Os Morris não poderiam brigar, & ele os reconciliar? — Perdoa a liberdade que tomo ao fazer essas sugestões. —

A criada de tua tia Frank[3] acaba de pedir demissão, mas, se vale a pena que a contrates, ou se aceitaria tua casa, não sei dizer. — Ela era criada de Mrs. Webb antes de ir para a Casa Grande. Ela deixa tua tia, porque não se dá bem com os outros criados. Está apaixonada pelo homem — & parece que isso virou a cabeça dela; ele retribui seu afeto, mas ela imagina que todo mundo o está querendo também, & a invejando. Seu serviço anterior deve tê-la preparado para uma casa como a tua, & ela é muito ativa & asseada. — Ela é a própria irmã da favorita Beatrice. Os Webb realmente se foram. Quando vi as carroças na porta, & pensei em todo o trabalho que eles devem ter com a mudança, comecei a me censurar por não ter gostado mais deles — mas logo que as carroças sumiram de vista, minha consciência fechou-se novamente — & estou muitíssimo feliz que se foram. —

Gosto muito dos sermões de Sherlock,[4] prefiro-os a quase quaisquer outros.

Tua afetuosa tia,
J. Austen

Se desejares que eu converse com a criada, avisa-me. —

Miss Austen
Steventon

Notas

¹ *Waverley*. Publicado em julho de 1814, *Waverley* foi o primeiro romance de Walter Scott, autor por quem Jane Austen tinha, na verdade, grande admiração.

² *Alicia de Lacy de Mrs. West. Alicia de Lacy: An Historical Romance* [*Alicia de Lacy: um romance histórico*], publicado em 1814, de autoria de Jane West.

³ *tia Frank*. Mary, esposa de Frank Austen.

⁴ *sermões de Sherlock*. Trata-se da obra *Several Discourses preached at the Temple Church* [*Vários discursos pregados em Temple Church*], de Thomas Sherlock (1678-1761) (DLF).

109. Para Fanny Knight
Sexta-feira, 18 — domingo, 20 de novembro de 1814
De Chawton a Goodnestone

                Chawton, 18 de novembro — sexta-feira

Eu tenho tantas dúvidas quanto poderias ter, minha queridíssima Fanny, sobre <u>quando</u> conseguirei terminar minha carta, pois tenho conseguido bem pouco tempo ocioso no momento, porém devo começar, pois sei o quanto ficarás feliz em receber minha resposta o mais breve possível, & eu mesma estou realmente impaciente para escrever algo sobre um assunto tão interessante, embora não tenha esperanças de escrever nada relevante. — Ouso dizer que farei bem pouco além de repetir o que já disseste. — Fiquei decerto muito surpresa <u>inicialmente</u> — já que não suspeitava de qualquer alteração em teus sentimentos, e não tenho escrúpulos em dizer que não podes estar apaixonada. Minha querida Fanny, estou quase rindo da ideia — e, entretanto, não é nada engraçado te ver tão enganada quanto a teus próprios sentimentos. — E de todo coração gostaria de ter te alertado sobre essa questão quando falaste comigo pela primeira vez; — mas embora naquele momento eu não julgasse que estivesses <u>tão</u> apaixonada quanto julgavas tu mesma, de fato a considerei em algum grau ligada por laços de afeição — o bastante para ser feliz, uma vez que não tinha dúvidas de que ela aumentaria com o tempo. — E quando estivemos juntas em Londres, pensei que estavas muitíssimo apaixonada. — Mas certamente não estás, em absoluto — não há como escondê-lo. — Que criaturas estranhas somos! — Parece que tua certeza sobre os sentimentos dele (como tu mesma dizes) fez com que te tornasses indiferente. — Suspeito que houve um certo desagrado, nas corridas — & isso não me espanta. As opiniões dele naquela ocasião não se amoldavam às de alguém que preferiria mais argúcia, perspicácia & bom gosto, a amor, como era o teu caso. Ainda assim, afinal de contas, <u>estou</u> surpresa que a mudança em teus sentimentos seja tão profunda. — Ele é exatamente como sempre foi, apenas mais evidentemente & consistentemente devotado a <u>ti</u>. Essa é toda a diferença. — Como poderemos explicar isso? — Minha querida Fanny, o que te escrevo não terá a menor serventia para ti. Meus sentimentos mudam toda hora, & não conseguirei te dar uma única sugestão que te possa ajudar a pensar. — Eu poderia lamentar em uma frase & rir na seguinte, mas em se tratando de opiniões ou conselhos estou certa de que não conseguirás obter dessa carta nenhum que compense. — Li a tua na mesma noite em que a recebi — escapando sozinha — não consegui parar de lê-la, uma vez tendo começado. — Fiquei cheia de curiosidade & preocupação. Por sorte, tua tia C[assandra] jantou na outra casa, portanto, não tive que me esquivar <u>dela</u>; — &, quanto aos demais, não me importo. — Pobre Mr. J[ohn] P[lumptre]! — Oh! Querida Fanny, caíste no mesmo erro que milhares de mulheres. Ele foi o <u>primeiro</u> jovem que se afeiçoou a ti. Esse foi o encanto, & é muito poderoso. — Contudo, entre as multidões que cometem o mesmo erro que ti, deve haver verdadeiramente poucas que têm tão poucos motivos para se arrepender; — o caráter <u>dele</u> & o afeto <u>dele</u> não te deixam nada do que te envergonhares. — Afinal de contas, o que se pode fazer? Tu certamente o <u>encorajaste</u> a ponto de ele quase se sentir seguro de ti — não tens inclinação por nenhuma outra pessoa — a posição dele, a família, amigos, & acima de tudo seu caráter — seu espírito excepcionalmente amável, seus princípios rígidos, ideias justas, bons hábitos — <u>tudo</u> que <u>tu</u> sabes valorizar tão bem, <u>tudo</u> que é realmente da maior importância — tudo na natureza dele favorece fortemente sua causa. — Tu não tens dúvida da inteligência dele — a comprovou na universidade — ouso dizer que é tão estudioso que mal caberia uma comparação com teus irmãos agradáveis e ociosos. — Oh! minha querida Fanny, quanto mais escrevo sobre ele, mais calorosos meus sentimentos se tornam, mais fortemente sinto o notável valor desse jovem & o desejo de que voltasses a se apaixonar por ele. É o que recomendo veementemente. — Há tais seres no mundo, talvez, um em mil, como a criatura que tu & eu consideraríamos perfeita, em que a elegância & o humor estejam unidos à dignidade, em que os modos se igualem ao coração & ao entendimento, mas tal pessoa pode não vir a cruzar teu caminho, ou, se cruzar, pode não ser o primogênito de um homem dotado de fortuna, irmão de tua amiga íntima, & pertencer a teu próprio condado. — Pensa em tudo isso, Fanny. Mr. J[ohn] P[lumptre] — possui vantagens que não se encontram com frequência em uma pessoa. Seu único defeito de fato parece ser o recato. Se fosse menos recatado, seria mais agradável, falaria mais alto & pareceria mais atrevido; — e não tem um ótimo caráter cujo único defeito é o recato? — Não tenho dúvidas de que ele se tornará mais animado & mais parecido com vós todos à medida que passar mais tempo convosco; — ele assimilará teu modo de ser se for teu. E quanto a haver uma objeção à <u>bondade</u> dele devido ao risco de que se torne evangélico, não posso admitir <u>isso</u>. Não estou absolutamente convencida de que nós todos não deveríamos ser evangélicos, & pelo menos estou persuadida de que aqueles que o são por razão & sentimento devem ser mais felizes & mais seguros. — Não receies a união por teus irmãos possuírem mais engenho. A sabedoria é melhor do que o engenho, & a longo prazo certamente terá o riso ao lado dela; & não te assustes com a ideia de que ele aja mais estritamente de acordo com os preceitos do Novo Testamento do que outrem. — E agora, minha querida Fanny, após ter escrito tanto sobre um lado da questão, inverterei o rumo & implorarei para que não te comprometas mais ainda, & não penses em aceitá-lo a menos que realmente gostes dele. Qualquer coisa é preferível ou mais tolerável a se casar sem afeto; e se os defeitos nos modos dele &c. &c. te impactam mais do que todas suas boas qualidades, se eles continuarem a te incomodar profundamente, desiste dele imediatamente. — A situação chegou a tal ponto agora, que tens que decidir por uma coisa ou por outra, ou permitir que ele continue do modo como vem fazendo, ou sempre que estiverem juntos comporta-te com uma frieza tal que possa convencê-lo de que ele tem se iludido. — Não tenho dúvida de que ele sofrerá muito por um tempo, muitíssimo, quando perceber que deve desistir de ti; — mas não faz parte de minhas crenças, como tu bem o sabes, que desilusões desse tipo matem alguém. — O envio da partitura foi um truque excelente, facilitou tudo, & não sei como eu poderia ter justificado o pacote de outra forma; pois, embora teu querido pai tenha me perseguido muito conscienciosamente até me encontrar sozinha na sala de jantar, tua tia C[assandra] tinha visto que ele <u>tinha</u> um pacote para entregar. — Da forma como fizeste, contudo, não acho que suspeitaram de qualquer coisa. — Não recebemos mais notícias de Anna. Acredito que esteja muito tranquila em sua casa nova. As cartas dela têm sido muito sensatas & satisfatórias, sem <u>ostentação</u> de felicidade, o que me fez gostar ainda mais delas. — Com frequência tenho visto mulheres recém-casadas escreverem de uma forma que não aprecio, nesse sentido.

Ficarás feliz em saber que a 1ª edição de *M.P.* está esgotada. — Teu tio Henry quer muito que eu vá para a cidade, para negociar uma 2ª edição — mas como não seria muito conveniente que eu deixasse nossa casa agora, comuniquei a ele meu desejo & satisfação &, a menos que ele ainda insista nisso, não devo ir. — Sou muito gananciosa & quero aproveitar o máximo que puder com ela; — mas, como estás muito acima de te importar com dinheiro, não te atormentarei com quaisquer detalhes. — Os prazeres da vaidade estão mais dentro de tua compreensão, & entenderás os meus, ao receber os <u>elogios</u> que de vez em quando chegam até mim, de uma fonte ou outra. —

Sábado. — Mr. Palmer passou o dia de ontem conosco, & partiu com Cassy hoje pela manhã. Esperamos Miss Lloyd há dois dias, & estamos certas de que chegará hoje. — Mr. Knight & Mr. Edward Knight devem jantar conosco. — E na segunda-feira devem jantar conosco novamente, acompanhados de seus respitáveis anfitrião & anfitriã.[1] — <u>Domingo</u>. Teu pai havia pedido que eu te enviasse recados, mas são desnecessários, já que ele escreve por essa mesma posta para tia Louisa [Bridges]. Tivemos uma recepção agradável ontem, ao menos pensamos que tenha sido. — É encantador vê-lo tão animado & confiante. — Tia Cass[andra] & eu jantamos na Casa Grande hoje. Seremos uma meia dúzia bem agradável. Miss Lloyd chegou ontem, como esperávamos, & pede que transmita seu afeto. — Ela está muito feliz em saber que estás aprendendo harpa. — Não tenciono te enviar o que devo a Miss Hare, porque penso que preferirás não receber antecipadamente. — Muito afetuosamente, tua

J. Austen

Tua tentativa de avivar teus próprios sentimentos visitando o quarto dele divertiu-me extremamente. — O pano sujo de barbear foi primoroso! — Uma situação dessa teria que ser publicada. Boa demais para se perder. —

Manda lembranças minhas especialmente para Fanny C[age]. — Pensei que gostarias de ouvir notícias minhas, enquanto estivesses com ela.

Miss Knight
Goodnestone Farm
Wingham
Kent

Notas

[1] *seu anfitrião & anfitriã*. Edward Austen Knight emprestou a Casa Grande ao irmão Frank e era agora seu hóspede (DLF).

110. Para Anna Lefroy
Terça-feira, 22 de novembro de 1814
De Chawton a Hendon

Minha querida Anna,
    Encontrei-me com Harriet Benn ontem, ela deixou suas felicitações & pediu que fossem transmitidas a ti, e aqui estão. — Teu pai retornou para o jantar, Mr. W[illia]m Digweed, que tinha negócios com teu tio, veio com ele. — As notícias principais da região deles é o falecimento da velha Mrs. Dormer. — Teu primo Edward vai a Winchester hoje para ver o irmão & os primos,[1] & retorna amanhã. Mrs. Clement tem andado por aí em um redingote novo preto de veludo com forro amarelo, & um véu de tule branco, & fica notavelmente bem com eles. — Penso que compreendo a região em torno de Hendon a partir de tua descrição. Deve ser muito bonita no verão. Com esta atmosfera imaginarias que estás a cerca de 12 milhas[2] da turbulência de Londres? — Ficarei com o coração partido se não fores a Hadley. —
    Faze com que todos em Hendon admirem *Mansfield Park*. —
Tua afetuosa tia,
J. A.

Terça-feira, 22 de novembro

Para
Mrs. B[en] Lefroy
Hendon

Notas

[1] *o irmão & os primos*. O irmão é William Austen Knight e os primos eram das famílias Bridge e Deede, que também estudavam lá (DLF).
[2] *12 milhas.* 19,31 km.

111. Para Anna Lefroy
Quinta-feira, 24 de novembro de 1814
De Chawton a Hendon
Carta incompleta

[...] a opinião de Mrs. Creed foi anotada em minha lista; mas felizmente posso me esquivar de inserir a de Mr. [...] já que minha folha diz respeito apenas a *Mansfield Park*. Resgatarei meu crédito com ele, escrevendo uma imitação fiel de *Self-Control*[1] assim que possível; — e ainda o melhorarei; — minha heroína não será simplesmente arrastada em um barco sozinha por um rio americano, ela atravessará o Atlântico da mesma forma, & não parará jamais até que chegue a Gravesent. —

[...] que cabe a nós garanti-lo, mas deves saber que na casa de outra pessoa não se pode controlar o próprio tempo ou atividades, & apesar da gentileza de teu tio Henry em nos proporcionar o uso de uma carruagem enquanto estamos com ele, pode não ser possível que direcionemos essa carruagem para Hendon sem que tenhamos de fato que subir nela sozinhas; — teu tio chegou ontem com o coche de Gosport — (e imagina só o coche de Gosport não ter chegado aqui até às 4 e meia! — Eu [...] e leva [...].

Notas

[1] *Self-Control*. Ver nota 2 da carta 72.

112. Para Anna Lefroy
Terça-feira, 29 de novembro de 1814
De Londres a Hendon

Agradeço-te muitíssimo, minha querida Anna, & ficaria muito feliz em ir te ver novamente se pudesse, mas não tenho um dia livre sequer. Estamos esperando teu tio Charles amanhã; e no dia seguinte devo ir a Hanwell para buscar umas certas Miss Moore que vão ficar aqui até sábado; em seguida vêm o domingo & Eliz[abe]th Gibson, e na segunda-feira teu tio Henry leva nós duas para Chawton. Portanto, é realmente impossível, mas agradeço muitíssimo a ti & a Mr. B[en] Lefroy por desejar que eu fosse. Teríamos muito a dizer, sem dúvida, & eu adoraria ouvir a carta de Charlotte Dewar; contudo, apesar de não a ouvir, fico contente que ela tenha escrito para ti. Gosto que primos em primeiro grau sejam primos em primeiro grau, & interessados uns nos outros. Eles estão apenas a um grau de irmão & irmã. —
Asseguro-te que todos nós voltamos muito felizes com nossa visita. Falamos de ti por cerca de uma milha & meia[1] com grande satisfação, & acabei de enviar notícias muito boas sobre ti para Miss Beckford, com uma descrição de teu vestido para Susan & Maria.[2] — Teu tio & Edw[ar]d nos deixaram na manhã de hoje. A esperança do primeiro com relação à causa[3] dele não diminuiu. — Fomos todos ao teatro ontem à noite, para ver Miss O'Neal em *Isabella*.[4] Não acho que ela atendeu muito minhas expectativas. Penso que desejo algo a mais do que é possível. As atuações raramente me satisfazem. Levei dois lenços de bolso, mas quase não tive motivos para usar nenhum. Ela é uma criatura elegante, contudo, & abraça Mr. Younge encantadoramente. —
Hoje cedo vou ver as menininhas em Keppel Street. Cassy ficou interessadíssima em teu casamento, quando soube dele, o que não ocorreu até que tivesse que brindar por tua saúde no dia da cerimônia. Ela fez milhares de perguntas, como de costume — O que ele te disse? & o que disseste a ele? — E nos divertimos

muitíssimo um dia com a pergunta de Mary Jane, "em que mês seu <u>primo</u> Benjamin nasceu?" —

    Se teu tio[5] estivesse em casa iria te enviar seu profundo afeto, mas não imporei, por qualquer motivo que seja, o envio de lembranças fictícias a ti. — As minhas, posso dar-te honestamente, & permaneço tua afetuosa tia,

J. Austen

Hans Place, 23
Terça-feira, 29 de novembro

Mrs. B. Lefroy
Hendon

Notas

¹ *uma milha & meia*. 2,41 km.
² *Miss Beckford [...] Susan & Maria*. Maria Beckford, cunhada de Mr. John Charles Middleton, e tia de Susan & Maria Middleton.
³ *a esperança do primeiro por sua causa*. Trata-se do processo movido contra Edward Austen Knight, mencionado na nota 10 da carta 98.
⁴ *Isabella. Isabella; or The Fatal Marriage* [*Isabella; ou o casamento fatal*], tragédia de David Garrick (1717-1779) de 1776.
⁵ *teu tio*. Henry Austen.

113. Para Anna Lefroy
Quarta-feira, 30 de novembro de 1814
De Londres a Hendon

Minha querida Anna,

Eu te asseguro que estou muito longe de considerar que teu livro é ruim; eu o li imediatamente — & com grande prazer. Penso que estás progredindo muito bem. A descrição da infelicidade de Dr. Griffin & Lady Helena é muito boa, exatamente como seria provável que fosse. — Estou curiosa para saber como será o final <u>deles</u>: o nome de Newton-Priors é realmente inestimável! — Nunca vi nada que o superasse. — É encantador. — Poder-se-ia viver do nome de Newton-Priors por um ano. — De fato, <u>realmente</u> penso que progrides muito rápido. Gostaria que outras pessoas que conheço pudessem compor tão rapidamente assim. — Estou muito satisfeita com a cena do cachorro, & com toda a história de amor entre George & Susan; mas estou mais particularmente impactada com teus diálogos <u>sérios</u> &c. — São muito bons do início ao fim. — A história de St. Julian foi uma surpresa e tanto para mim; suspeito que tu mesma também não a conhecesses há muito — mas não tenho objeções a fazer sobre a circunstância — é muito bem narrada — & o fato de ele ter sido apaixonado pela tia aumenta o interesse de Cecilia por ele. Gosto da ideia; — um elogio muito adequado para uma tia! — De fato, prefiro até imaginar que as sobrinhas raramente são escolhidas, exceto como um elogio a uma tia ou outra. Ouso dizer que Ben foi apaixonado por mim um dia, & nunca teria pensado em <u>ti</u> se não acreditasse que eu havia morrido de escarlatina. — Sim, me enganei quanto ao número de livros. Pensei ter lido três antes do terceiro em Chawton; mas não há como ser menos que seis. — Quero ver o querido Bell Griffin novamente. — Não pensas que seria melhor fornecer algum indício da história de St. Julian antes?

114. Para Fanny Knight
Quarta-feira, 30 de novembro de 1814
De Londres a Godmersham

Hans Place, nº 23, quarta-feira, 30 de novembro
Eu te agradeço muitíssimo, minha querida Fanny, por tua carta, & espero que escrevas novamente em breve para que eu possa saber que estão todos seguros & felizes em casa. — Estou certa de que nossa visita a Hendon será de teu interesse, mas não preciso entrar em detalhes, uma vez que teu pai poderá responder a quase todas as tuas perguntas. Eu certamente poderia descrever o quarto dela, & as gavetas dela & o armário dela melhor do que ele, mas não sinto que conseguirei parar para fazê-lo. — Lamentei muito saber que ela deverá ter um instrumento; parece-me um desperdício de dinheiro. Eles desejarão os 24 guinéus em forma de lençóis & toalhas daqui a seis meses; — e quanto a sua execução, nunca dará em nada. — Fiquei um tanto surpresa com o redingote roxo dela. Pensei que conhecíamos toda a parafernália desse tipo. Não tenho a intenção de culpá-la, ficou muito bem nela & ouso dizer que ela o queria. Não suspeito de nada pior do que ela o ter comprado em segredo, & sem depender de ninguém. — Ela é capaz disso, como sabes. — Recebi um bilhete muito gentil dela ontem, convidando-me para voltar & passar uma noite com eles; não posso fazê-lo, mas fiquei contente em saber que ela teve o <u>poder</u> de fazer uma coisa tão correta. Minha ida daria prazer a <u>ambos</u> muito apropriadamente — Acabo de ver Mr. Hayter na peça, & ao ver seu rosto penso que ficaria feliz em conhecê-lo. Lamentei que ele não jantou aqui. — Pareceu-me um tanto estranho estar no teatro sem ter alguém a quem <u>procurar</u>. Eu mesma fiquei muito tranquila, sossegada com toda a agitação que Isabella poderia causar. Agora, minha queridíssima Fanny, iniciarei um assunto que vem de modo muito natural. — Tu me amedrontas além do imaginável com tua referência. Teu afeto me proporciona o maior dos prazeres, mas realmente não

deves deixar que nada dependa de minha opinião. Teus próprios sentimentos & nada além dos teus próprios devem decidir sobre uma questão tão importante. — Contudo, quanto a responder a tua pergunta, não tenho receio. — Estou perfeitamente convencida de que teus sentimentos atuais, supondo que fosses te casar <u>agora</u>, seriam suficientes para a felicidade dele; mas quando penso o quão longe de um <u>agora</u>, & levo em consideração tudo o que <u>pode</u> <u>acontecer</u>, não ouso dizer "resolva aceitá-lo." O risco é grande demais para <u>ti</u>, a menos que sejas movida por teus sentimentos. — Talvez penses que sou perversa; em minha última carta exortei tudo a favor dele, & agora inclino-me na direção oposta; — mas não posso evitá-lo; no momento estou mais alarmada com o possível mal que possa vir a <u>te</u> afligir ao comprometer-te com ele — em palavras ou pensamentos — do que com qualquer outra coisa. — Quando considero quão poucos jovens já conheceste — quão capaz és (sim, ainda penso que és <u>muito</u> capaz) de realmente te apaixonares — e o quão cheio de tentações provavelmente serão os próximos seis ou sete anos de tua vida — (é o período da vida em que se formam os afetos <u>mais fortes</u>) — não posso desejar que tu, com teus atuais sentimentos muito indiferentes, te devotes por respeito a ele. É bem verdade que podes jamais conquistar o afeto de outro homem, que se compare a ele de modo geral, mas, se esse outro homem tiver o poder de conquistar <u>mais</u> a tua afeição, a teus olhos ele será o mais perfeito. — Ficarei contente se <u>puderes</u> reacender sentimentos passados, & por tua livre vontade decidires prosseguir nesse caminho, mas não tenho expectativas de que isso aconteça, e sem isso não posso desejar que te acorrentes. Eu não recearia que te <u>casasses</u> com ele; — com todo o valor que ele tem, em breve tu o amarias suficientemente para a felicidade dos dois; mas eu teria pavor da continuidade desse tipo de compromisso tácito, com tanta incerteza como há de <u>quando</u> isso aconteceria. — Podem passar anos até que ele se torne independente. — Tu gostas dele o suficiente para casar, mas não o suficiente para esperar. — O desconforto de parecer volúvel é certamente grande — mas, se pensas que mereces castigo por ilusões passadas, aí está! — e nada se pode comparar à infelicidade de estar em uma união sem amor, unida a um, & preferindo outro. Esse é um castigo que tu não mereces. — Sei que não vos encontrastes — ou melhor, não vos encontrarão hoje — já que ele nos visitou ontem — & fico feliz que o tenha feito. — Ao menos não parece muito provável que ele chegasse para um jantar a 60 milhas[1] de distância. Nós não o vimos, apenas encontramos seu cartão de visita quando chegamos em casa, às quatro. — Teu tio H[enry] observou que ele veio um dia depois da Feira. — Ele perguntou a teu irmão na segunda-feira (quando se falou sobre Mr. Hayter) por que ele não o havia convidado também? — dizendo: "Sei que ele está na cidade, pois o encontrei outro dia em Bond St[reet] —". Edward respondeu que não sabia onde encontrá-lo. — "Não sabes onde ele está hospedado? —" "Não." — Ficarei imensamente feliz em receber notícias tuas novamente, minha queridíssima Fanny, mas não deve passar de sábado, já que partiremos na segunda-feira muito antes de as cartas serem entregues — e escreve algo que possa ser lido ou relatado aos demais. Devo levar as Miss Moore de volta para casa no sábado, & quando retornar espero encontrar teus pequenos rabiscos encantadores sobre a mesa. — Será um alívio para mim depois de tocar para as madames — pois, embora goste de Miss H[arriet] M[oore] tanto quanto possível a essa altura de minha vida após conhecê-la há um dia, é um trabalho árduo conversar com pessoas que se conhecemos tão pouco. — Apenas uma volta comigo amanhã, provavelmente Miss Eliza, & fico um tanto temerosa. Não teremos nem duas ideias em comum. Ela é jovem, bonita, falante, & pensa principalmente (eu presumo) em vestidos, companhias, & admiração. — Mr. Sandford deve se juntar a nós no jantar, o que será um alívio, e à noite, enquanto teu tio & Miss Eliza jogam xadrez, ele me dirá coisas engraçadas & eu rirei delas, o que será um prazer para ambos. — Fiz uma visita em Keppel Street & vi a todos, incluindo o querido tio Charles, que deve vir jantar conosco tranquilamente hoje. — A pequena Harriot se sentou em meu colo — & parecia tão gentil & afetuosa como sempre, & tão bonita, apesar de não estar muito bem. — Fanny é uma garota bela e robusta, que fala incessantemente, com um grau interessante de ceceio e indistinção — e muito provavelmente será a mais bonita com o passar do tempo. — A pequena Cassy não demonstrou mais prazer em me ver do que as irmãs, mas eu não esperava nada melhor; — ela não brilha em sentimentos ternos. Ela nunca será uma Miss O'Neal; está mais para Mrs. Siddons.[2] —

Obrigada — mas ainda não está definido se eu <u>realmente</u> arrisco uma 2ª edição. Devemos nos encontrar com Egerton hoje, quando isso provavelmente será decidido. — As pessoas estão mais propensas a tomar emprestado & elogiar do que a comprar — o que não me surpreende; mas apesar de gostar de elogios como todo mundo, também gosto do que Edward chama de <u>metal</u>. — Espero que ele continue a cuidar dos olhos & que tenha bons resultados com isso. Não consigo supor que divergimos em nossas ideias sobre a religião cristã. Tu fizeste uma excelente descrição dela. Apenas atribuímos diferentes sentidos ao termo <u>evangélico</u>. — Muito afetuosamente tua,

J. Austen

Miss Gibson está muito contente em ir conosco.

Miss Knight
Godmersham Park
Faversham
Kent

Notas

¹ *60 milhas*. 96,56 km.
² *Miss O'Neal [...] Mrs. Siddons*. Eliza O'Neill (1791-1872) e Sarah Siddons (1755-1831), atrizes trágicas do teatro britânico. A primeira é citada por Jane Austen na carta 112 e a segunda, na carta 71 (ver nota 9).

115. Para Caroline Austen
? Terça-feira, 6 de dezembro de 1814
De Chawton a Steventon

Minha querida Caroline,
 Quisera eu poder concluir as histórias com a mesma rapidez com que o fazes. — Sou-te muito grata por me apresentar Olivia, & penso que a construíste muito bem; mas o pai inútil, que foi o real autor de todos os erros & sofrimentos dela, não deveria escapar impune. — Espero que <u>ele</u> tenha se enforcado, ou adotado o sobrenome <u>Bone</u>[1] ou sofrido uma ou outra penitência terrível. —
Afetuosamente tua,
J. Austen

6 de dez.

Notas

[1] *Bone*. O termo aqui não se refere à palavra "bone", que em inglês significa osso. Segundo White (2016), trata-se nesse caso de uma variante do sobrenome "Bonaparte", remetendo a Napoleão Bonaparte, imperador francês que liderou a França durante as Guerras Napoleônicas. Austen ironiza, considerando que receber esse sobrenome seria um castigo terrível.

116. Para ?Anna Lefroy
? fim de dezembro de 1814
De Chawton a Hendon

[*frente*] ... Obrigada pelo relato de tua manhã na cidade, sabes que gosto de detalhes, & diverti-me especialmente com a descrição de Grafton House; — é exatamente assim. — Como gostaria de encontrar-te lá um dia, sentada em tua banqueta alta, com 15 rolos de tecido persa bem diante de ti, & uma pequena mulher de preto[1] só a responder tuas perguntas em tão poucas palavras quanto possível! — ...

[*verso*] ... pelo teu convite tão gentil, mas [*?tememos esteja*] longe de nossas possibilidades aceitá-lo. Ficaremos em [*?Henrietta St*][2] por apenas uma quinzena, o que não nos permitirá fazer outras visitas e, portanto, não deves tomar nossa recusa como falta de vontade, mas, sim, de possibilidade. — Ficaremos muito [*? desapontadas*] se não te virmos de um modo ou de outro, & [*restante da linha faltando quase integralmente*]...

[*Sem endereço e sem data*]

Notas

[1] *uma pequena mulher de preto*. A cor da roupa utilizada pelos funcionários da Grafton House era preta.

[2] *Henrietta St.* Na 3ª edição das cartas organizadas por DLF (AUSTEN, FAYE, 1995) consta Hans Place. Na 4ª edição (AUSTEN, FAYE, 2011), Henrietta St. A carta em questão não faz parte da edição em fac-símile (AUSTEN, MODERT, 1990). Portanto, não nos sendo possível verificar o manuscrito, adotamos o texto da 4ª edição.

117. Para Anna Lefroy
? entre começo de fevereiro e julho de 1815
De Chawton a Hendon

[*alto da pág. 3*] ... a princípio, ter <u>nascido</u> primeiro, é algo muito bom. — Desejo-te perseverança & sucesso de todo meu coração — e tenho muita confiança de que produzas por fim, pela força da escrita... [*restante da linha faltando*] obra. — Deverás...

[*alto da pág. 4*] ... Se tu & os tios dele sedes muito amigos do pequeno Charles Lefroy, ele ficará bem melhor para sua visita; — o consideramos um excelente menino, mas terrivelmente carente de disciplina. — Espero que receba um saudável safanão, ou dois, sempre que necessário. [*restante da linha faltando quase integralmente*]... [?] conosco quando...

[*Sem endereço e sem data*]

118. Para Anna Lefroy
? fim de fevereiro — início de março de 1815
De Chawton a Hendon

[*meio da p. 3*] ... Recebemos *Rosanne*[1] em nossa Sociedade,[2] e achamo-lo bem como o descreveste; muito bom e inteligente, porém maçante. A grande excelência de Mrs. Hawkins encontra-se nos assuntos sérios. Há algumas conversas e reflexões muito encantadoras sobre religião: mas nos tópicos mais leves penso que ela recai em muitos absurdos; e, quanto ao amor, sua heroína tem sentimentos muito cômicos. Há mil improbabilidades na história. Tu te recordas das duas Miss Ormesden, apresentadas apenas ao final? Muito planas e antinaturais. — Por outro lado, Mlle. Cossart é minha paixão. — Miss Gibson retornou a Great House na última sexta-feira, & está muito bem, mas não de todo.[3] Capitão Clement gentilmente ofereceu-se para levá-la a um passeio & ela gostaria muito, mas não fez ainda um dia bom o suficiente, ou então é ela que não tem estado disposta a sair. — Ela te manda seu afeto... [*restante da linha faltando quase integralmente*]... gentis recomendações.

[*p. 4*]... [*Não posso florescer com esse vento do leste*][4] que é bem desfavorável à minha pele & consciência. — Não veremos nada de Streatham[5] enquanto estivermos na cidade; — Mrs. Hill deverá dar à luz uma filha[6] no início de março. — Mrs. Blackstone deve estar com ela. Mrs. Heathcote & Miss Bigg estão prestes a deixá-la: essa última me escreve a notícia de que Miss Blachford está casada,[7] mas não vi nada nos jornais. E pode-se muito bem continuar solteira se o casamento não aparece na imprensa. — [*o resto da linha com o encerramento da carta e a assinatura foram cortados*].

Notas

[1] *Rosanne*. *Rosanne; or a Father's Labour Lost* [*Rosanne; ou o trabalho perdido de um pai*], romance de Laetitia Matilda Hawkins publicado em 1814.

[2] *Sociedade*. Jane Austen pode estar se referindo aqui à Sociedade de Leitura de Chawton (verificar carta 78) ou ao grupo doméstico de leitoras formado por ela própria, sua mãe, sua irmã Cassandra e Martha.

[3] *Miss Gibson retornou [...], mas não de todo*. Miss Gibson ficou hospedada com a família Austen em Chawton para se tratar de sarampo (DLF).

[4] *Não posso florescer com esse vento do leste*. A frase não consta do manuscrito e tem origem em uma transcrição de Fanny-Caroline Lefroy (filha de Anna) no manuscrito de sua "História da Família" (DLF).

[5] *Streatham*. Distrito localizado ao sul da cidade de Londres.

[6] *uma filha*. Era desejo de Catherine Bigg Hill ter uma filha, uma vez que já tinha três filhos homens. Na data anunciada na carta, Mrs. Hill deu à luz outro menino. A esperada filha chegou apenas em 1816, após sua quinta gravidez.

[7] *Miss Blachford está casada*. Winifred Blachford se casou com o Reverendo John Mansfield em 18 de fevereiro de 1815; porém, o casamento não foi publicado nos jornais. Há registros do casamento no ano de 1815 (DLF).

119. Para Caroline Austen
? Quinta-feira, 2 de março de 1815
De Chawton a Steventon

... nós quatro doces Irmãos & Irmãs jantamos hoje em Great House. Não é bastante natural? — Vovó e Miss Lloyd ficarão sozinhas, não sei exatamente o que terão para o jantar, muito provavelmente carne de porco? [— *Sabes que...*]

[*Sem endereço e sem data*]

120. Para Anna Lefroy
Sexta-feira, 29 de setembro de 1815
De Chawton a Wyards

Chawton, sexta-feira, 29 de setembro
Minha querida Anna,
Dissemos a Mr. B. Lefroy que, se o tempo não nos impedisse, certamente iríamos te ver amanhã, & levaríamos Cassy, certas de tua bondade em lhe servir uma refeição por volta de uma hora, para que pudéssemos estar contigo mais cedo & ficar mais tempo — mas, ao dar a Cassy a escolha entre a feira ou Wyards, deve-se confessar que ela preferiu a primeira, o que esperamos não ser uma grande afronta para ti; — se for, poderás ansiar que um dia alguma pequena Anna possa se vingar do insulto com uma preferência semelhante por uma feira de Alton em vez de sua prima Cassy. — Nesse ínterim, resolvemos adiar nossa visita a ti até segunda-feira, o que esperamos não te seja menos conveniente. — Tomara que o tempo não decida por outros adiamentos. <u>Devo</u> ir te visitar antes de quarta-feira, se possível, pois nesse dia vou para Londres passar uma ou duas semanas com teu tio Henry, a quem aguardamos aqui no domingo. Se na segunda-feira, portanto, estiver enlameado demais para caminhar, & Mr. B. L. fizer a gentileza de vir me buscar para passar parte da manhã contigo, vou lhe ser muito grata. Cassy poderia se juntar ao grupo, e tua tia Cassandra irá em outra oportunidade. —

Tua avó te manda saudações afetuosas & te agradece pelo bilhete. Ela ficou muito feliz em saber do conteúdo de tua caixa. — Ela vai te enviar as raízes de morango por meio de Sally Benham, tão logo na próxima semana quando o tempo permitir que ela as arranque. —

Afetuosamente tua,
Minha querida Anna,
J. Austen

121. Para Cassandra Austen
Terça-feira, 17 — quarta-feira, 18 de outubro de 1815
De Londres a Chawton

Hans Place, terça-feira, 17 de outubro
Minha querida Cassandra,
Obrigada por tuas duas cartas. Estou muito contente que a nova cozinheira começa tão bem. Boas tortas de maçã são uma parte considerável de nossa felicidade doméstica. — A carta de Mr. Murray chegou; é certamente um velhaco, mas um velhaco cortês. Oferece-me £450 — mas quer incluir os direitos autorais de *MP & S&S*.[1] Acabarei publicando por conta própria, ouso dizer. — Ele faz mais elogios, entretanto, do que eu esperava. É uma carta divertida. Tu a verás. — Henry veio para casa no domingo & jantamos no mesmo dia com os Herries — uma família grande — inteligentes & talentosos. — Tive uma agradável visita no dia anterior. Mr. Jackson aprecia comer & não gosta muito de Mr. e Miss P.[2] — Que clima! — O que faremos com ele? — 17 de outubro & ainda verão! Henry não está muito bem — um ataque biliar com febre — ele voltou cedo de H. St. ontem & foi para a cama — a consequência cômica[3] disso é que Mr. Seymor & eu jantamos juntos *tête-à-tête*. — Ele está tomando calomelano,[4] &, portanto, em processo de melhora, & espero que esteja bem amanhã. Os Creed de Hendon jantam aqui hoje, o que é um grande infortúnio — pois ele dificilmente conseguirá aparecer — & eles são todos estranhos para mim. Ele pediu a Mr. Tilson que viesse & tomasse seu lugar. Duvido que sejamos um par muito agradável. — Temos compromisso amanhã em Cleveland Row.[5] — Estive lá ontem pela manhã. — Parece não haver planos para que Mr. Gordon vá a Chawton — nem para que qualquer membro da família venha aqui no momento. Muitos deles estão doentes. — Quarta-feira — A doença de Henry é mais grave do que eu esperava. Está acamado desde as três horas da segunda-feira. É uma febre — algo bilioso, mas principalmente

inflamatório. Não estou alarmada — mas decidi postar esta carta hoje, para que soubesses como as coisas estão. Não há chance alguma de que ele possa deixar a cidade no sábado. Fiz essa pergunta a Mr. Haydon hoje. — Mr. H. é o boticário da esquina de Sloane St. — sucessor de Mr. Smith, um jovem que dizem ser competente, & é certamente muito atencioso & parece até agora ter compreendido a enfermidade. Há um pouco de dor no peito, mas não é considerada grave. Mr. H. chama-a de inflamação geral. — Ele tirou vinte onças[6] de sangue de Henry ontem à noite — & quase a mesma quantia esta manhã — & espera ter de lhe fazer uma sangria amanhã novamente, porém me assegura que o achou tão <u>bem</u> hoje quanto esperava. Henry é um excelente paciente, fica quieto na cama e está pronto para engolir qualquer coisa. Vive de remédios, chá & água de cevada. — Ele tem muita febre, mas não muitas dores — & dorme muito bem. — <u>Sua</u> ida a Chawton provavelmente não dará em nada, já que seus negócios em Oxfordshire estão tão próximos; — quanto a mim, podes ter certeza de que retornarei assim que possível. Tenho terça-feira em mente, mas sentirás a incerteza disso. — Quero me livrar de algumas de minhas coisas, & portanto, enviarei um pacote pela Collier no sábado. Faz com que seja pago por minha própria conta. — Conterá principalmente roupas sujas — mas acrescerei a lã de carneiro de Martha, teus lenços de musselina — (indianos a 3 xelins e 6 *pence*) tuas Penas, três xelins — & alguns artigos para Mary, se os receber de Mrs. Hore a tempo. — Naturalmente desistimos de Cleveland Row. Mr. Tilson levou um bilhete para lá essa manhã. Até ontem à tarde eu tinha esperanças de que o remédio que ele havia tomado e uma boa noite de repouso o restaurariam completamente. Imaginei que fosse apenas bile — mas parece que a indisposição se originou de um resfriado. Deves imaginar Henry no quarto do fundo do andar de cima — & geralmente fico lá também, bordando ou escrevendo. — Escrevi para Edward ontem, para que adiasse a vinda de nossos sobrinhos até sexta-feira. Estou muito convicta de que seu tio estará suficientemente bem para apreciar sua visita [até] lá. — Vou te escrever logo após enviar meu pacote — em dois dias — salvo se excepcionalmente houver algo específico a ser comunicado antes. — O serviço postal acaba de me trazer uma carta de Edward. É provável que venha na terça-feira próxima, por um dia ou dois, para resolver assuntos relacionados a sua causa.[7]

Mrs. Hore deseja comentar com Frank & Mary que duvida que seja uma solução comprar cômodas em Londres, quando se considera o valor do transporte. As duas Miss Gibson nos visitaram no domingo, & trouxeram uma carta de Mary, a qual também será posta no pacote. Miss G. pareceu-me particularmente bem. — Não pude retribuir-lhes a visita. — Quero ir a Keppel St. novamente, se possível, o que é duvidoso. — Os Creed são pessoas agradáveis, mas receio que para eles a visita tenha sido muito enfadonha. — Quero saber como vão os planos de Martha. Se não tiveres escrito antes, escreve-me pela posta de domingo para Hans Place. — Estarei mais que pronta para notícias tuas até lá. — Finalmente uma mudança no tempo! — Vento & chuva. — Mrs. Tilson acaba de nos visitar. Pobre mulher, é uma infeliz, sempre doente. — Deus te abençoe. —

Afetuosamente, tua J.A.

Tio Henry divertiu-se muito com a mensagem de Cassy, mas, se ela estivesse aqui agora com o xale vermelho, o faria rir mais do que o recomendável. —

Miss Austen
Chawton
Alton

Notas

¹ *MP* & *S&S*. *Mansfield Park* e *Sense and Sensibility* *[Razão e Sensibilidade]*.
² *Mr. e Miss P.* Provavelmente, trata-se do sobrenome Papillon. A segunda esposa de Henry Austen levava o sobrenome de Jackson e sua mãe, de Papillon. (RWC), (DLF).
³ *consequência cômica*. Acredita-se que Mr. S. tenha pedido a mão de Jane Austen em casamento (RWC citado por DLF). DLF destaca que, como os arquivos existentes não apresentam evidências desse fato, possivelmente seja uma informação da família, que pode ter sido passada a Chapman por meio de Richard-Arthur Austen Leigh.
⁴ *calomelano*. Ver nota 19 da carta 89.
⁵ *Cleveland Row*. Residência de Mr. Gordon, parente de amigos de Henry T. Austen (DLF).
⁶ *vinte onças*. Cerca de 591 ml.
⁷ *sua causa*. Ação judicial contra os Hintons (DLF).

122. De Henry Austen
? sexta-feira, 20/sábado, 21 de outubro de 1815
De Londres para Londres

Carta para Mr. Murray ditada por Henry alguns dias após o início de sua doença, & pouco antes da grave recaída que o colocou em tamanho perigo de vida. —
Prezado Senhor,
Uma grave doença confinou-me ao leito após o recebimento da vossa, datada do dia 15 — ainda não consigo segurar a pena, e sirvo-me de um amanuense. — A polidez e a clareza de vossa carta exigem igualmente meu pronto esforço. — Vossa opinião oficial sobre os méritos de *Emma* é deveras valiosa & satisfatória. — Embora ouse discordar de alguns pontos de vossa crítica, asseguro-vos que a profusão de vossos elogios, em verdade, supera mais do que frustra as expectativas da autora & as minhas próprias. — Os termos que ofereceis são tão inferiores aos que esperávamos que receio ter cometido algum grande erro em meus cálculos aritméticos. — A respeito das despesas & lucros da publicação, deveis estar mais bem informado do que eu; — contudo, documentos em minha posse parecem provar que o montante oferecido por vós pelos direitos autorais de *Sense & Sensibility*, *Mansfield Park* & *Emma* não condiz com o dinheiro que minha irmã de fato ganhou com uma edição muito modesta de *Mansfield Park* — (Vós mesmos expressastes surpresa que tão pequena edição[1] dessa obra tenha sido enviada ao mundo) & uma ainda menor de *Sense & Sensibility*. — ...

Notas

[1] *tão pequena edição.* Segundo DLF, a primeira edição de *Razão e Sensibilidade* foi de 750 a 1000 exemplares. A de *Mansfield Park* foi provavelmente de 1250 exemplares, e a de *Emma*, 2000.

123. Para Caroline Austen
Segunda-feira, 30 de outubro de 1815
De Londres a Chawton

> Hans Place, segunda-feira à noite,
> 30 de outubro

Minha querida Caroline,
Não me senti ainda em condições de me ocupar de teu manuscrito, mas penso que o farei em breve, & espero que meu grande atraso não seja um inconveniente. — Dá-nos grande prazer que estejas em Chawton. Estou certa de que Cassy está encantada com tua presença. — Praticarás tua música, naturalmente, & confio que cuidarás de meu instrumento & não deixarás que seja mal utilizado de forma alguma. — Não permitas que nada seja posto sobre ele, exceto se for algo muito leve. — Espero que tentes aprender alguma outra canção além de *The Hermit*.[1] Diz à sua vovó que escrevi a Mrs. Cooke para parabenizá-la, & que recebi notícias de Scarlets hoje; ficaram muito chocados com a carta preparatória que me senti obrigada a lhes enviar na última quarta-feira, mas, em compensação, sentiram-se mais calmos com o recebimento de minha carta de sexta-feira. Teu pai escreveu novamente pelo correio de hoje, então espero que agora estejam tranquilos. Lamento que te tenhas molhado em tua viagem; agora que te tornaste tia,[2] és uma pessoa de considerável importância & deves suscitar grande interesse em tudo o que fazes. Sempre defendi a importância das tias tanto quanto possível, & estou certa de que farás o mesmo agora. — Acredita-me, minha querida irmã-tia,

> Afetuosamente tua,
> J. Austen

Notas

[1] *The Hermit.* Composição do músico italiano Tommaso Giordani, radicado no Reino Unido.

[2] *te tornaste tia.* A primeira filha de Anna Lefroy, Anna Jemima, nasceu em 20 de outubro de 1815 (DLF).

124. Para John Murray
Sexta-feira, 3 de novembro de 1815
De Londres para Londres

Hans Place, nº 23, sexta-feira, 3 de novembro
Senhor,
A grave doença de meu irmão impediu-o de responder vossa correspondência de 15 de outubro, que tratava do manuscrito de *Emma*, agora em vossas mãos — E, como ele, apesar de sua recuperação, está ainda em um estado que tememos que piore caso se envolva em qualquer negociação, & estou ao mesmo tempo desejosa de chegar a alguma decisão sobre o assunto em questão, devo solicitar-vos o favor de fazer-me uma visita aqui, em qualquer dia depois de hoje que melhor vos convier, a qualquer hora da noite, ou de manhã, exceto das onze à uma. — Uma breve conversa possa talvez fazer mais que muita escrita. —

Meu irmão pede-me que vos transmita seus cumprimentos & agradecimento por vossa cordial atenção em oferecer-lhe uma cópia de *Waterloo*.[1]

Sou, senhor,

Vossa humilde criada,
Jane Austen

Notas

[1] *Waterloo*. Jane Austen se refere ao poema de Water Scott intitulado *The Field of Waterloo* [*O Campo de Waterloo*] (1815) (DLF).

125 (a). Para James Stanier Clarke
Quarta-feira, 15 de novembro de 1815
De Londres para Londres

Cópia de minha carta para Mr. Clark, 15 de novembro — 1815

Senhor,
Tomo a liberdade de fazer-vos uma pergunta — Entre as muitas atenções lisonjeiras que recebi de vós em Carlton House, na última segunda-feira, estava a informação de que eu teria liberdade para dedicar qualquer obra futura a Sua Alteza Real o Príncipe Regente sem a necessidade de qualquer solicitação de minha parte. Essas, ao menos, acreditei serem vossas palavras; porém, como estou muito ansiosa para ter certeza do que se pretende, rogo-vos que tenha a bondade de informar-me como tal permissão deve ser compreendida, & se é minha obrigação demonstrar meu privilégio, ofertando a obra, ora na tipografia, a Sua Alteza Real. — Fico igualmente preocupada em parecer presunçosa ou ingrata. —
Sou &c. —

125 (b). De James Stanier Clarke
Quinta-feira, 16 de novembro de 1815
De Londres para Londres

Prezada Senhora,
Certamente não é vossa <u>obrigação</u> dedicar sua obra ora na tipografia a Sua Alteza Real: contudo, se desejar dar ao Regente essa honra agora ou em qualquer momento futuro, fico feliz em conceder-vos essa permissão, a qual não requer qualquer outro incômodo ou solicitação de vossa Parte.

Vossas últimas obras, senhora, e em particular *Mansfield Park*, enobrecem vossa genialidade & vossos princípios; a cada nova obra vossa mente parece aumentar sua energia e poderes de discernimento. O Regente leu & admirou todas as vossas publicações.

Aceitai meus sinceros agradecimentos pelo prazer que seus volumes têm me proporcionado: durante sua leitura senti grande inclinação em escrever-vos & dizê-lo. E também, prezada senhora, desejaria que me permitisse pedir-vos que delineie em alguma obra futura os hábitos de vida e caráter e entusiasmo de um clérigo — que dividiria seu tempo entre a metrópole & o campo — que seria algo como o trovador de Beattie.[1]

   Silencioso quando feliz, afetuoso porém tímido
   E ora seu semblante tão humildemente triste
   & ora ele ria alto, contudo, ninguém sabia por quê —

Nem Goldsmith — nem La Fontaine em seu *Tableau de Famille*[2] — conseguiram, em minha opinião, delinear bem um clérigo inglês, ao menos do presente — amante de, & inteiramente voltado para a literatura — inimigo de ninguém além de si mesmo. Peço-vos, prezada senhora, que pense nessas coisas.

       Creia-me todo tempo
      Com sinceridade & respeito
      Vosso fiel e penhorado criado,
         J. S. Clarke
         Bibliotecário

PS.
Ficarei por cerca de três semanas com Mr. Henry Streatfeilds, em Chiddingstone Sevenoaks — mas espero em meu retorno ter a honra de ver-vos novamente.

Miss Austen
Nº 23
Hans Place
Sloane Street

Notas

[1] *o trovador de Beattie*. Refere-se ao poema "The Minstrel; or, the Progress of Genius" ["O menestrel; ou, o progresso do gênio"] do poeta inglês James Beattie (DLF). Tradução livre nossa do inglês: "Silent when glad, affectionate tho' shy / And now his look was most demurely sad / & now he laughed aloud yet none knew why —".

[2] *La Fontaine em seu Tableau de Famille*. Trata-se de "Leben eines armes Landpredigers", de August Heinrich Julius Lafontaine (1801); em 1803 foi publicada em Londres a tradução francesa de Madame de Montolieu, com o título de *Nouveaux Tableaux de Famille*, ou la vie d'un pauvre ministre de village allemande et ses enfants (RWC), (DLF).

126. Para John Murray
Quinta-feira, 23 de novembro de 1815
De Londres para Londres

Senhor,
O bilhete de meu irmão na última segunda-feira foi tão infrutífero, que temo haver pouca possibilidade de que minha escrita possa produzir algum bom resultado; contudo, estou tão desapontada & exasperada pela demora dos tipógrafos[1] que não posso deixar de implorar para saber se não há esperança alguma de que eles sejam apressados. — Em vez de a obra estar pronta até o fim deste mês, no ritmo em que ora progredimos dificilmente estará pronta até o fim do próximo e, como espero partir de Londres no início de dezembro, é de suma importância que não se perca mais tempo. — É provável que os tipógrafos sejam levados a maior celeridade & pontualidade se souberem que a obra será dedicada, com permissão, ao Príncipe Regente? — Se puderdes fazer essa circunstância funcionar, ficarei muito contente. — Meu irmão devolve *Waterloo*, com muita gratidão pelo empréstimo. — Ouvimos bastante sobre o relato de Scott a respeito de Paris;[2] — se não for incompatível com outros planos, poderíeis concedê-lo a nós — supondo que tenhais algum conjunto já aberto? — Podeis confiar que estará em mãos cuidadosas.

Permaneço, senhor,
Vossa humilde criada,
J. Austen

Hans Place, nº 23
Quinta-feira, 23 de novembro
Mr. Murray

Notas

[1] *demora da tipografia*. *Emma* (Volumes I e II) foi impresso pela Roworth (DLF).
[2] *relato de Scott a respeito de Paris*. Jane Austen se refere ao livro *Paul's Letters to his Kinsfolk* [*Cartas de Paulo a seus parentes*], de Walter Scott (DLF).

127. Para Cassandra Austen
Sexta-feira, 24 de novembro de 1815
De Londres a Chawton

       Hans Place, sexta-feira, 24 de novembro
Minha querida Cassandra,
 Tenho o prazer de te enviar um relato muito melhor de <u>meus assuntos</u>, que sei que será um grande deleite para ti. Escrevi para Mr. Murray ontem, & Henry escreveu ao mesmo tempo para Roworth. Antes que os bilhetes saíssem de casa recebi três folhas, & uma desculpa de R. Enviamos os bilhetes, no entanto, & recebi como resposta um muito cortês de Mr. M. Ele é tão educado, que é um tanto desconcertante. — Os tipógrafos estão à espera de papel — a culpa recaiu sobre o fornecedor — mas ele empenha sua palavra de que não terei mais motivos para insatisfação. — Ele nos emprestou <u>Miss Williams</u>[1] & <u>Scott</u>, & diz que qualquer livro seu estará sempre a <u>meu</u> dispor. — Em suma, me acalmam & lisonjeiam para que eu sinta razoável alívio. —
 Recebemos uma visita ontem de Edward Knight; & Mr. Mascall juntou-se a ele aqui; — e a manhã de hoje nos trouxe os cumprimentos de Mr. Mascall & dois faisões. — Temos alguma esperança de que Edward venha jantar hoje; ele virá, se puder, acredito. — Ele está com uma aparência muito boa. — Amanhã Mr. Haden deve jantar conosco. — Que felicidade! — Ficamos tão afeiçoados a Mr. Haden que não sei o que esperar. — Ele, & Mr. Tilson & Mr. Philips compuseram nosso círculo de espirituosos. Fanny tocou, & ele se sentou & ouviu & sugeriu aperfeiçoamentos, até que Richard veio avisá-lo que "o Doutor aguardava por ele na casa do Capitão Blake" — e então ele partiu em uma velocidade que podes imaginar. Ele nunca parece nem um pouco superior à sua profissão, ou indisposto com ela, ou devo imaginar que o pobre Capitão Blake, seja ele quem for, está realmente em má situação. —

Eu devo ter interpretado Henry mal, quando te disse que <u>tu</u> receberias notícias dele hoje. Ele leu para mim o que escreveu para Edward; — uma parte deve tê-lo divertido, estou certa; — uma parte, que lástima! não pode ser muito divertida para ninguém. — Fico surpresa que, com tal negócio a preocupá-lo, esteja se recuperando, mas ele certamente ganha forças &, se tu & Edward o vísseis agora, tenho certeza de que pensaríeis que está melhor se comparado a segunda-feira. Ele saiu ontem, fez um lindo dia de sol <u>aqui</u> — (no campo talvez tenhas nuvens e nevoeiro — Ouso dizê-lo? — Não <u>te</u> enganarei, se o disser, quanto à minha estimativa sobre o clima de Londres) — & ele se arriscou, primeiro até a varanda, & depois até a estufa. Ele não pegou friagem &, portanto, fez mais hoje com grande alegria, & autopersuasão de progresso; ele foi visitar Mrs. Tilson & os Maling. — A propósito, podes falar a Mr. T. que sua esposa está melhor, eu a vi ontem & ficou evidente que ganhou terreno nos últimos dois dias. —

Noite. — Não tivemos a presença de Edward. — Nosso círculo está formado; apenas Mr. Tilson & Mr. Haden. — Não estamos tão felizes como estávamos. Uma mensagem de Mrs. Latouche & Miss East chegou esta tarde, oferecendo-se para tomar chá conosco amanhã — & como foi aceita, termina aqui nossa extrema felicidade com nossos convidados para o jantar. — Lamento profundamente que venham! A noite estará arruinada para Fanny & para mim. — Outra pequena decepção. — Mr. H. recomenda que Henry <u>não</u> se arrisque conosco na carruagem amanhã; — se fosse primavera, diz ele, seria diferente. Preferir-se-ia que não fosse assim. Ele parece pensar que sua saída hoje foi bastante imprudente, apesar de reconhecer, ao mesmo tempo, que está melhor do que estava de manhã. — Fanny recebeu uma carta de Goodnestone cheia de incumbências; creio que estaremos ocupadas com elas & com as próprias questões dela das 12 até às 4. — Acredito que nada nos manterá longe de Keppel Street. — O dia de hoje trouxe-me uma carta muito amistosa de Mr. Fowle, com um par de faisões. Não sabia que Henry lhe havia escrito há alguns dias, para pedir por eles. Viveremos de faisões; uma vida nada má! — Envio-te cinco notas de uma libra, por receio de que ficasses aflita com pouco dinheiro. — O bordado de Lizzy está encantadoramente terminado. Tu o colocarás em teu chintz? — Uma <u>folha</u> acaba de chegar. O 1º & 3º volumes estão agora na 144. — O 2º na 48. — Tenho certeza de que gostarás dos detalhes. — Não temos mais que ter o trabalho de devolver as folhas para Mr. Murray, os rapazes da tipografia as trazem & levam.

Espero que Mary continue a se restabelecer rapidamente — & mando meu afeto para o pequeno Herbert.[2] — Tu me contarás mais sobre os planos de Martha quando me escreveres novamente, é claro. — Mande as mais ternas lembranças a todos, & também a Miss Benn. — Afetuosamente, da tua J. Austen.

Ando ouvindo uma insanidade terrível. — Mr. Haden acredita firmemente que uma pessoa que <u>não</u> aprecia música está apta a todo tipo de perversidade.[3] Arrisquei-me a dizer alguma coisa em contrário, mas desejaria que a causa estivesse em mãos mais capazes. —

Supondo que o tempo esteja muito ruim no domingo à noite, não pedirei a Richard que saia, como sabes — &, nesse caso, minha roupa suja terá de esperar um dia.

Miss Austen
Chawton

Notas

¹ *Miss Williams*. Jane Austen se refere a *A Narrative of the Events which have lately taken place in France* [*Uma narrativa dos eventos que ocorreram recentemente na França*], de Helen Maria Williams (DLF).
² *pequeno Herbert*. Sexto filho de FWA, nascido em 8 de novembro de 1815, em Chawton (DLF).
³ *está apta a todo tipo de perversidade*. DLF acredita que Mr. Haden estava parafraseando ou citando o seguinte trecho de *O Mercador de Veneza*, de Shakespeare: "O homem que não tem música em si nem se emociona com a harmonia dos doces sons é feito para as traições, os estratagemas e as rapinas; a alma dele tem movimentos silenciosos como a noite e as afeições tenebrosas como o Erebo. Não te fies jamais em semelhante homem" (SHAKESPEARE, 2016).

128. Para Cassandra Austen
Domingo, 26 de novembro de 1815
De Londres a Chawton

Hans Place, domingo, 26 de novembro
Minha queridíssima,
O pacote chegou em segurança, & sou-te muito grata por teu incômodo. — Ele custou 2s.10 — mas como, por outro lado, há uma economia garantida de 2s.4 ½, estou certa de que valeu a pena. — Envio quatro pares de meias de seda — mas não quero que sejam lavadas no momento. Junto com três lenços incluo aquele enviado antes. — Essas coisas talvez Edward consiga trazer, porém, mesmo que não consiga, fico extremamente feliz que ele retorne a ti de Steventon. É muito melhor — muitíssimo preferível. — Eu <u>de fato</u> mencionei o Príncipe Regente em meu bilhete a Mr. Murray, ele trouxe-me um belo elogio em resposta; se serviu para alguma outra coisa, não sei, mas Henry achou que valeria a pena tentar. — A tipografia continua a me guarnecer muito bem, avancei no vol. 3 até minha <u>ara</u>-ruta,[1] sobre cujo estilo peculiar de grafia há um modesto ponto de interrogação na margem. — Não esquecerei a araruta de Anna. — Espero que tenhas contado a Martha sobre minha decisão inicial de não deixar que ninguém saiba que eu <u>poderia</u> fazer a dedicatória &c. — por receio de ser obrigada a fazê-la — & de que ela fique completamente convencida de que estou agora influenciada por nada além das motivações mais mercenárias. — Paguei nove xelins em nome dela para Miss Palmer; não há mais dívidas. — Bem — ficamos muito ocupadas o dia todo ontem; das onze e meia às quatro na rua, quase que inteiramente fazendo coisas para outras pessoas, indo de um lugar a outro atrás de um pacote para Sandling que não conseguimos encontrar, & enfrentando o sofrimento de ir a Grafton House para comprar um vestido roxo para Eleanor Bridges. — Fomos a Keppel St., contudo, que era a única coisa que me importava — & apesar de termos ficado por

apenas um quarto de hora, a visita de Fanny deu muito prazer & sua sensibilidade ainda mais, pois ela ficou bastante tocada ao ver as crianças — A pobre F.² parecia triste. — Vimos o grupo todo. — Tia Harriet espera que Cassy não se esqueça de fazer um porta-alfinetes para Mrs. Kelly — que <u>ela</u> disse lhe ter sido prometido diversas vezes. — Esperamos ver Tia H. — & e as queridas menininhas aqui na quinta-feira. — E assim se foi a manhã; depois vieram o jantar & Mr. Haden, que trouxe consigo boas maneiras & conversa inteligente; das 7 às 8 a harpa; às 8 Mrs. L. & Miss E. chegaram — & e pelo resto da noite ficou assim organizada a sala de estar, para o lado do sofá as duas senhoras Henry & eu buscando tirar o melhor partido disso, do lado oposto Fanny & Mr. Haden em duas cadeiras (pelo menos <u>acredito</u> que havia <u>duas</u> cadeiras) conversando ininterruptamente. — Imagina a cena! E o que se deve imaginar em seguida? — Oras, que Mr. H. janta aqui amanhã novamente. — Hoje receberemos Mr. Barlow. — Mr. H. está lendo *Mansfield Park* pela primeira vez & e prefere-o a *P&P*. — Uma lebre & quatro coelhos de Godmersham ontem, de forma que estamos abastecidos para quase uma semana. — Pobre fazendeiro Andrews!³ Sinto muito por ele, & sinceramente desejo sua recuperação. — Uma notícia melhor sobre o açúcar do que eu poderia esperar. Gostaria de te ajudar a quebrar mais um pouco.⁴ — Fico feliz que não consigas acordar cedo, estou certa de que deves estar com teu sono atrasado. — Fanny & eu fomos à capela de Belgrave, & retornamos com Maria Cuthbert. — Fomos bem pouco incomodados por visitantes essa última semana, lembro-me apenas de Miss Herries, a tia, mas estou aterrorizada por hoje, um lindo domingo ensolarado, muita massa & nada para fazer.⁵ — Henry sai no jardim todos os dias, mas no momento parece não ter vontade de fazer algo mais, tampouco tem agora qualquer plano de deixar Londres antes de 18 de dezembro, quando pensa em ir a Oxford por alguns dias; — hoje, deveras, seus sentimentos são por continuar onde está pelos próximos dois meses. Sabe-se da incerteza de tudo isso, porém, se assim for, devemos pensar o melhor & esperar pelo melhor & fazer o melhor — e minha ideia nesse caso é que, quando <u>ele</u> for a Oxford, eu deveria ir para casa & passar pelo menos uma semana contigo antes que <u>tu</u> tomes o meu lugar. — Esse é apenas um projeto silencioso, tu sabes, a ser alegremente abandonado, caso coisas melhores ocorram. — Henry se diz mais forte a cada dia & Mr. H. segue aprovando sua pulsação — que parece no geral estar melhor do que nunca — mas ainda não lhe consentem que esteja bem. — A febre ainda não cedeu de todo. — O medicamento que ele toma (o mesmo de antes de partires) serve principalmente para melhorar seu estômago, & só um pouco como laxante. Ele está tão bem que não consigo entender por que não está perfeitamente bem. — De modo algum eu supunha que houvesse algo com seu estômago, mas é <u>dali</u> que provavelmente vem a febre; — mas ele não tem dores de cabeça, nem enjoo, nem dores, nem indigestão! — Talvez depois de Fanny partir, ele conseguirá se recuperar mais rápido. — Não estou desapontada, nunca achei a garotinha de Wyards[6] muito bonita, mas ela terá uma bela tez & cabelos cacheados & passará por uma beldade. — Estamos contentes que o resfriado de mamãe não está pior & mandamos a ela nosso afeto & os melhores votos de coisas boas. Doce e amável Frank! por que <u>ele</u> está resfriado também? Como diria o Capitão Mirvan a Madame Duval,[7] "desejo ficar bem longe dele." Fanny ouviu tudo o que eu te disse sobre ela & Mr. H. — Sou-te muito grata por poder ver a carta do querido Charles para ti. — Que escrita agradável & natural ele tem! e que perfeito retrato de caráter & sentimentos transmite seu estilo! Pobre rapaz! — nem um presente! — Tenho em mente lhe enviar todos os doze exemplares que deveriam ser distribuídos entre meus conhecidos mais próximos — começando pelo Príncipe Regente & terminando com a Condessa Morley. —

Adeiu. [sic] — Afetuosamente tua,

J. Austen

Transmita meu afeto a Cassy & Mary Jane. — Caroline terá partido quando receberes esta.

Miss Austen

[*Falta a carta de quarta-feira, 29 de novembro de 1815*]

Notas

¹ *cheguei a minha ara-ruta.* Jane Austen se refere ao seguinte trecho de Emma: "Ao retornar para casa, Emma chamou imediatamente a criada para que pudessem examinar a despensa. Enviaram, junto com um bilhete, a melhor qualidade de araruta para a casa das Bates. Meia hora depois, a araruta foi devolvida, com milhares de agradecimentos da srta. Bates, que escreveu a Emma: "A querida Jane não ficaria satisfeita até que eu devolvesse a araruta, é algo que ela não pode aceitar e, além disso, ela insiste em dizer que não precisa de nada" (AUSTEN, 2015).

² *pobrezinha F.* Fanny, esposa de Charles Austen (DLF).

³ *fazendeiro Andrews.* James Andrews, membro de uma das várias famílias Andrews que habitavam Chawton (DLF).

⁴ *ajudar-te a quebrar mais um pouco.* O açúcar, na época em que Jane Austen viveu, era comprado em grandes blocos e precisava ser quebrado com um martelo para que pudesse ser usado em pedaços menores.

⁵ *muita massa & nada para fazer.* Em inglês "plenty of Mortar and nothing to do". RWC não encontrou explicações para a expressão. Porém, DLF supõe que Jane Austen poderia estar fazendo alusão a uma música popular de sua época que continha o verso "with plenty of money and nothing to do" e que a palavra *mortar* poderia ser uma gíria da época para *money*, dinheiro. A tradução da palavra *mortar* é argamassa. Assim, optamos por traduzi-la como "massa", que preserva uma relação com o termo original e, ao mesmo tempo, é uma gíria em português para dinheiro.

⁶ *a garotinha de Wyards.* Possivelmente, Jane Austen se refere à filha de Mr. Marshall, administrador da fazenda de Wyards, que alugou parte de sua casa a Anna e Ben Lefroy, quando se mudaram de Hendon (DLF).

⁷ *Capitão Mirvan a Madame Duval.* Jane Austen faz alusão uma passagem da carta XXI de *Evelina*. Ver nota 2 da carta 20.

129. Para Cassandra Austen
Sábado, 02 de dezembro de 1815
De Londres a Chawton

       Hans Place, sábado, 2 de dezembro
Minha querida Cassandra,
 Henry voltou ontem, & poderia ter retornado no dia anterior se soubesse a tempo. Tive o prazer de saber por Mr. T[ilson] na quarta-feira à noite que Mr. Seymour julgou que não havia mais qualquer motivo para que ele se ausentasse por mais tempo. — Tive também o consolo de algumas linhas do próprio Henry na manhã de quarta-feira — (pouco depois de tua carta haver sido enviada) fazendo um relato tão bom de como se sentia que fiquei perfeitamente tranquila. Ele obteve o máximo cuidado & atenção em Hanwell, passou seus dois dias lá tranquila & agradavelmente &, não estando por certo pior em nenhum aspecto por ter ido, podemos acreditar que deve estar melhor, como ele mesmo está certo de estar. — Para tornar seu retorno uma festa completa, garantimos Mr. Haden para o jantar — Não preciso dizer que nossa noite foi agradável. — Mas parece-me que cometes um erro quanto a Mr. H. — Tu o chamas de boticário, ele nunca foi boticário, não há boticários nesta região — a única inconveniência do local talvez, mas assim é — não temos um médico ao alcance — ele é um Haden, nada além de um Haden, uma espécie de criatura maravilhosa e indefinível sobre duas pernas, algo entre um homem & um anjo — porém sem o menor traço de um boticário. — Talvez ele seja o único ser <u>não</u> boticário das redondezas. — Ele nunca cantou para nós. Ele se recusa a cantar sem o acompanhamento de um pianoforte. Mr. Meyers ministra suas três aulas por semana — alterando seus dias & suas horas, entretanto, conforme sua vontade, nunca muito pontual, & nunca no compasso. — Não tenho o apreço de Fanny pelos mestres, & Mr. Meyers não me faz ter o menor desejo de ter um. A verdade, penso eu, é que, pelo menos no caso dos professores de música,

lhes dão muita importância & lhes permitem que tomem muitas liberdades com o tempo de seu aluno. Ficaremos encantados em ver Edward segunda-feira — apenas lamento que deverás ficar sem ele. Um peru será igualmente bem-vindo, como ele. — Ele deve se preparar para ter o seu próprio quarto aqui, já que Henry se mudou para o quarto no andar de baixo na semana passada; o outro ele achava frio. — Lamento que minha mãe esteja sofrendo, & receio que esse tempo maravilhoso esteja bom demais para lhe convir. — <u>Eu</u> desfruto dele de todas as maneiras, da cabeça aos pés, da direita para a esquerda, longitudinalmente, perpendicularmente, diagonalmente; & não posso deixar de ser egoísta e esperar que continue assim até o Natal; — tempo agradável, insalubre, extemporâneo, relaxante, abafado, úmido! — Oh! — agradeço-te por tua longa carta; fez-me muito bem. — Henry aceita tua oferta de lhe fazer nove galões de hidromel, encarecidamente. O erro dos cães aborreceu-o muito por um momento, mas ele não pensou mais nisso desde então. — Hoje, ele faz uma terceira tentativa de reforçar o emplasto &, como estou certa de que agora sairá muito, é de se desejar que consiga mantê-lo no lugar. — Ele vai esta manhã com a diligência de Chelsea para assinar títulos & visitar Henrietta St. & não tenho dúvidas de que irá todos os dias a Henrietta St. — Fanny & eu ficamos muito confortáveis sozinhas, assim que soubemos que nosso inválido estava seguro em Hanwell. — Com algumas manobras & boa sorte evitamos todas as tentativas dos Maling de chegar a nós. Felizmente peguei um resfriadinho na quarta-feira, na manhã em que estávamos na cidade, o qual foi muito útil; & não vimos ninguém além de nosso precioso, & Mr. Tilson. — Na noite de hoje os Maling têm a permissão de tomar chá conosco. — Estamos com esperança, isto é, <u>desejamos</u> que Miss Palmer & as menininhas possam vir esta manhã. Sabes, é claro, que ela <u>não</u> pôde vir na quinta-feira; — & não tentará <u>sugerir</u> qualquer outro dia. — Não creio que enviarei mais roupa suja; — não compensa quando a carruagem tem que ser paga na ida e na volta. — Comprei a araruta de Anna, & tuas luvas. —

Deus te abençoe. — Perdoa-me pela brevidade dessa — mas preciso terminá-la agora, para que possa te economizar dois *pence*[1] — Com amor. — Afetuosamente tua,

J.A.

Ocorre-me que não tenho obrigação alguma de dar uma encadernação ao Príncipe Regente,[2] — mas vou fazer consultas a esse respeito. —

Fico contente que tenhas colocado o babado em teu chintz, estou certa de que ficou muito bem, & é exatamente o que tinha pensado. —

Miss Austen
Chawton
Alton
Hants

Notas

[1] *dois pence*. Provavelmente Jane Austen se refere à necessidade de terminar e fechar a carta para que Henry, que iria a Henrietta Street (centro de Londres), pudesse postá-la, iniciando dali seu trajeto a Chawton. Economizaria, assim, o pagamento do frete entre Hans Place e o centro de Londres (DLF).

[2] *dar uma encadernação ao Príncipe Regente*. Até meados do século XIX, os livros eram normalmente comercializados pelas editoras ou tipografias sem a capa, com apenas uma costura provisória e um invólucro de papel comum. Isto é, ficava a cargo do comprador do exemplar levá-lo ao encadernador e contratá-lo para encadernar seu exemplar de acordo com seu gosto pessoal e normalmente de forma a combinar com sua coleção ou biblioteca particular. DLF explica que foi sugestão de Murray que Jane Austen providenciasse a encadernação dos livros a serem enviados ao Príncipe.

130. Para John Murray
Segunda-feira, 11 de dezembro de 1815
De Londres a Londres

Hans Place, 11 de dezembro

Prezado Senhor,

Haja vista que a publicação de *Emma* está prevista para o próximo sábado, creio que é melhor não perder tempo em resolver tudo o que resta a ser resolvido sobre o assunto, & adotar esse método de fazê-lo, de forma a despender o menos possível de vosso tempo. —

Antes de mais nada, rogo-vos que compreenda que deixo os termos das negociações referentes à distribuição da obra inteiramente a vosso critério, solicitando que vos deixeis ser norteado nessas providências por vossa própria experiência do que é preferível para que a edição se esgote rapidamente. Ficarei satisfeita com o que considerais ser melhor. —

A folha de rosto deve ser, *Emma*, dedicado sob permissão à Sua Alteza Real o Príncipe Regente. — E é meu desejo particular que um exemplar seja concluído & enviado à Sua Alteza Real dois ou três dias antes de a obra vir a público — Deverá ser enviada sob disfarce aos cuidados do Rev. J. S. Clarke, bibliotecário, Carlton House. — Eu anexarei uma lista das pessoas às quais, devo importunar-vos, seja também remetido um exemplar cada, após o lançamento da obra; — todos desencadernados, com <u>Da autora</u>, na primeira página. —

Devolvo, com os mais sinceros agradecimentos, os livros que tão obsequiosamente me emprestastes. — Tenho plena consciência, asseguro-vos, da atenção que dispensastes para meu conforto & diversão. — Devolvo-vos também *Mansfield Park*, tão pronto para uma 2ª edição, creio, quanto está a meu alcance fazê-lo. —

Permanecerei em Hans Place até o dia 16. — Desse dia em diante meu endereço será Chawton, Alton, Hants.

                              Permaneço, prezado Senhor,
                                    Vossa fiel criada,
                                         J. Austen

 Gostaria de solicitar-vos a gentileza de que me envieis uma mensagem pelo portador, informando o <u>dia</u> em que o exemplar do Príncipe Regente ficará pronto. —

131. Para John Murray
Segunda-feira, 11 de dezembro de 1815
De Londres a Londres

Hans Place, 11 de dezembro

Prezado Senhor,

Fico muito agradecida pela vossa, e felicíssima em sentir que tudo foi feito para nossa mútua satisfação. Quanto às minhas instruções sobre a página de rosto, foi unicamente fruto de minha ignorância e por nunca haver observado o local apropriado para uma dedicatória. Agradeço-vos por me corrigir. Qualquer desvio do que é normalmente adotado em tais situações é a última coisa que eu desejaria. Sinto-me feliz em ter um amigo que me salve das consequências nefastas de meu próprio engano.

Da vossa, prezado Senhor &c.
J. Austen

132 (a). Para James Stanier Clarke
Segunda-feira, 11 de dezembro de 1815
De Londres a Londres

Prezado Senhor,
Minha *Emma* está agora tão próxima da publicação que sinto ser correto assegurar-vos que não me esqueci de vossa gentil recomendação de um exemplar antecipado para C^n. H. — & que tenho a promessa de Mr. Murray de que será enviado a Sua Alteza Real aos vossos cuidados, três dias antes de a obra ser lançada. —

Devo aproveitar esta oportunidade para agradecer-vos, prezado Senhor, pelo grande elogio que fazeis a meus outros romances — Sou vaidosa demais para desejar convencer-vos de que os elogiastes para além de seu mérito. —

Minha maior ansiedade no presente é que essa 4ª obra não envergonhe o que as outras tinham de bom. Mas nesse ponto farei justiça a mim mesma e declaro que, quaisquer que sejam meus desejos para seu sucesso, assombra-me fortemente a ideia de que para os leitores que preferem *P&P* ela possa parecer inferior em engenhosidade, & para os que preferem *MP* muito inferior em bom senso. Seja como for, contudo, espero que me façais o obséquio de aceitar um exemplar. Mr. M. terá instruções de enviar-vos um. Fico deveras honrada que pensais que eu seja capaz de criar um clérigo tal qual o descrevestes em vossa mensagem de 16 de novembro. Porém, garanto-vos que <u>não</u> o sou. Do lado cômico da personagem posso estar à altura, mas não do bom, do entusiasta, do literário. As conversas de tal homem devem por vezes relacionar-se a assuntos de ciência & filosofia sobre os quais nada sei — ou estar ao menos ocasionalmente repletas de citações & alusões que uma mulher que, como eu, sabe apenas sua língua materna & até mesmo nela leu muito pouco, não teria a menor condição de criar. — Uma formação clássica, ou, em todo caso, um conhecimento muito vasto de literatura inglesa, antiga & moderna, parece-me deveras indispensável para que a pessoa possa fazer alguma justiça a vosso clérigo — E creio que posso gabar-me de ser, com toda a vaidade possível, a moça mais inculta & desinformada que já ousou tornar-se uma autora.

Crede-me, prezado Senhor,
       vossa mais grata & fiel humilde criada,
               J.A.

132 (b). De James Stanier Clarke
Quinta-feira, ?21 de dezembro de 1815
De Londres para Londres

Carlton House, quinta-feira, 1815

Minha prezada senhora,

A carta que fostes tão gentil em me fazer a honra de enviar foi encaminhada a mim em Kent, onde em um vilarejo, Chiddingstone, próximo a Sevenoaks, estive a me esconder de toda a agitação e turbulência — e a recuperar o ânimo para uma campanha de inverno — e força para enfrentar as facas afiadas que uns tantos Shylocks estão umedecendo a fim de cortar mais que uma libra de carne de meu coração,[1] por ocasião do lançamento de *James the Second*.[2]

Na segunda-feira visitarei Lord Egremonts em Petworth — onde há muito os elogios a vós têm soado exatamente como deveriam. Farei em seguida uma visita de duas noites ao grupo que está no Pavilion[3] — e retorno para pregar na Capela Park Street na Green St., no Dia de Ação de Graças.

Fostes muito bondosa em enviar-me *Emma* — do que de modo algum sou merecedor. Foi entregue ao Príncipe Regente. Li apenas algumas poucas páginas pelas quais tive grande admiração — há tanta natureza — e excelente descrição de caráter em tudo que descreveis.

Rogo-vos que continueis a escrever, & fazeis com que todos os vossos amigos vos enviem esboços para vos ajudar — e *memoires pour servir* — como dizem os franceses. Tenhamos um clérigo inglês de acordo com <u>vossa</u> imaginação — muita novidade pode ser introduzida — mostrai, cara Senhora, quanto benefício haveria se o dízimo fosse completamente abolido, e descreva-o enterrando sua própria mãe — como eu o fiz — porque o pároco da paróquia em que ela faleceu — não prestou a seus restos mortais o devido respeito. Nunca me recuperei do choque. Levai vosso clérigo ao mar como amigo de alguma personagem distinta ligada à Marinha de uma Corte — podeis então introduzir como Le Sage[4] muitas cenas atraentes de personagens & interesse.

Mas perdoai-me, não posso escrever-vos sem desejar invocar vosso gênio; & temo não conseguir fazê-lo, sem abusar de vossa paciência e boa índole.

Pedi a Mr. Murray que vos forneça, se ele puder, duas pequenas obras[5] que ousei publicar enquanto estava no mar — sermões que escrevi & preguei no oceano — & a edição que publiquei do "Naufrágio" de Falconer.

Rogo-vos, cara Senhora, lembrai-vos, que além de minha cela, na Carlton House, possuo outra que Dr. Barne obteve para mim, no número 37 de Golden Square — onde frequentemente me refugio. Há uma pequena biblioteca lá à sua disposição — e, se a cela puder vos ser útil como uma espécie de segunda casa, quando vierdes a Londres — eu ficarei muito feliz. Há sempre uma criada minha lá.

Espero ter a honra de enviar-vos *James II* quando chegar a uma segunda edição — uma vez que algumas poucas notas terão possivelmente sido acrescidas até lá.

Do vosso, prezada Senhora, muito sinceramente,

J. S. Clarke

Notas

¹ *tantos Shylocks [...] uma libra de carne de meu coração*. Clarke faz alusão à peça *O Mercador de Veneza*, de William Shakespeare, em que o personagem Shylock empresta dinheiro a Antônio pedindo como garantia uma libra da carne de seu corpo.

² *lançamento de James the Second*. Clarke faz referência ao lançamento da obra de sua autoria *Life of King James II* [*A vida do Rei Jaime II*], de 1816 (DLF).

³ *Pavilion*. Nome dado ao palácio do Príncipe Regente localizado no litoral, em Brighton (DLF).

⁴ *Le Sage*. Alain-René Lesage (1668-1747), romancista e dramaturgo francês. Le Faye (2011) sugere que Clarke esteja se referindo ao romance picaresco *Gil Blas* (1715-35).

⁵ *duas pequenas obras*. Clarke refere-se a *Sermons Preached in the Western Squadron during its Service off Brest, on Board H M Ship Impetueux* [*Sermões pregados no esquadrão ocidental a serviço na costa de Brest, a bordo do navio de Sua Majestade, o Impetueux*] (1798), de sua própria autoria, e "The Shipwreck" [*O Naufrágio*], poema de William Falconer, publicado em 1804 e editado por Clarke.

133. Para Charles Thomas Haden
Quinta-feira, 14 de dezembro de 1815
De Londres a Londres

Prezado Senhor,
Devolvemos estes volumes com muita gratidão. Eles nos proporcionaram grande diversão. — Como havíamos saído ontem à noite, ficamos felizes em saber que não viestes — mas contamos com vossa presença <u>esta</u> noite — Deixo a cidade cedo no sábado, & devo dizer-vos "adeus". —

De vossa grata & fiel
J. Austen

Quinta-feira.
C. Haden, Esq.

134 (a). Da Condessa de Morley
Quarta-feira, 27 de dezembro de 1815
De Saltram a Chawton

Saltram
27 de Dezembro

Senhora —
Vinha aguardando muito ansiosamente ser apresentada a *Emma*, & sou-vos infinitamente grata por gentilmente lembrar-vos de mim, o que me propiciará o prazer de conhecê-la alguns dias antes do que teria conseguido de outra forma — Já me tornei íntima da família Woodhouse, & sinto que não me divertirão & interessarão menos do que os Bennett [sic], Bertram, Norris & todos os seus admiráveis predecessores — Não <u>posso</u> fazer-lhes maiores elogios. —

Sou,
Senhora,
Vossa gratíssima
F. Morley —

Para
Miss J. Austin [sic]
Chawton
Alton
Hants

134 (b). Para a Condessa de Morley
Domingo, 31 de dezembro de 1815
De Chawton a Saltram

Chawton, 31 de dezembro

Senhora,

Aceitai meus agradecimentos pela honra de vossa mensagem & por vossa gentil predisposição a favor de *Emma*. Em meu atual estado de dúvida acerca de sua recepção no mundo, é especialmente gratificante receber tão antecipadamente a certeza da aprovação de Vossa Senhoria. — Encoraja-me a contar com igual parcela de boa opinião do público em geral que tiveram os predecessores de *Emma*, & a crer que eu ainda não — como ocorre com quase todo escritor de ficção mais cedo ou mais tarde — tornei-me prolixa.

Sou, Senhora,
Vossa grata & humilde criada,
J. Austen

135. Para Anna Lefroy
? de dezembro de 1815 — janeiro de 1816

Minha querida Anna,

Assim como desejo muito conhecer <u>tua</u> Jemima,[1] estou certa de que gostarás de conhecer <u>meu</u> *Emma*, & tenho, portanto, o grande prazer de enviá-lo para tua leitura. Fica com ele o tempo que desejares; já foi lido por todos aqui. —

Notas

[1] *Jemima*. Trata-se da filha de Caroline, Anna-Jemima Lefroy, nascida em 20 de outubro de 1815, durante a permanência de Jane Austen em Londres, fazendo com que, até a data da carta, ela ainda não tivesse conhecido a menina (DLF).

136. Para Catherine Ann Prowting
? início de 1816

Minha cara Miss Prowting,
Estivesse viva nossa pobre amiga,[1] estes volumes estariam a sua disposição &, como sei que tínheis o hábito de ler juntas & tive a satisfação de saber que obras da mesma autoria haviam vos dado prazer, não pedirei desculpas por ofertar-vos a leitura delas, apenas implorando que, se não imediatamente disposta a leitura tão leve, fiqueis com elas pelo tempo que desejar, já que não necessitamos delas em casa.
        Muito sinceramente, da vossa
           J. Austen

Domingo à noite —

Notas

[1] *nossa pobre amiga*. DLF suspeita que se trate de Miss Mary Benn, enterrada em Chawton em 3 de janeiro de 1816, aos 46 anos. É provável que a obra ofertada para leitura na carta seja o exemplar de *Emma* que Austen emprestou a Anna Lefroy (carta 135), que foi publicado em três volumes.

137. Para Caroline
Quarta-feira, 13 de março de 1816
De Chawton a Steventon

> Chawton, quarta-feira,
> 13 de março.

Minha querida Caroline,
    Fico muito contente em ter a oportunidade de responder tua amável cartinha. Bem pareces ser mesmo minha sobrinha em teus sentimentos por Madame de Genlis.[1] Creio que nem agora, nesse momento calmo de minha vida, poderia ler <u>Olimpe et Theophile</u> [sic] sem ficar com raiva. É realmente muito ruim! — Não permitir que sejam felizes juntos, quando <u>estão</u> casados. — Não comentes nada sobre isso, peço-te. Acabei de emprestar à tua tia Frank o 1º vol. de *Les Veillees du Chateau* [sic], para que Mary Jane o leia. Demorará um pouco até que ela chegue ao horror de *Olympe*. — O tempo tem estado triste ultimamente, espero que tenhas gostado. — Nosso tanque está cheio & nossas estradas estão enlameadas & nossas paredes estão úmidas, & ficamos sentadas desejando que cada dia ruim possa ser o último. Não está frio, no entanto. Uma outra semana talvez nos veja encolhidas & trêmulas com o vento seco do leste.
    Recebi uma carta muito bela de teu irmão não faz muito tempo, & fico muito feliz em ver como sua caligrafia está melhorando. — Estou convencida de que acabará se tornando a caligrafia de um verdadeiro cavalheiro, muito acima da média. — Temos nos divertido muito ultimamente com seges alugadas parando à nossa porta; três vezes em poucos dias, recebemos um par de agradáveis visitantes que apareceram inesperadamente — teu tio Henry & Mr. Tilson, Mrs. Heathcote & Miss Bigg, teu tio Henry & Mr. Seymour. Observa que era o mesmo Tio Henry as duas vezes.

                                    Permaneço, minha querida Caroline,
                                              Tua afetuosa tia,
                                                    J. Austen
Miss C. Austen
Steventon

Notas

[1] *Madame de Genlis.* Referência a *Veillées du Château* (1784), obra de Madame de Genlis, que continha *Olympe et Théophile* (DLF).

138 (a). De James Stanier Clarke
Quarta-feira, 27 de março de 1816
De Brighton Pavilion a Londres

Pavilion — 27 de março de 1816

Prezada Miss Austen,

Devo transmitir-vos os agradecimentos de Sua Alteza Real o Príncipe Regente pelo belo exemplar que enviastes a ele de vosso último excelente romance — suplico-vos, prezada senhora, que não demoreis a escrever e que escrevais sempre. Lorde St. Helens e muitos dos nobres que se hospedam aqui vos prestam a justa homenagem de seus louvores.

O Príncipe Regente acaba de partir para Londres; e, como teve a satisfação de nomear-me Capelão e Secretário Particular inglês do Príncipe de Coburgo, permaneço aqui com Sua Alteza Serena & e um grupo seleto até o casamento.[1] Quiçá quando vierdes a publicar novamente podereis optar por dedicar vossos volumes ao Príncipe Leopold: qualquer romance histórico que ilustre a história da augusta casa de Coburgo seria deveras interessante agora.

Creia-me sempre,
Prezada Miss Austen,
Vosso fiel amigo,
J. S. Clarke.

Miss Jane Austen
Para Mr. Murray
Albemarle Street
Londres[2]

Notas

[1] *o casamento*. A Princesa Charlotte de Gale, filha do Príncipe Regente, se casou com o Príncipe Leopold de Saxe-Coburgo em uma cerimônia realizada em 2 de maio de 1816 em *Carlton House*, o palácio que serviu como residência do príncipe regente na cidade, em Londres. (DLF)

[2] *Londres*. A carta foi reendereçada para Henrietta Street e, depois, novamente reendereçada para Chawton.

138 (b). Para James Stanier Clarke
Segunda-feira, 1º de abril de 1816
De Chawton a Brighton Pavilion

Meu prezado senhor,
Fico honrada com os agradecimentos do Príncipe, & muitíssimo grata a vós pelo modo gentil com que mencionais a obra. Devo igualmente acusar o recebimento de uma carta anterior, encaminhada a mim de Hans Place. Asseguro-vos que me senti deveras grata pelo seu teor amigável, & espero que meu silêncio tenha sido interpretado, conforme pretendido, como motivado apenas pela relutância de onerar vosso tempo com um vão agradecimento. —

Em toda circunstância significativa que vosso talento & vosso labor literário vos tenha colocado, ou privilégio que o Regente vos tenha concedido, tendes meus melhores votos. Espero que vossa recente nomeação seja um passo em direção a algo ainda melhor. Em minha opinião, o serviço prestado à Corte dificilmente pode receber remuneração suficiente, pois imenso deve ser o sacrifício de tempo & dedicação exigidos.

Sois muito, muito gentil em vossas sugestões acerca do tipo de composição que poderia recomendar-me no momento, & tenho plena consciência de que um romance histórico, baseado na Casa de Saxe-Coburgo poderia servir muito mais aos propósitos do lucro ou da popularidade, do que os retratos da vida doméstica em vilarejos no campo com os quais me ocupo — contudo, eu não seria nem capaz de escrever um romance histórico nem um poema épico. — Não conseguiria me sentar seriamente para escrever um romance sério por qualquer outro motivo que não fosse salvar minha vida, & se me fosse indispensável continuar & nunca rir de mim mesma ou de outras pessoas, estou certa de que seria enforcada antes que tivesse concluído o primeiro capítulo. — Não — Devo ater-me a meu próprio estilo & seguir meu próprio caminho; e ainda que eu possa jamais ter sucesso nele novamente, estou convencida de que falharia completamente em qualquer outro. —

Permaneço, meu prezado senhor,
Vossa mais grata & sincera amiga,
J. Austen

Chawton próximo a Alton, 1º de abril —
1816 —

139. Para John Murray
Segunda-feira, 1º de abril de 1816
De Chawton a Londres

Prezado Senhor,
Devolvo-vos a *Quarterly Reveiw*[1] [sic] com muita gratidão. Creio que a autora de *Emma* não tem motivos para reclamar do tratamento dado a ela — exceto pela total omissão de *Mansfield Park*. — Não posso deixar de lamentar que um homem tão sagaz quanto o resenhista de *Emma*[2] não o considere digno de ser notado. — Ficareis contente em saber que recebi o agradecimento do Príncipe pelo belo exemplar de *Emma* que enviei a ele. A despeito do que ele possa pensar sobre minha participação na obra, a vossa parece ter sido bem feita. —

Em virtude do recente infortúnio[3] em Henrietta St. — devo solicitar que, caso tenhais a qualquer momento algo a comunicar-me por carta, tenhais a bondade de me escrever pelo correio, endereçando a mim (Miss J. Austen) em Chawton próximo a Alton — e que, para qualquer coisa de maior porte, acrescenteis ao mesmo endereço, pela diligência da Collier para Southampton. —

Permaneço, prezado senhor,
Vossa muito fiel
J. Austen

Chawton, 1º de abril.
1816

Notas

[1] *Quarterly Reveiw* [*Review*]. Periódico literário de tendência politicamente conservadora fundado por John Murray em 1809. Teve Walter Scott como um de seus principais apoiadores. Dois dos artigos mais conhecidos do início da história da publicação foram a crítica positiva de Walter Scott sobre *Emma* e a crítica de J. W. Croker sobre *"Endymion"*, de John Keats (DRABBLE, 2007).

[2] *o crítico de Emma*. Walter Scott.

[3] *recente infortúnio.* Em 15 de março de 1816, o banco de Henry Austen entrou em falência (RWC), (DLF).

140. Para Caroline Austen
Domingo, 21 de abril de 1816
De Chawton a Steventon
Carta incompleta

Chawton, domingo, 21 de abril —
Minha querida Caroline,
Fico contente por ter a oportunidade de te escrever novamente, pois minha última mensagem foi escrita tanto tempo antes do envio, que me pareceu quase inútil. A mensagem para teu pai é para informá-lo da morte daquela excelente senhora, Mrs. Elizabeth Leigh; chegou aqui hoje pela manhã anexada a uma carta para tia Cassandra. — Todos sentimos que perdemos uma velha amiga muito estimada, mas a morte de uma pessoa em idade avançada como a dela, tão oportuna para morrer, & por seus próprios sentimentos, tão <u>pronta</u> para morrer, não deve ser lamentada. — Ela teve a gentileza de deixar uma pequena lembrança de £20 — para tua avó. — Recebi uma carta de Scarlets[1] hoje pela manhã, com um relato bastante aceitável da saúde deles. — Recebemos também notícias de Godmersham, & o dia da chegada de teu tio & de Fanny foi marcado; partem em uma semana a contar de amanhã, passam dois dias na cidade & devem estar conosco na quinta-feira, 2 de maio — Devemos ver igualmente teu primo Edward, mas provavelmente não tão cedo. — Teu tio Henry fala em estar na cidade novamente na quarta-feira. Terá passado duas semanas completas em Godmersham, o que indubitavelmente lhe terá feito bem. — Diz à tua mãe que ele voltou de Steventon muito satisfeito com a visita que fez a ela. — Tua avó não está <u>de todo</u> bem, raramente transcorrem 24 horas sem que sinta dor de cabeça, mas esperamos que esteja diminuindo, & que a continuidade desse clima que pode lhe permitir sair de casa & retomar seus afazeres diários fará com que gradualmente se recupere. — Cassy teve o grande prazer de fazer isso — seja lá o que for — para ti; creio que ela imaginou que

poderia servir de colcha para tua bonequinha de cera, mas estou certa de que acharás uma finalidade para isso, se puderes. — Ela fala de ti com frequência; & todos ficaríamos muito contentes em te ver novamente — e, se teu pai vier na quarta-feira, como de fato esperamos, & conviesse a todos que viesses com ele, seria um grande prazer para nós. — A feira de Alton é no próximo sábado, que também é o aniversário de Mary Jane, & tua vinda seria um <u>incremento</u> a esse dia tão bom. — Não direi mais nada, pois sei que muitas circunstâncias em tua casa poderiam tornar o plano inconveniente. — Quase envergonhamo-nos de incluir tua mãe no convite, ou de pedir a <u>ela</u> que se dê ao trabalho de uma viagem longa por tão poucos dias em que estaremos livres, pois <u>devemos</u> lavar a roupa antes da chegada do grupo de Godmersham & portanto segunda-feira seria o último dia que nossa casa poderia oferecer conforto a ela; mas, se ela se sentir disposta a nos fazer uma pequena visita & <u>todos</u> pudessem vir, tanto melhor. — Não gostamos de <u>convidá-la</u> para vir na quarta-feira, para ter que expulsá-la da casa na segunda [...]
Miss Caroline Austen

Notas

[1] *Scarlets*. Residência dos Leigh Perrot, localizada no vilarejo de Kiln Green, condado de Berkshire, Inglaterra (DLF).

141. Para Anna Lefroy
Domingo, 23 de junho de 1816
De Chawton a Wyards

Domingo, 23 de junho de 1816

Minha querida Anna,

Cassy te envia seus melhores agradecimentos pelo livro. Ela ficou deveras encantada ao vê-lo: não sei de outra ocasião em que a tenha visto tão tocada pela gentileza de alguém. A sensibilidade dela parece estar despertando para a percepção de grandes ações. Tendo estas luvas aparecido sobre o pianoforte desde que estivestes aqui na sexta-feira, imaginamos que devem ser tuas. Mrs. Digweed retornou ontem em meio à chuva da tarde e naturalmente estava encharcada, mas, ao falar sobre o assunto, em momento algum disse "foi além do imaginável", como estou certa de que deve ter sido. Tua mãe planeja ir a Speen Hill amanhã para visitar as Mrs. Hulbert, que estão ambas muito indispostas. Todos relatam que estão de fato definhando agora. Não tão robustas quanto a burra velha.[1]

Afetuosamente, tua J. A.

Chawton, domingo, 23 de junho, aniversário de tio Charles

Notas

[1] *a burra velha.* Em inglês, *old jackass*. Para divertir a sobrinha, Jane Austen chamava a si mesma de burra velha (HONAN, 1987).

142. Para James-Edward Austen
Terça-feira, 9 de julho de 1816
De Chawton a Steventon

        Chawton, terça-feira, 9 de junho de 1816
Meu querido Edward,
  Muito obrigada. Um agradecimento para cada linha, & tantos outros a Mr. W. Digweed por ter vindo. Desejávamos muito saber de tua mãe, & ficamos felizes em saber que ela continua a se recuperar, mas a doença dela deve ter sido muito séria. — Quando realmente se recuperar, ela deveria tentar uma mudança de ares & vir nos visitar. Diz a teu pai que lhe sou muito grata pela parte dele em tua carta & uno-me muito sinceramente na esperança de que no fim ela melhore graças à sua disciplina. Além disso, ela tem o consolo de estar confinada num clima pouco tentador para saídas. Está muito ruim, & tem estado muito ruim há um bom tempo, muito pior do que qualquer um possa suportar, & começo a pensar que nunca mais voltará a ficar bom. É uma *finesse* minha, pois com frequência observo que, se escrevemos sobre o clima, ele geralmente muda completamente antes que a carta seja lida. Desejo que ora isso prove ser verdadeiro, & que, quando Mr. W. Digweed chegar a Steventon amanhã, ele possa descobrir que tiveste um longo período de um clima quente e seco. Formamos um grupo pequeno no momento, apenas vovó, Mary Jane & eu. — A diligência de Yalden levou embora o restante ontem. Suponho que se sabe em Steventon que tio Frank & tia Cassandra iriam à cidade em função de alguns assuntos de tio Henry — & que tia Martha tinha alguns assuntos pessoais que exigiram que ela fosse ao mesmo tempo; — mas que tia Frank[1] decidiu ir também & passar alguns dias com sua família, pode ser que não se saiba — nem que os dois outros lugares na diligência foram ocupados pelo Capitão & Mrs. Clement. — A pequena Cassy[2] também foi, & não retornará no momento. Irão todos a Broadstairs novamente. — A tia Cassandra & a tia Martha não

tencionavam ficar mais do que dois dias inteiros, mas o tio Frank & sua esposa propuseram forçá-las a ficar até sábado.

 Fico feliz que lembraste de mencionar teu retorno para casa. Meu coração começou a ficar apertado quando vi que tinha avançado tanto na leitura de tua carta sem que isso tivesse sido mencionado. Tive um medo terrível de que tivesses ficado detido em Winchester por alguma doença grave, talvez confinado à cama & totalmente incapaz de segurar uma pena, & apenas houvesses datado a carta de Steventon a fim de, num gesto equivocado de ternura, me enganar. — Mas, agora, não tenho dúvidas de que estás em casa, estou certa de que não dirias isso de modo tão sério a menos que realmente assim fosse.[3] — Vimos um número incontável de seges alugadas cheias de meninos passando ontem pela manhã — cheias de futuros heróis, legisladores, tolos, & vilões. — Nunca me agradeceste a minha última carta, enviada junto com o queijo. Não suporto não ser agradecida. Naturalmente ainda não nos farás uma visita, não devemos pensar nisso. Tua mãe precisa se curar primeiro, & deves ir a Oxford & <u>não</u> ser eleito; depois disso, uma pequena mudança de ares pode te fazer bem, & espero que teus médicos te recomendem o mar, ou uma casa próxima a um lago de tamanho considerável. — Oh! Chove novamente; faz barulho na janela. — Mary Jane & eu já ficamos encharcadas uma vez hoje, fomos a Farringdon na carroça de burro, uma vez que eu queria ver as melhorias que Mr. Woolls está fazendo, mas fomos obrigadas a retornar antes que chegássemos lá, mas não rápido o suficiente para evitar um temporal durante todo o caminho de volta. Encontramos Mr. Woolls — disse-lhe que o tempo estava muito ruim para o feno — & ele respondeu-me com o consolo de que estava muito pior para o trigo. — Ouvimos dizer que Mrs. Sclater não deixará Tânger — Por que e para quê? — Sabias que nosso Browning[4] se foi? — Deves te preparar para um William [Littleworth] quando vieres, um rapaz de boa aparência, educado & quieto, & que aparentemente dará certo. — Adeus. Estou certa de que

Mr. W.D. ficará perplexo com o tanto que escrevo, pois o papel é tão fino que ele poderá contar as linhas, se não puder lê-las. — Afetuosamente tua,

J. Austen

Meu querido James,
Supomos que o julgamento[5] ocorra nessa semana, mas apenas temos certeza de que não pode já ter ocorrido, pois não tivemos nenhuma notícia a respeito dele. Uma carta que chegou de Godmersham hoje nos diz que <u>Henry</u> e também William K- vão à França com seu tio.[6] —

Sempre tua — JA

Mr. Edward Austen
Steventon
Aos cuidados de
Mr. W. Digweed

Notas

¹ *tia Frank*. Jane Austen se refere à Mary, esposa de Frank.
² *pequena Cassy*. Aqui, a filha de Charles Austen
³ *Fico feliz que lembraste [...] menos que realmente assim fosse*. Conforme James-Edward explica em *A Memoir of Jane Austen*, a inobservância de que, ao datar a carta de Steventon, já acusaria seu próprio retorno gerou a pilhéria por parte da tia, Jane Austen.
⁴ *Browning*. Jovem criado da casa de Jane Austen em Chawton de fevereiro de 1813 a julho de 1816. Possivelmente, trata-se de Thomas Browning (DLF).
⁵ *julgamento*. Provavelmente trata-se do julgamento de Charles Austen pela corte marcial a bordo do "HMS Bombay" por ter perdido o comando do "HMS Phoenix", que naufragou, em 20 de fevereiro de 1816. Charles Austen foi inocentado (VICK, 1994 *apud* DLF).
⁶ *Henry e também William K- vão à França com seu tio*. Henry e William, filhos de Edward Austen. O tio com quem viajaram era Henry Austen.

143. Para Caroline Austen
Sexta-feira, 15 de julho de 1816
De Chawton a Steventon

Minha querida Caroline,
    Segui tuas instruções & considero tua caligrafia admirável. Se continuares a melhorar tanto quanto tens feito, talvez eu possa não ser de modo algum obrigada a fechar os olhos daqui a meio ano. — Tenho me entretido muito com tua história de Carolina & seu pai idoso, fez-me rir com gosto, & fico particularmente contente em te ver tão animada com um tópico tão absurdo, como a descrição habitual do pai de uma heroína. — Fizeste-lhe plena justiça — ou, se algo <u>estiver</u> faltando, é a informação de que o venerável senhor se casou apenas aos vinte e um, & tornou-se pai aos vinte e dois.
    Tive uma oportunidade recente de entregar tua carta a Mary Jane, tendo apenas que atirá-la pela janela enquanto ela brincava com teu irmão no pátio. — Ela te agradece a carta — & responde tuas perguntas por meu intermédio. — Devo te dizer que ela teve uma estada muito agradável em Chawton, que não sente falta de Cassy tanto quanto esperava & que, no tocante ao Templo de Diana,[1] envergonha-se de dizer que não mais trabalhou nele desde que partiste. — Está deveras contente que reencontraste Fanny. — Suponho que a tenhas cansado em tuas estadas sem saber &, se te fez cócegas, achaste que era apenas uma pulga.
    A visita de Edward tem nos proporcionado grande satisfação. Não perdeu nem um pouco de sua boa índole ou boa aparência, & mudou apenas para melhor ao estar alguns meses mais velho do que na última vez que o vimos. A idade dele está aproximando-se da nossa, pois <u>nós</u> naturalmente não envelhecemos...

[A saudação final e a assinatura da carta foram cortadas do original]

Chawton
Segunda-feira, 15 de julho —
Miss C. Austen
Steventon

Notas

[1] *Templo de Diana*. Pode se referir a alguma história, pintura, desenho ou bordado que Mary Jane estava desenvolvendo (DLF).

144. Para Cassandra Austen
Quarta-feira, 4 de setembro de 1816
De Chawton a Cheltenham

[*Falta o início e um trecho do meio da carta.*]
[...] carta hoje. O fato de ele não ter escrito na sexta-feira me causou um pouco de preocupação, mas sua chegada é para mim mais que compensadora. — Sei que tiveste notícias de Edward ontem. Uma carta de Henry foi entregue pelo mesmo mensageiro, & uma de Fanny também. Recebi, portanto, três cartas de uma só vez, pelas quais tive o gosto de pagar! A tua foi um baú de tesouros, tão repleta de tudo. — Mas como Cheltenham é preferível em maio![1] — Henry não escreve de modo difuso, mas alegre; no momento deseja vir visitar-nos assim que possamos recebê-lo — está decidido a ordenar-se &c. — Escrevi-lhe para dizer que, depois desta semana, nunca será cedo demais para que venha. — Não o esperamos de imediato, contudo; certamente não o deixaram partir de Godmersham ainda. — Fanny não parece estar nada melhor, ou muito pouco; arriscou-se a jantar um dia em Sandling & desde então sofre por isso. — Pela carta dela, deduzo que Mr. Seymour ou se casou ou está prestes a se casar com Mrs. Scrane. — Ela não é explícita, pois imagina que estejamos informadas. — Fico contente em não ter sabido que não tiveste a possibilidade de acender a lareira no sábado — & tão contente que tens teu redingote! — Pela descrição, teu quarto parece mais confortável do que eu supunha. — Estamos muito bem aqui, Edward é um grande deleite para mim; — levou-me para Alton ontem; fui principalmente para levar notícias tuas e de Henry, & fiz uma visita boa e adequada, ficando lá enquanto Edward foi a Wyards com um convite para jantar; — o convite foi recusado, & é provável que o seja novamente hoje, pois acredito de fato que Anna não aguente o cansaço. — Os quatro de Alton[2] tomaram chá conosco ontem à noite, & foi muito agradável: *Jeu de violon*[3] &c. — tudo novo para Mr. Sweney — & ele aprendeu

muito bem. — Foi a retomada de noites agradáveis de outrora. — Todos (exceto minha mãe) jantamos em Alton amanhã — & talvez possamos repetir algumas das mesmas diversões — mas não creio que Mr. & Mrs. D. agreguem muito ao nosso engenho. — Edward está escrevendo um romance — todos ouvimos o que escreveu — é extremamente inteligente; escrito com grande desenvoltura & vigor; se conseguir continuar do mesmo modo, será uma obra de primeira, & em um estilo que, creio, é popular. — Rogo que digas a Mary o quanto o admiro. — E diz a Caroline que penso que é bem pouco justo com ela & comigo mesma que ele se dedique ao romance...

[...] mas o tempo frio é suficiente para justificar a falta de energia deles. — A Duquesa de Orleans, diz o jornal, bebe das minhas termas.[4] — Tua biblioteca será um grande recurso. — Três guinéus por semana por acomodações como essas! — Estou bem brava. — Martha deseja que te mande lembranças — & lamenta te dizer que está com frieiras nos dedos — ela nunca as teve antes. — Isso deve bastar para uma carta. —

Afetuosamente tua, J. Austen

Ficarei perfeitamente satisfeita se receber notícias tuas novamente na terça-feira.

Miss Austen

Notas

[1] *como Cheltenham é preferível em maio*. Cheltenham é uma cidade localizada no condado de Gloucestershire, no sudoeste da Inglaterra. Tornou-se um balneário após 1716 com a descoberta de fontes naturais e popularizou-se após a visita de George III, em 1788. Segundo DLF, em maio de 1816, Jane e Cassandra estiveram juntas na cidade. Cassandra estava novamente na cidade, dessa vez acompanhada de Mary Lloyd, esposa de James Austen, e da sobrinha, Caroline.

[2] *Os quatro de Alton*. Frank Austen e esposa, Miss S. Gibson e o Tenente Mark Halpen Sweny, amigo de Frank (DLF).

[3] *Jeu de violon*. De acordo com DLF, a expressão em francês significa que alguém tocava o violino, se interpretada literalmente. Contudo, ela acrescenta que, como não há indícios de que algum membro da família Austen tocasse o instrumento, aqui o contexto sugere algum tipo de jogo de salão.

[4] *A Duquesa de Orleans, diz o jornal, bebe das minhas termas*. Jane Austen havia lido no jornal *The Morning Post* que a duquesa havia partido de Londres com destino a Cheltenham (DLF).

145. Para Cassandra Austen
Domingo, 8 — segunda-feira, 9 de setembro de 1816
De Chawton a Cheltenham

Chawton, domingo, 8 de setembro

Minha queridíssima Cassandra,

Suportei a chegada de tua carta hoje extremamente bem; qualquer um pensaria que ela me dava prazer. — Fico muito contente que encontres tanto com que ficar satisfeita em Cheltenham. Enquanto as águas convierem, tudo o mais é insignificante. — Chegou uma carta de Charles para ti na última quinta-feira. Estão todos em segurança, & muito bem em Keppel Street, as crianças decididamente melhores do que em Broadstairs, & e ele escreve principalmente para perguntar quando nos seria conveniente receber Miss P[almer], as menininhas & ele mesmo. — Eles estariam prontos para partir em dez dias a contar de sua carta, para visitar Hampshire & Berkshire — & ele preferiria vir a Chawton primeiro. Respondi-lhe & disse que esperávamos que lhes fosse conveniente aguardar até a última semana de setembro, já que não poderíamos convidá-los antes seja por tua causa, ou pela falta de espaço. Mencionei dia 23, como a data provável de teu retorno. — Quando tiveres partido de Cheltenham, vou me ressentir de cada meio dia desperdiçado na estrada. Se houvesse ao menos uma diligência de Hungerford a Chawton! — Desejei que ele me mandasse notícias novamente em breve. — Ele não inclui uma criada na lista de acomodações, mas, se trouxerem uma, como suponho que farão, não teremos cama alguma na casa até mesmo para o próprio Charles — sem contar Henry. — Mas o que podemos fazer? — Teremos a Casa Grande a nossa disposição; — deverá ficar livre dos criados dos Papillon em um ou dois dias;[1] — eles próprios tiveram que ir correndo para Essex para tomar posse — não de uma grande propriedade herdada de um tio — mas para recolher tudo o que puderem, suponho, dos pertences de certa Mrs. Rawstorn, uma velha amiga

& prima rica, falecida repentinamente, de quem são coexecutores. Assim, eis um final feliz da vinda dos Papillon de Kent para cá. Não houve culto matinal hoje, por isso escrevo entre as 12 & uma hora. — Mr. Benn à tarde — & do mesmo modo mais chuva novamente, pelo que podemos ver e ouvir. Deixaste-nos em dúvida sobre a situação de Mrs. Benn,[2] mas ela chamou sua babá. — Mrs. F[rank] A[usten] raramente parece estar muito bem. — Suponho que o pequeno embrião seja incômodo. — Jantaram conosco ontem, & o tempo estava bom tanto na vinda quanto na volta, o que quase nunca ocorreu com eles antes. — Ela ainda não tem uma criada. — Nosso dia em Alton foi deveras agradável — a carne de caça bem preparada — as crianças bem-comportadas — & Mr. & Mrs. Digweed submetendo-se gentilmente a nossas charadas, & outros jogos. — Devo também observar, para satisfação de sua mãe, que Edward por sugestão minha dedicou-se muito apropriadamente ao entretenimento de Miss S. Gibson. — Não faltou nada, com exceção de Mr. Sweney; porém, ele — ai de mim! — fora chamado a Londres no dia anterior. — Fizemos uma bela caminhada para casa à luz do luar. — Sou-te grata, quase não sinto dores nas costas há muitos dias. — Tenho a impressão de que a agitação lhes causa tanto mal quanto a fadiga, & que fiquei mal na época em que partiste, devido à própria circunstância de tua partida. — Estou tratando de me curar sozinha agora para ficar com a aparência mais bonita possível, pois ouvi dizer que o Dr. White pretende me visitar antes de deixar o campo. — <u>Noite</u>. — Frank & Mary & as crianças visitaram-nos hoje pela manhã. — Mr. & Mrs. Gibson devem vir no dia 23 & há bons motivos para temer que ficarão mais de uma semana. — O pequeno George conseguiu me dizer para onde foste, bem como o que irias lhe trazer, quando perguntei a ele outro dia. — Sir Thomas Miller faleceu. Regalo-te com um baronete morto em quase todas as cartas. — Então, C. Craven está entre vós, assim como o Duque de Orleans & Mr. Pococke.[3] Porém, mortifica-me que <u>tu</u> não tenhas acrescentado ninguém ao círculo de conhecidos comuns.⁴ Rezes para encontrar alguém compatível contigo mesma. — Estou bem cansada que não conheças ninguém. —

Mrs. Digweed demitiu Hannah & a velha cozinheira, a primeira não quer abandonar seu namorado, que é um homem de mau caráter, a última é culpada apenas de não ser capaz de fazer nada. — Miss Terry deveria ter passado essa semana com a irmã, mas, como de costume, o plano foi adiado. Minha amável amiga sabe o valor de sua companhia. — Não vejo Anna desde o dia que partiste, seu pai & irmão visitaram-na na maioria dos dias. — Edward⁵ & Ben visitaram-nos na quinta-feira. Edward estava a caminho de Selborne. Consideramo-lo muito agradável. Retornou da França, julgando os franceses exatamente como se podia desejar, desapontado com tudo. Não foi além de Paris. — Recebi uma carta de Mrs. Perigord, ela & a mãe estão em Londres novamente; — ela descreve a França como um cenário de pobreza & miséria generalizadas — sem dinheiro, sem comércio — não se compra nada exceto dos donos das hospedarias — &, quanto a suas perspectivas atuais, não está muito menos melancólica do que antes. — Recebi também uma carta de Mrs. Sharp, bem típica de uma de suas cartas; — ela foi novamente obrigada a se esforçar — mais do que nunca — em um estado mais angustiante, mais extenuante — & encontrou mais um excelente médico velho & sua esposa, com todas as virtudes existentes na face da Terra, que cuida dela & cura-a por puro afeto & benevolência. — Dr. & Mrs. Storer são as Mrs. & Miss Palmer <u>deles</u> — pois estão em Bridlington. No entanto, fico feliz em dizer que em geral é um relato melhor do que o de costume. Sir William está de volta; de Bridlington vão a Chevet, & ela <u>deve</u> ter uma jovem governanta para si. — Apreciei muito a companhia de Edward,⁶ como disse antes, & ainda assim não lamentei quando chegou a sexta-feira. Tinha sido uma semana atribulada, & precisava de alguns dias de quietude, & distância dos pensamentos & obrigações trazidos por qualquer tipo de companhia. — Com frequência me pergunto como tu consegues encontrar tempo para o que fazes, além do cuidado com a casa; — e como a boa Mrs. West[7] conseguiu escrever livros assim & reuniu tantas palavras difíceis, com todas as suas obrigações familiares, é ainda mais assombroso! A escrita parece-me impossível, com a cabeça cheia de pedaços de carneiro & doses de ruibarbo.[8] — Segunda-feira. É uma manhã triste aqui. — Receio que não tenhas conseguido ir às termas. Os últimos dois dias foram muito aprazíveis. — Aproveitei-os ainda mais em consideração a ti. — Mas hoje está realmente ruim o suficiente para deixar-vos zangadas. — Espero que Mary mude suas acomodações ao fim da próxima quinzena; estou certa de que, se procurásseis bem, encontraríeis outras em algum canto estranho que vos serviriam melhor. Mrs. Potter cobra pelo nome de High Street[9] — Sucesso ao pianoforte! Creio que ele vos obrigará a mudar. — Soubemos que não haverá mel algum este ano. Má notícia para nós. — Teremos que poupar nossa provisão atual de hidromel; & lamento perceber que nossos 20 galões estão quase no fim. — Não compreendo como os 14 galões duraram tanto. —

Não apreciamos muito os novos sermões de Mr. Cooper;[10] — estão mais repletos de regeneração & conversão do que nunca — com o acréscimo de seu zelo pela causa da Sociedade Bíblica.[11] — Martha manda seu afeto a Mary & Caroline, & fica extremamente feliz em saber que gostam do redingote. — Os Debary são deveras odiosos! — Devemos ver meu irmão amanhã, mas apenas por uma noite. — Eu não tinha ideia de que ele se interessaria pelas corridas sem Edward. — Lembranças minhas a todas. Muito afetuosamente tua,

J. Austen

Miss Austen
Correio
Cheltenham

Notas

¹ *Devemos ter a Casa Grande [...] criados dos Papillon em um ou dois dias*. A Casa Grande é a residência de Edward Austen Knight em Chawton e local que abriga hoje a *Chawton House Library*, um centro de estudos sobre escritoras inglesas dos séculos XVII a XIX. Os Papillon eram parentes distantes dos Knight.

² *a situação de Mrs. Benn*. Esposa de John Benn, reitor de Farringdon, teve 13 filhos, com intervalo exato de dois anos entre cada um deles e, portanto, conhecia bem a rotina de uma gravidez (SELWYN, 2010).

³ *C. Craven está entre vós, bem como o Duque de Orleans & Mr. Pococke*. Segundo VJ, a primeira referência é possivelmente à Condessa de Craven (1782-1860), casada com o Conde de Craven; a segunda refere-se a Louis-Philippe (1773-1850), Duque de Orleans, posteriormente Rei da França (1830-1848). Mr. Pococke, segundo DLF, é possivelmente George Pococke (1765-1840), Membro do Parlamento.

⁴ *conhecidos comuns*. Em inglês, *common acquaintance*. O termo *common*, conforme empregado por JA, refere-se àqueles membros da sociedade que não possuíam títulos de nobreza ou ocupavam altos patamares da complexa hierarquia social inglesa da época. O comentário de Austen sugere a percepção e reconhecimento do lugar que ela e a irmã ocupavam nessa sociedade e a consciência das distâncias existentes entre as diversas camadas sociais.

⁵ *Edward*. Christopher Edward Lefroy, irmão mais velho de Ben (DLF).

⁶ *Edward*. James Edward Austen Leigh (DLF).

⁷ *Mrs. West*. Jane West (1782-1860), romancista, poetisa e dramaturga, autora de *A Gossip's Story* (1796), uma espécie de precursor de *Sense and Sensibility* [*Razão e Sensibilidade*]. Escritora ultraconservadora e moralista, sustentava que sua carreira de escritora possuía objetivos moralizantes e vinha depois de suas obrigações domésticas (VJ)

⁸ *ruibarbo*. Planta comestível, utilizada para fins medicinais por seu efeito estimulante e digestivo.

⁹ *High Street*. Também chamada de *The Street* ou *Cheltenham Street*, a High Street foi o centro da atividade econômica da cidade e abrigava quase todas as acomodações para os turistas mesmo quando o balneário começou a ganhar fama a partir de meados do século XVIII. Como havia apenas uma única rua principal, a maior parte das outras vias não tinha nome apesar de abrigarem algumas boas hospedarias.

¹⁰ *novos sermões de Mr. Cooper*. "Two Sermons preached in The old and the new Churches at Wolverhampton, on Sunday, December 10, 1815" e "Preparatory to the Establishment of a Bible Institution (1816)", do Rev. Edward Cooper (VJ).

¹¹ *Sociedade Bíblica*. Com o objetivo de difundir a Bíblia do modo mais amplo possível, a primeira Sociedade Bíblica Britânica foi fundada em 1804. Em *Two Sermons*, Cooper exalta a liberdade religiosa na Inglaterra e contrasta-a com o que ocorre na França e na Espanha (VJ).

146. Para James Edward Austen
Segunda-feira, 16 — terça-feira, 17 de dezembro de 1816
De Chawton a Steventon

Chawton, segunda-feira, 16 de dezembro
Meu querido Edward,
Um motivo pelo qual te escrevo agora é que posso ter o prazer de me dirigir a ti como *Esquire*[1] — Desejo-te alegria por ter deixado Winchester. — Agora podes confessar o quão infeliz estavas lá; agora, tudo gradualmente será revelado — teus crimes & teus tormentos — quantas vezes foste pela diligência para Londres & desperdiçaste cinquenta guinéus numa taverna, & quantas vezes estiveste a ponto de te enforcar — contido apenas, como conta a antipática calúnia sobre o pobre velho Winton, pela falta de uma árvore a algumas milhas da cidade. — Charles Knight & seus companheiros passaram por Chawton esta manhã perto das 9; mais tarde do que o de costume. Tio Henry & eu pudemos ver seu rosto bonito, todo saudável & bem-humorado. —

Pergunto-me quanto virás nos visitar. Sei que especulo, mas não direi nada. — Achamos que tio Henry está com uma aparência excelente. Olha para ele neste momento & concorda, se já não o fizeste; & sentimos grande alívio em observar a forte melhora de tio Charles, tanto em termos de saúde, ânimo & aparência. — & eles são tão agradáveis, cada um a seu modo, & relacionam-se tão bem, que a visita deles é satisfação completa. — Tio Henry escreve sermões excelentes. — Tu & eu devemos nos apossar de um ou dois & inseri-los em nossos romances; — seria uma boa contribuição para um volume; & poderíamos fazer nossa heroína lê-lo em voz alta numa noite de domingo, como Isabella Wardour lê no *Antiquary*[2] a História do Demônio de Hartz nas ruínas de St. Ruth — embora eu creia, se bem me lembro, que o leitor é Lovell. — A propósito, meu querido Edward, estou um tanto preocupada com a perda que tua mãe menciona em sua carta; dois capítulos & meio terem-se perdido é monstruoso! Ainda bem que eu não estive em Steventon recentemente, & portanto não posso ser suspeita de roubá-los; — dois ramos fortes & meio em um ninho meu teria sido algo e tanto. — Não penso, contudo, que um roubo dessa natureza me seria realmente muito útil. O que faria com teus retratos robustos, viris, espirituosos, cheios de variedade & brilho? — Como poderia juntá-los ao pedacinho (de duas polegadas[3] de largura) de marfim em que trabalho com um pincel tão fino que produz pouco efeito depois de tanta labuta?

Saberás por tio Henry quão bem Anna está. Parece totalmente recuperada. — Ben esteve aqui no sábado, para convidar tio Charles & a mim para jantarmos com eles amanhã, mas fui obrigada a recusar o convite, a caminhada está além de minhas forças (embora eu esteja muito bem no geral) & esta não é uma boa época para carroças de burro; &, como não gostamos de ficar sem tio Charles, ele recusou-o também. — Terça-feira. — Ah! Ha! — Mr. Edward, duvido que vejas tio Henry em Steventon hoje. Creio que o clima te impedirá de esperá-lo. — Diz a teu pai, com o afeto de tia Cassandra & o meu, que os pepinos em conserva estão extremamente bons, & diz-lhe também — "diz-lhe o que quiseres";[4] não, não lhe digas o que quiseres, mas diz-lhe que a vovó lhe implora que faça Joseph Hall[5] pagar seu aluguel se puder. Não deves te cansar de ler a palavra tio, pois ainda não terminei de usá-la. Tio Charles agradece tua mãe pela carta; teve muito prazer em saber que o pacote foi recebido & causou tanta satisfação; & pede-lhe que tenha a bondade de dar três xelins à sra. Staples em nome dele, que serão descontados do pagamento da dívida dela aqui. —

Alegro-me em te dizer que Mr. Papillon[6] fará o pedido em breve, provavelmente na próxima segunda-feira, já que retorna no sábado. — A intenção dele já não deixa mais nenhuma sombra de dúvida, pois ele garantiu o direito de recusa pela casa que Mrs. Baverstock ocupa no momento em Chawton & será desocupada em breve, que naturalmente está destinada a Mrs. Elizabeth Papillon.[7] —

Adeiu [sic] *amiable!* — Espero que Caroline comporte-se bem contigo.

Afetuosamente, tua
J. Austen

James Edward Austen, Esquire
Steventon

Notas

¹ *Esquire*. Ver nota 4 da carta 46.
² *Antiquary*. Romance *The Antiquary*, de Walter Scott, publicado em 1816 (DLF).
³ *duas polegadas*. Aproximadamente cinco centímetros.
⁴ "*diz-lhe o que quiseres*". JA faz uma citação direta à peça teatral *Which is the Man? A Comedy* [*Qual é o homem? Uma comédia*], publicada em 1783, de autoria de Hannay Cowley.
⁵ *Joseph Hall*. Inquilino que alugava uma porção de terra da mãe de JA em Steventon (DLF).
⁶ *Mr. Papillon*. Trata-se de uma piada da família sobre o casamento de JA com John Rawstorn Papillon.
⁷ *Elizabeth Papillon*. Irmã solteira de John Papillon (DLF).

147. Para Anna Lefroy
Quinta-feira, (?) dezembro de 1816
De Chawton a Wyards

Minha querida Anna,
    Tua avó te agradece <u>muito</u> pelo peru, mas não pode deixar de lamentar que não o tenhais reservado para vós mesmos. Tamanha generosidade é quase mais do que ela pode aceitar. — Ela ficará muito contente se o tempo melhorar e ela puder te ver novamente & todos nós também.

Afetuosamente, tua
J. Austen

Quinta feira

148. Para Cassandra-Esten Austen
Quarta-feira, 8 de janeiro de 1817
De Chawton a Londres, Keppel Street

Ahnim adireuq Ysssac,
 Et-ojesed mu zilef ona ovon. Suet sies somirp mareiv iuqa metno, e maremoc adac mu mu oçadep ed olob. — Ejoh é oirásrevina ad aneuqep Yssac, ale zaf sêrt sohnina. Knarf uoçemoc a rednerpa mital. Somatnemila o oxorratnip sadot sa sãhnam. — Yllas etnemetneuqerf atnugrep ed it. Yllas Mahneb uorpmoc mu oditsev edrev ovon. Teirrah Thgink[1] mev sodot so said arap rel arap ait Ardnassac. — Sueda ahnim adireuq Yssac. — ait Ardnassac aivne saus siam sasoutefa seõçaduas, e són sodot mébmat.

Aut asoutefa ait
Enaj Netsua

Notwahc, Naj: 8.

Capitão C. J. Austen RN
22 Keppel Street
Russel Square
Londres

Notas

[1] *Harriet Knight.* Provavelmente, Harriet Frances Knight, pertencente a uma das várias famílias Knight que habitavam Chawton (DLF).

149. Para Caroline Austen
Quinta-feira, 23 de janeiro de 1817
De Chawton a Steventon

Chawton, quinta-feira, 23 de janeiro de 1817

Minha querida Caroline,
Sou sempre muito grata a ti por escreveres para mim, & creio ter agora duas ou três mensagens para agradecer; mas, qualquer que seja o número, tenciono que aceites esta carta como uma bela retribuição por todas, pois vês que peguei uma folha de papel inteira, completa, o que me deve dar o direito de considerar esta uma carta deveras longa, escreva eu muito ou pouco. — Ficamos bem felizes em ver Edward,[1] foi um prazer inesperado, & ele faz-se tão agradável como sempre, sentado silenciosa e confortavelmente, fazendo seus pequenos e encantadores esboços. — Em geral, consideramos que está crescido desde a última vez em que esteve aqui, & bem mais magro, mas com aparência muito boa. — Tratamos Anna tão mal quanto possível ao não permitir que ele partisse antes de amanhã pela manhã, mas é um mundo cruel, somos todos egoístas & eu não esperava nada melhor de nenhuma de nós. — Mas apesar de não se dever esperar nada, pode-se esperar nata, ao menos da vaca de Mrs. Clement, pois ela vendeu seu bezerro. — Edward vai te contar sobre a grande festa noturna de que participou. Sentimos orgulho por ter um jovem para nos acompanhar, & ele portou-se admiravelmente em todos aspectos, à exceção de ter mostrado seu jogo no *vingt-un*[2] [sic]. — Ele leu seus dois capítulos para nós na primeira noite; — ambos bons — mas especialmente o último, em nossa opinião. Pensamos que preserva mais da essência & do entretenimento da primeira parte da obra, os primeiros 3 ou 4 capítulos, do que alguns dos subsequentes. — Mr. Reeves é charmoso — & Mr. Mountain — & Mr. Fairfax — & todos os seus passatempos diários. — E a apresentação de Emma Gordon é muito divertida. —

Seguramente no geral <u>gosto</u> mais desse conjunto de personagens do que daqueles de Culver Court.[3]

Tua Anne é pavorosa —. Mas nada me ofende tanto quanto o absurdo de não conseguir pronunciar a palavra "chiste". Poderia lhe perdoar quaisquer tolices na língua inglesa, em vez da falsa modéstia daquela palavra francesa. Ela deveria não apenas colocar sua colcha no centro, mas também fornecer sua latitude & longitude, & medir suas dimensões por meio de observação lunar,[4] se quisesse. — A cozinheira & Sally parecem bem apropriadamente satisfeitas por tua lembrança, & enviam seu respeito & agradecimento. Sally tem uma capa vermelha nova, que lhe traz muita felicidade, em outros aspectos não mudou, tão educada & bem-intencionada & falante como sempre. — Procura apenas pensar em teu arganaz perdido devolvido a ti! — Fiquei um tanto surpresa. — Não há previsão para o retorno de Cassy, mas até agora <u>março</u> tem sido sempre o mês em que ela vem. Tia Cassandra recebeu uma carta dela bem recentemente, bem escrita ao extremo, em uma caligrafia grande, mas, como podes supor, contendo pouco além de sua expectativa de que todos estejam bem em Chawton, & com lembranças de Harriet & Fanny. Tio Charles, lamento dizer, tem sofrido com o reumatismo, & no momento está com erupções severas no rosto & pescoço — que podem lhe fazer bem, contudo — mas ele tem uma triste tendência a não se sentir bem. — <u>Eu</u> sinto que estou mais forte do que há seis meses, & sou tão perfeitamente capaz de caminhar até Alton, <u>ou</u> voltar, sem a menor fadiga, que espero poder fazer ambas as coisas quando chegar o verão. Passei dois ou três dias com teu tio & tia recentemente &, embora as crianças sejam por vezes muito barulhentas & não obedeçam como deveriam & facilmente poderiam, não posso deixar de gostar delas & mesmo amá-las, o que espero não ser totalmente indesculpável em sua & ? [tua tia afetuosa,

J. Austen]

O pianoforte fala sempre de ti; — em várias notas, tons & sons, admito — mas seja lição ou dança, sonata ou valsa, <u>tu</u> és de fato seu tema constante. Gostaria que pudesses vir nos visitar com a mesma facilidade de Edward.

Miss Caroline Austen

Notas

[1] *Edward*. James Edward Austen Leigh.
[2] *vingt-un*. Ver nota 1 da carta 33.
[3] *Culver Court*. Algumas páginas do manuscrito de James Edward Austen mencionado por JA estão no acervo do Hampshire Record Office e foram identificadas pelas personagens citadas pela autora (DLF).
[4] *observação lunar*. Na astronomia de posição, é a observação da distância entre a lua e as estrelas para calcular a longitude (OED).

150. Para Alethea Bigg
Sexta-feira, 24 de janeiro de 1817
De Chawton a Streatham

Chawton, 24 de janeiro — 1817

Minha querida Alethea,
 Penso que é hora de nos escrevermos, embora creia que a dívida epistolar seja <u>tua</u>, & espero que a presente encontre todos bem em Streatham, nem levados pelas enchentes, nem reumáticos devido à umidade. Esse clima tão ameno é, como sabes, um deleite para <u>nós</u>, & apesar de termos muitos tanques, & um belo riacho correndo pela campina do outro lado da estrada, nada além do clima nos embeleza & permeia nossas conversas. Estamos todos com boa saúde [&], <u>eu</u> seguramente recuperei as forças durante o inverno & não estou longe de ficar bem; & penso que agora compreendo meu próprio caso muito melhor do que antes, tanto que consigo, com o devido cuidado, evitar as recaídas graves. Estou cada vez mais convencida de que a <u>bile</u> está por trás de tudo o que venho sofrendo, o que facilita saber como me tratar. Ficarás feliz em receber essas notícias minhas, tenho certeza, assim como em retribuição ficarei muito contente em saber que tua saúde tem estado boa ultimamente. Edward acaba de nos visitar por alguns dias e trouxe um bom relato sobre seu pai,[1] & e o mero fato de poder ter vindo, de que seu pai pode ficar sem ele, é em si uma boa notícia. Ele foi passar o dia de hoje em Wyards & volta para casa amanhã. Ainda está crescendo, & sua aparência ainda está melhorando, ao menos na opinião das tias, que o amam cada vez mais, ao verem que o temperamento doce & o afeto do menino preservaram-se no jovem rapaz; tentei convencê-lo de que devia ter algum recado para William [Heathcote], mas foi em vão. Desde que se casou, Anna nunca esteve tão bem ou tão forte ou com uma aparência tão própria dela mesma quanto agora; ela consegue caminhar

bem até Chawton, & visita-nos sempre que pode, mas a chuva & a lama nos separam bastante. Sua avó & eu só conseguimos vê-la em Chawton, pois não é uma época boa do ano para carroças de burros, & nossos burros estão inevitavelmente desfrutando de um período tão longo de ociosidade luxuosa que suponho que descobriremos que terão esquecido a maior parte de seu treinamento quando os utilizarmos novamente. Não usamos dois de uma vez, contudo; não imagina tais excessos. A filha mais velha de Anna já anda sozinha, o que é uma grande facilidade quando se tem outra nos braços, & ambas são crianças saudáveis e bonitas. — Meu desejo é de que seu pai fosse ordenado & a família toda se instalasse em uma confortável casa paroquial. Imagino que a curadoria é a única coisa que falta para que a coisa fique completa. Nosso próprio novo clérigo[2] é aguardado muito em breve, talvez a tempo de auxiliar Mr. Papillon no domingo. Ficarei muito feliz quando a primeira pregação tiver terminado. Será um momento de nervosismo em nosso banco na igreja, ainda que saibamos que se porta com muita naturalidade e segurança, como se estivesse acostumado a isso a vida toda. Não temos chance, eu sei, de vê-la entre Streatham & Winchester;[3] segues por outro caminho & tens compromisso com duas ou três famílias; se houver alguma mudança de planos, contudo, sabes o quão bem-vinda serias. Edward mencionou uma circunstância a teu respeito, minha querida Alethea, que confesso me ter causado considerável espanto & alguma preocupação — Deixaste teu melhor vestido em Steventon. Certamente, caso não te faça falta em Streatham, passarás alguns dias com Mrs. G. Frere, & lá te faltará. Aposto que estás arrependida de tê-lo esquecido. Estamos lendo o *Poet's Pilgrimage to Waterloo*,[4] & o temos aprovado em geral. Nada agradará o mundo todo, como sabes; mas partes dele satisfazem-me mais do que muito do que ela já escreveu. A abertura — o Proema, como acredito que ele a chame — é muito bela. Pobre homem! Não se pode deixar de lamentar a perda de um filho descrito com tanto amor. Ele se recuperou? O que sabem

Mr. e Mrs. Hill do atual estado dele? Ouvi de mais de uma fonte que Miss Williams está bem melhor, & estou muito contente, especialmente porque a recuperação de Charlotte, acredito, deve ter sido consequência disso. Espero que tuas cartas do exterior sejam satisfatórias. Não seriam satisfatórias para <u>mim</u>, confesso, a menos que insuflassem um sentimento forte de pesar por não estarem na Inglaterra. Muito afeto e bons votos de feliz ano-novo a todos vós, de todas nós quatro aqui. Transmita nosso afeto aos menininhos, se conseguires fazer com que se lembrem de nós. <u>Nós</u> de modo algum esquecemos os bonitos rostos de Herbert & Errol. Georgiana está muito bonita, ouso dizer. Edward gosta da escola? — Suponho que suas férias não tenham terminado ainda.

Afetuosamente tua,
J. Austen

O verdadeiro propósito desta carta é te pedir uma receita, todavia, pensei ser mais elegante não deixar isso transparecer antes. Lembramos de um vinho de laranja excelente em Manydown, feito de laranja-azeda, integralmente ou na maior parte — & ficaria muito grata a ti pela receita, se puderes enviá-la dentro de algumas semanas.

Miss Bigg
Residência do Reverendo Herbert Hill
Streatham
Londres

Notas

¹ *bom relato sobre seu pai*. A saúde de James Austen, irmão de JA, estava comprometida. Ele faleceu em dezembro de 1819 (DLF).

² *Nosso próprio novo clérigo*. Henry Austen.

³ *Streatham & Winchester*. Alethea Bigg morava em Winchester com sua irmã viúva, Mrs. Elizabeth Heathcote, e encontrava-se naquele momento em Streatham, em visita a outra irmã, Mrs. Catherine Hill (DLF).

⁴ *Poet's Pilgrimage to Waterloo*. Poema do poeta laureado Robert Southey, publicado em 1816.

151. Para Fanny Knight
Quinta-feira, 20 — sexta-feira, 21 de fevereiro de 1817
De Chawton a Godmersham

Chawton, 20 de fevereiro. —

Minha queridíssima Fanny,
És inimitável, irresistível. És o deleite de minha vida. Que cartas, que cartas divertidas tens me enviado ultimamente! — Que descrição de teu coraçãozinho estranho! — Que demonstração encantadora do que a imaginação é capaz de fazer. — Vales teu peso em ouro, ou até mesmo em novas moedas de prata.[1] — Não posso expressar o que senti ao ler tua história de ti mesma, quão cheia de pena & preocupação & admiração & divertimento fiquei. És o paradigma de tudo que é tolo & sensato, banal & excêntrico, triste & animado, provocante & interessante. — Quem é capaz de acompanhar as oscilações da tua fantasia, os *capprizios* do teu gosto, as contradições dos teus sentimentos? — És tão estranha! — & ao mesmo tempo, tão perfeitamente espontânea — tão singularmente peculiar, & todavia tão semelhante a todos os outros! — É muito, muito gratificante para mim te conhecer tão intimamente. Não podes imaginar o prazer que me dá, ter retratos tão completos de teu coração. — Oh! que perda será, quando casares. És demais agradável em tua condição de solteira, demais agradável como sobrinha. Vou te odiar quando teus deliciosos jogos mentais tiverem todos se adaptado às afeições conjugais & maternas. Mr. J[ames] W[ildman] me assusta. — Ele te desposará. — Vejo-te no altar. — Tenho <u>alguma</u> fé na observação de Mrs. C. Cage, & mais ainda na de Lizzy; & ademais, sei que <u>deve</u> ser assim. Ele deve estar desejando te conquistar. Seria estúpido demais & vergonhoso demais da parte dele que fosse diferente; & a família toda está almejando te conhecer. — Não imagina que tenho qualquer objeção real, inclino-me mais a gostar dele do que não, & aprovo Chilham Castle para ti; —

apenas não gosto da ideia de que te cases com qualquer um. E todavia desejo muito que te cases, pois sei que jamais serás feliz até que o faça; mas a perda de uma Fanny Knight nunca me será compensada; Minha "adorada sobrinha F. C. Wildman" será apenas uma substituta insatisfatória. Não me agrada que estejas tão nervosa & tão propensa a chorar; — é um sinal de que não estás muito bem, mas espero que Mr. Scud — como sempre escreves o nome dele (teu Mr. <u>Scuds</u> diverte-me muito) te faça bem. — Que alívio Cassandra ter se recuperado tão bem! — É mais do que esperávamos. — É fácil crer que ela foi muito paciente & muito boa. Sempre amei Cassandra, por seus belos olhos escuros & temperamento doce. — Estou quase totalmente curada de meu reumatismo; apenas uma dorzinha no joelho de vez em quando, para fazer com que me lembre do que passei & de continuar a usar flanela. — Tia Cassandra cuidou de mim zelosamente! — Fico contente com tua visita a Goodnestone, deve ter sido um enorme prazer para ti, não vias Fanny Cage tão bem há tanto tempo. Espero que ela argumente & proteste & raciocine contigo de forma adequada. Por que deverias viver com o temor de que ele se case com outra pessoa?[2] — (Contudo, que natural!) — Tu mesma escolheste não o desposar; por que não permitir que ele ache consolo onde puder? — Bem no fundo <u>sabes</u> que ele não se compararia a alguém de temperamento mais vibrante. — Não podes esquecer como te sentiste com a ideia de que ele pudesse ir jantar em Hans Place. — Minha queridíssima Fanny, não suporto que estejas infeliz por causa dele. Pensa nos princípios dele, na objeção do pai, na falta de dinheiro, na falta de refinamento da mãe, nos irmãos & irmãs que se portam como cavalos, nos lençóis costurados ao avesso &c. — Mas não estou ajudando — não, tudo que disser contra ele fará apenas com que tomes mais suas dores, doce e perversa Fanny. — E agora vou te dizer que gostamos de teu Henry ao extremo, até a borda, e além. — Ele é um jovem muito agradável. Não vejo nada em que pudesse melhorar. Ele de fato faz jus a tudo que seu pai e a irmã podem desejar; e William, amo muito verdadeiramente, & nós todas amamos, ele parece-se muito com nosso próprio William.³ Em suma, estamos muito à vontade juntos — isto é, podemos falar por <u>nós mesmas</u>. — Mrs. Deedes é tão bem-vinda quanto o mês de maio, a gozar da mesma hospitalidade que dedicamos a seu filho; lamentamos apenas que não pudemos fazer mais, & que a nota de £50 que pusemos em sua mão ao partir fosse definitivamente o limite do que podíamos oferecer. — Boa Mrs. Deedes! — Espero que aproveite o melhor desta Marianne,⁴ & depois eu recomendaria a ela & Mr. D. o regime simples de quartos separados. — Escândalos & fofocas; — sim, ouso dizer que estás bem suprida; mas tenho muita afeição por Mrs. C. Cage, por bons motivos. Obrigada por mencionar o elogio dela a *Emma* &c. — Contribuí com as marcações nas camisas de tio H., & elas são agora o memorial completo da terna consideração de muitos. — <u>Sexta-feira</u>. Não tinha qualquer intenção, quando iniciei esta carta ontem, de enviá-la antes que teu irmão retornasse, mas escrevi meus tolos pensamentos em tal velocidade que não vou mantê-los encarando-me por muitas mais horas. — Muito obrigada pelas <u>quadrilhas</u>, que começo a considerar bem bonitas, embora, é claro, sejam muito inferiores aos cotilhões da minha época. — Ben & Anna caminharam até aqui no último domingo para ouvir tio Henry, & ela estava tão bonita, foi um grande prazer vê-la, tão jovem & tão viçosa & tão inocente, como se nunca houvesse tido um pensamento ruim em sua vida — embora haja razão para se supor o contrário, se crermos na doutrina do pecado original, ou se nos lembrarmos dos episódios de sua infância. —

Espero que Lizzy possa exibir sua peça. Muito gentilmente organizada para ela. Todos consideram Henry muito formoso, mas não tão belo quanto Edward. — Creio que <u>eu</u> prefiro suas feições. — William está com aparência excelente, tem um bom apetite e parece perfeitamente bem. — Terás uma grande dispersão em Godmersham na primavera, <u>deverás</u> lamentar a partida de todos. É deveras correto, contudo. Pode-se ver muitas boas razões para isso. — Pobre Miss C[lewes] — Terei pena dela, quando começar a compreender a si mesma. — Tuas objeções às quadrilhas me divertiram muitíssimo. — Muito bom, para uma senhora irremediavelmente afeiçoada a <u>uma</u> única pessoa! — Doce Fanny, não acredita em coisas assim sobre ti mesma. — Não contamina com tais maledicências o teu discernimento, dentro dos limites de tua imaginação. — Não maldiz tua razão, pela mera gratificação de tua fantasia. — Tu és razão, que merece tratamento mais honroso. — <u>Não</u> o amas. Jamais o amaste de verdade. — Muito afetuosamente tua,

J. Austen

Tio H. & Miss Lloyd jantam na residência de Mr. Digweed hoje, o que nos permite convidar tio & tia F. — para vir & encontrar seus sobrinhos aqui.

Miss Knight
Godmersham Park
Faversham
Kent

Notas

[1] *novas moedas de prata*. A partir de 13 de fevereiro de 1817, novas moedas de prata entraram em circulação, substituindo a moeda até então corrente, que se havia desvalorizado. A medida foi empregada para combater a instabilidade econômica após o fim das Guerras Napoleônicas (VJ).

[2] *ele se case com outra pessoa*. Trata-se de Mr. John Plumptre, antigo pretendente de Fanny, a quem se referiram em cartas datadas de 1814 (DLF).

[3] *Henry [...] William*. Irmãos de Fanny, que visitavam a avó no chalé em Chawton. O outro William é um de seus primos de sobrenome Deedes, que se encontrava em Winchester (DLF).

[4] *Marianne*. A 18ª filha de Mrs. Deedes.

152. Para Caroline Austen
Quarta-feira, 26 de fevereiro de 1817
De Chawton a Steventon

Tu me mandas deveras boas notícias, minha querida Caroline, sobre Mr. Digweed, Mr. Trimmer, & um pianoforte grande. Gostaria que fosse pequeno, pois assim poderias ter fingido que os aposentos de Mr. D. eram úmidos demais para que o acomodassem adequadamente, & ter oferecido para tomar conta dele na casa paroquial. — Lamento saber que Caroline Wiggetts está tão doente. Mrs. Chute, suponho, sentiria sua perda quase tanto quanto uma mãe. — Não temos boas notícias da segunda filha de teu tio Charles; há uma possibilidade agora de que ela esteja com água na cabeça. As demais estão bem. — William enganou-se quando disse à tua mãe que não pretendíamos usar luto por Mrs. Motley Austen.[1] Morando aqui, pensamos ser necessário vestir nossos velhos vestidos pretos, já que há uma linha de parentesco com a família por meio dos Prowting & dos Harrison de Southampton. — Aguardo ansiosa o prazer de ler os quatro novos capítulos. — Todavia, como podes gostar mais de Frederick do que de Edgar? — Tens alguns gostos excêntricos, contudo, bem sei, em se tratando de heróis & heroínas. — Adeus.

Afetuosamente tua,
J. Austen

Quarta-feira, noite.
Miss Caroline Austen

Notas

[1] *William (...) Mrs. Motley Austen.* Elizabeth, viúva de Mr. Francis Motley Austen, que faleceu em 17 de fevereiro de 1817. Na ocasião, William Knight visitava a família em Steventon, depois de ter passado por Chawton (DLF).

153. Para Fanny Knight
Quinta-feira, 13 de março de 1817
De Chawton a Godmersham

Chawton, quinta-feira, 13 de março

Escrever qualquer resposta adequada a uma carta como a tua, minha queridíssima Fanny, é absolutamente impossível; mesmo se labutasse nessa tarefa pelo resto de minha vida & vivesse até a idade de Matusalém, ainda assim não conseguiria compor nada tão longo & tão perfeito; mas não posso deixar que William se vá sem te levar algumas linhas de agradecimento & resposta. Estou deveras farta de Mr. Wildman. Pelo que descreves, ele <u>não</u> pode estar apaixonado por ti, não importa o quanto tente, & eu não poderia desejar a união salvo se houvesse muito amor por parte dele. Não sei o que fazer a respeito de Jemima Branfill. O que significa ela ter ficado a dançar com tanta animação? — que não se importa com ele, ou apenas deseja <u>aparentar</u> que não se importa com ele? — Quem consegue compreender uma jovem? — Pobre Mrs. C[harles] Milles, por acabar morrendo no dia errado, depois de tanto tempo definhando! — Foi um infortúnio que o grupo de Goodnestone não pudesse te encontrar & espero que o espírito amistoso, cortês e sociável dela, que tinha prazer em reunir pessoas, não tenha tido consciência da separação & da decepção que estava causando. Sinto pesar & surpresa ao te ouvir dizer que ela tinha pouco a deixar, & sinto por Miss Miles, embora ela <u>seja</u> Molly, se uma perda material de renda for acrescida a sua outra perda. — Mulheres solteiras têm uma terrível propensão a ser pobres — o que é um argumento muito forte a favor do matrimônio, mas não preciso me deter nesses argumentos <u>contigo</u>, linda querida, não te falta vontade. — Bem, devo dizer, como já disse várias vezes antes, não tenhas pressa; fia-te nisto, o homem certo aparecerá em algum momento; no decorrer dos próximos dois ou três anos, conhecerás alguém no geral mais irrepreensível do que qualquer outro que já tenhas conhecido, que te amará tão ardentemente quanto ele & que te conquistará tão completamente, que sentirás que jamais amaste alguém de verdade antes. — E então, por não teres iniciado as funções maternas tão cedo na vida, ainda serás jovem em teu físico, ânimo, corpo & feições, enquanto Mrs. William Hammond[1] envelhece em virtude de partos e amamentação. Nenhum dos Plumptre vai mais aos bailes? — Nunca mencionaste a presença deles em nenhum? — E o que sabes dos Gipp — ou de Fanny e seu marido?[2] — Mrs. F[rank] A[usten] deve ter o bebê em meados de abril, & não está extraordinariamente grande para seu tamanho. — Tia Cassandra caminhou até Wyards ontem com Mrs. Digweed. Anna pegou um resfriado forte, está pálida & tememos alguma outra coisa.[3] — Ela acaba de desmamar Julia. — Como aparece cedo a diferença no temperamento das crianças! — Jemima tem um temperamento difícil e irritável (assim diz a mãe) — e o de Julia é muito doce, sempre contente e feliz. — Espero que Anna, estando ciente de seus defeitos tão cedo, dedique ao gênio de Jemima a atenção precoce & firme que ele requer. — Eu também tive notícias de tua tia Harriot[4] recentemente, & não consigo entender os planos deles de dispensar Miss S-, a quem ela parece ter em grande estima, agora que Harriot & Eleanor estão em uma idade em que uma governanta seria tão útil; especialmente porque, quando mandaram Caroline para a escola por alguns anos, mantiveram Miss Bell, embora os demais fossem ainda bebês. — Ouso dizer que eles têm um bom motivo, ainda que não o tenha descoberto, & até que eu saiba o que é, inventarei um mau, e me divertirei atribuindo a diferença de tratamento à suposição de que Miss S. é um tipo superior de mulher, que nunca se rebaixou para agradar o chefe da família com lisonjas, como Miss Bell fazia. — Responderei tuas perguntas gentis mais do que esperas. — Miss Catherine está encalhada no momento, e não sei se assim não permanecerá; mas tenho algo pronto para publicação, que talvez possa ser lançado daqui a doze meses. É curto, aproximadamente da mesma extensão que Catherine. — Guarda isso para ti. Nem Mr. Salusbury nem Mr. Wildman deverão saber.

[*p. 4*] Estou razoavelmente bem de novo, capaz de caminhar pelos arredores & aproveitar o ar livre; & sentando & descansando um pouco entre minhas caminhadas, consigo me exercitar o suficiente. — Entretanto, planejo fazer mais, à medida que o clima se tornar mais primaveril. Pretendo começar a montar o burro. Será mais independente & menos problemático do que o uso da carruagem, & poderei sair por aí com tia Cassandra em suas caminhadas para Alton & Wyards. —

Espero que consideres boa a aparência de William. Ele sofreu com a bile outro dia, & tia Cassandra lhe deu uma dose a seu próprio pedido, que pareceu produzir um bom efeito. — Tinha certeza de que <u>tu</u> terias aprovado. William & eu somos grandes amigos. Eu o amo muito. — Tudo é tão <u>espontâneo</u> nele, sua afeição, seus modos & suas brincadeiras. — Ele nos diverte & nos entretém muitíssimo. — Max: Hammond & A. M. Shaw são pessoas de quem não gosto, mas ponho-me na situação deles & fico contente que estejam tão felizes. — Se eu fosse a Duquesa de Richmond, ficaria deveras consternada com a escolha de meu filho. O que se pode esperar de um Paget, nascido & criado em meio a infidelidades conjugais e divórcios? <u>Não</u> me interessarei por Lady Caroline. Tenho horror a toda a raça dos Paget. — Nossos temores aumentam pela pobrezinha Harriet; a última notícia é que se confirmou a opinião de Sir Ev. Home de que há água no cérebro. — Espero que o Céu em sua misericórdia a leve logo. O pobre pai será levado à exaustão por seus sentimentos por ela. — Ele não pode ficar sem Cassy no momento, ela é uma distração & um conforto para ele.

Adeiu [sic] minha queridíssima Fanny. — Nada poderia ser mais delicioso que tua carta; & a certeza de te sentires aliviada por escrevê-la tornou o prazer perfeito. — Mas como poderia ser uma novidade para ti que tens muita imaginação? Tu és imaginação pura. — O aspecto mais surpreendente de tua personalidade é que, com tanta imaginação, tantos devaneios, tantas fantasias sem limites, tens um excelente discernimento no que fazes! — O princípio religioso, suponho, deve ser a explicação. — Bem, adeus & Deus te abençoe.

Muito afetuosamente, tua
J. Austen

[Miss Knight]
[Godmersham Park]

Notas

[1] *Mrs. William Hammond*. Mary Oxenden, amiga de Fanny (DLF).
[2] *Fanny e seu marido*. Fanny Plumptree, casada com Robert Pramsden no ano anterior (DLF).
[3] *tememos alguma outra coisa*. Anna estava grávida e deve ter perdido o bebê (DLF).
[4] *tia Harriot*. Esposa de George Moore (DLF).

154. Para Caroline Austen
Sexta-feira, 14 de março de 1817
De Chawton a Steventon

Minha querida Caroline,

Receberás uma mensagem minha amanhã; & hoje receberás o próprio pacote; portanto, eu não gostaria de estar no lugar da mensagem, ela parecerá tão tola. — Fico feliz em saber de teus progressos e aprimoramentos em *Gentleman Quack*.[1] Havia muito vigor na primeira parte. Nossa objeção a ela já ouviste, e dou crédito a tua autoria por aceitar a crítica tão bem. — Espero que Edward não esteja ocioso. Não importa o que aconteça com a *Craven Exhibition*[2] contanto que ele prossiga com seu romance. Nisso, encontrará sua verdadeira fama & sua verdadeira riqueza. Ele sim será a honrada *Exhibition* de que nenhum Vice Chanceler poderá despojá-lo. — Acabo de receber quase vinte libras pela segunda edição de *S & S*,* o que me proporciona essa agradável vazão de ardor literário. —

Diz à tua mãe que lhe sou muito grata pelo presunto que tenciona me enviar, e que a couve-do-mar será extremamente bem aceita — é, devo dizer, uma vez que já a recebemos; o futuro refere-se apenas ao tempo de sua preparação, o que não ocorrerá até que os tios Henry e Frank possam jantar aqui juntos. — Sabes que Mary Jane foi para a cidade com seu pai? — Estiveram lá na semana passada de segunda a sábado, e ela ficou tão feliz quanto possível. Passou um dia em Keppel Street com Cassy;[3] e seu pai está certo de que ela deve ter caminhado 8 ou 9 milhas numa manhã com ele. Tua tia F[rank] passou a semana conosco, e um filho com ela, — mudava a cada dia. — O pianoforte te faz reverências, e ficará muito feliz em te ver assim que puderes vir.

Afetuosamente, da tua
J. Austen

Chawton
14 de março
Miss Caroline Austen

Notas

[1] *Gentleman Quack*. Uma das músicas da comédia teatral *Justice Buisy, or the Gentleman Quack*, de John Crowne, encenada nos palcos ingleses pela primeira vez em 1700.

[2] *Craven Exhibition*. No dia anterior, James Edward Austen foi a Oxford para concorrer à *Craven Exhibition*, uma bolsa de estudos do Exeter College, onde veio a estudar (DLF).

* *Sense and Sensibility*. Nota inserida por JA (DLF).

[3] *Mary Jane [...] Cassy*. Filhas de Frank e Charles Austen, respectivamente (DLF).

155. Para Fanny Knight
Segunda-feira, 23 — terça-feira, 25 de março de 1817
De Chawton a Godmersham

Chawton, domingo, 23 de março
Fico muito agradecida a ti, minha caríssima Fanny, por me encontrar a conversa com Mr. Wildman, diverti-me muito com a leitura, & <u>espero</u> não ter ficado ofendida & não penso mal dele por ter uma mente tão diversa da minha, mas minha sensação mais forte é a de <u>estupefação</u> por tua capacidade de insistir com ele sobre o assunto com tanta perseverança — e concordo com teu pai, que não foi justo. Quando ele souber a verdade ficará desconfortável. — És a criatura mais estranha! — Ansiosa demais em alguns assuntos, mas em outros perfeitamente insensível! — Inarredável, endurecida & insolente. Não o obrigues mais a ler. — Tenhas piedade dele, dize-lhe a verdade & faze-lhe um pedido de desculpas. — Ele & eu não concordamos em nada, é claro, quanto às nossas ideias sobre romances e heroínas; — retratos de perfeição, como sabes, me deixam enojada & cruel — mas há muito bom senso no que ele diz, & particularmente respeito-o por desejar ter uma boa opinião sobre todas as jovens; demonstra uma índole amável & delicada. — Ele merece um tratamento melhor do que ser obrigado a prosseguir com a leitura de minhas obras. — Não te surpreendas ao descobrir que tio Henry sabe que tenho outra pronta para publicação.[1] Não pude dizer não quando me indagou, mas ele não sabe nada além disso. — Não gostarás dela, portanto não precisas ficar impaciente. <u>Talvez</u> gostes da heroína, já que ela é quase boa demais para ser criação minha. — Muito obrigada por tua gentil preocupação com minha saúde; certamente não estou bem há muitas semanas, e cerca de uma semana atrás senti-me muito mal, tenho tido muita febre às vezes & noites sofríveis, mas estou consideravelmente melhor agora, & recuperando um pouco minha aparência, que tem

estado bem ruim, preta & branca & todas as cores erradas. Não devo mais contar com o retorno do meu viço. A doença é uma indulgência perigosa na minha idade. — Agradeço por tudo que me dizes; nada que te diga em troca me fará me sentir digna de tuas palavras, mas te asseguro que meu prazer em tuas cartas é tão grande como sempre & interesso-me & divirto-me exatamente como desejarias. Se há uma <u>Miss</u> Marsden, percebo com quem se casará. <u>Noite</u> — Eu estava lânguida & aborrecida & péssima companhia quando escrevi as linhas acima; estou melhor agora — ao menos é o que sinto — & espero poder ser mais agradável. — Teremos chuva, & depois disso, um tempo agradavelmente propício, que será exatamente do que preciso, já que meu selim estará pronto então — e ar & exercício são o que quero. — Ficarei deveras feliz quando o evento em Scarlets[2] tiver chegado ao fim, a expectativa dele nos deixa preocupados, principalmente tua avó; — Ela fica sentada remoendo sobre os males sem cura & as condutas impossíveis de entender. — Já as notícias de Keppel Street são bem melhores; as dores de cabeça da pequena Harriet diminuíram & Sir Everald está satisfeito com o efeito do mercúrio & não se desespera de uma cura. Descobri que a doença não é considerada incurável nos dias de hoje, contanto que o paciente seja jovem o bastante para não ter o crânio endurecido. A água nesse caso pode ser absorvida pelo mercúrio. — Mas, apesar de essa ser uma nova ideia para nós, talvez há muito te seja familiar, por meio de teu amigo Mr. Scudamore — Espero que sua grande fama seja preservada pela cura da tosse de William. Diz a William que Triggs está belo & bondoso como sempre, & fez a gentileza de jantar conosco hoje, & diz a ele que sempre jogo <u>nines</u>[3] & penso nele. — Não há chances de Anna escapar;[4] seu marido nos visitou outro dia, & disse que ela estava <u>muito bem</u> mas não <u>disposta</u> <u>a</u> uma caminhada <u>tão</u> <u>longa</u>; <u>ela</u> <u>deve</u> <u>vir</u> em sua <u>charrete</u> <u>de</u> <u>burro</u>. — Pobre animal! Estará acabada antes de chegar aos trinta. — Sinto muito por ela.[5] — Mrs. Clement também está no mesmo caminho de novo. Estou farta de tantas crianças. — Mrs. Benn está na 13ª — Os Papillon retornaram na sexta-feira à noite, mas ainda não os vi, já que não me aventuro a ir à igreja. Contudo, não ouço nada além de que são ["os" omitido] mesmos Mr. P. & sua irmã de sempre. Ela contratou uma nova criada para a vaga de Mrs. Calker e pretende também que seja sua governanta. — O velho Philmore foi enterrado ontem &, para dizer algo a Triggs, observei que foi um funeral muito belo, mas o teor de sua resposta me fez supor que nem todos assim o consideraram. Estou certa de <u>uma</u> parte ter sido muito bela, o próprio Triggs, caminhando atrás em seu casaco verde. — Mrs. Philmore compareceu como carpideira principal, num vestido de bombazina, muito curto, e com babado de crepe.

<u>Terça-feira</u>. Fiz vários planos para esta carta, mas por fim decidi que tio Henry a enviará de Londres. Quero ver como Canterbury parece no endereçamento.[6] — Quando chegar a hora de tio Henry nos deixar, desejo-o contigo. Londres se tornou um lugar odioso para ele, & fica sempre deprimido com a ideia de estar ali. — Espero que ele chegue a tempo para teus doentes. Estou certa de que fará sua parcela dos deveres com tanta excelência quanto todo o resto. Ele retornou ontem de Steventon & esteve conosco para o desjejum, trazendo Edward consigo, só que Edward ficou em Wyards para o desjejum. — Tivemos um dia agradável em família já que os Alton[7] jantaram conosco; — a última visita do gênero provavelmente, que <u>ela</u> poderá nos fazer por muitos meses; — Muito bem, conseguir fazê-la por tanto tempo, já que ela <u>espera</u> para daqui a três semanas, & geralmente é muito precisa. — Espero que teu Henry esteja na França & que tenhas recebido notícias dele. Uma vez terminada a travessia, ele sentirá apenas felicidade. — Fiz minha 1ª cavalgada ontem & gostei muito. Fui até Mounters Lane & circundei por onde estarão os novos chalés, & achei o exercício & tudo o mais muito prazeroso, & tive a vantagem de companhias agradáveis, já que tia Cassandra & Edward caminharam a meu lado. — Tia

Cassandra é uma excelente enfermeira, tão assídua & incansável! — Mas já sabes de tudo isso. — Afetuosamente tua,
J. Austen

Miss Knight
Godmersham Park
Canterbury

Notas

[1] *outra pronta para publicação*. JA havia terminado de escrever *Persuasion* em 1816.

[2] *o evento em Scarlets*. James Leigh Perrot, irmão de Mrs. Austen, que morava em Scarlets, Berkshire, encontrava-se doente e a família tinha expectativa de seu falecimento, que ocorreu em 28 de março (DLF) (VJ).

[3] *nines*. Jogo de cartas.

[4] *Não há chances de Anna escapar*. JA se refere a uma possível nova gravidez de Anna, que já tinha duas filhas com menos de um ano de distância uma da outra. Estima-se que Anna deve ter tido um aborto, já que seu terceiro filho não nasceria até 18 de maio (DLF).

[5] *Pobre animal! [...] Sinto muito por ela*. JA se refere aqui a Anna.

[6] *como Canterbury parece no endereçamento*. A edição de Chapman informa que provavelmente as cartas de Chawton, Hans, e Godmersham, Kent, circulavam por Londres. O endereço correto de cartas para Godmersham seria Feversham; porém, os residentes a endereçavam para Canterbury, pois, apesar de custarem um *penny* a mais, as cartas assim endereçadas eram entregues aos destinatários na estrada para Ashford por uma condução particular. As endereçadas a Feversham necessitavam que alguém as buscasse (DLF).

[7] *os Alton*. FWA e sua esposa Mary, que estava grávida e no final da gestação (DLF).

156. Para Caroline Austen
Quarta-feira, 26 de março de 1817
De Chawton a Steventon

Chawton, quarta-feira, 26 de março
Minha querida Caroline,
Rogo que não peças desculpas por me escrever com frequência, fico sempre muito feliz em receber notícias tuas, & lamento pensar que as oportunidades[1] para pequenas correspondências tão agradáveis provavelmente cessarão daqui em diante. Mas espero que tio Henry retorne novamente por volta do 1º domingo de maio. — Penso que melhoraste deveras tua escrita, & prestes a escrever com uma caligrafia muito bonita. Gostaria que pudesses praticar teu dedilhado com maior frequência. — Não seria um bom plano que fosses morar permanentemente na casa de Mr. William Digweed? — Ele não poderia desejar nenhuma outra remuneração além do prazer de te ouvir praticar. Gosto mais de Frederick & Caroline do que antes, mas ainda prefiro Edgar & Julia. — Julia é uma menina de bom coração, ingênua e natural, que é o que gosto nela. — mas sei que a palavra <u>natural</u> não é recomendação para ti. — A última carta que recebemos de Keppel Street foi bem mais alegre. — As dores de cabeça de Harriet cederam um pouco & Sir Ev. Hume não se desespera de uma cura. — <u>Ele</u> persiste em pensar que é água no cérebro, mas nenhum dos outros está convencido. — Fico feliz que teu tio Charles diga estar muito bem. Que bem-apessoado está Edward! Não deves ter em tua vizinhança ninguém que se compare a ele, exceto Mr. Portal. — Fiz um passeio montada no burro & gostei muitíssimo — & deves tentar me conseguir dias calmos e amenos, a fim de que eu possa sair com bastante frequência. — Vento em demasia não me faz bem, já que ainda tenho uma tendência ao reumatismo. — Em suma, sou uma pobre doçura[2] no momento. Ficarei melhor quando puderes vir nos visitar. — [*encerramento e assinatura cortados*]

Miss Caroline Austen

Notas

[1] *oportunidades.* Henry-Thomas Austen estava fazendo "missões" esporádicas em Steventon uma vez que a saúde de James estava piorando (DLF).

[2] *pobre doçura.* O uso aqui é irônico. Ao se autodenominar *Honey*, JA está dizendo que está fingindo a doença. Ver nota 5 da carta 90.

157. Para Charles Austen
Domingo 6 de abril de 1817
De Chawton a Londres

Chawton, domingo, 6 de abril

Meu querido Charles,
Agradeço-te muito por tua afetuosa carta. Já estava em débito contigo, mas tenho me sentido deveras indisposta nas últimas duas semanas para escrever qualquer coisa que não fosse absolutamente necessária. Tenho sofrido de um ataque biliar, acompanhado de muita febre. — Há poucos dias minha enfermidade parecia extirpada, mas me envergonho de dizer que o choque do testamento de meu tio[1] provocou-me uma recaída, & estava tão doente na sexta-feira & pensei ser tão provável uma piora que não pude senão pressionar para que Cassandra retornasse com Frank após o funeral ontem à noite, o que ela naturalmente fez, & ou seu retorno, ou ter sido atendida por Mr. Curtis, ou minha doença ter decidido ir embora, me fez acordar melhor hoje cedo. Habito no andar de cima, contudo, no momento, & sou mimada. Sou a única dos legatários a ter sido tão tola, mas um corpo fraco deve desculpar nervos fracos. Minha mãe aceitou ter sido esquecida extremamente bem; — suas expectativas para si mesma nunca foram além de extrema moderação, e, como tu, ela pensa que meu tio sempre teve a expectativa de viver mais que ela. — Ela manda afetuosas lembranças & agradece muito por tuas condolências; & deseja de coração que seus filhos mais novos tivessem mais & todos os seus filhos recebessem algo imediatamente. Minha tia sentiu o valor da companhia de Cassandra tão completamente, & foi tão gentil com ela, & está, coitada!, tão desolada no momento (pois sua aflição aumentou muito desde o início) que sentimos mais consideração por ela do que nunca. É impossível se surpreender com a doença de Miss Palmer, mas sentimos muitíssimo, & esperamos que não progrida. Congratulamos a ti pela recuperação de Mrs. P[almer][2] — Quanto à sua

pobre pequena Harriet, não ouso ser otimista por ela. Nada pode ser mais bondoso do que Mrs. Cooke pedir notícias de ti & dela, em todas as suas cartas, & não havia nada comparável ao modo afetuoso com que falava de <u>teu</u> semblante, após te ver. — Deus abençoe a todos. Conclua que estou indo bem, se não souberes de nada em contrário. — Sempre tua,

J.A.

Diz à querida Harriet que, sempre que me quiser a seu serviço novamente, deverá enviar uma carruagem até aqui, pois não tenho forças suficientes para viajar de outra forma, & espero que Cassy tome providências para que seja uma de cor verde. Esqueci de pegar a folha de papel com a borda apropriada.[3]

Capitão C. J. Austen RN
22, Keppel St.
Russell Square

Notas

[1] *o testamento de meu tio*. James Leigh Perrot faleceu de escarlatina em 28 de março de 1817 e seu testamento foi decepcionante para a família de sua irmã. Todo o seu patrimônio foi deixado para sua esposa enquanto estivesse viva e, após sua morte, a maior parte seria repassada para James Austen e seus herdeiros, enquanto os filhos mais jovens de sua irmã que sobrevivessem à morte da tia receberiam a soma de mil libras (DLF).

[2] *recuperação de Mrs. P[almer]*. Em março de 1817, além da doença grave da filha Harriet Jane, a sogra e a cunhada de Charles Austen, Mrs. e Miss Harriet Palmer também adoeceram (DLF).

[3] *papel com borda adequada*. JA se refere ao papel utilizado para demonstrar luto, que possuía uma borda negra (DLF).

158. Testamento
Domingo 27 de abril de 1817
De Chawton a Chawton

Eu Jane Austen da Paróquia de Chawton por meio deste Ato de Última Vontade & Testamento deixo em herança para minha irmã Cassandra Eliz[abe]th tudo o que me pertencer no momento de minha morte, ou que posteriormente venha a ser a mim devido, sujeito ao pagamento das despesas do meu funeral, & uma herança de £50 para meu irmão Henry, & £50 para Madame Bigeon — que eu peço que sejam pagas assim que for conveniente. E nomeio minha já citada querida irmã como executora deste meu ato de última vontade & testamento.

Jane Austen

27 de abril de 1817
Minha Última Vontade. —
Para Miss Austen

159. Para Anne Sharp
Quinta-feira, 22 de maio de 1817
De Chawton a Doncaster

Chawton, 22 de maio
Tua amável carta, minha querida Anne, me encontrou na cama, pois, apesar de minhas esperanças & promessas quando te escrevi, tenho estado deveras doente. Um ataque de minha triste moléstia me acometeu poucos dias depois — o mais grave que já tive — & tendo me atingido após semanas de indisposição, me reduziu a um estado deplorável. Estou confinada à minha cama desde 13 de abril, movendo-me apenas para um sofá. <u>Agora</u>, estou melhorando novamente, & nas últimas três semanas venho recuperando minhas forças de maneira gradual, ainda que lenta. Consigo me sentar em meu leito & me ocupar, como te provo neste momento, & <u>realmente</u> consigo sair da cama, desde que encontre uma posição que seja boa para mim. — Como fazer justiça à bondade de toda a minha família durante esta doença é algo que não consigo imaginar! — Cada um de meus queridos irmãos tão afetuosos & tão cuidadosos! — E minha irmã! — Faltam-me palavras para sequer tentar descrever a enfermeira que tem sido para mim. Graças a Deus! não parece estar abalada <u>ainda</u> &, como nunca foi necessário me velar, quero desejar que não venha a sofrer depois as consequências do cansaço. Tenho tanto alívio & conforto a agradecer ao Todo-Poderoso! — Minha cabeça sempre esteve lúcida & raramente senti dor; meus principais sofrimentos provinham de noites febris, fraqueza e languidez. — Esse peso esteve sobre mim por mais de uma semana &, como nosso boticário de Alton não fez de conta ser capaz de lidar com isso,[1] foi necessário um melhor aconselhamento. O nosso <u>muito bom</u> mais próximo fica em Winchester, onde há um hospital & cirurgiões excelentes, & um deles me atendeu, & <u>seu</u> tratamento gradualmente extirpou o mal. O resultado é que, em vez de ir à cidade para me colocar nas mãos de algum médico como eu

deveria ter feito, vou para Winchester por algumas semanas para ver o que mais Mr. Lyford pode fazer para me devolver a um estado razoável de saúde. No próximo sábado, irei para lá — Minha querida Cassandra comigo, nem preciso dizer — e como restam apenas dois dias até lá, ficarás convencida de que sou deveras um tipo de inválida muito distinto e portátil. — O trajeto tem apenas 16 milhas, temos acomodações confortáveis providenciadas para nós pela nossa gentil amiga Mrs. Heathcote, que mora em W., & teremos a comodidade da carruagem de meu irmão mais velho, que será enviada de Steventon para essa finalidade. Sim, esse é o tipo de coisa que Mrs. J[ames] Austen faz do modo mais amável! — Mas ainda ela <u>não</u> é de modo geral uma mulher de mente aberta, & de que esta propriedade reversível venha a corrigir essa faceta de seu caráter, não tenhas esperança, minha querida Anne; — tarde demais, tarde demais — além disso, a propriedade pode nem vir a ser deles por mais uns dez anos.[2] Minha tia é muito forte. — Mrs. F[rank] A[usten] permaneceu de cama menos tempo que eu — e com a tarefa de trazer um bebê[3] ao mundo. Fomos colocadas de cama na mesma época, & ela já se recuperou bem há algum tempo. — Espero que <u>tu</u> não tenhas sido visitada por mais doenças, minha querida Anne, seja tu mesma, seja a tua Eliza. — Não devo arriscar ao prazer de escrever a ela novamente, até que minha mão esteja mais forte, mas prezo seu convite para fazê-lo. — Creia-me, tive interesse em tudo que escreveste, embora com todo o egoísmo de uma inválida eu escreva apenas sobre mim mesma. — Tua caridade para com a pobre mulher, espero, fracassa não mais em efeito do que, estou certa, o faz em esforço. Que interesse deve ter para todos vós! & quão feliz ficaria eu em contribuir com mais do que bons votos, fosse isso possível! — Mas quão preocupada estás! Onde houver tristeza, deverás prover conforto. Lady P[ilkington] te escrevendo até de Paris para pedir conselhos! — É de fato a influência da força sobre a fraqueza. — Galigai de Concini[4] para todo o sempre. — *Adeiu*. [sic] — Continua a direcionar para

Chawton, a comunicação entre os dois lugares será frequente. — Não mencionei minha querida mãe; ela sofreu muito por mim quando eu estava pior, mas está razoavelmente bem. — Miss Lloyd também tem sido toda bondade. Em suma, se eu viver para ficar velha, devo esperar desejar que tivesse morrido agora, abençoada com a ternura de uma família como essa, & antes que tivesse sobrevivido a eles ou à sua afeição. — <u>Tu</u> também terias guardado a memória de tua amiga Jane com terno pesar, estou certa. — Mas a Providência de Deus restabeleceu-me — & que eu possa estar em mais condições de aparecer diante dele quando <u>for</u> chamada, do que estou agora! — Doente ou sã, creia-me sempre tua afetuosa amiga,

J. Austen

Mrs. Heathcote será um grande conforto, mas não teremos Miss Bigg, que se precipitou, como metade da Inglaterra, para a Suíça.

Miss Sharp
South Parade
Doncaster

[1] *boticário de Alton não fez de conta ser capaz de lidar com isso.* O boticário é Mr. William Curtis. Curtis teria avaliado a doença de JA como incurável. Contudo, a família decidiu levá-la para Winchester para se consultar com Mr. Lyford (DLF).

[2] *a propriedade pode nem vir a ser deles por mais uns dez anos.* JA se refere ao testamento de seu tio James Leigh Perrot, que havia deixado em testamento sua propriedade a James Austen (ver carta 157) após a morte de sua esposa, que veio a falecer apenas em 1836. Após o recebimento da herança, James-Edward Austen adicionou o sobrenome Leigh a seu nome de batismo.

[3] *um bebê.* Trata-se da 7ª filha de Frank Austen, Elizabeth, nascida em 15 de abril de 1817 (DLF).

[4] *Galigai de Concini.* Leonora Dori Galigai (1571 — 8 de julho de 1617) foi uma cortesã francesa de origem italiana, favorita da regente francesa Maria de Médici, mãe do Rei Luís XIII da França. Galigai era casada com Concino Concini, posteriormente Marquês e Marechal d'Ancre.

160. Para James Edward Austen
Terça-feira, 27 de maio de 1817
De Winchester a Oxford

Residência de Mrs. David, College Street, Winton
Terça-feira, 27 de maio ——

Não conheço melhor modo, meu querido Edward, de te agradecer por tua mais afetuosa preocupação comigo durante minha doença, do que te dizer eu mesma o mais breve possível que continuo a melhorar. — Não me gabarei de minha caligrafia; nem ela, nem minha aparência recuperaram ainda verdadeira beleza, mas em outros aspectos ganho forças rapidamente. Fico agora fora da cama das 9 da manhã até as 10 da noite — No sofá, é bem verdade — mas faço minhas refeições com tia Cassandra de modo comedido, & consigo me ocupar e caminhar de um cômodo a outro. — Mr. Lyford diz que vai me curar, &, se ele falhar, redigirei uma petição e a apresentarei ao deão & ao cabido, & não tenho dúvidas quanto à reparação desse corpo pio, erudito e desinteressado. — Nossas acomodações são muito confortáveis. Temos uma linda salinha de visitas com uma janela em arco com vista para o jardim do Dr. Gabell. Graças à gentileza de teu pai & mãe em me mandarem sua carruagem, minha viagem até aqui no sábado foi realizada com muito pouca fadiga & tivesse sido um dia bonito, creio que não teria sentido nada, mas afligiu-me ver tio Henry & William K. —, que gentilmente nos escoltaram a cavalo, cavalgando na chuva por quase todo o percurso. — Esperamos uma visita deles amanhã, & espero que pernoitem, e na quinta-feira, que é dia de crisma & feriado, receberemos Charles para o desjejum. Não recebemos mais que uma visita <u>dele</u> ainda, pobre rapaz, pois está na enfermaria, mas espera sair esta noite. —

Vemos Mrs. Heathcote todos os dias, & William [Heathcote] nos visitará em breve. — Deus te abençoe, meu querido Edward. Se um dia ficares doente, que sejas tão ternamente cuidado como tenho sido, que tenhas o mesmo conforto abençoado de amigos preocupados, compadecidos, & que tenhas — e ouso dizer que terás — a maior de todas as bênçãos, a consciência de não ser indigno de seu amor. — <u>Eu</u> não consegui me sentir assim. — Afetuosamente, da tua tia

J.A.

Não tivesse eu não me ocupado de te escrever, terias recebido novamente notícias de tua tia Martha, conforme ela incumbiu-me de te dizer, com suas afetuosas saudações.

J. E. Austen, Esquire
Exeter College
Oxford

Notas

[1] *Charles.* Quinto filho de Edward Austen Knight, matriculado em Winchester College (DLF).

161. Para ? Frances Tilson
? quarta-feira, 28/quinta-feira, 29 de maio de 1817

[*Residência de Mrs. David, College Street, Winchester*]
...Minha acompanhante me encoraja, e fala em me fazer ficar muito bem. Vivo no sofá a maior parte do tempo, mas tenho permissão para andar de um aposento a outro. Saí uma vez de liteira e devo repeti-lo, e ser promovida a uma cadeira de rodas quando o tempo permitir. A esse respeito, devo apenas dizer ainda que minha querida irmã, minha terna, atenta, incansável enfermeira, não adoeceu em virtude de seus esforços. Quanto ao que devo a ela, e à afeição preocupada de toda a minha amada família nessa ocasião, posso apenas chorar, e orar a Deus para que os abençoe mais e mais.

...Mas estou me aproximando demais de lamentações. É um desígnio de Deus, embora causas secundárias possam ter tido influência...

...Acharás o Capitão ——————[1] um homem muito respeitável, bem-intencionado, sem muitos modos, sua mulher e filha bem--humoradas e cordiais e, espero (se assim permitir a moda), com anáguas mais longas que no ano passado.

Notas

[1] *Capitão* ————. O nome foi suprimido por Henry Austen em sua publicação (DLF).

162. De Cassandra Austen para Fanny Knight
Domingo, 20 de julho de 1817
De Winchester a Godmersham

Winchester, domingo.
Minha queridíssima Fanny — duplamente querida para mim agora em nome daquela a quem perdemos.

Ela <u>realmente</u> te amava muito sinceramente, & nunca me esquecerei das provas de amor que deste a ela durante a doença escrevendo aquelas cartas gentis, divertidas num momento em que sei que teus sentimentos teriam imposto a ti um estilo tão diferente. Aceita a única recompensa que posso dar a ti que é minha garantia de que teu propósito benevolente <u>foi</u> atingido, tu <u>realmente</u> contribuíste para o bem-estar dela. Mesmo tua última carta proporcionou-lhe prazer, eu meramente cortei o lacre & entreguei-a a ela, ela a abriu & a leu por si mesma, depois a entregou para mim para que eu a lesse & depois conversou comigo um pouco & sem desânimo sobre os conteúdos, mas havia então uma languidez nela que a impedia de ter o mesmo interesse em alguma coisa, como costumava ter. Desde a noite de terça-feira, quando a queixa dela voltou, havia uma alteração visível, ela dormia mais & muito mais tranquilamente, de fato durante as últimas 48 horas ela passou mais tempo dormindo do que acordada. A aparência dela mudou & ela decaiu, mas não percebi nenhuma diminuição da força física &, embora eu tivesse então esperanças de uma recuperação, não suspeitava de quão rapidamente minha perda se aproximava. — Eu <u>perdi</u> um tesouro, uma irmã assim, uma amiga assim jamais poderia ter existido melhor, — ela era o sol de minha vida, a mestra douradora de cada prazer, o alívio de cada tristeza, eu não tinha um único pensamento que ela não conhecesse, & sinto-me como se tivesse perdido uma parte de mim. Eu a amava muito, não mais do que ela merecia, mas tenho consciência de que meu afeto por ela fez com que eu fosse às vezes injusta & negligente para com outros, & posso reconhecer, mais do que como princípio geral, a justiça da mão que desferiu esse golpe. Tu me conheces bem demais para ter qualquer receio de que eu venha a adoecer em virtude dos meus sentimentos, estou perfeitamente consciente da extensão de minha perda irreparável, mas de modo algum prostrada & bem pouco indisposta, nada que um pouco de tempo, repouso & mudança de ares não resolvam. Agradeço a Deus por ter podido assisti-la até o último momento & entre muitos motivos para censurar a mim mesma não tenho a acrescentar qualquer negligência intencional do conforto dela. Ela sentiu que ia morrer cerca de meia hora antes de ficar tranquila & aparentemente inconsciente. Sua luta foi durante essa meia hora, pobre alma! Ela disse que não conseguiria nos contar seu sofrimento, embora reclamasse de pouca dor constante. Quando perguntei a ela se desejava alguma coisa, sua resposta foi que não desejava nada além da morte & algumas de suas palavras foram "Deus, dai-me paciência, ora por mim oh ora por mim". A voz dela estava alterada, mas, enquanto conseguiu falar, foi inteligível. Espero não partir teu coração, minha queridíssima Fanny, com esses detalhes. Pretendo proporcionar-lhe gratificação enquanto alivio meus próprios sentimentos. Não poderia escrever assim para qualquer outra pessoa, de fato és a única para quem escrevi com exceção de tua vovó, foi para ela e não para teu tio Charles que escrevi na sexta-feira. — Imediatamente após o jantar na quinta-feira fui à cidade para resolver um assunto que inquietava tua querida tia. Retornei cerca de quinze minutos antes das 6 & a encontrei recuperando-se de uma fraqueza & falta de ar, ela ficou tão bem que conseguiu me fazer um pequeno relato de sua crise &, quando o relógio bateu 6 horas, ela estava falando comigo calmamente. Não sei dizer quanto tempo depois ela foi acometida novamente da mesma fraqueza, que foi seguida pelos sofrimentos que não conseguiu descrever, mas Mr. Lyford havia sido chamado, havia aplicado algo para lhe dar conforto & ela estava em um estado de serena inconsciência até no mais tardar

7 horas. A partir dessa hora, até às 4 e meia, quando parou de respirar, ela mal moveu um músculo, então temos todas as razões para pensar, com gratidão ao Todo-Poderoso, que os sofrimentos dela tinham findado. Um leve movimento da cabeça com cada respiração restou até quase a última. Sentei-me perto dela com um travesseiro em meu colo para ajudar a acomodar sua cabeça, que estava quase fora da cama, por seis horas, — então, o cansaço fez com que cedesse meu lugar para Mrs. J[ames] A[usten] por duas horas & meia quando o retomei & cerca de uma hora depois ela deu seu último suspiro. Pude eu mesma fechar-lhe os olhos & foi muito gratificante para mim poder prestar-lhe esses últimos serviços. Sua fisionomia não aparentava nenhum sinal de perturbação ou de dor, ao contrário, exceto pelo movimento contínuo de sua cabeça, ela transmitia-me a ideia de uma estátua linda, & mesmo agora em seu caixão, há um ar tão sereno e doce em seu semblante que é bastante agradável de contemplar. Nesse dia, minha queridíssima Fanny, recebes essas notícias pungentes & sei que sofres profundamente, mas também sei que recorrerás à fonte das águas vivas[1] para teu consolo & que nosso Deus misericordioso nunca é surdo a preces como as que farás.

A última cerimônia triste ocorrerá na quinta-feira pela manhã, os queridos despojos dela serão depositados na Catedral[2] — é uma satisfação para mim pensar que descansarão em um edifício que ela admirava tanto — tenho a presunção de esperar que sua preciosa alma repousa em uma mansão muito superior. Que a minha possa um dia reunir-se à dela. — Teu querido pai, teus tios Henry & Frank & Edw[ar]d Austen, em lugar do pai dele, estarão presentes, espero que nenhum deles sofra longamente por seu esforço piedoso. — A cerimônia deve acabar antes das 10 horas, uma vez que o culto na Catedral tem início nesse horário, assim todos deveremos voltar para casa bem cedo, pois não haverá mais nada que nos prenda aqui depois disso. — Teu tio James veio nos ver ontem & retornou para casa hoje — Tio H[enry] vai a Chawton amanhã de manhã, ele deu todas as orientações necessárias aqui & penso que a companhia dele fará bem lá. Ele retorna para nós novamente na terça-feira à noite. Não pensei que escreveria uma carta tão longa quando comecei, mas deixei-me levar pelo encargo & espero ter te proporcionado mais prazer do que dor.

Transmite minhas lembranças ternas a Mrs. J. Bridges (estou tão feliz que ela está contigo agora & manda meu maior afeto a Lizzy & todos os outros. Sou, minha queridíssima Fanny,

       Muito afetuosamente tua,
       Cass[andra] Eliz[abe]th Austen

Não disse nada sobre os que ficaram em Chawton porque estou certa de que recebes notícias de teu pai.

Miss Knight
Godmersham Park
Canterbury

Notas

[1] *fonte das águas vivas*. Jesus Cristo.
[2] *Catedral*. JA foi enterrada na Winchester Cathedral, em Hampshire.

163. De Cassandra Austen para Anne Sharp
Segunda-feira, 28 de julho de 1817
De Chawton a Doncaster

Minha querida Miss Sharp,
 Eu tenho o enorme prazer de te enviar o cacho de cabelo que desejas, & acrescento um par de presilhas que ela usava às vezes & um pequeno grampo que ela usou constantemente por mais de vinte anos. Sei o quanto esses objetos, por mais insignificantes que sejam, serão apreciados por ti & tenho certeza de que, se ela estiver agora ciente do que está se passando na Terra, dá-lhe prazer saber que sejam ofertados dessa forma. — Estou muito bem de saúde & minha mãe está muito razoavelmente da mesma forma & estou muito mais tranquila do que com os sentimentos ardentes que poderias supor possíveis. O que perdi, só eu sei, tu não ignoras os méritos dela, mas quem pode julgar como eu os estimava? — A vontade de Deus sempre será feita, assim o tenho dito sempre, agradeço a Deus por tê-lo feito. — Se algum dia algo te trouxer a uma distância possível de mim, devemos nos encontrar, minha querida Miss Sharp. —
 Crê-me muito verdadeiramente

Tua afetuosa amiga,
Cass[andra] Eliz[abe]th Austen

Chawton 28 de julho
Miss Sharp

164. De Cassandra Austen para Fanny Knight
Terça-feira, 29 de julho de 1817
De Chawton a Godmersham

Chawton, terça-feira

Minha queridíssima Fanny,
 Acabo de ler tua carta pela terceira vez & te agradeço muito sinceramente por cada palavra gentil para comigo & ainda mais calorosamente por teus elogios àquela que, creio, tu conhecias melhor do que qualquer outro ser humano além de mim. Nada poderia ter sido mais gratificante para mim do que o modo como escreves sobre ela & se o querido anjo estiver ciente do que se passa aqui & não estiver acima de todos os sentimentos terrenos, talvez ela possa sentir prazer em ser assim pranteada. Tivesse <u>ela</u> sido a sobrevivente, posso imaginá-la falando de <u>ti</u> quase da mesma forma — há certamente muitos pontos de forte semelhança entre vossas índoles — no vosso íntimo convívio & na vossa forte afeição mútua sois idênticas.
 Quinta-feira não foi um dia tão terrível para mim quanto imaginaste, havia tantas providências a tomar que não houve tempo para nenhuma tristeza a mais. Tudo foi conduzido com a maior tranquilidade &, se eu não tivesse decidido que queria vê-la pela última vez &, portanto, estivesse prestando atenção, não teria notado quando saíram de casa. Assisti à pequena procissão fúnebre seguir pela rua & quando sumiu de minha vista & eu a perdera para sempre — nem mesmo então eu estava destruída, nem tão agitada quanto estou agora que escrevo sobre isso. — Nunca um ser humano foi tão pranteado por aqueles que acompanharam seus despojos quanto foi essa doce criatura. Que a tristeza com que nos separamos dela na Terra seja um prognóstico da alegria com que ela é saudada no Céu! — Continuo razoavelmente bem, muito melhor do que qualquer um poderia ter suposto possível, porque por meses eu certamente havia sofrido considerável cansaço físico e angústia mental, mas

estou realmente bem, & espero estar adequadamente grata ao Todo Poderoso por ter me amparado tanto. Tua avó também está muito melhor do que quando voltei para casa. — Não achei que teu querido pai parecia indisposto & entendo que ele parecia muito mais tranquilo após ter retornado de Winchester do que antes. Não preciso te dizer que ele foi um grande conforto para mim — de fato nunca terei palavras suficientes para descrever o carinho que recebi dele & de cada amigo. Saio bastante ao ar livre, & consigo me ocupar. Naturalmente, as ocupações de que gosto mais são as que me permitem mais livremente pensar naquela que perdi & realmente penso nela em cada circunstância diferente. Em nossas horas felizes de troca de confidências, nas alegres reuniões familiares, nas quais ela era um ornamento, no seu quarto de doente, em seu leito de morte & como (assim espero) uma habitante do Céu. Oh! Se eu puder um dia me reunir com ela! — Sei que chegará um momento em que minha mente ficará menos absorvida com as memórias dela, mas não gosto de pensar nisso. Se eu pensar menos nela vivendo na Terra, Deus permita que eu jamais deixe de imaginá-la habitando o Céu & nunca abandone meus humildes esforços (quando for da vontade de Deus) de me unir a ela.

Ao examinar alguns documentos preciosos que estão agora em minha posse, encontrei alguns memorandos, entre os quais ela deseja que uma de suas correntes de ouro seja dada a sua afilhada Louisa & um cacho de seu cabelo seja reservado a ti. Não precisas de nenhuma garantia, minha queridíssima Fanny, de que cada pedido de tua amada tia será sagrado para mim. Tem a bondade de me dizer se preferes um broche ou um anel. Deus te abençoe, minha queridíssima Fanny. Crê-me muito afetuosamente tua,

      Cass[andra] Eliz[abe]th Austen

Miss Knight
Godmersham Park
Canterbury

Referência e abreviações

1. Obras mais frequentemente citadas:

DLF   AUSTEN, Jane; LE FAYE, Deirdre (ed.). *Jane Austen's Letters*. 4ª. ed. Oxford e New York: Oxford University Press, 2011.

HOUAISS   HOUAISS, Antônio. *Dicionário Houaiss da Língua Portuguesa*. Rio de Janeiro: Ed. Objetiva, 2001.

OED   MURRAY JAMES A. H. et al. *The Oxford English Dictionary*. 2ª. ed. Oxford, New York e Toronto: Oxford University Press, 1989.

RWC   AUSTEN, Jane; CHAPMAN, R. W. (ed.). *Jane Austen: Letters 1796-1817*. 2ª. ed. London, New York e Toronto: Oxford University Press, 1956.

VJ   JONES, Viven (ed.). *Jane Austen: Selected Letters*. Oxford e New York: Oxford University Press, 2004.

2. Outras obras citadas:

ADKINS, Roy; ADKINS, Lesley. *Jane Austen's England*: Daily Life in the Georgian and Regency Periods. London: Penguin, 2013.

AUSTEN-LEIGH, James Edward. *A Memoir of Jane Austen and Lady Susan*. 2ª. ed. London: Richard Bentley and Son, 1882.

AUSTEN, Jane; CRONIN, Richard; MCMILLAN, Dorothy (ed). *Emma*. Cambridge: Cambridge University Press, 2005.

AUSTEN, Jane; LE FAYE, Deirdre (ed.). *Jane Austen's Letters*. 3ª. ed. Oxford e New York: Oxford University Press, 1995.

AUSTEN, Jane; MODERT, Jo (ed.). *Jane Austen's Manuscript Letters in Facsimile*: Reproductions of Every Known Extant Letter, Fragment, and Autograph Copy, with an Annotated List of All Known Letters. Carbondale e Edwardsville: Southern Illinois University Press, 1989.

AUSTEN, Jane. *Emma*. São Paulo: Martin Claret, 2015.

AUSTEN, Jane. *Mansfield Park*. São Paulo: Martin Claret, 2018.

DRABBLE, M.; STRINGER, J.; HAHN, D. (org.). *The Concise Oxford Companion to English Literature*. 3ª. ed. Oxford: Oxford University Press, 2007.

HAYTHORNTHWAITE, Philip J. *British Infantry in the Napoleonic Wars*. London: Weidenfeld Military, 1987.

HONAN, Park. *Jane Austen, Her Life*: the definitive portrait of Jane Austen's World. New York: Ballantine Books, 1987.

IGGLESDEN, Charles. *A Saunter Through Kent with Pen and Pencil*. Ashford, Kent: Offices of the Kentish Express, 1925.

LE FAYE, Deirdre. *Jane Austen*: a family record. 2ª. ed. Cambridge: Cambridge University Press, 2004.

SELWYN, David. *Jane Austen and Children*. London: Continuum, 2010.

SHAKESPEARE, W. *O Mercador de Veneza*. São Paulo: Martin Claret, 2016.

SLOTHOUBER, Linda. "Elegance and Simplicity: Jane Austen and Wedgwood". In: *Persuasion* no. 31, p. 163-172.

SPENCE, Jon. *Becoming Jane Austen*: A life. London, New Delhi, New York, Sidney: Bloomsbury, 2016.

© tradução: Martin Claret, 2022.

DIREÇÃO
Martin Claret

PRODUÇÃO EDITORIAL
Carolina Marani Lima
Mayara Zucheli
Giovana Quadrotti

CAPA
Zansky

TRADUÇÃO E NOTAS
Renata Cristina Colasante

PREPARAÇÃO
Sandra Guardini T. Vasconcelos

REVISÃO
Alexander B. A. Siqueira

IMPRESSÃO
Geográfica Editora

Dados Internacionais de Catalogação na Publicação (CIP)
(Câmara Brasileira do Livro, SP, Brasil)

Austen, Jane, 1775-1817.
   Cartas de Jane Austen / Jane Austen; [tradução Renata Cristina Colasante]. — 1. ed. — São Paulo: Martin Claret, 2023.

Título original: *Jane Austen's Letters*.
Bibliografia
ISBN: 978-65-5910-267-9

1. Austen, Jane, 1775-1817 – Correspondência 2. Romance inglês – Século XIX – Correspondência I. Título.

23-173995   CDD-823

Índices para catálogo sistemático:
   1. Romances: Literatura inglesa   823
   Aline Graziele Benitez   Bibliotecária   CRB-1/3129

EDITORA MARTIN CLARET LTDA.
Rua Alegrete, 62   CEP: 01254-010   São Paulo, SP
Tel.: (11) 3672-8144

1ª reimpressão - 2024

CONTINUE COM A GENTE!

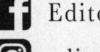

- Editora Martin Claret
- editoramartinclaret
- @EdMartinClaret
- www.martinclaret.com.br